长篇报告文学

中国作协 2017 年少数民族重点作品扶持篇目

哭了笑了

◎何培嵩

著

广西人民出版社

图书在版编目（CIP）数据

哭了 笑了 / 何培嵩著 . — 南宁：广西人民出版社，2019.2
ISBN 978-7-219-10666-2

Ⅰ . ①哭…　Ⅱ . ①何…　Ⅲ . ①报告文学—中国—当代
Ⅳ . ① I25

中国版本图书馆 CIP 数据核字（2018）第 167364 号

KULE　XIAOLE

哭了　笑了

出 版 人　温六零
策　　划　韦鸿学　罗敏超　董苏煌
责任编辑　梁凤华　周月华
责任校对　农向东　高　健　梁小琪　蒋倩华
　　　　　李新楠　庄湘琪　覃丽婷
装帧设计　牛广华
责任排版　潘艳营

出版发行　广西人民出版社
社　　址　广西南宁市桂春路 6 号
邮　　编　530021
印　　刷　广西民族印刷包装集团有限公司
开　　本　787mm×1092mm　1 / 16
印　　张　26
字　　数　510 千字
版　　次　2019 年 2 月　第 1 版
印　　次　2019 年 2 月　第 1 次印刷
书　　号　ISBN 978-7-219-10666-2
定　　价　39.80 元

题 记

在中国美丽的南方，有一座美丽的城市——广西壮族自治区首府南宁。

在南宁之北，有一所闻名遐迩的、特殊的学校——南宁市明天学校。

它是广西第一所孤儿学校①。

它已经走过了十七年的历程。

它已经培育出了许许多多优秀的孤儿学生。

这部长篇报告文学《哭了　笑了》真实地讲述了发生在南宁市明天学校里里外外的，关于孤儿学生成长、成才的真实故事，美丽而感人的故事，爱的故事。

_____

① 南宁市明天学校是一所收容孤儿融入社区地段儿童共同教育成长的公办学校。孤儿与社区地段儿童一起就学，更有利于孤儿身心健康成长，这样的办学模式在广西属首创。

序一　让看不见的东西被看见

潘荣才

　　读罢这部长篇报告文学《哭了　笑了》，我感触颇深。它所讲述的真情故事令人动容，它传播的大爱精神令人肃然起敬。

　　《哭了　笑了》是《明天的太阳》的姐妹篇。《明天的太阳》是著名作家何培嵩撰写的关于南宁市明天学校孤儿故事的报告文学佳作，它向社会呼吁爱和温暖，让更多的人关注弱势群体，伸出援手，奉献爱心。2001年12月，《明天的太阳》出版，此后荣获了广西第九届"五个一工程"入选作品奖、第十二届桂版图书三等奖和第三届广西少数民族文学创作"花山奖"。2011年，该书被改编成公益电影《宝贝别哭》；2012年9月，电影《宝贝别哭》参加第七届巴黎中国电影节，荣获特别奖"公益儿童电影奖"；2012年10月，电影《宝贝别哭》在美国洛杉矶第八届中美电影节荣获"金天使奖"。故事背景所在的南宁市明天学校是有责任、有爱心的孤儿之家，它是党和政府以及社会各界的爱心载体。

　　2015年10月上旬，明天学校校长覃锋邀请我和何培嵩参观明天学校安吉新校区。这次造访，我们从覃锋校长的介绍中了解到了关于明天学校的"背后的故事"——

　　打从明天学校建校以来，就得到了各级党委、政府领导的亲切关怀和社会各界的倾力相助。为解决学校发展的困难，自治区政府和南宁市政府划拨2.24亿元财政经费，并划拨66478.4平方米土地支持新校区建设。明天学校安吉校区总建筑面积54277.75平方米，办学规模为小学30个班，初中30个班，可满足2850名在校生（包括840名孤儿学生）学习。令人耳目一新的是数字化校园的建设，新校区使用的云黑板、高清录播室目前在南宁市属于较先进的教学硬件。

　　十七年来，明天学校从南宁市各县（区）及百色、河池革命老区等地招收孤儿学生共计512名。2017年，处在九年义务教育阶段的孤儿一共152人，另有360人已毕业走上工作岗位，成为军人、医务工作者、自主创业者等，或自愿回明天学校当老师……从明天学校走出的学生在各自工作岗位上用自己的双手为社会做出了贡献，报答党和政府及社会各界的关心与厚爱。自2016年秋季起，明天学校扩办了初中，在这里，孤儿学生和普通家庭学生一起学习，促进了孤儿学生的健康成长。

············

听罢覃锋校长的介绍，我感慨良多：明天学校不负众望，不断创新，与时俱进，越办越好，感人事迹层出不穷，成为传播正能量的一张亮丽名片。何不写一部《明天的太阳》的姐妹篇？倘若有了上、下两部作品，那么就能够完整地反映出孤儿学生们在明天学校生活、学习和成长的真实经历……事后，何培嵩向广西作家协会汇报情况，提出创作《明天的太阳》的姐妹篇的倡议，并主动请缨执笔创作。何培嵩的提议得到了广西作家协会的高度重视，当即决定派其到明天学校进行采访，深入孤儿学生的生活。

何培嵩堪称高品位报告文学作家。20 世纪 80 年代初，何培嵩"初试牛刀"创作的报告文学《啊，中国的赫拉克勒斯》荣获《广西文学》优秀作品奖，他从此踏入文坛。他创作的中篇报告文学《刘三姐与黄婉秋》荣获 1988 年首届广西文艺创作奖铜鼓奖，长篇报告文学《脊梁》荣获 2002 年第三届广西文艺创作奖铜鼓奖。另外，他还荣获国家级、省市级 30 多个文艺奖项。何培嵩发表各类文艺作品总共300 多万字，其中报告文学专著 16 部。作为中国作家协会会员，他具备报告文学作家骨子里不可或缺的扎根生活的"基因"。他不辞劳苦深入采访，将心血倾注笔端，撰写的报告文学作品真实生动。他热爱创作，将创作视为自己的事业，几十年如一日地耕耘，功夫老到，自然是水到渠成。正如著名作家彭匈所说："专注一事，精彩一世。"

何培嵩以 73 岁高龄之身，与孤儿学生同吃、同住 6 个多月，着实令人慨叹。为了解孤儿家庭状况，他还亲赴贫困山区采访，充分验证了创作素材的严肃性、真实性和生动性，确切做到了"'深入生活'身入、心入""'扎根人民'情系、心系"，其笃情诚挚之臻，配得起"一位穷其一生为报告文学做出贡献的著名作家"这个贴切的赞誉。

何培嵩精神矍铄，性情豪爽，却不乏温情。他用心关爱孤儿，与孤儿们自然而然搭起了"心桥"。在作家爷爷的关怀下，孤儿们要么声泪俱下吐真情，要么秉笔实录浇块垒。何培嵩以妙笔勾勒出各种人物的喜怒哀乐，他笔下的人物常常会给读者带来心灵的触动。

以上所述，都说明何培嵩在执笔之前做了充足的准备工作。2017 年 1 月至 10月 2 日，何培嵩在家"闭关"9 个多月，全力进行创作。经过两百多个日夜的埋头奋笔疾书，作品渐渐成形。直到杀青的那天，他赫然察觉，桌上堆了厚厚一摞用完的圆珠笔芯，数一数竟有一百多支。这些恰恰就是最为别致的证明啊！

写作期间的连续奋进，加之天气异常炎热，作品刚刚脱稿，何培嵩就犹如一根紧绷的弦突然松懈，各种病症凸显出来——一是胃病纠缠，二是颈椎病困扰，三是心脏病复发。稍有不慎，便会危及生命。不承想他非常淡定，以坚韧不拔的精神配合医生进行治疗，闯过一关又一关。这便是定力，是根植于内心的修养造就了奇迹。

在这样一位不辞劳苦为人民创作的作家笔下，这部历经两百多天创作并修改完成的作品究竟有什么特色？

一、这是一部立意新颖、匠心独运的长篇报告文学。它着眼于孤儿学生在孤儿学校生活、学习、成长的最本真的感受，以一双善于发现的眼睛，捕捉生活中点点滴滴的爱与美。作者别出心裁地将仁爱和人性融于生动感人、跌宕起伏的情节中，使其别具张力，发挥了文学最实质的功能——"使看不见的东西被看见"。

二、全书突出的亮点，是遵循人文精神，尊重生命，尊重人的人格尊严。这体现本书作者的写作诉求——首先，倡导人们看待孤儿要用平等的眼光，让人们明白，尊重别人也是尊重自己；其次，唤起沉睡在孤儿们体内的勇气和智慧，让他们重拾生活的自信，自强不息，成为新时代的人才。正如著名作家周国平所说："没有浪漫气息的悲剧是我们最本质的悲剧，不具英雄色彩的勇气是我们最真实的勇气。我们以此维护了人的最高的也是最后的尊严——人在大自然面前的尊严。"

三、作品标志性艺术手法是采用了人民群众喜闻乐见的讲故事形式，用大故事"装"小故事，把人物事件串起来，看似繁多而复杂的叙事，实则层次分明且环环相扣，饱含了作者的精心构架。全书故事情节充实饱满、曲折跌宕、扣人心弦。

四、书中的众多人物形象活灵活现，跃然纸上。本书通过塑造孤儿群像，营造了一个别开生面的独特艺术世界。作者将笔触对准现实，在细致观察中发现焦点，并予以精确描绘，着力渲染人物内心世界。孤儿学生在不同环境的熏陶下凸显出独特的个性，给人留下深刻的印象。这种细致的观察、传神的刻画，得益于实地考察获得的翔实的素材。

习近平总书记在中国文联十大、中国作协九大开幕式上的重要讲话中，要求广大文艺工作者做到："胸中有大义、心里有人民、肩头有责任、笔下有乾坤。"把大义、人民、时代和责任放在肩头上，写出导向正确、传播真善美的作品；为历史存正气，为世人弘美德，立足文艺"高原"，勇攀文艺"高峰"。这是广大文艺工作者恪守的信条，也是文艺工作者追求的目标。

何培嵩撰写新作《哭了　笑了》，紧紧把握住"以人民为中心"的创作导向，以真切的感情、踏实的态度和宽阔的视野，深入了解、积极书写社会主义新学校的时代精神风貌，讲好校园建设中的故事，充满了鼓舞人心的正能量。

哭了　笑了

读毕《哭了　笑了》，我深受怅触，党和政府对孤儿群体的关怀，社会各界的温暖，明天学校校长和老师的无私付出，都让孤儿们在"哭了"之后学会坚强，在"笑了"之后重拾自信，在"奋进"之中挺起脊梁，并懂得把爱传递下去。这是一种令人感动的力量。

提笔至此，祈愿大家都来认真阅读《哭了　笑了》，这部作品从开始直到结尾，都散发着人性的光芒、浓郁的爱意和令人深思的哲理。

是为序。

2017 年 11 月 5 日

【潘荣才简介】

《广西文学》原副主编，中国作家协会会员。曾获中国作家协会文学编辑荣誉证书、首届"振兴广西文艺创作铜鼓奖"编辑奖。

序二　这个地方装满大爱

彭 匈

泰戈尔说，什么最伟大？爱最伟大！

南宁之北，有一所明天学校——广西第一所孤儿学校，这是一个装满大爱的地方。这个地方每天乃至每时，都发生着令人唏嘘不已的催人泪下的故事。

暖人故事要大说特说，爱的传递无远弗届。

培嵩兄与这所学校结缘甚深。应该说，明天学校找到了作家何培嵩，或者说作家何培嵩找到了明天学校，都不能不说是一种缘分。

何培嵩是我学兄。几十年交往可谓知根知底。

对于一个写作的人来说，选择什么样的体裁进行创作很重要。培嵩兄在多年的实践和思考中反复掂量，最后选中了报告文学。这路，他选对了。我在一篇向高年级同学致敬的散文中有一段关于他的文字："何同学的身上则有'胆汁型'兼'多血质型'两种特质，具有这样特质的人有一种好处，即遇事动不动就能拍案而起。我觉得大凡有震撼力的报告文学作品多半是拍案而起之后的产物，'事不关己，高高挂起'的人是写不好报告文学的。"

写报告文学除了要具备上述气质，至为重要的是要有一份悲天悯人的博大情怀。悲悯情怀对于一个作家来说，堪比人的灵魂。这一环倘若缺失，即便著作等身，也休想拨动人的心弦。报告文学这一行当，使很多人望而却步，因为要做现场采访，要做田野考察，千门万户，千辛万苦，那是一般人所吃不消的。培嵩兄恰恰就不怕苦，不怕难，一旦欣然上手，便牙关紧咬，激情迸发，深挖猛掘，不见泉水，决不停歇。"精卫衔微木，将以填沧海。刑天舞干戚，猛志固常在。"他就有这股猛劲。

十六年前他就写出了一部25万字的《明天的太阳》，作为明天学校"前传"，校长、老师们的呕心沥血，孤儿们的破茧成蝶，业已跃然纸上。此后十六年，明天学校如翠竹拔节般一天天在成长，培嵩兄亦"天增日月人增寿"，步入从心所欲之年。

有"前传"则必有"后传"。

他问我这事做不做得。我的态度很明确，劝他：倘是一般作品，就不要做了；然此乃非同寻常一大善事，我看做得。

培嵩兄又全身披挂，挥刀上阵了。

2016 年整整半年，他住在明天学校，与校长、老师、孤儿朝夕相处。

2017 年整整一年，他走访四乡，同亲友、领导促膝谈心，潜心创作。

书稿杀青，名《哭了　笑了》，沉甸甸的几十万字！

培嵩兄的笔下，100 多个身份各异的人物，从城区、从乡镇、从山村、从小屋，栩栩如生、款款走来，诉说他们起伏跌宕的生命故事。

读着书稿，不易动容的我，咽喉哽哽，泪水涟涟……

校长覃锋，孤儿不叫他覃校长，叫他校长爸爸。孤儿没有了爸爸，校长就是爸爸。覃锋不仅心有大爱，而且心细如发。学生心理上露出蛛丝马迹的异样，他马上组织"施治"；学生重病住院需要巨额费用，他立刻四处筹募善款。"恩人啊！"受到救助的孤儿和他们的亲戚长跪不起时，"孤儿进了明天学校，就是我们的儿女。再难的事，都由我们来做！"这是覃锋的回答。他信奉"捧着一颗心来，不带半根草去"。他做到了。

校长爸爸，老师妈妈。孤儿们不叫韦老师、覃老师、张老师……而叫韦妈妈、覃妈妈、张妈妈……世上只有妈妈好啊！"妈妈"们献出一颗颗温暖的心，融化了坚冰，打开了孤儿们的心锁。她们锲而不舍地努力，出色地诠释了"精诚所至，金石为开"的古训。

原南宁市郊区区长罗世敏，写明天学校历史绕不开的第一人。没有他的提议和坚持，就没有明天学校的创建。他是一个心中有梦的人。爱的驱使让他经常处于一种超乎常人的激动之中，跟他接触，听他讲述，你会不知不觉受他感染，甚至会想到"少年布尔什维克"这个鲜活响亮而又纯洁无比的词。

各级领导、爱心人士，分镜头，合为焦，燃起火焰；

能帮就帮，敢做善成，点滴恩，聚成爱，涌动暖流。

习近平总书记要求各级领导干部要把群众的安危冷暖放在心上。这本《哭了　笑了》逢其时矣。一时激动，我想到下面这些句子：

黄钟大吕，小叩辄发大鸣；人间挚爱，寓目即生情愫。

凿井，有玉泉汩汩进涌；冶矿，得真金灼灼闪光。

培嵩兄宝刀不老，功德无量啊！

2017 年 11 月 25 日

【彭匈简介】

广西壮族自治区人民政府参事、广西壮族自治区有突出贡献专家、广西出版传媒集团编审、中国作家协会会员。

目 录 Contents

1

哭了　笑了

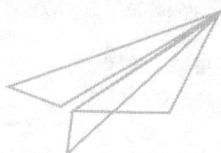

第一章

"两种儿童"面前的思索与应对

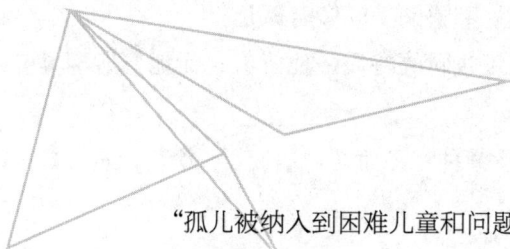

"孤儿被纳入到困难儿童和问题儿童的大范畴之中……"[①]南宁市明天学校几百名孤儿,他们的心理和行为多种多样,引人深思,看看《多棱镜里的风景》,可见一斑。

令老师们万般无奈甚至进退维谷的典例,也是有的。作为全书开篇,我们选择了《写"血书"的小男孩》。

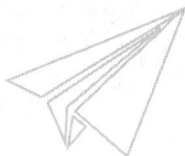

---

① 中华少年儿童慈善救助基金会、中国青少年研究会编《中国孤儿基本状况及救助保护研究报告》,中国人民公安大学出版社,2013。

一、写"血书"的小男孩

1. 一个符号

如果用白描手法勾勒这个小男孩，三个字足矣，那就是：瘦、小、弱。

南宁市明天学校在 2000 年创办之初，召进来 100 多名孤儿。

他是其中之一。而且，几乎所有孤儿共同的特质，他皆有；而他们所不具有的，他亦有。

所以，他就有了典型性和代表性。从某种意义而言，他成了一个特定符号。

他叫韦大年（化名）。

2. "血书"事件

他的瘦、小、弱，是生理上的，也是心理上的。

同学们看不起他，嫌弃他，不愿与他共处。尤其是他住的 201 男生宿舍，8 个人共一舍，其他 7 个同学皆拒他于千里之外，躲之唯恐不及，避之唯恐不远。

他几乎没有朋友。

因为他的身上总有一股浓烈的骚臭味，他的床铺被褥鞋袜也充斥着骚臭味。原因是他有漏尿症，说尿就尿！夜里，每晚几泡尿，还没来得及醒来，全都似水库关不住闸门般漏到了床上。每晚皆如此，春夏秋冬皆如此。

久病同窗没好脸。

他因此常常招来许多同学的白眼、冷嘲热讽，甚至辱骂。

久而久之，除了自卑、逆来顺受、多赔笑脸，他也有忍不了和反抗的时候。正如鲁迅笔下的阿 Q，总被乡邻讥讽他头上那"亮疤"，也会还以颜色和拳脚。

一回，几个同舍的同学半认真半戏弄地推搡他，威胁着要将他撵出宿舍，甚至，他那一堆远远就能闻到的散发着浓烈尿骚味的床上用品，一股脑儿全被同学扔到了廊道里。这是要清场、要扫地出门、表示宣布他为"不受欢迎的人"了！

这回他不忍了！他忍不了了！这触及了他最后的底线。老实人三年不发火，一发火抵三年。

他忽然声嘶力竭地大吼。音量不大，但惨烈。困兽犹斗，两只小竹竿般的胳膊如车轮转动般地在几个强壮的同学面前乱抡。

壮汉惧醉汉，神拳怕乱棍。几个惹事者遭到了自卫还击，理亏心怯，且战且退。但还是有人倒霉地挨了拳，鼻破血出。

但韦大年仍不解恨，蘸了挨拳者滴落在地上的鲜血，迅疾地在宿舍墙上写出两个字："去死!"

过后，我寻思着"去死"这两个字的含义，或有两层意思：一个是"你们都去死"，另一个是"我不想活了，我去死"。

而201宿舍的这起"血书"事件，知之者极少。"武斗"是在双方都处于狂怒和失去理智的非正常状态下展开，故而收场和开幕一样迅捷，就如天上的流星，稍纵即逝。

这个"血书事件"一直深藏于201男生宿舍8个孤儿学生的心里。老师中，知之者仅一二人而已。而我——作为报告文学作家，从一位老师那里颇费周折将之"挖"了出来，付诸文字，绝非猎奇，更非抢人眼球，而是责任使然，是还原真实的需要使然。

3. 三巡

那么，像韦大年这样"招人嫌"的孩子，有人疼、有人理、有人爱吗？

有，有的! 有许多老师爱他!

李江北老师，这位毕业于广西艺术学院师范专业在明天学校教美术课的老师，原本与孤儿学生的生活无关——他不是孤儿管理处的专职生活老师，但他却觉得这与他有关。他有个很出名的习惯——"三巡"。这是我在采访之后给他总结出来的。每天，他必定三次巡察男生宿舍：早上来校上课之前，一巡；中午饭前或饭后，二巡，因为此时是教学的"盲点"；下午放学离校之前，三巡。

他不单"三巡"，还"陪睡"。

我们听李江北老师自己说：

"晚上，我常到201宿舍（男生宿舍，有2个六年级学生和6个一年级学生）轮流陪孤儿学生睡。能和我一起睡，他们甭提有多高兴了! 开始我是有些不习惯，时间长了，便觉得没什么。我是个农民的儿子，与这些农民孩子有天然的感情。

"对七八岁的孤儿，我格外用心。他们很小就失去双亲，还不太懂得自理生活。我经常帮几个年纪小的孤儿洗衣服，尤其是在寒冷的冬天，我怕冻坏了孩子的手。夏天，有的孩子睡觉喜欢踢蚊帐，因此常被蚊子叮咬。我查夜，开灯，发现了，就帮他们驱蚊。201这间宿舍共有8个孩子，就韦大年常尿床。我照样陪他睡，一视同仁。我摸清了他的情况：如果在晚上11点30分至12点之间喊醒他，

3

拉着他上厕所，这晚他就不会尿床。喊早了，不行，他清晨仍尿床一次；喊晚了，也不行，因为他已经憋不住，尿出来了。每次我唤醒他，他总是愣坐着，迷迷糊糊，立即就想在床上尿，我赶紧抱起他直奔卫生间……"

这一抱，不能说是"惊天一抱"，但却是"亲情一抱"。毫不夸张地说，只有亲生爹娘，才能如此！

4. 不容乐观

在明天学校，我接触过韦大年数次。对他，我的脑海里多次冒出一个字：难！

为了照顾这个孩子，老师们承担了许多许多。

对韦大年，我只是"挖"开了一个井口。我决意往下深挖。

关于他的身世，说法不一。

2001年7月26日，骄阳似火，酷暑蒸人。我坐着明天学校那辆没有空调的蒸笼般闷热的老旧小面包车，在乡村小路上行进了一个多小时，到了韦大年的老家——这是当年南宁市郊区所辖富庶乡的一个小山村。此村有"两多"远近闻名：穷人多，光棍多。

韦大年的爷爷已71岁，干瘦，耳背，一个肩高一个肩低，一直咳个不停。

韦爷爷的5个儿女中，4个女儿已外嫁。唯一的儿子，也就是韦大年的父亲，体弱多病，1992年患糖尿病，一治五年，在大医院进行过中西医结合治疗，后来又回家服用草药偏方，花去1.6万元，可谓耗尽家财。但他还是没能保住性命，于1996年逝世，死时33岁。是年韦大年仅6岁。也就是说，从韦大年1岁开始，父亲就抱上了药罐子，一直与病魔抗争，自顾不暇。在这痛苦的五年里，这位父亲根本没法给予韦大年完整的父爱。

韦爷爷老年丧子，儿媳妇又离家，4个女儿亦一一嫁了人，家中就剩老伴和独孙（韦大年）相伴。

韦大年因家贫、智力有缺陷等原因，一直没上学。直至10岁，才有幸到明天学校就读。

听完韦爷爷说的这些，我有意测测韦大年的智商。

我让他背白居易的《草》。这首诗是小学一年级课本上有的，老师要求每个学生都能背诵和默写。

"离离原上草……"我给他起了个头。

我提示了五六遍，花了十多分钟，他终于背出下面的三句。

我又问："3加5等于多少？"

他数手指，数完了左手的5个手指又数右手3个手指，他答出了："8。"

"6 加 5 呢?"我继续问。

他又数手指。手指不够用,他答不出了,茫然地看着我。

我再次问:"5 加 3 等于多少?"

这是刚问过的问题,只不过我将数字调了个顺序而已。他又伸出了手指……

爷爷终于气得憋不住了,大骂起孙子来。

韦大年不数了。因为紧张,这时的他已是大汗淋漓。

爷爷很沉重地长叹一口气,悲戚地说:"我和他奶奶都是 70 多岁的人了,说不定哪天就死了。韦大年没爹没妈,记性又太差,3 加 5 和 5 加 3 都弄不清,往后书肯定是读不下去了,看来是个苦命的人了!……"

我想不至于如此悲观。或许这孩子只是暂时的反应迟钝,或许是一时紧张造成的。过了片刻,我再次用另一种方式"考"他。

"见过你爸吗?"

"没见过。"

"你爸打过你吗?"

"打过……打我的手,好痛!"

"期考语文、数学得了多少分?"

"语文 99 分,数学 88 分。"

陪我采访的王春松老师让韦大年拿出成绩册来给我们看,语文:B,数学:B。可见,他完全是答非所问,而且稀里糊涂。

我失望了。

这时,与我们同行的广西电视台记者黄汉低声对我说:"看来,韦大年 10 岁才读书,智力开发太迟,造成逻辑思维混乱,言语表达能力差……"

我仔细打量韦大年,他长得瘦小,肤色蜡黄,黑黝黝的皮肤上长满了痱子。他目光呆滞,但他的手连一分钟都停不下来,不停地挠头、搔身、抓脚。

我当时的第一个反应是:韦大年到了明天学校,肯定会成为老师们头疼的"老大难"!

5. 第一手材料

我不想也觉得没有太多必要展开来写。窥一斑可知全豹。在这里不妨引用以下第一手材料,以印证我的看法。

我们来看明天学校保育员管理孤儿的情况记录本,值班保育员张红干 2000 年 12 月 3 日的记录:

今天吃午餐时,其他同学都不愿和韦大年同学一起坐着吃饭,因为他每天晚上都尿尿在床上，身上臭臭的。偶然忘记帮他换裤子，就造成了今天的尴尬。后来很多同学都端着碗跑到饭堂外边去吃。为了让同学们回来，我就叫他先去换条干净的裤子再回来。可是怎么叫，他都不肯再进饭堂。我起初还以为他根本没有自尊心呢！平常集合时他总不排队，在队列前走来走去，我怎么批评，他都不理会。同学取笑他，当面叫他"濑尿王"，他也不理会，一副无所谓的样子……这么看来，他虽有自尊心，但不懂自尊自爱……

6. 倒数第一

韦大年有三个与众不同的特点：尿床、胃口好、弱智。

2000 年时他 10 岁，是一年级的学生，班主任是刘润娥。在班里，他属大龄生，但学习成绩总排在倒数第一。

先后带过 12 名孤儿学生的以教学见长的刘润娥老师曾与人道："都说没有教不好的学生，但对韦大年，我是束手无策！"

那天下午，刘老师有一节课的空闲时间，我邀请她跟我专门谈谈韦大年。这位极富同情心和责任心的小学语文高级教师这样说道："这个学期（2001 年春季学期），我接任韦大年这个班的班主任，发现他是个非常自卑的孩子。每次叫他写作文，他连题目都不看，马上就说：'我不会写！'他自小没有父母，人长得瘦小，又不讲卫生，因此处处受人歧视、嘲弄和欺侮，也得不到周围人的关爱。我想，他的自卑来源于此。据了解，他的爷爷和堂叔因为文化水平低，不讲究教育方式，以打骂为主，以致他常惶惶不安，总感觉到自己很笨，总感觉到别人瞧不起自己，总感觉到自己事事不如人。他既没脾气，也不懂得自尊自爱，几乎从不反抗。他从不刷牙，（我们）监督他，他也只是用牙刷在嘴里随便搅几下做个样子。在课堂上，他不敢读也不敢写。我为了激励他，他每完成一次作业，我就奖励他一些小物品，夸他聪明。但要使他完成作业是相当艰难的，他连最起码的抄写生字都不能独立完成，得由老师或同学手把手教他写。教他读书也十分费心费时，得花费三个晚上，他才勉强把一课书读出来，而且只是机械地读出来而已，他根本认不全字。如读熟了的古诗《草》，你要他指出'草'字是哪一个，他怎么也找不出来。让他数数，从 1 数到 10，他顶多能数到 5，数学老师只能无奈地挠头。同学们也不太愿意帮助他，因为他经常尿床尿裤子，身上有一股尿骚味。他嗜睡，一旦睡熟，即使上课时间到了也很难叫他起床。可他讲礼貌——这或许是他较突出的优点。他模仿能力强，能模仿同学写的字，极像，但并不懂念；他能模仿动物形态，猴或熊啊什么的，惟妙惟肖，能逗得全班哄堂大笑，那个时候他会感到很得意，很有成就感。他常常会拿一只畚箕独自一人在校园里捡垃圾。我在班上表扬过他一次，（他）更加卖力，天天去捡……韦大年胃口较好，吃饭时常有这样的表现：在领回自己的那份饭菜以后，他立刻又拿一只碗去盛其他食物。比如盛粥，他会用勺子慢慢往下面捞，然后又另外舀一两勺汤水或一些菜汁。有时，他会一直盯着老师的菜碗，直至老师分一点菜给他，他这才移开视线，开始慢慢享用。他胃口很好，吃得特别多……"

7. 艰难地成长

其实我颇费笔墨地写下《写"血书"的小男孩》，只是想说明"韦大年"们的成长有多么艰难！老师们对他们的教育有多么艰辛！

我曾问李江北老师："当好明天学校的老师，面对许多个形形色色的'韦大年'，带好这些孩子的关键是什么？是什么支撑着老师们坚持下去？"

"爱！明天学校的老师就是得有更多的爱心。正如覃校长常说的：'来明天学校不容易，干下去更不容易。缺乏爱心的老师不可能干好。明天学校的老师既比别校老师光荣，也肩负更多责任，更辛苦！'"李江北如是作答，几乎是不假思索。

我想，这个回答应当视作明天学校全体老师的心声。

二、多棱镜里的风景

1. 孤儿之定义

我们写孤儿，有这么一本书绝对应当细读，它是《中国孤儿基本状况及救助保护研究报告》。它在第一章《中国孤儿状况调查主报告》开宗明义指出："在两个儿童发展纲要中，孤儿被纳入到困难儿童和问题儿童的大范畴之中……"

我们受到了启示，这句话的关键词，乃是孤儿属于"困难儿童"和"问题儿童"。

我们以此观照韦大年：他困难吗？他有问题吗？

有，当然有！回答是肯定的！不然我们就没必要不厌其详地费神写出《写"血书"的小男孩》了。而且，不只是韦大年有，"韦大年"们（即在 2000 年召进校的 100 多名孤儿）亦有，全是"困难儿童"和"问题儿童"。这些来自广西老少边穷地区的没爹没娘的孩子，个性不一，百人百态。他们从散漫、无序的状态，骤然进入集体氛围之中，怎么都不习惯，甚至感觉难受。他们来到了明天学校，衣食无忧，原先的"困难儿童"问题不存在了，但"问题儿童"的解决绝非朝夕之功！确实，他们带来了太多太多的"问题"，心理上的、行为上的，形形色色。这些或许是孤儿学校创办者所始料不及的。

这些"韦大年"们性格孤僻、心理自卑、脾气暴躁、不明事理、行为放肆、厌学逃学，甚至经常做出一些常人难以理解的、意想不到的事情来。

而这些孤儿和拥有完整家庭的孩子相比，更容易产生心理上的错位，具体表现为：不愿与人交谈，孤独、烦躁、冷漠、自私、自卑，自尊心过强，逆反心理强，抗挫能力低，等等。

2. 孤儿之特殊性

南宁市明天学校是广西第一所孤儿学校。

老师们是"第一个吃螃蟹的人"。

我记得苏联著名教育家马卡连柯的著名长篇纪实文学《教育诗》后来被改编为同名电影。马卡连柯创办了高尔基工学团。十月革命后，许多战争流浪儿，在这里，在一种全新教育理论和方法指导改造下，从一群乌合之众，逐渐转变为团结战斗的集体，成为"苏维埃新人"。

现在，明天学校的校长和老师们也碰到了大同小异的难处。

我们截取校园生活中的几个镜头，来客观审视孤儿学生的特殊心理和行为。

——他们有自卑心理。

失去父母，给他们幼小的心灵蒙上了阴影。有的孩子自感不如正常家庭的孩子，矮别人一头，害怕别人谈及自己的身世，生怕老师、同学看不起自己，对外界特别敏感，不愿让别人知道自己是孤儿。这部分孤儿有严重的自卑心理，无安全感，攻击性强，敌对、冲动，性情易变，抑郁，不服从管理，对现实缺乏挑战的勇气，非常脆弱。比如施同学，当老师布置作文要求写一篇《我的妈妈》或《我的爸爸》时，他沉默不语，显得沮丧自卑。

有一个孤儿学生在作文中这样写：

> 我很羡慕本地的同学，他们有关爱自己的父母，他们的父母就像一顶（把）大伞一样为他们遮阳挡雨。每当准备去春游时，他们的父母都为他们准备很多好吃的，还送他们上车。每当看到这样的情景，我都忍不住要流泪，也感到很自卑……

——他们有孤独心理。

有的孩子总觉得世上少有能真正理解自己的人，内心情感不知向谁诉说，又不愿向老师或同学倾诉，久而久之就自我封闭起来，不愿与人交往。有的孩子以自我为中心，很少考虑他人，合作意识差，合作能力低。有的孩子不愿与正常家庭的孩子交往，而喜欢和同类型的孩子交往。在他们身上有较强的"同病相怜"倾向。

比如卢同学，长着一双会说话的眼睛，柔柔的、直直的头发很顺滑，特别爱漂亮，经常用彩笔什么的涂指甲。她的学习成绩较差，是个左撇子，但字写得还不错。卢同学在长辈面前非常腼腆，来校两年，她从不跟老师说话。不管老师怎么开导，她就是三缄其口。但跟同年纪的孩子，她又能聊得很开心。刚来校时，她连早餐都不主动盛，老师不送到手就干脆不吃。眼保健操和早操她从来不做，只呆呆地坐着或站着，摆弄指甲。上课时她从不主动举手发言，老师提问时总是偷看老师，不吭声，脸蛋涨得绯红。下课除了上厕所或偶尔跟几个男生追追打打，其他时间她总是静静地坐在自己的座位上。老师叫她去和同学玩，她会冲老师勉强笑一下，然后像一根木头一样枯坐不动，也不说话。

——他们有逆反心理。

"你要我这样，我偏那样！"孤儿对学校、社会缺乏信任，容易产生厌恶和消极的对抗情绪，在学校中时有表现——任性、倔强、偏执、忧郁多疑，缺乏同情心，缺乏热情和爱心，逆反心理重，常有违规违纪现象。如陈同学，对老师、同学都有敌对的心理，对谁都不相信。一次，气温骤降，保育员见他穿着凉鞋，脚冻得通红，于是叫他回宿舍把凉鞋换了，穿上布鞋，这样会暖和一些。但他听了反而把凉鞋脱了，干脆打赤脚，不管别人怎么劝说，他就是不听。

——他们有报复心理。

有些孩子经历了父亲去世、母亲改嫁等悲惨境遇，心理成熟比较早，看到别的孩子在双亲呵护下无忧无虑，他们感到失落、自卑、焦虑、抑郁、压抑，甚至怨恨，各种心理错综复杂交织在一起，使得这些孩子性格孤僻、爱猜疑、易嫉妒、易愤怒、脾气大、自尊心过强。如邓同学，他的父亲原先体格强壮，被突然而至的肝癌夺去了生命。那年，他才5岁，妹妹年仅1岁。两年后，他的母亲改嫁到了遥远的北方。七年后，邓同学的母亲回来办迁户口手续，顺带想看望这对儿女。这时邓同学刚上小学五年级，他的小学老师叫他到村委会见他母亲一面。老师和远嫁异乡的母亲都清楚，这是母子间非常难得的一次见面，此后天各一方，再相见不知要到何时。然而邓同学坚决地拒绝了，他躲在家里，神色阴冷。他恨这个狠心丢下他们兄妹的生母。据说他母亲在村委会等了他很久，直至天黑也没能等来他的身影，最终无奈含泪凄然离去，从此一去不复返。此后，一向孤僻的邓同学更不合群。他几乎不相信任何人，并仇恨所有的人，在仇恨的情绪中长大。

——他们有消极心理。

这些孩子失去亲人后，得不到父母的关爱，被寄养在叔叔伯伯等亲戚家中，他们不愿与寄养家庭的亲戚沟通，来到学校后也不愿与老师、同学沟通，自然而然变得压抑、郁闷、痛苦，学习也感觉吃力，渐渐产生厌学心理，有的甚至逃学。这些孩子形成了消极、不求上进的不良心理，得过且过，对荣誉、理想、兴趣、爱好等抱无所谓的态度，对周围的事物缺乏热情，消极对待。如莫同学，他把生活看得如同梅雨天里灰暗的天空。这种阴暗的心境源自三重打击：父亲的逝世、村里淘气孩子对他的伤害、母亲对他的抛弃。对待来自外界的打击和命运的不公，他的回应不是积极地奋力抗争而是消极地无奈屈服。长期形成的自我闭锁和强烈的自卑心理，使来自偏远乡村的他到了明天学校后，显得畏畏缩缩、毫无自信，遇事常常手足无措。

——他们有沮丧心理。

丧失亲人对孩子造成的心灵创伤是难以想象的。他们常常沉浸在痛苦之中，经受不住打击，无克服困难的勇气，感到沮丧和无助，怕别人瞧不起自己，做事缩手缩脚，不愿迎接挑战，这种心理严重影响他们的思维和创造能力。

比如樊同学，来到明天学校就读后，无心读书，总是思念早逝的父母。用他的话来说，在村里念小学时，他每天都要到父母的坟上待一会儿才去学习。老师布置作业时，同学们都跟着老师写生字，他却呆呆地坐着。老师问他："你为什么不写字呢？"他不出声。其他学生在一旁说："他是笨蛋，他不会写字。"当时他嘴巴嘬得高高的，很生气的样子。下课后，班主任找他谈心，问他不写作业的原因，他只闷闷地回答了一句："不会写！"他的自卑源于自小失去父母，人长得瘦小，总感觉别人瞧不起自己，总觉得自己什么都不如其他同学。

——他们有厌学心理。

孤儿在农村散漫惯了，来到明天学校，就觉得整个人的身心都被"捆绑"了，有的孩子会产生诸多不适，或由于学习滞后、人际关系差、受"重利轻才"思想影响而产生厌学情绪甚至逃学。2004年至2005年间，明天学校有个出名的"群逃事件"：5名在读初中的孤儿，在张同学的策动下集体逃学，失踪了半个月，学校和有关部门几乎寻遍了南宁的大街小巷。覃锋校长驾着老旧的校车，率韦翠良、郭肖舅等老师，搜寻了两周，功夫不负有心人，终于在南宁市人民公园周边的四川火锅城发现了他们的踪迹！在厨房昏暗的灯光下，5名孤儿穿着水鞋在打下手。他们的宿舍在地下室，那里黑、臭、脏，不见天日……5个孩子失而复得，教训殊深！

3. 师爱

"当我们今天回过头去静心审视走过的路和这一切的时候,我们禁不住生出阵阵寒意,甚至会有点'后怕'!……"覃锋校长感慨万千地对我如是说。

这是很真实的不加掩饰的心里话。

那么,或问:他们是如何每天、每月、年复一年地面对这些属于"困难儿童"和"问题儿童"范畴的孤儿的呢?

有办法吗?

有!

他们不惧,他们见招拆招,他们摸着石头过河。简而言之,就是办法总比问题多。

他们对孩子们进行了整整一个月的准军事化培训。他们探索和总结了一套对孩子们行之有效的特殊教育方法:自卑消除法、情感宣泄法、关系协调法、"互爱"教育法、活动疏导法、"直面现实"法、"温馨家庭"仿制法、教学渗透法、谈心倾吐法。他们教会孤儿心中有爱,教会孤儿心存感激,教会孤儿坦然面对挫折……

苏联教育家苏霍姆林斯基有一句很有名的话:"教育的全部技巧在于如何爱孩子。"也就是所谓的"师爱"。老师们用爱抚慰、治愈孤儿受伤的心灵,倾注爱心,做孩子们的心灵导师,用爱心为孤儿撑起一片蓝天。精诚所至,金石为开。明天学校老师们的"师爱",成功地使孤儿学生告别阴霾,走向阳光!

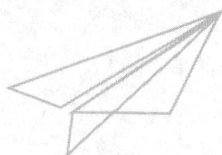

第二章

校园三原色（我的六则住校日记）

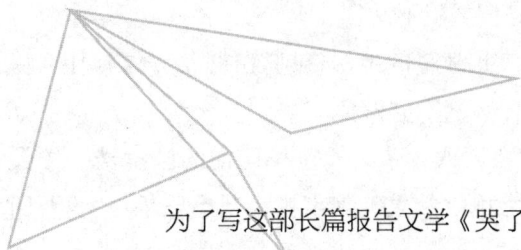

　　为了写这部长篇报告文学《哭了　笑了》，从 2016 年 6 月 24 日到 12 月 28 日，我住在南宁市明天学校安吉校区学生宿舍 301 室，与孤儿学生零距离接触，朝夕相处，一同生活了半年。

　　所见所闻所思所想，感触良多。正所谓"思之思之，鬼神通之"。

　　于是，就有了这六则住校日记。

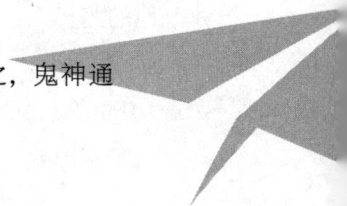

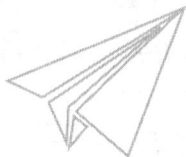

一、秋季开学第一天

（2016 年 9 月 6 日）

8 月 31 日下午，明天学校秋季学期开学第一天。新招的 37 名孤儿学生集合，由生活老师宣讲新生纪律。

12 岁的男生郑斯棋到处乱窜。"站好！""就不站！"

老师将他"请"到了办公室。分管孤儿教育的韦翠良副校长问："你有什么特长？会做什么？"他答："没有特长！我什么都不会做！"

他忽然情绪失控，竟发疯般冲回宿舍，取背包，闯至校门前的教学楼一楼大厅大吵大闹，又至大门欲冲出。门卫拦之拖之拽之，其声嘶力竭地怒吼："我要回去！我不读书了！"

他的监护人，也是送他来校的大伯拉其手臂，竟被其狠咬一口。大伯怒斥："你不听我的话，回去我也不要你了！……"

"不要就不要！"

为了不影响全校同学的学习，保安将他拉到了四楼的孤儿管理处心理咨询室。为防不测，在此值班的生活老师张秀丽早已将门、窗都关上了。郑斯棋一进门，果然意欲破窗往楼下跳，在咨询室不停地吼叫着，左奔右突……旋即又箭一般冲到楼下，欲翻墙，被门卫拦下；再欲冲门，复被拖住。他吼、叫、踢、咬，完全似一头暴怒的小狮子。门卫无计可施，只好开了大门……

大伯回校骑电动车追赶，好不容易追上了，他竟不理睬。无奈，大伯扔了电动车，拦了一辆的士，硬是拽其上车回了家……

邓丽霞、罗秀群两位老师给我说罢这个"开学第一天"的故事，又说，后来这孩子的大伯来过几次电话，为其说情，大意是：斯棋回家后，情绪稳定多了。但因其父母走得早，长期缺乏管教，改变还需假以时日，打算明年俟其改好了再送来学校。

两位老师总结似地谈了两点感想：

其一，每年孤儿入学的第一天乃至数周，总会有种种不稳定现象。不少孤儿学生会想家、不适应校园生活，有的会哭闹，甚至打斗。今年招收的 37 人，亦然。

其二，今年仅是郑斯棋一人"大闹天宫"直至强行离校回了家……"实话说，这算是好的了"。

我在孤儿管理处看到了关于郑斯棋的记录：

> 郑斯棋，男，2004年9月15日出生，武鸣县马头镇六户村人。2006年父亲因病去世，母亲改嫁远方，郑斯棋现跟年迈的爷爷奶奶一起生活，由伯伯监护。由于长期在爷爷奶奶的溺爱之下成长，造成其傲慢、无礼、以自我为中心的不良性格。对他的管教稍微有点严厉，他便强烈反抗，不能接受老师的批评与教诲。2016年7月中旬，经过考核他被录取（到）南宁市明天学校，读小学五年级。但其实在难以教化，现已离校回家……

二、一个女老师关于一个孤儿的陈述

（2016年7月5日下午）

梁秀燕是一位非常有教育经验的语文老师。她一脸慈祥，体形偏瘦，一看便知是因教书育人过多、劳心劳力所致。每当谈到动情处，她总是眼圈泛红。

她给我说的故事很寻常却满含爱意，它感染了我。

"我带六（1）班。班上有6个孤儿，5女1男。男的名叫陆立忠，性格开朗、阳光，有礼貌。陆立忠瘦小体弱，但好斗，极调皮，喜欢打闹和欺负同学，声称要打遍全班男生。其实男同学是让着他，不然他谁都打不过。

"一次，他被另一男生打败了——人家不想总让着他。他就大哭，推开我要给他擦眼泪的手：'你不用管，打死我又怎样？我又没人爱……'我说：'不，我们都爱你。你真死了我们会伤心！……'听到我这样说，他不哭了。

"一回，'出事'了。其实也就是不大不小的事情。他挨了我的批评，竟不理睬我，扭头就走！整整两天，他都不理我。我也故意不理睬他，采取冷处理的方式。第三天清晨，教室黑板出现一行字：'梁老师不要我了，我再也不是班上的孩子了！'看字迹，我就知道是他写的。我意识到前天我说的'我们这么爱你，但你不听话，老爱打架，那么我们也不要你不爱了'这句话说重了。

"他没来上课。同学们都很焦急，问我怎么办。我很自责。我这句话，对普通孩子没啥，对没了爸妈的孤儿却显得残酷了。但我又希望通过此事，让他明白老师的良苦用心，从此能改过前非。自责良久，我决定主动去找他。

"其实他也想找我，但又不敢，内心害怕。以前，我叫他，他会故作没听见，不理我，跑得远远的。这回，我一叫'陆立忠，你过来'，他立刻乖乖地跑了过来，像一只听话的小羊羔。'你敢回我们班吗？还想不想回我们班？''想啊！''想，那你要怎么做？''认错！我保证以后再也不打架了……'

"我没让他写保证书之类。但我和他拉了钩：'拉钩，拉钩，说话算数！不算数是小狗！'他果然说话算数！从小学五年级到小学六年级整整一年的两个学期里，他再没打过一次架。直至小学毕业，也再无一人向我投诉他。

"其监护人（他的叔叔）给他送来苹果。他挑了一个最大最红的，拿到办公室送我。我说：'老师有，你留着自己吃。''不行，一定要吃我的。你（的）是你的，我（的）是我的。我一定要给你，要不我就不走！'他把苹果放在桌上，跑了。

"过后我问他：'为啥一定要给我？'他这样回答：'谁叫你平时那么爱我们，有好吃的都给我们……'这倒是真的。比如中秋节我会拿月饼到教室，分发给6个孤儿每人一个——我是有意在班上当众关爱这6个缺失父母的孩子，以带动整个班级给这6个孩子多一些关心和温暖。"

梁老师的话让我有了感触，我对她道："'情感如同肥沃的土地，知识的种子就播种在这土壤里。'——这是苏联教育家苏霍姆林斯基说的很有名的话。"

"是的，是这样的！"她说，"这个苹果我一直没吃，我把它摆在桌上，天天看着它，直至风干，瘪了……"

稍歇，她又说："其实，谁爱孩子，孩子就爱谁。只有爱孩子的人，他才有资格教育孩子。"

她的眼圈又红了，泪水流了出来。我递给她纸巾，她默默地擦拭……

为了更多地了解陆立忠，我专门造访了明天学校的孤儿管理处。

覃爱芬、卢雪清、陈静3位生活老师都在。她们对陆立忠的评价有褒亦有贬，但不管褒与贬，全是因为爱。

她们给了我一份陆立忠简况：

陆立忠，男，2003年9月22日出生，隆安县乔建镇人。母亲2005年因父亲病重而离家出走。2010年9月父亲病故。此后陆立忠一直跟爷爷奶奶生活。他还有1个叔叔，4个姑姑。

陆立忠于2012年9月到明天学校读书，他常跟同学吵架、打架……说到陆立忠，几个生活老师都感到很头疼。虽然调皮，但是他是一个心地善良的孩子，懂礼貌，乐于帮助老师和同学。这几年来，他已慢慢有了转变，这是他成长的过程。

据此，我算了一下：这孩子2岁时母亲出走，7岁时父亡，9岁时来明天学校就读，现在（2017年）14岁上初中。

这就是陆立忠的成长轨迹。

他的路还很长，很长。

三、请为孩子吹走偶入眼中的沙尘，轻轻地
（2016 年 7 月 6 日上午）

她的脸庞有点红，气色很好。

她是马雪芬。"我是明天学校元老级的老教师了！"马老师此言不谬。她 1994 年来到此校的前身——安吉中心小学，迄今已过去二十二年。她先是当班主任，再后来是少先队辅导员，获得过南宁市优秀教师等多个奖项。

采访了半个上午，她这句话攫住了我："在明天学校这所特殊学校当老师，首先，你是老师——这是肯定的；其次，你又是妈妈——孤儿们都叫你'老师妈妈'；如果你当班主任，你还得是警察——你得会破案。"

她笑，我也笑了。

我就请她讲"老师警察"破案的故事。

她说了一个。

她是二（1）班的班主任。班上有一名孤儿陈庆生（化名），刚来时有个不好的习惯，爱拿同学的铅笔、橡皮等小玩意儿。

一回，一同学发现书包里价值 800 多元的新游戏机不翼而飞。该学生父亲打来电话，要求老师找回失物，否则就要报警了！

马老师让家长少安毋躁，应许保证尽快找回。她心想：小事一桩，何须报警？我就是"警察"！

此时正是"壮族三月三"节日，学校放假三天。

放假毕，孩子们返校了。

马老师施了三个妙计，既能"破案"，又不伤害"作案人"。

一计：她给全班同学每人发一根火柴。称盗窃游戏机者必会得到一根比别人短一截的火柴。发毕，她发现陈庆生神色有点紧张地悄悄与同学量度手中火柴的长短，她心中便有数了。

二计：她在班上宣布，谁从同学那儿拿了游戏机，摄像头已有记录，老师亦知道了。如果那名同学悄悄地把游戏机拿到办公室交给老师，就还算是个诚实的孩子，老师会为他保密。

　　三计：她告诉同学们，凡摸过游戏机的，上面会留下指纹。即使"作案人"不说，公安局也能破案。

　　才是小学二年级的孩子，哪经得住"三计"的敲打？果然，此"三计"一出，"犯案"的孩子很快对她和盘托出。原来，出于好奇和喜欢，陈庆生确实拿了同学的游戏机，并且趁放假带回家中锁在自己的小木箱里。得知真相后，马老师带着这孩子乘校车至其家取到了失窃之物，而后完璧归赵归还给了失窃同学的家长。

　　结果事件无声平息了，云开雾散，皆大欢喜！

　　陈庆生心存感激，过后多次悄悄地对马老师说："老师，你真好！"从此陈庆生不再偷拿别人的东西。班上从此再无失窃事件发生。

　　"这孩子从此脱胎换骨像换了个人！学习有很大进步，爱劳动，主动值日。如今念初二了，成绩不错。远远地见到我，总是热情主动地打招呼叫'老师好'。"

　　稍停，马老师又感慨道："对偶入孩子眼中的沙土，不能搓，更不能使劲搓，这样会出血，伤了眼。要轻轻吹、轻轻擦拭，总之动作要轻、要适度……"

　　我觉得马老师的话形象、深刻、耐嚼。我想到了意大利中世纪著名学者、诗人彼特拉克的名句："挽救一个迷误的、脆弱的灵魂，必须用您的恩典弥补它的过错。"

　　明天学校孤儿管理处为我提供了陈庆生的简况：

　　　　2001年1月出生。2001年5月父亲因意外事故身亡，2001年8月母亲离家出走，至今音信全无。其与爷爷相依为命，靠政府救济。2010年夏来明天学校入读小学二年级……

　　不难算出，这孩子才4个月大就没了父亲，才7个月大母亲就弃他而去。除了爷爷，他的"老师爸爸""老师妈妈"都在明天学校。

四、"老师，我不做匹诺曹，我要做诚实的孩子"

（2016年7月5日上午）

　　卢劭娥老师开朗豁达，讲话语速特快。我能感觉到她是那种把教师当成快乐职业的人。

　　卢劭娥教数学，和马雪芬一样，也是元老级教师了。她是南宁市优秀教师，所带班级获得过"优秀班集体"的称号。

她说的"破案故事"，与马雪芬说的"破案故事"异曲同工。听罢会让你忍俊不禁。

她所带的五（1）班有几名孤儿学生。其中一男生叫张大亮（化名），个儿小、力弱、寡言，给人憨厚诚实的印象。

有一段时间班上常丢东西，众人皆指认是张大亮所为。

卢劭娥不敢认定。她需要证据。

一回，学校开运动会。有几个同学向卢劭娥投诉书包被翻了，并且指认是张大亮和邻班的朱同学合伙干的！因为有人见到他和朱同学在教室晃荡。

邻班朱同学的班主任是梁秀燕老师。卢老师与梁老师一合计，决定将张大亮和朱同学一块儿叫来。卢老师给两个孩子讲了一个名为《木偶奇遇记》的故事：主人公木偶人匹诺曹只要一说谎话，鼻子就会变长……最后，她总结道："凡是撒谎的孩子，鼻子就会变长，谎言不攻自破。"

卢老师一说完，梁老师就配合卢老师，一起盯着两个孩子的鼻子看，并故意做出惊讶之状，仿佛两个孩子的鼻子正在逐渐发生变化。

张大亮和朱同学慌了神，用手摸着、护着自己的鼻子。匹诺曹的故事效果显著，尚未"开审"，他们就先自主动"招供"了。原来，两人确实经常合伙偷拿同学的小玩意儿。

此时，卢老师心生一计：她让两个孩子用"剪刀锤子布"的游戏定输赢，谁赢一次，谁就有权利揭发对方所偷的一物。

张大亮和朱同学认真地用手比起了剪刀、锤子、布。片刻的"比赛"，相互揭发的战绩"辉煌"，甚至有些惊人，两人偷拿过同学的小刀、手表、玩具、水果、橡皮、铅笔，甚至 MP3 等。

听罢，两位老师心情复杂，教育这两个孩子："做人要老老实实，不能自私自利。现在你们是小偷小摸，如不及时改正，长大了就很有可能走上犯罪的道路，受到法律的惩处。老师保证，此事为你们保密，但你们必须痛改前非。"

此后两个孩子主动写了保证书，说："老师，我不做匹诺曹，我要做诚实的孩子！"后来两人果真改了陋习，从此班上再无失物。

卢老师这样对我说："我们不是在'糊弄'孩子。我根本笑不出来。我认为，小学阶段的少儿教育，是个敏感而艰辛的'工程'，要因人、因时、因事而异，不能死板和一成不变，必须灵活处理，以变应变。"停了一下，她补充道："'三岁定八岁，八岁定终生'，这句话不无道理。"

此时，我想起18世纪法国伟大的启蒙思想家卢梭的一段话："人生当中最危险的一段时间是从出生到12岁。在这段时间若不采取摧毁种种错误和恶习的手段的话，它们就会发芽滋长，及至以后采取手段去改的时候，它们已经扎下了深根，以致永远也把它们拔不掉了。"这是一段关于少年早期教育的观点，被各国教育家奉为圭臬。

五、没妈的孩子也是宝

（2016 年 9 月 15 日）

2016 年的中秋之夜，我仍住在南宁市明天学校的 301 宿舍——为了抓紧采撷《哭了　笑了》的素材。

覃锋校长从家里驱车 30 多公里来到学校，特地给我带来了月饼、水果、点心和一罐上好的龙井茶。此时偌大的校园很安静。内宿的孤儿学生都由监护人接回家过节了。教室和宿舍的灯都熄了。一轮皎月当空，洒下一地清辉。我们在草地上席地而坐，边赏月边唠嗑。校长讲了一个五年前（即 2011 年）发生在校园里的中秋之夜的故事。

记之于斯，不因为它的故事性强，而是因为这里边的"人之常情"。

那一夜，月亮也是这样圆和亮。

那时候，还没实行中秋放三天假，所以孤儿学生全住在学校。过了晚上 10 点，学生照例要熄灯就寝。

忽然，一个男生坐在床沿，轻轻唱起了《世上只有妈妈好》。继而同宿舍的另外 8 个男生全坐了起来，跟着他唱。灯亮了，隔壁宿舍也唱。二楼的男生宿舍灯全亮了。很快地，60 多个男生全都加入了歌唱。三楼的女生宿舍灯也不约而同地亮了。廊道的灯也亮了。孩子们穿着睡衣、拖鞋，压低嗓门唱着这首《世上只有妈妈好》，蹑手蹑脚、鱼贯而出，穿过廊道，下了楼梯，井然有序地聚集到了操场，仿佛接到一个无声的指令，仿佛有一股无形的力量在推着他们。

他们唱，反反复复地唱。

世上只有妈妈好

有妈的孩子像块宝

投进妈妈的怀抱

幸福享不了

世上只有妈妈好

没妈的孩子像根草

离开妈妈的怀抱

幸福哪里找

……

他们很自觉地将音量压到最低，唯恐惊扰了校内的老师和周边的居民。但他们相信他们这发自内心的真诚歌唱，那远在天边的母亲一定能听到，她那饱经沧桑的脸一定会绽露灿烂的笑容……

月光如水，秋风习习。

孩子们从教室搬出了桌椅，摆上月饼和水果，还点燃了蜡烛。有人轻声而深情地诵读李白的《静夜思》："床前明月光，疑是地上霜。举头望明月，低头思故乡。"

人皆有爸妈，他们没有。触景生情，那缠绵深情的旋律，那撞击心灵的歌词，使孩子们的泪如决堤之水奔涌而出。

但孩子们超过了 10 点不睡而且还集体赏月是不妥的。为了孩子们的安全和健康成长，学校实行的是准军事化管理，更何况明天一早还要上课，于是有老师要前去干预了！

校长倒很开明，他想：每逢佳节倍思亲，乃情理中的事。今晚孩子们思念逝去的爸妈，不约而同地唱起《世上只有妈妈好》，并集体赏月，亦可以理解。

校长没有让老师干预。今夜，就让孩子们"放纵"一回吧！

当时，校长和许多老师都住校。他们也来到了操场上，和孩子们一齐唱，也都哭了。

等孩子们的情绪稍平复下来，覃锋给大家讲了《世上只有妈妈好》的由来：它缘自 20 世纪 80 年代末台湾电影《妈妈再爱我一次》，这是一部伦理片。故事说的是医生林志强留学归国，偶然发现他服务的精神病院的一名病人竟是他失踪了十八年的亲生母亲秋霞！而在这十八年的漫长岁月里，母子天各一方不能相认，完全是由于种种人为的因素造成的。在这六千多个日日夜夜里，子寻母，母寻子，凄苦寻觅，却始终不得相见！这期间，子差点丧命，母成了疯妇。电影的高潮和结局是林志强以一曲母亲在他幼时常常唱的儿歌《世上只有妈妈好》，重新唤醒了母亲尘封多年的记忆，使母亲恢复了理智和健康，母子相认大团圆……

覃锋又说："这部电影和这首歌，讴歌了伟大的母爱，而母爱是人类所共有的不可替代的最伟大的情感，它给了善良者和向往善良者一个宣泄感情的出口。"

说罢，校长问孩子们："你们有妈妈吗？"

有的答："没有！"

有的答:"有!"

覃锋说:"两个答案都对!你们的妈妈走了,生你们的妈妈没有了,但养你们的妈妈还有。你们来到明天学校,衣食住行、读书学习无忧,冷了有人帮你们盖被子,夏天有人帮你们放下蚊帐,病了有人送你们去医院……这不是又有了妈妈,甚至比妈妈还亲的妈妈吗?"

孩子们热烈地鼓掌并把感激的目光投向韦翠良、覃爱芬、张秀丽3位生活老师——她们也都来了。平日里孩子们都叫她们"韦妈妈""覃妈妈""张妈妈"。

校长说了3位"老师妈妈"为孩子们无私付出的平凡却不寻常的故事。

比如韦翠良,多病的丈夫在马山县工作,夫妻两地分居多年,无暇共处更无暇相互照顾。她只能常常情牵两地,心系两处,把许多苦和难往肚子里咽。独生女儿尚幼,经常见不上面,更别说关心和照料了。女儿对此颇有微词:"妈妈,你心里只有孤儿,我倒成了没妈的孩子了!"

又如覃爱芬,全身多处有伤病,颈、腰、脚都不好,常住院。但为了孤儿,她尽量少请假。2008年10月,她的丈夫因车祸不幸离世,当时她正住院,却强忍悲痛去照料住在同一个医院患了骨癌的林玉芝同学……

再如张秀丽,因长年累月辛劳成疾,却很少言说,甚至带药煲上班,看管孤儿和煎药两不误。有一独女,却很少得到母亲的关爱……

孩子们听了很感动,齐喊:"韦妈妈、覃妈妈、张妈妈,我们爱你!"

韦翠良也说了校长的一个故事:2000年1月至6月,校长的母亲患肺癌,求医问药、痛苦万分。此时正值筹办明天学校最紧张的冲刺阶段。虽然离家只有一个多小时车程的距离,但是他根本无暇回家探望、照顾母亲。6月底,他母亲去世的当日,他也没能及时赶到见母亲最后一面!自古忠孝难两全。他说他难以原谅自己,终生遗憾!

孩子们听得泪奔,齐呼:"校长爸爸,我们爱你!"

全体复唱《世上只有妈妈好》。

末了,一群孩子自发站到操场中央,为校长和老师们表演手语歌《感恩的心》,他们是明天学校孤儿艺术团的古筝演员和舞蹈演员。在这个特别的夜晚,明月、秋风、亲情,孩子们感受到了从来没感受过的爱!他们拨弄琴弦,摆动身姿,放开歌喉,一招一式格外认真,格外投入,格外动情。

感恩的心,感谢有你

伴我一生,让我有勇气做我自己

感恩的心,感谢命运

花开花落,我一样会珍惜

......

这个故事，是覃锋校长偶然说给我听的，却是"言者无意，听者有心"。我应当感谢覃锋校长给我讲了这么一个感人肺腑的故事。同时我也庆幸，自己没让这个于茶余饭后闲聊中偶然提到的故事，从我的指缝中溜走。

覃锋校长还说，自从有了明天学校，这十几年来，他每年中秋节必回校与孩子们一起吃月饼、聊聊天、赏月。一年也没落下。将心比心，他知道孩子们需要陪伴。但妻子和儿子不乐意了，于是他就改为先在家吃完饭尝完月饼，再驱车到学校与孩子们一起过节。两头兼顾，两头不误。

我说："那你很辛苦！"

"习惯了，"他说，"不看（孩子们），我心里会不舒服，像少了件什么东西。看了，看到了，心里头才踏实……"

六、教育是慢的，像牵着蜗牛散步

（2017 年 6 月 24 日对话黄淑娴）

1. 蜗牛说

教育是什么？

典籍和先人告诉我，教育就是教化和培育；就是培养人才，传播知识；就是教导启发，传道授业。

我问黄淑娴她对教育的看法。

这是星期六的上午，我采访她。校园很安静。我与她在教学楼五楼小会议室里隔桌而坐。长长的桌子中央摆放着一盆鲜花，十分夺目。

"教育是慢的，不是快和急的。"她回答道，"教育孩子，就像牵着一只蜗牛在慢慢散步。"

这个说法很新颖，我顿觉眼前一亮。

她微微一笑，在手机上一点击，把文件传到我手机上，这是台湾作家张文亮的一篇文章《牵一只蜗牛去散步》。作家在文中写道："孩子，是慢慢养大的，教育孩子就像牵着一只蜗牛在散步，需要父母细腻的呵护和理解……""我不能走太快，蜗牛已经尽力在爬……"

黄淑娴说，孩子的成长需要过程，它不是一蹴而就的，而是循序渐进的。

我认可了"蜗牛说"。

她给我讲了几个她教育孤儿的故事——"慢教育"的故事，有趣而耐人寻味的故事。

2. 翁传的故事

那是在 2004 年。1999 年任教于明天学校的黄淑娴是翁传的班主任。她班上有 5 个孤儿学生，翁传是其中之一。

这个来自浦北的、父母早亡的孩子有太多坏毛病和坏习惯！调皮、懒惰、偷东西、贪吃。而翁传的个人卫生情况着实令人难以忍受。不管春夏秋冬，他从不漱口，从不洗澡，那股熏人的汗臭味，一米开外都能闻到！

黄淑娴当时才 20 岁出头，她对翁传的个人卫生情况感到难以容忍，便"抓"翁传来问："为何不洗澡？"其竟答："就是不想洗！"黄淑娴观察了翁传一段时间，发现他非常懒——懒得洗澡、懒得漱口。因为他觉得洗澡、漱口太费事，所以懒得洗。

一天，她同生活老师覃爱芬一起合力"逮"住了翁传，"今天一定要洗澡！"将他推进孤儿管理处的卫生间后，她俩就在卫生间门外等候。"洗！洗够十分钟以上！不洗干净不要出来。"

十分钟后，他出来了，换了一套衣服，但头发和身子都是干的，当然身上的汗臭味依旧存在，耳朵上还有黑垢……

黄淑娴问他："刚才在里面都干了什么？"他笑了笑，却不答。黄淑娴又问："难道刚才你都是在里面愣站着吗？"翁传点头默认。复将其撵入。其仍不洗！

实在忍无可忍！两人再次合力，帮翁传脱了衣服，开了花洒将他从头淋到脚；以香皂擦之，奋力搓、刷，十八般武艺用尽。她们一边洗，一边观察翁传，发现他还一副很享受的样子。黄淑娴哭笑不得。一个多小时过去了，好不容易才将这孩子长年累月积攒下来的污垢洗干净。

随后几个月，翁传却依然是外甥打灯笼——照旧。除非有人帮他洗他才洗澡。

我问："有什么办法吗？"

黄淑娴："有啊，跟他讲了一个故事！"

"帮他洗了几次澡后，有一天我把他叫到跟前说：'老师给你讲一个故事，有一个男孩非常懒，在家什么都不做，什么事都是他的妈妈帮他做完。有一次，男孩的妈妈要出一趟远门，她担心儿子在家没人照看，没东西吃，于是临行前做了一个很大的烙饼套到儿子的脖子上，心想这个烙饼这么大，应该可以够儿子吃几天，遂放心出远门了。等她办完事回家一看，儿子还是饿死了。原来儿子在她出远门后，就一直躺在床上，懒得起床，肚子饿了直接咬挂在脖子上的饼吃，挂在脖子前的饼吃完了，竟懒得把脖子后面的饼转到嘴前，所以就饿死了。'"

翁传嘻嘻一笑："还有这么懒的人啊！"

黄淑娴："有啊！我们班就有一个。"

"谁啊？"

"你啊！只不过你跟他的区别是，他是饿死，你是臭死！"

翁传讪笑，竟没有一点不好意思！

"你想臭死吗？"

他摇头。黄淑娴又说："那好，以后你就自己洗澡，洗一次，给你奖励一朵小红花，凑够十朵奖励你一个大苹果。"

一听有吃的，翁传眼睛一亮，满口答应下来。用"奖励吃的"这招对他果然管用。此后，翁传能自己洗澡了，虽然洗得不尽如人意，但是毕竟还是洗了。用黄淑娴的话说："不能操之过急，能洗就好，先让他有洗的习惯！"

黄淑娴对我说，翁传七八岁了，身材明显比同龄孩子矮小。在农村无人照看，于是就成了一匹"小野马"。

翁传还善偷，简直是"快手、高手、能手"。他能敏锐地"嗅"出哪个同学的书包里有"货"。

一回，上体育课，他中途回过教室。下课后，一位同学发现自己书包里的十几元钱不翼而飞了。全班同学皆认为是翁传所窃。他不承认，说没证据。黄淑娴心中有数。"审"之，和他单独谈话，他没有承认。同宿舍的同学翻寻了宿舍、橱柜，一切可以找的地方，都一无所获。黄淑娴就思考：会不会是密藏在学校后花园里？那里是全校最隐秘的地方。她派了几个得力的同学，梳篦般将每棵树脚每个花丛每块砖头翻了个底朝天。果然"破了案"：他竟将十几元钱分成几份，分别藏匿于几个花盆之下。

他是"惯偷"了。

再"审"之，他仍然淡定，嬉皮笑脸地直视老师。

黄淑娴觉得这孩子可怜，对我说："他没有父母，也没有监护人，学校放假时，我没见过有人来领他。他在村里也没人管。所以，久而久之，（他）练就了坚硬的外壳，将自己包裹得紧紧的！"

又有一回，学校给学生发驱虫药，那是一种用白色包装纸包了一层糖衣的西药。全班同学每人两片。黄淑娴有事叫翁传到办公室谈话。谈话间，黄淑娴上了趟卫生间，回来发现桌上有一包发剩的驱虫药不见了。她认定是翁传偷吃了，询之，他照例嬉皮笑脸地直视老师，不承认，还拖长了声调答："没——有——"

黄淑娴瞥了一眼垃圾桶，有一张有折痕的白纸片，分明就是那包驱虫药的包装纸！

黄淑娴好气又好笑："那是老鼠趁我不在的这两分钟里爬进来偷吃的啊？"他嘿嘿直笑。黄淑娴也朝着他笑笑。不用说，答案都包含在这对视的笑容当中了。

"我笑着笑着，感觉有一股热泪从我的眼眶中涌了出来。我朝他挥挥手，示意他可以离开了。他便大摇大摆地走出了办公室。"

她难过至极！不只是因为这孩子的偷吃和不承认。

"……这天我没去吃午饭。太难过了！百感交集。我整个中午独自一个人愣坐在办公室里，一个多小时，默默地思考，默默地掉眼泪……我在想，这孩子吃驱虫药都要吃双份，把它当水果糖来解馋，可以想象，类似翁传这样的孩子是何等的困难、孤独、无助和饥饿！"

说到这里，她眼眶湿润，喉咙哽咽。她说不下去了，泪水涌了出来。她用手背擦泪，掩着脸，道："不好意思，我出去一下……"

过了一会儿，她回来了，手上多了一张纸巾。她的泪水已擦干了，眼圈红红的。

她说班上还有个孩子，亦瘦、小、黑，而且还有漏尿症。这孩子特能吃！有一年中秋节，爱心人士捐赠月饼甚多，这个孩子一口气不停歇连吃了好几个月饼。是夜，他在床上翻来覆去地打滚、呻吟。覃妈妈摸其肚，圆滚滚、胀鼓鼓、硬硬的，似一只坚硬的铁桶。随后学校老师送他去医院，医生诊断为严重伤食……

"后来我就想，翁传这样的孩子，有小偷小摸的行为，也许只是想弄点钱买零食吃，仅此而已！我想起大禹治水是疏浚，而不是堵塞。我便常给翁传糖、饼、水果吃。我还向校长、苏艳春（副校长）、宁杰梅（教导主任）建议，干脆每月发一点零用钱给孤儿们。让他们手上有一点零花钱，可以随意支配……"

"后来翁传怎样？"我问。

"偷盗行为明显少了。有了零食和零花钱，他很高兴，但学习仍不太行，人不是很聪明，也不够努力……"

3. 不爱笑的她

"她不笑，从来不笑，总是愁眉苦脸。"

黄淑娴口中的"她"，叫甘海丽。现在念小学六年级。小学一年级到四年级，她的班主任是李小玉；小学五年级到六年级，她的班主任是秦月清。

有一回，李小玉跟黄淑娴开玩笑"打赌"："你能逗得海丽笑，我给你100元。"她们是希望这孩子开心有笑容。

"什么办法都用过了吗？"黄淑娴问班主任，"你们用的是什么办法？"

班主任李小玉说，就是扮各种鬼脸，讲各种笑话……

她一听，就觉得这种方法肯定不行。刻意而为之的事情总是适得其反。

甘海丽四年级时，黄淑娴给甘海丽的班级上语文课。平时，黄淑娴每次上课，进教室前，都会提足精神，铆足了劲儿，即使是重感冒刚愈她也会一扫倦容病态，似打了鸡血一般，神采奕奕、满目放光地走上讲台。这天，她精神抖擞，课上得好，感染力强。讲至高潮处，全班大笑，笑声不止，笑声直冲天花板穿透一切！甘海丽也笑了，笑得开怀灿烂，黄淑娴真想掏出手机拍下这难得的瞬间——"那么，李小玉这100元，肯定输了！"

当然没能拍下来。

采访至此，我来了劲。我请黄淑娴将甘海丽这"千金一笑"向我详述，越详细越好。

正好她有课。下课后，她花了半个多小时，给我发来了微信：

……冰冻三尺，非一日之寒。甘海丽以前到底经历了什么，这些已经成为过去式，我们更应该看重的是她的现在和将来。我们只想让她来到明天学校后，慢慢地从过去的阴影中走出来，让她重新点燃对生活的激情，恢复孩子该有的天真、活泼。这是一个缓慢而长期的过程，我已经做好了打持久战的准备。

我决定要逗得甘海丽笑，要让她露出八颗牙齿。

我那天还真成功了！

我跟孩子们说："老师有一个朋友叫小聪，他从我这里知道明天学校很漂亮，想来参观一下我们学校，我安排了小明同学带他参观。谁知道小聪回来跟我说：'别提了，今天参观你们学校，把我累得半死，整天跳来跳去，都变跳跳龙了。'同学们，你们想知道为什么吗？"我卖了个关子。

孩子们目光灼灼，说："老师，快点说！为什么啊？"

"'到底是为什么呢？'我问小聪。小聪说：'你们学校那个小明同学，一进学校，就带我去参观那个漂亮的小花园，但我还没看明白漂亮在哪里，他就把我带去中海楼一楼的音乐室和二楼的读书阅览室，还没看完，小明又拉我到教学楼看一间间教室。你们的教室真不错，特别是后面的学习园地布置得很精美，我还没看出个子丑寅卯呢，小明说，刚才在中海楼忘记带你去参观美术室了，我们赶紧回过头去补看！就这样小明一路拉着我又跑到中海楼，累得我上气不接下气。刚看完中海楼的阅读小书吧，小明又说刚才还没参观教室里的书吧呢，我们过去看吧！我们又掉头跑到了教学楼……'"

我讲得绘声绘色，加上夸张的肢体语言，孩子们听得着了迷。

"小明的整个参观过程，都是跳跃式的：从中海楼跳到教学楼，从教学楼跳到小花园，又从小花园跳到校道，再从校道跳到中海楼……"

"小明好笨啊！""小明肯定吃错药啦！"有孩子开始大声嚷嚷，这时教室有了笑声。

我再趁势在黑板上画了一只肥硕笨拙的袋鼠，模仿着这只动物，在讲台上边讲边跳。我十分投入，表演得惟妙惟肖、活灵活现，还气喘吁吁，我上气不接下气地故意夸张地大声呼救："跳来跳去好累啊！快受不了了，谁来救救我啊！"又是一阵哄堂大笑。在我转身的瞬间，奇迹发生了。我瞥见坐在旁边第一桌的甘海丽跟着笑了起来，露出了一排白亮的牙齿。多么不容易啊！这时，我的心里好像有几束小礼花骤然升空，在黑绒布般的夜色中绚烂绽放。

甘海丽的笑容虽如昙花一现，转瞬即逝，但却是我看到过的最美的笑容。

这件事距现在虽已有三四年，但海丽同学那如花笑靥在我心底留下了印迹，难以磨灭。我好像悄悄地靠近了这个孩子那脆弱敏感的内心世界。

我总觉得，教育的最高境界是两个字：无痕。

老师没有耀眼的华服，没有过多的金钱，没有光彩熠熠的首饰，有的是一颗爱孩子的真心，能够全心全意地去对待每一个孩子，体味孩子们成长路上的困苦与甘甜。有时是和孩子们在春日去看一场花，在夏日去淋一场雨，在秋日踩一踩落叶，在冬日暖一暖手心；有时是过着平淡如水的日子，细心描绘着孩子们平淡却不平凡的童年。这，也是我作为教师的一种幸福！

这真是一篇独特而隽永的教育文章！为了博甘海丽和"甘海丽"们的一笑，为了让这些孩子取得点滴进步、得以健康成长，黄淑娴和"黄淑娴"们甘愿无私付出。而这种付出，往往大多时候是默默无闻的，但他们感受到了作为教师的一种幸福！

说来也巧，甘海丽是我家访过的孩子。2016 年 8 月 4 日，这是暑假中酷热的一天，我造访了她石山连绵的家乡——马山县林圩镇。她的父母染上了毒瘾，先后弃她而去。悲惨的身世，使她的脸上鲜有笑容。她的伯父，也就是她的监护人，沉痛而坦率地告诉我，海丽在母腹中时，其母亲仍无法戒掉毒瘾，所以海丽从出娘胎开始就没有吸过一天母乳。她是奶奶和伯父伯母以玉米糊、奶粉、稀粥喂养大的……

简而言之，这可怜的孩子的记忆中没有父母，也没见过父母。她没能得到过母亲的爱和拥抱。将心比心，换了是任何人，你的"笑"又从何发起，从何而来呢?!

我将这段"人间悲剧"说给黄淑娴听。她发出一声长叹。

一阵沉默。大家都感到心情沉重……

4. 不能让一个孩子掉队

罗伊婷这个孤儿使黄淑娴心急如焚！她患了荨麻疹，浑身长了红疹，痛、痒，一挠就出血。

罗伊婷请假住了院，天天吊针服药，一住一个多月。缺课太多了，她回到班里时，距期考仅剩一周时间。

如果按照常规的复习计划，她肯定跟不上，更不可能及格。

黄淑娴下定决心，不能让任何一个孩子掉队。她采取"临时抱佛脚"式的恶补方法，自编了一本浓缩型复习资料，给罗伊婷还有甘海丽等几个基础差的学生每人一本。一个学期的知识点、重点、难点全在里面了。

她必须在短短一周里，让罗伊婷学完后面的课，还要赶上其他同学一个月的复习量。

黄淑娴能做到吗？她是怎么做到的呢？这简直是"火箭速度"啊！

我刨根问底地"挖"出了她当时那份特殊的时间表：

下午 5 点 30 分（放学）至 6 点 10 分，给罗伊婷补一小时的课；

6 点 30 分至 7 点 30 分，一个小时解决吃饭及洗澡问题；

7 点 30 分至 9 点 30 分，晚自修时间，让罗伊婷、甘海丽等同学到办公室，做重点辅导。连续一周，每晚皆如此；

周六和周日的上午，从早上 8 点至中午 11 点 30 分，下午从 3 点至 5 点 30 分，以及这两个晚上的 7 点 30 分至 9 点 30 分，一概单独"开小灶"！

这些孩子的学习基础都较差，知识的吸收能力就相对慢一些，教他们得格外有耐心，别的同学一遍能掌握的，他们也许要两三遍才能掌握。黄淑娴得一次次地示范和讲解……

如此这般，一个星期突击下来，黄淑娴几乎累趴了、崩溃了。

功夫不负有心人。

期考成绩出来了，从没及格过的甘海丽考了 90 多分，罗伊婷也考了 90 多分。这几乎是个奇迹了！

这超出了黄淑娴的预料。她流下了高兴的泪水。须知道期考试题不是她出的，是用全市统一的试卷。

她专门复阅了罗伊婷的试卷，能拿的分她全拿了，而被扣的 6 分题目，确实是她不会的。

黄淑娴举起罗伊婷的试卷，在全班同学面前表扬了她："她不是全班第一，但这是她人生的第一！努力比分数更重要……"

说得真好！

"这就是我们当老师的幸福和成就。孩子进步了，我们就有了幸福感和成就感。"这是她的总结。

5. 读书最多的老师

覃锋校长在我面前多次夸过：黄淑娴是全校老师中看书最多的。

这个，我能感觉出来。在长达三个小时的采访中，除了聊这三个故事，我们有一半多的时间是在讨论读书和读后感。

比如余光中、席慕蓉的诗。

比如龙应台、沈从文、汪曾祺、余秋雨的散文。

比如海明威、杰克·伦敦、贾平凹、陈忠实的小说。

比如莎士比亚的戏剧……

谈话间，我出去接听了一个电话。回来，就听到微信"丁零"响了一下。一看，是黄淑娴老师发给我的：

《六祖坛经》上说："一切福田，都离不开心地。心田上播下善良的种子，总有一天，会开花结果。"……所以，何作家您为了写《哭了　笑了》这部作品的所有付出，您对学校和孩子们的慈悲之心、悲悯情怀，终会开出最美的花朵！……

这段话让我很感动。

你的劳动、付出，别人能看到，并给予理解和激励，你是会感动的。

我谢了她，又说："读书好、多读书好、多读好书好。书读百遍，其义自见。读一本好书就是同一个高尚的人对话……"

她随口道："一日不读书，尘生其中；两日不读书，言语乏味；三日不读书，面目可憎。"这几句话出自"宋四家"之一的黄庭坚，很有名的。

我知道黄淑娴是副校长，分管教学和德育，这两大块乃是一所学校的重中之重。她还是有着十九年语文教学经验的领军人物，获得过南宁市的乃至自治区的许多业务奖项。

这些，是覃锋校长告诉我的。

黄淑娴个儿不高，长得小巧玲珑，一双聪颖睿智、充满好奇的眼睛大而亮，额头很宽，总像是在思考着什么的样子。她属于好读书、求甚解的类型。

分别时，我还是想起了她一再强调过的观点："教育孩子，就像牵着一只蜗牛在慢慢散步。"

信然！

第三章

一校之长

　　"选准了一个校长就是办好了一所学校。"这话是南宁市明天学校建校的主要推动者罗世敏说的。　当年选中的首任校长是覃锋，500多名孤儿学生都是他的孩子。　孩子们都管他叫"校长爸爸"。　他一干十七载。　不负重托，义无反顾，无私付出，含辛茹苦，坚持守望……

一、孩子，不能少了你
（校长与潘宁的故事）

1. 潘宁与众不同的故事

我住进这所学校已有一个半月。我已经听到了许多动人的故事，而且我知道我还会听到更多动人的故事。我将潘宁的故事作为本章的首篇，凸现于全章前面，因其与众不同。

2016年8月8日上午9时，我正在明天学校学生宿舍301室整理采访材料。覃锋校长打来了电话，问我有没有空去看看潘宁。从他的语气中，我听出了焦灼和渴盼。

我去，当然要去！

我知道潘宁有着与众不同的故事。

我、覃锋校长、邓绍创老师、万国权医生，坐着校车，疾驰而去。

30多公里，1个多小时的车程，我有足够的时间了解这个潘宁。

校长说："潘宁是今年13名考上大学的孤儿学生之一，她是一个勤奋、用功、懂事、有前途的好苗子，只是，可惜了！"

可惜什么呢？他没有往下细说。他打开手机让我自个儿看。

这是一段微信的"对话"，时间是2016年7月31日下午12点13分。

潘宁：校长爸爸，我想跟您说件事。

校长：什么事啊？

潘宁：我生病了，得了甲亢这个病。

校长：去医院看了吗？

潘宁：去过了……

校长：有钱拿药吗？若没有，跟校长说。需要多少钱啊？

潘宁：没有钱呢！之前在（南宁市）红十字会医院花了一万多元没治好。我叔叔借钱治的。现在我在（解放军）303医院治疗。医生说我这个（病）要做手术，手术费要一万多元。我现在正在吃药。叔叔哪儿来这么多钱？

校长：学校来筹这笔钱。

潘宁：谢谢您，校长！明天我又要去医院复检和拿药了。医院说要吃药一段时间后才能做手术。

校长：不要做手术了。校长爸爸找药给你，会很快好的。

潘宁：医生说我脖子有块东西，必须要做手术才能消去。他说一般甲亢病人是吃药，但我这个要手术才能去除。

校长：拿好检验单，用中药或者针灸是可以治好的。校长爸爸会想办法帮你治好病的，放心！

潘宁：谢谢校长爸爸！说不出的感激！

校长：明天上午，校长和何作家（校长对我的称谓）还带上一位针灸名医万医生去看你，诊断兼采访，请你与你叔叔说。你一定要在家里等着我们！

看到我读罢微信，校长情不自禁地猛一拍大腿，长叹一声，喃喃道："唉，这孩子，得了病，怎么不早向我说呢？"

万医生就安慰他："我给她治，说什么也要把她治好，甲亢这种病我过去治过多例了，放心吧！"

校长这才止住了长吁短叹。

2. 家访

潘宁家住在南宁市良庆区那马镇冲陶村巴强坡29号。

我从明天学校孤儿管理处的生活老师那里了解到了潘宁的情况：

潘宁刚生下没多久，母亲或许是嫌潘宁的父亲穷，又体弱多病，觉得指望不上，1998年便离开她父亲另嫁他人。断奶没几天的潘宁就由父亲抚养。祸不单行，2000年，父亲罹患"老鼠疮"（即淋巴结核）不治而殁。那年，父亲25岁，她才2岁。从此她就成了孤儿，她叔叔成了她的监护人。2009年她有幸到了明天学校就读小学二年级，又顺利读了初中、高中。2016年高考成绩还达到了专科院校录取分数线……

我们的车子甫一停稳，早就在家门口等候的潘宁就急切地迎了上来，她的眼睛溢满激动和感动的泪花。她矮而胖，身高最多1.5米，圆圆的脸庞略显浮肿，一双大眼睛明显外突，缺少神采。后来万医生对我说："她这是典型的甲亢病人的面容。"

我让潘宁带领我们参观她的家。这是建在农田中的老旧红砖房子，上下两层，因年久失修，已显破败。潘宁独自一人住在二层的一个单间。青砖和红砖混搭砌成的墙体，砖色斑驳，墙灰剥落。至多10平方米的房间里没有什么像样的家具，显得空荡荡的。靠窗的一张大木床，坐上去会吱嘎作响。床上除了枕头被单，还整齐地摆放着课本和书籍。床边有一张矮板凳，床沿杂乱堆着作业本和升学复习资料。头顶上垂直吊下来一根小日光灯管和一个微型吊扇。床底下，一只缺了一角的瓷碟子上是一盘墨绿色的蚊香，散发出浓烈呛鼻的气味……

我问她："你就在这里复习考试？"

她轻轻地点点头，似乎有点不好意思。

她内向，不善言辞，似乎有点木讷，甚至带点儿自卑。但在我和校长启发式、诱导式的追问下，我们还是如愿问出了她的故事。

这是属于她的故事，关于父母、关于求学、关于志向。

当年母亲出走之后，在她2岁那年，噩梦无情地降临了。已经有些朦胧记忆的她，永远忘不了那一幕：父亲骨瘦如柴，面无人色，气若游丝，躺在床上粒米不进。临气绝之时，父亲已说不出话，只是拼尽全身之力，握住声声哀啼的潘宁的小手，缓缓交到他的弟弟（潘宁的小叔叔）潘沾室的手上……

这是托孤。

这是生命之托！

从此，她就跟小叔叔过。小叔叔成了她的监护人。

而父亲那条条青筋暴起的粗脖子，与他无比消瘦的身躯形成了极大反差。从此，这一幕便烙在她的脑海里，挥之不去。

是的，每思及此，她就常做噩梦，而且从梦中惊醒时，她浑身是汗。但真正的梦魇，犹如传说中的魔鬼撒旦不可抗拒地缠上了她。2014年，也就是她18岁读高二那年，她经常感到头晕脑沉，疲累乏力，手脚发软。她时而饭量大得惊人，时而又茶饭不思。她感觉到自己的记忆力在减退，原先的博闻强识和自信，开始无情地离她而去。

姑娘想到了"甲亢"这两个她最为担心的字眼！

3. 抗争

她没有退却，她选择了抗争。

她相信勤能补拙。她每天清晨5点起床，不午睡；晚上11点甚至12点才休息。她背、写。记不牢，就多默写几遍，人一能之，我十能之；人十能之，我百能之。她的成绩始终保持在年级中上水平。

她说她最崇拜的是高玉宝，印象最深的是他的文章《我要读书》。一个大字不识仅上过一个月私塾的庄稼汉，20岁时成为解放军战士，凭自学，凭日积月累，凭超常的毅力，写出了《半夜鸡叫》等200多万字作品，成为作家。她觉得他能，自己为何不能？

其实，《我要读书》是高玉宝的自传体小说《高玉宝》中的一章，被收录在中小学课本里。

说到此，潘宁从枕边草席下拿出了《我要读书》给我和校长看。

这是一本薄薄的单行本，内页已翻卷破损。那上面，许多页的字字句句都被画满了红杠杠。其中有一段，引起了我的注意，"玉宝仰着脸问他妈：'妈妈，我念了书，将来我当什么呢？' '当什么？当好人！学会自己挣来吃，才算有本事……'"

旁边有潘宁用红笔小字写的批注。我和校长不禁轻声念了出来："我也要读好书，读大学，将来做有本事的人……"

校长就问潘宁："什么叫有本事的人？"

她想了想，面露刚毅之色，尽量提高了声调说："大学毕业，回报社会，回报所有爱过我的人，回报学校！"又说："我记得学校宣传栏里的这两句话，'今天，我以明天学校为荣。明天，让明天学校以我为荣。'"

校长很高兴，高声对大家说："今年潘宁考得 322 分。二本理科线为 333 分，她仅差 11 分。她的成绩达到了大专线，被广西职业技术学院录取是一点问题也没有的。她是今年 13 个考上大学的孤儿孩子中的一个。对于她，是苦尽甘来；对于明天学校和我，是累有所值，甚感欣慰啊！"

他笑着，满脸欣喜。

4. 风铃

这时，我发现窗台上方，一根红丝线悬吊着一串风铃。在午后阳光的照射下，煞是好看。偶尔轻风一吹，叮叮当当作响，十分悦耳动听。

我小心地取了下来。五根银色耀目的小钢管，并列成一排，它们相碰发出声响。最下面是一只透明的塑料圆球，里面装着几十颗五颜六色的小五角星。

潘宁的脸上泛起了一抹红晕，解释道："这是某年明天学校庆祝六一儿童节，老师让每个上台表演的孤儿学生亲手做的。表演完了，我就留着带回家做个纪念。"

接着，潘宁看着校长，说："我将风铃挂在这儿，是想有个念想。风一吹，响了，一看一听，便会想起学校、校长、老师和同学。五角星又叫幸运星，我一共做了 99 颗，我想它们会给我带来好运……"她的鼻子发酸，说不下去了。我就逗趣道："潘宁你不是如愿考上了大学，幸运星不是给你带来好运了吗？"

大家都哄地乐开了。潘宁破涕为笑。阳光这时照到了她的脸，那一刻，她的笑容灿烂如花。

5. 心病

我们下楼。

一群起先在旁围观的村里的孩童，一概赤足，他们跳跃着、欢呼着从我们身前身后飞奔而过。

院子里，长着杂草的滑溜溜的水井旁，停放着一辆挂拖斗的手扶拖拉机，已是油漆剥落、锈迹斑斑。楼下共有五六间房，一概是静悄悄、空荡荡的，仿佛在诉说着主人的困窘。

我们在一个兼厨房、饭厅和会客厅于一体的房间里坐着。

潘宁的小叔叫潘沾室，应当未到50岁，但他黝黑、瘦弱，皮肤粗糙，略显苍老。他说着夹杂乡音的普通话。

打从潘宁2岁丧父，他就担起了哺育之责。既当爸又当妈，直至如今她19岁。其间他结婚有了儿女，孩子们都在读书，加上潘宁，经济负担不可谓不重！小叔种田、养猪，帮人盖房子。不时也得到政府救济的一些柴米油盐。婶婶玉新菊亦是个善良厚道之人，为生计所迫，她长年外出打工，一年忙到头，春节始归。难是难，但夫妻俩不忘兄长临终时的千斤重托，视潘宁如同己出，从没有过一丝薄待。春节先发红包给潘宁，礼品总有她一份，寒天里首先给她添新衣，还给她自己住二楼的一个单间，以使她能更好地备考大学……及至潘宁患病，两口子二话不说就将压箱钱拿了出来，又向亲戚乡邻借贷，硬是交了一万多元药费。直至再需一万多元手术费时，他们实在无力支撑。征得叔叔婶婶同意，潘宁才向校长爸爸开了口……

小叔那双粗黑的大手交叉握着，语调平静，脸上没有多少表情，平静得像是在述说别人的故事。

但大家听得感动，不禁一阵唏嘘。潘宁已是泪流满面。

此时，经验老到的万医生对潘宁进行一番望、闻、问、切后，下结论说："你的病要治，能治好，找我治得了！我给你每天扎针，改善血液循环，针灸是治根，一周许就会见效，一个月会有大起色……"

万医生语气轻松。但我和校长都听得出，他是在安慰潘宁。

其实，这些，潘宁也听得出。临分别，她向校长道出了她的担忧：9月初开学，现在已是8月，还有不到一个月，病真能治好吗？她真能如愿上学，圆她的大学梦吗？她更担心的是，爸爸是25岁得大脖子病走的，现在自己十八九岁也患上了，往后会不会走到爸爸那一步呢？

6. "甭提费用"

回程的车上，一阵沉默。大家的心像压上了铅块，沉甸甸的。大家都明白潘宁的担心绝非多余。

校长打破了沉默，于是有了一段真诚的交流。

校长感慨道："何作家，由于您写这部书，才有了今天的采访，间接促成了万医生登门诊治。你们等于是救了潘宁这孩子一条命啊！所以，在这里，我要代表学校和孤儿孩子们诚挚地感谢你们……"

我道："您心里总牵挂着每一个孩子，应该感谢的是校长您啊！"

万医生插话说："甭啰唆啦，您就送她来吧，我再怎么忙也要尽我最大的能耐帮她治！"

校长点头，道："行，那明天我就送潘宁去。这费用……"

"甭提费用！"万医生打断了校长的话，"你看这孩子一家有多难！我只恨今天没带钱包去，带了，我把钱全掏给他们！再说一遍，救人要紧，您送她来就是！"

他说得斩钉截铁。

7. 走过的路

请允许我将"拯救潘宁"的故事暂且打住，且让"子弹飞一会儿"。

我们有必要将潘宁走过的不长的人生历程略作"闪回"。

潘宁，2009 年入读明天学校六年级。那时候她十二三岁。母亲不辞而别，父亲病殁，她因此不幸成了孤儿，但她有幸进了南宁市明天学校——广西唯一的孤儿学校。

班主任是周玉芳——一个聪慧端庄的优秀的语文老师。她特别擅长启发式和赏识式的教学。

她落落大方地接受我的采访，谈潘宁。

老师们，尤其是孤儿管理处的几位密切接触潘宁的老师，都异口同声地说潘宁内向，特乖。特乖的孩子都听话，却没有突出的特点。

周玉芳绘声绘色地描述她眼里的潘宁。她侃侃而谈，我如实记录。

"记得潘宁刚来我们班的时候，是一个十分内向的孩子，跟人交流连眼皮都不敢抬，问一句就点一次头，偶尔只回答一两个字：是或不是。回想起她进到班级的那一天，我还有点印象。那天，覃爱芬老师领着几个孤儿孩子像分发礼物似地来到我们班。覃老师笑呵呵地对我说：'周老师，来来来，这几个是新来的孩子，你来挑一个吧！'看着这几个孩子，身材瘦小，皮肤黑不溜秋，身上最醒目的东西就是背着的新书包。也许是初来乍到，一切都还是那么新鲜，所以孩子们看起来对什么都很好奇的样子。虽然不敢大方地抬头看老师，但是却能明显地感觉到她们很想尽快拥有一个属于自己的班级、自己的座位、自己的老师。这时候全班同学一个个也偷偷地把小脑袋往窗外探，想看看又来了哪位新同学。我笑着说：'哦，好啊好啊，我们班又来新同学了？男生还是女生？我们班女生少，来一个呗！'然后怜爱地看着这几个孩子。猛然间，潘宁抬头忽闪着大眼睛看了我一眼，那种感受似乎就注定了她成为我们班的孩子。我顺势拉过她，搂着她的小肩膀，对覃老师说：'就这个吧，叫什么名字？''潘宁。''哦，好有意思的名字，潘宁，南宁，就差一个字，来，我们进教室去吧！'刚进到门口，全班同学不由自主地鼓起掌来，我愣了一下，潘宁更是紧张了起来，她头低低地看着地面。这些孩子什么时候变得这么懂事了？呵呵，原来，我们班一直以来都有一个习惯，但凡有新同学来，一定要做个简单的自我介绍，举行简洁的欢迎仪式。可这孩子很明显十分内向嘛，她敢说话吗？等下不会给吓哭了吧？一看这阵势，我改变了以往的自我介绍形式，干脆给她提问，引导她介绍自己。'潘宁，你给大家说说你叫什么名字？''潘宁。''你老家在哪里？''良庆。''这里漂亮还是你们老家的学校漂亮？''这里！''大家欢迎潘宁！''欢迎潘宁，欢迎潘宁！'同学们开心地鼓起掌来，这时候这孩子已经不再那么紧张了，我把她送到她的座位上，班上的女生热情地帮她拿书……"

我承认周老师说得真好！形象、生动、传神，平淡的事让她给说出味儿来了。

这种无微不至的大爱和润物无声的真爱，融化了潘宁心中的坚冰，她很快融入了这所温暖的新学校。

8. 老师眼中的潘宁

明天学校有个孤儿管理处，有9位专职生活老师。他们专门负责住校的几百位孤儿学生的食、宿、生活乃至思想教育。无疑，他们与孩子们日常接触最多也最直接。

我请他们给我写他们眼中的潘宁。

张秀丽老师给我写道：

潘宁来到明天学校以后，给老师的印象是：她是一个很文静、话不多，乖巧而且爱笑的女孩。不管谁和她说话她都会露出亲切的笑容。她学习认真刻苦，遵守学校的各项规章制度，劳动积极，与同学团结友爱，老师、同学们都喜欢她。她是个懂事的孩子……

覃爱芬老师也写来了：

她性格文静，不善于表达，平时比较少主动跟老师和同学交流。但是她听话，心地善良、生活简朴、遵守纪律、认真学习、劳动积极、没有怨言。虽然她不善于表达，但是她团结同学，从不跟同学闹矛盾，人品很好。她没有什么突出的特点，平平凡凡，但是，她在我们老师的心目中是一个好孩子。

这样，我就毫无疑义地知道了，潘宁在老师们的印象中是个好孩子、懂事的孩子、听话的孩子。

而我还想强调和补充的是：潘宁还是个知恩并且懂得感恩的孩子。校长给过我一封潘宁考上大学之后写给明天学校的感谢信。我摘录如下：

……这里我写一写在明天学校让我感动的经历。

我记得我刚来明天学校的时候很害羞，什么话都不说。因为想家，我经常偷偷地哭。有一次被覃爱芬老师看到了。她说："以后这里就是你的家，老师就是你的妈妈。"她还帮我擦眼泪，然后笑着对我说："每天都要开开心心的，什么都不要想，只要想着好好学习、按时吃饭、按时睡觉就好了……"那时候的我特别感动，感到特别温暖！一直到现在我都一直记得这些话。

还记得六年级的时候，有一天晚上我发烧了。覃老师来查房的时候看见我难受，就把我带到办公室帮我量体温，然后又烧热水给我喝，给我吃药，还拿毛巾帮我敷额头。那天晚上她一直照顾我，直到我的烧慢慢消退。看着她忙碌的身影，我很感动！我感受到了很久都没有感受过的温暖和母爱。老师们总是默默地为我们付出，甚至生病了也坚持上班，照顾我们……

每当想起母校，我的心中就有一股暖流。当我无助时，你们伸出温暖的手，让我看到了希望；当我伤心难过时，你们总是不停地安慰我；当我失败时，你们说没关系，可以重新站起来！这些让我深受感动。校长、老师，我想对你们说："谢谢你们！我爱你们！"

通过了解老师眼中的潘宁和潘宁眼中的老师，通过这些平淡无奇的"凡人琐事"，当年明天学校里的潘宁，已经在我的脑海中立体起来，鲜活起来。

9. 善哉覃锋

覃锋校长说到做到，2016年8月9日（我们前往潘宁家采访兼诊病的翌日）的一大早，他就驾车往返50多公里，将潘宁接送到了万国权医生的诊所。他从来都是一言九鼎。

这天，天气不好，他的心情也复杂。到了晚上，他给我发来微信：

外面下着倾盆大雨，患甲亢的孤儿学生潘宁今天终于盼到被广西职业技术学院录取的通知书。她兴奋，但更多的是忧郁，她不知道她的病何时能好，不知能否活着完成大学的学业。看她愁眉不展地坐在我的车上，我开车送她去，让万医生帮她做针灸。她说，万医生讲了，只要治疗 1 个月就好了。但是，她还是很担心，她爸爸 25 岁时就得甲亢走了。她今年 19 岁⋯⋯她呆呆地看着前方。今后的路在何方？⋯⋯但愿她早日康复⋯⋯

看得出，校长仍然是忧多于喜，甚至是忧心忡忡。对于潘宁的病，他始终没能乐观起来。

覃锋校长将潘宁交付并且寄望于万医生，是有缘由的。

万国权与覃锋算起来也沾点亲，覃锋校长叫他三哥。三哥可谓德艺双馨。他是柳州人氏，乃祖传针灸世医，再加上聪敏好学，访遍民间悬壶高人，过了 50 岁，已得多家真传。他阅人无数，亦医人无数。他喜攻疑难杂症，扎针往往取奇穴异穴，效果奇佳，所以患者都来找他医治。治好了，凭良心给钱，他收；没钱的，他笑送出门，分文不取。据传，他给各界名流都做过针灸，被奉为上宾⋯⋯

为了方便做针灸，潘宁临时住到了表哥家里——这里离万医生青山脚下的诊所仅一个街区。

潘宁治病心切，整个暑假，她每天都去找万医生。万医生亦每天热情、精心地为她做针灸。

如此一个月过去了。潘宁眼不突了，手脚有劲了，视力提高了，头晕减少了。"算是好了一半多吧。"万医生略带歉意地对校长说，"主要是时间太短了，火候未到。但她可以去上学了。"

潘宁的治疗费他果然分文不取。

暑假一结束，9 月 1 日，潘宁按时入学。她已经如愿被广西职业技术学院录取，读会计专业。

彼时，她的心境如盛夏的骄阳般灿烂。

然而，潘宁依然有她的苦恼，她的病虽有了大好转，但身体还不是最佳状态，她常感到体力不支。开学第一周军训，她请了假，一个人呆坐在操场的树荫下，看身穿绿色军装的同学们在烈日下英姿飒爽地练习列队、捕俘拳、匍匐前进⋯⋯

彼时，使姑娘寝食难安的新烦恼不期而至。

学费！学校催交学费。开学快一周了，同学们都交齐了学费，唯独她没有。不是不想为之，而是无力为之！家贫，加之身患疾病，潘宁整个暑假都在服药和做针灸，没能像别的同学一样打工挣学费。不得已，她再次向"校长爸爸"发出求助信。喜怒哀乐，孩子们都要向"校长爸爸"诉说。

"校长爸爸"急了！

未雨绸缪。其实，校长在开学之前就已经行动了。广西瀚德集团——一个知名的房地产国企——几年前就划出 200 万元设立了"广西瀚德明天慈善基金会"，这个基金是专门为每年升上大学的孤儿学生而设的，校长打了报告为孩子们申请。现在瀚德集团正在走研讨、审批的程序。

但是等不及了！实在没法等了！潘宁的学校又催了！

后来我得知校长又干"傻事"了。他决定自掏腰包资助潘宁。恰好他不久前被评为"广西壮族自治区优秀共产党员"，获得了 5000 元奖金，他就给潘宁汇去了 3000 元，并且告诉潘宁："这 3000 元，你先交学费。不足部分，等瀚德集团转钱过来了，再给你补齐。"

我是很偶然地从旁人那听说了这个"3000 元的故事"。

我向他求证并且问他："你老婆同意了吗，儿子同意了吗？"

他默认，淡淡地笑曰："他们不知道。"

"知道了会同意吗？"

"会同意，他们不能不同意！救人于水火，哪能不同意！"

我还听说，后来校长将余下那 2000 元全部给了农梦飞——那是他"一帮一"资助的正在念高三的孤儿学生。

善哉覃锋！

谁叫你是校长，谁叫你是"校长爸爸"呢！

10. 美丽的结局

我想，这个时间跨度有点长的，从 2016 年炎夏 8 月直至 2017 年早春 2 月仍在延续剧情的，让人期望值很高的故事，我们总希望和乐见它有一个理想的、圆满的结局。通俗点说，就是大团圆的结局。

天遂人愿，机缘真的来了！

每年农历大年初八，明天学校都会举办一个"感恩节"。这是从明天学校毕业的孤儿学生自发创办的。节日主题顾名思义就是感谢母校和老师的哺育之恩。

2017 年 2 月 4 日（大年初八），是明天学校第九届"感恩节"，恰逢星期天，回校的孩子比往年都多。80 多位昔日的"明天孩子"，有已就业的、在创业的，有正在上大学的，有退伍军人，还有结婚生子携着先生（夫人）、孩子举家归来的。广西电视台、南宁电视台和广西日报社的记者们也来了，大家将会议室挤得满满当当。

占一面墙的"云黑板"荧屏上，写着"真情十六年，感恩一辈子——南宁市明天学校感恩日活动"。

"明天学校爱心顾问"——老作家潘荣才、明天学校创办主要推动者罗世敏、我，也在被邀之列。

已经是大学一年级学生的潘宁也来了。我仔细打量她，看到她气色明显好了，脸颊甚至还有了几分红润，脸蛋也不再是那么圆滚滚胖嘟嘟的，尤其是眼睛已经不突了，恢复了正常，瞳仁现出了光泽，说话时也不再是声如细丝，而是中气十足。她总是笑吟吟的，原先的愁眉紧锁、强作欢颜已荡然无存。

我们高兴地握手，她的手心是温热的。她的容颜和状态，使我放了心。她回答了我最关心和担心的问题。

快要开会了。她急急地对我说："我身体还没有完全好，但是比以前好多了，力气上来了，但不够大，爬几级楼梯就会气喘……学习在班上排名中上……"

虽然言语匆匆，但是她已经传递给了我两个信息：身体好转、成绩靠前。

我的脑海里立刻闪现她微信那个独特的含有深意的头像——那并不是人们通常用的真人头像，而是两行黑体汉字——"坚持"（字体较大）"是一种品格"（字体较小）。连起来念就是"坚持是一种品格"。

好一句给力的话！这就是潘宁的信念吧！

下午3点，"感恩节"座谈会开始了。

几位意气风发的学生代表发言，说了许多感恩、感谢的话。

校长点名让我说几句："就说说您正在动笔写的这部长篇报告文学《哭了 笑了》吧……"

"我们都想听！"孩子们都使劲鼓掌。

"好吧！"我开门见山地说了《孩子，不能少了你》这满含人性之爱和真善美的一篇，说了半年多来马拉松式的不离不弃、锲而不舍地"拯救潘宁"的全过程。当然不会漏掉几个关键的情节——那次采访兼诊病的家访，窗格上的那串风铃和幸运星，万医生暑假一个多月的免费针灸，"校长爸爸"为潘宁四处筹措学费并自己慨然捐助3000元，潘宁的"我要读书"和她顽强与病魔抗争的精神……

我如数家珍。我说得动了真感情，说到动情处，几次被掌声打断。透过被泪水模糊的眼睛，我看到有好些老师和孩子在拭泪。

坐在后排一个不起眼的位置的潘宁，站了起来要求发言。她已是泪眼婆娑。她完全是情不自禁。

她说："我今天为什么终于能够到我最想去的大学报到、入学和读书？这是我想都不敢想、梦也梦不到的呀！这都因为我的身后有明天学校，有校长爸爸，有老师们！有为我治病的万医生！有许多社会上的爱心满满的叔叔阿姨的慷慨付出！我现在最想说的是谢谢你们，谢谢你们对我比亲人还要亲的关爱！……"

她的话被掌声打断。

她停了停，继续往下说："……感恩是一种美德，学会感恩，就是在黑暗的道路上升起一盏明灯；学会感恩，就是在寒冷的冬季点燃一室温暖。滴水之恩当涌泉相报。请相信我，我会怀着一颗感恩的心，将来回报家人，回报老师，回报社会，回报帮助过我的人……"

潘宁说不下去了……

会议室一片沉寂。忽然，一个穿黑色羽绒衣的帅气的男生呼地一下站起来，挥手呼喊，孩子们也都齐声跟着呼喊：

"感恩，感恩，感恩！"

"我们有明天学校真好！"

"我们有校长爸爸真好！"

"我们有老师妈妈真好！"

"我们有……"

校长站起来离开座位，举起双手往下压了压，说："孩子们，谢谢你们！"

他喉头发紧，有点哽咽，脸庞泛着红光："有你们——真好！……有大家——真好！"

这时，操作音响的邓绍创老师播出了这首大家唱过许多遍的《感恩的心》：

感恩的心，感谢有你，伴我一生，让我有勇气做我自己；感恩的心，感谢命运，花开花落，我一样会珍惜……

这真是美好的一天。

这真是个美丽的结局。

二、此憾绵绵

（校长与双胞胎姐妹的故事）

1. 自责

这是一个因"遗憾"开始，又以"遗憾"结束的故事。

故事的主人公是覃锋校长。他每每想起这个故事，总说遗憾。

有人问过泰戈尔："世界上最伟大的是什么？"诗人回答："爱最伟大。"

我觉得，覃锋校长因这个故事从而萌生的愧疚以及深深的遗憾，都源于一个字：爱。

故事其实并没有惊天动地的情节，而且也过去了很多年，但覃锋似乎看得颇重。

在 2016 年 11 月 13 日上午的采访中，他给我说了这个他定义为"终身遗憾"的往事。

故事脉络其实不复杂：双胞胎姐妹李月早、李月万，品学兼优，双双考上自治区示范性高中——南宁市沛鸿民族中学。但因为家贫，叔叔婶婶就让她们回家打工还债，以致这两孩子辍学。后来姐妹俩结婚生子，成了打工一族。

"这事，于我是不可原谅的！"覃锋黑着脸自责地、严肃地，甚至有点痛苦地说，"如果当时孤儿管理处的老师按照我的指示不失时机地、负责任地到孩子的老家，耐心、细致地和她们的叔、婶沟通，就完全是另一种结局了，但他们没去，因为他们听信了孩子的话'去了也没用'……而如果我当时不是因为太忙抽不开身，以致我不能前往，或许就不会是这样的结果！一对聪明的孩子本来完全可以念高中、升大学成才的呀！唉，她们一生的命运就这样因我的一时疏忽而改写了。"

2. 双胞胎的故事

"品学兼优"，这是校长对姐妹俩的评价。

李月早、李月万这对双胞胎姐妹，1994 年 4 月 4 日降生于隆安县南圩镇连安村桂榜屯。长大后，妹妹在一次作文中这样形容幼时的困苦："泪当茶来愁当饭！"妈妈撇下她俩跟别人走了。爸爸在她们 3 岁那年病死了，善良的继母没有嫌弃她们，三人风风雨雨、艰难度日。没钱用电，就点煤油灯；没钱上学，老师帮申请才进了学校。苦熬到了 2004 年，也就是她俩 10 岁那年，继母大病不起，而后去世了。孤苦伶仃的姐妹由三叔收养。三叔三婶有两个儿子，再加上她俩，就一共是四个孩子，生活更加清苦。姐妹俩天天干农活干家务，万般辛苦仍不弃学，念到五年级成绩一直拔尖。六年级开始，她们转到了明天学校，姐妹俩如鱼得水、旱苗得雨，迅速地走出了阴霾，学习成绩总名列前茅。

我对韦翠良、覃爱芬、张秀丽三位老师，进行了刨根问底式的追访——为了探究这对双胞胎。

我如愿以偿，她们回忆起了这对姐妹的一些往事。

韦翠良老师这样说："虽是双胞胎，两姐妹却性格迥异。月早内向、少言，月万活泼开朗、勇敢、有正义感。升初中时，我们校长和孤儿管理处的老师有意安排她们在不同的学校就读，姐姐在安吉中学，妹妹到南宁十八中。我们是想测试一下双胞胎姐妹俩分开后是否心灵相通、相互照应、共同进步。经过三年的观察，发现她们俩还是很有默契的。中考，她俩双双考上了南宁沛鸿民族中学，这令我们感到既欣慰又骄傲……"

说到此，韦老师就说到了关键处，而这也是我最感兴趣和最想弄明白的。

"但是开学一个星期后，我接到南宁沛鸿民族中学老师的电话，说没见她俩去注册。后来我电话联系月万（彼时，其已返回到老家），她说她俩的确没有去注册。她没说明原因，只是哭。我让她回学校再说。当天下午她回校找到我，一见我就一直在哭，一直说对不起！我知道她们肯定遇到了困难，安慰她说：'没事的，老师已经帮你们申请学费了，你们尽管放心去读书。'她含泪跟我说：'老师，我们真的很想上学，也很想将来读大学。但是我们不能去读啊！婶婶说了，如果我们选择继续读书，那么以后我们就再也不能踏进她的家门。婶婶还说女孩子读那么多书没有用，趁早出去打工，赚钱回来给她看病，偿还多年欠下的债务……'"

3. 对话

姐妹俩因家庭原因而不能上高中的事惊动了校长。他立马叫月早、月万到他办公室。姐妹俩来校三年，这是头一回进校长办公室，心里有点忐忑，显得小心翼翼。

校长亲切地招呼她俩坐下，拍拍她们的肩膀，夸她们不负众望考上了自治区示范性高中南宁沛鸿民族中学，为学校争了光添了彩，校长为她们骄傲，感到脸上有光。校长又说她俩在念初中的这三年里，老师们很高兴能看到她们茁壮成长，德智体全面发展，而且月万还有见义勇为的壮举（过后姐妹俩对老师和同学说，头一回这么近距离听到校长讲如此亲切、温暖的话，真的很感动！）。

这时话锋一转，校长就说到了正题上。当问知并确证姐妹俩是因家庭经济困难和叔叔婶婶的"旨意"，弃读高中并务工还债时，校长的失望、意外和错愕，明显写在了脸上。

这时，有了"针锋相对"，却是满含温情的对话。

"我的意见是你们俩得继续读书！有什么困难咱们明天学校想办法解决。"校长说。

"家里经济确实很困难！学习费用就更负担不起了……"

"学杂费，由明天学校全包了！"

"叔叔婶婶不会同意我们继续念书，如果我们不听，他们就会不让我们进家门……"

"明天学校就是你们的家，没地方住以后就住在明天学校里！"

　　校长的话让姐妹俩的心暖暖的。她们回想起中考前，校长和韦翠良老师还专门陪全体中考生到南宁三中，为他们选择学校出谋划策，进行把关。姐妹俩轻声啜泣着，答应再好好想想。

　　送走了月早、月万，校长叫来生活老师，指示她们迅速到孩子家里和孩子的叔叔婶婶沟通，让姐妹俩能够放心读书。然而生活老师答应了却没有执行（或许当时确实是太忙而无法分身），一个多月后，校长问及此事，将生活老师狠批了一顿，而他也留下了无法释怀的大遗憾。

4. 弃读

　　在姐妹俩出去打工数月之后，月万在电话中对韦翠良老师说了自己的真实想法："老师，其实我们也很想读书，但是我们更想有个家！所以我们情愿放弃升学的机会也不愿意放弃亲情……"为了安慰老师，月万又说："老师，您放心，我们俩现在找到工作了，在一家粉店当服务员，包吃包住，得到的工资都交给婶婶。每天工作结束后的晚上我们还继续看书学习。老师，我们都长大了，您不用为我们多操心了……"说至此，韦翠良老师对我感叹道："听得我真的很心酸，看着姐妹俩如此懂事，我除了心痛，却无能为力……"

　　是啊，听得我也一阵心酸和心痛。

　　是啊，无能为力——姐妹俩倘若选择读书，就进不了婶婶的家门，只好选择放弃读书！韦翠良老师眼巴巴地看着自己的优秀学生考上示范性高中却不能上，爱莫能助！

　　而这种无奈的无能为力，改写了多少孩子的人生?！

5. 在老师眼里

　　覃爱芬老师和张秀丽老师对这两姐妹也都印象深刻，分别写了姐妹俩的故事用微信发给我。这里一字不漏，原文照录。

　　覃爱芬老师这样写：

　　　　我提供李月早、李月万这对双胞胎姐妹的故事。她们是隆安县人。妹妹李月万于2007年9月来到明天学校读书，她在校学习刻苦用功，生活简朴，吃苦耐劳，个性活泼开朗，人缘好，工作积极主动，是老师的好帮手。她读完六年级，小学毕业后，成绩优秀，韦翠良老师就推荐她到南宁市第十八中学就读，当时有几个女生也一起在十八中就读。十八中没有住宿，她们就早出晚归，早上5点多钟起床，6点多钟就从明天学校出发。夏天天亮还好，若是冬天，天还没亮，她们就得出发了，晚上7点多8点钟才回到明天学校。三年如一日，不管风吹雨打，她们都坚持，从没请过假，个个学习都很努力。我值夜班的时候，每次我都到她们宿舍去，交代她们写完作业就尽快休息，因为第二天还要起得很早。她们都回应我说："老师，您也辛苦，您也早点休息吧，不用老是担心我们。"到第二天早上，我又到她们宿舍去，看她们起床、洗漱、搞好卫生之后，又叮嘱她们："来回学校的路上早晚都要注意安全，晚上回来也要一起回来，你们在同一个学校，一定要团结，互相帮助。"每次我见到她们早出晚归，都觉得她们很辛苦，真是看在眼里，疼在心里！我记得李月万的脚不知长了什么东西，冒了水泡，去医院看过，一直不见好转。我见她走路很辛苦，就跟她说："月万，你的脚痛成这样，走路都走不动，就跟老师请个假，先不要去上课。毕竟学校远，你整天这样走来走去，脚就好得更慢，等好了再去上课吧。"她回应我说："老师，我没事，可以走。"她这种精神很值得表扬，说明这孩子有吃苦耐劳的精神。初中毕业之后，她以优异的成绩考上了南宁沛鸿民族中学，但她婶婶没钱供她读书，叫她出去打工，挣钱还债。韦老师知道后，立刻联系她要求她必须回来读书，有什么困难，我们尽量帮解决。但她错过了读书的机会，不久听说她已经结婚生小孩了，真的很可惜！姐姐李月早于2008年9月来到明天学校读书，她的性格比较文静，很听话，遵守纪律，认真读书，吃苦耐劳，劳动勤快，学习成绩优秀。但她不善于表达，有什么心事也不说出来，很难了解她到底在想什么。让她有什么心事就跟老师说，她却微笑着说没有。她性格不像妹妹开朗活泼，初中三年，平平淡淡地过，没有什么特殊的故事。我想，她们俩失去了父母，已经很可怜了，叔叔还不让她们读书，校长和韦老师都很着急，我们学校创造了这个平台给她们，但是她们的监护人不配合，误了孩子一辈子，我真为她们感到惋惜啊！……

张秀丽老师这样写：

李月早、李月万这对双胞胎姐妹来到明天学校，我印象中姐妹俩不同点是姐姐月早性格内向，不爱说话；妹妹月万性格比较开朗，总能看到她热情阳光的笑容。月万的责任心非常强，在十八中就读期间她经常主动帮助老师和同学，劳动非常积极肯干。她们俩的共同点是学习认真刻苦，成绩优秀，生活节俭，一年四季都是穿干净整洁的校服或者自己带来的两三套便装。

记得有一次周末，我把她们两姐妹叫来，对她们说："你们存有一些钱在我这里那么久了，怎么不见你们像其他同学那样领来买些水果或者零食吃呢？现在需要拿些钱去买水果吃吗？"她们异口同声地说："老师，我们打算留到买学习参考书的时候再领出来，现在不需要。"听了她们的话，我很感动，还在班会上表扬了她们。月万做事非常公平公正、认真负责。有一次，正好轮到我值班，检查宿舍卫生的时候，看见她正在狠狠地批评她的姐姐，还叫她姐姐马上整改卫生。她姐姐在那里气呼呼地整改，她仍继续批评姐姐，结果姐姐生气地扔下拖把不做了。她却二话不说捡起拖把帮姐姐拖地。总的来说，月万是一个非常难得懂事的好孩子，是其他孩子学习的好榜样……

6. 打人事件

一桩偶然发生的、由一些意气用事的孩子一时冲动引起的闹剧，将月万推上了风口浪尖，引起了校长对她的特别关注。事后师生们对她赞誉有加，认为她是一名认真负责、刚正不阿、临危不惧的好学生。

这是月万念初二的下学期。每到周末学校都开放电脑室给住校的孤儿学生上网，这既可学习知识又可打发时光。人多电脑少，只能分批上网，而且只能轮一回。当班的生活老师罗秀群指派月万当监督员。她在教室门口坚决拦住了几位意欲违规再次来上网的男同学，结果他们就吵起来了，继而推搡起来，甚至发生了肢体的碰撞。但她不惧怕、不退让，坚守岗位。是夜，这几个男生竟手握铁棍（废弃的自来水管）怒气冲冲地找到月万劈头盖脸一阵乱抢，值夜班的老师怎么也拦不住。月万本能地举臂护脑。结果，头没事，她的左手却中了几棍，皮开肉绽，鲜血溅地。后来有人报了警，两名肇事男生被带到派出所。她则由老师送到医院止血缝针。尤为难得的是，此事之后，月万没有退缩，依然敢说敢管，平日里依然主动协助老师当好舍长，管理同学的生活纪律。

写到这里，透过校长的感叹、惋惜，透过韦翠良、覃爱芳、张秀丽三位老师的描述，双胞胎姐妹的形象在我的心中，已经立体化，已经有声有色鲜活起来了。她们优秀的品学乃至难能可贵的正直勇敢和见义勇为的精神，也都凸显了。我想我也就更能够理解校长爱才若渴、惜才心切的心情了。

7. 绵绵此憾

我当然没能见到月早和月万两姐妹。

她们现在还好吗？

她们俩对校长、对学校、对老师是怎么看的？又有着什么样的感情和怀想呢？

我幸运地看到一张父亲节的贺卡，这张卡覃锋校长珍藏了七年，是月万亲手精心制作的。它使我深受感动，因为这里面有一种质朴的纯真的情愫。它是用蓝色硬皮纸剪成的心形卡片，缀满十几朵星星般的七色鲜花。手写的大大的"父亲节快乐"几个字之下，是这样的暖心话：

　　敬爱的覃校长：您好！一年一度的父亲节已到来，您还在为我们奔波劳累，没有好好地过这个节日。我们真不知道怎样报答您！一直以来，您总是为了我们的生活学习而四处奔波，我们真感到惭愧！因为我们还没能获得优异的成绩，没有能给这个学校做出贡献啊！千言万语也无法表达我对您的感激之情，您对我们孤儿孩子的付出和无私奉献永远铭刻在我心中。希望校长您在工作时要注意身体，多休息一下，千万不能累坏了！

永远爱您的孩子李月万
写于 2009 年 6 月 20 日

　　在好奇心的驱使下，我到了明天学校孤儿管理处。热心肠的张秀丽老师应我要求，翻找出了姐妹俩的"南宁市明天学校孤儿新生审批表"。看照片，姐妹俩形似、神似，宛若一人，都是脸蛋椭圆，颧骨略高，眼睛不大，但明亮，显得聪慧。审批表填写于 2007 年 7 月 2 日，申请人原就读的学校隆安县南圩镇连安村小学对姐姐李月早的评语是："一年级至五年级成绩一直优秀。2007 年春季成绩：语文 84 分，数学 97 分，品德 96 分，自然 92 分。"对妹妹李月万的评语是："该生成绩一年级至五年级一贯优秀。2007 年春季成绩：语文 80 分，数学 100 分，品德 93 分，自然 88 分。"

　　这两段评语，佐证了覃锋对两姐妹的评价——品学兼优。

　　在她们的档案盒里，我还看到了姐妹俩写给学校的信。从内容判断大致是写于她们中考前夕。

　　姐姐李月早写了刚来明天学校的亲身感受：

　　　　回想以前刚到明天学校的那段时间，我在学校经常遭到别人嘲笑。想起过世的父亲，每到晚上我常常不睡觉在走廊偷偷地哭。记得有一天晚上，覃老师夜巡的时候发现了，把我带到了辅导室。问我怎么了，还边安慰我边告诉我要看开点，具体都讲了什么我也不记得了，我只知道那晚覃老师很耐心地跟我讲了很多，渐渐地平复了我内心的不安，解开了我压抑许久的心结。自那以后我变得开朗了很多，同时也让我知道在这里有很多关爱我们的人。虽然我是不幸的，但是却非常幸运能来到明天学校这个大家庭。我很感激学校里每一个曾经关心和帮助过我的人，同时在社会上我也会尽我所能去帮助那些需要帮助的人……

　　说得似乎有点儿远了，让我们回到主线。这对美丽的双胞胎姐妹本可施展才华实现人生价值却未能如愿以偿的故事，还是得画上一个句号。

　　这个话题，覃锋是用数据来收尾的。他说："明天学校办学十几年，共有 500 多名孤儿，其中考上大学的仅有 59 名。如果月早、月万高中不弃学，肯定能顺利考上大学甚至可能读研。现在，可以说是社会上多了两个劳动力，校园里却少了两名大学生……"

我想，校长绝非"唯知识至上"论者，亦非"万般皆下品，唯有读书高"论者，更非"劳心者治人，劳力者治于人"论者，而是"知识改变命运"论者。

是这样的！

夕阳西沉，暮色已苍茫。我和覃锋在301宿舍握别。他疲惫的背影很快融进了夜幕里。我记住了这一天：2016年11月13日。当然也记住了覃锋的遗憾。

三、我说过我来帮你

（校长与农梦飞的故事）

1. 2010年父亲节

2010年的父亲节，明天学校照例举行校会。

主持人念到了一位小姑娘的名字，让她代表全体孤儿学生发言。她上台，脚步轻轻地、怯怯地，脸露羞涩。这是个用水泥建造的舞台，是学校升旗、开大会和表演文艺节目的地方。台下黑压压一片，还有无数双注视她的眼睛，小姑娘免不了有点儿害怕。她终于走到了台前。主持人将立式麦克风降低了一点——她个子太矮了。她从校服的裤兜里掏出一份不知是她写的还是老师为她准备的演讲稿，她照稿念了几句，都是一些耳熟能详的套话。她将稿子放了回去，干脆脱稿，自由发挥。这时她与刚才判若两人，她的话语如行云流水般流畅，"怯"字没了踪影。

她说她是来自大山里的一名孤儿，父母都没有了，但来到明天学校就又有了"爸爸妈妈"……

她说在她原先生活的大石山区穷乡僻壤，真的穷得叮当响。有时两个月都没能吃上一顿肉。来到明天学校，餐餐有肉吃，有吃有穿，有很好的学习条件……

"尤其是校长爸爸覃锋，真的像我们全体孤儿的亲生爸爸一样！今天父亲节，我要代表孩子们感谢我们这个爸爸——校长爸爸！"

这时，姑娘离开话筒，站到一旁，向坐在台下第一排的校长和老师们深深地鞠了一躬。

全场响起了热烈的掌声。

"校长爸爸时时处处把我们挂在心里头，他见到我们总会问这样的话：'你吃得饱吗？穿得暖吗？学习有进步了吗？'当我们有困难有需要时，他会为了我们四处寻找社会爱心人士的帮助。当夜深人静时，他办公室的灯依然亮着。他为我们操劳，头发就像秋天枯黄的树叶一样纷纷落下……

"老师陪伴着我们度过每一天。当我们在夜里踢被子时，老师会给我们盖上被子；夏天天热蚊子多时，老师会交代我们放好蚊帐；当我们因想家而哭泣时，老师会安慰我们；当我们生病时，老师会无微不至地照顾我们，按时帮我们量体温，嘱咐我们按时吃药，告诉我们要多喝水……"

说罢，姑娘走下舞台。这时的她像一只春天的小喜鹊，步子很轻快，脸露灿烂笑容。

于是，覃锋记住了这个有点特别的女孩，记住了她甩掉讲稿、脱口而出的发言，记住了她矮小的个头和聪慧闪亮的眼睛。

从此，覃锋就格外注意这个孩子。

后来，在接受我的采访时，覃锋这样对我说："农梦飞——梦飞，让梦装上理想的翅膀，在蓝天上自由飞翔。诗意，好记！"

是啊，这女孩是有一些与众不同。我也这样觉得。

2. 资助梦飞

2011年的6月间——这是梦飞来校的第二年。覃锋偶然发现，连续好几个傍晚，梦飞总是独自一人在校园的一棵榕树的浓荫下，或立，或坐，坐立不安地朝校门口张望。忧郁和焦灼明显写在她的脸上。

梦飞这时来校已有一年多了，开始变得活泼开朗，而现在却心事重重、愁眉不展。校长注意到了这孩子的变化，就关心地问她原因。

原来梦飞思念死去的父亲，觉得门卫叔叔的外貌、神态，甚至走路的样子和父亲都很相像，而每当多看门卫叔叔几眼就会有种错觉，似乎父亲又活过来了，而且到学校看自己来了……

梦飞说着说着就忍不住伤心落泪。覃锋听得一阵心酸。他轻轻地将梦飞搂入怀中，说："孩子，你思父心切，我完全能够理解，但毕竟人死不能复生。你要记住，明天学校就是你的新家，我和老师都是你的爸爸妈妈。同学们就是你的兄弟姐妹。我们就是一个大家庭，是一家人。"

梦飞不哭了。她跟校长说了一桩搅得她心烦意乱、日夜不安的心事。她说她有一个小她三岁的妹妹叫农梦婷。打从父母走了之后，她和妹妹就与爷爷相依为命、艰难度日。以前在家的时候，总是她照顾妹妹，给妹妹洗衣、做饭、辅导功课，一起玩耍。现在没人照顾妹妹了，爷爷也老了，所以她总放心不下妹妹，希望妹妹也能来明天学校，能和她天天见面，一块儿快乐幸福地念书……

覃锋听明白了。宽慰她，答应她一定将她的妹妹招来学校读书。他很快就布置任务给孤儿管理处主任韦翠良，叫她再往马山——梦飞的家乡，落实这件事。姐妹俩最终得以团聚。

我很想见见那位与梦飞的父亲有几分相像的门卫叔叔，纯属好奇，顺便也对他做些侧面的采访。韦翠良老师对我说，他只来校干了一个多月就到别地打工去了，只记得个儿不高，黑黑瘦瘦的，话不多，人很老实。

明天学校党支部曾在2013年开展"一帮一，献爱心"活动，每个党员自愿资助一名孤儿学生。

覃锋确定的资助对象是农梦飞。

他是真正做到了真心、用心、上心。他不是作秀，不是"三分钟热度"，更不是走过场。

他会在每日巡校、巡孤儿宿舍时对这姐妹俩特地多问几句。他会不时地叫姐妹俩到办公室，像亲生父亲一样事无巨细地一一过问，给她们水果零食吃，常常给姐妹俩两三百元零花钱。他还会不时地给她们打电话嘘寒问暖了解情况……

3. 两封信

后来，我在孤儿管理处看到了梦飞写给校长的两封信。

第一封，很短，但情浓。写在2014年6月的父亲节。这时，孩子来明天学校已经四年了，还有一年就要备战中考。

校长您好！

今天是父亲节，祝您节日快乐！我原本打算打电话给您的，可是没有人接，只好写了这张字条。您应该很忙吧？天气热要注意身体，不要太劳累了。我觉得在所有同学当中，您最疼我了。您每一次帮助我，我都记在了心中。

我在明天学校应该有四年了。还有一年我就要毕业了。我要积极备战中考，努力朝我的目标前进。您是我前进的动力。

我爱您，爸爸！

您的女儿：农梦飞

第二封，写于2015年11月24日"感恩节"。此时，梦飞已经在明天学校五年了，刚刚考取了南宁沛鸿民族中学。梦飞写得情真意切，她的喜悦与感激之情洋溢在字里行间。

敬爱的校长：

您好！"感恩节"到了，祝您"感恩节"快乐！

我在明天学校这个大家庭里成长了五年，在这五年里您一直坚持默默地帮助我。您给了我许多温暖与感动。当您听到我说我家里还有个妹妹时，您便把妹妹接来和我一起读书。您还打电话给爷爷关心我家里的情况。每当佳节到来之时，您都会把我和妹妹叫到办公室，关心过问我们的学习、生活状况。

时间流逝，我慢慢地长大，我离开了明天学校这个大家庭去读高中，但我并没有忘记当初您对我的帮助。虽然我现在学习成绩还不是很理想，但是我会把您对我的帮助化作动力不断地努力，立志成为对国家有用的人才。

听说您最近都很忙，您一定要注意身体啊！天气准备转冷了您要多穿点，不然生病就不好了。

我现在在新学校里很开心，我交了许多新朋友。这里的老师也很友善，当我有难题向他们请教时，他们都很乐意为我解答。

感谢明天学校，感谢您，感谢老师们给了梦飞一段充满快乐、幸福的成长经历。明天学校是我永远的家，您是梦飞的爸爸，老师同学们是梦飞的亲人。

敬礼！

您爱的孩子：农梦飞

4. 姐妹俩的家

我决意趁着暑假探访农梦飞、农梦婷两姐妹的家。

2016 年 7 月 22 日下午 3 点半，酷暑蒸人，经过 4 个多小时的颠簸车程，我们才抵达目的地——马山县永州镇。镇子不大，四面环山，仅三四条主要街道，但却热闹。

年逾八十、白发如霜但身板硬朗的爷爷还有他的两个孙女早就在家里等候多时。他们家离中心街道不远，是水泥砖房，单层。姐妹俩同住一室，房间收拾得格外干净。在她们房间那临街的窗口，我看到两串风铃连着幸运星，用红丝线悬吊着，末端还垂着七彩的丝绦在风中摇曳。看到这个场景，我的思绪万千。我资助过的和现在正在资助的 3 个孩子：李冬玲（已大学毕业参加工作，结婚生子）、黎璐娅（已离校走上社会从事公益工作）、黎柏珈（现正在明天学校念初一，成绩优异）。她们都不约而同地送过我风铃和亲手折叠的幸运星，我都珍藏着。由此我就想：这两样东西，或许是明天学校所有孩子的图腾、信物或一种共同情感的象征——关于爱和感恩，关于对幸福的憧憬与渴求，关于与不幸命运抗争的不屈与顽强，关于对母校的恒久的思念，关于许许多多若即若离的时而朦胧时而清晰的七彩斑斓的梦……

陪我同来的生活老师邓丽霞、胡丽妹，与姐妹俩相拥着，如久别重逢的亲人有说不完的知心话。

住在隔壁瓷砖红瓦的漂亮房子里的伯父也闻讯过来了。他长相端正、面色微红，名叫农浩选，以开大客车为生，经济条件要好不少。他心地好，常常接济她们柴米油盐等生活必需品，是姐妹俩的监护人。我们坐下，从梦飞的爷爷和伯父的嘴里，得知姐妹俩悲凉的身世。

姐妹俩的父亲农春选于 2009 年死于肝癌。他是个很想读书，希望将来能出人头地、成就一番事业的人。他曾经在马山中学（县里最棒的重点中学）就读，成绩优异，快要毕业时，却不幸患上了肝病，没法参加高考。只好从县城回到他生于斯长于斯的大石山区永州镇。但他升学、成才之志始终不泯。于郁郁不得志中，他结了婚，接连生下了两个女儿。他因为病弱根本干不了农活，心中又总做着可望而不可即的大学梦。家中的一切都由早年丧偶的坚强的爷爷独力承担。在梦飞 7 岁、梦婷 4 岁那年，这位贫病交加、壮志未酬的年轻的父亲死于肝癌。那年他大概只有 32 岁。而年轻的母亲，终于扛不住这个家庭无尽的贫穷和难以承受的沉重负担，改嫁到广东，至今杳无音信。

这样，姐妹俩就成了孤儿。

听到这，大家一阵沉默。墙上那只老旧挂钟悲凉的嘀嗒声清晰可闻。两位年轻的老师在悄悄地擦泪。我承认这个农村青年求学未遂的悲凉的故事刺痛了我、感动了我，甚至震撼了我。姐妹俩似乎不为所动，只是愣坐着怔怔地凝视着地面。或许她们听得多了，早已麻木了吧。

5. 姐妹俩讲故事

为了打破沉默，更为了采访需要，我一再要求并启发她们俩讲故事，讲在明天学校的真实感受。

没想到，我竟如愿了。

梦飞先开了口，低声啜泣着一连说了几个小故事。

"我念初三时，韦春婷（她的同班同学）发高烧，吃了校医开的药，烧还是没有退。深夜一两点，烧得难受，翻来覆去睡不着，缩在被窝里哭。邓丽霞老师查房发现了，扶她坐起来，喂她吃药……只有亲生父母才会这样做。看到这一幕，当时我就感动落泪了。

"初二时，有一次我发烧，体温达到38度多。我是个爱哭的女孩。半夜大哭起来，搅得全宿舍不得安宁。我就是希望有老师来看我、安慰我。当时已是凌晨三四点，邓丽霞老师真的来了，给我擦汗、喂药，我觉得是亲人来到了身边……

"2014年12月的'感恩节'。这件事我记得特别清楚。我给校长爸爸写了贺卡。校长问我家里有几口人，有什么愿望和困难。我说我很想让妹妹来明天学校和我一块儿读书。结果第二年我的愿望就实现了……他几乎每次节日都叫我到办公室，问我学习怎么样，给我月饼、水果、零花钱……我那早逝的爸爸来不及给予我的父爱，校长爸爸都给予了。

"明天学校是一个真正的家，大家。同学之间和睦相处。一个冬天，我又发烧了，老师说捂汗才好得快。同舍的同学抢着拿出自己的棉被，我身上一下子就盖了四五张棉被。

"有一次，还是发烧，我烧得迷糊，睡得也迷糊。后半夜，邓丽霞老师查房，细心地发现我棉被上有一根脱落的缝被线缠住了我的脖子，勒得有点紧，导致我的呼吸不顺畅，她就轻轻地把缝被线拿走了。这时我也醒了，在黑暗里看着邓老师踮着脚尖离开的背影，我的泪水止不住流了下来。当时我就想，如果我的亲妈妈在我身边，她会发现吗？她会这样做吗？"

……

我几乎是同步地做着记录。

妹妹梦婷大概受到姐姐的启发，也主动说了起来。

"我刚从马山的学校来到明天学校时，基础差，写作业慢，跟不上同学的速度，感觉老师布置的功课太多，老写不完。当时很晚了，宿舍快熄灯了，我还在写作业。值夜班的邓丽霞老师急了，就催我。邓老师有个绝招，就是作业写得快的，有进步的同学，就奖励糖果给他们。好感动啊！我都得过几次糖果了……

"我的同班同学、老乡兼好友陈英莲，虽然她个子小小的，但是为人仗义。每次我被同学欺负，她都会护着我，耐心地安慰我，还会给我讲笑话，一直逗到我破涕为笑……

"有一次，我发烧、头晕，但我不懂，仍坚持上课。细心的覃爱芬老师一摸我的额头，觉得很烫，就带我到医务室拿药，喂我吃，叮嘱我先休息……

"每逢过节，校长都会给我礼物或小零食。六一节，他将得到的礼物、糖饼都给了我。过年还会给我们两姐妹一两百块零花钱……"

听完这些，邓丽霞、胡丽妹老师感到欣慰。她们向姐妹俩的爷爷和伯父介绍姐妹俩的学习情况：姐妹俩学习都有很大进步，姐姐梦飞在南宁沛鸿民族中学学习，一开始有点吃力，在班级里排名中下，现在经过一年的追赶，名列25名，排名中上了；妹妹梦婷这学期语文 87 分，数学 91.5 分，英语 76 分，也算是优秀了。

6. 归程

回程的路上，车窗外层峦叠嶂的群山一掠而过。我浮想联翩。为什么姐妹俩能如此自觉发奋学习？或许是她们父亲的未遂心愿、他未圆的大学梦，已深深地烙印在她们心中、渗透于血液之中。为何她们俩如此知恩并懂得感恩？毫无疑义，是因为校长和老师们无微不至的关爱，使她们真切地感受到孤儿不孤，失去双亲的孩子在明天学校里又有了父母。

这时，我的脑际浮现了刚才我在姐妹俩房间的书桌上发现的，她们写在课本扉页上的话。姐姐写："励德修文，知恩图报。"妹妹写："我行，我不比别人差!"这应当可以视作她们的座右铭和誓言吧？

我记得姐姐所写的 8 个字，应该就是明天学校的校训；而妹妹所写的 8 个字，乃是一所残障学校的校训。

7. 2000 元

覃锋执意要给梦飞 2000 元，

他一直记得他是梦飞"一帮一"的帮者。他认定这是一个庄严的承诺。他信守孔夫子之训："凡出言，信为先。"

他想，梦飞这孩子上了高中，开销会增大，营养要跟上。覃锋一直牵挂着这个孩子。

这 2000 元是覃锋的奖金。2016 年，覃锋被评为"广西壮族自治区优秀共产党员"，获得奖金 5000 元。他寄了 3000 元给潘宁当学费——她那年刚考上了大学。余下 2000 元，覃锋决定给他的资助对象农梦飞。

这时暑假刚结束，梦飞已从家乡马山县回到她就读的南宁沛鸿民族中学上学。2016 年 9 月 11 日这天，校长给梦飞发微信：

> 梦飞吉祥! 高二了，学习挺辛苦的吧？校长今年有幸被评为广西壮族自治区优秀共产党员，得了 5000 元奖金，已经给患甲亢淋巴结的潘宁 3000 元，用作大学学费。另外 2000 元打算给你作为生活费，请把你的银行账号发给校长，以便校长转账给你。祝你：学习进步!

梦飞看了微信，心存感激。但她觉得不能接受校长的厚赠，婉拒了。她很快就回了微信：

> 校长爸爸，谢谢您! 但是这钱我不能要。六年前我来到明天学校，您和学校老师照顾了我五年，我离开明天学校后学校依然关心我，我很感激。这

钱是国家奖励给您的，您是一个好校长，我不能要，谢谢您！好人一生平安！

农梦飞

我知道了这段师生之间的微信互动，觉得它内涵丰富、感人至深。我也给覃锋写了感言：

> 覃校长：农梦飞这孩子有钱不要，因为她觉得不应该要属于您的奖金。她的思想有高度、有境界，了不起，来日必成大器也！

8. 牵挂梦飞

覃锋没有放弃。他不是个轻易言弃的人。关键是他心里放不下这孩子。

2016 年中秋节这天，覃锋与老师们和在校的 200 多名孤儿共度佳节，品尝月饼、赏月，结束时已是晚上 9 点多。他驾车回家，专门绕道到南宁沛鸿民族中学看望梦飞。这个时候同学们不论是内宿的还是外宿的，全都回了家。偌大的校园显得冷清、空荡。梦飞一个人坐在宿舍里，颇有几分孤寂。校长递给她一盒月饼，一袋苹果，还有一个装了 2000 元的信封。盛情难却，梦飞很感动，默默地接受了。她顿然觉得这份慈父般的深情和关爱，似一股潺潺暖流，慰藉了她枯干的心灵，热遍了全身。她热泪盈眶。

梦飞送校长到校门口，依依难舍。门卫叔叔问校长，这孩子怎么不回家过节？校长就小声地回答，她是孤儿。门卫恍然大悟。校长交代梦飞："以后每逢过节就回明天学校，要记得那里永远是你的家。回家，就不会孤单了！"梦飞使劲地点头，激动得几乎一句话也说不出来。但她会一直记得这一天，而且将终生难忘。

2016 年 11 月 20 日，梦飞给校长寄出了一封亲笔信，全是肺腑之言。

亲爱的覃校长：

> 您好！时光荏苒，转眼间小学六年就从指缝中溜走了。我从那个矮矮的、小小的、爱哭的小女孩长成了大女孩。

> 在离开母校的一年多里，每当我回想起在母校快乐地生活的点点滴滴时，都会有无限的温暖与感动涌上心头。

> 在母校里，老师们总会无微不至地照顾着我们。天冷了，老师会催促我们多穿衣服；晚上我们踢被子时，老师会重新为我们盖上被子；天热了，老师会叮嘱我们记得放下蚊帐；半夜我们被蚊子咬时，老师会为我们拍蚊子；当我们生病时，老师会及时地把我们送去医院，陪伴在我们身边，关心地责怪我们（怎么）不注意身体健康；当同学之间发生矛盾时，老师会开导我们；当我们因想家而流泪时，老师总会给我们安慰；当我们对学习和生活上的问题感到困惑时，老师总会为我们释疑解难……

同学之间就像兄弟姐妹一样，大家一起玩，一起学习，互相帮助。

最令我感动的是，您这六年来对我的关心和帮助。虽然您一直都很忙，但是您总会挤出时间，不定期地把我叫到办公室关心和询问我的学习、生活情况。每逢过节您总会给我红包，叮嘱我要努力学习。您今年要把您的2000元奖金拿来给我作生活费，我婉拒了。但我却没想到中秋节那天，您会到我的学校来看我，还给我送来了月饼和水果，并把我之前不肯收的您的这2000元奖金一齐带来了学校……我如骨鲠在喉，不知说什么来表达对您的感激之情！人与人之间的感动在瞬间定格为永恒，用任何言语仿佛都无法尽述！

在感恩节即将来临之际，我写下了这封信。我要感谢生命，感谢生活，感谢我最挚爱的母校，感谢覃校长您和老师们，感谢你们对我的关怀，使我这个离乡求学的孤儿不孤！

您牵挂的孩子：梦飞

我看了这封字迹工整、字体娟秀的信。我想，梦飞想要说的话，一切的一切，全在这信里了。

四、校长爸爸，我们爱你
（校长与13个大学生的故事）

1. 住院

覃锋又病了。

这是2016年8月末，漫长的暑假快接近尾声的时候。这天清晨，覃锋起床后突然感到一阵眩晕，眼前一片漆黑，手脚便不大灵便了。他双手扶着墙，缓缓地坐到地上，过了10多分钟，他才能慢慢地站起来。过后他说："那10多分钟是很危险的。我告诉自己，一定不能倒下。一倒下，或许从此就再也站不起来了。"他记得在2014年8月，暑假之末，自己的身体同样出现过类似的症状，住院6天才得以缓解。那次之后，大夫教给他一个诀窍，那就是千万别倒下。长期的忙碌以及不按时吃早餐导致其肝区长期隐隐作痛。但他是南宁市明天学校校长，实在有干不完的活，实在不便请假。

妻子开车送他到南宁市第六人民医院。经过一番筛查，覃锋方知自己已多病缠身：胆囊炎、高血压等。医生建议住院一周。

2. 牵挂

常言道：既来之，则安之。但他来了，心却安不下来。

有一件事，缠绕在他的心头，挥之不去。

2016 年高考，从明天学校小学毕业出去的孤儿学生很争气，竟有 13 名考上了大学，这是明天学校创办十六年以来孤儿学生升学率最高的一次。本来这应该是一桩大喜事，但对于一校之长的覃锋来说，却是喜忧参半。

忧从何来？他忧的是孩子们的大学学费。这些孩子特殊，没有父母，就意味着没有经济来源。

这时他想起一桩近乎"刘备失荆州"的旧事：那一年，李寒凤（从明天学校小学毕业出去的首批考上大学的孤儿学生之一）寒窗苦读四年下来，却因拖欠学费未能顺利拿到毕业证，严重影响了谋职和就业。后来亲朋好友七拼八凑了一部分，再加上明天学校的校长、老师四处筹集到的款，才凑齐了欠款。最终，李寒凤才拿到了比金子还珍贵的大学毕业证书。

覃锋下定决心，再也不能重蹈覆辙。这一次，说什么也要提前备齐 13 个孩子的学费！

3. 筹款（之一）

覃锋决定进一步了解这 13 个孩子的情况，再筹款。

他躺在病房里，每天不间歇地吊针——打虫的、降压的、消炎的、平肝的。他的一只手被针管束缚着动弹不得，他就用另一只手拨打手机。他手上有一份名单，上面列着 13 个孩子的简况和联系方式。整整两天，他一一和孩子们通电话。这些孩子有来自武鸣区、宾阳县、上林县、马山县、横县的，也有来自南宁市郊区乡镇的。

打过电话后，他心中有了底。他得知，这些孩子暑假都没闲着，都勤工俭学挣学费，正所谓八仙过海——各显神通。有回乡编竹器卖的，有到饭店、粥摊当服务生的，有开电动车给快餐店跑外卖的，有到邮亭销售报纸杂志的。还有一位长相甜美的姑娘每天穿梭于闹市、公园唱着《卖花歌》："卖花来哟卖花来哟，朵朵鲜花红又香，色泽鲜味芬芳，爱花的人儿快来买……"叫卖鲜花，所得甚丰……

穷人的孩子早当家，没爹娘的孩子更是早当家。校长倍感欣慰。

他将孩子们分成两类：一类（这是绝大部分）是能挣到三四千元的，一类是由于身体原因无法找工作因而分文不获的。后者的典型当推潘宁，她罹患甲亢，体力弱，而且整个暑假都在寻医问药。

还有一个颇带戏剧性的插曲。覃锋专程驾车回校用座机给孩子们一一拨打电话。但有一位男生，覃锋给他打了几十个电话，整整两个小时，他就是不接。不得已，覃锋改为用手机拨打，男生这才接了电话。这孩子解释说是因为现在电信诈骗太厉害了，他就不敢接陌生号码的来电，后来看到是校长的手机号码，才敢接听。

总之，校长抱着"一个都不能少"的信念，在短时间内弄出了一份明细表。

4. 学费

这是一份倾注了校长心血的、来之不易的跻身2016年年度金榜的孩子的名单。他们来自何处，考取了哪所学校，尤其是新学期需交多少学费，一目了然，清清楚楚。

1. 卢仕诚（来自宾阳县），考上四川农业大学，学费7420元。

2. 欧春玲（来自宾阳县），考上广西师范大学，学费6500元。

3. 蓝利华（来自马山县），考上广西财经学院（少数民族预科），学费1910元。

4. 黄冬连（来自隆安县），考上广西民族师范学院，学费4600元。

5. 黄杏雯（来自武鸣县），考上百色学院，学费7100元。

6. 邓其华（来自横县），考上广西交通职业技术学院，学费7500元。

7. 梁仁心（来自邕宁区），考上广西科技大学，学费8000元。

8. 潘宁（来自良庆区），考上广西职业技术学院，学费7870元。

9. 黄丽（来自兴宁区），考上南宁职业技术学院，学费6000元。

10. 马秋萍（来自横县），考上广西经济管理干部学院，学费5200元。

11. 莫雪英（来自江南区），考上广西农业职业技术学院，学费7770元。

12. 黄妹（来自良庆区），考上广西工商职业技术学院，学费7350元。

13. 韦智奎（来自上林县），考上广西科技大学，学费4600元。

这里的每一笔学费，对于每一个孩子来说，都无异于天文数字。而这13笔学费的总额——81920元，对于明天学校和覃锋，当然亦是一个巨数。

5. 教训

行文至此，请允许我暂且打住。我们谈点儿别的。

话说这2016年的两个月暑假，我都在覃锋和生活老师的陪同下下乡。到每一个带典型性的孤儿学生的家里采访。

现在，覃锋却先病倒了。我要去看他，他竟不让。问他住哪个医院，他就是不说。前篇我写的他住在南宁市第六人民医院，是事后被我"逼问"出来的。

我只好在某一个晚上，对他进行电话采访。我问他，为何对 13 名孤儿格外上心？为何对每一个细枝末节皆事必躬亲？

我的言下之意是，他是一校之长，完全可以安排下属为之，根本无须亲力亲为。

"必须亲力亲为，尤其是关键事、关键时刻！这是有过深刻教训的！"电话中，他的语气严肃。

他举了双胞胎孤儿姐妹李月早、李月万考上了自治区示范性高中，却因监护人不同意其继续上学而辍学的事例。当年校长因极忙而无法分身，安排生活老师前往姐妹俩的家去做其叔叔婶婶的思想工作，却因各种原因没能有效执行，导致两个优秀的孩子学业半途而废，这件事给覃锋留下了深深的遗憾……

"所以，你想想，假如这次 13 个孩子当中万一有一个因交不出学费而进不了大学的门，我这个校长算尽职尽责吗？我能原谅自己吗？我有何颜面见'江东父老'呢？我又如何向孤儿父母的在天之灵交代呢？"

他说得有点儿激动。

此时他的话题转了，谈到了孤儿的教育上。

他谈到三个孩子。这三个孩子都是我曾经亲往其家中面对面采访过的，因而也有所了解。

其一是谢秀冬。她聪颖敏思，秀外慧中，以出色的成绩考取了南宁市重点高中——南宁二中。高考前夕，覃锋与明天学校的老师前往二中慰问谢秀冬，给她送去慰问物资，并对她说了一番鼓励的话。这孩子不负众望，以优异的成绩考上了广西大学。谢秀冬知恩图报，在大一那年的父亲节，给校长爸爸寄来一张情深意浓的感恩贺卡。信曰："在这个父亲节里，我想起了书里的一句话，'每个孩子的身边都有一对天使保护着，那就是爸爸妈妈。'现在，我们的爸爸妈妈在天上看着我们，而您就是我们的父亲。我们全体孤儿为能有您这样的父亲而感到幸福，因为我们知道您是天使变的。……有您的陪伴，我们永远不会孤单！"落款是"您爱的和爱您的孤儿孩子谢秀冬"。

其二是周莲美。她文静素雅，大方得体，成绩优异。她随资助她的爱心阿姨到钦州市第一中学读高中。高考那年，覃锋和韦副校长从南宁驱车前往钦州市第一中学慰问周莲美。后来，周莲美考取了湖南铁路科技职业技术学院。她还未毕业时，南宁轨道交通集团有限责任公司就已与之提前签下了聘用合同。

其三是潘秋愉。因聪明灵动、反应机敏，她念小学时就在明天学校赢得了

"蓝精灵"的称号。当她成功考取了长春大学旅游学院之后，曾打算在前往大学报到之前，先到成都与考取同一学校的女同学聚一聚、玩一玩，然后再与其一同赴校。校长获悉，大惊失色，劝之：人生地不熟，异地复杂多变，万一有个三长两短，谁能担待？谁又能担待得起？那个晚上，校长真诚规劝的电话从9时一直打到了深夜一两点。潘秋愉是个深明事理的孩子，她听取了校长苦口婆心的忠告。现潘秋愉顺利念到了大三，一切尽如人意。

高考前夕，覃锋专门请了专家黎琳（厦门大学博士生、广西大学教授、南宁学院副院长）到明天学校，为当年参加高考的6位孩子"把脉"，进行考前辅导、心理疏导，从如何审题、答题，临场注意些什么等，无不一一指点。

说完这些，覃锋长舒了一口气，总结说："孤儿们没爹没妈，得格外爱护，多给一份爱给他们，如春雨润物细无声，点点滴滴，都要上心、用心、贴心……"

我听懂了，也理解了他这个"校长爸爸"对他羽翼下的每个孩子的一片爱心和良苦用心，更深深地理解了他对13个孤儿大学生所做的一切。

6. 筹款（之二）

医生规定住院天数是七天，覃锋第六天就出院了。

住院第五天，他在病榻上用手机起草了一封求助信。

信是写给广西瀚德集团有限公司的。瀚德集团是一家在广西颇有名气、实力雄厚的以专业房地产建设为主导的综合型投资公司。董事长鄢仁云颇具兼济天下的仁爱之心，几年前他毅然地与南宁市明天学校校长签约，成立了"广西瀚德明天慈善基金会"，并且一次性注入200万元资金，作为资助每年考上大学的孤儿学生的专项资金。

覃锋首先想到的是向瀚德集团求助。

他这样写：

> 尊敬的鄢董事长：您好！广西第一所孤儿学校——南宁市明天学校在您及集团全体员工的大力支持下，占地一百亩的新校区一期工程已竣工并投入使用，二期工程已于今年2016年6月28日开工建设，目前正在积极推进中，计划将在2018年竣工。瀚德集团功德无量！
>
> 在您的鼎力支持下，今年有13名孤儿考上大学，实属不易啊！学费共需81920元。目前，他们将要陆续开学了，但他们的学费还没有落实，因为他们没有父母了。为了交学费，这些孩子暑假打工挣了3000至4000元，但也不够学费，他们心里焦急啊，不断地发短信问我怎么办……

在信中罗列了他一手调研得来的13名孩子考取的学校所需的学费之后，覃锋这样来结束这封信：

> 以上这13名孤儿的学费能否从"广西瀚德明天慈善基金会"中开支？请
> 指示。

覃锋和全体孤儿敬上

此信写毕，覃锋专程驾车把信送到瀚德集团总部，得到了"尽快研究，一定
予以鼎力支持"的答复。

覃锋心里明白，他需要耐心等待，瀚德集团是正规的企业，一切都必须按规
定的程序走。

在这个或许短暂、或许漫长的等待过程中，覃锋担心孩子们因情绪波动而影
响入学注册和学习，为了稳定"军心"，他先给暑假期间因患甲亢而无法打工以至
于"颗粒无收"的潘宁汇去了3000元——这是校长自掏腰包。他叮嘱潘宁："先用
这3000元缴学费，不足部分等瀚德集团支援……"之后，他给每个孩子发了一条
短信通稿：

> 孩子们：你们今年考上大学，你们是明天学校和校长的骄傲啊！我们正
> 在为筹措你们的学费和大学期间每月所需的生活费而奔走、努力。"广西瀚德
> 明天慈善基金会"是校长为帮助我们明天学校考上大学的孩子们排忧解难而
> 专门向瀚德集团鄢董事长申请设立的。你们就放心读书好了！

7. 浪花

一石激起千层浪。

校长以短信通稿的形式发出的"安民告示"，反响自是良好，甚至强烈。孩子
们静候佳音的同时，纷纷回应。

邓其华这样写：

> 谢谢校长！我知道在我们准备开学之前您就开始为我们的学费操心。我
> 很想说一句：您辛苦了！无论我们去到哪里，您都关心着我们的生活。我们
> 有什么困难，您都在背后支持我们，这是我们在明天学校感受到的温暖，离
> 开了学校也一样感受到校长还有老师们的温暖！我们也希望校长您照顾好自
> 己，不要太过劳累。现在我们也长大了，懂得照顾好自己，望您不要太
> 担心。

黄杏雯这样写：

> 我是黄杏雯，谢谢校长。我们不会忘记校长和老师们为我们所做的事，
> 我也会谨记着校长的话"今天，我以明天学校为荣。明天，让明天学校以我
> 为荣"，我会学好本领，回报关心我的人。谢谢校长爸爸！

蓝利华这样写：

　　谢谢校长为我们所做的一切。在明天学校的时候，您为了我们的生活经常加班，因为我们要走去安吉中学读书，您又筹钱办设有初中部的新校区，现在还为我们的学费没有着落而操心。以前我们总是不能理解您的良苦用心，现在我们却无以回报。在此，请允许我跟您说声：校长，您辛苦了！

马秋萍这样写：

　　校长，您真的辛苦了！校长，您一定要多注意身体，我们也会在各自的学校好好努力，不辜负您为我们所付出的努力……

2016年10月，瀚德集团将8万多元如数分别汇到了13个孩子的账户上。久旱逢甘露，这些钱犹如雪中送炭，孩子们欢欣鼓舞。

潘宁给瀚德集团鄢仁云董事长发了一条洋溢感恩之情的短信：

　　鄢叔叔您好！我是明天学校的孤儿，也是今年的大一新生潘宁。我已收到学费。此时此刻的我，千言万语也说不尽我的高兴和对你们的感激之情！谢谢叔叔为我们及时解决了学费和生活费的问题。是您让我看到了明天和希望，是您改变了我的命运。您的博大爱心我将永远铭记在心，我会努力学习，好好做人，怀着感恩的心，将来回报社会。再次感谢您的爱心，谢谢叔叔！

应该说，潘宁道出了明天学校全体孤儿的心声。

8. 坚守

　　我每次见到覃锋，看着他黝黑而疲惫的脸庞和似乎总睡不够的双眼，还有他那几乎没有一根头发的"罗汉秃"的脑瓜，我就会想起毛主席说过的一句话："一个人做点好事并不难，难的是一辈子做好事，不做坏事，这才是最难最难的啊！"

　　十六年前，我因采写反映明天学校的长篇报告文学《明天的太阳》，认识了覃锋，并与他成为挚友。他是明天学校首任校长，现在十几年过去了，他仍然是校长。斗转星移、物是人非，他还是他，明天学校还是明天学校。他选择了坚守，还有坚持。

　　他义无反顾、心无旁骛，甚至乐此不疲。

　　我想，这里面必定有一种哲学，有一种精神。我向他讨答案——坚持十七载的原因。

　　推托再三，他还是说了。我替他概括起来，应是三大原因。

　　其一，他始终记得创办明天学校的主要推动者罗世敏的嘱托："明天学校这面旗帜不能倒！要让失去父母的孩子在明天学校找到回家的感觉，真正感受到阳光的温暖。"

其二，他下定决心要将明天学校办成不仅有小学还要有初中的九年一贯制学校。

其三，为了每一个孤儿都能像普通孩子一样，在同一片蓝天下，获取知识，获得尊重，顺利成长、成人、成才，圆大学梦！他说："为了达到此目标，再多委屈、苦楚、困窘，我都能忍受，我决不放弃！"

我记得他说了一句颇含哲理的话："或许可以这么说，我不是看到了希望才坚守，而是因为坚守了，（孩子们）才会有希望！"

而我，看到了他坚守的本质：一是无私，二是胸怀。

9. 献诗

在 2016 年考上大学的 13 名孤儿大学生当中，有几位是学文科而且喜爱文学的。2017 年春节，他们集体创作了一首写给校长的诗。农历一月初八这天，许多从明天学校走上社会的孤儿学生回到母校，与校长、老师们共度孤儿学生"感恩节"，他们把诗交给了覃锋。

后来，覃锋到我所住的 301 宿舍。我看到了这首诗，立即被题目吸引住了，不禁轻轻地满怀感情地朗读起来。

校长爸爸，我爱你

校长爸爸，我爱你

校长爸爸，我爱你

你是如此

坚强、宽容、刚毅、慈祥

你为我做了多么大的牺牲

谢谢你，一直站在我的身后

你用有力、温柔的双手

还有温暖、满怀爱意的拥抱

一次又一次为我修补

破损的过去和受伤的心灵

我爱你，校长爸爸

谢谢你告诉我

哭过了就不要再哭

从此我的脸庞挂满微笑

我相信

我长大以后做任何事情都会成功

> 只要我充满自信
>
> 就像你对我充满信心一样
>
> 此刻我很难找到合适的词语
>
> 向你倾诉心中的感受
>
> 你无私的爱和不知疲倦的付出
>
> 我将永远铭记在心
>
> 校长爸爸，我爱你
>
>
> 我爱你，校长爸爸
>
> 你不知道
>
> 无论我今天去向哪里
>
> 无论我今后身处何方
>
> 我时时刻刻都能感受到你在我身边
>
> 督促我去实现自己的梦想
>
> 使我浑身充满力量
>
> 感谢你为我插上追梦的翅膀
>
> 所以，我要千万遍地说
>
> 校长爸爸，我爱你

应当承认，我被诗中的真情和深情打动了。诗言志，这份诚，这份爱，这份从每个字每一行诗中喷涌而出的内心独白，使我不由得鼻子发酸。

我把视线投向覃锋。他的眼睛有闪亮闪亮的东西，那是泪。

五、舐犊情深

（覃锋与儿子覃炜夫的故事）

1. 爸爸与校长爸爸

覃锋校长有一个儿子，名叫覃炜夫。

明天学校创办十七年来，已毕业离校的和在读的孤儿学生共有 512 名。孩子们大多不叫覃锋校长，都亲切地管他叫"校长爸爸"。因而，理所当然地，现在"校长爸爸"统共就有了 512 个孩子。

那么，覃锋对亲生儿子怎么样？"校长爸爸"待孩子们又怎么样？唉，512 个孩子的"爸爸"不那么好当呢！

2. 父与子

覃锋的独生儿子覃炜夫，乳名叫作夫夫。

覃锋曾经不止一次对我吐露真言："我亏欠夫夫太多太多！十七年了，除了亏欠，还是亏欠。我毫无办法，无能为力，甚至万般无奈。欠儿子的，或许我永远也无法偿还！"

唉，谁叫他是覃锋的儿子呢？谁叫他有一位在明天学校做校长的爸爸呢？

让我们的镜头切换到十余年前。

2001 年 6 月中旬的一个星期天，覃锋好不容易挤出时间专门带两岁半的夫夫去探访哥哥（覃锋之兄），顺便玩上一整天。打从儿子出生以来，这是覃锋第一次带他出来玩。儿子渐渐懂点事了，但与他十分陌生。在这九百多个日日夜夜里，掐指算来，他抱儿子的时间总共不到一个月。这确实是个令人心酸的事实。每天，他忙至深夜才能回家，这时儿子已经睡了；清晨，他早早地离开，儿子还没醒来。所以直至 1 岁多，儿子仍对他感到陌生，不让他抱。到了两岁，夫夫愿意让覃锋抱了，妈妈让夫夫叫一声"爸爸"，夫夫将爸爸看了又看，最后叫出来的是"叔叔"。覃锋五味杂陈，他默默地落泪了，妻子也陪着他哭……今天是周日，偷得浮生半日闲，作为对儿子的情感补偿，他决心带夫夫玩个够，乐个透。

覃锋的哥哥是水产养殖专业户，在南宁市西郊罗文农场附近经营几个鱼塘。这天，有一些人来这里钓鱼。覃锋在看守鱼塘的草棚里和哥哥说着话。夫夫则在鱼塘边兴致勃勃地看叔叔、伯伯们垂钓。

大约过了半个小时。覃锋用目光搜寻儿子，却没看到人。他忙拉着哥哥绕着几个鱼塘转圈圈，还是没人！哥哥跳下鱼塘，摸遍每个旮旯，也没人！亲人们和来钓鱼的人全部出动，覃锋更是喊破了喉咙，依然没看到人！夫夫像一团水蒸气，挥发得无影无踪。

覃锋如五雷轰顶，被砸昏了头。他脚一软，无力地瘫坐在地上。这个宝贝，这块心头之肉，得来实在不易啊！

他清楚地记得，儿子是 1998 年 11 月 10 日出生的。这天，妻子在医院待产，他还去参加了一个教育工作会议。当他赶到产房时，才得知厄运已经降临。妻子难产，羊水先破，两个小时了孩子还没露头，这会儿已是窒息腹中！大夫色变，冒汗，对覃锋说，孩子仅有 20 分钟的抢救时间。一秒钟都不能耽搁，医生动用胎吸器，吸！——生死在此一举。在这一天里，妻子经过了几个小时的折腾，早已是体衰力竭。覃锋攥紧妻子的手，鼓励她说："你要坚持住，好好配合医生，一定要把我们的孩子生下来！"

最终，孩子生了下来，情况却不容乐观，其出生时浑身乌黑。护士紧急给孩子输氧，击打其臀部。孩子仍不醒！又针灸，孩子这才活过来……

他收回了思绪。

这时，覃锋想到了一个可怕的字眼：拐卖。

于是，他和哥哥动员了几十位村民，展开了拉网式搜索。村路、公路，凡是有路和有树丛、草丛的地方，一概不放过。

最后，有人在尘土飞扬的公路上，找到了边哭边走、踉踉跄跄、浑身是汗的夫夫。这个地点，距鱼塘边有 1000 米。后来才问知，夫夫是要回去找他的妈妈。

覃锋像从噩梦中醒来。他将儿子紧紧地搂在怀里。后来他对我说起这段有惊无险的经历时，仍心有余悸地说："如果那时寻不到我的夫夫，我真不知道怎样向老婆交代！我这后半生该怎么过？这些，我连想都不敢想！"

3. 夫夫中考

夫夫在覃锋的忙忙碌碌中长大了。

2015 年中考，夫夫的总分是 B＋。

覃锋没有责怪儿子，他认为自己没有这个权利。他对我说："我愧对儿子啊！"

彼时中考志愿网上填报正在进行。以夫夫的分数，南宁二中、三中是绝对无望了，邕宁高中、南宁三十三中、南宁三十六中、南宁八中、南宁沛鸿民族中学、南宁一中、南宁外国语学校也基本没戏。

喂，覃锋啊，你现在不是南宁市西乡塘区的教育局副局长吗？你不是堂堂明天学校校长吗？你不是南宁市人大代表、自治区劳动模范、自治区优秀党员吗？你不是本事蛮大、办法蛮多的吗？而且明天学校众多的孤儿孩子中，都有考上二中、三中、三十三中、邕宁高中、沛鸿民族中学的呢！你自己的儿子咋会这样？

咋回事儿嘛！

他沮丧、痛苦、自责，甚至有过懊悔。

他反躬自省：十几年来如果自己平时多陪陪儿子，多抓他的学习，何至于此？平日里对他最能万般忍耐、理解和包容的爱妻，这回也发飙了，对他抱怨有加。

他能理解。在多少个不眠之夜里，听着妻子的絮叨和埋怨，他对自己的人生轨迹做了个"回头看"。

他的内心除了愧疚，甚至还有负罪感……

4. 愧对亲人

除了亏欠夫夫，他还亏欠其他亲人——母亲、岳父、妻子。

首桩憾事是母亡却不能奔丧。

2000 年初，覃锋的母亲被发现患了肺癌并且已到了晚期。在母亲几个月的痛苦挣扎和治疗阶段，覃锋只能心里干着急。他的老家在南宁市郊区江西镇老口村，虽然离学校只有一个多小时车程，但是他根本无暇回家探望一次，更不用说在床前照料尽孝了。当时正值明天学校最紧张的筹办阶段，8 月 28 日就得开学上课。因此，直至 6 月，母亲去世之日，大哥急电他："妈快不行了，快回来！"他才从学校火速驾车赶回。彼时，母亲却已断了气，遗体被抬到了大厅。他还是没能见上母亲最后一面，听母亲说最后一句话。都说自古忠孝难两全，他说这是他终生的遗憾。家中有五个同胞兄弟，他排行第三，是念书最多也是母亲最疼爱并且认为是最有出息的儿子。每思及此，每谈及此，他都会喟然长叹。

第二桩憾事是愧对岳父。

覃锋的妻子是独生女。岳母早丧，岳父就随他们过，也顺便照看外孙、料理家务。那时夫夫还小，老人每天接送、照看，最终积劳成疾。2003 年老人突感胸部剧痛，到广西医科大学附属医院做 CT、拍胸片和核磁共振，查出了病因：第七胸椎结核。手术 8 个小时，耗去 1 万多元。伤口愈合后，老人几乎全瘫，只能平躺，不能动弹，更不能站立，吃喝拉撒全在床上，一躺将近一年半。在这漫长的五百多个日日夜夜里，喂食、擦洗、端屎倒尿，一切的一切，全落到妻子孱弱的肩上，而覃锋根本无暇帮上半点忙。岳父在妻子的精心照料下，病情逐渐好转，能拄拐杖独自行走，能做点轻松的家务。这全是妻子辛劳的结果。2004 年岳父去世，想想自己几乎从未在病床前尽责尽孝，覃锋感到对"泰山"大人有深深的愧疚之情。

第三桩憾事是对不住妻子。

覃锋的妻子是万秀小学的数学老师，万秀小学距他们的住地南宁市明天学校 4 公里（2003 年底前覃锋一家一直住校，后搬离学校）。每天，妻子要照料患病的岳父，就像冲锋打仗一样，早出晚归。她每天的时间表必须周密计算，通常是 6 点起床，做早餐；7 点将年仅两岁多的儿子唤醒，骑自行车送他到苏卢村幼儿园；8 点前一定得按时到校；傍晚放学，先绕道去接儿子，再买菜；回家，做晚饭，帮卧床不起的父亲擦身，洗全家的衣服；最后，分别喂一老一小吃饭。天天如此！为了缩短路上耗费的时间，她提出过买一辆摩托车，但岳父治病耗尽了家里有限的积蓄，根本买不起。妻子一天比一天瘦，形容枯槁，还因劳累患了胆囊结石，一连几周通宵达旦疼得直哭……而覃锋却是爱莫能助，只有心疼的份。因此，他常感欠妻子太多。

5. 憾事

想了想，覃锋还说了一件憾事。2000 年至 2009 年，连续十年的中秋节，他都是在明天学校里同孤儿学生一起过。他想，孩子们没爹娘、没家，自己和老师们就是这些孩子的爸妈，就是他们的家长了。他嘱咐后勤和饭堂给孩子们加菜、买水果、发月饼。他和几百个孤儿在操场上赏月，而妻子、儿子总是两个人在家吃月饼。直至 2010 年，为了两头兼顾、两不亏欠，他才将中秋赏月的顺序调了一下，改为先与妻儿吃中秋团圆饭，然后稍晚些专程驱车赶回学校与孩子们一同赏月、吃月饼。

对自己的前半生，对担任明天学校校长这十七年，覃锋像是总结一般对我说："回过头来想想，十几年了，亲人（母亲、岳父）一个个走了，老婆变老了，孩子也渐渐长大快成年了。过去的歉疚和遗憾，已无法补救，就让它们过去。而现在对儿子的亏欠，我打心眼里希望能及时挽回和弥补。"

6. 儿子的信

覃锋平静地对我叙述他的这一段几乎使自己精神崩溃，甚至痛不欲生的人生经历，脸露苦涩的笑容。

我脱口而出，说了一句鲁迅的很有名的话："我吃的是草，挤出来的是牛奶、血。"

"我倒也没有这样崇高。"覃锋笑了起来，"其实，有时候孩子们的一封信，或者儿子的几句暖心话，往往就能驱散我心中的一切烦恼，抚慰我身体的疲惫，我就觉得所有的付出，值了。"

说到这儿，覃锋拿出儿子给他写的信，大约是夫夫 10 岁时写于父亲节的，字迹稚嫩，父子间的深情却尽在其中。

祝您父亲节快乐：

今天是父亲节，一个特别的节日。爸爸，您一直在外面四处奔波，很少有时间在家吃饭……今天，您一定要回来，我也一定要把这封信送到您手中。

祝您：

节日快乐！

身体健康！

万事如意！

幸福安康！

您的儿子：覃炜夫

2008 年父亲节

儿子极少给他写信。所以他格外珍惜。他将它压在办公桌的玻璃板下，这样就可以常常看到。

7. "值了！"

我还看到了一篇孤儿学生写的自由命题作文，是 2002 年时念小学三年级的陆菲菲写的。她用孩子的眼光写出了真实的校长。菲菲写的作文是《我看到的校长》。

> 覃锋是我们明天学校的校长。他对我们孤儿学生别提有多好了。校长为了我们的生活到处奔波。记得有一天暮色降临的时候，校长开着摩托车从外面回校，他的儿子小夫夫看见了，马上跑过去紧紧地抱住校长的腿，抱了一下又跑过来跟我们玩。看着两岁的小夫夫开心的样子，我也感到很开心。可是校长却没有时间抱小夫夫一下，连呼唤孩子一声的时间都没有，拿了什么东西又开着车出去了。父子俩相聚不到两分钟又要分开，当小夫夫看见爸爸慢慢地开车出校门时，他也跟着跑了出去，跑得鞋都掉了，还一边哭一边追，可怎么也追不上。后来校长开着冒烟的摩托车越走越远，小夫夫追不上，只能伤心地坐在地上哭，两只小脚直蹬……校长，您为了我们孤儿，没有办法爱自己的儿子。每当想起这一幕，我都会泪水直流。校长，您的心比金子还要贵重啊！我真想叫您做爸爸！……

看到这，我想起我与陆菲菲这孩子还有过一次交集。那是 2001 年 8 月 10 日，一个烈日当空的正午，为了创作反映明天学校的长篇报告文学《明天的太阳》，我曾到当时的南宁市郊区双定镇义平村陇群坡采访过她。彼时她是六（乙）班的优秀学生，个子矮小，家境窘迫。而在 2017 年农历一月初八，80 多位孤儿学生回校共度"感恩节"的时候，她已大学毕业，出落成一个俊秀的姑娘，带回来帅气的丈夫和两个可爱的小男孩。

至此，我和校长都不再说话，仿佛此时一切话语都是多余的。

良久，我说："值了！"

他说："值了！"

一切尽在不言中。我们就这样静静地对视，静静地会心笑了。

我的脑海中萌生两个感受：第一，覃锋是个称职的校长，但或许算不上是个称职的父亲。第二，覃锋是一个用心当校长的人，甚至是用生命当校长的人。

是的，是这样的！

第四章

世上只有妈妈好

南宁市明天学校 3 位元老级教师：韦翠良、覃爱芬、张秀丽，她们都和明天学校风雨同舟走过了 17 个春秋。几百个孤儿孩子不是她们的骨肉，却胜似她们的骨肉。孩子们都亲切地叫她们"韦妈妈""覃妈妈""张妈妈"。

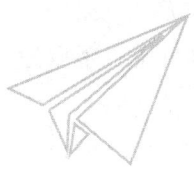

一、守护"太阳"的人

（韦翠良的故事）

1. 安心

十六年前，为了创作长篇报告文学《明天的太阳》，我就见过韦翠良。

十六年后，为了创作长篇报告文学《哭了　笑了》（《明天的太阳》的姐妹篇），我在明天学校校园里，再次见到韦翠良。

她一直在这里！笑容可掬、热情洋溢、心态年轻。一切都没变。

当年她是明天学校孤儿管理处的生活老师，现在她是明天学校分管孤儿教育工作的副校长。

我采访她，对她说的话进行总结。我将她十余载的教师生涯描绘为：安心—起伏—安心—扎根。

她听罢，含笑首肯。

想当年，2000 年办校之初，当韦翠良走进孤儿们的宿舍，看到这些天真可爱的孩子时，她却发现他们的眼神经常是呆滞的，神情是麻木的，好似心里藏着无数的心事。她的心情很复杂，她决定把全部精力和全部的爱给孩子们。想法总是美好的，做起来却没那么容易。几百个孩子，由于从小失去父母，没有享受到家庭的温暖，他们之中百人百样：有的爱打架，有的爱哭闹，有的性格孤僻，有的心理自卑，有的脾气暴躁，有的厌学逃学，有的胆小如鼠，有的翻墙出逃……老师们都提心吊胆，如履薄冰。为防不测，全校老师 24 小时轮流值班，严格看护。几个月下来，每个老师都心力交瘁，近乎崩溃。自从她来到明天学校，接触这些来自不同地方、不同环境，且不同年龄、不同性格的几百个孤儿，想起或看到孩子们用不同的眼神观察她，用不同的语言描述她，用不一样的情感理解她，她的内心只有满满的感动。他们的天真无邪、童稚可爱，他们的活泼好动、精灵古怪，他们的淘气，他们的快乐，他们的苦恼，他们的一举手、一投足，他们的一颦一笑，无一不在牵动着她的目光和她的心灵。这些大大小小的孩子，各不相同。他们像精灵一样围绕在她的周围。孩子们根本没有时间观念，不懂得遵守学校作息制度。他们犹如茫茫草原上的无缰之马，无涯蓝天上翱翔的苍鹰，汹涌山涧中的自由之鱼。这使她感觉到极大的压力。

难道要做一辈子的"孩子王"？一年，两年，或许可以，从年轻做到老，却很难！但她不是个轻易言退的人。她决定先咬咬牙，挺住，"咬定青山不放松"！

考验和困难不断！

其一，2004年10月，学校会计被调走，校长让她顶上。她的数学素来就不行，欲推："干不了！"校长不松口："没有什么是干不了的！"

说是拉牛上树也好，道是逼上梁山也罢，没有办法，她只好硬着头皮干。一无所知，就在实践中学习。她虚心请教行家、参加培训，甚至直接到财政局讨教。财政局体恤她的难处，从别的学校请了一个专业会计手把手教她。有一晚，两人竟熬夜到深夜两点，终于完成任务并成功"通关"了。她清楚地记得在2005年1月，为了完成城区布置的决算工作，她连续加班至凌晨3点。由于过度疲劳，她双眼蒙眬、步履蹒跚，竟一脚踩空，从二楼的第一个阶梯摔到一楼的最后一个阶梯，最后不省人事。经医生诊断，所幸无恙，只是皮肉损伤。就这样，她身兼三职，既是生活老师，又是语文老师，还兼会计。这兼职会计一干就是五年。多年的努力终于换来了收获，明天学校荣获了"西乡塘区财务先进单位"称号。

其二，2006年6月30日，竞聘明天学校孤儿管理处主任的会议上，共有5位老师竞聘。他们分别进行演讲，全校老师当听众，然后无记名投票，公示、谈话、表决心等。一切公开、公平、公正、透明。最后韦翠良以高票数胜出，担任孤儿管理处主任。她匆匆写就的演讲稿满含激情，颇为感人。

在这里，请允许我一字不易地引用这篇竞聘演讲稿全文。因为它是韦翠良深思熟虑的宣言书，更是她对孤儿的教育与成长的短、中、长期的思考和教育路线图。同时，亦因为她写得太好了，以至于我不忍因追求简洁而妄加删改。

改革是一个不算新鲜的话题，竞争也已经渗透到社会生活的方方面面，它无时无刻不在昭示着人们这样一个道理：唯改革才有出路，唯竞争才有希望。感谢改革，也感谢竞争，使我这个普通教师能有机会站在演讲台上。更感谢在场的各位给了我参与这次竞职演说的信心和勇气。我今年33岁，大专学历，是小学初级教师。在明天学校工作已经五年多了，历任班主任，现任会计和分管孤儿管理工作。五年多来，在明天学校这个大家庭里，我勤奋教书、潜心育人、扎实工作、精于管理。撰写的论文和个案分析荣获广西区一等奖、城区二等奖和三等奖。今天，我抱着锻炼自己的目的，以服务孤儿学生为宗旨，竞聘孤儿管理处副主任这个岗位，因为我认为自己有以下几个优势。

第一，具有较强的敬业精神。自从来到明天学校做孤儿管理工作以后，我怀着满腔热情踏上了这片陌生而又新奇的领域，成为孤儿管理工作者中普通而又光荣的一员。从此，教育和培养孤儿学生，帮他们解决困惑，成了我工作中矢志不移的奋斗目标。

第二，具有一定的教育能力。我有一颗热爱教育事业和热爱孤儿的心。我平时善于观察孤儿的心理特点，积极探索教育规律，注重教育孩子们从小自尊自爱，让他们学会自我学习、自我教育、自我管理、自我提高，不断地激发孩子们正确面对现实，树立信心和决心的潜能。几年来，我明白孤儿管理工作的苦和累、平凡与无私。没有掌声共鸣，没有鲜花相伴，有的只是忙碌和肩头沉甸甸的责任。但我无悔于自己的选择！因为我深爱着每一位孤儿，我用我这颗火热的心去对待这一群可怜的孩子。我揣摩着、尝试着，与他们真诚地交流着，我想为他们打造一片灿烂的晴空。

第三，具有一定的管理和协调能力。孤儿管理处的工作非常繁杂，因为孤儿的年龄差异和性格差异很大，但是我能针对他们的性格差异和年龄差异对他们进行教育与管理。我在孤儿们的心目中既是老师，又是朋友，更是妈妈。接待工作也很繁重，不管是大型的接待还是小型的接待，我始终积极配合领导和各个老师，认真做好接待工作，维护明天学校的良好形象。

第四，具有较强的组织能力。经过五年多的教育实践及领导的扶、帮、带，我对孤儿管理处的组织管理有了较深的认识和了解，无论是学校举办的各种大小型联谊活动，还是外出交流、宣传，我都能在规定的时间内及时组织孤儿学生认真实施，出色地完成任务。

各位领导、老师，几年的实践与探索使我有信心、有能力做好孤儿管理处副主任的工作，假如我有幸竞聘成功，我将牢记"用高质量服务，赢全方位满意"的宗旨，努力探索新形势下孤儿管理的最佳模式，用一流的服务、一流的管理，创一流的业绩！具体将从以下几方面入手。

第一，切实转变观念，增强服务意识。首先要组织孤儿管理（处）的员工加强政治学习，提高思想觉悟。认清形势、找准位置、端正态度、明确职责。教育他们树立全心全意服务教育教学的意识，群策群力做好孤儿管理工作，真正做到急孤儿之所急，想孤儿之所想，清正廉洁、克己奉公、立足本职，做好服务。

第二，不断提高自身素质，增强育人意识。教育无小事，事事皆育人。作为学校孤儿管理处的工作人员，还要不断提高自身素质，增强育人意识。所以，我们将有计划、有步骤、有目的地加强管理人员的业务和技术技能的培训，提高他们的综合素质，努力培养新型的富有创造精神的管理人员。

第三，摆正位置，当好配角。在工作中，我将遵循学校领导的办学方针，服从领导、服务大局，做到到位不越位、补台不拆台。

第四，建立健全孤儿管理处的各种规章制度，加强孤儿的思想教育。同时，还要组织管理人员学习相关教育理论，特别是素质教育理论，使他们在日常工作中能更好地发挥育人的作用。

这次若能竞聘成功，我将以此为新的起点，勇往直前、开拓创新、与时俱进，以崭新的面貌扎实工作，创造新的工作业绩，绝不辜负领导对我的栽培和全体教职工对我的支持。同时，我也坚信，在充满朝气、勇于开拓、锐意改革、积极进取的新一届领导班子的带领下，孤儿管理处的管理工作必将取得全新的进展，明天学校的明天也将更加灿烂辉煌！

2. 起伏

人非草木，人无完人。韦翠良曾有过"退"念，并且实施过。当然这是悄悄进行的。

她曾想到自治区妇联工作，这是 2011 年的事。结果没能如愿，因为她没有本科文凭。

于是她决心拿个本科文凭。翌年（即 2012 年），她参加成人高考，学行政管理专业。三年，学分修满了，毕业论文也完成并获得了指导老师的认可，就差最后一步：答辩。当时她的动机就一个，就是考上本科，调离明天学校。

结果又没能如愿！

现在她决定回到原点，从此心无旁骛。

2012 年，她竞聘副校长，那流程比当年竞聘孤儿管理处主任严苛多了：先是演讲，听者分别来自城区人大、政协、组织部、宣传部、教育局。她的考核、笔试都过了。同时竞聘的三人，另两位如愿成功，她却没能上榜。

但她始终没有放弃。2014 年城区组织部再来考核。通过民主投票、公示，教育局局长谈话，是年她终于如愿担任了明天学校的副校长，分管孤儿教育工作。

3. 丹丹

既然是分管孤儿教育工作的副校长，那么韦翠良每天面对的就是几百名孤儿。他们的苦乐酸甜、冷冷暖暖、吃喝拉撒，成长、成才、成人，她都得放在心上，都得思考，都要承担。这是千钧重压啊！

这是她这副担子的一头——最重的一头。

她还有另一头——她的家庭，她的丈夫和女儿。

　　现在我们将视线暂且转向她这副担子的另一头。因为，这头是不可或缺的。

　　她的丈夫姓罗，马山县白山镇人，是白山镇党委常委。夫妇俩两地分居，丈夫身在基层，累了闲了都爱喝点小酒，不知怎的就有了酒瘾，而且是永远也戒不掉的瘾。他还经常熬夜看电视。

　　"从早喝到晚，而且不吃饭菜，空腹喝，无节制地大杯大杯地喝。长年累月，皆如此。他走得早，走时才 54 岁……"

　　韦翠良向我叙述着过往，因不愿提起又不得不提起的生离死别，面部呈现出痛苦的表情，双眼蓄满了泪水。

　　她与丈夫长期两地分居。一个在马山县，一个在南宁市。虽然仅两个小时的车程，但是聚之甚少。她几乎无暇回马山，包括节假日。有时丈夫来了，但因为明天学校节假日经常有加班任务，她亦无法陪伴，丈夫免不了颇有微词。有一个周末，她完成学校的任务回到家，丈夫却"失踪"了。她四处寻找，匆匆赶到汽车站，却发现丈夫已买好了返回马山的车票，并且坐上了班车。透过车窗，她看到的是丈夫怨愤的表情。望着渐行渐远的班车，她的泪水似断线的珠子扑簌簌地流了下来。后来她与人道：或许丈夫酗酒，与夫妻二人长期两地分居不无关系。

　　韦翠良还坦诚地告诉我，她丈夫患的是食道癌，2015 年 11 月 2 日在自治区人民医院动手术，2016 年 7 月 13 日离世。手术后的将近一年里，丈夫就再没能离开过医院。他每天都被病痛折磨，身体状况已不容乐观，他正一步一步走向那个黑暗的世界。他对过往近乎"自暴自弃"的生活方式感到非常懊悔。人生所有的一切，他都无福享受了……

　　韦翠良对我说，由于自己过分偏重孤儿这一头，她对丈夫和女儿都满含歉疚。

　　但我知道她已经尽了心力，已经做了很多。

　　2016 年 7 月中旬，那时正值暑假，我住在明天学校做采访。几乎每天都陪着我下乡、深入孤儿家中采访的她，仅仅请了一个星期假回马山县料理丈夫后事，就又匆匆返校，照常为孤儿招生工作而奔走于广西各地，照常陪着我深入孤儿所在的乡、村、屯进行采访。她强抑悲痛、强锁愁容，如同没事人一样。但我亲眼看到她那眼圈是红肿的，脚步是沉重的。她强忍着失去亲人的悲痛，为了她的本职工作，为了孩子们。

　　是的，一切为了孩子！

　　我想起我看到过的关于她的先进事迹材料，称她是"守护'太阳'的人"。还有她立下的誓言："当园丁培育百花，做黄牛无私奉献。"以及她的工作准则："干一行，爱一行，精一行。"

　　对她的独生女儿丹丹，她感到歉疚，但更多的是欣慰。丹丹渐长，大方美丽，懂事明理，出落得似一朵鲜花。

一次，丹丹突然晕倒住院了，韦翠良办好了女儿的入院手续。本想好好陪陪女儿，可是学校临时有任务，她只好撇下女儿一个人在医院，匆匆往学校赶。等她忙完回到医院已经是中午1点多钟了，女儿也还没吃饭。丹丹孤独地躺在床上，泪水在眼圈里打转，哽咽着对她说："妈妈，其实我才是真正的孤儿！……不过我理解您，因为还有好多孤儿等着您去照顾呢，我会照顾我自己的。"听罢女儿这番话，她心里似打翻了五味瓶，很不是滋味。她感觉自己亏欠女儿实在是太多了！

"妈妈，其实我才是真正的孤儿！"这句话的每个字都像锤子一样敲痛韦翠良的心！

作为母亲，女儿在病中流露出来的这句心里话，韦翠良当然能掂出其中的沉重。她想起了女儿难能可贵的懂事、成熟和优秀。

22岁的丹丹，从小学一年级至六年级都在明天学校，一直跟着母亲生活，与孤儿一起成长。父亲不幸患重病，她极孝顺，在病榻边照料了一个多月。擦身、刷牙、喂食、端屎倒尿，不嫌弃、无怨言，淡定从容。她知道父亲的日子已经无多，就格外珍惜父女在一起的时光。丹丹坦言道："爸都病成这样了，我作为他唯一的女儿，能尽孝一天就是一天。不管怎样，他是我爸，是他给了我生命，养大了我……这是一种打断骨头都连着筋的骨肉亲情……"因为做了手术和化疗，父亲只能吃流质、半流质的食物，肉得剁得很细，粥得煮得很烂，营养须搭配得适度，黄豆也须变着法子做……这一切，丹丹全跟母亲学会了并亲自去做，从不厌烦。因为重病患者一刻也离不开陪护，丹丹就和母亲轮流到医院照顾父亲。每个周六、周日以及下午下班后至晚上10点，是由母亲来陪护。晚上10点直至次日清晨，甚至整个白天，就全由丹丹包干了。2016年，丹丹正在广西民族大学读国际经济与贸易专业（英语方向），已大四，中英文皆拔尖，每年学习成绩皆名列前茅。即使要照顾父亲，考试和论文答辩，她也照样过关斩将顺利拿优秀。可以说，这个自立自强的女儿是韦翠良最大的安慰、骄傲和支撑。

4. 韦妈妈（之一）

韦翠良只有一个独生女儿，但她将所有孤儿都视为自己的孩子。

没爸没妈的孩子们全都叫她"韦妈妈"。有时，孩子们干脆省略掉"韦"字，直接叫她妈妈。这是她苦中的甜。

她为孩子们付出了太多太多，使人落泪的感人的事例数不胜数。这里我们撷取几例。

孤儿女生李春华（化名），出生后父母发现她有先天性身体残缺，就把才6个月大的她扔在公路边。一个好心的大爷看见后，把她捡回来抚养。后来这位老大爷得了白内障，没钱医治，导致双目失明，李春华从 6 岁开始就担起了照料老大爷的重担。李春华来到明天学校后，老师们才发现她有先天性肛门闭锁症。为了让她像普通孩子一样生活，韦翠良不辞辛劳地到广西壮族自治区人民医院、广西医科大学第一附属医院等多家医院咨询，问医生李春华这样的病能不能治愈。得到的答案都是肯定的，且越早动手术对孩子的身体恢复越好。韦翠良马上把情况汇报给学校领导，领导当即指示带李春华去医院做检查。韦翠良亲自带李春华到广西医科大学附属医院，帮她检查的林医生斥责韦翠良说："你这个妈是怎么当的？孩子在出生的时候发现有这样的病了就应马上来医院动手术、做治疗，现在都这么大了，动手术对孩子有很大的生命危险，你懂不懂呀?!"此时救人要紧，韦翠良只好认了，对林医生说："医生，我知道错了，现在请您马上给孩子治疗……"

李春华是早上 8 点 30 分进手术室，到中午差不多 1 点才从手术室出来。在手术室外守候的韦翠良站了 5 个小时，她心里那个急呀！眼睛一直盯着手术室的门口，每有医生推床出来她就跑过去。当她终于等到李春华从手术室出来，听到医生说"手术很成功，你放心吧"这句话时，她的眼泪再也忍不住，如泉水般涌出。

韦翠良一直坐在李春华床前等她苏醒，连中餐也忘了吃。不知过了多久，李春华终于睁开蒙眬的双眼。当她听亲戚说韦老师从头至尾一直焦急地站在手术室门外守候，到现在中午饭都没能吃上时，一股暖流就传遍她的全身，咸咸的泪水默默地流淌下来。她让人将床摇起来，坐直了，依偎到韦妈妈身上。为李春华动手术的外科主任林大夫弄明白了韦翠良的真实身份，满含歉意地说："刚才错怪您了……但是，我看您不是亲妈更胜于亲妈呢！要不，怎么会急成这样，像是火烧屁股似的。"林大夫幽默的话，惹得大家都笑了。李春华撒娇道："她是韦妈妈，她就是我的亲妈妈！"

这里再说一个方春递的故事。在明天学校的历届毕业生中，方春递无疑是出类拔萃的。

方春递个子很高，脑子聪明，反应很灵敏，学校的领导和老师都很看好他，同学们也喜欢他。南宁市江南区国家税务局的主要领导及部分工作人员到学校慰问，其中一位领导觉得方春递是个可塑之才，便和学校签订了资助协议书，决定扶持他读到高中毕业。方春递果然不负众望，2004 年 6 月份参加中考，他以优异的成绩考上了自治区示范性高中——南宁三十三中，是一百多个孤儿孩子中的佼佼者。上高一时，他搬到三十三中住校。得到这么多领导的重视和关心，方春递格外努力学习，还当选了学校的学生团干部、班里的班长。

在方春递高二的时候，发生了一件令人意想不到的事。一天早上，韦翠良接到方春递的班主任的电话，说方春递离校出走了，请韦翠良协助找回。韦翠良当时简直吓蒙了，怎么会这样呢？自己是不是听错了？

韦翠良从方春递的班主任口中得知，方春递这孩子个性膨胀、自命不凡、自高自大，总以为自己各方面都比别人优秀，瞧不起同学，对班主任不够尊重。挨了班主任批评，受不了，就采取极端行动——走了之。

韦翠良好不容易才找到方春递，当时他正躲在他的一个亲戚家里。韦翠良没有责怪他，只是说："春递，老师来接你去吃早餐，跟老师走吧……"一路上韦翠良对他什么都不问，只跟他谈一些开心的事情。到了三十三中学校门口，韦翠良问他："去学校上课还是回明天学校？"他说："我跟您回明天学校。""好，我尊重你！"

回到明天学校，方春递终于道出了原委："老师，我知道这次自己离校出走是不对的，但我咽不下这口气。平时我做班级工作做得那么好，班主任一点都不重视我，也不肯定我的工作能力……"听他一口气说了这么多，熟谙少儿心理学、对青少年教育很有经验的韦翠良说出了她的看法："不管你认为班主任的做法有多欠妥，你都不应该离校出走。你回忆一下，平时你和班主任沟通了吗？碰到问题你和班主任商量了吗？如果没有，那么你也是不尊重你的班主任，尊重是互相的，明白吗？"方春递似有醒悟，沉默了一会儿，说："我不敢面对班主任，因为这次测验我真的差到极点，如果高考的话，我就完蛋了，我心里好痛！""知道心痛，证明你还是要求上进的，这一次的失败，并不意味着你永远都失败呀。我认为有了这次的失败，对你来说是好事，这样你才懂得你哪方面需要多学些，也让你懂得无论什么时候，都要认认真真，绝不能有丝毫的马虎……"

就这样，韦翠良和方春递促膝长谈了两个多小时，可谓苦口婆心，用心良苦。最后，方春递想通了，他让韦翠良送他回三十三中。到学校门口时，他问韦翠良要手机，打了个电话给他的班主任。听到方春递向他的班主任诚恳而真诚的道歉，韦翠良笑了。

之后，为了方便和方春递沟通，韦老师送给他一部旧手机，经常发短信鼓励他，和他谈人生，谈理想，无所不谈。渐渐地，他变得成熟了，学习成绩逐步稳定。他回复的信息满含感激："我知道，您时刻都像亲妈妈一样爱着我和注视着我。我会加强我的抗干扰能力，永远感谢您以及为我们奔波的每一位老师！"

现在方春递已经大学本科毕业，找到了自己喜爱的工作，他仍经常和韦翠良交流，两人就像知心朋友一样无话不谈。

再道一个有戏剧性和悬念的、带点"讲哥儿们义气"的故事。

这个孩子叫谢坚。他的经历颇有传奇色彩。我们有必要先做点铺垫性的交代。

他有个哥哥叫谢林，两兄弟都入读了明天学校。这兄弟俩出生在一个特殊的、组合得有点勉强的、后来又连遭不幸的家庭。兄弟俩的父亲谢石孱弱多病，加上性格内向，以致到了40多岁仍打光棍。好不容易由两个姐姐张罗，从贵州省一个穷得连驮马小道都没有的地方，讨来了一个比他更孱弱多病的女子——黑瘦低智、口齿不清、行走不便、目不识丁，基本没有劳动能力，两人只能凑合着过日子。只是，通常壮实的乡亲只需干一天的活，他俩得使出吃奶的力气干上几天。所幸的是，这对患难夫妻生下了一对儿子，智力和身体都很正常，而且都健康帅气。不幸的是，死神频频光顾，噩耗接踵而至。2002年秋冬之交，谢石死于劳累过度，时年55岁；其妻则葬身于2003年夏一场由台风引发的山体滑坡。

虽然谢林和谢坚是两兄弟，但是两人性格迥异。哥哥谢林听话、规矩、守本分；弟弟谢坚则调皮，甚至有点顽劣。

弟弟谢坚极有个性，天马行空，独来独往，谁的话都不听。当然一开始他也不听韦翠良的。

韦翠良对付这样的孩子有一套，她知道来硬的或者来软的，都难以奏效。这种人往往仗义、讲信用，你敬他一尺，他敬你一丈，必须动之以情才能晓之以理。

有一件事，彻底扭转和改变了谢坚。那是2008年初夏，按习俗，已故父亲的捡骨葬必须在某天凌晨五六点完成。在农村，讲究入土为安，敬畏和安顿先人是一件马虎不得的大事。这一天，已经念技校的哥哥谢林没有来得及到明天学校接谢坚就先搭班车回了横县老家。谢坚初中未毕业，年少气盛的他此时有如热锅上的蚂蚁，坐立不安。而此时买班车票已赶不及了。韦翠良见状，就安慰他。他却更急了："我要是赶不回去，明天清晨没法捡我爸的骨头，一辈子就这次，如果耽误了，我一辈子都会难过、伤心、后悔！"说完，他号啕大哭起来。

韦老师深知这件事对一个孩子的心灵乃至人生，都非同小可。

她让谢坚少安毋躁，答应他，今晚无论如何一定送他返回横县百合镇百联村樟树屯（他家乡所在地），那里离南宁市150多公里。

她随即给朋友打了个电话，陈明情况的重要性和特殊性。朋友动了恻隐之心，即刻开车到了明天学校，接送谢坚回家。

路上，有一段现在想来确实是意味深长的对话：

韦翠良："感觉咋样？"

谢坚："太高兴了，想不到我还能在明天之前赶回去！"

朋友："这是一辈子难得一遇的了，你要好好珍惜，不要忘记，更不要辜负老师对你们的一片爱心！"

谢坚："我知道！我一定要做好孩子，做好人……"

他们到横县时已接近午夜 12 点，而韦翠良回到南宁已是凌晨 3 点多。

临分手，谢坚一家感激不已。谢坚专门砍了一捆黑皮甘蔗送上车。

此事过后，谢坚像是换了一个人，有相当大的转变，特别听韦翠良的话。再往后，韦翠良和其他老师又专门到谢坚家家访了四五回。谢坚执意要转学回家乡百合中学念初三，他们没有强留，但仍予以关心、帮助。学校老师每次看望谢坚，都给其 500 元补助费，伙食费每月 260 元则打到他学校账号，还领他去理发、买鞋……

这真是一个有浓厚的人情味的故事。

5. 韦妈妈（之二）

长年的拼命工作、废寝忘食，致使韦翠良患了胃炎。有一次很严重，必须要去医院检查。第一天检查的时候，已经毕业的邓绍创等同学得知后，就一起跑到医院看望老师。见人太多，担心打扰到其他病人，韦翠良执意要他们先回去。见留下无望，他们几个人就跑到门外去商量，回来对韦翠良说："我们都走了你不失落啊？我们轮流陪你。"磨缠几次之后，他们才终于听劝走了。第二天韦翠良要做胃镜，邓绍创早上 6 点钟就来到医院等韦翠良，陪她聊天、为她加油打气，推她进病房，尽心尽力。住院期间，有一个女孩来探望并送来一篮鲜花，可刚好韦翠良到医院别的地方去了。她只好留了纸条："韦妈妈，我来过了，没有见到您，希望您早日康复！我和同学们都爱您！"

韦翠良见到鲜花很感动。但病房里没有插花的瓶子，她就把花送到了护士站。她觉得放在护士站让每个人进来都能看到漂亮的鲜花，也分享了美丽和爱心。可同病房的老太太却不乐意了，说："你干吗把花收走了？放在这里，我看到都觉得舒服！"韦翠良解释了缘由，老太太只好嗔怪道："我只能说，你是一位好老师！"

出院回校，因为韦翠良住在宿舍四楼，学生们每天都争先恐后地给她送饭送热水。以前都是她照顾学生，现在变成学生来照顾她了。懂事的邓丽霞还煮了韦翠良最爱吃的玉米粥，每天送来给她。在外念书的孤儿学生，经常来慰问。不能来的，则发来一大堆慰问短信。有个叫韦林丽的孤儿女生，大学毕业后参加了工作。有一天她打电话给韦翠良时，韦翠良说自己正在医院里，韦林丽就问老师吃饭了没有，韦翠良说等检查完了再吃。韦林丽没说什么就挂了电话。令韦翠良没想到的是，没过多久，韦林丽就把鸡汤送到了医院。韦翠良说："你不是说在上班吗？"韦林丽说："您总是没有时间吃饭，才把身体弄成这样的，现在我一定要看着您吃完，我才走！"

6. 韦妈妈（之三）

十几年来，已经有17届孤儿毕业离开明天学校，其中有59名高中生和职高生，39名在读大学生，230名已经走向社会谋生。韦翠良总牵挂着这些孩子，担心他们去到新的环境，接触新的同学和老师，能否适应。所以她一如既往地关注和关心他们，经常和他们联系，鼓励他们、支持他们，还亲自到他们就读的学校去看望他们。现在他们有什么高兴或烦恼的事都跟韦翠良说。每年小考、中考、高考前的一个月，韦翠良都请专家来给孩子们做考前辅导。中、高考结束后，她又召集和指导他们填报志愿。

有人对韦翠良说，你把十几年的青春都给了孤儿孩子，已经对得起孤儿孩子父母的在天之灵了，趁早改行吧！但韦翠良不改初心："为了孤儿孩子们的明天更灿烂，我愿陪伴每个孩子度过特殊的少年时光，永远做'小太阳'们的守护者！"

是的，她有几百个儿女。她是几百个孩子的韦妈妈。

她是幸福的，我这样认为。这是苦中有乐和苦尽甘来的幸福，是一般人无法体会的幸福。

我手头有一沓厚厚的感谢信和孩子们亲手制作的贺卡。全都写着他们发自内心的话，纯粹的、独特的、不矫揉造作的话。

从小到大，我都没有认真地跟您道谢，谢谢您！现在长大了我才知道在成长的过程中，您在我心中占据了多么重要的位置！您给予我们的爱像流水般绵延不绝，滋润我们这些孩子的心田。回过头来看，我们的青春岁月都有您留下的印记……

（黄杏雯 2016年7月18日）

2016年考上了四川农业大学化学系的卢仕诚，接到录取通知书后，这样写：

明天学校是我人生的转折点。韦老师，您曾说过在学校最重要的是学会做人，做一个有用的人……我清楚地记得高考前的那一次会议，您一面流着泪，一面给我们讲道。这是我第一次看到您流眼泪，我知道这泪水包含了很多含义。有父母对子女那种恨铁不成钢的泪，也有父母对子女关爱的那种泪。您把我们当成您的亲生儿女，奉献着您自己的青春年华。您就是我们的再生父母，我的生命历程中有您真好。谢谢您，韦老师妈妈！

（卢仕诚 2016年7月9日）

韦老师，您是我这辈子第一位叫妈妈的人。虽然现在不常叫了，但是在我心里您永远占据妈妈的位置。刚开始，我很好奇，很不理解为什么有那么多同学叫您妈妈。后来我渐渐地明白了，您是每一位孩子的母亲啊！我非常敬佩您，您真的是一位伟大的母亲！有很多同学都觉得您很严肃、很严厉，但我发现您笑起来非常亲切、平易近人，关心学生就像关心自己的孩子一样温柔体贴……您工作认真负责，记得我升初中那会儿，您亲自陪我去十八中提交证明和材料，向学校说明我的情况，再复杂的程序您都办得妥当。您像一个母亲一样，希望自己的孩子去一个更好的学校念书……您从没放弃过我。记得快要高考的那段时间，您还为我们送来红包、牛奶、水果和营养品。这一路走来，真的非常感谢有您的陪伴！我尤其记得您在信笺上写的勉励我的话："美玲，高中三年希望你自信、自立、自爱！诚实、踏实做人，把自己修炼成一个有素质、有内涵的人。"这是妈妈给自己孩子的一个忠告，更是一种爱。这几句话一直触动着我、鞭策着我……很感谢您，妈妈！

（陆美玲　2016 年 7 月 6 日）

初三那年，我清楚地记得，我们的韦老师妈妈为了上班方便，中午都在我们宿舍午休。那时您睡的是靠门口的床铺，给我们的第一感觉就是一位母亲挡在外面保护她的孩子。无论风吹雨打日晒，母亲都愿担着、扛着、遮挡着，不让孩子受到伤害……这种亲切感很强烈，对于一个长期缺失父爱、母爱的孩子来说，这不仅是阳光，更是雨露，给了我们温暖，滋润了我们的心田。

（马秋萍　2016 年 7 月 28 日）

从小到大，家长会上我的座位在总是空的。有爸妈的同学，他们的座位都有人坐，而我的座位却没有人坐。而最令我感动的是，我在明天学校念了小学、初中，升上了南宁市重点中学——南宁二中，我的座位不再空，韦老师妈妈和老师们只要有空都会来参加我的家长会。我不再感到失落和孤单，我成了有妈的孩子！我们是一家人，心不离，永不散！

（邓凯中　2016 年 7 月 7 日）

正在南宁学院学轻轨专业的大三学生方莹，信件内容催人泪下：

我从明天学校顺利考上了南宁十八中——这是一所条件和环境都很好的学校。记得中考那一天，韦老师一大早起床，陪我们坐车一起去考场。一路上不停地为我们加油打气。考场门口挤满了许多考生的爸爸妈妈，都在鼓励和安慰自己的孩子。那一刻，我感慨万千，突然流下了眼泪。这泪水不是因为中考的紧张而是因为感动，我感动的是我并不是孤单一人，有韦老师陪着我一起面对！考场门口的我不是一个人，而是有着一位如妈妈一样亲切的、陪着我中考的韦老师！现在我已经是一名大二的学生，每当回想起这些事，我都特别感动。很感谢我的恩师韦老师，在我人生的重要阶段她都一直陪伴着我、激励着我!

（方莹　2016年7月6日）

刚从河北传媒大学毕业并且已经能够独当一面地制作电视节目（包括构思创作、现场录制、编辑混录等）的李莉丽，从小就是个很有主见的孩子。我看到了一封她在小学六年级时写给韦老师的信：

> 韦老师，我不怕告诉您，我刚来明天学校的时候曾为自己是一个孤儿而自卑。那时有些同学总是嘲笑我没爸没妈，每当他们用爸爸妈妈的字眼来骂我时，后面总会补上一句："我忘了你没有爸妈!"这句话深深地刺痛了我的心。但是没有人肯听我诉说，我也不知道找谁来诉说。我就一直哭，一直哭……但后来我明白，孤儿并不是废儿，因为有许多爱心人士关爱着我们，韦老师您和老师们还有我的家人也关心我们，所以我不再自卑……现在我有的是一颗坚强的心……韦老师，我可以保证，我会以行动证明，我绝对不会让学校失望，我一定会让老师为我感到自豪的!

（李莉丽　2007年12月13日）

毕业于明天学校，现在已经有了很好的工作并且当了两个孩子妈妈的卢素换，当年在校没让韦翠良少操心。她曾给韦翠良写了很多封掏心窝的信，她直呼韦翠良为"妈妈"，有时信中干脆只写"妈"，而称自己为"女儿"。这里，只引其中一封信的一段话：

> 妈：您好!再见到您时，您已经瘦得让我差点认不出来了。您为我们这么辛苦地工作，我们真的不知道怎么说您才好……但您工作时不能这样老是不吃饭，您自己照镜子看看，脸青青的，没精神，眼睛都变成熊猫眼了。唉，您现在这样，如果再刮北风，您就会被吹走了!如果哪天您饿坏了、累垮了，我们怎么办?您自己怎么办?我好心急啊!……

（卢素换　2008年3月13日）

我在明天学校看到无处不在的校标：绿草如茵的大地与遥远的天际之间，一个美丽的女孩双手高举，托起一轮冉冉升起的旭日。它的含义就是这句很著名的话："用爱心托起明天的太阳。"

在这片充满爱的地方，韦翠良用全部的深情和爱心守护着稚嫩、彷徨、无助的"小太阳"们。

我知道韦翠良获得了好些荣誉：

2008年2月荣获广西中小学心理健康教育实验研究优秀教师；2008年3月，在南宁市中小学、幼儿园首届优秀心理辅导员评比中被评为优秀心理辅导员；她的先进事迹被刊登在《党风廉政建设》2011年第4期；2011年7月荣获南宁市西乡塘区 2007—2010 年度"关心下一代先进工作者"称号。另外，她还被评为南宁市优秀心理辅导老师、南宁市西乡塘城区优秀共产党员……

她用慈母般的爱驱散孤儿孩子们心中的阴影，使他们走向阳光。她用行动兑现了她立下的心愿："只要不倒下，再苦再累也要把孩子们培育好，让孤儿孩子们在明天学校找到回家的感觉，感受到家的温暖。"

二、枝枝叶叶总关情
（覃爱芬的故事）

1. 宝贝别哭

这一个晚上，南宁市明天学校多功能教室注定要充溢着哭声和眼泪。

200 多个孤儿学生正在观看电影《宝贝别哭》。它的独特之处在于它是根据明天学校的真实故事改编而成，绝大部分拍摄场景是在明天学校，而且影片中有 100 多个明天学校的孤儿参演，其中有 4 位还担任重要角色。电影通过一个新来的生活老师和一个新来的孤儿学生小非的视角，讲述了两人在了解、适应明天学校的生活的过程中发生的一系列的故事，真实地反映了明天学校的园丁们通过感人肺腑、如春雨浇灌般的教育和关爱，使孤儿们获得肯定，找回了尊严，茁壮、健康地成长。

这部公益电影告诉我们，世界上还有许多像明天学校的孤儿们一样的孩子，他们缺失的不仅仅是父母亲情，他们缺少的不仅仅是经济的援助，他们需要的不仅仅是呵护和关怀，他们更渴求的是尊重、平等对待与家的温暖。伸出你的双手，他们会感受到你的爱。

《宝贝别哭》讲的就是发生在明天学校孤儿学生身边的故事，所以，坐在教室里观影的孩子看得格外投入。

灯亮了。

孩子们的眼睛都是红红的。他们一直在哭。许多女孩子双眼红肿，掩面而泣。男孩子埋下头，双肩抽搐。他们受到了触动和强烈的震撼。在场的 9 位生活老师也是泪眼婆娑。

这是 2017 年 3 月 17 日，星期天的晚上。

今晚的值班老师是覃爱芬——覃妈妈。她站在台前，手上有一张她事先写就的讲稿。她讲了一番话，其间常常被自己的哽咽和怎么也抑制不住的眼泪所"打断"。但她的这种内心独白和真情流露，却最打动人。

她完全脱离了讲稿。

她简述剧情。她联系自己的小家庭讲述自己的故事。她说她丈夫不幸死于九年前的一场车祸。她说自己的独生女儿亦是半个孤儿，从小是在她几乎无法照料的状态下长大的。她说自己现在是浑身伤病。她说学校的几百个孤儿都是自己的孩子……

她说得断断续续，语不成句，几乎无法连贯。因为她的泪太多，情太浓。

但孩子们都听懂了，他们知道这位老教师、这位覃妈妈在说掏心的话，在剜出一颗心来给他们、爱他们。

覃妈妈的话被许多次掌声淹没。

末了，孩子们纷纷站起来，争相谈观后感。那场面、那哽咽、那发自肺腑的心声，太感人！孩子们的话概括起来就是，要好好学习，天天向上，做个好孩子！今天，我以明天学校为荣。明天，让明天学校以我为荣。

负责照相和录像的邓绍创老师于翌日将观影会当晚的实况发到明天学校的老师微信群里。

一石击水，泛起阵阵涟漪。

许多老师皆受感染，有了热烈的回应。

覃锋校长："覃爱芬老师文化水平不是很高，但她用心去对待每一个孩子，用心去教育每个孩子，用心去做每一件事。她就是文化很高的爱心使者！她自己身患重病，还坚持上班，甚至上夜班，让每个孩子深深感地受到了她的爱！这就是'覃妈妈'——孤儿孩子们的好妈妈！"

莫荣斌副校长说得言简意赅："用真心换真情！"

覃爱芬深受鼓舞，她谦虚地作答："覃校长，谢谢您和大家！您和我们老师都是孩子们的爸爸和妈妈。我们每个人都用心去对待每一位孩子，希望他们健康、快乐地成长，好好学习，好好做人。"

2. 用心

我注意到，对覃爱芬老师的评价，校长一连写了三个"用心"：用心对待孩子、用心教育孩子、用心做每件事。

这评价不可谓不高，而且是精准而贴切的。

这样，"用心"也就成为我创作本篇的主线。恰如覃爱芬在明天学校的十七载里，用她的心编织、串缀而成的光彩熠熠的珍珠链，让我从中选取几颗最硕大、最闪亮的珍珠来展示。

早恋稀奇吗？当然不。

在明天学校的孩子当中，有一个小帅哥，颇有人缘，他叫梁乃港。当年才念初二，他给初一的一位女孩写信，而且一写就是80封。他还到女生宿舍找这女孩。后来很快演变到了约该女孩，带其回家，采摘丰收的花生，品尝甜如蜜的西瓜。当晚女孩就住在梁乃港家，与梁乃港的姐姐睡了一晚……这对少男少女走失的那个夜晚，校长和老师们彻夜无眠！学校似炸开了锅，女孩的姐姐满世界地寻找她。学校、附近街区、网吧、歌厅，乃至周边乡村，梳篦梳头般地，一干人马四处翻寻了个遍，结果却一无所获。正当众人一筹莫展，万般无奈，甚至正欲报警之际，一对少男少女惶惶然、悄悄地回到了学校。

我们还是收回驰骋的笔触，长话短说。

咱们的梁乃港似斗败了的小公鸡，诚惶诚恐地向覃妈妈竹筒倒豆子，坦白相告。

"看得出来，覃老师妈妈非常气愤，犹如母亲对自己孩子般的那种气愤……"（截选自梁乃港2016年7月11日给覃爱芬的信）

我在明天学校见到过梁乃港，时间是2016年8月间，正值学校放暑假。正在念大三的他应约从他念的那所大学返回明天学校，在我住的301学生宿舍接受了我的采访。次日，我还乘坐校车专门造访了他的家。他长得端正，中等个儿，个性阳光、活力四射，尤其是他的真诚和坦荡，在孤儿学生中不多见。

所以，他才会有足够的勇气和坦诚来向我讲述发生在九年前初中阶段的早恋的故事，并且给覃老师写了这封"透明"的信。

接下来，梁乃港这样描写和形容当时在气愤之后的覃老师：

覃老师平静了下来，把我叫到了学校小花园边的石椅上。坐下来后，覃老师便抚摸着我的头，这瞬间的举动，传递了一种爱，使我的心好暖！因为我的妈妈离开我很多年了，覃老师这暖心的一碰，让我找回了妈妈的感觉。只听到老师轻声细语道："梁乃港啊，老师现在真的是为了你好，现在是读书的年龄，不是用来谈恋爱的，你这样子做，老师真的很替你担心！想想你来这里，老师就像你的爸爸妈妈一样，要是你还不听话，我怎么向你伯父交代，怎么对得起你九泉之下的父母……"说到这里，覃妈妈已经禁不住哽咽，我也跟着哭了起来，一直哭着对覃妈妈说："我知道自己的错误了，我一定会好好改正的。"那晚我们谈了三个多小时，一直谈到宿舍熄灯很久了才结束。从那以后，我也学到了很多做人的道理，知道了老师的语重心长、苦口婆心。

在校期间，我也一直遵守纪律，做到了拒绝早恋！

孤儿学生：梁乃港

这个故事，是一位老师以母亲才有的挚爱、温情和泪水，使一个狂热、懵懂的少年回心转意，拒绝早恋，一心向学的故事。这应了莫荣斌副校长的画龙点睛的六字点评："用真心换真情！"

3. 用爱

2016 年夏天考上了四川农业大学的卢仕诚，无疑是孤儿学生中的尖子。有生活老师说他是典型的书痴，看书入迷之时，有顽皮的同学以草棍撩其耳，以虫子放其脖，其竟全然不觉或不予理睬。

2016 年 8 月暑假，我到卢仕诚宾阳县的家乡寻访。他给我的感觉是，他将来会成为大才，或某一方面的专家。早年，其父母双双外出收废旧，挣点差价，量入为出、勤俭度日，就为了养育仕诚这个独子。不料厄运忽至，夫妻双亡于一个县城的一家旅馆，原因是煤气泄漏。从此，仕诚成了孤儿。

但仕诚很努力，也很争气，是明天学校孩子中的"学霸"，并且以优秀的成绩考上自治区示范性高中南宁三十三中。

恰巧覃爱芬也住在三十三中。

那时，同在此校上高中的还有其他几个来自明天学校的孩子——方春递、曾雪娟、邓雪莲、彭绍斌、邓彩腾，他们格外团结、亲近，有如亲兄弟姐妹。而覃爱芬更是将这几个孩子视同己出。一到节假日，覃爱芬会炒几个好菜，煲一锅骨头靓汤，唤这几个"明天孩子"来家里聚一聚。孩子们就有了回家的感觉。覃爱芬经常做这种善事、麻烦的事，她那当司机的丈夫对此不但不反对，还相当支持和理解。因为他的父亲，亦即覃爱芬的家公才 30 岁出头就因肺病早逝，因而他亦是孤儿，算是同病相怜。

上高二时，仕诚青春勃发，天天踢足球，虽然不期冀来日会踢出什么成就，但是他对足球的热爱到了近乎痴迷的地步。有一次，发生了一个小事故，仕诚毕生难忘。这天，他狂奔，带球疾进，一门心思踢球入门。结果他跑得太快了，与对面同样疾奔而来的同学撞了个满怀，一个趔趄滚出好远，手也挂了彩，手掌被球场上的碎石子划了好几道深深的伤口。

他的一只手掌的几个手指都缝了针，缠满了纱布。不消说，生活挺不方便，因为伤口不能碰水，洗衣服、刷碗筷这些每天必做的事，变得困难起来。

覃爱芬知道了，这位细心的"老师妈妈"想到了她这个"儿子"的难处。她找到仕诚，将他的足球服和后来若干天里换的衣服全收走了，帮他将这些衣服洗晒后，折叠得整整齐齐的还了回来。为了防止生水湿了伤口，覃爱芬专门买了一对防水手套给仕诚，还几乎天天叫仕诚到她家里吃饭、洗澡。这些，她一直做到这孩子手上的伤口痊愈。

事情不大，但以小见大。

一个人的真善美或者崇高伟大，不是一定要做轰轰烈烈、惊天动的大事才能凸显，而是于细微之处见真情。正所谓勿以善小而不为，勿以恶小而为之。

这件事让卢仕诚这孩子有了刻骨铭心的感受。上了大学之后，在 2016 年 10 月夏末秋初的一天，他从四川农业大学给覃妈妈寄来了一封信。信中深情地回忆了这件发生在高中的忘不了的小事，信末这样写道："在这里真的很感激覃老师，好想当面叫您一声妈妈！高中三年，您给了我许多温暖、亲情，为我的生活增添了很多鲜艳的色彩！"

4. 用情

覃爱芬身体不太好，可谓数病缠身。

这是积劳和超负荷工作造成的。反过来也印证了孤儿管理工作不好做，生活老师长期处在高压状态之中。

我手头上有几份覃爱芬的来自广西骨伤医院和广西医科大学第三附属医院的检查报告和疾病证明。时间是 2013 年至 2015 年。

医生的"印象或诊断"一栏写着：1. 颈椎病。2. 腰 5 椎体前滑脱。3. 右膝半月板损伤。4. 类风湿病关节炎。5. 右膝前交叉韧带断裂。6. 甲状腺瘤（性质待排）。7. 窦性心动过缓。

其中，在"处理意见"一栏上，有"全休三个月""注意休息""建议行右膝手术治疗"……诸如此类的字眼。

2008 年，覃爱芬的病又发作了，浑身不自在，行走也不利索。不得已，她听了医生的话，住进了广西民族医院骨伤科的病房。

恰在此时，明天学校一个孤儿女生亦住在这所医院。她叫林玉芝，才 17 岁。不幸患上了骨癌，癌细胞已全身扩散，全身疼痛似万箭钻心，常常痛不欲生。

校长就嘱咐同住一所医院的覃爱芬多看望玉芝，给孩子以温暖和慰藉。

但覃爱芬亦是病人，而且病得不轻，走路都得扶墙。她看到玉芝家里几乎没人来探望（早年玉芝父亲死于骨癌，有一母却是手脚残疾并且精神状态不佳），甚是可怜！就格外同情。在做完治疗后，覃爱芬总会强撑病体，从自己的科室慢慢地扶着扶梯踱到骨科看望玉芝。打从小学起，覃爱芬与韦翠良、张秀丽两位老师一起，一直将玉芝寸步不离地拉扯到了初中毕业。她们与玉芝之间有着胜似母女的亲情。

覃爱芬给玉芝梳头、洗脸、刷牙、擦澡，喂她吃营养品，削苹果喂她。覃爱芬还给过玉芝100元买营养餐，但孩子不好意思拿，覃爱芬就硬是将餐券买了回来。她还三步一歇地专门走到菜市场买肉骨头，然后和桂圆肉、枸杞、红枣炖了骨头汤，趁热拿到医院一口一口地喂玉芝喝。她想，都说吃什么补什么，骨癌虽是绝症，或许喝了骨头汤会有些许好处吧！姑娘喝着汤，泪水却止不住，滴在汤里。

这里让我们略述一个插曲。另一位孤儿女生恰在此时也住在广西民族医院，她叫覃凤兰，是上林县人，患的是重感冒。其监护人，在广东打工的舅舅得知后，打电话拜托覃爱芬照顾凤兰一晚，说他会迅速赶来。覃爱芬一口答应下来。是夜，她与凤兰同睡一榻，一人一头，翻身都不可能，通宵辗转反侧怎么也睡不着……"这种事，多了去了。"覃爱芬平静地对我说。

端午节那天，覃爱芬买了一只鸡，一半留在家里给丈夫、女儿吃，另一半则煲了汤送到病榻前喂玉芝姑娘。而且她全都一汤匙一汤匙地喂给玉芝，自己则一口也舍不得喝。她是想让这来日无多的、命途多舛的苦命孩子多享受一些应有却难得的幸福。她的心意，玉芝懂，也感受得到。她依偎到覃爱芬的怀里，轻轻地、深情地说："谢谢您，谢谢妈妈！妈妈爱我，我也一样爱妈妈……"

此次住进广西民族医院，一场不幸却不期而至。

8月间，覃爱芬的丈夫因车祸身亡。这场不可逆转的灾难沉重地打击了覃爱芬。雪上加霜，覃爱芬的病情自是加重了。

对覃爱芬的巨大不幸，我有必要做些回忆。我记得非常清楚，2016年6月28日下午，我在明天学校301宿舍采访了覃爱芬。她强忍着泪水，断断续续地向我讲述。我梳理出了这次厄运的粗略线条：一场突发的车祸夺走了她那在政府部门当司机的丈夫的生命。太无情太残酷了！她正是人到中年，而中年丧偶乃是人生三大不幸之一。她上有老，下有小——她可爱的独生女儿才上初中。这个无情的打击，她无法承受，年龄尚幼的女儿更是难以承受。她怎么也想不到，昨天还生龙活虎、有说有笑、同桌吃饭的爱人，顷刻间就与自己阴阳相隔，再也不能相见，连一句话都没来得及留下。留给自己的只剩下一张在袅袅青烟、烛光影绰的灵堂上的不会笑也不会言语的相片。她哭了三天三夜，哭干了泪水，在无尽哀伤中料理完了后事。她默默地拭干眼泪，强抑哀痛仍然到民族医院看望和照料玉芝。她实在放心不下这个比自己闺女大不了多少的可怜孩子。她的双眼是红肿的，但面容是平静的。她没有对这个不幸的姑娘透露一个字。每回进入姑娘的病房之前，她都将左臂的黑纱摘下、藏好。照顾毕，出了病房再戴上。

不久，姑娘亦走了。玉芝是带着身体的痛苦走的，但她面容宁静，带着浅笑。她又是幸福的，因为有许多爱她的人，有无微不至地照顾她的覃妈妈。送别之日，覃爱芬没能到场，她深以为憾。因为，依民俗，白事与白事是不能相冲的。

我想，孤儿学生在覃爱芬心中始终占据着最重要的位置。或者可以这样说：孤儿学生永远是老师们生命中的主角。

5. 用温暖

李梅兰是横县六景镇下帽村人，但她老家并不在这里。她1岁多时羸弱瘦小得似一只猫崽，被亲生父母放于一个纸箱里，丢弃在人来人往的横县峦城镇桥头。之后被好心的养父捡回来，一口粥一匙米汤喂养大。五年级时她来到明天学校。看到别的同学有一个完整幸福的家庭，尤其是看到与父母同行的同学或听到有同学夸赞自己的父母时，她内心的酸楚难以言表。更使她难堪的是，由于她的普通话不标准，常常遭到顽皮的同学的取笑。这些，使她倍感自卑和自闭，害怕和同学交往。

但她善良、勤快，渴望得到老师的关注和赞赏。后来，这个在1岁时失去了父母的孩子以一种自立自强的姿态奋然前行，成为北京社会管理职业学院的优秀生。

这个命途坎坷的孩子，在明天学校里，得到老师们格外的关爱。

一次，李梅兰因耳瘘管病住进广西民族医院。恰此时覃爱芬因腰椎滑脱同住一院。覃爱芬几乎天天往耳鼻喉科看望梅兰。为了使梅兰更好地了解自己的病情，坚定战胜疾病的信心，她专门查了医学书籍。她告诉梅兰，所谓耳瘘管，就是耳朵前有一小孔，医学上叫作耳前瘘管，是先天性疾病，也就是说从娘胎带来的。但它是可愈的，只要选准合适时机施以手术即可彻底切除。

覃爱芬的一番暖心话，使梅兰如释重负，破涕为笑。她知道自己的耳瘘管之患将不会伴随终生，她切身感受到了明天学校的好和覃老师比亲生母亲还体贴的拳拳爱意。

在梅兰做了手术之后，覃爱芬仿佛忘了自己亦是个住院的病人，更忘了腰椎滑脱所致的痛楚。她挣扎着小心翼翼地慢慢踱到医院附近的菜市场，买了猪筒骨，回家里煮好，再送到梅兰的床头，甜笑着看"女儿"喝完。这样的事，她默默地做了四五回，而她自己只是照常吃着医院饭堂的饭菜。她把营养和浓浓的爱意给了这个"明天孩子"。

这种远超师生感情的小事，覃爱芬做得太多了，大多她都已经忘记了。施恩者不图报，而且施恩者从不记恩，但受恩者记得，李梅兰记得！

2011年12月31日元旦前夕，梅兰用散文诗一般的语言给覃妈妈写了一封元旦贺卡：

我最爱的覃妈妈：

七年的呵护，七年的关怀。

七年的风雪相伴。

忘不了您总是笑盈盈的样子，

忘不了每一次当我们帮您一点小忙，您便连声道"谢谢"的模样，

更忘不了在医院中您那双温暖的给予我勇气的手。

还有您自身病未痊愈却每天到医院五楼为我送鸡汤，嘘寒问暖的情景，谢谢您——覃老师！您辛苦了！

祝我的覃妈妈在新的一年里永远年轻、美丽，幸福安康！

李梅兰
2011 年 12 月 31 日

6. 用生命

唐代诗人韩愈《师说》曰："古之学者必有师。师者，所以传道授业解惑也。"

明天学校的师者，尤其是生活老师，除了完成"传道、授业、解惑"，还多承担了一份照顾孤儿学生的责任。

换言之，他们还是爸爸和妈妈。

在明天学校的孩子们眼里，覃爱芬就是个慈祥的母亲。

覃爱芬妈妈用她的真诚赢得了孩子们的真心爱戴。

大约是在 2010 年 9 月，彼时覃爱芬正因腰椎滑脱住院，每天理疗和打针，医生嘱咐她："万万不可负重！"其实她的腰椎关节、膝关节因重度发炎而肿痛，行走艰难，她焉敢负重？甫一出院，她就立马上班。一日，她见到一名五年级女生，叫苏凤裕，该女生因关节肿痛，走不了路。覃爱芬见状，没多想，立马背起这个孩子，强忍着腰部和膝关节传来的剧痛，扶着墙，一步一挪，硬是将其从三楼背到了一楼。苏凤裕个头不小，体重也不轻。覃校医见了，倒吸了一口凉气，责怪道："你这是在玩命啊！万一不小心摔倒折了腰，你就残废了，误了终生啊！"

这样"玩命"的事还有很多！

黄慧芳同学的信，写到了对覃妈妈的感激之情，也佐证了覃爱芬的"玩命"。

敬爱的覃妈妈：

您好！

现在，我怀着一种激动的心情写下这封信。我在明天学校待了八年，而您也当了我八年的"妈妈"，无微不至地照顾我。在这里，我想对您说声谢谢！

您的腰一直不好，这是我们大家都知道的。记得有一次，您值班时，正遇上下大雨，您顾不上腰疼，急忙跑上二楼阳台帮忙收衣服。不知是地面太滑或是不小心，您竟在楼梯间摔倒了。正巧我回宿舍拿东西，看到这一幕，吓得我赶紧跑到您身边扶起您。我至今仍然清楚地记得您当时双眼紧闭、眉头紧锁的样子，我感到很心疼！您不嫌累不怕苦，任劳任怨地为我们奉献一切，我很感激您默默地为我们付出……

最后，我希望您不要太劳累，多注意身体，希望还在学校的学弟学妹们能多孝顺您，让您少操心。还有，我会抽空回来看望您的，到时，您可别忘了我哦！……

您的学生：黄慧芳

2016 年 7 月 28 日

2006 年来到明天学校，2016 年大学毕业，并且找到了一份满意而稳定的工作的黄乐，忘不了覃爱芬整整十年来对他的呵护，有了她，他才得以似春笋拔节般长高长大。

亲爱的覃妈妈：

您好！我想念您了！

记得刚来到学校的时候，您带着我去领生活用品，教我绑蚊帐和做内务。到了傍晚，您吹响哨子，让同学们集合，点名后，您总结了大家的表现，最后宣布解散，让同学们去吃饭。

第二天，您带着我从明天学校步行去安吉中学报到。我清楚地记得，那时候我只有一双黄色的拖鞋，您发现了之后说："咦，你怎么穿着拖鞋呀？"我说："我没有凉鞋。"然后您领着我去安吉农贸市场买了一双沙滩凉鞋。那是我人生中的第一双沙滩凉鞋。那一刻，您给我心中带来了一股暖流！

在读书期间，我最害怕的就是家长会。每次家长会，同学们都兴高采烈地在校门口等待父母的到来，然后挽着父母的手带他们参观校园，最后再把他们带到自己的位置坐下，一家人有说有笑的。而我的位置总是空荡荡的，心也是空荡荡的。同学们问我："你爸妈怎么不来啊？"我只好支支吾吾地说："哦，他们啊，今天刚好没空……"然后继续失落地看着门口。有一次，当家长会开到一半的时候，您来了，当时的您气喘吁吁、汗流浃背。您认真地向班主任询问我的情况，时而流露出欣慰的笑容。您了解完情况后也没有来得及休息，就奔向另一个教室了。我知道，您要去参加几十个孩子的家长会。在楼层间、在每个教室之间来回穿梭。看着您忙碌的背影，我心里真的有说不出的温暖和感动！

每一年的大年初八，是我一年之中最重要的日子。在这一天，我的日程之中就只有一件事，那就是回明天学校，看望我亲爱的老师们。我总是早早地就回去了。看到您时，您总是在笑盈盈地看着围在您身边的孩子们，听他们讲去年发生的一桩桩趣事。看到我回来，您逗趣地说："是哪个大帅哥回来了？我还以为是哪个明星来了呢？来，我看看，哟！又长高了，都高出我一个头了，又高又帅，脸也长点肉了，再胖一点就更好看了……"看着您慈祥的笑容，我感到既温暖又心疼。多年的辛劳让一道道皱纹爬上了您的额头，您的两鬓也增添了许多白发。我多希望时间能永远定格，不要再让您变老。

您放心，在您的关爱下我长大了，不要再为我担心了，我会好好照顾自己，做一个对社会有用的人！……

您爱的和爱您的孩子：黄乐

2016 年 7 月

下面两封信，是覃秀妹和颜树莉两个孩子写的。两封信都流露出一种柔软的深情，如同泉水入口回甘，有一种平淡的冲击力。

所以，我一并引用于斯。我舍不得删减只言片语。

覃秀妹这样写：

尊敬的覃妈妈：

您好！我特意写这封信给您，送给我最亲爱的覃妈，谢谢您多年来（对我）的照顾和帮助！

我是从小学四年级开始加入明天学校这个温暖的大家庭的。不记得那是几年级的事了，有一次，我身体不舒服，发低烧。那天刚好是您值夜班，为了方便半夜帮我量体温，您让其他同学和我换床位，夜里您还时不时帮我量体温、盖被子等。您的腰不好，但您总是坐不住，什么都要做，这就是您：最爱我们的覃妈。

如今您的头发花白了，您的儿女们也一批又一批地毕业了，不能经常和您开玩笑、取乐了。自从我上了初中以后，就很少有机会可以和您聊天、谈心。想要在周末看到您，很难。想要在工作日看到您，就更难。所以我格外珍惜和您在一起的时光，要知道，时光不留人。

我和您之间没有什么很感人的事迹，但是我们却像母女一般亲。

说了这么多，可不是想要让您流眼泪，只是希望您在想我的时候拿这封信出来看看，不要太想我哦！

祝覃妈：

身体越来越棒！

身材越来越好！

儿女们越来越乖！

您的女儿：覃秀妹

2016 年 7 月 13 日

颜树莉写得短，但有浓重的情。

覃妈：

请允许我对您如此称呼。提笔之前，我想先真诚地和您说声谢谢！

话说一日不见，如隔三秋。算算日子，我们是不是有几个世纪没相见了！不过，我可是在梦里梦见过您呢！在您的记忆中可能我的样子早已模糊了，但您慈祥的面容我仍记忆犹新。毕竟您是照顾了我六年的老师，我只是您几百个学生中的一个，世界上哪有孩子忘记妈妈的道理呢？

想到再过几个年头您就要退休了，这真是既让人高兴又让人悲伤。为您可以少操心而高兴，又为相见难而悲伤。您的青春都奉献给了学校，奉献给了我们这些调皮的孩子。这些年您为学校的付出胜过家庭。您的腰不好，即使病倒住院了也不忘牵挂我们。值夜班时，您总是一遍又一遍地查房，帮我们一个个盖好被子、放好蚊帐。您在饭前的总结总是长篇大论，当时觉得是啰啰唆唆，现在我明白了那是您的一片用心良苦。叫您一声覃妈妈哪里为过？在明天学校的六年里您对我的一点一滴的付出，我都看在眼里，记在心里。再苦再累您都毫无怨言，依然笑容满面。您为学校、为我们付出了太多太多，千言万语也难说尽。我们只有怀着一颗感恩的心回报您，回报学校的校长和老师们，回报爱心人士，回报社会，让你们、他们的付出无悔。

最后还是用一句"谢谢"来表达我对您及明天学校的感激之情！

爱您的孤儿孩子：颜树莉

2016 年 7 月 15 日

一年级就来到明天学校就读，现在已念到初一，各方面都变得优秀的、明天学校孤儿艺术团古筝班的陈英莲，她给覃妈妈写的信有感人的细节，于细微处见真情。

亲爱的覃妈妈：

我 8 岁时来到明天学校，那个时候，我觉得学校很美，很高兴地留下来了。但是家人走了之后，晚上我就开始躲在被窝里哭，哭湿了枕头，又担心别人听到，所以，我把被子盖得严严实实的。我什么都憋在心里，不敢与同学、老师交流。放学后，我常常一个人躲在角落里想家。您发现我这个情况，就把我叫到办公室，把带回来的早餐（烤面包）给我吃，我最爱吃这个了。

您说："这里的兄弟姐妹都和你在一起，大家是一家人哦，有什么事可以和老师、和同学说。"我被您这句话感动了。您还叫来几个和我同年级的同学，让她们多和我玩。我没有想到同学们也喜欢和我玩，也愿意帮助我。从那以后，我慢慢变得爱说话了……

记得还有一次，我在玩耍的时候，不小心摔伤了脚，血流不止，我痛得哇哇大哭起来，是老师您把我带到了医院。在缝针的过程中，您鼓励我说："要坚强、勇敢，不要害怕，忍一下就好了。"听了您的话，我渐渐不再害怕。您就像母亲一样，在我疼痛的时候，寸步不离地陪伴在我身边，给我鼓励，给我勇气。您为我遮风挡雨，您为我披荆斩棘，您为我做的事情太多太多……

六年的点点滴滴的回忆，让我难忘的事如同天上的星星，数也数不清。那次我发烧，老师饿着肚子带我去医院，细心地照顾我。我突然发现老师的脸上有许多皱纹，那些皱纹是老师为我们辛勤付出的见证。那时我情不自禁地流下了眼泪。老师，遇见您，真是不幸中的万幸啊！……

7. 不是结尾

多年前，我曾看过著名的报告文学作家理由的名篇《她有多少孩子》。写的是闻名中外的妇产科专家林巧稚，一辈子接生孩子无数，但她自己却不婚不育。她成就了数不清的新生命。她一辈子都在付出和予人幸福。

这样的奉献精神，与覃爱芬何其相似。

覃爱芬有个小家，但丈夫不幸走了。她有一个聪明可爱的女儿，但女儿没能从她那里得到太多的爱。

我们看媒体是怎么描述和形容的。

因为工作忙，在她女儿读小学的时候，她总是在煮早餐时把女儿的中餐一并煮好，然后放在冰箱里，让女儿放学回来后自己热来吃。等女儿上了初中、高中，覃爱芬花在女儿身上的时间更少了。覃爱芬说，和这些孤儿比起来，女儿是多么的幸运、幸福。虽然对女儿满心愧疚，但她觉得女儿总有一天会理解。

（摘自 2011 年 9 月 10 日《南宁晚报》刊登的文章《她是孩子的老师更是"妈妈"》）

显然，覃爱芬薄待女儿而厚对孤儿学生们了。

但她心中这杆秤，愿意并且乐意对孩子们倾斜。因为，她有一种自然而然的想法：这几百个孤儿皆无双亲，他们更不幸！而更不幸，就更需要多一份关爱。

这，就是"覃妈妈"们的价值观。

2015 年覃爱芬曾在广西电视台的节目"靓妈驾到"的评选中，被评为南宁市十位靓妈之一。她收获了奖杯、奖状。女儿感到妈妈多年含辛茹苦、苦尽甘来，值了。女儿对记者谈感言："十几年来虽然很少得到（妈妈的）照顾，但是比起双亲缺失的明天学校的孤儿，我还是幸福多了。我知足，我无怨，我为妈妈自豪……"

《广西日报》一位写过多篇明天学校感人报道的资深记者林涌泉跟我说了一个细节，使我的心情久久难以平静。因为我觉得，他说的这个细节，比宝石还要昂贵。

"覃爱芬为孤儿们付出了太多的艰辛和心血，当然也得到了爱的回报。曾经有一个即将毕业的孤儿孩子，花一两元钱买了一条塑料项链送给她，说：'老师，我现在还没有钱，所以先送您这个，等我以后学会赚钱了，就送更好的给您。'孩子的话让她感动得泪流满面……"林涌泉说道。

我曾就这条塑料项链，向覃爱芬求证。她点点头，笑着说："我一直珍藏着，这是孩子的心意……"

是啊，此礼重矣！无论是真金的、珍珠的、白银的、琥珀的、宝玉的、沉香的，甚至是钻石的，皆无法比拟！

难道不是吗？

三、说不尽的"小家与大家"

（张秀丽的故事）

1. 十六年前

十六年前，也就是 2001 年，我到刚创办一年多的南宁市明天学校，采访并写成了 25 万字的长篇报告文学《明天的太阳》。

那时我就认识了张秀丽。她是所有生活老师中最元老级的，虽然还很年轻。

印象里当时的她总是极忙，话不多，脸色和身体都不是很好，常常有倦容。她和一位姓郭的老师两人面对首批招进校的 98 个孤儿学生，孩子们的吃喝拉撒睡他们全得管。忙乱成了一锅粥，一天到晚是驴子推磨——团团转！

没过多久，或许是因为受不了如此高强度的工作，郭老师辞职了。紧接着，韦翠良、覃爱芬补入就成了"张、韦、覃"组合，三位"元老级妈妈"一直坚守至今。

张秀丽的生活轨迹很简单，无非是学校—家、老师—孩子们。

这是她的两个"两点一线"，其他生活老师大抵亦是如此，但她的两个"两点一线"，或许故事更多一些，故事性更强一些，故事也更独特一些。

2. 故事回放

在《明天的太阳》一书里，我以小说笔法满怀敬意地讲述过张秀丽的故事。

这里稍作整理，"回放"于斯。一来，这个故事是她的专属；二来，可以使她这一篇有连续性和完整性。

这是一个关乎张秀丽生死的突发事件。

2003 年 10 月 24 日下午 6 点 30 分，放了晚学，忙完了孤儿们杂七杂八的事，保育员张秀丽发动摩托车，准备回家。不好！她感到头重脚轻、全身发麻、手脚不听使唤，整个身体都不对劲，想往地上坠。她跳下摩托车，急呼王春松老师："快……送我上医院！……"她的脸变成了酱紫色，步履踉踉跄跄。

此时的张秀丽，已气息奄奄，手脚冰凉。救人如救火，分秒必争，容不得多想，更容不得延误！汽车，没有！打车，来不及！只有王春松老师的"大黑鲨"摩托车了！王春松立马跨上摩托车，宁杰梅老师赶紧搀扶张秀丽坐上去，自己则坐在她的后面。王春松和宁杰梅一前一后夹稳了病人，这样才万无一失。超载吗？违反交规吗？当然是！但这时全都顾不上了，救命要紧！

王春松双脚一蹬，"大黑鲨"箭一般地冲出了校门。

学校距最近的医院得行驶 20 分钟，而此时正值下班高峰期，车流和人流就像春天海洋里躁动不安、拥挤不堪的沙丁鱼。

王春松在狭窄的路段被堵住了，他急出了一身汗。张秀丽似乎只有出气没有进气，手脚僵硬如铁，她感觉灵魂好像快要飞离自己，好在她的头脑还是清醒的，她用微弱但坚决的声音哀求王春松："我快要不行了，求求你，救救我！……"

王春松心里一紧。救命如救火！此时顾不了那么多。他一踩油门，用力按喇叭，在车流中七拐八弯、不顾一切地"野蛮"穿行……

分秒必争！他们终于在最短的时间内赶到了广西民族医院。

此时的张秀丽已是四肢震颤、抽搐不已，一张脸全没了人色。医院立即对其实施急救！输氧、输液、针灸……

她终于还是活过来了。大夫对王春松说："再晚来五六分钟就没命了！"

当晚 11 点半，在外地出差、闻讯赶回来的覃锋校长，来到病榻前看望张秀丽。

张秀丽使劲睁开眼睛，对校长说："我老想让自己的病好得快一点，好回学校上班，照看孤儿。学校现在人少、事多，孤儿更是少不了我们……"

这话很平常，但有境界、有觉悟。覃锋深受感动。

这里，我们再往前看看张秀丽的一段经历。

张秀丽是明天学校 3 名保育员中的一个。2003 年春季，一天上班时，她忽然感觉得身体好累好软，浑身乏力，还冒虚汗。她以为自己患了重感冒，熬一熬就过去了。但过去了 10 多天，症状依旧。一检查：肾炎。住院半月，愈。出院时医生一再叮嘱：这病是累的，需在家全休 15 天至 1 个月，往后万万再累不得。

可她连一天都没休就又硬撑着回到了学校。过了月许，旧病复发，再入院，被医生狠狠地批了一顿。又住院半月，痊愈，出院。她仍不休息，立即上了班。

而此次造成濒死的状态入院急救，原因是服用药物过量导致中毒——中药、西药同时大量服用，从而造成电解质失衡和混乱。当然，这是药理上和科学上的原因，是表面的原因。更深层次的原因则是："我想让病快点好，这样就能正常上班、管理孤儿，所以我就加量服药……"张秀丽这样对校长说。

这是出于公心，有质朴的情感，有高尚的内涵。

当年我的女儿何冰冰是《广西少年报》副总编，是出过专著的广西作家协会会员，她一直关注和关心明天学校的老师和孤儿们。我们父女俩闻讯，专门去探望了张秀丽。

我们见面的地点是在张秀丽的公婆的家里。这天，医生嘱咐张秀丽到广西医科大学附属医院做肾穿刺，取组织化验才能确诊，唯有确诊了才好对症下药。对此，她的丈夫有顾虑，认为穿刺会伤肾，留下后遗症。所以，小两口这晚专程从医院前往父母家开家庭会，以确定做不做这个化验。我们到达时，他们的家庭会议刚刚结束。张秀丽告诉我们，他们决定做肾穿刺，相信医学。这样才能早日康复，早日上班。

张秀丽脸色灰暗，说话有点喘，明显中气不足。她断断续续地说了她一家的故事。她的丈夫是南宁某城区城管部门的普通干部，每月下乡的时间比在家的时间多，而她在明天学校长年累月忙得总是分不清白天黑夜，所以小两口的生活常常是她忙，他也忙，家就没人顾，以至于女儿从1岁养到现在的3岁，多数时间是放在公公婆婆家，让退休的婆婆带。由于缺少父母的精心照料，女儿患了疳积，没胃口，因而身体瘦弱……说到这儿，张秀丽禁不住呜呜地哭了起来。她有点不好意思，用袖口擦了擦眼泪，接着说。

"我们给公公婆婆添了很多麻烦，感到很过意不去。要是没有公公婆婆，我这可怜的女儿不知道该怎么办。"她看着坐在客厅的地板上玩玩具的女儿，又伤心地哭了。我看这小女孩果然身材瘦削。

这时我想起覃锋校长说的一段趣闻。暑假期间，因为每个保育员需要值半个月的夜班，所以张秀丽就有整整15个夜晚住校没能回家。丈夫不高兴了，竟误以为她有了外遇。他赌气住到朋友家里好几天夜不归宿。这样夫妻俩便吵了起来。张秀丽请校长开个证明以证实自己是工作需要。校长干脆就亲往其家慰问、解释，小两口这才冰释前嫌，重归于好。

"说实话，我们明天学校的校长、老师、保育员，谁都一样，苦、累，没日没夜地工作。孤儿们没爸没妈，我们既当爸又当妈。我们得付出比别的兄弟学校多一倍以上的艰辛——包括工作时间、精力、体能、心血，但我们心甘情愿。你既然来到了这么一所特殊的学校，就得天天、月月、年年面对几百名特殊的学生——无依无靠的孤儿，这也意味着你要做好牺牲和奉献的准备，无怨无悔、任劳任怨。我唯愿早日康复，早日回到学校，早日回到孤儿的身边……"她不再哭了，这时她的神情庄严、肃穆、坚毅。

她的家公送我们下楼，一直把我们送到车上。我从他的脸上看到了理解和支持。

3. 常望家山

"每到节日恰好轮到我值班的时候，在家家户户都吃团圆饭的时候，我都会站在学生宿舍楼的阳台上往我家的方向眺望，此时我多么希望能和女儿吃上一顿节日的晚餐呀！但为了工作我知道那是不可能的，每次想到以上的一幕幕，我的心都在隐隐作痛，禁不住流下了泪水……"

张秀丽有个独生女儿，是她的千金宝贝。

每当谈到女儿，她的泪水就会涌上来，往事在她的脑海一一浮现。

"虽然这些往事已经过去了十几年，但是只要我一回想起以前，我总忘不了我女儿那天晚上发烧难受的样子，还有每到周末或节日放假时女儿让我带她出去玩的期盼的眼神和最后失落的表情……"

十四年前的一个晚上，才3岁大的女儿发起了高烧，虽然后来化险为夷，但是那次"缺席"却令她深感愧疚，这份愧疚并没有因为时光流逝而有丝毫淡化。

"记得我女儿的爷爷和我说，有一次，我在上夜班，才3岁多的女儿发高烧40度。当时已经是凌晨3点左右，她爸爸正好不在家，天气非常寒冷，她的爷爷奶奶和小叔马上抱她下楼准备去医院。祖孙三人在楼下等她叔叔开车过来接他们。由于她叔叔是刚学会开车不久，倒车比较慢，她爷爷就责怪说怎么那么久还没开车过来。当时我女儿躺在她爷爷的怀里已经难受得眼睛都睁不开了，一直在瑟瑟发抖，还不停地闭着眼睛帮她爷爷喊：'叔叔，叔叔，你快点开车过来，爷爷等很久了！'在我女儿最需要我的时候，我却不在她身边。每次想到这，我都会泪水直流……"

是的，这次"缺席"使她无法原谅自己。

其实，又岂止这一次？十几年来，她觉得自己亏欠女儿实在太多太多！

"女儿也曾埋怨我节假日不能陪在她身边，就连生病了也都是爷爷奶奶帮忙送她到医院，包括半夜送去医院打针都是他们两个老人送去的。直到现在她年满17岁了才渐渐地理解我这是工作需要。对女儿和她的爷爷奶奶，我的内心一直怀着深深的愧疚。时间一晃就过了十几年，女儿也已经长大了。现在她渐渐明白我的心，明白我对她的爱了，我的心情才缓和了许多……"

4. 个人感想

应我的几次邀约，她给我写了一份工作十多年来的个人感想。

她的笔底流泻出质朴、真实和发自内心的谦逊。她抱病工作，从不推诿，她不懂就学，总是默默而认真地把事情做好。她用一颗平常心做平常事，并且很努力，这使我萌生感动。

总的来说，明天学校给我的感觉就是：在这里工作的每一位领导和老师，都必须要有顾大家而舍小家的无私奉献的精神和吃苦耐劳的精神，你才能够坚持在这个岗位上工作。

记得在 2013 年学校放暑假期间，我们接到了未成年教育材料国检的任务。接到学校要求我回去加班做国检材料的通知时，我刚好回家乡和初中同学聚会，于是我当天就赶回学校投入紧张的加班中。上级只给我们一个星期做准备，时间紧，材料又多，我们每个老师每天几乎是从早上开始加班，一直到晚上 9 点多甚至 11 点多才能回家。我患有高血压，连续加班几天使我头晕得特别厉害。但顾不上那么多了，我马上加服降压药又继续战斗。第六天晚上，我头痛得厉害，加服降压药都不管用，只好提前坐公交车回家。在家休息了很久，头还是痛得厉害，连脖子也僵硬得酸痛起来，我开始心慌，这是个危险的征兆，我知道不及时控制会有死亡之虞的！幸好我平时准备有急救药，服用了一粒，心慌才慢慢缓解，药起了作用，我慢慢地睡着了。庆幸的是，醒来后我的身体已经好多了，但我还是有点头晕。吃了早餐后我就继续去学校加班了。通过大家的努力，我们的材料通过了国检。

张秀丽写到了生活老师的工作职责：

每天陪伴孩子健康成长，当孤儿学生生病吃药不好的时候，或者发生意外事件受伤时，不管是白天还是黑夜，刮风还是下雨，我们都会在第一时间送他们去治疗。还有就是配合学校做好各种接待活动等。

还有一些本职工作之外的额外工作，她也一样做得出色。

额外的工作还有很多，例如将学生的个人档案整理归档，对孤儿学生的进行心理健康辅导，给学生上德育课、手工课，写接待活动新闻稿等，我很感谢学校领导对我的信任。说实话，刚接手这些工作的时候，我什么都不懂，但我绝对不会用"不懂"这两个字来推脱这些工作。我虚心地向有经验的老师学习，还利用业余时间自学或阅读大量的相关书籍。这一切努力最终取得了良好的效果，我的工作得到了领导的认可，并且一次又一次通过了上级领导的检查。2014 年 6 月我还荣获了"南宁市优秀心理辅导员"的荣誉称号。我指导孤儿学生做的手工感恩卡和其他手工作品在重要的接待活动中作为礼物送给上级领导或者爱心人士，获得了他们的一致好评。

工作十七年，张秀丽的个人感想写得颇详尽周全。在结尾处，她的工作心得亦总结得颇精准到位。

第一，对领导布置的任务我会尽快按时完成。

第二，我知道把领导放在心里，用行动去证明，是尊重领导的最好方式。

第三，我是以对得起自己的良心的态度去尽力把工作做好。

"说了这么多，"她写道，"这全是我发自内心的话……"

5. 爱孩子（之一）

每年的大年初八，是毕业离校踏入社会的"明天孩子"的特别的"感恩节"。许多昔日的小孩子今日成了爸爸或妈妈。他们在这一天必回母校欢聚，看望"老师爸爸"和"老师妈妈"。

梁培初就是其中一个。

毕业后头一年的大年初八，他找到张秀丽老师，双手紧握，流着眼泪感激地说道："张妈妈，如果不是您和其他老师教育和培养我，不离不弃地陪伴着我，可能我就成流浪儿或坏人或流氓了，我哪能有今天啊！……"

此言不谬，张妈妈没少在他身上下功夫。

梁培初15岁入读明天学校六（甲）班，继而去安吉中学读初中。他当时调皮捣蛋，且屡教不改，保育员对他有点烦。我们查看明天学校孤儿的学习生活跟踪记录卡可以看到，2000年10月24日，张秀丽老师这样写道：

> 住在204宿舍的男生梁培初，是所有内宿生中最不听话的一个，你叫他朝东他偏偏往西，总是我行我素、为所欲为，极少把老师的教诲放在心里。他喜欢偷同宿舍里别的同学的东西吃，还经常打架……

有一天，在安吉中学，因为梁培初太调皮了，几个同学结伙想要教训他，给他点颜色看看。一放学，5人将其围而殴之，他一打五，自然不是对手。最后，他的腰被踢伤了。他从安吉中学蹒跚地一步一挪地返回明天学校，因腰太痛只能趴着午睡。张秀丽发现了，翻其衣，但见后背都是瘀伤，青、红、肿！张秀丽买回了万花油，每天为其涂擦、按揉，他的伤才逐渐好起来。"牛孩子"感受到了母亲般的关怀，掉了泪，有了悔改之意。

"张妈妈"们的关爱没有到此为止。他们找到安吉中学殴打梁培初的几个学生，教育之，让他们认错并且发誓以后不再欺负同学。这还不够，张秀丽和张红干老师每天专程往返安吉中学（此中学距明天学校两公里，明天学校的孤儿学生初中就读于斯，但吃、住仍回母校），在校门守候梁培初和其他的"明天孩子"，连续接了两个学期。无论春夏秋冬、刮风下雨，从不间断，以免他们再遭欺辱、殴打。

人心是肉长的。梁培初深切地感受到了张秀丽亲妈般的爱。他主动认了错，声泪俱下，说以前之所以"牛""蛮"，原因是他在家的时候曾与地痞流氓混在一起，叔伯也不管，因此沾染上了不良习性……

自此之后，梁培初就发生了质变，仿佛换了一个人。他变得听话、爱学习，成绩也提高了。从安吉中学初中毕业后，他进入南宁市第四职业技术学校学习汽车修理，现在是师傅级别，月入五六千元。他还开了一家维修店。每年大年初八，他必回明天学校，捐赠几百或上千元，"以略表感激之意"。

6. 爱孩子（之二）

梁燕城曾使张秀丽揪心！

这孩子患的是急性肺炎。

这是 2009 年接近端午节的一个下午，白天酷热，但早晚还有点凉意。

起初张秀丽并不知道孩子的病情会如此严重。当时张秀丽骑着电动车从安吉中学接发低烧的梁燕城回到了明天学校。正欲拖着疲惫的身体回家，结果一量孩子的体温，竟高达 41 度，孩子还不停地咳嗽。张秀丽又骑上电动车将其紧急送往安吉卫生院。

张秀丽陪孩子输了三大瓶加入了退烧药的液体。几个小时过去了，梁燕城的烧不仅没有退，还有加剧之势。安吉卫生院是乡镇一级的医院，值班医生认定是急性肺炎，得紧急转院。其时天将降大雨，天色如晦。张秀丽急忙请示学校领导，呼叫了救护车。很快民族医院的救护车赶至，这时倾盆大雨骤降，张秀丽协助医生抬梁燕城上救护车后，衣服已被浇湿了一大半。她又是挂号又是找医生，带梁燕城就诊、拍片、办理住院手续。诊断结果是急性肺炎，当晚吊几瓶药液需几个小时，而且要有亲人陪护随时留意患者病情的变化。而这一切，毫无疑问只能落到张秀丽的肩上，由她一人独自承担了。

她好不容易将孩子安排妥当，让其睡上了病榻，吊上了针，这时却突然觉得浑身发冷，血压蓦地蹿高了，头一阵阵发晕。她没吃晚饭，体力也透支了。但她告诉自己，此时无论如何都要咬牙挺住，先安排好孩子住院以保证她的生命安全。

办理妥孩子的一应住院手续，已是晚上 9 点多。她买了晚餐，喂孩子吃，自己也吃。看着孩子渐入梦乡，她才放了心，找了张凳子稍做歇息。窗外瓢泼大雨仍在不停地下，她冻得瑟瑟发抖，上牙撞击下牙嘚嘚作响。邻床阿姨见状，让她先穿上自己的衣服御寒。张秀丽婉言谢绝了，说家人很快会送来衣服。

阿姨又关切地问："这是你的小孩呀？"

张秀丽如实回答："不是，是我的学生。"

阿姨很感动，用钦佩的目光打量了她很久，叹道："哦，你们当老师的真不容易呀！……看，你眼圈都熬黑了，一定很累吧？"

张秀丽忙回答："没事，没事的……"

过了一会儿，覃锋校长、孤儿管理处主任韦翠良先后打来电话询问孩子的情况，慰问张秀丽。关怀的话语使她倍感温暖，似乎没那么冷了。不久，家人给她送来了干爽的衣服。

那是一个不眠之夜。她向护士要了一张陪床，每隔半个小时调一次闹钟叫醒自己，起来观察吊瓶的情况。至凌晨1点多，三大瓶药水吊毕，梁燕城仍未退烧。医生又追加了三大瓶。下半夜，梁燕城终于慢慢地退了烧，张秀丽不住地帮她擦拭汗水，忙活到凌晨5点多，第六瓶药液才输完，此时张秀丽才能安心地睡上一个多小时。

这样的事常有，当然不仅仅是这一次，但这一次特别累。

7. 爱孩子（之三）

张秀丽对孤儿的行为和心理，观察入微、明察秋毫。

她对孩子的心理辅导很有一套。

我在明天学校孤儿管理处看到厚厚一摞《孤儿学生心理辅导个案记录》，有很多都是她亲力亲为的结果。

她辅导出的优秀学生有邓其华、潘虹良、许道龄等。

我挑出了关于邓其华的记录，因为这个女孩子后来变得很优秀，考上了大学，而且我还对她做过采访。

张秀丽对邓其华，是这样详细记录的：

学生姓名：邓其华。班级：八年级。时间：2013年3月26日。地点：心理室。

一、基本情况和存在的问题

基本情况：邓其华，女，14岁，在3岁那年父亲去世，母亲改嫁。她与弟弟和年迈的爷爷奶奶生活，2009年来到明天学校就读。在校表现：成绩不理想，上课睡觉或者看小说，用手机上网，穿着另类、发型怪异赶潮流。从不穿校服，到处借钱乱花（过后会还），有时候和同班同学外出买东西，有不按时回校的记录。不接纳班主任对她的教育，依旧我行我素。

二、个案分析

通过与她更深入的交流，个案分析如下。

1. 个人因素

（1）她非常孤独而且敏感，所以想通过另类的打扮来引起老师和同学们的关注。

（2）且没有正确的价值观和审美，怕同学看不起，认为外在物质可以掩盖她内心的空虚，存在着不正确的攀比心理。

（3）对外面的世界充满好奇和幻想，想通过网络来了解社会并沉浸在网络小说中。

2. 家庭因素

自从失去父母后，邓其华与年迈的爷爷奶奶生活。虽然很困难，但是爷爷出于弥补的心理总想办法满足她的要求。爷爷奶奶忙着务农而且文化水平低。祖孙之间很少交流。

三、辅导过程

1. 沟通交流，转变观念

我找邓其华到心理室谈心的时候，她低头不语，一副等着挨骂的样子。于是，我先特意夸她今天穿的衣服颜色搭配得很不错很青春很有活力。听了我的话，她脸上的表情放松了很多。接着，我用缓和的语气关心地询问她近来的学习情况，是否遇到什么困难。进一步拉近了我们之间的距离，渐渐地我们就像朋友一样交流起了对仪容仪表美的看法（我还打个比方，如果老师们都穿着人字拖鞋和沙滩裤来上班，你会有什么想法？让她明白，什么时候、什么场合应该穿什么样的衣服留什么样的发型，才能体现自身的身份和内在气质）。我还告诉她，真正的强者依靠的不是外在的美，一个有着很高涵养，以及学习、生活能力都非常强的人才是真正的强者。所以，我们要比就比内在美。同时，想引起他人关注的方法还有很多，比如努力提高学习成绩，主动、热情地帮助同学和老师等。接着，我还和她讲了一些社会上的现实问题和一些因为过度沉迷于网络小说而误了前程或者走上不归路的事例来满足她的好奇心，使她对网络小说有个正确的认识。

2. 增强家校联系和班主任联系

谈心过后，我和她的爷爷联系，让爷爷纠正教育方式，终止对她的溺爱，平时多与她沟通交流。另外，我还让爷爷常和她班主任联系，听取班主任对她近期表现的反馈意见。

3. 日常关心，树立信心

平时，只要见到她有一些好的小变化和进步，我都马上给予她肯定和表扬，并及时地向她的班主任反馈，以鼓励她，帮助她树立起对学习和生活的信心。

四、辅导效果

通过近两个月的观察，我发现邓其华已经开始穿校服了，而且她原来的爆炸头也已经改成了清秀的学生头，上课比以前认真，成绩也在逐渐提高。

五、辅导反思

教育学生不能简单地只停留在制止或者训斥这一层面，而应该走入学生的内心世界，认真分析原因，找到问题的根源，找到有效教育的切入点，才能取得良好的教育效果。

不消说，这是一份近乎专业的心理辅导记录。它融入了老师对学生细致入微的爱意，它是用爱写成的。所以，它有温度，有情感，有人情味。

我采访邓其华是在 2016 年 10 月 11 日下午 3 点，地点是明天学校的学生宿舍 301 室。只见她身着圆领短袖白 T 恤、蓝色牛仔裤、浅蓝色球鞋，头上扎马尾辫，耳、脖、手都没戴任何饰物，整个人清爽利索，笑容灿烂，样子清纯，落落大方。她初中考上南宁市第三十五中学，高中考取南宁市第二十八中学，现在刚刚考取广西交通职业技术学院计算机应用专业，是班里的生活委员，成绩排名中上。

她对我说："我读初二时，正处于叛逆期，张老师语重心长地教导我，可说是一辈子受用不尽！张老师对我说别跟风，世界不像你想象中的那么美好……你要'回来'，别一味地我行我素了，我们伸手，拉着你不让你掉下去，要是掉下去了，就算有十头牛拉你也拉不回来……"

现在邓其华读的是三年学制的大专，她说她要争取考专业前 10 名，因为前 10 名就可以升本，她一定要读本科。

我与她在 301 宿舍门前合影，邓绍创老师按下了快门。邓其华那双美丽的特别黑亮的眼睛充满了憧憬。

我想，张秀丽当年对这孩子的心理辅导，没有白做。

8. 另一种爱

"我从小在一个父母整天争吵甚至打架的畸形的家庭中长大。吵得严重的时候，连父母单位的领导都到家里来调解，有时候会用严厉的话批评父母……"张秀丽这样回忆她那不平静的童年。

如今她已为人母、为人师，她希望学生们能健康茁壮地成长，具备完善的性格和人格。所以，她会乐意代表孤儿管理处的老师，在课余给孤儿孩子们上一些心理辅导课。

我没能赶上旁听她的心理课，但我看过录像。她授课很精彩，形象生动、条分缕析，有许多案例和互动环节。课堂气氛很活跃，深受孩子欢迎，课堂上既有掌声，也有笑声。

2017 年 3 月 15 日晚上，在明天学校多媒体教室，她主讲《好习惯成就大未来》。她娓娓道来一个有趣的故事，使 200 多名孤儿孩子回味无穷。

她说："在泰国，一根矮矮的柱子和一条细细的链子，就能拴住一头重达千斤的大象。原来，那些驯象人在大象还是小象的时候，就用一条铁链把它绑在柱子上。由于力量尚小，无论小象怎样挣扎都无法摆脱铁链的束缚。日复一日，小象渐渐地习惯了而不再挣扎，直到长成了庞然大物。虽然它此时可以轻而易举地挣脱链子，但是它依然习惯受制于铁链，因为在它的惯性思维里，仍然认为摆脱链子是永远不可能的。从这个故事可以看出，小象是被实实在在的链子绑住，而大象则是被看不见的习惯绑住。习惯是某种刺激反复出现，个体对之做出固定性反应，久而久之形成的类似于条件反射的某种规律性活动。而且心理上的习惯，即思维定式一旦形成，便会经年累月地影响着我们的品德，决定我们思维和行为的方式，左右着我们的成败……"

她还说了若干个关于好习惯的成功的故事。这个"大象与细链子"，只是其中之一。

正当孩子们睁大充满好奇的眼睛饶有兴味地细细回味时，张秀丽不失时机地做了总结："这些故事足以证明了好习惯要从小养成，要从点滴做起。养成一个好习惯就是成就我们美好未来的一个重要的因素。"

课毕，她要求每一个孩子用一个小本子记录、罗列自己养成的好习惯和存在的坏习惯，然后提出改正的妙策良方。

2017 年 5 月 16 日晚上，她讲授的是《敬老孝老之我见》。她播放相关的视频和新闻，与孩子们互动、提问问题。她苦口婆心地对孩子们强调"百善孝为先"的道理。

张秀丽说，1. 孝敬老人和孝顺、赡养家里老人是每一个晚辈的义务和法律责任，不赡养老人的人将会被法律严惩。2. 不孝敬老人的负面影响是：小到会被人家议论你人品差、不懂感恩、没良心、自私等；大到可以影响你整个人生发展，因为谁也不愿意跟一个连自己的亲人都不孝顺的人一起做生意或者工作等。3. 不孝敬老人对婚姻的影响是：没有哪个人愿意与一个不孝顺长辈的人结婚，因为谁与这样的人生活，谁就将存在很大的利益受损的风险。

她话锋一转，问孩子们有哪一位记得长辈的生日，又为他们做过了什么。

孩子们面面相觑——他们大多数人都记不得。

"有人记得！"张老师点名让欧小玲、谢念恩、施梅梅、何秀琴、赵慧潇等孩子站起来，当众问他们爷爷或奶奶的生日。他们一一准确无误地回答。

教室里响起经久不息的热烈的掌声！

张秀丽的目的达到了。她给孩子们布置的作文题目是《我的爷爷》《我的奶奶》。

"要多回忆老人家们对我们含辛茹苦的养育之恩，要多想想我们将如何健康成长、成才、成人，将来如何孝顺和报答老人……"说到这，她的眼里含泪。

这节课的录像里，张秀丽老师西装笔挺，神采奕奕，语调铿锵，授课条理清晰，逻辑性强。她平日里偶现的疲惫与倦容荡然无存。

这是她对孩子们的另一种爱。

第五章

长大后我就成了你

"长大后我就成了你，才知道那间教室，放飞的是希望……"

南宁市明天学校的韦翠良、覃爱芬和张秀丽是三位"元老级"的生活老师，她们都坚持了十七年。

有人接班吗？有！他们是：卢雪清、邓丽霞、邓绍创、罗秀群、陈静静、胡丽妹。 这六位年轻人有共性——他们都没有了父母，都是从明天学校毕业的孤儿学生，都曾经在社会上就业而且有了较优厚的收入，但他们都自觉自愿地、不约而同地、义无反顾地回到母校担任生活老师。

一、青春是一本快成熟的书

（卢雪清的故事）

1. 突变

2011年9月10日，教师节。这天对卢雪清来说却是个"黑色星期六"。

当时卢雪清已经来校担任生活老师两年多。最近几天，明天学校都有大型的慰问活动。就在此前两天，9月8日下午，广西壮族自治区党委的工作人员给学校送来了区党委主要领导的亲笔信和一批电脑。信中表达了党和政府对孤儿孩子的深切关怀、对教师们的关心和问候。紧接着，在9月9日下午，南宁市西乡塘区政府领导和西乡塘区宣传部领导慰问老师和孤儿们，送来关爱和象征团圆、幸福的大月饼……

那天正逢教师节。卢雪清从早到晚已是马不卸鞍地忙活了一整天，又恰逢她轮值夜班，需要通宵巡查孤儿各寝室，在这个长夜里是不允许有须臾懈怠和疏忽的。晚上11点，她感到头昏脑涨，似是中暑了。在上夜班之前，她决定抓紧时间洗个澡。开了水龙头，凉水一冲，她感觉清醒多了。但由于体虚有点站立不稳，加上地板湿滑，她一个趔趄，溜冰一般往前冲，滑倒了。有一只脚还踩进了蹲便器，厕坑瓷缸竟断裂了！这还不要紧，要紧的是那断裂的瓷片似利刃割破了她的脚踝，血流如注，浴室的地面全染红了……

她当即感到眼前一黑，剧痛似万箭穿心。

她急中生智，用智能手机呼叫邓丽霞。邓丽霞急忙赶至，撞开了浴室门，用急救包帮她止血、包扎，骑电动车送她至广西民族医院。

医生迅速地诊断，并施以脚跟腱缝合手术，将她整条腿用石膏和夹板固定。术后，医生嘱咐她要好好休息，安心静养，全休6个月。

她在病床上静卧了15天就出院了。出院时，她拄着双拐，将那只受伤的脚悬空，缓慢地行走。

在这像木头人一样静卧而不能动弹的15天里，她想了很多很多，也经历了很多很多……

2. 辞职

手术后的翌日，卢雪清在病床上给覃锋校长写了一封辞职信。全文如下。

尊敬的校长爸爸：

　　提起笔写这封信，我已经是泪流满面。因为我不知道如何面对您，如何面对当初我回学校工作时向您做的承诺——我说要坚持自己的决定，信守诺言，为我们这个特殊的"家"尽一份力……现在可能要让您失望了。

　　校长爸爸，当我回到学校工作之后，我才明白当初你们带我们长大，是多么辛苦！……打从回明天学校担任生活老师以来，我不怕苦，不怕累，经常上班上一天一夜，然后还要连续几天加班搞活动。这些，我都不怕，为弟弟妹妹们做一些力所能及的事情，我都觉得值得，因为我把他们当作自己的亲人。但是现在初中叛逆的孩子也是有的。由于我的年龄与他们相差不大，我在批评一些叛逆的孩子的时候，他们竟回答："让你管啊！你有什么资格管我？"听到这些话，我真的好伤心！我有时就想，我回来工作两年，为他们尽心竭力，再苦再累都没有怨言。曾有好几次我想偷偷收拾东西，一走了之。但又想到，您那么累和难也是咬牙挺住并且坚持下来了，我怎么能轻易放弃呢？于是，我才决定继续留下来。但是，这次我想离开，真的想离开。原来（来明天学校之前）在护士的工作岗位，上班虽然也累，但是休息时间可以自由支配。而在我们这个"家"，我们把每天里的分分秒秒和所有心思都放在弟弟妹妹的身上，换来的却是他们的不理解……

　　校长爸爸，原谅您这个不孝顺的女儿，不能为您分担了！我只能悄悄地把这封信给同事转交给您。因为我没有脸见您了。希望以后您要注意保重好自己的身体，您血压高，千万要注意休息啊！

　　　　　　　　　　　　　　　　　　您的女儿　雪清

卢雪清同意我将此信原原本本地写到《哭了　笑了》这部新著里。她很真实和坦荡。

我采访时，她告诉我："记得当时我写这封辞职信的时候，眼泪一直在流，不停地滴落在纸上，还把信上面的字弄花了……"

她将信交给邓丽霞老师，邓丽霞老师又将信交给当时的孤儿管理处主任韦翠良，韦翠良主任最后将信转交到了覃锋校长的手上。

3. 回忆

信交了上去。她在等待，心情芜杂，难以平静。

　　她必须在医院躺半个月。她回忆，她有许多时间回忆。往事如窗外蒸腾的滚滚热浪，时而朦胧、时而清晰……

　　她是南宁市西乡塘双定镇人。他们的父母原先靠在南宁做些小本生意，摆摊卖水果、酸嘢（南宁方言，指用果蔬腌制的酸料）为生。父亲殁于肺癌。那年她才4岁，哥哥卢江伟才5岁。年轻的母亲不久就随了别人，没领证，也是做些小买卖。兄妹俩跟随着母亲住进"新家"，但他们不喜欢那个不冷不热的叔叔，一家子相处谈不上和谐融洽。没过多久，兄妹俩有幸来到刚创办的广西第一所孤儿学校——南宁市明天学校，成为首批入校生①。此时，母亲亦离开那个不好相处的叔叔，母子三人相依为命。

　　她从明天学校毕业后考上南宁市卫生学校护理专业，学制三年。2008年毕业后，她进入南宁市第二人民医院工作8个月，并考取了护士执业证书。随后，她去深圳龙岗闯荡，做了一年多护士，月薪拿到3500~4500元，在当时已是很不错的工资。后来复返南宁，考上广西医科大学大专的护理专业。大专四年中，她眷恋曾教育、哺养她的母校，会常"回家"看看。她发现韦翠良、覃爱芬、张秀丽这三位老师辛苦照料住校孤儿学生，因多年劳累，都有不同程度的伤病。覃妈妈更是因腰腿病，行走不便。于是她主动义务帮忙，成了编外生活老师。在这编外奉献的几个月里，覃锋校长看在眼里，记在心上，每月付给她600元辛苦费。

　　在大专函授四年毕业后，她干脆主动投入了母校的怀抱，成为一名正式生活老师。那天是2010年10月1日，国庆节。她记得太清楚了。

4. 挽留（之一）

　　卢雪清要辞职的消息犹如一石击水，泛起圈圈涟漪。

　　孤儿孩子们对她有许多不舍。虽然她当时来校只有一年，但是她对孩子们的爱，他们知道。

　　好些孩子闻讯后纷纷自发地给她写挽留信，有一大摞。他们让老师把信带到医院。这些信让卢雪清泪如泉涌。

　　在这里，我摘引几封。

　　钟美芝，隆安县都结乡人，念小学一年级，7岁多，年纪小个子也小。此前，卢雪清和几位老师曾到钟美芝家家访。他们坐着校车在崎岖的山路上颠簸了好几个小时才到了她家。卢雪清抱她、亲她，还给她照了很多照片。小美芝一直记得

---

　　① 明天学校在创办之初，招收孤儿与学校社区地段普通家庭孩子一起就读。后来出于积极配合精准扶贫国家战略的考虑，明天学校对特困的单亲家庭的孩子，也会有少量的照顾性吸收。卢雪清就是属于这种获得特殊照顾类型的孩子。

并懂得感恩。现在，小美芝托人带了两样东西到医院交到了卢老师手上。一是张生日贺卡，小美芝用稚嫩的文字写着："祝漂亮的卢老师生日快乐，早日康复！记得不要走，不要乃（扔）下我们不管！我们舍不得你，好爱你！"二是一个大苹果，已经烂了一个洞。后来卢雪清得知苹果是四个月前小美芝的姑姑送她来校时给她买的，一共两个，这是其中一个，她一直不舍得吃，因为她从来没吃过苹果。小美芝在贺卡上附了一行小字："我把世界上最好吃的东西送给老师！"

礼物虽小，但情意太深，这是一个 7 岁孩子所能拿出的全部和最好的东西。卢雪清在病榻上将这只已经变成暗紫色的、烂了一个洞的苹果看了又看，泪水止不住地流下来。

有几个年龄稍大的孩子，悄悄写了信，让其他老师带给卢雪清。

我们摘引其中一些，它们都是足以催人泪下的。

当时念六年级的韦丽莹写了一件她难忘的小事：

卢老师，您辛苦了！您一直那么关心我们，记得有一次，我晚上睡觉的时候蚊帐开了，是您来帮我把它放好，生怕我被蚊子咬，只有妈妈才会这样子，所以我觉得非常感动，谢谢您……

陆春妹这样写：

敬爱的卢老师：

曾记得五年级的那天下午，我在上古筝课。上到一半时，突然感到一阵眩晕，感觉身体忽冷忽热。好不容易熬到了下课，我马上跑到办公室，跟您说我的身体不舒服，您立即伸出手摸了摸我的额头，拿出体温计给我，把我安顿在旁边。到了时间，您拿出体温计，脸上满是焦急，眉头紧紧地皱着，您拿出药，让我吃下然后回宿舍睡觉，并嘱咐我不用上晚自习。

我晕晕乎乎地不知睡了多久，隐隐约约听到老师的声音，我睁开眼睛，看到您温柔的脸。您扶我起来，并递药给我，让我服下，我吃完药又躺下休息。半夜您又几次拿药给我吃，每当我想到您那么晚了还照顾我，我的泪水不禁涌了出来。我们虽然是不幸的人，可我们来到这里，我们就是幸运的。有老师的教育和教导，我们和别的孩子一样，甚至比别的孩子幸运。

感谢您！让我感受到了母爱。感谢您！让我健康成长。感谢您！让我感觉到家的温暖。我会记住您对我的爱，将来努力学习，报答您的恩情……

您的学生：陆春妹

孩子的信，事情小到不能再小，但字字句句透露出真情和不舍。马倩虽然被卢雪清管过、骂过，但是她知道这正是因为爱。

敬爱的卢老师：

　　您好！

　　卢老师，您是我心目中最严厉和最好的老师，您虽然十分严厉，但是您把全部心思都放在我们身上。记得有一次在旧校区的时候，我们偷偷出去买东西吃，后来被您发现了，然后您把我们都骂了一顿。这时候我们才懂得您是为了我们好，为了我们的安全，如果当时您不骂我们的话，我相信我们还会有下次再偷偷溜出去的行为。我们明白了老师也是非常辛苦、非常累的，每天都为我们操心，而且有时候我们还不听话。听说老师您想走，我好难过！我想对您说：不能走，不能离开我们！一定！！

永远爱您的学生：马倩

韦春婷忘不了卢雪清值夜班，通宵不眠地带她去看病、喂她吃药的情景。她当然不愿卢雪清走。

我最敬爱的卢老师：

　　您一直严格要求我们，疼爱我们。您既是我们的老师，也是我们的母亲。

　　让我印象最深刻的就是，在一个冬夜里，有几个同学都感冒发烧了。那一天是您值班，您就带她们出去打针。没过多久，我也发烧了，但您带她们出去还没有回来。晚上11点多了，您才回来。您让她们先休息，自己却没有得休息，就又给我量体温、喂我吃药，您辛辛苦苦却没有任何怨言。到半夜的时候，您担心同学们的烧没退，又起床帮我们这些发烧的同学一个个量体温。您仔细且认真，没有忘记每一个生病的同学。第二天起来，您既要照看其他同学，又要照顾我们这些发烧的同学，还不忘记提醒我们吃药、多喝水。也有些顽皮的同学总是调皮捣蛋不听话。您的疼爱，您的教诲，您的呵护，伴随着我们一天天成长。您那略带疲倦的面容，使我们感到惭愧，因为如果我们不那么顽皮，您就不用那么操心，那么辛苦了。

　　听说您的脚摔伤了，伤得很重，又听说您想离开学校了……我好难过啊！我就想说一句话：老师您不能走，您走了，我们怎么办呢？

永远爱您的学生：韦春婷

5. 挽留（之二）

　　覃爱芬老师会隔三岔五、风雨无阻地亲临病榻旁，不仅仅是看望、寒暄和问候，而且是二话不说地照顾卢雪清。因为卢雪清有一条腿从胯至踝全都打了石膏固定，所以不能弯曲，只能直挺挺地卧床，动弹不得。覃妈妈就像亲人般地帮她洗脸、刷牙、梳头、擦身，还扶她从床上起来，搀扶着她一步一挪地上卫生间……

卢雪清看着和感受着覃妈妈为她所做的这一切。她知道前几年覃妈妈的丈夫因车祸先她而去。她知道覃妈妈全身长年有着久治不愈的腰痛、腿痛。她知道覃妈妈本身就需要人照顾，而现在却反过来来照顾自己。她知道覃妈妈的独生女儿因母亲太忙而得不到应有的母爱……话不多、心地善良的覃妈妈没有用话语挽留自己，而是默默地用行动、用心、用情、用眷眷的爱来告诉自己：不要走，留下来。她能真切地体会到。

此时她脑际跃出一件往事：小学时，有一次，她洗被子不慎摔倒了，脚被划破流了好多血。是覃妈妈第一时间发现受伤的她，又在第一时间骑摩托车载着她送至医院，一路疾驰差点在路上撞了别人的车，只是为了让她少流血而争分夺秒……

而且自己打从踏入明天学校第一天起的六七年间，都是覃妈妈和几个老师照看长大的。

这里，有着一种胜似母女的深情。

想到这些，她就会因感动和感触太多而感到难过，一个人时她会号啕大哭，眼泪如决堤之水奔涌而出，怎么也抑制不住。

校长看到了卢雪清的辞职信，看出了被泪渍模糊的字里行间的委屈、犹豫、无奈、不舍甚至愧疚。他认定"女儿"只是一时想不通，所以他没有在信上签意见，而是发短信宽慰卢雪清："别多想……有校长爸爸，有大家，有学校……"

他到医院看望卢雪清，坐在床沿，第一句话就说："女儿，校长爸爸来看你了。你安心养伤，养好了再说……你不能走，明天学校需要你，爸爸不会放弃你的，你就是我的女儿！孩子们也都舍不得你走……

"你的三位'老师妈妈'——韦翠良、覃爱芬、张秀丽，她们的家庭各有各的困难，或长期两地分居，或丈夫死于意外，或夫妻离异，总之多年辛苦已积劳成疾，而且年纪渐长，极需要接班人……

"明天学校的明天肯定会更好，100亩新校址征地指日可待……

"等到你成亲的大喜之日，如果我没大礼包可送，我就领你们这一对新人在百亩新校区转转、看看、照照相……"

校长的一番话，知心、贴心、暖心！逗得卢雪清忘了脚伤，破涕为笑。

6. 别离

住院已足半月。

用来固定一条腿的石膏拆除了一半，膝盖可以弯曲了。她多了一点行走的自由。

　　按医嘱，她需要回家再静养半个月，然后拆除另一半石膏并拆线，接着再全休 5 个月。也就是说，她手术连养伤总共需 6 个月。

　　这是漫长的 6 个月。她不想拖累别的老师，她不愿意成为学校的累赘。当然，她还有其他的考虑和原因。总之，她去意已决。

　　一天晚上，11 点多的时候，她让当出租车司机的哥哥拉着她，悄无声息地进校。哥哥在车上候着。嫂嫂上到宿舍帮她收拾行李。然后她打算悄悄地拄着双拐在校园里走一圈，再踱到孩子们的各个宿舍，隔着门和窗，对朝夕相处了一年多的她照顾了 360 多个日日夜夜的可爱的弟弟妹妹们，在心里面道一声："孩子们，再见！愿你们健康、快乐地成长！……"并且还要和当晚值夜班的覃爱芬妈妈、张秀丽妈妈道别，跟她们说一声："妈妈，你们辛苦了！多多保重，我爱你们！……"

　　但覃妈妈、张妈妈不在值班室。她俩正在查房。她们淌着泪水，一万个不舍地告诉孩子们说："你们的卢老师今晚要收拾行李走了……"

　　孩子们一听，全都哭了！他们穿着睡衣、拖鞋，几个、十个、几十个、一百多个……从各个宿舍、从廊道、从楼梯，冲着、奔跑着、哽咽着、泪奔着，不约而同地、争先恐后地朝校门拥去……就在校园靠近大门口处，孩子们拦住了卢雪清老师，不容商量地夺下了她的行李。她被密密匝匝地围了一层又一层。在前面的女孩子争相拽住、抱住卢雪清，放声大哭，继而全体哭成了一片。

　　"卢老师不要走，不要离开我们！"

　　"我们不调皮了，听话了，不惹你生气了！"

　　"我不放你走，就是不！"

　　卢雪清与孩子们一一拥抱，抱头大哭——因为爱和感动。她被孩子们的爱紧裹着，那泪眼怎么也睁不开，那涌到嘴边的话怎么也说不出口。努力了许多回，她终于下了决心："……好……好！卢老师答应你们，卢老师不走……"孩子开心地笑了，欢呼声响彻校园。

　　这天夜晚，明天学校校园里，溢满了哭声和笑声，真真正正是哭了，笑了！那情那爱，浓得化不开……

　　这个晚上，卢雪清只取走了几件换洗的衣服。

　　她的全部行李、她的一颗曾经离散的心，留在了明天学校。

　　刚才在校园里上演的"挽留剧"，让卢雪清在瞬间强烈地意识到，不仅是孩子们离不开自己，而且自己也已经离不开这些孩子了。

　　是的，所爱的人，相爱的人，一旦离别，是痛苦，是离愁！

7. 留下

卢雪清回到家，休养了 15 天，就回到明天学校上班了。

按医嘱，她必须全休 6 个月，掐头去尾算起来她总共才休了 1 个月（包括住院手术卧床的半个月）。

她不但没离开，反而提前了 5 个月就回到了孩子们的身边。

她拄着双拐，一撑一跳地照常值夜班，照常巡宿舍查铺，照常喂孩子们服药，照常带孩子们去医院打针……

孩子们没有忘记在"离别之夜"的誓言，变得特别听话，争抢着帮卢雪清打饭、陪她说话。她走到哪儿，都有孩子追着去搀扶她，生怕她摔倒。走到哪儿，哪儿的孩子就会特别乖……

她感到自己身边悄然发生了明显的变化，有一种完全崭新的氛围。这是一种无声的教育，是一种潜移默化的影响。

卢雪清原先住在明秀路，与母、兄、嫂同住，那里距离学校不太远。在学校她有一间临时休息室。现在，她干脆彻底地搬到学校，一来免去了往返行走不便之苦，二来也便于工作。

卢雪清在学校安了家，孩子们自然是高兴。她住在四楼，那时学校还没安装热水器。正值冬天，每天吃完晚饭后，孩子们自觉排班帮她提热水，从一楼送到四楼，让她有热水洗澡，还抢着帮她洗衣服、打饭、刷碗……

这些，全都是孩子们自觉自愿、发自内心去做的。

后来，卢雪清在一篇感言式的短文里写道："……只感觉有孩子们真好！回'家'的感觉真好！……"

日子很快就过去了。过完第三个月，也就是将近过了 100 天，她自由了，拆除了石膏，扔掉了双拐。接下来的日子里，她每天煮草药敷洗患处，为了早日康复，更好地教育弟弟妹妹们。

我曾在明天学校广播站看到过一篇表扬好人好事的宣传稿，题为《身边的感动》，看得我也有几分感动。

身边的感动
——记南宁市明天学校孤儿管理处卢雪清老师

卢雪清老师是第一批来到明天学校的孤儿孩子，2012 年当得知南宁市明天学校孤儿管理处缺生活老师时，她主动放弃她的护士工作和丰厚的待遇回到明天学校做生活老师。工作辛苦不说，工资待遇还比她以前的低，但是她不怕苦不怕累，依然尽职尽责为孤儿孩子们服务。

在明天学校当生活老师，就相当于是孤儿孩子们的父母，因为工作时间长，工作强度大，没有人愿意干这个活。卢雪清老师回校工作后，任劳任怨，经常加班加点，最后因劳累过度晕倒在卫生间，脚筋腱被割断了。医生要求她静养半年，可是她休息不到一个月就拄着拐杖来上班。

孤儿孩子们长期在学校生活，头发容易长长。每次请发廊师傅来学校为孩子们剪头发都要花费一大笔钱，而且还剪得不好看。这些小事卢老师记在心上。为了让孩子们的发型更有个性，也为了帮学校节约开支，卢老师就自己练剪头发，练好后，她自己花钱买了一套剪头发的工具。现在孩子们头发长长了，卢老师就是他们的理发师傅。孩子们都乐意让卢老师帮他们理发，他们说"卢师傅"剪的发型很适合他们的个性……

2016年7月我对卢雪清的采访中，有这样几次对话：

我："是什么原因使你在读了大专并且在就业了，有了较丰厚的待遇之后，还愿意回到母校工作？"

卢雪清："因为我懂得滴水之恩当涌泉相报。可以说没有明天学校，没有前面的'校长爸爸'和几位'老师妈妈'，就没有现在的我们。在这里我得到了太多的关爱，这种胜似亲人的关爱，没有亲历过的体会不到的。我们要接过接力棒，将这种伟大的爱传承下去……"

我："平时工作压力这么大，你有想过放弃吗？"

卢雪清："确实想过放弃……虽然我们平时也常抱怨工作艰苦难熬，可其实心里、骨子里都是不愿放弃的。因为有太多的不舍，不舍得离开这个家——这里是养育我们的摇篮啊！所以，要像前辈一样，再苦再累也要咬牙坚持！"

说得真好！

后来我听校长说，卢雪清一连好几年都被评为优秀生活老师。

这是她应得的，实至名归。

8. 坚持精神

卢雪清抄录了法国著名微生物学家、化学家路易·巴斯德的一句激励人心的话："告诉你使我达到目标的奥秘吧，我唯一的力量就是我的坚持精神。"

是的，坚持。要达到目标，唯有坚持。

从此，雪清选择并坚定了坚持的信念。

为了表明她的这个决心，她在2012年12月，代表明天学校毕业出去然后回学校工作的生活老师，给广西壮族自治区政府主要领导写了一封信。

尊敬的叔叔：

您好！我是明天学校的生活老师卢雪清，同时我也是从明天学校毕业出去的一名孤儿孩子。

2000年8月28日，我幸运地来到了广西第一所孤儿学校——南宁市明天学校读书。来到这里，校长就像我们的爸爸。生活老师韦翠良老师、覃爱芬老师、张秀丽老师就像我们的妈妈，每天照顾我们的生活起居。就这样我初中毕业了，当时我的成绩只能去读普通高中。但是我想到家里的经济情况，读高中的话，还要读大学，可能家里负担不起，而如果读中专，读完就可以直接去工作挣钱了。于是，我报读了南宁市卫生学校护理专业，实习以后，我去广东工作了两年。两年中，我参加成人高考、考上了广西医科大学的大专，为了能赚点学费，我一边工作一边读书。我没有忘记我的家——明天学校，我想着我能为学校做点什么。那段时间我经常给学校的老师打电话，询问学校的情况，得知学校缺生活老师，因为几个老师都累倒、病倒了。外面的老师来做过，但都坚持不下去。我就决定辞职回来帮忙，照顾自己的弟弟妹妹，也算为学校尽一份心，出一份力。

2010年10月1日，我回到了这个大家庭担任生活老师，虽然中途有过动摇、想过放弃，但是我想到没有明天学校就没有今天的我。就这样我坚持了下来。

叔叔，我告诉您这些是想特别感谢您，如果没有像您这样的爱心人士关心着明天学校，关心着我们这些孤儿孩子，我们也没有今天的幸福和幸福的明天。如果没有您，很多孤儿孩子在农村，可能会面临着辍学。感谢您，我衷心地感谢您！最后，祝您身体健康，万事如意，好人一生平安。

明天学校毕业的孤儿、现在的生活老师：卢雪清

2012年12月28日

这是一封很真实的信，不是客套话，有关她的人生经历，有关挫折，有关动摇，有关回心转意，更有关坚持。

末了，我还想赘说的是，卢雪清和另外5位孤儿生活老师——邓丽霞、邓绍创、罗秀群、陈静静、胡丽妹，他们亦很不容易。

薪俸低、条件差、工作辛苦、没有住房。在明天学校孤儿管理处做生活老师，非比寻常地烦琐、烦人、折腾人。人累，心更累！

你是"孩子王"。时时刻刻、日复一日、年复一年无休止地面对几百个孤儿，他们的学习、生活你全都得管。

曾经有过几批次好几个大学毕业生来应聘生活老师，干过一段时间。但是他

们都干不下去，都干不长。短者一日，长者不足一周，一概走人，而且都是不辞而别。仿佛烈日下的水珠，一晒一烘，蒸发得再也没有了踪影。

而这六位"明天孩子"来了，留得住，扎下了根，干得出色。

因为，他们长大了。

因为，他们是人在，心在，情在！

所以，"长大后我就成了你"。

泰戈尔有诗云："无论你走到哪里，你的心总和我在一起；无论黄昏时的树影有多长，它总和根连在一起。"

是的，血浓于水。这是割不断的。

二、有一种信仰叫感恩

（邓丽霞的故事）

1. 选择

有两个字贯穿她的人生。

她将之视为信条，奉为圭臬，甚至是她的信仰。

那就是感恩。

"是的，'感恩'这两个字，流淌在我的血液里，刻在我的骨髓和心中。每个人的人生都很短暂，我们要用心去记住所有的美好，要用感恩的心去对待身边的每一个人……"她坚定地对我说。

她叫邓丽霞。

邓丽霞与卢雪清，有共同的"三个第一"。她们都是第一批入读明天学校的孩子，是第一批孤儿毕业生，是第一批回到母校担任孤儿管理处的生活老师。

她记得并且认定马雪芬老师是她的恩人。

已有二十多年教龄的数学老师马雪芬，曾有个三口之家。丈夫在外地做工程，长年累月四处奔波，几乎不沾家，不幸沾上了赌瘾，还欠下了不少债务。他患有严重的腰椎间盘突出，但舍不得花钱住院，只胡乱服药、强撑病体，在2011年突然殁于心肌梗死。

飞来横祸，猝不及防！

马雪芬被打蒙了。

在为丧夫之痛哀哭之后，她发现亡夫生时筑下的债务沉重地压在了自己羸弱的肩上。她睁大迷蒙的泪眼，看到家徒四壁，别无长物，只有仅1岁大的女儿在咿呀啼哭。她一把抱起女儿，此时此刻，此情此景，她觉得喊天天不应、呼地地不灵，甚至万念俱灰，眼前的一切都变得晦暗。

这时，在一旁的邓丽霞递给她一个信封，里面是4000元——这几乎是邓丽霞的全部积蓄。

"马……老师，我知道你很难，我平时攒下了一些……"

邓丽霞好想唤她"马妈妈"，但她一时叫不出口，只是在心里偷偷叫她"马妈妈"。

邓丽霞在明天学校从小学三年级一直读到初中毕业，后上了南宁市卫生学校，学的是牙科。中专毕业后她每个月末都来看望马雪芬，她们情同母女。在邓丽霞找到正式工作前的这两年多里，马雪芬一直默默地资助邓丽霞，让她住到自己家里，把她当作干女儿……

这点点滴滴的情分，邓丽霞都清楚地记在心里。

这钱，是她平日里省吃俭用、一点一点积攒下来的。

这4000元钱，此时是及时雨，是雪中送炭，更是浓浓的情。马雪芬将邓丽霞一把拉到怀里："……以后你就是我的女儿，我们互相照顾，怎么也不分开！……"

她们紧抱着大哭，这是喜泪。

后来，马雪芬要给邓丽霞介绍男朋友。邓丽霞开玩笑说："你想赶我走吗?"每年马雪芬生日，邓丽霞总会记得，为她过生日，送蛋糕、送衣服、送包包。她这人记恩。她更记得明天学校的大恩！

是年夏秋之交，一日，马雪芬动员邓丽霞回校当生活老师——这是校长交给她的任务。

没想到，邓丽霞二话不说，朗声笑曰："你赞成我回，我就回！"

其实，这事她心中有数，已有思想准备。此前几天，孤儿管理处主任韦翠良就曾动员过她。

中专毕业后，口腔护士资格证不易考取，她暂时在南宁市和平商场替人卖服装，月薪仅600元。但这不是最主要的。她很清楚学校正是紧急用人之际，当时住校孤儿学生100多人，吃喝拉撒睡等相关事宜就只靠韦翠良、覃爱芬、张秀丽三位老师打理，她们因忙和累导致周身伤病。而这三位"妈妈"和"校长爸爸"，对自己都有养育之恩，都恩重如山！

2010年末，她选择回母校任教。她到商场辞了工，老板尚欠她也许永远也无法追回的 1000 元押金。是年她 18 岁。

她这一干，眨眼就过了六个春秋。2016 年 7 月 12 日，我采访她。

我问："六年如一日的坚持、坚守，是什么信仰支撑着你？"

她说："是爱，是老师对我们的爱，没有他们就没有现在的我们，人要常怀感恩的心。当初我们的老师为了我们坚持了十几年，即使现在身患疾病也从不言弃、从不言退。因为他们爱我们，爱这些孩子，我们要把这种爱传递下去。"

2. 坚持

邓丽霞是个爽朗的人，快人快语，手脚麻利。她做事的干脆劲，让人觉得她像个"女汉子"。

我问她当生活老师的感受如何。

她乐呵呵地答了一句歇后语："驴子推磨——团团转。"

我又问："生活老师到底有多累？"

她大笑，良久，打了个比方："就像当妈妈一样，从早忙到晚……"

当妈妈不容易！当 200 多个孤儿的"妈妈"更不容易！

她和生活老师们所做的工作循环往复，每天做的都是一样的工作。

早晨 6 点 20 分，孤儿内宿生起床，整理内务。老师要比学生起得更早，提醒他们增减衣服，帮年纪小的女生梳头。7 点，学生跑步，老师趁这当口检查内务，开小会进行总结，会议内容五花八门，诸如：这个孩子的枕头没放对方向，那个宿舍出门忘了关灯，还有谁洗碗没有排队，见了师长没主动问好……但是这样的唠叨得重复再重复，因为必须反复强调纪律，让他们从小建立秩序感等，因为家里没人教他们。

吃完早餐，内宿生上学了，生活老师的忙碌才真正开始。不少内宿生入校时，除了一身衣服，几乎什么都没有，甚至还有男生没钱买内裤。于是，采购便是大活儿——帮男生买内裤，帮女生买卫生巾，买夏天的毛巾被、冬天的保暖内衣……若有新生入校，还得购买牙膏、牙刷、新书包……细心的生活老师还会帮孩子们买不一样的款式、品牌，以便区分。已升入中学就读的内宿生，一部分在管理处住宿，一部分周末才回来。应由父母操心的事，都是生活老师管。今天这个孩子饭卡没钱了，要去充值；明天那个学生不听话，需要找老师和他沟通……最忙的是家长会和中考高考，考场分布在城市的不同方位，即使 4 个生活老师全部出动去接送也跑不过来。

晚上孩子放学了，生活老师要组织孩子自习、练跳舞、学变脸。深夜，孩子们睡了，老师们一夜要查 3 次房，除了帮孩子们盖被子、关电风扇，更重要的职责是看孩子有没有想家，想办法宽慰他们。这是最考验人的一项工作，一些孩子的情绪波动大，明明今天还很乖，明天就闹得歇斯底里，哭到半夜……

3. 温情

问罢了她的坚持，我问她有没有动摇过。

我与邓丽霞算是老相识了。2001 年，即十六年前，我到明天学校采写《明天的太阳》时就见过她，当时她也就八九岁。后来她 19 岁回校，干了整整六载，现在已 25 岁。她还没有谈婚论嫁。

我问的是比较严肃的问题。

她不再朗声大笑了，她在认真思考。沉默有顷，她浅浅一笑，轻轻地摇了摇头。

这是否定的回答，也就是说没有。她没有动摇过。

我埋头做着记录，用余光观察她。她面带笑靥、有幸福感，眼里溢出些许泪水。我想这应当是由于一种沁入心坎的很温暖的情感触动了她的神经。

她对我叙述的这不算漫长的人生经历，印证了她的这个观点。

她是南宁市近郊坛洛镇偏僻山村的苦孩子。她原先身强体壮的父亲于 1993 年被肝癌夺走了年轻的生命，年仅 30 岁。对于父亲的死，除了亲人的哭泣，才 2 岁多的她没有留下特别深刻的印象。她有一个长她 5 岁的哥哥。父亲去世几年后，母亲远嫁到了广东。她们兄妹俩就随年迈的爷爷奶奶，还有姑姑、伯伯、叔叔一大家子生活。

一次偶然的机会，彻底地改变了她的人生。一回，爱心人士医疗支农献爱心，替村里人量身高、检查身体、打预防针。这些爱心人士将她和哥哥一起推荐到了明天学校。那时她念小学三年级，爷爷已经走了，是年迈体弱的奶奶在拉扯她和哥哥。家里穷得叮当响。她的全部记忆几乎是这样的窘困景象：三只碗、一个锅、一张床，差不多便是全部家当。一日三餐总是玉米粥，往往是一周甚至几周不见荤腥。她是兴奋不已地穿着出发前一晚奶奶补了又补的补丁裤迈入校门的，因为当时首批进校的 96 个孤儿孩子全都一样，所以她并不觉得寒碜。2000 年 8 月 28 日进校第一天的情景，她说她没齿难忘。

这里有光滑的水磨石地板，光亮的架子床，她从来没见过这么亮堂、这么"豪华"的地方。孩子们按要求冲洗过地面之后，兴奋地在地板上打滚，还要在地板上过夜。"从此可以天天吃肉了！"虽然很想念家人，但是 9 岁的邓丽霞还是感受到了从未有过的幸福。除了想家，校园的生活都是幸福的。邓丽霞能体会到生活老师对她的爱——饿了有好吃的，病了有人照顾，半夜里老师还来查房……

她还清楚地记得,她抽签进了三(乙)班,班上共有6个孤儿。班主任周玉芳绝不允许其他孩子瞧不起和欺负他们。到狮山公园春游,周老师会自费买零食给6个孩子吃,还专门买发夹给她和孤儿同学李寒凤一人一个。李寒凤得的是粉红色,她得的是蓝色。老师说"这颜色符合各自的性格"。发夹是铁质的,外包一层塑料膜。这是她长这么大,第一次有了发夹,她很喜欢!每次照相必戴,戴了三年,一直戴到了六年级。现在发夹上的塑料膜虽已剥落、残破,夹子也长了锈,但她仍珍藏着。这是一段美好的亲情和回忆,她能感受到母爱的温馨。

4. 母亲

她在回忆。

她的成长历程中,也泛起过波澜。

她一向努力。小学当过副班长,初中成绩名列前茅。她想上高中再升大学。但她的梦碎了!临近中考时,一向体格强健、做装修工的大伯不幸患肝癌。中医西医,中药西药,使尽千方百计,也没能抵抗住病魔。自知来日无多的大伯与在病床前哭得死去活来的侄女有一段临终对话。

大伯问她:"还想上高中吗?"

邓丽霞:"想上……"

那时大伯的儿子即将大学毕业,女儿刚上大学,他的负担颇重。

大伯想了想,劝她:"一个女孩子读这么多书干吗?我能供你堂姐读大学就不错了,哪还有钱供你上大学?还是读个中专算了……"

这算是大伯的"遗嘱"了。

她就听话念了南宁市卫生学校,学口腔护理专业,以优秀的成绩毕业。

后来她到一个商场打工,住到了马雪芬老师家里,在马老师这里她真切地感受到了家的温暖和无私的母爱。

是的,母爱——这是她久违了的、多年缺失的极度渴盼的爱!

在"马妈妈"家里,"母女"聊天、看电视,放松白日里的疲惫身心,她会常常想起自己的生母,会忆起那并没有如烟飘散的过往。

是的,母亲!

当她读到小学五年级,哥哥大保已读初三,家里打来了电话,说妈妈将要回来看他们俩。

闻讯,她心情芜杂,如打翻了五味瓶。

母亲在父亲病逝后不久就远嫁广东,至今七载未相见,而且杳无音信。

接电话之时邓丽霞悲喜交集,放下话筒后她独自哭了好久。她不知道日思夜想的、既熟悉又变得陌生的亲人突然叫你的名字，会是怎样的情景，而且这人是自己的亲生母亲！

两天后，兄妹俩在南宁见到了母亲。彼此都很生分，当时正是冬天，母亲看大保穿得不多，问："冷吗？"

"不冷，热！"大保咬咬牙，答得有点狠。他是故意的。

母亲带他们去买了衣服、鞋子。商店逛了一间又一间，衣服挑了又挑，鞋子试了又试，这真是难得的短暂的亲情和温馨。

母亲回了老家一趟，看望已是独自一人的奶奶，之后就回广东去了。

临别前一晚，邓丽霞和母亲同睡一床。

这是一个不眠之夜。她感受到了母亲的体温。她闻到了母亲的味道，当然不是幼时熟悉的乳香，是从母体血液中飘散出来的甜甜芬芳。

她说她想母亲、爱母亲，但又恨母亲，恨母亲当年为什么狠心丢下一双儿女不管，恨母亲为何这么多年才来电话，才回来看一眼。

她记得母亲一声叹息。这声叹息好深好长！

母亲说了大半宿的话，浓缩起来，就是两句：天下没有一个母亲忍心丢弃自己的亲生骨肉；如果当年我不离开，现在我也许已经不在人世了……

虽然她当时才十二三岁，但是她觉得自己能够理解母亲，也应该原谅母亲。因为她亲见和耳闻过许多寡妇，尤其是农村里拖儿带女的，遭人歧视，甚至被人欺凌，最后难以生存，导致母子（女）离散的例子！

她和母亲紧紧拥抱。彼此都知道，像这样母女彻夜长聊的幸福时光，以后是不可能再有了……

自此，邓丽霞就更加强烈地感受到能来明天学校读书，如今又回到母校当教师，真是莫大的幸福。

说罢这段过往，邓丽霞向我表明初衷："我现在想想，也很能理解母亲的苦衷。因为一个什么都不会的寡妇怎么能养活两个幼子？所以每当我坚持不住时就会回想母亲的苦，过去的难。现在自己还没有结婚，可是做了一份平凡而伟大的工作，我更清楚地知道生活老师就是孤儿孩子前进的保证。我要以一颗感恩之心、以自己微薄之力让孩子们感受到家的温暖……"

5. 回报

我知道明天学校的年轻生活老师共有 6 位。邓丽霞是其中之一。他们全都是多年前的"明天孩子"。

从生活老师干到孤儿管理处主任，再至分管孤儿的副校长韦翠良，对 6 位生活老师有一个精准到位的评价。

　　"从 2009 年起，卢雪清、邓丽霞等 6 名从明天学校里走出去的孤儿学生，舍弃了原来收入不错的工作，陆续回到母校，承担起照顾 137 名孤儿的饮食起居和学习生活的责任。从一开始每月 680 元工资，到现在月薪仍不到 2000 元。虽然工作辛苦、收入也低，但是他们无怨无悔。当问起原因时，他们说得最多的是'舍不得''回报'和'感恩'……"

　　而在采访中，邓丽霞说得最多的也是"感恩"和"回报"。

　　她跟我说了好几个让人感动不已的小故事。

　　"我上小学三年级时，是在 306 宿舍，与初中姐姐们合住。每当覃妈妈（覃爱芬）值夜班时她都会和我们聊天，给我们零食、水果、糖饼，我们感到很温馨！我就和舍长覃小丽商量，说覃妈妈好辛苦，腰又不好，所以每次我们冲完凉都要帮她提热水，免得晚了她得洗冷水。我们还要帮覃妈妈挂蚊帐……

　　"上小学四年级时，我患了腮腺炎。当时发烧，很难受。覃妈妈带我去安吉卫生院吊针，她一直陪着我。返校的路上，我在路边呕吐。覃妈妈一点也没嫌弃我，还买矿泉水给我漱口，为我擦洗吐脏了的衣服……

　　"也是上小学四年级时。放暑假，发洪水，监护人没法来校。我和好几个同学被迫在校滞留了一周多。因孩子不多，又因洪水淹了道路买菜困难，我们就在学校的饭堂里几乎餐餐吃榨菜瘦肉粥。张妈妈（张秀丽）用她的雅马哈电动车分两三批，载着我们到她家住了一晚。我们感到特别温暖和荣幸！她还帮我们买羽绒服、鞋子等。

　　"从我担任生活老师开始，我就发扬妈妈老师们的光荣传统。我用自己的工资，做寿司、甜点、特色菜肴，请孤儿们来品尝，让他们感受到家的温馨。他们说：'感到真的有了家，有了妈妈……'

　　"2015 年 10 月 25 日，我值班。巡房时，钟美姿（孤儿女生）跑来凑到我耳边悄悄地说：'小邓老师，我长了虱子，而且每天都在头上不停地爬，好恐怖的……'我拉她到走廊仔细检查，只见几只虱子在她脑袋上不停地窜来窜去，看得我头皮直发麻。我一查一统计，竟有 21 个女孩子都长了虱子！校医告诉我，用药水，每 10 天敷一次头，几次可愈。我就买回药水，让 21 个女生拿好毛巾，提着桶排队，逐个处理。用药水帮她们浇湿头发再用毛巾包得严严实实。弄毕，我也累了。'美姿姿'（钟美姿绰号）就开心地说：'今晚终于可以睡个安稳觉了，虫子不会爬上我的头，也不会痒。小邓老师你太好了！小时候我也长过虱子，都是姑妈帮我弄好。老师，你真像我的姑妈一样！'孩子一句简单的话语，一个感激的表情，我就很满足了。"

6. 愿景

在孤儿管理处，我可以看到许许多多孩子写给老师的信。

我挑出一封，是写给邓丽霞老师的。不是因为它跌宕起伏和轰轰烈烈，而是因为它平实和真挚。

亲爱的邓老师：

您好！

请原谅我这样称呼您，之所以用"亲爱的"而不用"尊敬的"，是因为我不想拉远我与您之间的距离，因为您就像一个亲姐姐一样时刻关心着我的学习和生活。

转眼间，我已经毕业一年了。

您刚来时，第一眼觉得您是一个很安静的特别斯文的老师，可是与您相处久后，就会发现您真实不是一个安静的美少女，而是一个强大的女汉子，您的性子有点急，与您说笑时您是那种会哈哈大笑、开朗的人。

有一天夜里，应该是半夜了，您做完工作后上楼查房。您走进我们的宿舍看见我睡在床边，就轻轻地将我推进里面，然后将我踢掉的东西捡回床上，小声地说："这妞……"您将我的枕头放好，把我的被子盖好。我偷偷睁开眼，看见您离去的背影，感觉您就像一个关心着妹妹的大姐姐一样。原本第二天想跟您说声谢谢，但因为我性格比较腼腆，又将这句"谢谢"放回了心里。我想借此跟您说声"谢谢"，并道一声"对不起"，请原谅当初我给你们闯了那么多祸……

回忆您与我们在一起的时光，我们有说不完的话，有谈不完的话题，有谈不完的真心，有说不完的秘密……

您的孤儿孩子：张佳莹

一天吃晚饭时，我在学生餐厅把这封信给邓丽霞老师看。看毕，她的眼睛有点湿润，脸庞现出了感动和欣慰。

我发现，她和他们，都是特别容易感动的一类人。

我的脑际"呼"地闪出一个忘不了的镜头。那是十六年前，即 2001 年 7 月 25 日，我为了创作《明天的太阳》这部反映明天学校的长篇报告文学，专程来到她家进行采访。其时正值暑假，邓丽霞和哥哥邓大保正在田里收割水稻，经过十几天的烈日烘烤，他们俩晒黑了。我问她："长大了想做什么？"她不假思索地低声回答："当老师。"

她现在不但当了老师，而且是回了母校当老师。这或许真是命中注定的缘分。

"感觉怎样?"我问。

"我喜欢(这个职业)。你受到尊敬和尊重,你就觉得有尊严。你会感到神圣、光荣、满足……"

"辛苦吗?"

"辛苦!"她轻轻地点点头,"辛苦的活,总得有人做。"

孩子们吃罢饭,礼貌地唤着:"老师好!"然后陆陆续续地散去。她甜甜地应答,甜甜地看着他们远去的背影。

她又给我说了两个孩子的故事。

"前几年,念小学二年级的黎柏珈,人长得很漂亮,聪明乖巧。学校安排她学古筝、跳拉丁舞、主持还有武术,占用了她许多时间,致使她的学习成绩下滑,压力大。这孩子给我写信:'我快透不过气来了! 不想学(那么多)了!'有一晚在校园操场,她独自一人伤心大哭不止。我就去安慰她。感恩节她用自制的贺卡,给我写了很有文采、饱含深情的话:'……想叫您妈妈,但您这么年轻、漂亮,又还没结婚,所以,我还是叫您姐姐好了。祝邓姐姐您永远年轻美丽!'"

说完,她绽放甜美笑靥。

她接着又说了一个。

"6岁就失去双亲,9岁来到明天学校的梁秋民,来自柳州市融安县偏远贫困的农村,一直得到我的关爱,他当我是妈妈。一回,他发高烧,我顾不上吃午饭,就带他到医院吊针,直至下午3点也没能喝上一口水。看着我因忙碌而略显疲惫的脸庞,他就想在母亲节送一个特别的礼物给我。他到化妆品店问:'有没有能让人用了会变年轻的(护肤品)?'他是想永远留住我的青春。结果导购员给了他一瓶防皱霜。而他翻遍衣裤的口袋总共掏出了63元8毛3分——这是他全部的积蓄。母亲节之日,当别的老师都收获孩子们送的布娃娃、贺卡、幸运星时,梁秋民送给我这盒防皱霜,说:'老师,涂了这个,就可以不变老了,我要你永不变老!'我含泪收下了这份特殊的、最感人的礼物……"

说完这些,她甜笑着,眼睛里蓦地泛出泪光。

明天学校的校训是:"知恩图报,砺德修文。"

"知恩图报"是放在首位的。

因为,有了它,就有了爱。

三、"明天学校给了我两次生命"

（罗秀群的自述）

1. 她说，我记

2016 年 7 月 5 日上午 10 点至 12 点，罗秀群应约来到我所住的明天学校 301 宿舍。

她以一种与她性格相符的中等速度向我陈述（中间不时会哭，会说不下去）。

我只是稍加梳理、调整，使之条理化，便成了她用第一人称自述的一个故事。

她说的是她自幼至今的一部个人小传。

她说的，不仅属于她个人，还可视作原汁原味的一个孤儿的成长史。这是罗秀群作为一个"明天孩子"留下来的生动、真实的侧影。

她走过的人生旅程说不上长，但她的故事却算得上一波三折、令人感叹。她一个女孩子，所经历和承受的人生悲喜剧，着实令人感动和佩服。我承认，我的心被她带泪的讲述，被她异常的坦诚、真实、善良和真爱深深地震撼到了！

我觉得人生不易，孤儿（弱势群体）尤其不易。

她使我想起一副很有哲理的对子：人生曲曲弯弯水，世事重重叠叠山。

她说："明天学校给了我两次生命！"

这，是她整个上午陈述的核心和归纳。

2. 奶奶——妈！（之一）

我的妈妈陆细花，在我才四个月大时，就因肝癌走了。怀我的时候，她已患了肝炎。

我虽是家中的老幺，但没得到过特别的娇宠，甚至我的磨难会多一些。

因为母亲有肝病，我从未吮吸过母亲的奶水。

在我四个月大时，发高烧。没奶吃，就只能喝米糊。眼看我快要不行了，我几位亲人——三叔、三婶和表姑，送我到了南宁市解放路的红十字会医院，救治了一个多月，仍然生命垂危，似一只瘦弱的小猫。他们三人夜以继日地轮流守护着我。经过吊葡萄糖、输氧、喂米糊等，好歹捡回了我这条小命。

　　回村没过几天，母亲就因肝癌撒手人寰。因为没钱住院，也不愿去医院花钱，母亲干脆就在家里等死。

　　那时我还太小，没有关于妈妈的记忆，一点都没有！

　　但我这条好不容易捡回来的小命，被认为是多余的，是不值钱的。一个走村串寨、戴茶色眼镜的、留山羊胡子的算命先生对村里的人说我八字相克，是克母的命，母女只可活其一。故而我活下来了，母亲就走了。也就是说，母亲是被我克死的……

　　村里的人和我的亲人都相信算命先生的话，曾经想将我送人，因为他们害怕我会继续克其他的亲人，但怎么也送不出去。送亲戚嘛，他们全都有孩子，负担重，多我一个是累赘；送外人嘛，父亲又舍不得。不管我有多瘦弱，也不管我会不会"克亲人"，我都是他的骨肉。最后父亲说，"干脆不送了，咬咬牙，自己养"！

　　但，祸不单行！

　　父亲体弱多病，颈椎僵硬，腰椎硬直，似一截木棍，不能弯曲。四处求医、问药，还是无果。村里来了一庸医，号称"功夫、医术无一不精"十分了得。其帮父亲扭腰、扳颈，使了蛮力，但闻"咔嚓"一声！不好了，父亲的颈骨戛然折断，整个头颅无力地垂了下来。庸医慌忙逃逸。

　　父亲等于被治瘫了！从此每况愈下，竟至无法吃饭和饮水的地步。没钱上城里的正规医院求治，只好请土医生治疗，却医治无效。由于父亲只能僵直如木乃伊般平卧，不能翻身，他整个背脊长满了褥疮，腐臭难闻。父亲日渐瘦弱，奄奄一息。亲人不得已才借钱将其送到了医院，但城里大夫摇头，已回天无力。复返家里，没过几天，父亲含恨和不舍地走了！

　　那时，我才5岁。这些都是后来听大人说的。奶奶哭得死去活来……

说至此，罗秀群泣不成声。转脸，拭泪，良久无语。

　　每当看到别人有爸妈，我却4个月就没了妈，5岁就没了爸，我才那么小就见不到妈妈爸爸，我从没叫过"爸爸妈妈"！——一声都没能叫过啊……

　　我是奶奶一口口米糊喂大的。我把奶奶当作妈妈，我在心里把奶奶叫作"奶奶——妈"。

3. 奶奶——妈!（之二）

　　奶奶疼我。或许她把对儿子的爱转移到了我身上。妈妈所能给我的，除了生命和乳汁，奶奶全都给了我。她除了是奶奶，更是妈妈，所以我在心里一直叫她"奶奶——妈"。

有一回，我快病死了，三天三夜昏迷不醒，不吃不喝，可能是患了寒热症。那是四五岁时的事。奶奶抱了我三天三夜，那时是很冷的冬天，她用体温烘暖我。但我的身体慢慢地冷了下来，肌肤开始变黑。她用指甲掐我的人中，我毫无反应。亲朋都劝她放弃算了。她不！她拔出一根白头发放在我的鼻孔前，发现头发有点微颤。她认定我还活着，就用洗过的鸭毛蘸米浆坚持不懈地涂抹在我的嘴唇上，我咽巴着，竟活过来了……

我在村里的小学念书。从一年级直到六年级，腰、背总是痛的。伯伯脾气暴躁，常骂我懒，我就忍痛爬起床干活。我体弱，或许是因为低血糖，常常会头晕。我总跟着奶奶干农活，有啥干啥，奶奶怜惜我的不幸和孱弱，总让我干轻活，总护着我。一次，下好大的雨，不得已停了工，我全身淋了个透湿。奶奶帮我擦头、身，换衣，又抱紧我，让我快快回暖。那一刻我好享受奶奶的爱！当场就流了泪，我好想叫她一声"妈妈"，但她又不是，我只能低低地叫了声"奶奶——妈！"也许是我叫得太小声，也许是奶奶耳背没听清，她没有什么反应。虽然是小声地叫出来，但是我的心里却舒服多了，因为我又有"妈妈"了！

4. 幸运

我是南宁市西乡塘区双定镇华强村人。在农村念书，念到了初一，成绩尚可，但没钱，只好辍学，直至15岁，我一直在家干农活。

本以为我这一辈子就务农了。

但天无绝人之路。我是幸运的，经过多方努力、申请，我符合条件，得以进入了明天学校，重新上初一。我成绩好，英语全年级第一，还参加了英语比赛。

我以较好的成绩从安吉中学毕业，报读了南宁市卫生学校护理英语专门化专业，三年后毕业，又到宾阳县妇幼医院实习了7个多月。后又辗转到广东东莞一所私立医院当了几个月护士，干得倒不错，但由于我天生个子矮小，体重才76斤，我和几个同学被无情地裁员了。

人总得活着。后来我辗转到了汕头的一家做方便面的工厂，干了半个月活。此时，交了一个男朋友，他为人老实、厚道，对我好，迁就我，是高中学历，小我三岁。后来我发现自己竟怀孕了！我一心想打掉，毕竟我们当时还没登记结婚，而且也都还年轻。但他妈妈舍不得，求我别堕胎。结果我生了个男孩，很可爱，眼睛很大，像我。

但他（男友）不求进取，好像总长不大，好玩游戏机，啃老。除了从不骂我、对我好，似乎别无所长。

我们尝试着养鸭，投资几万元喂养 300 只鸭。由于无经验，又是冬天喂养，（鸭苗）冻死了近半，亏了一两万元。

他（男友）真的是一无所长又不思长进。后来我对他是彻底地绝望了。分手！一拍两散！我独自一人在东莞打工，他则到了汕头。小孩由他奶奶带。

5. 心头肉

我想儿子，好想好想！他是我的心头肉，是我的命！

现在，我只是每年回汕头看小孩一次，每次也只是住四五天。我与孩子睡一床，孩子的爸爸打地铺。已 8 岁多、懂点事的儿子竟对我说："妈妈，你不跟爸爸睡，我不要你，你走，你走！"

我曾打电话叫儿子来南宁跟我。他竟这样说："你老是工作工作，把钱看得比我还重……我不去，不去！"

孩子的爸爸家是务农的。孩子的爷爷原是初中政治老师，但因为超生——生了三个儿子，于是被开除回了农村的家。这打击太沉重了！从此孩子的爷爷一蹶不振，餐餐以酒解愁，却是借酒消愁愁更愁，不时还会发酒疯……这三兄弟皆无一争气。其家有地，但至今无房，因为没钱盖。

我现在一门心思只想干好工作，挣钱、攒钱，将来留给儿子。

但儿子或是和我距离太远，或是我们相处太少，或是别的什么原因，他好像和我缺乏感情，感觉我很陌生，甚至像是有点怨恨我。我纠结，也难过！毕竟儿子是从我身上掉下的肉，我常常会整晚整晚地想他，常常会万分牵挂、难以割舍。

有个令我想来心酸的细节。

我儿子 1 岁多断奶时，奶奶带他，和他睡。半夜他哭闹，为了哄孙子，老人竟以没奶的干奶头让他吮吸。以致我儿子养成了习惯，等我下班回来陪他睡时亦吵着要吃奶。实在没有办法，我就用牙膏擦于奶头，儿恶之，久了，断奶才成功……

6. 人恋故土

人恋故土，马恋槽。

甜不甜，家乡水；亲不亲，故乡人。

我终于铁了心回家乡，回南宁。

原因极多。这一件事，是最直接也是最深刻的。

在广东工作实在太辛苦！我有两年是在广东过的春节，没有一个电话问候，没有一个亲人陪伴，孤独、无助，好不凄凉！记得是2012年10月，我辞去东莞电子厂的工作——我干的是计件工，做小零件。干了一年多，单调乏味，似一台活机器。吃不好，睡不香。有一回，印象太深刻了！我发高烧两天两夜，一口饭也吃不下，也没人帮煮。我独自一人强撑着、挣扎着、扶着墙去打针。那时我极尽辛劳月薪也就3000多元。当时我就觉得这是在提前透支生命啊！不干了，不能再干了！我便一个人拉着一只行李箱四处流浪，"我的肩膀背记忆的包裹，流浪到大树下终于解脱，希望若是有，绝望若是有，不要像风吹过连痕迹都不留……"心里唱着陈绮贞苍凉、哀怨的《流浪者之歌》，四处谋职却四处碰壁，我变得更加瘦弱不堪。最后流落到了东莞的姐姐家歇脚几天，但姐夫脸露不悦之色。这应了"有难莫投亲"这句老话和大实话。

于是，又开始漂泊，我拖着行李箱，流着泪吟唱《流浪者之歌》，这样就漂回了南宁。

家乡起码有亲人，有朋友，有同学。恰此时当年的同学卢雪清（已回到明天学校担任生活老师）的脚因工伤做了手术，住在广西民族医院。我去探望她。她介绍我卖哈尔滨牌啤酒的工作，我干了一年多，月收入3000多元。那时我一天干两份工，很拼命！还卖过城市便捷早餐和当过清洁工。我啥都愿意干，只要能挣钱。

一要生存，二要温饱，三要发展——我记不清这是哪个名人说的话了，很对我的口味。

有段时间，有个小插曲，关乎我的生命，也证明了我命途多舛。那是2013年之夏，家乡的婶婶、姑姑、姐姐们都为我焦急，她们商议着要我无论如何得嫁人，要正儿八经地成个家，并张罗介绍了好几个人。但我连看都不看一眼，全都一口拒绝了。我一赌气从家乡返回南宁城里，将自己反锁在出租房里，整整一个星期不吃也不喝，饿得天旋地转，起不了床，动弹不了，只求一死！觉得自己活着没意思，觉得这世界对自己不公平……后来支撑不住，而且又想到儿子，感觉生命在冥冥之中呼唤自己，遂给同事（啤酒促销员）打电话。其用电单车把我急送至医院抢救，医生给我输营养液，我回去静养了数天才恢复了元气……

所以，从某种意义上说，我是"死"过一回的人。

7. 转折

我相信缘分和命运。深信不疑！一个人的运道到了，他就顺了。

每年的农历大年初八这天，从明天学校毕业出去的孤儿孩子，都会回到母校聚会，举办咱们特殊的"感恩节"。

2015年农历大年初八，我照例回校。吃罢团圆饭，我们开座谈会。校长爸爸说："学校缺少生活老师，现在正是用人之际。欢迎毕业出去的孩子们，回到曾经培育自己成长的母校效力……"

校长还说，眼下覃爱芬妈妈生病住院，更是雪上加霜，人手极缺……

卢雪清示意我报名。

我认真考虑了一夜。凌晨3点，我发短信给韦翠良副校长："韦副，我想回母校当生活老师。因为我长期在外漂泊，一直不稳定，我想停靠在一个宁静的港湾。而且孩子们没父母，很凄凉，我亦是没父母的孤儿，我能理解和体会他们的心情。我们的心是相通的。我很想回报学校多年来对我的爱，我也想将这样的爱传递给我的弟弟妹妹们……"

韦副当即同意了，让我跟班适应几天。我干得不错。

韦副向校长汇报了我的事。没想到校长坚决不同意。原因呢，正是前不久的大年初八"感恩节"的聚餐上，大家高兴，我喝酒了，而且还与男生们划拳猜码。这一幕，恰好让校长看到了，遂认为我长期在外或沾染了不良习气，恐不适宜担任生活老师。

校长是对的。他是站在全校的管理和孤儿的教育这两个角度来考虑问题的。

韦副在校长那里为我讲了不少好话，建议给我一次机会。

校长被说得有点心动了，发短信问我："为何愿意与儿子分开回到南宁？"

我回答："我从小到大想得到的爱都没法得到，是明天学校给了我父母般的温暖和爱。我一定会将这份我曾经得到过的爱回报到弟弟妹妹们的身上，请您相信我……"

校长回复了两个字："好的！"

就这样，我回到了母校，当起了生活老师。

8. 罗老师（之一）

韦副校长给我三个月的试用期。

有人叫我"罗老师"了。

我感觉受到了尊重，感受到了为人师表带来的自豪感。

我感到很光荣，也很珍惜。我觉得尊严是一个人灵魂中不可或缺的东西。只有在你能够坦率、真诚地面对自己的时候，你才会真正地尊重你自己，并且赢得别人的尊重。

所以，对孩子们，我要真正做到用心、用情、用爱。

我认真、负责、努力。我对孩子们管得很细，甚至近乎严苛。

有孩子受不了了。他们不理解，就有意地抵触我，采取冷对抗。我叫排队，他们偏不听，似一盘散沙，故意与我作对，使我难堪。一次值夜班，我试图同男生谈话，初三的大同学故意给我看冷面孔，连招呼都不打。

又一回，矛盾有点激化。那是早上，我呼唤男生下楼排队，二楼201舍8名初一、初二、初三的男生竟故意集体对抗，全都不下楼，有意慢吞吞地洗漱。我来了气，上楼咣当将铁门锁了。然后我带其他孩子去饭堂吃早餐。我气到了极点！而他们竟对我破口大骂。他们隔着铁门叫其他同学帮打早点，我不让！他们就暴跳如雷、又气又骂……我们僵持着，上课时间快到了，我才开锁让他们前往安吉中学。

我知道孩子们正处于各种感知能力待提升的阶段，思想成熟度或是有限的。所以他们任性，跟我扛。但我亦在气头上，我也任性一回，也顾不得多想了。后来想想，我们这些年轻的生活老师，何尝又不是在成长和成熟呢？

就这样，我和他们"冷战"了一个多月。我采取冷处理：不吭声，不搭理。

怎知这样一来，这8个孩子或许是意识到自己做得太过分了，他们反倒主动与我打招呼和讲话。一到晚上值班，我就多往201舍走动，多关心他们，拿些好吃的东西与他们分享，我们边吃边聊，亲近了，便成朋友了。他们中有一个叫施万谦的学生，甚至问我："啥样的女孩才是最理想的？"我一一详答并帮他分析，并告诫他："学生应以学业为主。你们正处于青春期，做朋友，可；早恋，不可……"总之，我们的师生关系变得更密切融洽了。

9. 罗老师（之二）

后来我慢慢地体会到"罗老师"也不是那么好当的！

有一件事给了我深刻的教训。

那是2015年春季学期一个周六下午。我买了一袋面粉还有白糖，煎面饼给部分没回家的孩子吃。大家都很高兴！有同学掌勺煎，其他同学等着吃。我在办公室写东西。有个叫唐运吉的学生，因为一块煎饼与赵达鹏起了冲突，最后两人打了起来。两人的性格都强硬，互不相让。唐同学气急中，一拳冲出，将赵达鹏的鼻子打出了血，他反倒跑来向我"恶人先告状"。我斥而责之，他竟一溜烟跑上二楼号啕大哭，继而竟以头撞墙不止。他是小学三年级学生，个矮但不瘦，有劲。我拦阻了好几分钟都不管用，我气到了极点，干脆松了手："你去撞，撞吧！我不想管你们了，我也管不了你们了，我向校长辞职算了……"我当时气哭了，一把眼泪一把鼻涕的。

当然，这些都是火气冲脑门时说的话，不能当真的。到了这时，他才止住了哭，当然也早就不以头撞墙了。

而那边煎饼的工作仍在正常操作。

结果同学们都吃了个够，都跑来安慰我，还专门给我留了一大块煎饼。我便给了唐同学吃。

第二天一大早，唐同学跑来向我诚恳地道歉，认错。我问他："撞了头会变笨，以后还撞吗？"他摇头："不撞了……"然后不好意思地笑了。

我不知道这孩子是否容易走极端，我只知道这孩子是马山人，父亲中风瘫痪在床，母亲改嫁跟了别人。

我还真切地体会到当老师不容易，当明天学校的老师更不容易，当孤儿学生的老师尤其不容易！

但我从心底里感激明天学校！

因为是明天学校在我人生的两大关键节点给了我机会！

第一次，在我15岁辍学两年之时，将我从农村招来了学校。要不然，我就是一个普通的农村妇女，嫁人生子，种田度日。

第二次，让我回校成为一名光荣的人民教师。使我有机会回报母校，培育许多像我一样不幸又有幸的弟弟妹妹们。

所以，等于是明天学校和校长给了我两次生命！

10. 风铃

我——一个年逾七旬的老者，住在明天学校采访了半年多。我发现，几乎每个农村的"明天孩子"家里的窗台上都挂着一串风铃，微风吹来，发出叮当叮当、清脆悦耳的响声。

罗秀群也跟我说了她和风铃的故事。

多年前，她大概念初二时。老师布置孩子们每人都制作一串风铃，她耗时一个月，精心制作了一串粉红色风铃。粉红色的风铃下，悬挂了100只幸运星，以五颜六色的彩色纸折叠而成。风铃挂在窗台上，轻风吹拂，众星摇曳，铃声清亮。

那是她编织的一个个美丽的梦……

但她感到梦碎了！当领导、企业家、爱心人士来校慰问时，她却无缘上台奉献风铃，她亲手精心制作的作品让另一位孤儿送了出去。她当时认为自己天生瘦小、黝黑，甚至不是那么美丽，做得再好，都可能成为"杨白劳"，或许，她永远都只能是绿叶，而不太可能成为红花……

后来，她总结起来，风铃使她有了许多关于人生苦辣酸甜的感悟。比如她学会了不求人，靠自己；她暗下决心闯荡天下，不出人头地、不干出个模样儿，就不回南宁，不返母校……

这样，或就形成了她外柔而内刚的、与众不同的要强的个性，或就形成了她独特的、有点曲折的人生路线图。

是的，有点曲折！或许本可以更平顺一些。但人生是一部大书，每人写就的篇章都不同。校长与我讨论过这个话题。他是"校长爸爸"，几百个"明天孩子"他都得操心，他把这些孩子视作自己的儿子和女儿——当然也就包括罗秀群。他有些自责，他这样说："如果我早些知道、早些过问、早些关心和提出意见，这孩子（指罗秀群）的人生之路或会走得更平稳些，会少受点委屈……"

当然，这都已经过去了，是陈年旧事。而那时候，她确实还太年轻。

但现在她会常常用这个"风铃故事"来反思自己的工作，尽量做到对每个孩子都一视同仁、公平对待，不管他（她）美丽或者不美丽。

同时，她因而也时时告诫自己：你必须做好自己，必须使自己变得更优秀。

事实上，她现在也非常优秀。她不但出落得漂亮可人，还把工作做得很出色。

虽然担任生活老师才短短两年，她以真诚的劳动和爱，赢得了许多"孩子粉丝"。

有许多孩子给她写了真诚的感谢信。她应当感到欣慰。

我们在这里只摘取一封，很有代表性。

尊敬的罗老师：

身为生活老师的您非常辛苦，也付出了许多心血，因此您的身体染上了疾病。记得那一天是您值班，您在下午排队去吃饭的时候，看到有个同学违反了纪律，并且对老师态度不好，您就给我们讲了许多道理，教我们怎么做人，怎么尊重老师……您讲着讲着激动地流下了眼泪。我猜您流泪的原因一半是因为病痛的折磨，一半是因为我们的不懂事。接着您跟我们走去吃饭，您走在最后面，我也默默地走在您的身边。突然您蹲了下来，双手捂着肚子，表情非常痛苦。我赶紧蹲下来，问您："没事吧？"您却挤出一个难看的笑脸，说："没事！"接着您给我讲了您的病史，您是因为刚搬来新校区，工作多又累，所以旧病复发。罗妈妈，您的病我们看在眼里，疼在心里，却又只能帮一些小小的忙。

罗妈妈，您把您的精力全都投入到我们的生活中。您对我们辛勤的付出，我相信定能换来满满的收获。我想对您说："我们对您的爱，超越了师生的情，达到了孩子对母亲的爱，您就是我们的母亲。所以我们都希望您能把体重增上去，把疾病赶走，每天都开开心心的。罗妈妈，我们永远都会爱您！"

祝：

身体健康！

天天开心！

越活越漂亮！

您的学生：陆璐

四、"当一名普通生活老师，真好！"

（邓绍创的故事）

1. 追逃

这里的"追逃"，并非追逃犯，而是追逃学的学生。

2016年7月1日，南宁市明天学校书记办公室——校长安排我在这里对老师们一一进行采访。

室内没装空调。一架落地式电风扇在无奈地左右摇头，扇出一阵阵热风。

上午10点，邓绍创应约准点进来了。他身穿长袖白衬衫、蓝色牛仔裤，浑身汗涔涔的，衣裤和球鞋上都沾有黄泥。他有点儿气喘吁吁。

他似乎全然没察觉我诧异的目光。

"气死我了！他跑，跑得过我？……"

听得我一头雾水！

我递给他一瓶纯净水，他拧开盖，一仰脖，灌进嘴里。

他平静了下来。

我听到了一个耐人寻味的故事。

正在念初一的梁茂海，欲逃学。他先冲向大门，被门卫拦下；后翻墙而出，一溜烟绝尘飞奔。邓绍创闻讯赶来，见状，亦越墙疾追；追上了，扯其书包；两人雕塑般站定，对视；继而邓绍创揽其入怀，两人当街抱头痛哭！邓绍创边哭边说："茂海，你忘了我平时教你的道理了吗？你忘记我要你长大了好好做一个有用的人了吗？你还记得吗？你的球鞋烂了我让李如春帮你买新的，你穿上了，我现在还没还钱给李如春呢……好了好了！你忘了！你什么都忘了！"他俩就这样一直哭，泪水似滂沱大雨，直到将梁茂海哭"醒"了过来，乖乖地随邓绍创回了学校。

其实，梁茂海逃学的原因并不复杂。他是六年级才来明天学校的，学习好，表现不错，喜打球、下棋，但逐渐对学校的严抓严管产生抵触心理。一次，他与同学因发生口角而打架。班主任劝之，不听，继而"矛盾"激化，他干脆不考英语。班主任罚其独处于办公室反省。他越想越想不通，愈思愈恼，发了疯般地呼喊着："干脆让我死了算了！"便翻墙而遁。

邓绍创对我说罢以上这幕"追逃剧"，动了真感情，竟当着我这个陌生人的面失声哭了起来："对不起何作家，我心里实在不好受！……"

从他的进一步叙述中，我知道了他的"不好受"除了因为"梁茂海事件"，还另有原因："马上就要放暑假了……每个假期，孤儿都回家。一两百名孤儿全都离校了，热闹的校园和晚上灯火通明的宿舍顿时变得空落落的，我心里也空落落的，朝夕相处、亲如手足的弟弟妹妹们全离我而去返家了，我心里着实不好受！太难受！"他掩面而泣，泪水从他的指缝渗出。停了一下，他又说道："你想想，暑假不是一两天，是长长的两个月啊，100多亩的校园，长长的60天里，就我一个'留守老师'和几个门卫守着、看着，好静好冷清啊！……他们在，哪怕调皮、捣蛋、吵闹、恶作剧，我都喜欢、高兴，感觉心里踏实……"

我就近观察他。他一米六多点，精干，感情丰富，属多血质，情商甚高，极具爱心。他双眼充血，脸庞泛红。

他有点不好意思，解释道："想到弟弟妹妹今天就要离校回家，我心里难受。"

我与邓绍创的初识方式，是我最喜欢的！他真实、不掩饰，是个性情中人，是血性男人。

2. 流浪

流浪的人在外想念你
亲爱的妈妈
流浪的脚步走遍天涯
没有一个家

　　冬天的风啊夹着雪花

　　把我的泪吹下

　　……

　　陈星的这首《流浪歌》，歌词缠绵悱恻，想妈妈，想有个家，把漂泊的流浪者的心都唱出了血和泪！

　　邓绍创常常唱这首歌。触景生情，他会哭得一塌糊涂。

　　他"流浪"过许多地方。

　　当然不是真的流浪，是有活干的。

　　2006年，他到广东肇庆市进了一家工厂当石印工人，从学徒干起。他干活舍得出力流汗，他想出人头地，不想让别人瞧不起。他的认真和脚踏实地获得了主管和经理的青睐和认可，让他干起了新的技术活。他很快从学徒出了师，升至带班师傅，工资由2700元飙升至4800元。从2006至2012年，他这一干就是六年。他积攒了一些钱，也初识了社会这部甜酸苦辣、五味杂陈的"大书"。

　　他一路漂泊，如浮萍随波逐流，没有根。他似独行侠，独来独往，从肇庆辗转深圳、东莞、广州，最后落脚汕头市一家工厂——这是一家上市公司，有实力名气大。他月薪3500元，当调色师傅，属技术工种，有自己专属的办公室，有空调，工资比一般的工人高许多。每天调完色再没多少活，轻松，舒服。但舒服之余，却须付出可怕的不可挽回的惨痛的代价。他才干了短短几个月，嗓子变得沙哑，吞咽变得困难，走路似打摆子有飘忽感。

　　一天，他在公共浴室唱着《流浪歌》："……走啊走啊走啊走，走过了多少年华？春天的小草正在发芽，又是一个春夏……"

　　他记得那天正值节假日，偌大的工厂没有人。于是他放声歌唱，泪水伴着头顶的花洒水花一起落下。平日里他的嗓门可谓清亮有力度，但那天从肿胀的喉咙里呼出的是喑哑之声。再一摸，肌肤已显粗糙之态。

　　他大惊，骤然醒悟过来了。

　　三十六计——走为上计！

　　"冬天的风啊夹着雪花把我的泪吹下……"

　　他对自己说：我想回家！我要回家！

3. 回家

　　归去来兮！田园将芜胡不归？

　　他选择回家。

　　家在明天学校。

2012年，他休假回到南宁，回到他魂牵梦萦的明天学校。听说孤儿管理处主任韦翠良老师患阑尾炎住院了。他去看她。老师好瘦！整个人变了样，昔日的丰满和神采不再。他好心痛好难过！他知道学校里有100多个内宿孤儿，但仅有三名生活老师在管理。韦老师这病是累出来的。

韦翠良对他说学校饭堂缺人，希望他回来干。

他毫不迟疑立即一口答应，并且很快返回广东辞了职，回校上了班。

其实，他昔日的同学卢雪清、邓丽霞已先于他回校当了保育员（后来改称生活老师）。她们实话实说告诉他："这里工资好低的哦……"

果真很低！他2013年返校，先当炊事员，后改任生活老师，月薪仅1000元；过了一年多，提到1600元；2015年升至1800元。总之，比之广东的3500元或4800元，有着天壤之别！

我曾对精明能干的常务副校长莫荣斌做过采访。说到邓绍创，他说："绍创跟我说过，他在外面闯荡，钱虽多，但整天就像一个机器人一样机械、枯燥、麻木、无聊，没亲人更没亲情。物质丰厚了，精神却空虚了，人性淡薄了……他很想念家乡和明天学校的老师、校长、弟弟妹妹们，有一种血脉相承的亲人般的情感。他不想终日唱《流浪歌》了，加上职业病——咽喉炎，吞咽困难，不想再当游子，漂泊四海了……"

这，或许就是邓绍创之所以选择"回家"的真实心境。

覃锋校长对邓绍创是很满意的，不论是在公开场合，或是在我面前，赞许之情都溢于言表。诸如："他（邓绍创）认真负责，一直很努力，对孩子们有爱心。"又如："他舍高薪干低薪，毫无怨言，有一种甘于奉献和牺牲的精神……"

4. 奉献（之一）

他觉得对母校奉献，是应该的。因为母校对他有着大恩大德。

他是西乡塘区那龙镇乐勇村人。村里盛产香蕉，香蕉园的地下有煤。种蕉不如挖煤来钱快、来钱多，他父亲就到那龙煤矿干活。忽一日，矿难发生，煤层塌方，年仅24岁的父亲不幸罹难。而此时邓绍创才1岁多，名叫绍结的弟弟则还在母亲腹中。他对父亲的唯一印象是他长大以后见过的一张照片：年轻的父亲抱着襁褓中小不点的他。后来照片渐渐模糊，他连这一丁点儿残存的印象亦随之消散了。母亲含辛茹苦地将兄弟俩拉扯到了七八岁，便在30岁时死于贫病交加。

他俩从此成了孤儿。他随了三伯，弟弟跟了五叔。

邓家能人多！二伯、三伯是金陵镇的种蕉大户，皆被评为农村劳动模范。而邓绍创的父亲生前聪明能干，沙发、木椅、家具样样能打制；会烧砖，是闻名百里的能工巧匠，能挣钱。但邓绍创与他投靠的三伯之小儿子，亦即他的堂弟处不拢，常发生口角，甚至拳脚相向。他感觉自己受到了排斥，因此不开心，有离开之念。

更要紧的是，他曾有过两次"一死了之"之念！

一回，是在家乡村小学，他念到小学六年级。这六年间，他因父母相继离世，再加上个子特别瘦小，就常招同学歧视、侮辱，大同学欺负他，对他拳打脚踢，这几乎成了家常便饭。他不爽，觉得活得无尊严，甚至觉得活着是痛苦的，常想一走了之，甚至想过一死了之！

又一回，村中一长他5岁的小恶霸，偷了小卖部一张百元人民币，却发现正巧偷中了假币，竟强令邓绍创持此币至该店买零食。这分明就是自投罗网，店主予以没收并追问是否是小恶霸偷了钱并胁迫其干的……此事后来不了了之，但邓绍创觉得这世道太不公平，活着也是个负累。

令他感到沮丧的事还有很多。

比如，在三伯家他被派的活最多——捡猪菜，剁、煮，然后喂猪；放一头牛，独自赶牛踏黑而返时常常会听到令他惊悚万分的怪鸟啼叫，常常会踩到蛇、鼠……

又如，念小学六年级时，一回，他因头天晚上没吃饭，早餐也粒米未进，上午放学回家就饿晕在半路上。三个同学将他抬回了家，醒来后他竟一口气连喝了四大碗粥……

"我没有童年！别人有，我没有！"他咬牙说，"我的童年时代是苦涩的，从来没有过欢乐……"

所以，后来他和弟弟一齐进入明天学校，并且得以念完初中。在学校里衣食无忧，不再遭人白眼和欺凌，再也没有小恶霸，再也不会饿晕。他的个头也从刚来时的1.27米长到了现在的1.63米，他感觉很幸福！明天学校就是他的伊甸园。他没有理由不回报、不感恩、不奉献！

5. 奉献（之二）

我为了采写这部长篇报告文学《哭了　笑了》，曾经住校半年。校长指派邓绍创照料好我这老头子的生活起居——当然是在他干好本职工作之余。

有许许多多的"零距离"的接触，就有了我对他观察到的许许多多的第一手材料。

他常到我住的学生宿舍来闲坐。

那是2016年六一儿童节，他一连两天帮十几个男生理发。此前，他自费买了两套理发工具。他来看我，坐定，身上、手上都沾着发屑。他向我述说他的"战绩"。比如前几天，见陆立忠的头发长了，他招呼其道："你看看，头发都快长到耳朵边了，快，我来帮你修短些!"陆立忠要求理一个"蘑菇头"——就是发脚铲得精光如同蘑菇把，而头顶则像蘑菇头一般隆起的形状。邓绍创就边想象着蘑菇的形状边琢磨着"加工和制作"。成功!陆立忠照镜子，大喜，激动不已!同学嗤笑之，追着笑呼"蘑菇头"。其不理，一天到晚喜滋滋的。邓绍创对我说罢，满脸洋溢着成就感。

但邓绍创也有失手的时候。另一男生谭长亮，特爱美。轮到帮他理发了，天已擦黑，光线有点暗，嚓嚓嚓，不好，竟剪短了，不是这孩子要求的"艺术型"。谭长亮感到很失望，竟大哭不止。邓绍创安慰、道歉都不济事，谭长亮竟一连几天不理睬他。

邓绍创说他喜欢孩子们，说不出的喜欢!唯一的原因是：他们是他的"弟弟妹妹"。

每到周六、周日或节假日休息，邓绍创都会领孩子们出学校逛商场、看电影；吃肯德基、冰激凌、米粉、酸嘢；游公园，照照相、赏赏花什么的。当然，每个批次人不能太多，他担心照看不过来。每回领5～7个不等。费用完全是他自掏腰包请客——他以前在广东打工有点积蓄，现在快30岁了仍是快乐单身汉，每个月的工资也花不完。所以他看到弟弟妹妹们吃得高兴、玩得开心，他就高兴!每到这个时候，轮到可以随他出去玩乐的孩子就如过年过节般开心。而他几年下来，为此耗费了一万多元。"我乐意!"他如是对我说。

但有一回，差点儿就出事了!

那天，在万达广场——这是个全国连锁的大型商场，吃的、玩的都有，而且距明天学校不到250米。那天正是星期日，邓绍创照例带着七八个孩子，看罢电影，又到肯德基吃薯条和炸鸡腿。正高兴间，突然就来了两个警察，径奔邓绍创而来!一番盘问，查看身份证，再一一询问孩子们，再根据他提供的电话查问到了明天学校，最终得以证实：邓绍创是明天学校的教师，孩子们是他带领出来度假的孤儿学生。警察同志向他敬了个礼，做了解释。事情原委也简单：有市民误以为邓绍创是人贩子，遂向派出所举报。这是个美丽的误会，有惊无险。南宁市民的警惕性之高，堪称模范。

我听罢，不禁失笑。

"那么，从那次以后，你还照样领孩子出来散心吗?"

"当然，他们老宅着，会憋闷，心里会不好受，我经历过，知道这滋味……"

我知道，明天学校有点特殊，孤儿们住校，等于"全托"。有日夜值班的生活老师，有许多负责他们安全的保安；有铁栏栅围墙，有严格的进出登记制度。总之，孩子们学习、生活在全方位保护的环境里。

我还听说邓绍创对每个孩子都非常在乎。也就是说，他们的一颦一笑、一喜一怒、一举一动，都会牵动他的神经。

这类事例，多如牛毛。这里只举其一（是一位老师告诉我的）。

有位名叫陈英莲的同学，现在念初一。人聪明，是明天学校孤儿艺术团古筝班的尖子，平时就是一个很平常的女孩。或许因为平常，就很少获得老师的关注。也许陈英莲和其他两个同样平常的女同学，心里不平衡，感到被忽视了——总之，这三个女孩子见到邓老师，就有意无意地不理不睬，有时竟转脸别过一边……

这些微妙的神情和举动，邓绍创当然能感知。这种气场和信息，他当然接收到了。

这回轮到邓老师不平衡了。他找"英莲"们谈话，先检讨自己对她们的关注和关心不够，又半开玩笑问："咋回事？像是老师欠了你们 500 万不还似的……"说着说着，竟有了情绪。他感觉平日里自己真的为弟弟妹妹们付出的也不少，却得不到起码的肯定和认可。他好委屈！鼻子一阵发酸，眼圈就红了，泪水就如溪水般哗啦啦直流。"英莲"们听了看了，也有了愧疚感，鼻子一酸，感动落泪了，她们知错并且向老师认了错。至此，误会和隔阂消失。他带她们逛超市、看电影、散心。此后女孩们态度大变，远远地见到邓绍创就热情、主动地和他打招呼，有时叫他"邓老师"，有时唤他"邓哥"。这时，"邓哥"就很是开心和高兴！

其实，他也是个孩子——但他现在是"孩子王"。

6. 日记

以日记的形式写下邓绍创某一日的所作所为是有意思的。或许，他几乎日日皆如此，平常但不寻常。

时间：2016 年 6 月 28 日

（1）上午 9 点

130 多个孤儿学生，在学生宿舍楼下集队前往多功能教室，听一位著名心理学家的讲座。这次讲座的目的是给孩子们解开心结，教会他们如何面对生活和人生的种种挑战，迎接学习。

集队了。"排队，排队，排好队！"队列前是值班的生活老师邓绍创。孩子中有几个个子比他高大强壮许多的孩子不太配合。"张××！是不是想一个人待在宿舍里？"他声色俱厉，虽然他个头绝对算不上高大，但是声量足以震慑张××和几个淘气包。四周顿时鸦雀无声，所有孩子乖乖地排好队，然后安静地开拔上路……

我住在三楼的 301 室，从窗口"居高临下"地看到了这生动而真实的一幕。

事实上，这种"情景剧"常有。我见过许多回，觉得有趣。当老师，尤其是管理"全托"的孤儿学生，他们这些"孩子王"，绝对不易！我与邓绍创探讨过针对孤儿的教育方法。

他这样对我说："有的学生比较顽皮，女老师根本就镇不住场面，有的甚至都被气病了。相比女老师，我的教育方式比较直接。没办法，照顾100多个孩子的生活起居，又当爹又当妈，必要的时候还是得严厉……"

（2）下午4：50

邓绍创从仓库拉出他那辆红色嘉陵江牌电动车，车尾搭上覃爱芬老师。他要送"覃妈妈"到距校几公里的安吉汽车站乘班车回上林老家。他扭头叮咛覃老师："坐稳啰！"说罢，便呼地绝尘而去……

我在校住了好几个月，发现他喜欢帮助人，大家也喜欢找他帮忙。而他总是有求必应——只要他有空。比如帮孤儿到车站接、送监护人，送孤儿上卫生所看病，送某某老师到银行取个款，还有整个暑假期间经常拉上我到不同的快餐店解决中餐、晚餐……我敢说，他的电动车在全校的使用率肯定是最高的！

（3）下午6：20

晚饭毕。在学生饭堂门口，几个孩子围着他，嚷嚷着要领点钱。他从裤兜里摸出半个巴掌大的一个小本本——这是一个存钱本。孩子们的零花钱分别存在生活老师处，用时领取。他往手上沾点口水，很快翻到了某孩子的那一页，然后掏出笔在本子上做着减法，再数出钱来，交到该孩子手上，叮咛："要节省点儿花！你家里给你这钱，不容易！"孩子走远了，他又大声补了句："千万别买烧烤油炸这些垃圾食品，对身体没好处！"

我看这小本子，每个孩子占一两页，有"姓名""存入""取出""余额"等栏目。这事，是小事。对老师，是麻烦事；对孩子，却不是小事。

（4）下午7：30

我知道今晚不是邓绍创值夜班。

每个晚上，都由两位生活老师轮值，从晚饭后一直到拂晓。

夏天看有无蚊子钻进蚊帐，冬天看有无孩子踢掉了被子；哪个孩子睡不安稳，有个头疼脑热的……总之，都是亲爸、亲妈做的事。

邓绍创记得我吃晚饭时对他说张九秀的事——我发现九秀的智商发育与同龄人有差距，理由是我屡次问她"3＋4等于几"或"4＋3等于几"，其给出的答案肯定不是"7"。九秀是个可怜的孩子，是独女，父亲病殁，有精神疾病的母亲出走。她智力低下，学习基础不牢固。

邓绍创就到宿舍找到了九秀。"5＋4等于几？"他问，还伸出了9个手指。九秀慢腾腾地数了两遍，低声地含糊不清地给出了与"9"不沾边的答案。

邓绍创的焦急写在脸上。他听别的老师说九秀数学虽不行，但文科不错，能背唐诗和《三字经》什么的。"九秀，听说你语文厉害，你背《弟子规》给老师听听！"

"好！"九秀眼睛放光。

她朗声背出："弟子规，圣人训。首孝悌，次谨信。泛爱众，而亲仁。有余力，则学文……"

"棒，棒，好棒！"邓绍创鼓掌，脸上喜色毕现。

（5）晚上 11 点

我正在整理采访素材。

他踱进 301 宿舍，轻叹一口气，脸上微露沮丧、不悦之色。

我很快问出了原因：近日，他与李如春（明天学校毕业，正念大三的孤儿。他常回校与弟弟们打篮球、下象棋）组织象棋赛，两人掏腰包合伙买了笔记本、钢笔等作为奖品。今晚正进行半决赛，将近 11 点仍"烽烟滚滚，厮杀鏖战，雌雄难决"。棋手紧张，围观者亦紧张。值夜班的两位女生活老师来催过二回了，后来就干脆熄了灯——"我看你们还下！"

他觉得好扫兴，主要是觉得孩子们扫兴！"今天是星期六，可以灵活一点嘛！正在兴头上，你看孩子们心里有多憋屈！"他嘟囔道。

其实，人性归人性，道理归道理，制度归制度。这个，他懂。

我听他说毕也不言语，只是静静地饶有兴味地看着他。

"我知道她们是对的……如果什么事都'灵活'处理，孩子们还怎么管？"他站起来，挠挠头，无奈地笑笑，走了。

这时，我看着他并不高大的背影，莫名地觉得他有点高大而且强壮。

7. 英雄

他是英雄吗？

是，起码他在孩子们心目中是。

不信吗？你看看这封信——这封我看过三遍，而且每看一遍都感觉有一股荡气回肠、扑面而来的热气在升腾。

这个名叫陈证绕的女孩子在信上说："你在家长会上的出现，就像一个英雄出现在我们面前！"

信封上写着"邓哥哥收""一个美丽 de 孩子陈证绕写"。

全信，我照录下来：

亲爱 de 邓哥哥：

时光荏苒，转眼间我已毕业一年多了。在这一年里，我明白了您当时跟我们说的社会太复杂，不是我们想做什么就能做什么的，如暴风般的社会，终究会将我们身上那一股稚气与天真磨去。但我会记得您教会我们的那一份感恩，保持对生活的热情。

还记得我初三中考完的那一个傍晚，夕阳照在即将分离的我们身上，那一刻，我们感到浓浓的失落与满满的孤单。中考完了，要开家长会。可是我们四个孩子迷茫了，心里想的都是人家有爸爸妈妈来，那我们呢？我们没爸妈了！

看，同学的爸妈在帮他们收拾行李。可我们呢？只能独自默默地拿着各自的行李，打算挤上公交车回明天学校。就在我们落寞地走出校门时，你出现了，就像一位英雄站在我们面前。

你直接对我们说了一句："你们先回去吧！我帮你们拿一些东西，然后再去开家长会。"

你知道那时候的我有多高兴，不是因为有人帮拿了东西而高兴，而是因为有一个人，有那么一个人在我们孤单的时候出现，告诉我们，我们并不孤单，有他陪着我们。我想大声地告诉全校的同学，谁说我是孤儿的，看，这就是我爸爸，他来帮我拿东西了！

现在想想，还是想要流泪感叹！出去了，离开你们，离开明天学校，我才知道以前的我是多么任性，简直是辜负了你们对我的关爱与栽培。

现在的我，有时候还是觉得挺孤单的，没有了你们在我身边唠叨，感觉心里空落落的。

有时候我大大咧咧，但你们对我的好，我都会记在心里，刻在我内心深处。

P. S.   哥哥，感谢你给了我从未拥有过的父爱。

（爱笑的女孩，运气不会差！）

陈证绕
2016 年 7 月 7 日

无独有偶，张佳莹也夸他"像一位英雄一样"：

尊敬的邓哥哥：

您好！

我上初三时，当时因为放假，我提着大包小包回明天学校。您在办公室门口看见了我，走到我面前提起那个犹如装着十斤石头的皮箱，并对我说：

"我帮你提！"上到宿舍时，您跟我说："如果你的东西重可以叫我，我帮你提！"

还有一次，宿舍的热水器坏了。您从厨房里走出来，帮我将两桶热水提上四楼。上楼时，我看见您的手和腿上有青筋暴出……

谢谢您那些年对我们的关怀，虽然事情都不大，但是在我们眼中您却像一位英雄一样……

您的孤儿孩子：张佳莹

8. 思源

相处久了，邓绍创会对我说他的心里话。一来，我是长者，是老人，是老作家，正在认真采访明天学校；二来，他与我成了忘年之交。

他的话，大多是关于爱：爱的获得，爱的传承。

他写有一份工作感言：

光阴荏苒，一转眼已经许多年过去了，原来的几位生活老师，有的已经退休了，有的也快退休了。校长、老师们的面容和印象中若干年前的模样有了区别，头上有了白发，脸上布满了皱纹，那是岁月的痕迹。当我再回到明天学校，老师们依然把我看作小孩，嘘寒问暖，生活上的琐事，事无巨细全都要问一遍；就连过马路要看好、坐车要提防小偷之类的小事都还要叮嘱。似乎很啰唆，但是，除了你的家人、亲戚，还会有谁对你这么唠叨呢？

……

我们都是穷苦孩子出身，能来到明天学校这个大家庭，有那么好的老师疼爱着我们，有那么多有爱心的叔叔阿姨关爱着我们，我们应该感到幸福。明天学校为我们提供了一个很好的发展空间，让我们这些穷孩子和平常的孩子一样有了一个温暖的家，这都是我们的老师用青春和汗水换来的。在这里我要向老师，——不，是爸爸妈妈，真诚地说声："你们辛苦了！"

最后，是他的"点睛之笔"：

我爱惜这份工作，珍惜和孩子们在一起的每一刻。如果时光倒流，再给我一次重新选择的机会，我还是会选择回到学校，当一名普普通通的生活老师。我希望每一个孩子从明天学校得到关爱后，能把这一份爱传递下去……

我觉得邓绍创说的实在是好！

正因为他对老师这份职业的挚爱、神往，甚至敬畏，正因为他视孩子们如亲弟弟亲妹妹，他才会有这份真诚、狂热、痴情和心甘情愿的付出，也才会如此在乎每一个孩子的点滴进步、冷暖和喜乐悲忧。同时，他也才会成为孩子们心目中的"邓大哥""孩子王""大神"和英雄。

五、静静地，"静静"就长大了

（陈静静的故事）

1. 榕树下

这里的"静静"，是人名，全名陈静静。她是明天学校年轻美丽的生活老师。

"这里，这里！对，对，就是这里，我就在这里'出生'！"

2016年暑假，七八月间，我乘坐明天学校的校车，随几位生活老师——通常是韦翠良副校长率领着的卢雪清、邓绍创、邓丽霞、罗秀群、陈静静、胡丽妹等老师，下乡采访孤儿，并且招收孤儿新生。

刚才这话，是陈静静老师专门对我说的。

这句看似寻常的话信息量很大。

我让司机立即停车。

这是一棵高耸于村头的树冠巨大浓荫密布的大榕树，位于村口与公路的接合部。榕树边上的田埂旁，长着如乒乓球桌般大的棯子树丛，现在结满了或青或红或紫的棯子。陈静静拉着我，指着树丛下一处最隐蔽的位置肯定地说："何作家，我就'出生'在这里！……"

随着陈静静的娓娓述说，她并不长但有点奇特的人生画卷由此铺陈开来……

这里是横县校椅镇三清村。才离开娘胎没几天的静静，躺在一只小纸箱里，被亲生父母丢弃在这片树丛下。或许是因为饥饿，或许是因为蚊虫叮咬，静静并不安静，她咿呀大哭，哭声惊动了村里的人。这天是1996年10月7日清晨，后来这天就作为了她的出生年月日。

捡拾到她的是好心人陈为多。是日他离村逛街，哭声指引他发现了纸箱，喜之、拾之、养之，并起名静静。

在20世纪90年代，一些偏远地区受重男轻女的封建思想影响，头胎女婴遭弃并非个例。得到好心人拾获并乐意认养是有福的。否则，这些弃婴就只能"自生自灭"了。

所以静静是有福的。

养父年近 40 岁才娶了妻——这是典型的晚婚了。婚后不久，他就收养了静静。

她记得养父对她极疼爱，常牵着她上街买糖果饼干等好吃的零食给她。"但阿爸也好不幸！"她说，"他有似乎永远治不好也无钱医治的头痛病，常常服用廉价的头痛散，以暂时对付那永不休止、头壳要炸裂般的剧痛。临死之时，他痛苦万分！"这是黑色的一天，是日，伯母、嫂嫂、堂哥、堂姐正在地里采摘茉莉花，就只有静静与养父在家。养父头痛病发作，痛不欲生，趁静静不注意，他竟以水果刀刺腹，鲜血直喷天花板！静静急呼地里的亲人们返家，把养父急送至医院抢救。无奈回天乏力。几天后，仅 7 岁大的静静从殡仪馆捧回了养父的骨灰盒。

而她的养母，身体孱弱多病，比养父走得还早。

从此，静静由弃婴变成了孤儿。可以说，她经历了两次不幸的打击！

静静对我说：她常常思念养父陈为多。每年的清明节或过年，她一定要回村，来到他的墓前，烧上三炷香，烧点纸钱、纸衣和纸酒瓶——"因为我爸喜欢喝点酒"，然后在坟前虔诚地叩几个头。

她还记得，由于爸爸自知头痛病难愈，也曾意欲将她过继给别的人家。但这家人接养的前提条件却近乎苛刻：必须要将陈家的田地悉数过户。阿爸当然不愿意！结果这家人将静静接养了两三天，便"完璧归赵"了。而此前，有本村的一户，喜欢静静，欲养之，并在村中摆了酒席（这是一种当众的承诺），又带静静上街购置床上用品。不久，亦因田地没过户，遂放弃了。

就这样，才七八岁大的静静，上了人生的第一课。"我长大后，回头去想，感受到人情的淡薄。"2016 年 7 月 11 日，她在明天学校 301 宿舍如是说。20 岁的她，年轻的脸庞上不经意流露的神态，有着远超其年龄的成熟。或许是由于她的童年遭遇了太多的不幸，使她过早地悟彻了人生，造成了她的早熟。

2. 爱的连绵

静静那阴霾多于春阳的孩提时光，也曾透进来一抹亮色，还有彩虹。

到了小学五年级，她得以来到明天学校。那是经过村委至镇委至县民政局的层层上报，而且在县民政局通过了笔试，才得到的名额，实属不易。

而此前，她已有了一小段幸福的日子。父亲亡故后，她随了姑姑。姑姑有二男一女，而长子亦有了儿子。静静就认了姑姑的长子、儿媳为爸爸、妈妈。"新爸新妈"对她是百般宠爱，从不打骂，也不让她干农活，她成了姑姑一家的娇娇女。她学习好，名列前茅，常获奖状。

2006 年，静静入读明天学校五（乙）班。教数学的马雪芬是班主任，教语文的宁杰梅是副班主任。她文静、听话，品学兼优，颇得老师喜爱。

来到了明天学校,她感受到了无微不至的关爱。而且这种关爱,全都与"利益"这俗气的字眼无关。

静静所获的爱远不止于此!

她的资助人冯阿姨对她真可谓关怀备至——每月给她300元或500元,常带她到家里吃饭,对她的教育相当严格。静静初中毕业后冯阿姨就让她报考广西银行学校读会计专业。

之后的人生路线图,大多是静静自己设计并行走的。这体现了她有个性,也显现了她有"独行侠"般闯荡陌生世界的决心和勇气。

她觉得"外面的世界很精彩"。至于是否真的精彩?得亲身闯闯才知。

中专一毕业,她便到南宁迪拜七星酒店当会计,实习一个月。

而后她又前往广东惠州市福田镇新世界超市当营业员。她个子矮小,比柜台高不了多少。干了三个多月,每月底薪1400元,加提成也就1600元。

同年,她到了一家玩具厂工作,每天在流水线上干10小时。一直干到翌年的1月。月薪2000多元。

复回惠州市石湾镇,进手机厂,当贴膜工。干了半年多,极尽辛劳,月入3000元。但工厂不景气,倒闭了。

她"转战"至惠州市陈江镇的一家手机零件厂,做验货员,月得3500元许。但每天、每时、每刻,干的都是同一件事:验货。"单调、重复、枯燥、乏味,我感觉自己像一个机器人,所不同的是我要吃喝拉撒,有七情六欲,如此而已……我感到自己快疯了!"

她开始觉得"外面的世界很无奈"。她原先的憧憬与梦想,在真实而现实的世界中被撞击得粉碎。灯红酒绿和富足奢华,是别人的,她没有,也不是她欲追寻的。她只是想过一种自食其力、自由自在的还有点小娱乐的属于自己的生活……

冯阿姨始终放心不下她,曾两次给她打电话,要为她另介绍工作,而且向她承诺,新工作肯定要比她曾经干过的以及现在干的要好,要安全,也没那么枯燥乏味。关键的是可以回到家乡。一个涉世未深的女孩子在江湖独自漂泊是令人担心和牵肠挂肚的。冯阿姨让她速寄简历,但她婉拒了。她执拗地想"多积累些经验……"云云。

3. 原点

她终于还是回到了原点——南宁市明天学校。

其实,这里也是她获得幸福的开始。

2013 年到 2015 年，她独在异乡为异客，整整三载。

2015 年 8 月 20 日，母校明天学校的韦翠良副校长给远在广东惠州的她打来了长途电话，让她立即辞工，回明天学校当生活老师，说学校缺人，正是用人之际……

静静颇感突然，她没有丝毫的思想准备，但这确实是韦妈妈的声音，确实是来自母校的召唤。

"我个子小，行吗？"

"怎么不行？"韦翠良语气坚决，"罗秀群个儿也小呀，她干得很好呀！回吧，别再犹豫了……"

罗秀群先前是静静在明天学校上学时的同学，也是孤儿，也在广东闯荡了好几年。静静知道罗秀群应召回校当生活老师已一个学期了，干得有声有色的。

她不再迟疑。2015 年 9 月 15 日，她回母校正式担任生活老师。她对我说："这好像是命运的安排，从幸福的原点（明天学校）出发，又回到了幸福的原点……"

听她这么一说，我有了共鸣，笑说："大作家贾平凹说过一句很平实的话，'人一生下来，吃什么饭，是有定数的'。"

静静姑娘一听，竟大声笑了。"就是就是！"她一笑露出两颗很好看的虎牙。

覃爱芬妈妈和卢雪清老师就带着她熟悉和适应工作。几周后，她就独立工作，很快就适应了。

4. 陈妈（之一）

"陈妈妈！"

是孩子在叫我吗？

是这孩子在叫我吗？

静静真有点不敢相信自己的耳朵。

是的，管她叫"陈妈妈"的是陆立忠。这使她既感意外，亦有几分惊喜。须知道，这孩子素以"调皮捣蛋"和"难以驾驭"而著称。

事情得往回放。

2015 年 12 月 15 日，正是静静值班。午饭时间，所有孩子都用餐完毕返回宿舍休息，唯独不见陆立忠的踪影！寻饭堂，不见；寻宿舍，亦不见。静静着实担心！她知道这孩子有许多不幸：2003 年出生，2010 年父亲病故，而母亲则在他年仅两岁之时弃家出走，至今下落不明。他是由年迈体弱的爷爷奶奶拉扯大的。2015 年 9 月入读明天学校，调皮任性，常与同学发生口角、斗殴，上课不专心听讲，不按时完成作业，对老师的教育置若罔闻……总之，属于难以管教的典型和"另类"。

想到这里，静静的头似炸裂开了，甚至由担心而萌生某种不祥之感。

她带领几个男生满校园拉网式梳篦般寻找。没有，就是没有！

再找至班级教室，仍然空无一人。

后来，一个男生拉开窗帘，探头出去，终于看见了！陆立忠躲在窗外窄窄的廊道的角落里，像冬天怯冷的小猫般蜷缩着，双手抱头呜呜地低声哭泣，一把鼻涕一把眼泪，哭得好伤心。那种孤独感和无助感，让人看了心疼！静静搭了张板凳，轻轻地跳出窗，轻轻地蹲下来，轻轻地为他拭泪，不停地呼唤他、摇晃他，"陆立忠，到底发生什么事？告诉老师好吗？"孩子就是不应答，一直沉默不语。静静就使劲试着拉他，好不容易让他站了起来。

这里是三楼，稍有不慎就会掉下去，那可是要命的！

这时孩子递给她一张纸条："老师，我不想回宿舍……我想回家。"

"好！"静静答应着，牵着这孩子往宿舍区走去，边走边"调查"，很快就查清楚了。事件的起因其实甚是简单：陆立忠遭到同宿舍年长的同学欺负，挨了拳头，再也不敢返回宿舍了。

经过一番调解、教育，事件也就平息了。陆立忠从此就记住了静静老师，认定她是帮过自己，甚至救过自己的恩人。

而这个关于静静与陆立忠师生之间的故事，还有个延伸和后续的部分，甚至还有一个算得上高潮的结果。

到了 2016 年 6 月 8 日，此时距离学校放暑假没几天了。陈静静为了强化纪律，与若干孩子"打赌"：如果放假前最后一两周不犯错不出事，她就带他们去万达商场娱乐。对两个"最难剃的头"——陆立忠、袁赞，她与两人"约法三章"，诸如：一定要做到不违纪，不欺小，按时完成作业，主动帮助老师做事情……

有了这些"君子协定"，孩子们果然变得特别乖，相安无事。静静遂守诺言在一个星期天率众人逛万达商场。她花了近百元给孩子们买零食，玩游戏。皆大欢喜！

玩乐中，静静对孩子们说：就在昨天，发生一起拐卖儿童事件，在电视上播出了。她要求并提醒孩子们要睁大眼睛提高警惕。

让静静万万想不到的是：离开万达时，出现了使她颇感意外和感动的事。

而且，是双重感动！

其一，过马路时，陆立忠和袁赞这两个高她一头的孩子，一左一右几乎是"挟"着她，保护她，两人目光还警觉地左右张望。这使她感动不已！

其二，快要回到学校之时，陆立忠愣愣地望着她，竟叫了她一声"陈妈妈"！音量不大，叫得也急促，但她听清了。

静静不但听清了，还"哎"地应答了。

而此时，她仅 20 岁，未婚。

5. 其实

"其实，当一名明天学校的生活老师，我也有过（思想）斗争……"静静向我平静地讲述她的思想脉络，完全坦露心迹。她是透明的。

"如果说一开始就想得很通很安心，不一定真实。这有点儿'高大上'。我不讲漂亮话和违心的话。这是我自己与自己的斗争。我之所以动摇过，并且有过退意，原因很简单，苦、累、压抑，这是精神层面。说到经济，月薪大概是 1840 元，（后来升至将近 3000 元了）。开销一应支出，我就成'月光族'了——月月花得精光！家里人也不支持，嫌薪水少，工作苦累。

"我曾经好几次想找分管孤儿工作的韦翠良副校长谈，说我不想干了！但一直找不到机会，她总有忙不完的事。我只好忍了下来。忍着忍着，也就干到现在了，眨眼工夫快三年了……

"我刚来学校没几天，就听韦妈妈、覃妈妈、张妈妈这几位前辈老师对我语重心长地说：曾经有三四个大学生来应聘当过生活老师，都做不下去，最长的也做了一周不到，就走人了，连招呼都不打，不辞而别了！

"这份工作，必须吃得苦，耐得清贫，有足够的耐心和爱心，才干得好。后来，我之所以干到了今天，而且凭良心说，我干得还行。不是因为谁做了我的思想工作，而是我有一个自我调整的过程和感悟吧。我想不通时，在夜深人静的时候会想起许多人和事，想起许多用心爱我的人。

"我刚到明天学校时，念五（乙）班，老师们都喜欢我。我字写得小，教我语文的宁杰梅老师让我写大些。我从此就把字'放大'了，果然漂亮多了，还得到了抄写墙报的光荣任务。宁老师很爱我，见我头发扎得低，就帮我扎高些，'瞧，这样阳光多了！……'

"一回，是我在南宁三十七中念初中时，发烧近 40 度，晕乎乎的。覃爱芬老师立即开摩托车拉我到安吉卫生院打吊针，吊三个多小时直至夜深了，覃妈妈始终寸步不离地守护着我，给我买吃的，喂我喝水，一直爱怜地慈祥地看着我。她那目光，只有妈妈才会有！当然，她和其他老师对我们所有的孤儿孩子都会是这样。但这一夜，对于我——一个从来没见过爸妈，并且被亲生父母丢弃的弃儿来说，意味着浓浓的亲情和深深的母爱。这种爱，对于我，是如此少有、难得，甚至是一种奢华的享受！我当时在心里一直叫她'覃妈妈'，并且已经轻轻地叫出了口，但覃老师也许没听到。到现在她早已忘记了那一夜，但我记得，我会永远记得！

"邹杰华爷爷、莫奶奶（后来我知道二老是我的资助人冯阿姨的家公家婆）对我比对亲孙女还亲。每逢父亲节、母亲节我必会看望、问候二位老人。莫奶奶脑手术后，忘事。她在病中的时候，我与卢雪清带孩子们到医院看望她，许多人她都不认得了，但还能叫出我的名字……

"我管覃锋校长叫'校长爸爸'，当面也是这么叫的。因为他对我关爱有加，胜过了亲爸爸！从我入三十七中读初中，到广西银行学校学会计专业，都是他引导和为我规划人生。

……

"特别是想到陆立忠，其实他也就小我七八岁，突然当面叫我'陈妈妈'！当时我也就只是 20 岁，恋爱都还没谈。但这是他和孩子们对我的认可和尊重，也是孩子们对老师的一种爱，是以爱回报爱的一种表示。他这一声'陈妈妈'把我的心都喊软了。所以我就应答了，心里暖暖的甜甜的……

"人心是肉做的。我就这样想：当年我是孤儿进入明天学校，再从明天学校出到社会，又从社会回归明天学校。以前是老师们照顾、培育我，今天轮到我照顾、培育同为孤儿的弟弟妹妹们。别人爱过你，你现在再把爱传递给别人，这不是天经地义的吗？

"再说，现在薪水也提了，住房也给我安排了，我应当知足了，也应当安心了！"

6. 陈妈（之二）

这样，20 岁的"陈妈妈"就做起了妈妈才会做的工作。不计日夜，不辞辛劳。

"爱是什么？爱就是盛满了酒的酒杯。"这是泰戈尔的话。

2016 年 4 月 5 日，周二，下午 3 点，女孩子李春华肚子痛，在床上打滚。覃爱芬老师急送其往南宁市第八人民医院，检查出了急性阑尾炎，当即办理住院手续，等候手术。

是夜，轮到卢雪清、陈静静值夜班。她俩商量着：卢老师在校守夜，由静静到医院陪护李春华。平日里，静静最惧医院，那药味、白大褂、病床、医生，还有那环境，就连医生挂在胸前的听诊器，她都无端地害怕，心里会发毛，甚至会呕吐。

但今天不能！别无选择。为了一个患病的妹妹，她主动到医院陪夜。

她从当天下午 5 点多一直守护到翌日上午 9 点多。

　　静静守在孩子身边，寸步不离。没有陪床，她就坐在小板凳上，趴在床沿，通宵不睡。是想睡却不能睡。病房开了空调，好冷！蚊子众多，翻飞肆虐。静静特招惹蚊子，被叮咬得毫无睡意。春华虽然吃了止痛药，但肚子仍疼痛。两个都无法入睡的人就整个晚上唠嗑，通宵看电视。她不时关切地询问春华感觉怎么样，有没有好一些，给她盖被子，赶蚊子。春华饿了，静静就半夜上街买回肉粥一口口喂她吃……清晨，查房毕，又换扶着春华做CT和B超检查。一大早，卢雪清给春华送衣物，见到静静一脸疲惫，眼圈是黑的，好心疼！开玩笑道："看，你累得都变熊猫眼了……"直至8点多，春华的堂叔来换班，静静才回校。

　　在医院分手时，初中快毕业、只比静静小五岁的春华拉住静静的手说："陈妈妈，谢谢您，您辛苦了！"

　　此时，孩了眼里有泪，"陈妈妈"眼里也有泪。

7. 陈妈（之三）

　　静静有喜了，怀上了小宝宝。这回是真的要当妈妈了。

　　但她依然上班且值夜班，忙里忙外干得欢。如今的她已经有了足够的定力。

　　正是桃李不言，下自成蹊。有许多孩子爱她，完全是出自内心和真心。

　　在明天学校孤儿管理处，我看到了一摞写给静静的感谢信和自制的贺卡，那纯真的文字，足以让你读了心生感动。

　　已经考上了大学正在念大一的黄杏雯这样写：

　　亲爱的陈妈妈：

　　　　您好！好多年前我们就是"母女"关系了。母亲节来临之际，想对您说一声"母亲节快乐！"

　　　　我是黄杏雯，是得到过您许多宠爱的孩子。其实我应该是您的妹妹，而不是"女儿"。现在我在百色学院读大一，学工程管理专业。我挺活跃的，在大一上学期就参加了一些社团。一个学期下来，也认识了许多新朋友，自己的知识面也增加了。听舍友说，以后面试、应聘都要化点淡妆的，所以我特意加入了美妆队，虽然学不到太多东西，但是至少懂一点，以后不至于让自己那么差。

　　　　上次大年初八回母校看见您瘦了好多，虽然现在流行以瘦为美，但是您千万要注意身体啊！在我眼里，你什么时候都是最美的。我很佩服您毅然回校当老师，特别棒！向您学习！学会感恩，这是我们从小韦老师（指韦翠良）那得到的教导。今后我一定要学习文化知识，让自己变得更优秀，以回报母校和社会。想您！

钟美姿用她稚嫩的文笔写出了质朴的情感：

亲爱的陈妈妈：

我想深深地谢谢你！在我们害怕的时候，您鼓励我们。您怕我们冻着，怕我们吃不香穿不暖。真的很感谢您总对我们这么好。您还带我们出去玩，逛超市，看电影，吃好东西，花的都是您辛苦得来的工资，但您乐呵呵的不在夫（乎）。虽然排队时您对我们那么"凶"，但是这是为我们好您才这么"凶"的。

当您发现我生病了，您可焦急啦！一个劲地问我有多难受，要不要去医院看医生。一直到第二天早上排队时您还记得我的病，再次地问我、关心我。我望着您，我真想说："谢谢您，老师妈妈，您辛苦了！"

我来到明天学校四年了，自从您回校当生活老师后，无论我遇到什么问题、困难，您都会与我一同面对。您为我付出的太多太多了，您的恩情深似大海、高如蓝天。将来，我无论怎样都会回报大山给我生命的翠绿！

那个患了阑尾炎住院做手术得到过静静通宵不眠地精心陪护的李春华，写出了掏心窝的谢忱：

亲爱的陈妈妈老师：

很高兴在毕业之际给您写信。首先要恭喜您将要当妈妈啦！

老师您真像蜡烛一样，燃烧了自己，照亮了别人。

我不会忘记是您在我最无助最困难的时候，毫不迟疑不怕辛苦地伸出援手帮了我。您是雪中送炭而不是锦上添花，这是最宝贵的品德。您自己被蚊子咬却一整夜为我赶蚊虫，您半夜上街买回肉粥一口一口地喂我吃，自己却饿着。我躺着睡，您却趴在床沿通宵没睡……这一个夜晚，使我感受到生活老师的不容易和伟大！是您和老师们给了我一个这么温暖的家。我和同学们生活在这个大家庭里，好开心好幸福！这个家有你们呵护着，我们不再感到孤单。

谢谢您，每天在这里工作都任劳任怨，无怨无悔地为我们做了很多！正因为有你们无微不至的关爱，才有了今天的我。我很感恩学校和你们对我的养育之恩和宽容之心。真希望能为你们分担一些，做一些力所能及的事。

时间流逝得真快啊！转眼间，我将离开生活了七年的明天学校了。我的心里有太多的不舍，怀念这里的老师和同学，怀念在这里的点点滴滴，特别地想念您！

我与静静老师谈了将近两个小时，那是一次愉悦的交谈。她总是很纯真地笑着。她快人快语，不虚饰，不美化，说的都是真正意义上的大实话。我看到了在明天学校担任生活老师的艰辛和苦辣酸甜。

我想再唠叨地重复几句：其实她还只是个 20 岁出头的大孩子，但她已经是当了三年生活老师的"陈妈妈"，她胜任，独当一面，她干得真不赖。

分手时我问她当"孩子王"几载的工作体会。

她这样说："其实，对孤儿，必须耐心、细心、忍让、坚持、坚守，尤其是要有爱心！你要把他们当作亲人，当作儿女，当作弟弟妹妹。137 个住校孤儿，有 137 种性格。你要融入他们，要和他们磨合，要与他们为友，要成为相亲相爱的一家人……这真是一门学问，要做到和做好，很难，真的好难好难！"

她漂亮，纯真，笑时会露出两颗好看的虎牙。

她说得真好！

六、燕子衔泥为筑窝

（胡丽妹的故事）

1. 燕子

2008 年夏日的一天，南宁市西乡塘区金陵镇广道村张邓坡，一个普通农家注定会有喜事发生。

一对燕子，执着、欢快地飞进飞出，嘴里衔着泥巴，在这家堂屋的日光灯管旁筑窝。

没几天，新巢筑成了。堂屋有了许多叽叽啾啾的鸟叫，平添了几分生气。

这家的主人——一位中年妇女高兴道："燕子双双飞来做窝了，我家有好事，有喜事啦！"

是时，她的儿子，在南宁市明天学校当司机的卢忠飞，正与一位年轻貌美的姑娘热恋。

姑娘叫胡丽妹，这年 19 岁。

两年后，亦即 2010 年，这对年轻人喜结连理。这个村里的人大概从未见过如此漂亮的新娘，唇红齿白，五官精致，小巧玲珑。一对燕子在新人的头顶盘旋欢叫。

后来胡丽妹成了明天学校的生活老师。

2016 年 6 月 30 日，我采访时听她讲到这个"燕子为媒"的喜庆的小故事，当即脱口而出唱道：

燕子衔泥为做窝，

有情无情口难说……

这是电影《阿诗玛》的两句唱词。

胡丽妹乃是本篇我要写的主人公。

2. 母亲

母亲！

夜夜思亲不见亲，梦醒泪满襟。

丽妹怎么也没想到是在这么一个场合，而且是二十年之后，因为一件事才得以见到了朝思暮想的母亲。

2013 年炎夏的一天，由于要参加外公的葬礼，她从正在打工的广东惠州请假返回外公的家乡——西乡塘区江西镇那屋上坡村。

红事白事，在农村都是大事。所以那天来办理后事、奔丧的人很多。

"你妈妈也来了，快去看你妈！"在山坡上坟头边，有人这样对她说。

噢，妈妈！

我是有妈妈，但我从未见过妈妈呀！

她好想哭，可是泪水却涌不上来。

记忆的闸门打开了。

她是南宁市西乡塘区江西镇那廊村人。1993 年，在她还不到 3 岁时，父亲胡文作死于某种绝症，连一张照片也没留下。她不知父亲长啥模样。她只依稀记得，母亲往她小手里塞了一个面包，含泪悄悄地带着她 5 岁的姐姐改嫁他乡，肚子里还怀着一个不知是她妹妹或弟弟的孩子。从此天各一方，音信全无。

她有妈妈。她知道妈妈还活着，但她不知道妈妈在哪！她只能在梦里想妈妈。

她就这样成了没爹娘的孤儿。从 3 岁起，她随了爷爷、大伯、大婶过。她有堂哥和堂姐。加上她，就是 3 张总也填不满的小嘴。

她的童年绝不是金色的，没有多少快乐。她在贫困、饥饿还有淡淡的哀愁中，一点点地长大……

她想妈妈，想有个亲妈妈。即使长长的 20 个春秋从未亲近过，那也还是自己的母亲！

此时，穿过白幡飘飞的坟场，透过纸钱纷扬、雾霭腾腾的重重烟瘴，她来到了母亲面前。这是母女分离二十年后的第一次相见。妈妈才 40 多岁，但脸庞黝黑憔悴，鬓发花白，眼神隐含忧郁，她的身边是姐姐和后来出生的弟弟。

母亲很激动，但无泪，歉疚地解释道："……当年太难太难，实在无法才嫁了人，不得已才将你留了下来……"

胡丽妹此时悲喜交集，又爱又怨，想哭却哭不出来。为什么二十年杳无音信不相认？为什么如此绝情！如果不是外公亡故难道就一辈子永不相见？……

后来她换位思考，也就能够理解母亲的选择和母亲的艰难了。

她关心地问了母亲嫁过去后的情况：后夫是老光棍，人厚道；厮守着不多的几块田地辛勤劳作，勉强能维持生计；姐弟俩都在广东打工，基本自立。

3. 苹果

苹果。

她从没见过更没吃过这样又大又红的苹果。在她那盐腌橄榄都成了奢侈菜肴的贫穷家乡，苹果自然是难得一见！

这是她已经入读明天学校后的一天早上，她发烧生病吃不下东西。张红干老师带她去医院吊针，一直陪着她。得知她没吃早餐，张老师就专门买回来一个大苹果。她双手接过，嘴里连声说："谢谢张老师！"眼里就窜上了泪。她说当时她好想叫"张妈妈"，却没能叫出口，但妈妈的浓浓的情、深深的爱，她是真切地感受到了。

2000年，胡丽妹作为第一批孤儿学生进到刚创办的明天学校。

类似张红干妈妈的这种母爱，多了！

她清楚地记得，韦妈妈、覃妈妈、张妈妈亲切地领她看安排好的床位，手把手教她往柜子里放衣服。当时其他孩子自带好多漂亮的衣裤鞋袜，她就只有三四套——家里穷。老师妈妈们就去库房挑了爱心人士捐赠的、合适她穿的几件衣服让她试了又试。她对着从没照过的大镜子与自己对视，心里甜甜的、暖暖的……

胡丽妹接着向我回忆当年的一幕幕"情景剧"：

"……覃老师、张老师两位妈妈都是非常勤奋的人，对我们是很严格的，比如宿舍卫生方面都是要求我们打扫、整理得井井有条，哪里不干净都要我们重新打扫，我们那时非常用心认真学习。学校那时有菜地，老师安排一个宿舍分管一小块菜地，并教我们怎么种菜、淋水、施肥。学校还养猪，老师每天安排一个宿舍轮流喂猪。孩子们都是从农村来的，都不怕脏不怕累，中午不睡觉也要把猪喂饱，还冲洗猪栏。之后中海公司为我们学校建了一栋四层大楼，取名'中海楼'。每个周末，老师们都安排我们女生打扫中海楼。一个宿舍负责一层，扫地、拖地，用抹布擦瓷砖、窗口，打扫得干干净净，毫不含糊。下午放学后都有爱心人士来教我们写字、画画。晚上，老师就组织我们在教学楼上晚自习课，写作业。无论什么时候，只要有大活动，老师们都会来和我们一起过。我们生病时老师们会无微不至地照顾我们，没日没夜不辞辛劳地关心我们的生活与学习，教我们如何做人。有时有孩子吵架打架、调皮捣蛋，老师也会去教育好他们，大事小事都得管，自己家里几乎都顾不上。我很庆幸能够来到明天学校这个充满爱的大家庭。当初我是不幸的，但我有幸来到明天学校，这里改变了我一生的命运，使我又有了家，又有了父母……"

4. 流水线

干过流水线的活吗？

流水线又叫装配线，是指每一个生产单位只专注处理某一个环节的工作。而站在流水线边上的工人就是一个活的机器人。电影巨匠卓别林在电影《摩登时代》里饰演的查理，站在传送带旁，日复一日、月复一月地用扳手拧螺帽，成了活机器人。繁重的劳动使他喘不过气，他几乎变疯了，他竟把别人的鼻子，乃至衣裙上的纽扣都当作螺帽来拧、拧、拧……

胡丽妹说她在枯燥乏味的流水线干过活，也差点要变疯了！

2006年她初中毕业，韦翠良老师亲自带她填表报读南宁市第三职业技术学校，学电子商务专业。读三年，属半工半读的中专。毕业后，她干过饭店服务员、商场营业员、工厂工人。

印象最深的还是流水线工作。这是南宁高新区一家生产手机耳塞的流水线。每天两班倒，每班12个小时，白天班是早上8点至晚上8点，中间午休1小时；夜晚班从晚上8点直至翌晨8点，中间歇1小时。周而复始，永无变化！

这个活她干了一年多。不是白班就是夜班。每天得干满12个小时，因为流水线是"永动"的，不等人的，同时也是无情的。

每个月辛苦下来，所得也就1000多元。"那时我什么活都愿意干，我想靠自己的劳动挣点钱报答对我有养育之恩的爷爷、伯伯和婶婶……"

我想到了那个手拿大扳手在传送带边上快要发疯的卓别林，我就在微信上问她一些问题，既有好奇，又有关心，亦想"挖"出来点什么。

我：你在流水线上每天干12小时，感觉累吗？烦吗？乏味吗？

胡丽妹：一天12个小时，除了休息吃饭上厕所，就坐在一个固定的位置上。那时年轻还受得了，一心顾着干活也没感觉到怎么乏味。但轮到上夜班，有时手里拿着耳塞，眼睛睁不开，会打瞌睡。有时看东西会出现重影……

我：同事干久了有得职业病的吗？

胡丽妹：当时只顾干活也没问同事得不得职业病，人家工作也是为了挣钱养家吧。

我：想家吗？

胡丽妹：肯定想家的。要挣钱没有办法，只能过年回家几天，又回来干活了……

这是她的大实话，是她真实的生活。这里，我无须做任何文学加工。

5. 牛仔

这里的"牛仔"，不是通常意义的美洲牧场上照看牲畜的人，亦非电影里那些骁勇无比的美国西部牛仔。

这是南方方言，泛指顽劣捣蛋不听管教的野孩子。

胡丽妹遇到了一个棘手的"牛仔"！

2013年，胡丽妹回到明天学校工作，先当两年炊事员，再当生活老师。外面世界虽然精彩纷呈，但是却非久恋之家，怎么都是"俺家乡好"！

但她碰上了"牛仔"，这是她当生活老师面对孤儿孩子过的第一关和第一课。

这个"牛仔"，名叫张积亮。他有个弟弟，兄弟俩分别念小学五年级和三年级，都长得瘦小、黑，喜欢打斗、吵闹，甚至满校园乱窜，唯独就是不喜欢安静地坐在教室里听课，更不喜欢与同学和平共处。最大的爱好和"特长"就是躲藏——是的，躲藏！哥俩经常在课余间忽然就消失了，宿舍、校园、花丛、树上、教室等任何一个角落，甚至你想不到的猪厩，他俩都会往那儿躲而藏之。他们有意让老师满世界地寻找，让师生们焦急呼喊。他们怪癖成瘾，以此为乐事，有成就感。一回，胡丽妹寻得身疲力乏、唇干舌燥，好不容易才在中海楼（四层教学楼）顶层一个偏僻的杂物间"逮"着了张积亮，他却"嘿嘿嘿"傻笑。胡丽妹把他拖了出来，开导、教育、呵斥都没用，他仍自顾自笑。"揪"回了宿舍，让他洗澡睡觉。然后胡丽妹和邓绍创老师端了板凳守候在宿舍门口直至过了午夜12点多，进去检查过几遍，确认其已入睡，不会再逃出宿舍，他们才拖着疲惫的身体离去。

这屡教屡犯的"牛仔"，使胡丽妹深切地感受到生活老师的难。

这种"过家家"式的追寻，后来还经历过许多回。张积亮这"牛仔"还有个蛮脾气，就是从不服输。不论是吵嘴或是动粗，他一定要当赢家，不然就车轱辘般满地打滚、撒野。

难管吧？

还有！这孩子上自习课不写作业，看课外书，大声讲话嚷嚷使同学也完成不了功课。睡觉时间老师检查罢人数，让他熄灯，他偏顶嘴要让灯开着。不让老师说他、靠近他，甚至关心他。他特爱顶嘴，你说一句他顶两句，根本不把老师放在眼里。这"牛仔"让胡丽妹感觉痛心和寒心，甚至感到失望和无望。

她想过放弃，但最终没有放弃。后来她知道这是孩子的叛逆期，每个孩子的成长中都会有的。她也没使什么绝招，她就把这"牛仔"当成自己的亲弟弟。一寻再寻，一教再教，一守再守，以柔克刚！直至张积亮自己都觉得玩得过分了，惭愧了，脸红了，直至被同学指责和孤立了。这样的"猫捉老鼠"游戏持续了一年以上，"牛仔"升上了六年级。忽一日，他竟主动地笑吟吟地跑到胡丽妹面前叫了声"胡老师好"，从此脱胎换骨像换了个人似的，不顶嘴、不打架、不躲藏，懂事、有礼貌，偶尔还做起老师的小帮手，主动接近老师，主动完成老师布置的作业……

胡丽妹的耐心和锲而不舍，收到了意想不到的奇效。精诚所至，金石为开。量变终于产生质变。

破茧成蝶，胡丽妹喜不自胜，"张积亮经过多次教育、感化，从一个阴阳怪气、常与老师唱反调的'牛仔'，奇迹般地转变为一个诚实懂事的好孩子，我真的很高兴！其实为师者不求什么报答，只求孩子能懂得做人，懂得感恩，这就是最大的回报！"

6. 小家伙

2016年9月来明天学校念小学四年级的李庆福被胡丽妹称之为"小家伙"。

小家伙5岁没了父亲，6岁时母亲另嫁了人。他从此就随奶奶过。

家境贫寒自不消说，关键是这孩子有许多独特之处，使胡丽妹费心操心和焦急。

比如，学习基础太差，尤其是数学，"8＋9"常常等于"18"。最基本的加法他都弄不清楚。

比如，写汉字时左右偏旁的距离太宽，而且永远没近过。"加"字会写成"力""口"；"奶"字会写成"女""乃"。总之，一个字会被人误看成两个字。

"小家伙的数学、语文、英语，可以说是一窍不通！他原先念书的村小是复式班教学，嘈喳喳，压根儿学不到东西。而且不开英语课……"

李庆福的生活自理能力更谈不上。

穿鞋是他犯难的事。他不会绑鞋带，在农村他都是打赤脚！胡丽妹教了他20多遍，他好不容易才基本会了。但是他穿鞋总是左右不分，老穿反，不过"左"和"右"这两个字，他认得。胡丽妹和邓丽霞老师就在小家伙每双鞋的鞋面上用粗线条黑色碳素笔写上"左"和"右"，反复练习了一个学期，他终于会了！

孩子从家里带来的衣物是少之又少！大冷天只穿一条勉强过膝的九分裤，一件破旧单薄的外衣。胡丽妹问他："冷吗？"他答："不冷！"一摸他的手，是冰凉的。他还吸着鼻涕，晶亮的鼻涕快要流到上唇之时，他总能不失时机地哧溜一声吸入鼻腔。胡丽妹很担心他上课发抖影响听课写作业，就到仓库翻寻出几套爱心人士捐赠的合适小家伙穿的衣裤，让他一一试穿。"好暖！"小家伙笑了。

他坚持用左手写字。胡丽妹记得国外好些名人都是左撇子。不过他写英文可以，汉字则欠妥了。她就几乎天天盯着李庆福改，一年两个学期过去了，他才改成了用右手写字……

说到这里，胡丽妹忍俊不禁。

"现在，小家伙在老师、同学的关爱下，经过一年多的调教，学习成绩上来了，改掉了许多毛病，融入了这个大家庭，变得喜欢与大家相处，每天都露出阳光般的微笑，恢复了活泼善良、无忧无虑、纯真无瑕的天性……"

胡老师甚感欣慰。

7. 虚惊

念小学四年级的孤儿陆俊琪并不顽皮，但他喜欢玩小动物。

2016 年 5 月初夏的一天，他和几个孩子放学后在草地玩闹，见一条绿蛇蜿蜒滑行，竟拽蛇尾挥舞如耍三节棍，右手中指冷不丁被蛇咬了一口，怒而将蛇摔死，却不敢声张。

时已黄昏，胡丽妹和张秀丽老师值班。

有学生跑来报告。二人速往现场"调研"：蛇已亡，被众孩童以绳索绑颈项悬于树上"示众"。胡丽妹与众老师皆莫辨蛇有毒与否，速以手机拍下发给韦翠良副校长和校医辨识，但二人皆不敢妄下定论。生死攸关，不容儿戏。韦副校长出于稳妥和孩子的安全考虑，当即令胡丽妹以最快的速度送孩子去医院。

于是有了一场胡丽妹辗转送医的深夜"马拉松"。

胡丽妹先是用电动车搭孩子去最近的安吉卫生院——这是乡级的医院，但此处医疗条件有限，无法处理。复返校。学过医的卢雪清老师观孩子伤口，嘱速送南宁市第八医院。遂往。当时已是晚上，医院人多，排队良久。医生察之，未敢确定，嘱转广西医科大学第二附属医院。遂又往广西医科大学第二附属医院。路灯朦胧，路况不佳，天黑道远，几乎迷路。胡丽妹担心孩子蛇毒发作，心焦如焚！紧赶慢赶半个多小时方至。大夫观之，曰：无蛇毒针，只能先帮清理伤口。胡丽妹打电话向韦副校长请示，韦副校长果断指示：为保万无一失，必须打蛇毒针。医生亦是此意。

其时已近午夜 12 点。

胡丽妹发动电动车——没电了！

事不宜迟，电动车先存这儿，打出租车！——这回是最后一招，也是最后一个指望了。她携着孩子终于赶到了广西医科大学第一附属医院。挂了急诊，值班大夫观察，开方验血，几位医生认真仔细地观看胡丽妹用手机拍下的蛇的照片，基本认定为无毒蛇。验血结果也出来了：无毒。胡丽妹心里的石头这才落了地，又关切询知孩子无头晕无呕吐症状，才稍许放心。既来之，则安之。吊针二瓶，又开了药。花了 500 多元。吊针的过程中，胡丽妹担心孩子腹中饥饿，买了八宝粥和冰糖雪梨汁，一口口喂之。

一切事毕，已是凌晨 1 点多。胡丽妹自己却忘了累和饿。

至此，终于可以"班师回朝"了。在乘出租车回校的途中，胡丽妹让孩子靠在自己的肩上眯一会儿。甫到校门，孩子忽一声"头晕"，呕吐物就随声同步倾泻在了车座椅上。胡丽妹处理了秽物，默默地搀扶孩子到了宿舍，问孩子是否想与老师一起睡。孩子答自己睡。胡丽妹就让孩子洗换停当，安顿其上床，看着他安然入梦，方蹑手蹑脚地离去……

此时已是凌晨 2 点。她才想起自己没吃晚饭，也没喝一口水。

翌晨，胡丽妹下了夜班，挂念着孩子，复往观之，无恙，放心了，遂斟水喂其服了药。

这类一夜无眠的突发事件，不是常常发生，但孩子们杂七杂八的使得生活老师牵肠挂肚的事情，却时常发生。

8. 幸福

我想起有一年央视记者拿着话筒，随机询问路人："你幸福吗？"

我也问过胡丽妹："你幸福吗？"

她浅笑，脸露满足的笑容，肯定地点了点头。

她像闲聊似地说了几件她的童年逸事。

一回，她拿了桌上两毛钱买零食以解馋，被伯伯发现，挨了打！又一回，与堂哥堂姐偷别人家的橄榄，晒干，拌以盐巴悄悄地送稀饭，觉得奇香无比、回味无穷。这些都说明一个字：穷。但她性格温顺，与家人相处融洽，家人很是疼爱她。一次，大概是她十二三岁在读四年级的时候，她发高烧，头晕头痛，半夜大声哭叫"爷爷"，婶婶醒来探温，40 度！婶婶悉心照料她，为她刮痧、放血、捂被、擦汗，直至她退烧安然入睡……还有一件事是有惊无险却令她心有余悸：在小学三年级时，腿脚不便的爷爷总要亲自送她上学，路不好走，坑坑洼洼，得走半个多小时，还担心碰上歹人。一次，爷爷来迟了一步，她放学独自返家，差点儿就出了事。一个半痴青年将她拖拽进村道旁的一间破房欲行非礼，她虽年幼体弱，但坚决不从，拼命地大叫大嚷还咬了坏蛋一口，趁痴男慌乱时逃脱……从此瘸脚的爷爷不再允许孙女独自上下学，无论春夏秋冬、刮风下雨，他一概护送。

童年的她，有贫穷，有愁苦和惊恐，当然也有爱。

"所以，我现在比小时候强太多太多了……我真的感到非常好，非常幸福！"

她说现在她有了两个家：一个"大家"是明天学校，一个"小家"是自己、丈夫卢忠飞和美丽可爱的宝贝女儿。而且现在工资也提了，还分了房……她做了真实的前后对比，所以她的结论就是：幸福。

其实，人生何求呢？平淡、平静、平安就是好。

"啊，天这样蓝，树这样绿，生活可以这样的安宁和美好！"我想起台湾著名诗人席慕蓉的这著名的诗句。

燕子飞来做窝了。燕子是吉祥之鸟。

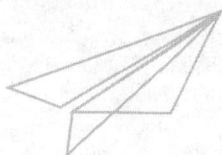

第六章

我知道我要去哪里

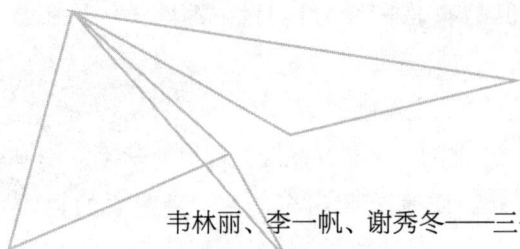

韦林丽、李一帆、谢秀冬——三个正在念大三的孩子。

我采访过她们。

所有孤儿孩子经历过的磨难，她们都亲历过，但她们所付出的努力，经历的艰辛，不一定每个孤儿孩子都曾有过。

她们是励志、向上和奋发有为的一群人。

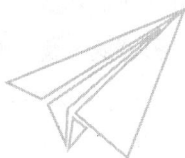

一、我见过花落花又开

（韦林丽的故事）

1. 我渴盼优秀

"我不认为我是个非常优秀的人。但是我总在努力让自己变成一个想象里的人。"

这时，她看了韦翠良副校长一眼，道："你说是吧?"

说这话的人是韦林丽，明天学校培育出来的一名正在念大三的孤儿学生。

她个儿不高，五官精致，额高而宽阔，眼睛大而明亮，有一种耐看的典雅之美。

2016 年 8 月 7 日，星期天，我们一行六人专程采访她，堪称队伍"庞大"，格外"隆重"。

我们在她外公外婆家即她的家，吃了她精心准备的丰富的午餐。

她坐在堂屋中央，我、校长覃锋、副校长韦翠良、邓绍创老师、罗秀群老师、司机卢忠飞，还有她的外公外婆就围坐在四周。听她讲述她的过往和现在。

刚才，是她的开场白。

她是如此淡定、从容和自信。

我承认，我很欣赏这个孩子。她有着强大的心理素质，她的自信源自她的底气。在我接触到的以及采访过的所有孤儿学生中，她是最自信的一个。

她一讲两个多小时，像在吟一首掺杂悲与喜的长诗。惹得几位女老师禁不住潸然泪下、唏嘘叹息。而她只是平静地擦拭一下眼角的泪珠。

"苦难对于我们，成了一种功课、一种教育，你好好地利用了这苦难，就是聪明。"韦林丽的遭遇，使我想起三毛这句话。

2. 苦瓜大棚

爸爸走了，爸爸说走就走了。

她的大树倒了。

2003 年的冬天特别寒冷。不是天气的寒冷，是她的心冷。

这天小学放晚学，她背着书包蹦跳着到苦瓜大棚看爸爸。这是惯例了。父女每天这个时候的相见，是最幸福和快乐的时光。但今天不同——爸爸仰卧在冰冷潮湿的泥土地上，身体僵直，脸无血色，双目紧闭。

爸爸没有了！

韦林丽哭干了眼泪。外公外婆紧紧地搂住她和她的姐姐。

这年爸爸未到 40 岁。她才 8 岁。

爸爸的死因很快查清楚了：死于煤气中毒。

为了改变穷窘现状，走上致富之路，父亲搞了大棚种植苦瓜。种植反季节果蔬，掌握好大棚室温是关键之关键。常用酿热物、火炉、电热丝、水暖、风暖、蒸汽、覆盖等以加温和保温。父亲参加过培训，学过控温技术，但他没钱，就用了本地流行的土办法：烧蜂窝煤。这是有危险的，若干个蜂窝煤炉在大棚的不同位置一齐燃烧，虽然提高了室温，但是也释放出了大量致命的一氧化碳……当父亲被人们抬出去的时候，韦林丽迷蒙的双眼看着那曾经装载了父亲希望与梦想的白色塑料布大棚，此刻酷似一副硕大无朋的白色棺材，而那大棚里这里一盏那里一盏的昏黄灯光就像地狱里惨淡闪烁着的点点鬼火。

祸不单行，厄运很快又降临到了母亲身上。

因为丈夫的早逝，母亲忧患成疾，罹患严重糖尿病，营养跟不上，长期卧床，多次昏厥，终因家境拮据，缺钱救治而殁于 2008 年。这年韦林丽 12 岁。从幼儿园直至小学毕业，年纪小小的她几乎承担了多愁多病的母亲的吃喝拉撒和家庭里里外外的一切。

韦林丽从出生起就一直住在老祖屋，直至母亲去世。在韦林丽 14 岁，正在明天学校读初二那年，老房子遭遇了一场毫无保留的、堪称扫荡般的洗劫，屋里所有的一切，从铁架床、棉被、衣物、柜子，甚至电线、电灯，稍许值点钱的东西，全都被人掠夺一空。这起案件至今未破。

我记得 2016 年 8 月 7 日烈日当头的正午，我和校长一行六人曾专程看过这间储满了幽怨痛楚的破旧的祖屋。它在五塘镇的中心区。我们费力地推开尘封多年的沉重的木门，里面除了霉变的木头、潮湿的砖瓦、密布的蛛网，再无他物。门牌上写着：兴宁区五塘××街××号。

由于父亲家那边没人能够认养韦林丽姐妹，所以她俩是由深爱她们的外公外婆抚养长大的。

至此，韦林丽小结似地说："我父母先后亡故之后，生活走入低谷。别人瞧不起，甚至过年邻人街坊的皮孩子会故意丢鞭炮进我家。"

这，或应了这句俚语：人衰遭马踢，人穷挨人欺。

这时，已是泪眼婆娑的外公外婆擦干了眼泪，忍不住插了话，使我听到了关于韦林丽的闻所未闻的故事。

韦林丽有一个大她四岁的姐姐。当时父亲一门心思想要个男孩。韦林丽是偷偷生于私人诊所的。甫一问世，眼未开，奶未喂，万般失望和无奈的父亲就欲在一个清晨将韦林丽神鬼不知地弃于河边。外婆闻讯，不忍，痛惜拦之，在门口夺之抱返。"这才有了今天我们的小丽丽！"外婆爱怜地看着韦林丽道。

后来她是外婆用米糊喂养大的，营养跟不上，个儿小，比同龄孩子矮半个头。但特聪明，在幼儿园里就学完了学前班的课程。

再后来，在父母先后亡故后，韦林丽才上了户口。

"所以我现在可不是'黑人黑户'啊！"韦林丽接过了话，她笑，笑得很明媚，有如窗外照进来的夏日阳光。

3. 唯有读书高

"我后来变得很优秀。明天学校是我的重生地和新起点。我读书自觉性很强，从小学、初中、高中直到大学，都这样！"

她一直浅笑着，继续着她的陈述，脸上的阴霾荡然无存，"苦难"这一页被她翻过去了。

我在明天学校孤儿管理处看到了韦林丽的简历和老师对她的评语：

> 1996年1月18日出生，壮族，南宁市五塘爱国街人。她于2008年9月来校念初一，各方面表现都很突出，思想品质好，主动与同学老师交流，学习认真、成绩优秀，个人适应能力非常强，而且活泼开朗……

她的履历近乎完美。

我走进她的闺房。她从小随外公外婆生活。老人有一间小卖店，有一幢两层红砖屋，楼下经营小卖店，楼上住人。

她有一个不小的摆满中外书籍的书架。摆在书桌上醒目位置的，有杨绛的《我们仨》，余秋雨的《文化苦旅》《余秋雨散文选》，《莎士比亚戏剧选》，龙应台的"人生三书"——《目送》《孩子你慢慢来》《亲爱的安德烈》。而书被她不断地翻看已显残破。

显然她看了不少书。我得知了她的价值取向、品格、情趣等。

她说："我每周必看一本以上的书，而且写下心得。"

可以说，在我接触到的孤儿孩子中，她是看书最多的一个，也是最有心、最用心的一个。因而，她的知识量、眼光、抱负，皆与他人大异。

我决定考她：让她背《三字经》。她当即一字不漏地背了下来。她又讲了"胡筋十八拍"的故事。说到苏洵,她这样说:"'苏老泉,二十七。始发愤,读书籍。'苏洵是 27 岁开始用功,我才 20 岁! 我发力,冲刺,应会有作为! 有话说得好,'只要你想做事,什么时候开始都不晚'。"

我故意问她:"这么多书,你看进去了吗?"

"当然,当然!"她直接迎住了我的目光。递给我一本厚厚的《对着世界说——外国首脑经典演说》,让我翻开巴勒斯坦的阿拉法特这篇演讲,她开始背诵,"亚西尔·阿拉法特说:'我们为什么逃亡? 我们是为生存而战……我们不得不为了纯粹的生存而挣扎!'"

几乎是一字不差。

4. 美丽的地方

"在这美丽的地方,充满温暖的阳光,我们丢掉心中的苦闷,我们抹去眼里的忧伤……"

在明天学校里,每天唱着这首直击心灵的《明天学校校歌》,韦林丽都会眼睛湿润。

她完全是"毛遂自荐"来明天学校的。那应当是 2008 年,她听说有一所学校,孤儿的伙食费、学费全免。那时的她才从村里的小学毕业,就从家乡五塘镇直奔离家 25 公里外的南宁市兴宁区民政局,她对素昧平生的民政局干部直截了当地自我推荐,称自己完全符合上孤儿学校的条件。后来她果然如愿了。民政局干部为她的勇气所折服,对韦翠良副校长说:"这小不点在我们面前一点也不慌,超淡定,小大人一个,少有的,将来必成大器!"

自从来到明天学校这个美丽的地方,她如鱼得水。初中三年,她深切地体会到:"如果不是明天学校,也许就没有今天的我!"到了初三,她通过自己超乎寻常的努力,进了重点班,而后以优秀的成绩考上南宁八中。她的中考成绩在孤儿学生中是优秀的:语文 B+,数学 A,化学 A,英语 B+,物理 B+,政史 B+。

覃锋校长赞她:"属于一匹黑马!"

分管孤儿教育对孩子们倾注了许多心血的韦翠良副校长,对"这匹黑马"更是赞赏有加。

韦翠良副校长跟我说了几个韦林丽很见个性和人品的"趣事逸闻"。

之一,一回,与韦林丽同住 306 女生宿舍的女孩子,因想起家庭不幸而痛哭不已。韦副校长安慰道:"勿哭,哭也无用,人死不能复生……"韦林丽在旁边帮着劝:"老师说得对,生老病死是人生规律,生离死别人人都会经历,只不过我们经历得比别人早一些罢了。"韦林丽又对韦副校长说:"老师您放心,我看得开,早就想通了！"而韦副校长知道，不久前韦林丽父母先后辞世，家中又刚遭到洗劫。通过这件事，韦副校长发现韦林丽这孩子的心理承受力跟其他孩子相比，更胜一筹。

之二，因为韦林丽是初中优秀生，所以得以在安吉中学内宿班学习，每逢周六、周日才返回明天学校。她喜欢辅导念小学的弟弟妹妹做功课，并将此视为乐事。

之三，不少孩子怕韦副校长，韦林丽不但不怕，而且与她相处甚洽，她俩情同母女。上了高中、大学，只要有时间，她都跑到韦副校长家蹭饭、聊天，天南地北无所不聊！韦林丽说："其实韦妈妈是刀子嘴豆腐心，专治'坏孩子'的；我不是'坏孩子'，所以用不着怕。"

之四，韦林丽一考上大学，就在市场买了四种不同口味的核桃寄给韦副校长，让她分别尝尝，然后打电话问她最喜欢哪种口味。韦副校长反问为何寄四种之多。她答："别多问，先尝了再说！"韦副校长就说：带咸味的……她喜曰："我就猜您肯定最喜欢吃这种！"之后又寄了一大包咸核桃来。"这孩子有心，重情，懂得感恩。"韦副校长说道。

5. 我爸我妈

"这孩子懂得感恩！"

这句话分量很重。因为不是每个人都做得到。

韦林丽做到了。她对我说："校长和老师是我爸我妈。"

2017年7月17日，她应我的要求，写了对明天学校"爸爸妈妈"的印象，用QQ发给了我。看得我的心一阵温暖，有如潮水涌动，不仅因为她文字优美，还因为她情感的浓烈真挚。

她这样写自己最忘不了的韦翠良妈妈：

> 在明天学校时，印象最深的应该是韦老师了。那时她风风火火的，是一个像闪电一样能震慑人的标志性人物。如果淘气的小孩是妖怪，她绝对是镇妖能手。很多学生都怕她。对于我，与其说怕，不如说佩服，毕竟一出现就能让大家都安静的只有她了。刚去明天学校的时候我还不太喜欢和老师交流，但是能感觉这样的老师不容易。后来，等我毕业，真正去走近她时，真的能感觉到她的不容易。因为我发现她是个刀子嘴豆腐心的人，善良得一塌糊涂。从不急慢工作，钢铁一样的她，和我们一样，会哭，会心酸，会流泪，会生病……她一直都是为一群生命里没有至亲陪伴的我们而努力地付出，却又在为我们流着泪水。很多时候，我为她感到委屈，庆幸自己那时候没有让她操心，希望能帮她分担一点点，但是却又无能为力。现在，我希望她再坚持一

会儿。等我们羽翼丰满真的能高飞时，我们再一同遨游于天际。现在，能说的只是：感谢您，我们的韦妈妈！

覃爱芬妈妈的形象她描写得十分生动：

初中毕业的时候，那时的不舍感受不是很深。一次，我和覃老师去查房，覃老师给那些踢被子的小娃娃们盖被子，把睡在床边沿的小孩推回床中央。我记起看到覃老师笑弯着眼角逗着小朋友说："哦，谁谁谁又哭了？"就是的，刚来的新生小朋友，总有哭着想回家的时候。保育员老师就一遍遍地开导。当时我忽然涌起一股泪，覃老师看着这些小孩子长大，为他们操心操劳，不知流了多少委屈和心酸的泪水。离开的时候，很舍不得，也许这个外表乐呵呵的老师不知道在哪个半夜忽然醒来想念我们这些流浪在外的孩子呢？现在回望，满满的感激。感谢她，这个什么事都揽起来自己做的覃妈妈老师。

她说她会记得张秀丽妈妈的永远有益的"唠叨"：

初中那三年的我还算是个乖孩子，一般没有什么让大人操心的事。但是，我感到有些烦躁的是张秀丽老师的声音在耳边叨念着"不能早恋，现在在给你们打预防针"。总之前面铺垫就是为了这句话，所以我就记住了这句话。那三年，我真的学到了很多很多，做人、能力、知识、素养……在那段没有家人陪伴的时光，没有形成人生价值观的年龄，老师没完没了的唠叨，没完没了的叮嘱当时真的觉得有点烦，但是又真的对我们有着很大的影响。虽然有一些不一定正确，但是，由始至终，皆是为了我们。那三年，是我人生中忘不掉的时光。

她心目中，"校长爸爸"覃锋的形象是这样的：

有一句话是："世界上最难的两件事，一个是把别人的钱装进自己的口袋，另一个是把自己的思想装到别人脑袋。"但是，这个明天学校的校长爸爸，覃锋，做了其中一个和另一个的一半。说他做了其中一个，是因为，我们学校里的孤儿孩子每个学期交的钱就是每天一元钱。但是，我们这些小孩子呀，怎么可能每天光吃一块钱呢？初中高中的学费、伙食费，大学的学费，钱怎么都不够用！他就去拉赞助，他努力把我们这些嗷嗷待哺的孩子培养成一个个能够自力更生的人，他却没有时间回去陪他的孩子覃炜夫。那时的他会不会因为我们冷落了他的孩子和家人呢？答案是肯定的！但是，他还是义无反顾地选择了我们，为没有依靠的我们创造物质生活条件，从来不要求我们按他的想法去做，把机会带到我们面前，让未来的袋子装着我们自己的梦想，把前方的一片荆棘砍掉，任岁月在他的眼角和发丝留下痕迹。他在我们身后说："孩子，放心大胆去飞吧！"你看到前路一片平坦，他留下的是时光的脚印和学会感恩的叮嘱。就是他呀，把时光全都奉献给了我们的大家庭——明天学校，感谢您校长爸爸！

6. 坦诚对话

临分手。

2016年8月7日的下午，韦林丽和外公外婆与我们依依惜别。在明天学校的校车旁，我、校长与韦林丽有一段简短对话：关乎恋爱观，关乎身世，关乎志向与未来。

我们问，她答。

不是带溢美或偏爱地说，我感觉这孩子的回答很有哲理很坦率很睿智很有文化，甚至很有远见。

"你恋爱了吗?"我问。

"没有。"她坦然道，"没有对上眼的。如果哪天有了，我不会花他的用他的和随便接受他的。比如他请我吃一顿饭，我一定会回请他一顿。我不会随便接受他的项链、戒指之类的礼物，不会！如果接受了，那意味着：'就是他了！'总之，我会很认真，不贪，不玩弄感情，更不会'任性'。"

我想起采访中，有的孩子（无论是正在念重点高中、大学的，或已就业的）很忌讳提及或让老师、同学尤其是男、女朋友知道自己的"孤儿"身份，甚至将其视为禁区。

我就特意问她："你怎么看'孤儿'?"

她轻轻地笑了笑："我不忌讳向人提及，也不忌惮别人提及。将来对男朋友也不会。我坦然面对。孤儿就是孤儿，这是事实，无法也无须掩饰和回避。我的孤儿身份在小学、初中、高中，常被老师提起；我也常与人道。没人歧视或瞧不起我。到了大学，我少说了，因为这是属于隐私一类的事情了。而且，你如果刻意去说，好像是在提醒别人同情或照顾你、谦让你——因为你是弱者。而我是要自强和独立的。所以我每个假期都做兼职，都打工，既得到了锻炼又能挣钱改善境况，包括与人交际，请吃饭什么的。"

说到这儿，林丽快速地看了一眼身旁的外公外婆："所以，我一直不愿再给廖叔、柳姨账号……"

这时校长插话了："你将来想干啥?"

她不假思索道："我最想改变农村的现状，让农业发展，让农民生活真正改善。"

我："说说你的现在和将来。"

她侃侃而谈："我现在是学校（陕西学前师范学院）的'朝阳协会'副会长。

这个是自发成立的公益性组织，专为孤儿院、福利院、敬老院献爱济困的。我想去做心理疏导，抚慰他们孤独、残缺的心灵。协会有四五十人，会按课程上课。目前仍在计划之中……将来，我或许会去贫困山区支教，从教育入手，提高山里孩子的文化知识，报效家长、祖国，我要让下一代培养正确的信仰！"

她说得煞是认真，脸露刚毅神色。

燕雀安知鸿鹄之志哉！

她小小年纪，但却有着忧国忧民、仁人爱人的博大情怀。

她站得高，看得远，想得多。

车子发动了。我再次端详她——韦林丽，这个与众不同的孩子：她的个儿确实不高，但她的品格高；同时，她也有别样的美丽。

7. 未来不是梦

2016 年 8 月 16 日，我与韦林丽通微信。

这时我住在明天学校，为了采写《哭了　笑了》。大学放假了，她正在她的家乡五塘度暑假。

我：还有什么要写的吗？比如高中、大学、其他？

她：我的故事先说到这里。最后，我想说，生命带走了我至亲的人已经是定局。但是我感谢在我成长的时候出现的他们，让我的成长步伐得以回到正常的轨道。我无数次对自己保证，会做一个对自己问心无愧的人。在大学的成长和学习，我并不是最优秀的。但是，我却很满意自己的成长。无论在社会里，在生活里，或是在我的人生里，希望他们放心！未来一起见证，无论生活如何，我本性里依然向往幸福，潜意识里忘记疼痛，骨子里为幸福而战，并以我的坚毅、刚强、执着、向上，去追求我期待的未来。

我：每一个孩子都有一个独一无二的卓越！只要有足够的努力，所有的孩子无一例外都可以做到"一切皆有可能"！

她：感谢并喜欢现在的自己。我相信我的未来不会太差。我也坚信我依旧还是我，乐观，逗逼，不服输也不认输。感谢生活！

我：你还很年轻，路还很长，幸福和挑战在招手。你是个有目标而且从不迷失目标的人。这，很难得，很重要。我感到很欣慰！

二、我的字典里没有"懈怠"

（李一帆的自述）

1. 莎士比亚

我一直没能见到她。

采访她，全仗现代化的手段：微信、短信、电话。

她在广西桂林理工大学念旅游管理专业，正在读大四。

覃锋校长肯定地对我说："这孩子很值得你一写！"

她叫李一帆，1995 年 8 月 26 日出生，壮族，上林县明亮镇罗勘村上莫庄人。

她引起我的格外注意，是由于这条微信：

> 何伯伯，我喜欢看莎士比亚的作品，因为年纪小的缘故，就有点不求甚解，总是无法理解其中的精髓。人生大概也如此吧。

莎士比亚！

我想，孤儿孩子中的大学生，善读莎剧并且能解其味的，恐怕不会多吧？

2016 年 8 月 25 日，我记得是周四，晚上 9 点半至 10 点半，我与她通了一次长途电话。我在明天学校，她在桂林。

一个小时里，将近有 20 分钟给了"莎士比亚"。

"莎士比亚的四大悲剧看过吗？"

"没看完。但我知道是这四部：《哈姆雷特》《奥赛罗》《李尔王》，还有《麦克白》。《奥赛罗》苏联版的电影，我还调了 DVD 来看了，妒忌——这个人类的恶疾，太可怕也太可恶了！看得我都哭了。"我是用明天学校的座机给她打电话的。话筒里传来她又脆又亮很热情很悦耳的声音。

她的回答让我很满意，甚至有些欣喜。

我接着说："莎翁四大悲剧全部取材于欧洲的历史传说：表现人文主义理想与现实社会恶势力之间的悲剧冲突及理想的破灭……"

我又问："四大喜剧呢？"

"看过看过！"她脱口而出，"《威尼斯商人》《第十二夜》《仲夏夜之梦》《皆大欢喜》。其中，《皆大欢喜》又有译为《无事生非》的……"

我颇感惊喜，说："莎翁这四大喜剧，基本主题是歌颂爱情和友谊，赞美了人性的天真和爱。充满了理想化的抒情、浪漫主义基调……"

我发现她阅读量很大，智商和情商都甚高。我当即给她传去一个采访提纲，让她自己写她的故事。

没几天，她就用微信传过来了，是美文，洋洋洒洒、行云流水。我请邓绍创老师帮忙打印了出来。这篇题为《曾经的我》的文章一共 12 页。

她写得用心，言之有物，亦有张力。她用平静、冷峻、认真、严谨、从容不迫，还有点大气的文字，写出了曾经的自己。

她的从小到大，她的小学到大学；她 21 岁的过往；她亲历的喜乐悲忧人生况味……尽在其中了。

这年，她 21 岁。

2. 我的童年

李一帆的童年，她从 5 岁写到小学毕业。她写了当过兵的父亲在她 5 岁那年的病逝和母亲的出走，写了爷爷奶奶对她的宠爱，写了爷爷为她而瘸了一条腿……

读来使我不由得泪眼婆娑。

"在灰暗的日子中，不要让冷酷的命运窃喜；命运既然来凌辱我们，就该用处之泰然的态度予以报复。"——她的自述，用莎士比亚这段话来开头。

我叫李一帆，一帆风顺的一帆。爷爷取的名字，本意是希望我一切顺利，然而名字总归只是符号。

事实上，我的人生并不是那么一帆风顺。

5 岁前，我一直是全家的宝贝，是整个家族里新一代的第一个小生命，家族里每一个人都争着把他们的爱全部倾洒在我身上。记忆里小时候的我小小的心只需要想怎么跟我的好伙伴丽丽处好。大概是因为生性没心没肺的缘故吧，霉运来临的那些日子我毫无察觉甚至在往后一无所知，所有的一切都是长大后家里人一言一句告知我的。吃完饭后，奶奶总喜欢跟我唠唠以前的事，像随意谈起一段旧时光一样，很平缓，仿佛是几百年前遥远的事："你的爸爸在你 5 岁的时候就走啦，生病住院了好久没好，他知道自己不行了，让医生停止治疗然后回家，每天都只能躺着，什么都做不了。我们每天给他打理身子，喂他吃饭吃药，他头发掉光了。也不知道为什么他从来不让你和你妈靠近他，估计是怕自己那时候的样子吓到你们吧。你说那么好的一个人，当兵回来的好孩子，我们的骄傲，会做家具会弹奏乐器会疼爱妻儿和孝顺老人，面相那么富贵的孩子，怎么就那么命薄！他是 2000 年走的，那时你才是 5 岁的小孩子，什么都不知道，出殡那天你还戴着你最喜欢的帽子跟你的好朋友摘路边的野花说要'过家家'给我们做菜。姑婆让你拿一根树枝放到你爸爸的棺材里面，你怎么都不愿意还笑着叫爸爸起床。后来啊你妈妈就回外婆家了。家里太穷你爸爸又不在，你妈妈就只能依靠娘家了。我跟你爷爷就拿着菜去集市卖才能买点肉给你吃，你还那么小啊，营养不良头发都是枯黄的，你上学又需要学费……"我静静地听奶奶讲述，仿佛在听别人的故事一般，半天才恍然回过神来，里面的主人公就是我呀！接着就想上次见到妈妈是什么时候的事情了。

　　记忆里印象最深的是去上学，班主任都格外照顾我，有时静静地看着我，眼泪就掉下来了。于是我总是一根筋地认为班主任对每一个小朋友都很好。以为大家也没有爸爸，我跟大家都一样，我没什么不一样，我是一个再正常普通不过的孩子了。后来长大了才知道，为什么大人总是羡慕小孩子，因为他们天真无邪易知足，重要的是易忘事。后来的日子都过得异常艰苦，上了年纪的爷爷奶奶要做沉重的农活来养家，挣学费给我上学。有一次爷爷爬树想要摘果子拿去集市上卖，不小心从树上摔了下来，因为没钱看医生从此就瘸了一条腿。尽管如此，爷爷还是拄着拐杖十年如一日地送我上学接我回家，还要去田里种菜。所幸的是乡镇政府知悉我们一家的不幸，给我低保户的补助，还给我免了学费，这样我才得以平静地读完了小学。只记得有一次我发烧了，没敢跟爷爷奶奶说，害怕他们要花钱给我治病。因为发烧不舒服，我在上课的时候趴桌子，我们的任课老师让我起来回答问题，我昏昏沉沉地没意识也没动静。老师生气了，他让我不要睡觉并且生气地用拿来指划重点知识的木条狠狠地抽到我的背上，当时我觉得身上不疼，但心里很疼！因为无助的我突然很想念爸爸妈妈，想念他们把我抱在怀里的样子。

3."爸爸"的拥抱

在李一帆历尽艰辛如愿考上重点高中之时，"校长爸爸"覃锋骄傲地拥抱了她，并且对她说："孩子，你是我们的骄傲！"

　　到了初中，从年幼到年少，已是知羞耻荣辱的年龄。在班上我很自卑，每次申报助学金的时候我多么羡慕电视上那些会隐身术的人。所幸父母给我的是有上进心、爱学习及发奋图强的基因。初一的时候我成绩很好，每次考试都是年级第一、第二名。也正是因为我给自己机会去挖土、填泥、浇水，终于换来了去明天学校上学的机会。那时韦翠良主任和莫荣斌副校长亲自到我们县城（上林县）来看我。我当时太激动了，导致老师给我布置了一个小小的考试过了很久才完成。2008年8月，当我第一次站在明天学校的宿舍楼面前时，一切显得那么不真实。我心里很惶恐，见不到爷爷奶奶，没看到放学回来那一栋栋黄泥巴的房子以及做饭时焚烧木头的味道。我站在宿舍门口，好多女孩子在嘻嘻哈哈地玩耍，我只想着：回家回家回家！我要吃爷爷给我泡的年糕粉……后来再回忆起刚刚来到明天学校时我的状态和心情，就会微微地想笑，笑自己当时不知道那是好日子正来临。进入明天学校后便是我"用泰然处之的态度对命运予以报复"的开始。我坚强、自立、努力地生活，努力地学习，努力地感受老师们对我的爱。我从未羡慕别的小伙伴有多么好的爱心人士关心他们，我只担心自己有没有让亲爱的老师们失望，担心自己的成绩有没有落下，担心自己的学识是不是还不够丰富。明天学校美味的饭菜是我放学最期待的食物，比家里的菜美味太多太多了！明天学校的老师们也是我放学后期待见到的人，想着快点回到学校，让老师们抱抱我，关心我今天在学校如何如何。记得初三那年，我跟另外一个小伙伴同"韦翠良妈妈"在一个宿舍住，因此我才得以见到韦妈妈每天早出晚归，默默辛苦的样子。韦妈妈生着病，每天疲倦的脸上挂着笑容跟我们说没事，问我们吃饭了吗，学习怎么样，休息够不够……总是鼓励我们中考要加油。正是韦妈妈这些充满爱的行为，让我下定决心要考二中、三中，我要成为韦妈妈和学校的骄傲。于是我每天早上5点钟起床，打着手电筒背诵历史和政治，每天中午不休息一直在学习，感觉身体充满了源源不断的动力，一想到老师们的笑容就从未觉得疲惫。大概命运看到我的真心了吧，我终于考上了南宁三中，而我也如愿看到老师们的笑容，感受到他们同我一样喜悦。初中毕业那天，由于我考上了南宁市重点高中，在明天学校为中考孤儿学生召开的欢送大会上，覃校长拥抱了我，开心地对我说："孩子，你是我们的骄傲！"我一颗心顿时就放下来了，多少个日日夜夜，多少个5点起床的勤奋，急迫的心在听到最渴望的这句话后，终于放下来了。

引文至此，我想我有必要做几点细化和强调性的插叙和补充。

其一，南宁二中、三中是南宁市乃至全广西的重点高中，要考上，一个字——难！明天学校自2000年创办以来，能考上三中者，唯李一帆一人，所以校长拥抱之并夸之为骄傲！

其二，关于李一帆"多少个5点起床的勤奋"，我专门打长途电话向她追索了细节：中考前的几个月里，当同宿舍同学酣睡之时，她逼自己在天还未亮的时候就醒来，正是大暑天，躲在闷热的被单里，她以三节电池的加强电筒照射，看书、背书、演算。午睡时间，亦然。她有"头悬梁锥刺股"的精神。这样，她每天比同学多学习了 3~4 个小时。她的高分和考上重点高中就是这样炼成的！而随着学习成绩的不断飙升，她的近视度数也成正比地大幅飙升：从原先的 200 多度变为不久后的 800 多度。她付出了代价。她说："我不后悔！"

4. 黑色十月

2010 年 10 月，她就读南宁三中的第二个月。这个本该欢呼雀跃的月份，对于她而言却是黑色的——她最后的两个亲人爷爷奶奶相继辞世。

这年，她才 15 岁。

然而命运又一次凌辱了我。我看不到它高高在上的傲慢姿态，我只听到它深夜的时候在我的耳朵旁边嘻嘻笑。2010 年 10 月是我上三中的第二个月，也是爷爷奶奶相继去世的"黑色十月"。他们这辈子最大的愿望就是看到我上大学，然而命运让我切身体会到什么叫"树欲静而风不止，子欲养而亲不待"。回家奔丧的我，因为悲伤过度，对这世界已经没有想生存下去的希望，想着这个世界上爱我的亲人都一个又一个离开了我，我也去死了吧！然而经历那么多苦难后的我，不再像一个孩童那么幼稚。我想着我刚考上三中，还有深爱着我的明天学校的老师们，还有想我念我的明天学校的亲人们，我才不是孤独无助的一个人。而且我的美好人生刚刚开始，我不要向命运屈服！就像汶川大地震时每次默哀后都要说的那句话："愿逝者安息，生者坚强！"我要坚强，明天学校给了我学费和生活费，但是我不能做一个只会读书的书呆子，我要练就生存技能以保证以后能在不幸的命运中生存下来。于是我寒暑假去做兼职，发广告传单，在寿司店洗碗，哪怕很少的工资都做，只为练就生存技能。之后上大学我才发现，我这一意识十分正确，高中练就的技能使得我在大学的兼职中省了不少适应期，同时也比别人更有能力做好工作。

5. 我的大学

李一帆上大学不是梦。

当然不是。

她优秀吗？

当然优秀！

最后，在明天学校的帮助下，我拥有了考大学的机会，也如愿地考上了桂林理工大学旅游管理专业。这是我自己人生中最快乐的事情。八年来，明天学校培养我，给了我光明的世界，没有明天学校我就没机会上大学，明天学校改变了我的命运和人生，校长、老师温暖了我的世界，让我拥有了前途和未来！感激之情无以言表。因为珍惜上大学的机会，也因为想要好好地释放真正的自我、表现自我，大一的时候我积极主动地参与了学校的很多社团及活动，真正的目的就是为了表现自我，锻炼自我，向所有人证明我与别人并没有什么不同，只是一个比很多人优秀的普通人。

大学教会我如何去应对人际交往，如何提高能力和责任意识；而明天学校教会我如何爱人，如何被人爱，如何爱自己，如何做行动的巨人，如何感恩。老师们只希望我们一切安好，不要求我们多优秀；而我，是要求自己变得很优秀，这样我们的一切会更安好！

在大学四年，她每一步都争气，都走得好，迈得稳。用她自己的话说：她努力"让自己的精神世界熠熠生辉"。

我们来看她担任职务的情况：

大一，担任班级班长；大二，担任桂林理工大学校艺术团合唱团团长、旅游学院艺术团声乐队队长；大三，担任班级文艺委员。

再看看她在校期间获得的奖励：

2013年12月，获得新生杯优胜奖；2014年1月，被评为校级元旦晚会先进个人；2014年5月，被评为校级艺术团先进个人；2015年9月，获得广西大学生艺术展演区级二等奖；2015年11月，被评为校级文体活动先进个人；2015年9月，被评为院学生会优秀工作者；2015年12月，获得超级旅生优胜奖和模拟导游大赛亚军；2016年2月，被评为优秀实习生；2016年3月，被评为院级优秀工作者。

这些，不能说不骄人吧？

6. 亮点

大学四载，李一帆与平庸无缘。她一直出色，颇有可圈可点的亮点。

刚上大学，那是2013年的夏天。依惯例，大学生需军训七天。李一帆这个旅游管理专业有三四十人。大家来自五湖四海，互不相识。这是开训第一天的下午，烈日当头，宽阔的操场上，一丝风也没有。教官还未到，大家有点儿不耐烦了，队伍出现了噪声和乱象。

"听我口令：立正！向右看——齐！向前——看！"李一帆小跑到了队列前面，俨然是教官，"报数！"

谁也没指令她这么做，谁也没赋予她这个指挥权。但她这样做了，完全是不由自主。她觉得待会儿教官来了，看到乱糟糟的，会印象不好。

这时，年轻英俊的教官来了，看到一个整齐划一的绿色方阵英姿飒爽地伫立于绿茵场上，不禁向李一帆投以赞许的一瞥。

军训结束，选班长。李一帆这个三四十人的小班，都把票投给了她这个"临时教官"。理由是雄辩的：关键时候能挺身而出，有组织能力和应变能力。同学们理所当然地信任了她，对她高看一眼。

再有一个亮点，是一场实打实、硬碰硬的较量：整个桂林理工大学 2000 人竞争 12 个名额——派往台湾树德科技大学做交换生的资格。

千分之六的机会！即 1000 个人中，只有 6 个人可以赢得这个机会。

太难了！

我们还是来看看李一帆是怎么想的、怎么做的，又是什么样的心态？

由于自己的努力，才得到了去台湾树德科技大学做交换生的资格。这是学校第一次与台湾的高校进行合作教学，名额极其有限，整个学校差不多 2000 人竞争 12 个名额。首先，老师要对学生的在校表现进行第一轮筛选，其次，对学生直接面试进行第二轮筛选。而我因为大一、大二的努力所获得的荣誉成功地通过第一轮筛选；第二轮面试之前我做了充分的准备——查阅各种资料去熟悉和了解台湾，一有空就让同学模仿面试官，模拟面试的样子，让自己充分地去摸索面试的技巧和应对能力。最后，我顺利通过了第二轮激烈的竞争，赢得了去台湾做交换生的名额。对这个竞争我那么执着，那么用心地去做准备，是因为我不甘平庸，不满足于现在学到的知识，我想去外面的世界看看。其中，内心深处最大的动力还是回到当年刚进入明天学校时年幼的我的纯真愿望：希望看到老师们的笑，希望老师们为我感到骄傲。老天不负有心人，我终于如愿以偿了，一颗心再一次放了下来……

7. 回望母校

回想明天学校，她有无尽的感激。

"做人也要像蜡烛一样，在有限的一生中发热发光，回报世界以光明。明天学校是个温暖的大家庭，谢谢学校给我的关心和父母般的怀抱。"这是李一帆贴在明天学校宣传栏上的《感恩词》。

当她在 15 岁那年考上南宁三中之时，当覃校长给她一个温暖的拥抱并且骄傲地说"你是我们的骄傲"之时，她就在心里对自己说："我要永远记住明天学校，永远！"

是的，她记住了明天学校，记住了老师。从某种意义上说，这是难能可贵的。因为，她已然是羽翼丰满。

我手头有一封信，是李一帆写给母校和老师们的，不知为什么，我这个当过老师的老人，读来不由得涕泗横流。

看邮戳，此信是 2016 年 7 月 12 日从钦州港寄出的。

这里，请允许我将内文"分解"一下。

李一帆写到了韦翠良老师：

> 韦老师是我在明天学校接触的第一个老师。韦老师既像爸爸又像妈妈。她严厉但慈蔼，她雷厉风行但亲切温婉。跟韦老师在一起总是有一种安全感，觉得很安心，不惧怕任何艰难。记得初三的时候，跟韦老师住在一间宿舍，老师每天早出晚归，为了我们的事有时候都吃不上饭，还不忘关心我们的学习。高考结束的时候，很多同学由于家庭的原因不能继续上学。韦老师就整日操心劳力地帮助那些同学，想尽一切办法让他们继续完成学业。这些事大多数人只能在影视作品里看到，而我真切地在现实中、在身边人的身上看到，对我内心的触动大到无法用言语形容。真心替那些能继续上学的同学感谢韦老师。同时我也特别感谢韦老师，因为她的存在，让我生命中出现了这么一个伟大而熠熠生辉的人，让我拥有可以向他人炫耀我曾遇到一个好老师的运气。感恩！

在李一帆眼里，覃爱芬老师是这样的：

> 覃老师是我认为最像妈妈的老师。她温柔慈祥，给我们无微不至的照顾，总是对我们笑，像早晨的太阳，像开放的花儿。我本以为温柔慈爱的覃老师像所有女人一样拥有着如水一样柔软脆弱的心，后来我发现我错了。覃老师不是一个脆弱的人，而是一个心如磐石般坚强的人。因为她心中有爱，女子本弱，为母则刚。因为我们，她变得更坚强。那时候，覃老师家里出了一些事故，而她又生着病，我祈祷上天多些怜悯，让覃老师快点好起来。我原以为覃老师这一回家或许就不会再回来了。没想就在我们忧心忡忡的时候，覃老师就回来了，依然是那个温柔的笑容，依然站在那儿仔细地点名，依然带我们吃饭休息，但是老师脸上有时多了几分落寞，眼睛不再那么神采奕奕。也是这样的覃老师，让我有成倍的勇气去战胜中考。感恩感谢！

这里，信中所说的"覃老师家里出了一些事故"，指的是覃老师的丈夫因为一场意外车祸不幸辞世。李一帆这孩子生性善良，她写得隐晦，她不愿触及别人的心灵创伤。

李一帆还真切地记得张秀丽老师对她的好以及那满含爱意的几个苹果。

> 张老师于我来说亦师亦友。上高中的时候，每次回学校都能碰到张老师，于是我就会跟她说我在学校的事，在学校遇到的难事。张老师就像朋友一样开导我，给我勇气和信心。有一次回学校，快要走的时候张老师给了我一些苹果，我当时真是内心感动！从小到大我一直都觉得有人关心是一件非常幸

福的事。张老师说，以后我们去中学了，远了，没人关心照顾我们，让我们拿几个苹果过去吃，小孩长身体要多吃水果。感谢妈妈一样的张老师给予我的温暖……

李一帆写校长，笔墨虽不多，但情浓得化不开，字里行间透出深爱：

　　最后，感恩校长。我只记得我刚进来时校长还有健康的身体，黑色茂密的头发，而我上了大学后只看到校长消瘦的身体，变得花白稀疏的头发和疲倦的眼神。校长也是为人父，而他的爱全给了我们。正是因为他的无私付出，才让很多像我一样的孩子改变了命运。万分感谢！万分感恩！

8. 老师眼中

在老师眼中，李一帆是一个怎样的孩子呢？

2017年7月初的一天，我专门走访了生活老师们。

提到李一帆，张秀丽赞不绝口，满脸自豪。

我记住了张老师说的几个细节。

——一帆是带着优异成绩来明天学校的。

——她一进入初中就得到班主任的夸赞，说她品学兼优。

——每个星期的周末，一帆都从就读的初中回明天学校，别的学生去玩去逛街，她从来都是独自一人在宿舍里刻苦用功。

——她考上南宁三中，这在明天学校引起了轰动，有点破天荒的感觉。

——有一年，明天学校请她从三中回来给备考高中、大学的弟弟妹妹们传授经验。她有许多好建议，如"中学阶段要不怕难，多交流学习方法，时间是公平的，人人平等，时间又是有限的。我们做学生的，还是'以学为主'就好了。""考试前夕，要多练，多模拟，勿慌张。"

临别，张老师总结似地对我说道："从李一帆的拼搏历程和她的话中，你能看到她不仅是个非常聪明的孩子，还是个很善于思考而且很有个性主见的优秀学生，是同学们学习的好榜样！"

9. 阳光·沙滩

22岁的李一帆走向了她全新的人生征程。

从桂林理工大学毕业，她到三亚市香格里拉度假酒店实习三个月；又以优秀生的身份被选派到台湾树德科技大学进修四个月；又以台湾树德科技大学的优秀生资格赴马来西亚提高班学习半个月。每一步她都不甘人后，都走得好！

现在她自己的航船停泊在广西北海的涠洲岛。

这天傍晚——2017 年 8 月 2 日，她给我发来十几张照片和录像，夏日美丽炫目的涠洲岛景色尽收眼底。24 平方公里的岛上，有鳄鱼山、天主教堂、博物馆、五彩滩、石螺口、滴水丹屏、海洋公园、涠洲岛灯塔……美不胜收的人文景观和自然景观直教你目不暇接、眼花缭乱。

毕业于旅游管理专业的李一帆给涠洲岛旅游公司带来了新理念新观点新思路。

在一个短短的视频中，她在游船上当众挥钓，鱼竿上的尼龙丝线在海面划出一道美丽的弧线，不一会儿，鱼竿动了，她以迅雷不及掩耳的速度收线，一条酷肖非洲老虎鱼的七彩鱼就钓到了她眼前，晃来荡去扑棱棱地摇头摆尾，引来一船的惊叹和尖叫。旋即，她望向蔚蓝大海由衷赞叹："你们看，这海，多蓝啊……"

她，草帽遮阳，雪白短袖，白里透红的美丽脸庞，红唇皓齿，和阳光一样灿烂的笑容，你会想到，年轻有多好！而透过这些青春和"光环"的背后，我看到并且悟到了六个字：自强、自立、自信。是的，这六个字属于她。

写到这里，请允许我再引用她那篇专门应我之邀写的 5000 字美文之中的一段话，以作全文收尾——因为它们不可替代的真实、励志和有着激奋人心的青春活力。

> 我从来不羡慕家里有钱的孩子，因为他们的生存本领和生活技能远远低于我，我并没有因为自己是孤儿就感觉比他们低一等。大学寒暑假我做过导游，做过纪念馆讲解员，发过传单，做过代购，学会调配咖啡、鸡尾酒，学会如何服务、如何销售等。最重要的是我学会了如何更好地与人交往，掌握了解决问题的本领。机会真是给有准备的人的。

足以使人感到欣慰的是，她总记得明天学校。她要为明天学校用心构筑一堵大爱之墙：

> 感恩明天学校对我的爱和支持，感恩明天学校让我顺利地度过大学生活。现在我还没有能力在物质上为明天学校出一份力，献一份热血。但是，我要用心在精神上为明天学校砌一堵荣誉之墙，一堵用荣誉堆砌的坚固的墙，今后尽心尽力获取更多的更高的荣誉，夯实明天学校的爱的精神！

一帆真的好棒，我由衷地为你点赞！

三、好一朵美丽的茉莉花

（谢秀冬的故事）

1. "属于我的故事"

谢秀冬给我发来微信。

这是 2016 年 7 月 22 日早上 8 点 33 分，她应我之约写的《属于我的故事》：

> 英国诗人托马斯·胡德说过："自古及今，悲惨的故事无一不是用泪水浇灌出来的。"虽然我的故事里也常有泪水，但是这里边除了痛苦，更多的是感动和温暖。而现在我选择把人生中记忆深刻的故事写下来，不仅重温了当时的痛苦与快乐，还有了更多勇气去面对过往，面对现在，面对明天，然后好好生活，继续努力去谱写属于我的故事……

谢秀冬的微信名叫"谢东东"。

我承认她的故事"开场白"有一股张力，如磁石般吸引了我。于是，我与这女孩子有限的相处时间，变得生动和鲜活起来。

2. 茉莉花

漂亮的、成片的、茂盛生长的，遍布在她家一个大院子里的茉莉花，真的是"又香又白人人夸"！

我从没见过如此饱满、雪白而芳香的茉莉花。

7 月 21 日，我们到了谢秀冬的家里——横县横州镇大和村委高杨村。

这天天气十分闷热，她开着电动车从镇上把我们明天学校的校车引领到了她那飘满茉莉花香的院子里。

院子大概有一个篮球场大。院子一角是一间红砖屋，二层高。堂屋正中央的墙上贴着一张大幅毛主席的画像。始终热情如火、笑容可掬的秀冬，像是变魔法般，从里屋拿出一脸盆黄熟诱人的黄皮果，又从冰箱里取出一大碗显然是专为我们准备的海带绿豆粥。我与同行的潘显龙主任、邓绍创老师，正享用着，就听到了一阵"咯咯咯"的欢快笑声，由远及近，片刻间人就入了屋，是秀冬的奶奶。这真是"人未到笑声先到"。老人戴着一项自制的带遮阳帘的草帽，一条白毛巾围住脖子，长袖衣，长裤——将全身裹了个严实，只露出一张脸，只见她手挽一只竹篮，里面满载芳香四溢的茉莉花。

奶奶很快入房卸了"装备"。短袖衣，沙滩短裤，背有点驼，身板甚是硬朗。古铜色的脸上皱纹密布，总是挂满笑，总是洋溢着幸福感。而且，不管是别人说话，或是她说话，她总会发出"咯咯咯"的时高时低的爽朗笑声。

说话间，没隔多久，进来了一个帅哥，起码有1.8米高，是秀冬的弟弟，寒暄过后，他就蹲在堂屋的门槛上，静静地抽烟，也是满脸挂笑。

于是，从老奶奶缺了门牙的嘴里和秀冬姐弟的互相补充中，这个家的遭遇，基本清晰、成形并且完整了。

这个家是很不幸的——起码在当初是。

出生于1994年的秀冬，长到2岁，母亲就病故了，具体什么病症在当时不得而知，只知其经常头晕昏倒，时常需要刮痧。那时秀冬还太小，母亲没给她留下丝毫印象。唯一留下的是一张她与母亲的合影，看得出妈妈整洁、清爽和漂亮。照相时她未满周岁。奶奶和乡邻都说她与母亲很相像。祸不单行，父亲死于意外的车祸，是别人酒驾撞上的。当年她七八岁，正在念小学。她对父亲有记忆：一次，她正读学前班，学费交晚了，老师说再不交就别来了。她喜欢读书，很焦急，跟爸爸哭着说了这事。爸爸说手上没钱，让她跟老师说需要宽限几天。两天后，父亲真的就交给她几百元让她高高兴兴地缴足了学费。那时候年幼的她很佩服父亲，觉得他强大而且厉害，就像超人一样能帮她和一家人解决好多困难。总之，好像没有什么事能难得住"超人"。

"可惜的是，'超人'太早去了天堂，已经不在我身边，不能再为我、为这个家赴汤蹈火，排除万难。后来就剩下我、弟弟和奶奶相依为命……"

她还隐约记得：车祸后，当时她趴在父亲宽阔的胸脯上，看着他永远闭上的眼睛和他血肉模糊的身躯，心里既难过又害怕。她与自己的至亲、唯一的依靠永远别离了！她的"天"崩塌了！她哭，好几天大哭不止，直至泪水哭干。五六岁的弟弟也跟着哭。奶奶却是早就止了哭，擦了泪，再帮姐弟擦了泪，轻轻地但坚定地说："我们不哭！哭没用！"奶奶一左一右将孙儿孙女从地上拉了起来。泪眼蒙眬中，秀冬看见瘦小的奶奶这时变得高大和强大……

时近黄昏，秀冬这样结束了这个悲催故事。

其实，这个短暂的采访，我从始至终听到的是一个令人扼腕的人生悲剧。这里面，有年轻父母的早逝，有失去双亲成为孤儿的幼小姐弟过早地无依无靠，有已至暮年的仍需操劳的奶奶，有失去家庭支柱的残缺家庭的许许多多可以想见的苦和难……

听着，我顿觉酸楚。

但他们很平静，而且脸上总有浅笑。不管是奶奶、秀冬，还是弟弟，都看不到丝毫愁容。

我感觉到了一种美德和精神，那是坚强、乐观。

分手时，我问奶奶茉莉花的收成。

老人又"咯咯咯"开心地笑了："只要天不下雨，这一院子能采摘到好多好多花，一天可以卖个 80、100 元……"

我知道，横县是广西乃至全国的茉莉花之乡和茉莉花茶之乡。

老人笑得很满足。她名叫韦秀兰。

我们的车子启动了。车窗外，秀冬不停地挥手，目送我们，她漂亮的脸庞上笑容始终灿烂，一如这夏日的阳光。

车子开出老远了，我回眸，她仍站在那儿。我记住了她的披肩黑发，合身的粉底花格短袖衣和蓝色牛仔裤，俊俏精干的身影，椭圆的脸庞上一双睫毛上翘的睿智眼睛，尤其记住了她的笑容。

好一朵美丽的茉莉花！

3. 花香

我觉得秀冬这孩子很优秀，是真的优秀。

2007 年，14 岁的她来到明天学校读小学六年级，初中入读南宁十八中，高中考取南宁二中——这是南宁市乃至全广西的重点高中，学校里全是顶尖学子；2014 年她一举考上了广西大学，念的是公共事业管理专业。

从大二开始，她先任学院团委组织部干事，又任学院团委组织部副部长，并且担任她所在的 2014 级一班的团支书。

她的优秀不止于此。

在大一上学期，也就是刚上大学之时，她递交了入党申请书。这是她自愿、主动写的。她那个年级有 60 人，分有一班、二班；她在一班。她积极听党课学习党章向党组织靠拢。到了 2017 年 3 月——大二的下学期，她庄严宣誓成为中国共产党党员。现在她那 30 人的班上有 5 名党员，她是其中之一。她荣获若干奖项，如 2014 年第六届广西翻译大赛优胜奖，2015 年在华中师范大学暑假"万村调查"活动中被评为优秀调研员……

在 2017 年 3 月 17 日，她从一名预备党员转为一名正式党员。

我曾问她大一时申请入党的动因和初衷是什么？她平静笑曰："……我之所以一直锲而不舍地坚持入党，是因为我觉得我们党是一个优秀的组织。加入党组织不仅可以让自己得到更好更大的成长，同时还可以在党的领导下为社会、为人民贡献出自己一份微薄的力量，以此来报答这么多年来党和国家对我的关怀和帮助……"

很质朴，很真实，发自内心。

在2014年高考前夕，一件突发之事，让她差点与大学失之交臂，却也凸显了她的善良品性。是时，高中学子们在挑灯复习、紧张迎考，可谓分秒必争！奶奶却病重住院了，是严重的骨质疏松症。她闻讯后寝食难安，根本无心看书和用功。有一个周末，她跑回了车程四个多小时的老家。在医院里精心照料老人两天。奶奶和姑姑担心她误了高考大事，一"撵"再"撵"，她才忍痛离开。这真是两难！回到学校，她咬牙，她忍泪，她加倍努力。她明白，考取大学就是对老人最大的回报。每天下了晚自修，她打开小桌灯复习，超过子时是常事。可谓苦尽甘来，她取得了575分的优异成绩，踏入了广西大学。在所有毕业于明天学校的孤儿考生中，她无疑是当年高考文科之冠了。

我曾以"人生信条"之类问题询之。

她略一思考，谦虚作答："'坚持就是胜利'是我一直以来的信念。我不愿意因为遇到一点小困难就胆怯就退缩。我很庆幸自己的坚持，坚持使我学到了很多东西，也长大和成长了不少……"

4. 骨头汤

谢秀冬对我说她会记住那碗美味的骨头汤和明天学校给她留下美好记忆的人和事。

读初一时，一天早晨醒来她发现自己发了高烧，将近40度，头昏脑涨，飘飘忽忽，脚底似踩了棉花。其实她前一天夜晚就感觉浑身发烫，但她想咬牙挺过去，没告诉老师更没吃药，导致第二天病情加重。时任孤儿管理处主任的韦翠良老师知情后，狠狠地骂了她一顿："你怎么能这样？怎么能烧成了这模样才来告诉老师？万一烧坏了脑子，我看你还念什么书？你一辈子怎么办？你怎么这么不爱惜自己的身体，真是不懂事！"老师脸色是铁青的，声色俱厉，这是真骂，就像骂自己的亲生女儿一样。秀冬泪水奔涌而出，虽然当时被"痛骂"着，但是心里却感觉甜滋滋的很幸福。因为她能从老师生气的话语中真切地体会到老师对自己的在乎、心疼和关爱……

"后来是郭肖舅老师带我去社区卫生院打吊针吃药。打了三瓶药水，打吊针的过程是漫长的，但郭老师一直陪在我身边，跟我聊天，问我渴不渴，饿不饿，要不要上厕所，还有哪里不舒服。吊完针回到宿舍躺下后，郭老师就在自己家里专门煮了骨头汤拿来给我喝。这是让我最感动的！喝着香甜的汤，我的泪滴到汤里。虽然郭老师平时管理学生很严格，我之前也有点怕她，但是老师是真的关心爱护我们每一个孩子。我一直在心里记得那一碗美味的骨头汤。后来的几天都是值班老师抽空带我去打吊针的，就算事情再多也没有丝毫怨言。在老师们无微不至的照顾下，一周后我痊愈了。"

当年在南宁十八中上初中的有 5 位"明天孤儿"。他们下午放学从十八中步行回到明天学校的时间都会比较晚。不管有多么晚，生活老师都会叮嘱饭堂留下 5 个孩子的饭菜，有时还特意叮嘱多加点菜。5 个孩子从来不会饿肚子，吃到学校特地留的饭菜，他们心里是热乎乎的。初中三载长长的 1000 多天，不论寒暑，皆如此。"这即便是有着血缘关系的亲人，都不一定能做得到。但是，明天学校的老师和炊事员做到了！"谢秀冬如是说。

这是一个发生在 2014 年初夏的故事，那是一件小事，对于她来说却是刻骨铭心的。我们还是听秀冬自己说：

"依然记得是高考前的那一天早上，下着淅淅沥沥的雨，我们正在教室里自习。我当时有点紧张也有点激动，不仅因为那是我作为高中生最后一次自习，也不仅因为第二天就要高考了，还因为我前一天晚上收到韦老师的短信说，这一天早上校长要亲自来学校看望我，为我加油鼓劲。当时看着天下雨，我不知道校长还会不会来了，但还是紧张而激动地等待着。让人感动的是，校长真的如约而至了，而且还带了牛奶、水果、钱给我（每年高考前夕，明天学校都会派老师给迎考的明天孩子送去 500 元钱、一箱牛奶和水果——这是多年坚持的"慰问标配"）。那时候特别开心，很感谢校长给我的鼓励。在此之前，生活老师也约我们几位将要高考的同学出来一起聚一下，互相加油。感谢老师们这么关心我，像家人一样重视我的学习和生活……"

5. 奶奶——妈妈

是的，她当面管奶奶叫作奶奶，在心里面却唤着"妈妈"。

"说起我的奶奶，其实她就像我的妈妈一样。因为从我小的时候奶奶就开始照顾我，就算是当时母亲还在世，大部分时间也都是奶奶带着我，因为母亲身体很不好，抱着我她会经常头晕摔倒。母亲离世时弟弟刚满 4 个月，也是奶奶含辛茹苦地把他带大的。奶奶经常说她这一辈子当了两辈人的妈妈。是的，母亲给了我们生命，但奶奶给了我们生活和成长的保障。她不仅是一位伟大的母亲，还是一位伟大的奶奶。世界上最爱我们的人就是她，而我最爱的人也是她，她是能够支撑我面对所有困难的坚实后盾，是我好好学习天天向上的强大动力。我之所以那么努力学习，就是不想让我的奶奶失望难过，我也希望将来学好本领能够有能力让我奶奶过上好的生活……"

谢秀冬这样向我谈她的奶奶，满含敬重，满怀深情。

奶奶已是77岁高龄。从二十几年前就开始当孙子孙女的"妈"，她得抚养两个幼小的孩子，还得操持里里外外的一切。但老人几乎从无怨尤。

秀冬比弟弟大两岁。两姐弟会争宠。

"我比弟弟幸运一点的是我和母亲有两年的相处时光，而弟弟刚满四个月就失去了母亲。听奶奶说他那时候很爱哭，抱着他只要一坐下来就哭，晚上睡觉也总哭，必须要奶奶背着他走来走去，摇来摇去才能入睡。再大一点的时候，他也是一直要和奶奶睡，而且要摸着奶奶的头发和耳朵才能睡着，也许是对奶奶太依赖，也许是缺乏安全感。其实，那时候我总是跟他争着和奶奶睡，但是每次都争不过。主要是他太耍赖，而我又心太软。上学的年纪里，我们就像冤家一样，几乎每天都因为一些微不足道的小事而吵闹打架，会因为奶奶给的五毛钱争论谁得两毛谁得三毛，会抢谁先拿到最大个的水果。反正我们就是一言不合就吵架，太激动了就会动手，但是大多时候都是我输了。有时候奶奶看不下去了就把我们两个都给揍了。我很庆幸奶奶没有偏爱她的孙子。长大后我们就没有再动手了，最多是拌拌嘴。后来我们一起到了明天学校，读了一样的小学，也去了一样的初中。我很骄傲他读书这么努力，这在男孩子当中是很难得的……"

或许是秀冬传承了奶奶乐观和笑迎困难的基因，她将自己并不幸福滋润的童年时代描述得趣味盎然，真实得使人忍俊不禁。总之她就是这样一天天地长大。

她也有许多时候抢到了和奶奶睡。她最大的乐事就是睡觉前听奶奶讲故事了。有猴子捞月、嫦娥奔月、哪吒闹海、孙悟空大闹天宫、孟姜女哭长城……还有奶奶亲身经历过的战争故事。是的，真的是战争故事，而且是与抗日有关的。

每次鬼子进村扫荡之前，奶奶和一村人都会急急忙忙地把粮食埋藏在地底下，把家禽也都赶到山里（后来她长大了知道这叫作"坚壁清野"，不让小鬼子得到一粒粮食），然后带上几天口粮就躲进了深山密林中。奶奶也会害怕，每次在山上听闻在天空盘旋的日军飞机会吓得哆嗦发抖，担心丢下的炸弹会让自己一命归西……奶奶当时也就七八岁，尚有一个妹妹在褓褓中，因为几次躲扫荡中妹妹总大声啼哭，村里人不允许家人再携妹妹入山中，等到鬼子离村，大人返回时可怜的妹妹已断了气……战争自是残酷而无情！这些个故事尤其是这个战争故事，奶奶讲了很多遍，秀冬也早已耳熟能详，几乎可以倒背如流，但是每次睡觉前总还是缠着奶奶重重复复讲了再讲，而且一定要从开头听到结尾，然后才心满意足地蒙头呼呼入睡。后来回想起来她认为这睡前的"必修课"其实是类似于催眠曲的东西，是对亲情和母爱的一种本能渴求和索取。

"奶奶所经历的苦难是我无法想象得到的。但她每回讲这些，都总是很平静，好像讲的是别人的故事。从没有大起大落和一惊一乍，更没有过抱怨和眼泪。我感觉奶奶是在不经意间，潜移默化中给我和弟弟灌输了什么东西——比如'别哭，哭是没有用的'。后来我在大学里看到了海明威获得诺贝尔文学奖的名篇《老人与海》，里面有一句很给力的话：'你尽可以把他打败，但你就是打不倒他！'我就联想到我的奶奶。她，一个普通得不能再普通的中国劳动妇女，尽管历经千难万劫，她就是不倒，生活负担再沉重就是压不垮她——从当年的抗日到几十年后的今天。"

这时，我立即想起我看过的一本印象极深刻的西方心理学的名著，那是奥地利的阿尔弗雷德·阿德勒写的《儿童的人格形成及其培养》，这位"现代自我心理学之父"提出了许多影响深远的观点。比如，孩子的成长要防止自卑情结；又如，在孩子成长过程中，人格培养比考试分数重要100倍。

我对秀冬说："值得庆幸，你有一位平常但却无比伟大的奶奶，她不单当了两代人的妈妈，茹苦含辛养活、养大了你，而且她还现身说法地影响和造就了你健全的人格与秉性。所以，你的奶奶是真了不起！"

"是的是的。"秀冬不住地点头，眼里放出光芒，溢出了知足、感动和幸福的泪花，"可以说，没有我奶奶，就没有我的一切！"

6. 引路人

人生就那么几步路，每一步都要走好。

谢秀冬遇到了几位人生的引路人。她是幸运的。

明天学校的孩子，有部分会得到爱心人士的资助，叫作"一帮一"，这是南宁人倡导并乐意为之的"南宁精神"——能帮就帮。

第一个资助人是郑阿姨。

秀冬向我这样描绘郑阿姨对她的关爱和呵护，真可谓细致入微了。

认识郑碧云阿姨是在我六年级的时候。其实，那时候本来要资助我的人不是郑阿姨，而是一位马奶奶，郑阿姨只是陪同前来的。后来不懂什么情况是郑阿姨资助了我。遇到她，我觉得很幸运。郑阿姨真的非常关心我，每周末有空的时候都会来学校看我，带着牛奶，带着小零食，有时候也会带着生活和学习用品，时不时也会给我一些零钱。时间充裕的话，还会带我出去吃一顿大餐，那时候弟弟也在学校，郑阿姨就会带着我们姐弟一起出去吃。记得有一次弟弟晕车，直接在郑阿姨的车上吐了出来。但是郑阿姨没有生气，只是把车停了下来，把窗打开让弟弟透透气。我就觉得郑阿姨太好了，太贴心了，太让人感动了。其实郑阿姨一直都是这么善良。从认识一直到现在，郑阿姨无时无刻不在关心我的学习和生活，每当我有困难的时候，她总会义无反顾地帮助我，不求回报。感谢我的郑阿姨，我一直都记得她的好，我也真心希望郑阿姨能够一直幸福地生活。

她的第二位资助人是"庞妈妈"。庞妈妈不仅帮助和关心秀冬的学习和生活，还教给她许多做人的道理。

对庞妈妈，秀冬的描述十分真切而且精准。

关于我的庞妈妈和卢爸爸：

其实我是直接喊他们爸爸妈妈的，因为我们很亲。认识庞妈妈是因为我弟弟的缘故，那时她是我弟弟的资助人，她带我弟弟出去吃饭的时候会顺便叫上我。还有一个周末，庞妈妈让一位阿姨开车来接我一起去吃饭。刚见面的时候她就让我喊她妈妈，其实那时候我是有点尴尬的，"妈妈"这个词好像从来就没有从我的口中说出过，不过我还是喊了一声"妈妈"。吃完饭庞妈妈就又让阿姨送我回去。后来庞妈妈也非常关心我的学习和生活，时不时都会和我联系。中考成绩出来之后，庞妈妈还和韦老师一起陪我去南宁二中报名，报完名之后还去吃了巴西烤肉。那是至今为止我吃过的最好吃也是最满足的一次自助餐了。之后的暑假庞妈妈让我住进她家。就是那时我认识了卢爸爸。他真的是一位开明幽默的爸爸，知道我刚来比较害羞就经常讲笑话给我听。家里还有一位哥哥——也就是他们的儿子，也在南宁二中念书，只不过是在不同的校区。我在这个家里生活，完全感受到了一个完整家庭的幸福和温暖。每天晚上吃完饭之后我们就一起去附近的公园锻炼，去练习倒立，然后一边走路回家一边聊天。到家之后就洗澡，看电视，然后道晚安。第二天他们上班我去上课，下午回来我偶尔会去超市或菜市场买菜做一点小菜，然后就是吃晚饭，锻炼，睡觉。这看似简单的生活，其实是充满温情的。庞妈妈教会了我许多做人的道理，最重要的一点就是要正视自己的身份。孤儿这个身份对大家来说还是比较特殊的，我们往往羞愧于承认自己与别人的不同，我也是一样不敢直视。但是她跟我说，孤儿不是我的错，贫穷更不是我造成的，不管是怎样的身份，我的存在于他人并没有贵贱之分，我不能看轻自己，只有接受了自己，才能有足够的信心和勇气去拼搏奋斗，去拥有自己想要的生活。感谢庞妈妈告诉我这个真理，也希望那些羞于承认自己身份的人能够鼓起勇气面对自己的身份……

对秀冬的这位庞妈妈，我是从心底里钦敬。她是用心、用真情来解开这位"女儿"的心结。说她是秀冬的引路人，一点也不为过。

为了创作这部反映明天学校孤儿生活境况的长篇报告文学《哭了　笑了》，我专门研读了不少孤儿心理学的专著。我知道散居孤儿普遍存在的共性，诸如缺乏安全感，有自卑感和焦虑感，内心不平衡，心理受挫，情感依托缺失，等等。

或许可以说，庞妈妈和她一家将秀冬带到了阳光下，让她感受和享受到同一片蓝天。

7. 心里话

明天学校的孩子们，他们的"根"还是在明天学校。

这是毋庸置疑的。

诚如泰戈尔说的："无论你走到哪里，我们的心总在一起；无论黄昏时的树影有多长，它总和根连在一起。"

在微信交往中，我希望正在广西大学读大三的谢秀冬对明天学校说几句心里话。

她当即微信回曰：

　　我很幸运能够来到明天学校，在这里学习和生活，在这里快乐地成长。这里的校长和每一位老师都无微不至地照顾着我们，深深地牵挂着我们。我希望自己将来有一天能够有能力有机会为母校做一点事情，以行动来表达我的感恩之心。

我在明天学校的孤儿管理处，看到谢秀冬在 2016 年 7 月 7 日写给覃锋校长和 9 位生活老师的感谢贺卡。每人都有一张。表述不一，大意相同，感恩之情充溢于一张张彩色纸片。

覃（锋）校长：

　　感谢校长一直以来对我学习和生活的关爱和帮助。我不会忘记高考前一天下大雨的早上，您亲自到南宁二中来为我加油鼓励。谢谢校长！

韦（翠良）老师：

　　谢谢老师一直以来为我付出的时间、精力、爱和感动。您是位大美女，人美，心也美！

　　希望老师能够每天开开心心地工作，也希望孩子们能让您少操一点心，多一点欣慰！

覃（爱芬）老师：

　　老师工作不要太拼了，一定要注意身体哦，毕竟健康是第一位，希望您能好好的！

张（秀丽）老师：

　　几次在校外邂逅老师您，真是太有缘了。希望老师一直健康快乐，也祝毛毛（张老师女儿的小名）学习进步！

卢（雪清）老师：

　　看到老师结婚成家了真心为您感到高兴，希望老师能够一直开心幸福下去！

邓（丽霞）老师：

　　邓老师辛苦了！您也好瘦，记得多吃点，我们一起增肥吧！哈哈哈……

邓（绍创）老师：

　　"生命的有些时候，你必须去挑战伟大。"——科比

　　邓老师您爱篮球，这句话您会懂的。

罗（秀群）老师：

　　其实和老师您接触不算多，但感觉您也是位活泼、美丽、可爱又善良有爱心的学姐。

陈（静静）老师：

　　能够一直坚持下来，真的很需要勇气。要一直加油哦，您太棒啦！

胡（丽妹）老师：

　　美丽的丽妹学姐，谢谢您选择继续留在明天学校，帮助、照顾更多的弟弟妹妹。祝愿您和家人都健健康康、快快乐乐地生活！

末了，秀冬没忘了给我也写了贺语。

何伯伯：

　　感谢您如此奔波仍旧始终如一地为我们写书——从十几年前写的《明天的太阳》到现在准备写的《哭了　笑了》，相信故事里的我们有泪有笑，而现实里的我们会越来越好！

这些话语，绝对是秀冬——一个曾经的明天学校的孩子，今日的阳光大学生的肺腑之言。

我们一一照录于斯，"立此存照"，难道不是十分有意思和有意义的吗？

"顺境也好，逆境也好，人生就是一场对种种困难无尽无休的斗争，一场以寡敌众的战斗。"这是诗人泰戈尔的话。我忽然觉得，用在秀冬和一些有着相似人生遭遇的孩子身上，挺合适。

四、唱好这首歌就有书读了

（雷肖娇的故事）

1. 6000 元

雷肖娇之所以吸引我，使我萌生"非要写她不可"的冲动，是因为她有自己独特的经历，更重要的是她的"有情"——这个"情"真实如你头上的蓝天白云，是从她心底里涌流出来的汩汩清泉。

明天学校负责宣传工作的李鸿芒老师给我看了一段当年的录像。

情节简单来说是这样的：

2015 年 11 月 28 日，周六上午，明天学校有例会。几百名孤儿端坐在多功能教室里。雷肖娇进来了，她是明天学校的首届孤儿毕业生。过些日子她要结婚了，她来校向老师发喜帖，同时，她要捐赠爱心款 6000 元，她将自己参加工作后的头一个月工资 3000 元以及准丈夫捐赠的 3000 元一起捐给了母校。

覃锋校长走到了台前，接过了这个写着："爱心捐款 6000 元"的信封，还未讲话，先就有了泪。

覃锋校长说："这个信封，钱不是太多，但沉甸甸的，它是一名孤儿孩子回报母校的一颗心。"

他说："明天学校收到过许多笔爱心善款，但雷肖娇这笔，有着特殊的分量。这是她第一个月的工资，而且是她第一个月工资的全部，再加上她同样善良的未来丈夫的慷慨捐赠。"

他还说："都说'羊有跪乳之恩，鸦有反哺之情'。这个，在雷肖娇同学身上，得到了最充分的体现。"

覃锋校长让雷肖娇跟弟弟妹妹们说几句心里话。她事先写有讲稿，但她语不成声，双手微颤，泪如泉涌，泪水打湿了稿纸。她干脆收起了讲稿，直接说。她的话几次被掌声打断。她将近 10 分钟的发言，主要表达的是：她的新生和一切是明天学校给的，母校对她是恩重如山，她再怎么报答都是微不足道的。

正在念初一的孤儿女生陆雪丽走到雷肖娇跟前说："你是我的榜样，我要向姐姐学习，长大了也要报答学校！"

翌日,《南宁晚报》2015年11月29日第八版,刊登了文艳玉、蔡雨婷撰写的通讯《感念养育恩情,准新娘回校捐款》。

看过录像之后,我约了校长、老师了解情况,当然还有雷肖娇。

她三十年的"人生路线图"在我的眼前明晰了,那就是:苦难—受恩—感恩。

2. 我的童年是一杯苦酒

2016年8月11日下午3时,雷肖娇应约准点到了301宿舍。

烈日如火。她汗涔涔地。

她有一双善良纯真的大眼睛,脸上写满了坦诚和自信。

她什么都愿意说,有问必答,她是坦诚的。尤为难能可贵和异于他人的是:她丝毫不回避"孤儿"这个词。她没有像有些孤儿,视孤儿身份为疤,视其为不能揭开的、不允许触碰的、一摸就会疼痛万分的伤口,甚至,偶一提起,会感觉别人往伤口上有意或无意地撒了一把盐。

是的,孤儿身份对于她,稀松而平常。

"我的童年是一杯苦酒!"她这样对我说。

"1986年7月,我出生于扶绥县龙头乡肖汉村。父亲在我的记忆中,只剩下一个名字:李邦贵。某天,父亲放牛,就失踪了,仿佛蒸发了一样,说不见就不见了。那时我才两岁,母亲背着我,只知道一天到晚哀哀啼哭。大山崩了,顶梁柱倒了,只剩下我和母亲相依为命。长大了,母亲对我说:'当时满世界找你爸,牛在,人却是生不见人,死不见尸,村里村外,山前山后,水井山洞,方圆百十里,问遍搜遍,就是没有!'母亲潜意识里有了结论,悲戚地对我说:'看来你爸八成是遭人害了……'

"自从父亲去世后,家里没有了男人,村里的人总是爱欺负我们。母亲第二年带着我改嫁到了南宁。继父当年已经50多岁,有一个儿子已经工作了。有母亲和继父的关爱,那个年纪的我无忧无虑。时间久了我也就把继父当作亲生父亲一样。这样幸福的生活到我9岁那年戛然而止。有一天母亲突然肚子疼痛难忍,去医院检查后被查出肝癌,而且已经是晚期。当时的我还不太懂得这种病的严重性。继父把家里所有的积蓄都用来给母亲治病,可还是回天乏术,救不回母亲,当年母亲就走了。我一直忘不了母亲在去世前对继父说的那句话:'我不想死,我还想看着我阿妹长大。'

"母亲病逝,使我短暂的'幸福'如烟飘逝。可以说,那种难以言尽的穷困窘境有如万丈深渊,总也看不到底。为了治疗母亲的病,家里耗了3万多元。继父为了救母亲花光了所有积蓄:借舅舅15000元,自出10000多元。原先家里还开了个小卖部，母亲走后也开不下去了。过后，继父偿还了部分债务，其余欠款是我工作后才逐渐还清的。

"母亲走后继父的精神受到了巨大打击，在家经常喝闷酒，有时出门好几天喝得烂醉都不回来。我常常忍饥挨饿，饿到受不了的时候就去摘野菜回来拌细糠煮。

"就这样苦熬了一年。我上五年级时，继父已经交不起我的学费了，幸好我就读的村小（同乐小学）了解了我的情况，给我免了部分学杂费，当时的我已经做好了读完小学就辍学的思想准备了。"

3. 我有书读了

"这是梦都梦不到的。就像是《天方夜谭》《一千零一夜》里的神奇故事。我有书读了，这是真的。我当时还不知道'万般皆下品，唯有读书高'这句话。但我很清楚地知道：有书读，并且把书读好了，肯定会是另一种活法。

"在我读五年级放暑假前，村里同乐小学教导主任通知我第二天来学校。当时还不懂是什么事。第二天到学校后，发现在老师办公室里还有 4 个全都是孤儿的同学和我一起。老师拿出一张手抄的《世上只有妈妈好》歌词的信笺，让我们练习唱这首歌。也许是之前看过这部电影，所以对这首歌还是比较熟悉的，练了几遍就会唱了。

"过了几天，就有南宁市江南区沙井镇政府的车过来，接我们到了当时的南宁郊区人民政府。当天我们就进行了彩排。这是我长到 11 岁第一次见到那么多人，当时感觉非常紧张！彩排结束后我们走下舞台，这时有位和蔼可亲的叔叔嘱咐我们不要过于紧张。之后我才知道这位叔叔就是时任南宁郊区政府区长的罗世敏叔叔。

"第二天晚上演出正式开始。看着台下黑压压的一片，我们也还是很紧张。我们的节目安排在最后，我们五个孤儿孩子把《世上只有妈妈好》所表达的真情都唱了出来，唱着唱着，联想到我们都是没有了爸妈的孩子，都情不自禁眼泪哗哗直流，嗓子紧紧的，几乎唱不下去了。我只记得台下的掌声很大。在我读完小学六年级后，别的同学准备去读初中时，我却有点迷茫。不久之后，镇政府的工作人员通知我去明天学校读书。我的继父和我都说不出来的高兴：我不会辍学了，我有书读了！后来才知道，在我们演出后，一批好心人捐款资助了我们。"

4. 我爱读书

"永远也忘不了这个日子——2000 年 8 月 28 日，我来到了广西第一所孤儿学校——南宁市郊区明天学校（后改为南宁市明天学校）。开学当天很多人，有郊区政府的领导和社会各界爱心人士，有明天学校的校长和老师，有送我们过来的镇政府领导，同时还有和我一样是孤儿的兄弟姐妹及他们的监护人。

"开学仪式上罗世敏区长和覃锋校长都发表了讲话。给我们分发了书包和生活用品。那时的我们都有点内向害羞，接过领导递过来的物品时对他们说'谢谢'，这两个字的声音都压得很低。我在心里默默地对自己说：'一定要努力学习，用好成绩来报答他们！'"

雷肖娇的誓言——"好成绩"和"报答"，成了她的力量和动力。

她是首批召进明天学校的 98 个孤儿学生之一，那年她 14 岁。

她暗下决心一定要让自己优秀甚至要胜过正常家庭的孩子。

她笃信凿壁偷光不仅是个故事，还是一种精神。为了占领"高地"，加班加点成了她的秘密武器：晚上宿舍规定 9 点半熄灯，她趴在床上借着窗外走廊的灯光读书，直至 11 点。老师查夜，干涉了，她就钻到被窝里，开电筒（这是三节电池的加长型电筒）继续。整个初中三年和高中三年，皆如此。

勤能补拙。石头也会开花，只要心诚。

初中毕业，她以语文 115 分、英语 108 分的理想成绩考上了理想的高中。

这时，她给天堂里的父亲母亲写了感恩和报喜信。她深信亡者能够收到信，会高兴。

再后来，她以文科成绩 460 多分考上南宁职业技术学院会计专业。大一时，扎实的英语基础使她在全国大学生英语竞赛中摘取第二名并获得了奖金。大二时，她因品学兼优获得了奖学金和助学金。

雷肖娇所在班级共 56 人，而她的成绩名列前五。

5. 记得感恩

关于感恩，雷肖娇有着一种非常质朴的情感。

她在微信中以挚诚之心发给我关于感恩的名句：

当苦难成为背影，我想带着感恩的心前行。

你是不是由于一路风风雨雨，而忘了天边的彩虹？是不是由于行色匆匆的脚步，而无视了沿途的景色？除了一颗疲惫的心麻痹的心，你还有一颗感恩的心吗？切记：不要由于生命过于沉重，而疏忽了感恩的心。

请记得感恩，因为没有人天生就应该对你好。

雷肖娇对明天学校的感恩，有源自情感和精神层面的，也有物质和经济层面的。

"我在这里重新找到了有人疼爱的感觉。"雷肖娇红着眼眶对我说，"覃锋校长是个很细心的人，虽然他每天工作很忙，但是有几次凌晨我看到这个熟悉的身影在寝室里给同学们盖被子。看到这一幕，我的泪水夺眶而出，赶紧拉上被子盖住脸，担心被校长看到我醒了。校长像爸爸一样关爱我们，老师则像妈妈一样照料我们的饮食起居，我非常珍惜学校给予我们的一切关爱。"

雷肖娇当然还记得：2003年初中毕业，那时她和其他几个孩子担心从此以后明天学校不会再管他们了，他们就会再一次成为没爹没娘、无所依靠的孤儿了。为此，她曾经几次躲在被窝里一个人悄悄地哭。没想到，校长将他们召集到他的办公室，认真地说："你们好好考，升高中，将来上大学，我们照样会管你们。因为你们是明天学校的孩子。"一番暖心话，使她再次大哭，但这次是喜泪。

其实，类似的事常有。

她和另一孤儿孩子黄桂华考上了南宁三十五中。开学第一天，校长专程赶来，一左一右牵着她俩的手，找到南宁三十五中校长苏增桥，特意交代："她们是孤儿，请多多关照……"苏校长也是爱心满满的大好人，当即表态，特事特办，给予两人三年学费全免（每学期学费700元，两人三年的学费就是8400元），并且当即发给俩孩子每人500元饭卡。几天后，覃校长携韦副校长再到南宁三十五中，向苏增桥赠送锦旗一面，上书"大爱无疆"。

还有一幕也是她终生难忘的。上大学报到的头一天，她犯了难：她手头有一笔爱心人士捐赠的3000元，而大学一年的学费是将近6000元，缺口太大，不消说，她焦虑万分。送她上大学的韦翠良副校长一边安慰她，一边向大学领导讲明情况。校方同意先交3000元，不足部分一年内补齐。她急得掉眼泪。韦妈妈给她擦了泪，坚定地说："你就安心、放心地念书，学费的事明天学校一定帮你想办法。"

此时雷肖娇心里似打翻了五味瓶，她对明天学校既感激也愧疚，她觉得母校将自己从小学到初中、高中的学费全包了，难道还要包大学乃至将来吗？她暗下决心：自己是成年人了，不能再辛苦校长老师再到处帮自己筹措学费和生活费了。大一下学期她申请了国家助学贷款；而在此贷款到位前她获得了一笔5000元的国家助学金。然后她铆足了劲用功，她说："我绝不像有的同学上了大学就松懈，我要始终名列前茅！"功夫不负有心人，大二上学期，她获得国家奖学金6000元。这样，她基本解决了大学三年的全部学费和生活费。

她就是一门心思要自立、自强，要减少明天学校的负担和压力。

后来覃锋校长知道了，为她这种精神高兴和感动，问雷肖娇："为什么你缺学费也不向学校和校长提？"

她回答："我争取到奖学金基本足够了，还是留给比我更困难更需要的同学吧。"

6. 砺德

"砺德修文，知恩图报"，明天学校这个八字校训，雷肖娇时时牢记。她还知道，"励德"尤为重要，它是摆在首位的。

"刚开始找工作那段时间我感到很迷茫，那时也有那种高不成低不就的感觉，后来我自己剖析原因：自己没有工作经验，应该从基层做起，是金子总会发光。于是我应聘到友和医药公司的直属药店做了一名收银员，虽然这份工作跟我的专业不相符，但是我相信我一定能够做好。刚开始做的时候感觉很累，一天要站着收银七八个小时，而且工资待遇比较低，曾有过想要放弃的念头。每当想要放弃时，我会想到亲人朋友们对我的信任，想到明天学校老师给予我的支持，想到社会各界爱心人士对我的关爱，我就对自己说：一定要坚持！因为我的表现突出，在药店工作三个月后我竞聘总公司财务部出纳的职位，因考核成绩突出我被调到总公司上班。"

她清楚地记得：自己上大学的首笔资助金 3000 元，是明天学校牵线友和药业公司慷慨解囊赠予的。而大学毕业她又得以来到这个公司工作。她敬业、勤勉、诚实，深得公司副总经理谢桂芳的赞赏，同时也为自己资助了一个奋发有为的孩子而欣慰。而且，由于雷肖娇的"现身说法"和足可信赖的德行，使谢副总发自内心地乐意再次来到明天学校资助了 35 名孤儿。

一次，雷肖娇打扫卫生，发现谢副总办公室地面上散落了一些人民币，她分文不取，拾掇好叠成一摞，整齐摆放桌面。钱虽不多，事也不大，但窥斑见豹，足见品格。她的诚实、肯干和负责，赢得了上司和同事的信赖，她被派到另一个项目负责会计工作。

后来，她到了一家相当大规模的家装公司工作。这天，一位采购经理焦急地找到她，让她打款。她一看付款单子上并无领导的签字。按制度这是违规的。她请来者依规先找领导签字。来者再次强调："很急！"雷肖娇耐心解释道："待我请示领导后再定。"来人不悦了，一转身出了办公室。雷肖娇这时打电话给了领导，获准：先打钱，补签字。她坚持原则，大事面前不含糊。也许是领导看中了她这一点，认为她处理事情方法得当，严格遵守法律法规和公司的规章制度，值得信赖。不到一年，办公室的钥匙就交由她保管。

显然，这是因"德"而生出的"信"。

7. 爱情

悄然而至的爱情，悄悄敲响了她的门窗。

哭了　笑了

　　认识他的那年，雷肖娇 23 岁。那年继父家所在的南宁市江南区沙井镇同乐村
6 队有一些拆迁之类的村务事需要处理，雷肖娇就回了家。

　　这时村里来了拆迁工作队。队里有个小伙子长得清秀斯文。他们邂逅了。雷
肖娇的善良大方、懂事得体，被这位年轻小伙子看在了眼里。而雷肖娇的孤儿身
世、不幸遭遇，以及她的励志发愤，更激起了小伙子的同情和怜爱。他非但没有
因为她的孤儿身份而嫌弃她，相反要给予她加倍的温暖和亲情。

　　"他说我从小没有父母疼爱，他会尽自己所能将所有的爱都给我。"雷肖娇说
这话时，脸颊泛起幸福的红晕。

　　两个年轻人从相识、相处、相知到最终决定携手一生，走过了长长六载的
"爱情马拉松"。他们是郑重和认真的。而这六年之中，印证了小伙子当初的庄严
承诺：将全部的爱都给予雷肖娇。

　　这对甜蜜爱侣的爱情故事中，有一段令人感动的插曲。他们决定 2015 年 12 月
6 日喜结连理，宴请亲朋。雷肖娇自然忘不了明天学校的校长和老师，她要回学校
发喜帖。

　　她对他说："在这个人生最重要的时刻，我最想跟校长、老师们分享我的幸
福。知道吗？我能够一路走到今天，每一步都离不开明天学校，我真想为母校和
弟弟妹妹们做些什么……"说这话时雷肖娇眼里有泪。

　　年轻的丈夫最理解她的心情和所思所想。他主动提出：每人拿出一个月的工
资，总共 6000 元，捐给她的母校。

　　这样，就出现了本节开头的那一幕。而这个使许多老师和弟弟妹妹们感动掉
泪的仪式，她的丈夫却无暇参加，他当天要率队下乡扶贫。

　　而我在看那天的录像时，我记得雷肖娇的结束语是这样的：

　　"我和我先生捐了 6000 元给我的母校——明天学校，虽然钱不多，但是代表我
们对母校多年的关爱和栽培的感恩之心，同时更加坚定了我以后将力所能及地帮
助更多需要帮助的人的决心。我一直忘不了在初中毕业那年覃校长教育我们的那
句话：'今天，我以明天学校为荣。明天，让明天学校以我为荣。'是的，我们无
论在何时何地，都要做一个遵纪守法、为社会做贡献的人，让明天学校以我们为
荣；让党和政府、社会各界爱心人士觉得创办明天学校是对的；让校长和老师们
知道，他们为我们孤儿孩子的奉献是值得的！感恩的心，感谢有你们。可以说，
没有党和政府创办的明天学校，没有校长和老师们的辛勤付出，没有社会各界爱
心人士的支持，就没有我们孤儿孩子今天的幸福生活，祝好人一生平安！"

　　面对电视镜头，韦翠良副校长感慨地说："不仅是雷肖娇，每一个从明天学校
出去的孩子，都从小接受学校的感恩教育，对社会都心存感恩之心。学校也非常

注重感恩教育，让孩子们懂得接受了社会爱心的捐助，也要伸出双手去帮助他人，等有能力的时候回馈社会。"她还说："雷肖娇有明确的学习目标，她的努力刻苦非常人可比！我记得她是住在明天学校旧校区 306 宿舍，每晚必借走廊灯光看书用功，老师查夜她就装睡，似捉迷藏，是出了名的'读书迷'……"

我也收到了雷肖娇的喜帖。婚礼这个晚上，我、覃锋校长、老师们和许多孤儿孩子都参加了。

覃锋校长给了新娘红包和拥抱。

新郎名叫罗庆干，广西荔浦县人，毕业于广西大学农学院，是政府工作人员。他是农民的儿子，幼年丧母，靠父亲一双木工的巧手拉扯大。所以他亦是贫苦出身，与雷肖娇算是惺惺相惜。

我看着新郎很帅新娘很美。他俩很般配，是天造地设的一对。

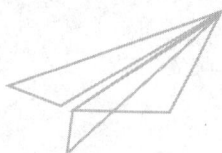

第七章

爱，永不言弃

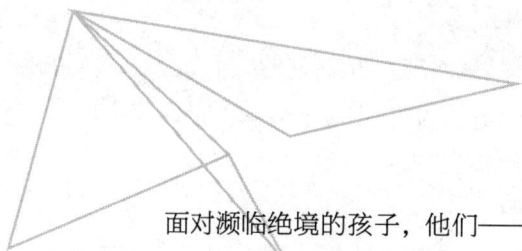

面对濒临绝境的孩子，他们——老师、同学、全社会——伸出援手：出钱，出力；用情，用爱。

哪怕只有一丝希望，他们也要协力同心，坚持到底，绝不言弃！虽然最终患骨癌的林玉芝走了，患白血病的吴小霜走了，但是她们是面容安详地含笑而去的；惨遭"灭门之祸"的张春秀，是明天学校帮助她走出困境和阴影；李春华既是弃婴又长期患病，一个"爱"字，使她重获新生……

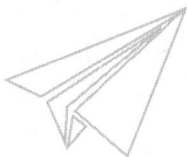

一、姑娘刚过 17 岁

（林玉芝的故事）

1. 不忍回首

这真是一个悲凉凄楚却又感人至深的故事。

这是 2016 年 11 月 12 日，一个星期六的上午，在我住的 301 宿舍，事先约好采访的覃锋校长一进门，就没头没脑地来了一句："不忍回首，不忍回首啊！"

我感到诧异，表示愿闻其详："你慢慢说。"

他就说开了。

"我不能想这个故事，更不能想这个孩子！"他这样来形容他内心的挣扎和痛楚。那年的寒假，他专程到北京，看长城。不到长城非好汉！他上了八达岭，被涌动的人流挟裹着登上了最高的烽火台。雪片纷飞，周围一片白茫茫，别人都裹军大衣，羽绒服。他——一个南方的汉子，就一件薄毛衣外加一件薄外套。夹着雪花的寒风刀子似地直划他裸露的脸和双手，直刺全身，穿透骨头，那才叫作"痛"！回到住处，他躺了三天三夜，骨头也痛了三天三夜……

"何作家，现在我向你说起这个姑娘，心里就是这个感觉，就是这种刻骨铭心的痛！"

2. 骨癌女孩

覃锋校长说的这姑娘，名叫林玉芝。1991 年 10 月出生，家乡在南宁市西乡塘区双定镇秀山村崇利坡——这是一个偏僻的小山村。1996 年 6 月，父亲在她不足 6 岁的初夏因罹患骨癌去世。母亲手脚残疾，有轻微智障，生活起居无法自理。玉芝和母亲就由善良的三伯父抚养照顾。2000 年夏季开学，玉芝成了明天学校小学三年级的学生。

老师们都说："她是个特别乖巧的孩子，活泼开朗，乐于助人，勤劳正直。"

2016 年 11 月 24 日这天，韦翠良老师跟我说了玉芝多年前在校的点点滴滴。学校当时养猪、种菜、栽果，让孤儿学生参与，使其保持劳动者本色。玉芝是最出色的一个，她不怕脏、苦、累，主动抢着喂猪、扫猪圈、淋菜、拔草、除虫。

210

有一天中午，玉芝发现猪圈里猪食剩下很多，好像几天都没进食一样。她心里焦急，独自一人默默清理完撒了一地的猪潲，又到菜园子摘下绿叶嫩苗喂猪，跟猪聊天、说话："你们是不是生病了。为什么吃不下饭呢？哪里不舒服呢？我好心疼你们的啊！我摘来的新鲜菜叶，你们一定要好好吃呀……"后来才知道，是这些天孩子们喂的食物太多，猪是因为吃撑伤食了。

她对老师更是关心体贴，经常主动帮老师打饭，还协助老师管理同学。

她顺利念完初中并考上了南宁市一职高。此时厄运无情袭来，入学才两个星期，她被查出了骨癌——这与她那 30 多岁就辞世的父亲得的是同一种病。

3. 温暖春阳

骨癌是绝症。玉芝休学，回了家。

她的母亲韦小芳是从武鸣县嫁到这里的。韦小芳的手脚是畸形的，不能行走，嘴角歪斜，生活勉强能自理。在父亲留下来的破败泥坯房里，孤女、寡母，一病一残，艰难度日。就这样，过了半年。低矮晦暗的泥房照进了温暖的春阳，希望和好运翩然而至。

2008 年除夕，南宁市西乡塘区党委主要领导来到玉芝家中，代表政府为母女俩送去节日慰问，并给予其临时救助和医疗救助。此后，西乡塘区民政局联系了医院，请了最好的专家为玉芝诊治。为使母女俩不再住危房，民政局划拨了 6000 元专款，母女的三间砖房很快就建成了。

春节长假后的第一个工作日，在西乡塘区民政局的努力下，玉芝被送往自治区人民医院接受治疗。由于玉芝身体虚弱，陪同前去的双定镇副镇长背着她到各个科室做全身检查。此后，玉芝的病房内总能看到西乡塘区民政局工作人员前来探望的身影。

政府亲人般的关怀，医院精心尽力的治疗，使玉芝病情趋于稳定，她曾一度恢复中断的学业。

4. 17 岁生日（之一）

好景不长。到了 7 月，玉芝病情渐重，书是读不下去了。西乡塘区民政局的工作人员再次送她入院，这回是住进了广西民族医院。

爱心人士吕阿姨常牵挂这个身患重病的孤儿，她不但记住了玉芝的病症，还记住了她的出生年月日，她要为玉芝过一个充满亲情的温馨的生日，让这命途多舛的玉芝在来日不多的日子里留下美好的瞬间。

生日聚餐设在城区民政局的饭堂，也许受到人们温暖笑脸和问候的感染，面对可口丰盛的饭菜，玉芝胃口大开。她说："平时吃不下这么多饭菜，今天吃得最多。"城区民政局的一位领导为了鼓励玉芝多吃点，故意与她"打赌"："如果你吃完这只鸡腿，我就吃掉一碗饭。"胃口不错的玉芝很快啃完一只鸡腿，她催促道："叔叔，快吃完那碗饭，快吃。"在场的人都笑了起来。饭后，城区领导还为玉芝送上生日慰问金，祝她早日康复。

生日蜡烛点燃，在跳跃的烛光中，玉芝双手合十，许下了生日愿望。在场的人们并没有询问她许下的愿望，但大家都有一个共同的心愿：愿这个坚强的女孩尽快好起来。当天傍晚，玉芝就读的南宁市明天学校的师生们也来到她的病房，带去了水果和生日蛋糕再次为她庆祝生日。面对许久不见的同学们，玉芝的脸上频现笑容……

5. 17岁生日（之二）

而玉芝在同一天（2008年10月10号）里过的第二次生日聚会，是在晚上过的。这个生日会是明天学校为她办的，别有一番温情。

这里，我们暂且画个"休止符"。请允许我们将"镜头"拉远一点。

打从玉芝病情复发，由民政局送到民族医院治疗之后，覃锋就心急如焚，因为，这是明天学校第一次遇到孤儿学生患绝症，他们感到措手不及，难以承受。覃锋四处筹款，多方求助，收到了爱心人士慷慨解囊的善款。

覃锋让孤儿管理处主任韦翠良和覃爱芬老师多陪陪玉芝。她俩想，玉芝这孩子已是病入膏肓，癌细胞全身扩散，病情难以逆转，能多陪一天是一天。她俩就常去医院陪她聊天，鼓励她说："会好的，要坚强，你一定能站起来回学校念书。"玉芝听得心里明白，这是鼓励和安慰的话。在她已经开始懂事的6岁，她就亲眼看到了父亲不到半年的时间里在无限痛苦中迅速走向死亡的全部过程。而现在，她只能无望地躺在病榻上，下不了地，腿疼得完全迈不开。她眼睁睁地看着自己的双腿一天一天地消瘦，一日一日地变小，形如竹竿。现在痛楚似长蛇缠绕着她，时时刻刻如一头巨兽吮吸着她的鲜血，撕咬她的肌肤，切割着她的筋骨。痛，痛，痛！斜靠着痛，平躺着痛，侧睡着痛，翻身更痛。一回，玉芝悄悄对两位老师说，她趁医生不注意，偷看了一本医书，上面写着：骨癌即骨肿瘤，是发生于骨骼及附属的组织的肿瘤，有良性、恶性之分。良性骨肿瘤易根治，愈后良好；恶性骨肿瘤则发展疾速，无法阻挡。骨癌的疼痛是长期的，持续性的。两三周内就会出现软组织包块，继而出现运动障碍。总之，骨癌几乎是不可治愈的。

6. 大爱覃妈妈

韦翠良、覃爱芬和张秀丽都是明天学校生活老师中的元老了。孩子们都叫她们"韦妈妈""覃妈妈""张妈妈"。覃妈妈因长年工作劳累，颈椎、腰椎、膝盖关节都出了问题，此时，恰好她也在民族医院住院，受校长之嘱，她常去看望同住一个医院的玉芝。她发现玉芝家里竟无人来探视和关心。她自己有一个独生女儿，将心比心，就更觉得玉芝这孩子可怜。她是看着玉芝在明天学校从小学念到初中的，自然多了一份老师加母亲的特殊情感。覃妈妈每星期起码看玉芝两回。一次，她给玉芝塞 100 元让她开餐时多补充点营养，玉芝死活不接受，劝说良久，她才含泪收下了。覃妈妈给玉芝洗脸，擦身，送营养品，削苹果一片片喂玉芝吃。她想骨癌也就是骨头发生病变，多吃骨头兴许会有些好处，就好几回自己忍住浑身疼痛撑着病体走走歇歇地走到菜市场，买回骨头炖汤，送到玉芝床前一口口喂她喝。

我记得十分清楚：2016 年 6 月 28 日下午，为了了解林玉芝，我采访覃爱芬老师，她跟我说了以上这些。旋即，她跟我说了关于她自己的使我震惊、悲痛不已的不幸："到了 2008 年 11 月，玉芝就走了。我那当司机的丈夫在此前几天死于一场意外车祸，所以，我就没能给玉芝送别。"

在哀伤中办理完丈夫的后事，她拖着病体，强忍悲痛仍然到民族医院看望和照料玉芝。她心里总放不下这个比她闺女大不了多少的孤儿。

细心的玉芝发现了老师的哀痛。

"覃妈妈，怎么，你哭了？"

"没，没有，是沙子进了眼睛。"

"我来帮你吹吹。"

"啊，也许是有点儿发炎。"覃老师强笑，撒了个谎。

"覃妈妈别为我太难过，"玉芝却误会了，"医生说我的病会好的。"

"对，会好的会好的，好了就回学校。"

"好，回学校！"

……

这时，覃爱芬老师的双眼红肿得像桃子。姑娘病逝时，她没去送行，不是不想去，是不能去——有民俗说："白"送"白"，是会"相克相冲"的。

"为此，至今我仍然感到深深的遗憾和愧疚，我是应当为玉芝送行的！"覃老师对我说。

她强忍住泪水，眼圈红红的。她将玉芝的事说得很详细，自己的丧夫之痛却像是轻描淡写一笔带过，尽量想诉说得平淡和平静。我就想：覃爱芬和"覃爱芬"们，总是推己及人，总是想着别人，尤其是孤儿孩子们；他们掩盖自己的不幸，却总惦挂着孤儿的不幸。他们为孩子们付出了许多却总是嫌自己做得不够多、不够好，总觉得欠孩子们很多，他们——明天学校的校长和老师们，着实感动了我。

7. 最大的愿望

就这样，坚强的姑娘清楚地知道，死神正向她步步逼近，自己已是来日无多。

一天，她强忍剧痛，满脸堆笑，鼓足勇气向韦翠良、覃爱芬老师说出了"我有一个最大的愿望。"

她说："我没事的，我会好好配合医生治疗。但我知道我的病很严重，我爸爸以前就是得这种怪病过世的。我知道我的病也不可能治好，我心里很感谢学校、校长、老师们都在尽力救我！我就想在有生之年剩下不多的日子里过得开开心心，让老师记住我的美丽和甜美的笑脸。我最大的愿望就是能和大家一起过17岁的生日！"

两位老师就一左一右搂紧她，仿佛拖拽住一个悬崖峭壁边缘的孩子，担心她一脚踩空便会摔下万丈深渊粉身碎骨。她们答应她一定陪她过17岁生日，一定给她庆祝17岁生日；过了17岁就快成人了，就是大姑娘了，就会更美了。

姑娘就笑了，这笑容是从心底里透出来的。她那消瘦的脸上浮现了少有的光泽。

2008年10月10日，姑娘生日那天——同时，也是吕阿姨和民政局的叔叔阿姨们为她过生日的当天傍晚。病房被精心打扫布置了一番，17只彩色氢气球，悬吊着祝福话语，升上了天花板，在轻风吹拂下跃动飘舞。初秋的阳光从窗口照射进来，显得格外动人。覃锋校长、苏艳春副校长、韦翠良老师、覃爱芬老师、郭肖舅老师都在。玉芝平日里最要好的同学黄杏雯、黄凤焕、蓝利华、黄芳、梁彩云也都来了，带着蛋糕和鲜花。医护人员闻讯也不请而至。

孩子们送礼物给玉芝："姐姐，祝你生日快乐，开开心心过好每一天！""姐姐，今天是你17岁生日，祝你早日康复回校和我们一起读书。"

同学们送的大多是幸运星和生日贺卡。玉芝仔细看贺卡上每一句真诚的祝福，不时发出爽朗的笑声，她的眼中噙满喜悦的泪水。自从去年查出来这个病，她在病房里度过了炼狱般难熬的一年多时间，往日里朝夕相伴的老师、同学们成了她在这个特殊日子里最思念的亲人。

校长、老师、同学都讲了话。唱完生日歌，她轻轻地吹灭了17支蜡烛。在袅袅上升的烛烟中，她绽露幸福的笑靥。她说："我的愿望实现了。我真的好想好想跟大家一起走下去，但是我的腿真的很痛，而且腿一天一天在变小，我离开你们是我的解脱，我就没有什么遗憾了，我满足了！……谢谢校长，谢谢老师，谢谢同学们！"

8. "我想回学校"

玉芝就这样躺在病榻上，进行着日复一日的治疗，等待着那本无希望的希望，忍耐着那万般苦痛如炼狱般的煎熬。

日复日，时复时，她——一个垂危者，比谁都明白：那一天，那个不得不面对的时刻，不会太远了。永生，是空想。来世今生，也是虚妄的。只有过好现在和把握现在，才是真实的。

玉芝的网友们得知她的艰难处境，给她发来许多真挚的祝福和激励的话语。后来我们得知，网友中，有几位是从十多年前就明天学校毕业离校现在已经就业的哥哥和姐姐。

玉芝在网上表露心迹："我好想好想回明天学校看看！"

翌日，网友们开了一辆微型面包车，将玉芝接到她日思夜想的母校。

这天是星期天。覃锋校长和韦翠良老师闻讯，专程从家里赶来，还有几位生活老师，许多住在学校的哥哥、姐姐、弟弟、妹妹们，也来欢迎她，给她献花，簇拥着她，齐呼："欢迎玉芝同学回校！""我们想你！""我们爱你！"

覃锋记得很清楚，这天是 2008 年 11 月 6 日，他让孩子们和网友们，推着玉芝的轮椅，转遍了校园的每一个角落。覃锋还抱着她来到她住的 302 女生宿舍，看她的床、桌和衣橱。

正值中秋节，覃锋将两盒月饼放到玉芝手上，并切开一个月饼，取出一角喂她吃。玉芝淌下了喜悦的泪水。

她拉着覃锋的手，来到了校园的中心花圃，这是她和同学们最喜欢待的地方，是他们的乐园。花圃中央是一尊高大的手擎火炬的女少先队员的汉白玉雕塑。玉芝对校长道："我就是想再回学校看看，在医院我最想念的就是校长、老师和同学，今天，我的愿望实现了，我太开心了，能回学校看看我真是太开心了！……"

玉芝激动得说不下去了。

她要求和覃锋在女少先队员雕塑前照一张相。覃锋蹲下身子，招呼孩子们和网友们都围拢到玉芝身边，李江北老师按下了快门。

后来，我在孤儿管理处看到了这张珍贵的合影，这是玉芝生命中的最后一张照片。这天阳光明媚，玉芝带泪的脸，笑容灿烂，像她身后花丛中绽放的朱槿花。

覃锋曾给玉芝的主治医生打电话，求他不惜一切代价将孩子治好。那位大夫回答:"我们了解孩子特殊的身世,也理解校长的心情,但到了晚期,癌细胞已全身扩散,我们尽力但却无能为力,只能尽最大努力减轻她的痛苦。"

9. 黄菊花

过了生日后大约一个月,玉芝走了。医生一直在给她加大止痛药的剂量,为了使她少受些痛苦。

主治大夫说,玉芝有着超乎常人的坚强,走时她的面容安详。覃锋领着几位老师陪着亲属为玉芝送别,他和护士亲手给姑娘盖上了白床单,并在床单上摆放了一束他买来的黄菊花。

那天在301宿舍,覃锋终于向我说完了这个他本想忘却但怎么也不能忘却的故事。

他最后总结似地说:"17岁的如花年华,她就这样走了! 我们眼睁睁看着她一天比一天衰弱消瘦,形容枯槁,离死神愈来愈近,离我们却愈来愈远。我们无能为力,我们救不了她。她本来可以上大学,结婚生子,有幸福家庭和美好未来。但她都没能体验过,都没能享受过,就这样说走就走了,刚过完17岁就到那个冰冷的世界去了。"

他再也说不下去了。这个平素不苟言笑面容有点冷峻的汉子,这时慢慢地侧过脸去,悲戚地沉默不语,任由汹涌的泪水夺眶而出。我受到感染亦凄然落泪。我递给他一盒纸巾。

稍停,冷静下来,我听到了他的一番肺腑之言。

"这个家不好当,我这个校长爸爸不好当。将近500个孤儿就如同我和老师们的亲生儿女。党和政府将他们交到了我们手上,不应当也不容许再出现闪失才对啊! 林玉芝的死,对我打击非常非常大,也使我深感愧疚。这孩子是孤儿学生中第一个走的,我就格外地小心。但后来还是接连走了农雪清(因红斑狼疮逝世),还有吴小霜(因白血病逝世)我们真的努力了尽力了耗尽心血了,但就是没能救她们,她们还是走了!"

10. 依然美丽

我专门到明天学校五楼的孤儿管理处。让值班的生活老师为我翻找出了已封存多年的"林玉芝入学登记表"。看到她那张大约是10岁入学时的照片,眉目娟秀,眼睛很亮,充满了生气。她的名字被老师细心地用碳素笔画了黑框,旁边写有一行像是被泪水浸漫而显得有点模糊的小字:"花儿虽已消逝,但她依然如此美丽。"

这当然是曾经与她朝夕相处的韦翠良老师写的。看得我鼻子好一阵子发酸。

是啊，曾经的 17 岁花季，曾经的一朵含苞欲放的鲜花，凋谢了，但她永远美丽。

二、生命保卫战，为了一个孩子
（吴小霜的故事）

1. 患白血病的小女孩

吴小霜，南宁市明天学校七年级孤儿学生。

2014 年，吴小霜被确诊罹患白血病。

吴小霜收到社会爱心捐款 63 万元，接受了骨髓移植手术。但终因救治无效，于 2015 年 11 月 8 日下午 14 时 10 分，走完了她 14 岁的人生历程。

在这一年里，她两度入院。在这一年里，为了这个重病的孩子，全社会进行了一场撼动心灵的生命保卫战，演绎了一出《血疑》般的人间大爱故事。

2. 噩耗

近来她总感觉到身体不适，发热、头晕，脑袋和四肢都沉沉的，手脚似灌了铅，迈步总觉吃力。从一楼提半桶热水上三楼女生宿舍，需停歇四五回。最可怕的是，她总时不时流鼻血，咸咸腥腥的液体不时从鼻腔里流出，量虽不多，但频繁烦人，白天滴落在课本上，晚间浸湿了枕巾。最近小霜常如此，更不可思议的是她日渐消瘦。

父亲在她 3 岁那年，就被肝癌夺走了生命。她忽然生出不祥的预感。

2014 年 11 月 17 日，小霜被广西医科大学第一附属医院儿科检查确诊为白血病。

覃锋闻讯，如晴天霹雳。

明天学校在这几年里已走了两个孩子——林玉芝，17 岁，死于骨癌；农雪清，16 岁，死于红斑狼疮。现在又有一个孩子身患重病！白血病，也就是血癌。癌，癌，癌，夺走了一个又一个鲜活的如花少女，覃锋不愿噩梦重现！

他要与死神抗争！

"当时只一门心思救孩子！哪怕仅有百分之一的希望也当百分之百争取！"他后来对我这样说。

他赶紧上百度查"白血病"条目："儿童及青少年急性白血病多起病急骤。常见的首发症状为发热、进行性贫血、显著的出血倾向或骨关节疼痛等。"又查到一条，乐观的，带来希望的信息："白血病目前主要有化疗、放疗、靶向治疗、免疫治疗、干细胞移植等治疗方法。通过合理的综合性治疗，白血病预后得到极大的改善，相当多患者可治愈或者长期稳定。白血病是'不治之症'的时代过去了。"

覃锋的心底浮现了一缕曙光。

3. 全力抢救

2014年11月19日——也就是小霜确诊白血病后的第三天，覃锋校长和韦翠良副校长亲自送她住进了广西医科大学第一附属医院。

明天学校马上为小霜交付了3万元住院押金。

治疗血癌和治疗其他癌症一样，花费巨大，看不到底。第一期先得交付20万～30万元费用。小霜的小叔叔决心砸锅卖铁一搏：先卖甘蔗，再贷款，甚至倾其所有。

覃锋决意由学校和社会来解决，他对小霜的小叔叔说："小霜是你的侄女，也是明天学校和我们的女儿！这事，由我们来做，你不用操心。"

此话掷地有声！

12月13日，小霜入院不到一个月，覃锋、韦翠良和孤儿管理处的老师卢雪清、邓丽霞携几名孤儿学生代表将全校师生捐赠的56477元送到病榻前。此时，日夜陪护小霜的小姨妈已是泪水夺眶，一声长长的"恩人啊"后，竟长跪不起，热泪滂沱。观者无不动容。

不久后，学校又将第二笔巨款15万多元及时送达。这回是来自全社会爱心人士的捐赠。小霜首期医疗费20多万元得以补齐。

4. 看到希望

她在治疗，具体点说，是化疗。原本感到无望的她，看到了希望。这希望是温热滚烫的，因为有爱。

小霜感触良多，她让寸步不离护理她的小姨妈将自己扶起来。这天，暖融融的冬阳照进病房。她在特护病房经过严格消毒和隔离的蚊帐里半趴着用作业本给校长写了一封感谢信。

尊敬的校长爸爸：

您好！由于我的病给您带来了很多麻烦，在此，我深表歉意，非常感谢校长的关心和帮助！我知道，我的病情有点严重，光靠小叔叔和小姨妈的帮助是不够的，如果没有您的帮助，我也不知道我的生命能延续多久，所以您就像是我的太阳。如果没有遇到您，我怕我的世界将会变成一片黑暗。上次校长带老师和同学们来医院看我问我的病情，我真的很开心，心里突然感到无比温暖。在学校里，校长就像是我的再生爸爸，所以我再次感谢校长，我会好好配合医生们的治疗。等身体好了，我会好好学习，回报祖国，不辜负校长对我的期望。

爱您的孩子：吴小霜

2014 年 11 月 22 日

此时，覃锋正出公差在东莞。信被老师们转换成短信，一字不落地传到了他的手机上。

这是带泪的真心独白，这是面临厄运的可怜孩子在黑夜中对生命的呼唤。覃锋看得满脸泪水。他当即回信，在东莞前往虎门的长途汽车上，他编写短信发给了他的宣传助理李小玉老师，李小玉老师将信打印出来送到了小霜手里。

这封回信由于是在感动着的时候流着眼泪写的，所以字字带诚带情，尽显老师之爱和拳拳父爱，催人落泪。

小霜女儿：

校长爸爸看完你的来信，已是泪流满面，也为小霜高兴，因为小霜你长大了，懂事了。校长爸爸时刻都牵挂着你，想念着你，担心着你，心里一直在祈祷着小霜早日康复回到明天学校这个大家庭！

小霜，你不用担心不够钱治病，校长爸爸和叔叔阿姨们会想尽一切办法来筹钱给你治病。请小霜千万别哭，校长爸爸绝对不会丢下你不管的，你就是校长爸爸的宝贝女儿，明天学校的老师们就是你的爸爸妈妈，同学们就是你的哥哥姐姐弟弟妹妹。请一定要听医生的话，配合医生安心治病，校长爸爸相信你一定能战胜病魔，很快好起来，因为校长爸爸，还有明天学校的老师妈妈老师爸爸，哥哥姐姐弟弟妹妹，还有很多献爱心的叔叔阿姨哥哥姐姐盼着你平安地回到明天学校这个温暖的大家庭生活学习。

祝小霜女儿：身体早日康复！天天开心快乐！

爱你的校长爸爸：覃锋

2014 年 12 月 2 日于广东东莞

5. 好转与复发

小霜的病情稍见稳定，似有好转。她从医院回到小叔叔家调养。这是 2014 年与 2015 年的冬春之交。

几个月后不足半年，2015 年 7 月 29 日，小霜病情复发。

这回来势凶猛，大概是可怕的癌细胞已不可抗拒地在她的全身扩散了。

检查后，广西医科大学第一附属医院的结论是：小霜的病属于白血病中最严重的一种，唯一的方法就是移植骨髓，需好几十万元，还需找到合适的匹配的骨髓。

此时，广西医科大学第一附属医院照例是人满为患，一床难求。小霜需排队等到三至四个星期后才能入院。覃锋心急如焚，和老师们天天到医院磨、缠，陈说小霜孤儿的可怜身世。他们的诚心感动了院长，得以特批，破例加床位暂时治疗。

这样，小霜在 7 月 31 日下午终于住进了广西医科大学第一附属医院血液内科一病区 19 楼 24 床。

6. 骨髓

入院难，治疗和治愈或许更难！

适用的骨髓和高昂的医疗费用，当是横亘在面前的难以逾越的两座山峰。

此时小霜的病情愈来愈重，而这回所需的 50 万～80 万元似天际星辰，遥不可及。

小霜的小叔叔——她的监护人，与覃锋就有了重大分歧，甚至是"交锋"。

为救小霜近乎已倾尽家财的小霜叔叔提出了放弃，理由是：无法更无力支出如此一笔巨额费用，而且小霜完全康复的希望几乎为零。

覃锋坚决不同意。"一定得救！"他斩钉截铁地道出三层意思，"吴小霜是你的亲人，既然来了明天学校读书，就是学校的亲人；80 万元，由我们设法筹措，你不用担心；现在我们协力同心，一门心思为小霜找到合用的骨髓。"

歧见解除，达成了共识。医院上网向全国征集骨髓。很快，湖北出现了符合条件的应征者，其索要 17.8 万元，而且务必先汇款，其开出所谓的"明细开支"是：化验费 1 万元，营养费 10 万元，其余为骨髓费。广西这边当机立断否掉了，担心是"职业骗子"，或有诈，不靠谱。

但不能再拖，更不能再等了！

此时小霜的小叔叔做出了毅然决然的决定：为小霜做骨髓配型。经检查，两人骨髓百分之九十相配，这已经是非常难得而且理想的指标了。于是经过手术，从叔叔体内采集的造血干细胞血液输入了侄女小霜体内。

毕竟是亲叔与侄女，有着不可替代的血缘关系。

毕竟是亲情浓于水。

7. 全社会救援

话分两头。

此时，一场更大规模的为拯救小霜的募捐活动开始铺开。这回是党政部门、教育系统、社会团体和爱心人士，一齐发力。

我从采访中，从明天学校的档案资料中，从媒体报道中感受到了浓浓大爱，感知了什么叫作"一方有难，八方支援"和"能帮就帮"的南宁精神。

覃锋向西乡塘区教育局、西乡塘区党委宣传部的领导汇报，获得支持。领导指示：向民政部门求援，向教育界呼吁。

结果尽如人愿：西乡塘区民政局、江南区民政局、西乡塘区红十字会，慷慨捐赠6.5万元。爱心火炬由此传递和接力。

——西乡塘区教育局向西乡塘区所辖的262所中小学及幼儿园，发出校（园）长、书记《为患白血病孤儿学生吴小霜献爱心倡议书》。

——西乡塘区教育局向整个西乡塘区的所有中小学和幼儿园老师、同学们发出《为身患绝症的吴小霜同学捐献爱心款倡议书》。

——从明天学校毕业的，已经工作的孤儿生卢雪清发动"孤儿学生同学会"捐款，将小霜住院视频发到群里、网上。

我看到了许多动情、催泪的关键词——"只要有希望，我们就不能放弃！""用我们的爱心来帮助吴小霜同学吧！你所捐的每一元钱，都是浓浓的爱意，缕缕温暖阳光，股股甘甜清泉，伸出你的援手吧！"

媒体亦同步跟进，发出呼吁。

——《南宁晚报》2014年12月26日发文《盼救命钱！孤儿突发重病仍想返校——师生自发筹集5万多元，但医疗费用远远不够》。

——《南宁晚报》2015年9月12日发文《孤儿小霜患白血病需做骨髓移植手术，社会各界纷纷行动起来——短短一个月超50万元》。

爱的雪球越滚越大。其中，有许许多多感人的故事、动人的场景、难忘的细节。

明天学校一个男生，向父亲要200元捐到班主任李雪英手上，父亲还亲自到医院捐赠了2000元。

一个孩子仅有 88 元零花钱，向母亲"借"了 12 元要凑整数捐出，母亲干脆给了他 100 元。

明天学校住校的几百孤儿将存放在生活老师那里全部的钱——5 元、10 元、几十元、几百元钱——一分不留地全部取出，为了"救小霜姐姐""救小霜妹妹"。

邓绍创老师月收入仅有 1200 元，慨然捐出 500 元。

素不相识的刘伟昌总经理一掷 20000 元。

正念高中的几个孤儿学生由于捐出了大部分生活费，变得手头拮据，就不吃肉，每天只吃白米饭加青菜。

几个女生周六、周日帮花店卖花，唱着日本电视剧《血疑》主题歌《衷心地谢谢你》，叫卖于公园、闹市，为了多挣多捐几个救命钱。

从明天学校毕业并已工作的孤儿黄爱松、麻小良、雷肖娇，各捐赠 1000 元。

不留名字的爱心记者、老人、男士、女士，共捐赠 5000 元。

一位不留姓名的马来西亚爱心人士捐 5000 元。

一位素昧平生的环卫工人到了医院提出愿意免费捐赠骨髓。

......

短短的时间里，所得筹款大大超出医疗所需。到了小霜走完人生最后一程时，还剩下了 15 万多元。她知足了，无憾了。

8. 小霜的两个亲人

小霜有两个亲人，是很值得写上几笔的。

小霜的小姨妈叫苏冬艳。

2016 年 7 月 20 日上午，我们到苏冬艳在南宁鸡村租住的出租屋采访。经过曲曲弯弯的小巷子，我们才到达目的地。在四楼她那间月租 300 元的窄陋的小房间里，我获得了两个重要的信息。

其中一个重要的信息来自小霜生平的日记。

小霜生时有不少时间就住在这里。她与亲姐姐小丹睡的一张大木床依然保留着原貌。床头的整面墙上，贴满了小霜从画报上剪下来的几十只色彩各异的美丽蝴蝶，一直贴到了房顶，蝴蝶下方，是一大片绿草地。"蝴蝶是小霜这孩子亲手剪亲手贴的，草地是她亲手用水彩笔画的。我就都留着。"小姨妈红着眼眶对我说。

小姨妈递给我一本小霜写的日记，硬纸封面，是小霜病中的记录，写她住院期间的苦辣酸甜，写她对明天学校的校长、师生的思念和感激，写她对回校继续读书的渴盼，写她对死亡的惧怕和对生的祈求。

"我全身都痛，没一处不痛……""我知道这病不好治，但校长说能治好！"

"校长正为治我的病到处找钱，说我一定能回学校读书！"看着这些歪歪扭扭的文字，我的心里禁不住一阵酸楚。小姨妈看我看得认真，轻声说："这日记是小霜住院时，深夜流着泪一个人坐在病床上写的。"

另一个重要的信息是：小姨妈其实并非"小姨妈"，她的真实身份其实是小霜的亲生母亲。

也就是说，在小霜3岁那年、父亲病故后不久，那个弃家弃女另嫁他人的不负责任的母亲即是现在的"小姨妈"。当年为了让小霜能够以孤儿身份顺利入读明天学校，她有意隐瞒了自己就是小霜的母亲这个真相。"这个，我在小霜病危住院期间，已经向校长说明白了……"

小姨妈红着脸低着头对我说，显得十分惭愧。她觉得自己弃家改嫁对不起小霜姐妹，并为自己骗了明天学校而感到惭愧。在小霜人生的最后几个月，她睡在小霜的床榻旁，日夜守护。其间，她还带着一个她与第二任丈夫生的年仅三四岁的小男孩。

我在明天学校看到过小霜生前的照片。分手时，我就特意多看了"小姨妈"几眼，她长得确实与小霜、小丹极相像，都是圆圆白白的脸。我就这样想：人们无须"传统地"因她的弃家、另嫁而责怪她；而她，亦无须因变身"小姨妈"而自责。因为，"小姨妈"也是弱者，也挺不容易。

这天下午，我们开着校车接着去采访小霜的小叔叔。他叫吴信辉，家住苏圩镇镇宁村方村坡，距离市中心30多公里，与南宁机场咫尺之距，属城中村。小霜的姐姐小丹随车带路。

小叔叔的房子是新建的，红砖，宽敞，外有天井，内有客厅和四五间厢房。他和从百色嫁来的老婆勤劳经营甘蔗、西瓜买卖，在村中他家生活水平算中上。"这四五间厢房中，有两间分别是小霜和小丹的，政府给孤儿两姐妹每人一万元住房补助。所以，这里的房子有她们的名分。"小叔叔对我说。

曾经开过饮食店的小叔叔早就备了一桌中饭。鸡鸭鱼皆有，丰盛。看得出叔叔婶婶对明天学校深怀感激之情。

我们边吃边谈。

身强体壮肤色黑红的小叔叔和手脚麻利的小婶婶皆憨厚少言，但我问悉了我想要的东西。

他家原有兄弟三个。小霜爸是老二，因肝病亡故后，遗孤小丹、小霜姐妹就随他这个三叔过。大伯坐不了汽车，就只到医院看过小霜两回。

小叔叔育有二子，大的19岁，小的17岁，都还在念书。"两个儿子，加上小丹、小霜两个侄女，小时候，四个孩子热闹是热闹，但也累人烦人，帮他们洗澡都是排队来。"小婶婶笑说。

我问小叔叔抽骨髓的事。

"没说的！侄女就是女儿，一个样！他爸爸没有了，我就是爸了。换了谁都会这样（做）。"他平静地说，"由于是从腰部抽骨髓，现在做工干活，腰力像是欠了点。"

两口子提得最多的是明天学校。小叔叔原话是这样的："明天学校对小霜的恩情，怎么说都不为过！小霜治病，头尾近一年，花去90多万元，是由学校发动（大家）捐助得来的，这样的大恩大德，难得，比天大，怎么都还不清！"

我特意参观了小霜、小丹的房间。小丹的，有人气，因为有她的气息。小霜的，没人气，因为她从没住过，一张大床是空的，墙上没贴东西，当然就没有她喜欢的翻飞的七色蝴蝶，空荡荡的。小叔叔像是解释："小丹跟我们住，小霜活着时主要是随小姨妈过。但不管怎么样，这两间房都是属于小丹小霜两姐妹的。"他说得没一丝含糊。

我觉得小叔叔深明大义，确实是一个好叔叔！

临分手，小叔叔小婶婶往校车上搬了些自家种的西瓜，一定要老师赏脸收下。韦翠良副校长道："阿叔最有心，懂感恩，暑假拉了好几百斤'黑美人''石麒麟'（西瓜新品种名）到学校，给师生们尝鲜。"

回来的车上，一整天陪同我采访的老师韦翠良、邓绍创、罗秀群，还有驾车的卢忠飞，皆云今天大有收获。

有什么收获呢？当然是关于人性的，人与人的；关于人情的和亲情的；关于爱和人间大爱的。

9. 走得安详

现在，让视线回到医院，回到小霜身上。

2016年10月26日，小霜顺利进行了骨髓移植手术。其间有过一次感染，她昏睡了五天，经专家、教授实施积极的抢救性治疗，有所好转。到了11月6日，检查结果：膀胱被感染了。11月8日下午，小霜的病情急转直下，因突发膀胱感染及肝脏、肾脏衰竭休克，经多方抢救无效死亡。

覃锋校长向西乡塘区教育系统的书记、校长、园长，向全社会，向爱心人士，通过短信、微信、互联网以及媒体，发布了这位14岁女孩去世的噩耗。这篇"讣告"的文末是这样写的：

　　10月24日晚上，吴小霜忍受着全身无比疼痛（由于药力发作双手疼痛抬不起来），流着感激的泪，用几个小时，给爱心人士和我，写完了她人生中最后一封感谢信，孩子在心中非常感谢各界爱心人士的大爱和无私的帮助，因为你们浓浓的爱意，她才支持到今天。目前，医院户头尚余 15 万元，是你们捐来的善款，准备转回给明天学校的孤儿作为医疗费用。由于我们已竭尽全力，小霜感受到了社会各界的大爱和大善，走得安然，我们也无憾了。愿小霜一路走好，愿小霜在天堂快乐幸福！愿我们活着的人珍惜每一天，健康快乐！南宁市明天学校全体师生叩首！

10. 补充交代

对小霜所写的"她人生最后一封感谢信"，我们有必要做一个补充交代。

在移植骨髓后，由于先前的化疗后遗症，又由于重度的感染，小霜满身插满了针管，全身疼痛万分，身体极度衰弱。校长和老师去看她，隔着防感染的布帘，只见小霜嘴巴开合着，声音极低，她已经不能多说话。

覃锋校长很心痛，叮嘱她："如果有什么话，可以写信给我。"

结果，姑娘真的就写了信，因为她有太多的话想说而没法说，写写停停，停停写写，她的手因药力作用已难以动弹，一封两页纸的信，她写了几个小时。

她将这封信放于枕下，嘱咐寸步不离日夜守护在床前的"小姨妈"——她的亲生母亲："一定要交给校长。"

小霜走后，"小姨妈"将这封信交到了校长手上。

这是一位姑娘在人生最后时刻写下来的话，我们没理由不全信引用。信是 10 月 24 日晚写就的，此时，距她离世的日子（11 月 8 日）仅有不到半个月。

敬爱的校长爸爸：

您好！我这段时间很想给校长爸爸写信，可是都写不了，因为两边手都打了针，握不了笔，身体也很难受。但我有时拿姐姐的手机给您发了短信，不懂校长爸爸看见了没有。今天好不容易不用打那么多的针，身体也舒服些，我就想给校长爸爸写信了。

校长爸爸都知道我病得那么重了，也不嫌弃我，还那么辛苦地到处酬（筹）钱帮我治病。在此，我真心地感谢校长爸爸，没有校长爸爸的帮助，我可能都病倒了。

我住院这段时间可能是我人生中最痛苦的日子了，每天 24 小时都在打针，我的身上有无数针口。再加上药物的副作用，使我浑身无比疼痛，眼泪忍不住流出来，但一想到校长爸爸对我的付出和不嫌弃，无论如何我也要坚强地咬牙挺过去，请校长爸爸不用担心，这里的医生、护士们对我也挺好的，她们有空的时候还跟我聊天，医生还说我的病会好的，叫我再坚持一段时间就可以出院了，还说出院后要租房子在医院附近，因为一年内还要坚持吃药，按时来检查，只要一年内不感染其他的并发症，那我的病就算好了，但是可能还要花 30 多万元才行哦。我把医生说的话告诉了家里人，我的姐姐在电话里跟我说叔叔婶婶的意思是出院后还要花那么多钱的话家里肯定没有那么多钱了，如果到时候学校帮不了那么多的话，婶婶说只能把我拉回家听天由命了。我听到姐姐这么说我有点不开心，但是想想他们也不容易，虽然生病一年了基本上都是小姨妈在照顾我，婶婶说家里很忙，没空来，但是我也不怪她们，我也理解她们。只是小姨妈太辛苦了，又带小孩又照顾我，我欠了她那么多的人情也不知道这辈子还有机会还吗，现在只能坚强点，希望命运能给我机会了。

在这里也只有在梦里才会感到快乐些。夜里，我常常会梦到校长爸爸、老师和同学们在学校里的点点滴滴，梦里醒来真的好渴望能快点回到学校上课，能回到以前正常的生活。我记得从小到大的第一个生日还是学校帮我过的，而且还有那么多的哥哥、姐姐、弟弟、妹妹和老师；还有张明叔叔和我们一起庆祝，那是我长这么大以来最开心的时刻了，我永远都不会忘记。真的，只有在学校里我才能感觉到家庭的温暖，所以现在心里只有一个信念就是快点好起来，回到学校学习，将来好好地报答学校和祖国，不辜负校长爸爸和那么多人对我的关心和帮助……

最后祝校长爸爸：

身体健康！

工作顺利！

天天开心！

您的女儿：吴小霜

2015 年 10 月 24 日晚

一朵鲜花，快要凋谢了。看到信上字迹歪歪扭扭，字距忽大忽小，对不上行，好些地方因为浸湿了泪水而变得模糊不易辨认，覃锋校长难受得泣不成声。

11. 辞世

这天中午，小叔叔急电韦翠良副校长：小霜进了急救室，快不行了，她想要见覃锋校长一面。

覃锋校长与韦翠良副校长火速赶到医院，医生特准他们进入 ICU（重症监护室），但还是来晚了。

小霜剃了光头，静静地躺着，面容安详，没半点痛苦，应当是带着爱意走的。

美丽姑娘的人生永远定格在 2015 年 11 月 8 日下午 14 时 10 分。

覃锋校长、韦翠良副校长向小霜三鞠躬，静静默哀。覃锋校长说："小霜，校长爸爸和韦妈妈来看你了！学校的哥哥、姐姐、弟弟、妹妹都很想念你！你就安心地走吧。"

后来，一位自发到医院给小霜捐款的爱心阿姨对覃锋校长说，她看望小霜时，讲《血疑》的故事，放《血疑》的主题歌给她听鼓励她，她非常喜欢听，听了好几遍。那是山口百惠唱的《衷心地谢谢你》："你的痛苦这样深重，皆是因为一人引起。不幸的命运，就让我一人承担吧。希望你能够原谅我，我请求你以后完完全全地把我遗忘，希望你自己迈步走向阳光，当秋风阵阵，树叶枯黄片片飘零，分手时刻令人心碎却已分秒逼近，还有多少时间，能让我拥有你的爱，还有多少时间，能让我活在你身边，你的温柔就像是清泉滋润我心间。"

12. 永恒

采访中，覃锋说了一个完全是巧合的插曲。在小霜去世的前几天，他养的十几条锦鲤，其中一条毫无征兆地死了。他特意开车绕道将亡鱼放入了邕江，忽然就联想到了小霜，心中莫名地生出一丝不安。

而在小霜火化后，小叔叔特意将她的骨灰撒入了邕江。

二人之举，完完全全是巧合。

你可以含笑地走了，小霜姑娘。

你的魂，你的灵，你的身，伴随着许许多多的爱，已经汇入了邕江，化作了永恒。

三、心若诚，石花开
（张春秀的故事）

1. 心事

与其说是心事，不如说是心结。这心结像石磨压在这小女孩心头，好沉重好沉重。你能解开吗？谁能解开呢？

这是 2016 年春日的一个周六夜晚，明天学校的生活老师邓绍创照例领着几十个孤儿学生在多功能教室看电视。

散场，灯亮了。张春秀（化名）是这群孩子中的一个，临走前她匆匆塞给邓老师一张小纸条。他看这孩子的眼睛，那忧郁中储满了期许、信任，亦有几分神秘。

回到宿舍，邓老师展开字条：

邓老师：我有一个小小的秘密，但我还没想好，想好了再告诉你。你要帮我保密啊。

字条内容似乎没多少特别，但张春秀这孩子非常特别，而且，特别得极不寻常。

于是小纸条迅速在生活老师中传阅（明天学校共有9位生活老师），并且很快就汇报到了覃锋校长那里。

张春秀的特别，在于她大山一般沉重的不幸。明天学校的孤儿都有失去亲人的不幸，而春秀除了失去父母，还有比其惨烈悲凄数倍的哀痛。这种哀痛，哪怕是成年人，哪怕是身高八尺的铮铮铁汉，都难以面对和承受，何况她——一个还不到10岁的弱小女孩子。

所以，这张小纸条以及里面所写的"秘密"，释放出了一个非同一般的信号，是一个待解的悬念，是小姑娘埋藏于心之深处的紧紧的"结"。一旦解开，或一旦她想好了并且告诉你了，这个被阴霾笼罩心窗紧锁的孩子将会真正迎来云开日出。

让我们回头去了解张春秀的不幸。

2. 不幸

她的遭遇太惨烈。惨不忍睹！足以让你的心淌血。

这个"灭门惨案"不宜也无须详述。

2008年，一个阴雨霏霏的日子，春秀的父亲张老二在河池市一座桥头死于车祸，撞死他的肇事司机趁着蒙蒙雨雾逃逸，躲过了法律的惩罚。此时，出生于2003年4月23日的春秀，才5岁。

更大的不幸，发生在翌年。春秀之母提出与结交不满一年的男友分手，未果。此男却是个心胸狭窄的恶毒之徒，竟于2009年11月15日晚上，实施血腥报复，以一把菜刀，残害春秀全家，造成5死2重伤的"11·15"惨案。

不幸中的万幸是，春秀活着，另一生者是她的堂哥。二人皆重伤。

是时，她年仅6岁。

她的左耳被砍掉了半边，左脸颊被一斜刀从左耳畔直划至唇。环江县民政局将她急送金城江铁路医院，她昏迷了两天两夜。经过长时间全力以赴的抢救，花费 4.8 万元的精准的成功的手术，终于从死神手里将她拉了回来，既保住了她奄奄一息的生命，也基本修复了她破损的面容——砍落的半边左耳得以缝合复原。

环江县辖于河池市。事发后的那几天，河池市媒体对这起恶性事件做了跟踪报道。

2009 年 11 月 16 日，《河池日报》第五版刊载了题为《400 民警冒雨搜山擒恶魔》的报道。

2009 年 12 月 25 日，《河池日报》第五版刊载了题为《环江"11·15"特大凶杀案，两幸存小孩得到妥善安置》的报道。

而我们这个篇章的主人公张春秀即是这第二篇报道中提到的"两幸存小孩"之一。从这篇报道中，我们获得了两个重要信息：一、"小雨（此为媒体报道采用的化名，指张春秀）将暂住宜州的亲戚家"；二、离开河池市中医院时，"医护人员们争相抱起小雨合影留念，送她鲜花、衣服和'红包'，小雨此时露出了难得的笑容"。

而这个"11·15"人生悲剧其情状惨绝人寰：逝者有张春秀之母、外公、外婆、表哥、表姐，幸存者则是她和堂哥。而最惨的或许却是生还的人——比如张春秀，如此幼小，就亲睹并且亲历了悲剧的全过程：与亲人瞬间阴阳相隔，响彻夜空的惨号，血腥的一幕又一幕……原本还和和美美、其乐融融的三代同堂的一家子，顷刻间就成了"死者长已矣"的刀下冤魂！

但春秀又是幸运的。她后来的人生获得了足够多的关爱，在一定程度上弥补了她心灵的创伤。

3. 有幸

明代哲学家王阳明有一句名言："去山中之贼易，去心中之贼难。"我们套用此语，对于春秀，或可说：去生理之伤易，去心理之伤难。

是这样的。但，即使难也得做，有人倾其心力为之，而且使春秀真真正正获得了家的感觉，获得了爱与温暖。

2016 年 7 月 26 日，我采访了黄锦辉，他是广西社会和谐稳定发展基金会（简称基金会）的原副秘书长，60 多岁，慈眉善目，一脸忠厚善良。

我们在南宁市东宝路一家茶坊，边喝茶边唠嗑，话题全围绕春秀。明天学校的莫荣斌副校长和邓绍创老师陪着我。

黄锦辉递给我一份他写的《六次到孤儿张春秀家的回忆》。这题目像磁石一般紧紧吸住了我。他这份长达 24 页的"回忆录"，将 2011 年直至 2013 年三年间基金会对张春秀的点滴扶持和关爱，写得翔实。

黄锦辉笔下的六次实录，对于我们从事非虚构文学行当的作家，无异于沙漠清泉、海底珍珠。

他这样写：

第一次见面时愁眉苦脸。

2011年7月13日，春秀家……（见到她）我感到十分揪心和心酸。有可能是由于她受伤过大，还没有走出阴影，显出愁眉苦脸的样子。心情沉闷，言语不多，问（她）话时基本低头不语……

第二次见面时沉默寡言。

这次见面时（春秀）仍旧沉默寡言，但在2011年8月10日，我们将春秀和她伯母接到南宁，参加了广西社会和谐稳定发展基金会成立挂牌晚会。她（春秀）人生第一次看到这么大的场面，显得有些惊奇。当播放（有关她的）视频短片，主持人介绍她的境况时，深深震撼和感动了在场观众，她的表现相当坚强可爱。

第三次见面时心情喜悦。

2012年1月15日，这是确定由广西南宁梦之岛百货有限公司救助孤儿春秀之后，该公司和我们基金会在河池市宜州市德胜镇人民政府举办捐助张春秀项目仪式。她显得比较自然，心情喜悦，脸露笑容。

第四次见面时学习不佳。

2012年6月13日，黄锦辉等人到春秀就读的当地村小——宜州市德胜镇大邦村小学，发现她状态不佳，各学科成绩几乎都不及格。遂促成了而后在同年9月份将张春秀转学到了学习、生活条件较好的宜州市德胜镇完小重新就读二年级。这一步走对了，为改变她的人生奠定了基础。

第五次见面时喜笑颜开。

这是2013年8月27日。是时，黄锦辉已获南宁市明天学校同意让春秀转学就读。他随同基金会副理事长到张春秀家，看望并办理转学手续。这天，小春秀是喜事连连——领导亲临慰问，给她送去关怀和温暖；她在镇小各学科成绩都在60分以上，有了明显进步；他们为她办妥了在宜州的一切转学手续。她喜笑颜开，露出了久违的笑容，显出特别可爱的喜悦神情。

第六次见面时"明天的太阳"。

2013年9月1日，我陪同明天学校校长覃锋，常务副校长莫荣斌，孤儿管理处主任韦翠良，来到春秀家。小姑娘知道即将转学到南宁读书时，看到了希望，喜出望外，"明天的太阳"照到了她的身上，她无比高兴！

4. 不孤

我们应当写下来，并且铭记于心：2011年7月5日，广西壮族自治区党委主要领导用工整娟秀的毛笔小楷，给南宁市明天学校校长覃锋写下如下文字："用笑声淹没哭声，让孤儿不孤，使他们都得到党和政府及社会的更多关爱。"

这是很动情很暖心的话。

这是一个庄严而神圣的宣示。应当说，对此宣示，基金会贯而彻之，不折不扣！且不说黄锦辉所真实记述的感人至深的《六次到孤儿张春秀家的回忆》。

这里，还有更值得一说的：2011年8月，广西社会和谐稳定发展基金会给予春秀生活困难、医疗救助补助3万元。每年还给予春秀生活困难补助3600元，即每月300元，直至春秀18周岁成年。与此同时，当地党委和政府还给春秀办理了孤儿生活待遇。

他们的口号是："让孤儿不孤。"

而春秀能够实现人生的"二级跳"——从村小"跳"到镇小，再从镇小"跳"到明天学校，这是她的运气或缘分。不，更重要的是，有爱心人士的鼎力相助。

这个满含大爱的"历史镜头"，值得重新回放：

2013年7月2日，广西社会和谐稳定发展基金会相关负责人到明天学校，参加了"广西社会和谐稳定发展基金会、广西太阳能协会向南宁市明天学校捐助仪式"。

明天学校获得了数台太阳能热水器，孩子们在寒冷的冬天可以快速用上热水洗澡，再也不用为冬天洗澡的事犯愁了。

捐赠仪式结束，基金会的两位秘书长想到了春秀，向覃锋校长提议和协商，双方一拍即合。尽管招生名额有限，甚至已然超标，但学校仍决定特事特办。于是春秀成了南宁市明天学校的一员。

翌日，覃锋校长代表明天学校向基金会相关负责人赠送锦旗一面，上书"关爱孤儿，情满人间"。

而自从春秀入读明天学校之后，基金会一直惦挂着她的健康、成长和进步。2015年11月15日，基金会秘书长来到明天学校，并将春秀接到了自治区听力言语中心，首席专家伍雨东专门为她检测因那场命案而引起的听力问题。这天，细心的谙通残疾人心理学的秘书长发现了春秀的大进步，虽然转学到明天学校仅短短两年，但是她已经有了可喜的"质变"。何以见得？一来，见了她们，不像以前那般认生了，而是主动迎上前，微笑、打招呼、拉手。二来，当天检测毕，众人在小饭店用中饭，大家点了春秀喜吃的白切鸡，鸡肉上来了，春秀没自顾自吃，而是先夹菜给大家。

"就是她这个看似普通的夹菜动作，让我们感动得不行，忍不住都哭了。"秘书长说。

"为什么？怎么会呢？"我颇感好奇。

"你知道吗，像春秀这样受过重大伤害，以致生理和心理都产生了难以逆转的伤痛的人，哪怕是点滴细微的进步，都是可喜的和难能可贵的，都说明她向正常和恢复自信迈出了重要的一大步。"

"这同时也雄辩地证明了，"她意犹未尽补充道，"春秀这几年的进步是巨大的，明天学校的教育是成功的。"

5. 明天（之一）

春秀就这样踏入了明天学校。

这是 2013 年夏季。她 10 岁，上三年级。

她的明天将会怎样？

她的特殊人生经历，造成了她必然大异于他人的"问题"。所以，从这个意义上说，她毫无疑问的是个典型的"问题孤儿"。她的"问题"在于幼小的心灵受伤太重，在于她心中有一道深深的疤。

能修补好吗？

春秀被分配到小学三（2）班，班主任是潘洁芬。我从这位年轻漂亮的老师嘴里听到了不少春秀的小故事，特殊孩子与普通孩子的性格碰撞，足以碰出"火花"。比如，刚来时，就有同学直接问她，怎么脸上有一条大疤。她听罢大哭，哭得伤心至极！

有人报告了潘老师。潘老师叫她到办公室，安慰她，让她别难过。她哭着用哀求的口吻说："潘老师你能不能在我不在的时候向全班同学说，不要再向我问起我脸上那道疤，好不好？"

潘老师答应了她的请求，劝她别再哭。潘老师从这小女孩孱弱的身躯中看到了超乎寻常的心理承受力和坚强，她需要被认可，需要被尊重，需要同样的一片蔚蓝天空。潘老师用纸巾擦干春秀的泪水，轻轻抚摸着她的头和脸，将她轻轻搂入怀中，就像搂的是自己的女儿。

春秀不哭了。

某天，机会来了。这天春秀耳朵发炎，生活老师覃爱芬代春秀请了假，领她去了医院。潘老师上语文课，课前花了几分钟对学生们说："每个人都有各自的故事，不一定都是阳光、鲜花和美丽。谁都可能有'疤'，这道'疤'，或许是一个不幸的故事，谁都会有一些不愉快的经历是不愿回想，不愿说，也不愿被别人问起的，春秀同学脸上那道长长的疤痕，有一个只属于她自己的故事，希望同学们都不要再去问她，让她难过甚至伤心。"

接着，潘老师又说："我们大家都要爱春秀同学，就像你们被爸爸妈妈爱一样，就像爱你们的姐姐妹妹一样。同学们能做到吗？"

"能！"

潘老师的话入情入理、直抵人心。

自从潘老师讲了这番话后，再无此类事件发生，也没见春秀来反映，亦无同学再提起"疤"的事。

潘洁芬这个班50多人，孤儿学生5人，3男2女。

春秀在班上，学习成绩属倒数的。她内向而且自闭。她刚来之时，基本不肯写作业，基础太差，又不愿向同学和老师请教；不愿写作文，如果写了，不会写的字和句子，一概以○○或××来代替。她的不足是：拼音和语文不过关，生字掌握得少，九九乘法表背不全。这样，与同学之间的差距自然就很明显。而且她不合群，活在一个只属于她自己的世界里。

潘老师决心走进她的世界，然后拉她走出来，融入集体，走进阳光。潘老师给她开"小灶"，讲许多自勉、励志的故事，还找来好多适合她看的益智课外书。

春风化雨，润物无声。久而久之，春秀就有了质变：语文的默写和填空基本能完成，拼音从一个不识到能写出大半，听写能跟得上。总之，从不及格到如今基本都及格，甚至达到了七八十分。

"这孩子情商挺高，懂得感恩。"潘老师对我说。

每年的节庆日，比如三八妇女节、教师节，春秀都会自制一个贺卡，在上面画一幅画，画面通常是潘老师在讲台上授课或者领着孩子们郊游什么的。写着"我最爱的潘老师：节日快乐，越来越开心，越来越漂亮"。

常有爱心人士来校慰问，春秀总会将所获的苹果、香蕉拿一两个给潘老师。若潘老师说不要或让她留着自个儿吃。她会嘟嘴做不悦状。若再拒，她就干脆将水果置于桌上，走了，头也不回。

都说只要心诚，石头也能开出花儿来，不是吗？

6. 明天（之二）

春秀过生日。这大概是她小学四年级的事。

自从"11·15"事件之后，她就随伯父伯母过，伯父伯母成了她的监护人，待她如己出。这不，这天他们就记得她的生日并且要到明天学校专门为她庆生。

　　伯父伯母住在河池市宜州市的农村，距学校很远，坐班车得五六个小时。伯父一大早出发，直到下午 4 时才到。他们带来了一只宰好的自养大鹅，还在南宁街上买了一个双层蛋糕。

　　善良而美丽的生活老师邓丽霞这样来向我述说这个"春秀过生日"的故事。这是个很有人情味的故事。

　　学校食堂师傅巧手一挥，将这只鹅加工成了一桌全鹅宴。选哪些学生参加生日会，却有点犯难。

　　起初，春秀只选了 305 宿舍舍长，还有与她关系好的同学。比如曾经帮她捉过头虱的、梳过头的。其他与她玩不拢，看不起她的，或常批评她的，一概不在被邀之列，哪怕是同宿舍的。

　　邓丽霞老师就做她的思想工作，说："都是同学，朝见面晚见面的，都该团结，手心手背都是肉，不应分亲疏。起码同一个宿舍的都叫上，她们平时都帮助关心过你的呀。"春秀欣然同意，就把同宿舍的同学都请了。还请了邓丽霞、邓绍创老师，班主任潘洁芬，当然还有大厨师傅。

　　皆大欢喜！

　　邓丽霞老师让舍长苏林月发动同学们给春秀送生日礼物。苏舍长送了三颗棒棒糖，其他同学都送了自制的生日卡，写了很温暖的贺语。

　　春秀过了十二年以来最快乐的生日，这是她人生的第一次生日会。

　　当夜，春秀给邓丽霞写了一张小字条：

　　　　邓老师您真好！谢谢，我真的好感激您为我过生日，我好开心好开心！（我感到）您就是我的妈妈，我是第一次过生日。鹅肉真是太好吃了，蛋糕又香又甜，还有棒棒糖，我都舍不得吃。同学们写给我的贺卡好美啊！

　　这里，"您就是我的妈妈"之说，是有来由的。平日里，春秀比较喜欢主动亲近邓丽霞，一来邓丽霞对她格外关照，二来她觉得邓丽霞的长相特别像她的母亲。她母亲以前有一套海蓝色春秋运动服，穿着特精神。邓丽霞也有一套几乎一样的。看到邓丽霞穿这套运动服，春秀就会想到妈妈，就会感到特别可亲。

　　春秀这孩子记恩。2016 年 6 月的一晚，周六。邓丽霞老师上夜班查房到了 202 舍，突感肚子不适，就躺到春秀床上歇一会儿，闭目养神。春秀轻步走至近前，关切焦急地问："老师我给你盖点毛毯不要着凉了。邓老师你有杯子吗？我可以去帮你装杯温水吗？"这时孩子们有点嘈杂。春秀突然一反常态，不知哪来的勇气，竟将音量提高了八度："大家都不要讲话太大声了好不好！老师都不舒服了还这样吵吵嚷嚷的。"众皆愕然，霎时一片死寂。

　　邓丽霞觉得春秀懂事了许多，给了她一点奖励，晚餐排队点名时还特意表扬了她。

7. 明天（之三）

这是成长中的烦恼故事。

责任心很强，总能变出办法来使孤儿破涕为笑、由忧变乐的卢雪清老师给我讲了几个关于春秀的"趣事"。

"有一天放学了我发现春秀在哭。我不知道她为什么哭，问她也不回答。我先安慰了她，让她停下来。后来回到宿舍，我问了和她同一个宿舍的同学：'春秀怎么了？'有个学生就悄悄告诉我：'班里的刘建伟同学取笑她，说她坏话。'我问：'说春秀什么坏话啊？'原来，有老师见仓库有爱心人士捐的一些漂亮的发夹，就发给女同学。春秀很高兴！那天中午起床后，她就戴着那个美美的发夹去班里上课。但是，刘建伟见到后就取笑她，说：'你那个脸上疤痕那么大，戴再漂亮的夹子也难看，笑起来嘴巴都歪向一边了。'春秀听了深深低下头，只是在那里哭泣，为了挡住那道疤，还把头发放了下来。我知道了以后，安慰她，告诉她不要在意同学们的眼光，自信才是最漂亮的，春秀的脸型多漂亮啊，又白，快把头发扎起来，让那些取笑你的同学觉得你是最自信、最漂亮的。"

卢雪清还和春秀讲了一个关于"没腿哥哥"的励志故事。

"阮兰国幼时遭父母弃于福利院门口并为福利院所收养。五年前来到明天学校。因小儿麻痹症缺右腿，靠戴假肢行走。至夜，睡觉前他卸下义肢摆在枕边，他的残肢和假肢都使小同学们感到很害怕！后来他的出彩之处在于：工作后很自信很出色，而且还常回家（明天学校）看看，还买了不少白球鞋赠送给弟弟妹妹们。"

说到这，卢老师蹲了下来，指着春秀脚上的鞋子道："春秀，你现在穿的这双白鞋子，就是阮兰国大哥哥捐回来的，知道吗？所以，你一定不要自卑，要开心。"春秀听完后，高兴地点了点头。现在，卢老师发现她脸上比原来多了一些笑容，她也感到有些欣慰。

春秀自从来到明天学校这个全新环境，相当长一段时间仍处于自闭、自卑状态，完全陷入因那场灾难而构筑的铁桶般的"围城"之中，针插不进，水泼不进；别人进不来，自己也出不去，而且不愿出去。如何让春秀打开心扉？这是一个属于心理学范畴的课题，也是一项庞杂"工程"。为此，生活老师们颇费心思。

卢雪清老师又给我说了一个"旧手机的故事"。

"国庆节的时候，春秀的堂姐打电话给我说，她有一部旧手机不见了，放假期间就是春秀和她住在一起。而春秀去学校以后，手机就不见了，让我问一下春秀，是不是拿了她的手机。我找到春秀，和她聊天。我说：'春秀啊，你有没有看到宿舍的同学有带手机来学校啊？现在老师想让你做小助手，想让你帮看看，哪个同学带手机来，你偷偷告诉老师。'她低下头，红着脸，小声地告诉我：'卢老师，我带堂姐的旧手机来学校了，但是，手机弄不见了，丢了，怎么办？'我说：'其实，老师已经知道你带堂姐的手机来学校了，老师就是想让你自己告诉老师。'她就说：'老师，以后我不撒谎了。'过后，我和她堂姐通电话。堂姐说，那个手机快烂了，经常自动关机，但是，春秀回到家，宁愿看那个手机，不愿意和人交流。堂姐见她难得回家。就去超市买了好多零食。问：'春秀，吃这些零食吗？'她摇摇头：'不吃。'然后，堂姐就去上班，回来的时候，见到好多零食都没有了。于是堂姐知道，春秀是没有人在家的时候才敢吃这些零食。从这个事情就看得出她是一个很害羞，把自己封闭起来的小孩，不愿意和人交流。堂姐希望老师多关注她。从那以后，我就格外关心她。有好多学生一起玩的时候，我都让她们叫上春秀一起去玩，让她也高兴起来，能打开自己的心扉。"

事实上，在我入住明天学校对师生采访的这半年多来，我深切地体会到什么叫作"以心换心"，什么叫作"师者所以传道、授业、解惑也"，什么叫作"捧着一颗心来，不带半根草去"。

卢雪清还讲了一个使我忘不掉的故事。

"2015年的春天，春秀因为长水痘和营养不良而在她伯父接她回家的半路上晕倒住院了。我知道这个消息以后，心里好焦急！就买了一箱牛奶和一些蛋黄派去看望她。她看到我激动得眼睛湿润了。她伯父对我说她吃饭一向吃很少，不爱吃东西，有点挑食，所以造成了营养不良。她出院以后，我在组织学生到饭堂吃饭的时候，经常留意她的饭量，如果发现她装饭少了，我就帮她再多装一点，还坐在她旁边陪她一起吃饭，鼓励她多吃点，渐渐地她的饭量也提高了一些。现在她的个子比以前高了很多。近来伯父或者哥哥来看她，给她带有水果、饼干的时候，她总会拿一两个水果过来给我。我都会对她说：'谢谢你，但老师不长个子了，你正在长身体，多吃点，不用给我的。'当时内向的她不会和我说什么，但当我忙其他工作回来，却发现那两个水果还是放在我办公桌的抽屉里。看到春秀长大懂事了，我的心里暖暖的。"

8. 明天（之四）

无须多说了。因为，一切说多了似乎都成了"多余的话"。

春秀从2013年来到明天学校，到2016年，经过三年多的"驱除阴影""心理修复""大爱化冰"，她已基本驱散了心中的阴霾，走向了春天和阳光。所以，我们这里无须多说了。我们让春秀她自己来说。

2016 年感恩节前夕，她自个儿提笔给覃爱芬老师写了一封信。我们完全可以看作是她写给明天学校的校长、全体老师以及一切爱过她和现在依然疼爱她的人们的。

全信如下：

亲爱的覃老师：

您好！

一年一度的感恩节快到了，在这里我要祝您感恩节快乐，我一直有一些话不知怎么对您说，自从我来到这个学校以后，都是你们在关心我、关爱我。

有一次，我生病了，有很多人关心我，我非常感动也非常开心，因为我有了这么多的朋友、伙伴。我受伤时是您照顾我，不开心时是您对我说要自信、要坚强，我被欺负时是您在围（维）护我，当然其他的老师、同学也一样围（维）护我。

在这里，我真城（诚）的（地）向您说一声"谢谢"！谢谢您一直在这里关心我。然而，您生病，腰酸背痛时我们也难过，您养病在家休息时，不在学校，我们所有人都不开心，您好了在学校了我才会非常开心。

祝您身体健康，完（万）事如意。

好人一生平安！

春秀

2016 年 4 月 17 日

这封信感人至深，字迹一笔一画，异常工整认真。是她用心，用情，用回报感恩之念来写就的。

9. 解结

正值暑假。2016 年 7 月 27 日，周三，我们来到春秀家里。这里是宜州市德胜镇大邦村三加屯，距南宁 5 个小时车程。

春秀由于七年前亦即 2009 年的"11·15"事件，成了当年的"新闻人物"和今天的"焦点人物"。

"焦点人物"何解？因为她转了三次学，因为她现在是明天学校的学生，还因为，如今有一位叫作何培嵩的年逾七旬的老作家为了采写反映明天学校的长篇报告文学《哭了 笑了》特意深入采访当事人春秀的家。于是就有了新闻价值，就有了"新闻眼"，引起了当地相关部门的格外重视。

河池市政法委领导，宜州市政法委领导、宜州市综治办领导，德胜镇政府领导，还有河池市电视台及《河池日报》《广西法制日报》驻河池站的记者们，闻讯都来了，将春秀家的堂屋挤得满满当当。

春秀的伯父韦世峰和伯母兰凤华以养蚕为生，年收入 8000 元。育有二女一男，加上春秀，就是四个孩子。自从春秀家出了命案，春秀落脚在他们家已有七个年头。

伯母是个快言快语的人。对于春秀，她这样说："出那件大事之后，我就对老公说，是亲侄女，我们不养谁养？就把春秀接了回来。刚来时，阿秀可怜得，整个人就是木木的、呆呆的、傻傻的，不说话，也不笑，吃和睡都不行。我就慢慢带她去采桑叶、喂蚕，干点农活，煮饭、洗碗、搞卫生什么的，她的状态才逐渐好转。"

河池市政法委法学会的一位干部，文笔了得，多才多艺。他特意带来一把吉他，边弹边唱，他让春秀站到厅堂中央唱《感恩的心》。

"感恩的心，感谢有你。伴我一生，让我有勇气做我自己……感谢命运，花开花落，我一样会珍惜。"

这位干部的弹唱精彩，充满激情，声情并茂。但春秀只是怔怔地直立着，面无表情，那眼睛茫然地盯着前方一个仿佛虚无的远处。她今天穿着一条白纱新裙子，粉红色新塑料凉鞋，显然是伯母特意为她新买的。

我们相处已有一个多小时，我发现她没笑过一次。我让同行的邓绍创老师领她出去，开导她逗她开心。更重要的，希望她能在家里这个自由自在的环境说出她那个"小小的秘密"。这，可是她深藏心底好几年的心结啊！

过后，邓绍创老师告诉我：春秀领他到了宅旁的一个小水塘边。她说这是她每个寒暑假期回家最喜欢来的地方。在这里，她会和小伙伴们玩过家家、捉迷藏、猜"拳头剪子布"、钓青蛙黄鳝、抓蟋蟀什么的，总之，这儿是他们的乐园。水塘边有许多野花，绿草萋萋，树上传来阵阵鸟儿叽叽喳喳的声音。邓绍创老师和她一块儿追逐嬉戏，捉蝴蝶和蜻蜓。春秀好开心，她开口说话了，脸上还有了笑容。邓绍创老师问她："你说过要告诉我的那个小小秘密，想好了吗？"她侧着头，笑着，想了想，认真道："还没想好呢。"又是铩羽而归！

其实，邓老师的这种"失败"，并非第一次了。

自从我听说了春秀的那张神秘字条之后，出于好奇心，也出于报告文学创作者颇有点招人嫌的喜欢盘根刨底的职业病，我曾不下五次催邓绍创老师去追问春秀她那个小小秘密。他也确实十分配合地，尽心尽力地不下五次变着法子追而索之，但皆无果而终。

事情得以峰回路转，是在这次暑假家访的整整 4 个月之后。我记得太清楚了：那天是 2016 年 11 月 22 日，星期二的晚饭后，邓绍创老师来到了 301 宿舍。

"她写了！"他一脸欣喜，很有成就感的样子，"刚刚给我的。"

他有点兴奋地递给我一张细心折叠成蝴蝶形状的纸条。

我小心地徐徐展开。这是从小学生作文本上撕下来的，仅一页。这张踏破铁鞋无觅处，得来却煞费工夫的小纸条，上面是春秀一贯认真、娟秀和工整的字迹。

敬爱的邓绍创老师：

  我每到周五，都无缘无故地想起我爸爸妈妈。不知道为什么，当我看见别人和父母走（在一块）的时候，我就像被刀刺了一样。想忘掉，又担心梦见他们，我就会害怕他（指那个杀了她一家五口的歹人）要把我……

  有时同学说我没爸没妈的时候，我就真想告诉他们，如果（他们）自己也有一天像我这样的情况，我也这样说他们，倒想看他们是高兴，还是生气。

  我父母他们不在这世上了，虽然伯父伯母倒也不差，但他们会像爸爸妈妈一样温柔和蔼地待我（吗）？……

  今天我有了明天学校，我不再怕了，（因为）我有爱了。

  到此为只（止），不写了。

春秀 2016 年 11 月 20 日写

我仔细地反复地看了好几遍。

春秀大概想要表述的是：

她常常想念已经不在人世的爸爸妈妈，她羡慕那些有爸有妈的孩子；有同学嘲笑她没了爸妈，她不乐意；她现在有了明天学校和许多的爱，她不再怕了……

倘若还要往深处剖析和解读，我一时半会儿做不到。那是心理学家和教育家的事。

"她给你这张纸条的时候，状态怎样？"我急切地问邓老师。

"春秀塞给我（这字条），蛮高兴的样子，然后一溜小跑和同学玩去了……"

"她笑了吗？"

"笑了，她真的笑了！"

哦，笑了，笑了真好！

我看那远处的夕阳和不远处的操场，晚霞的一抹嫣红照射在球场上嬉戏的孩子们的一张张笑脸上。春秀应当就在他们中间。我想，她的路还很漫长，但愿岁月和美好的世界能早些抚平她的伤疤——脸上的和心上的。

而现在，"笑"和"真的笑了"，对于她，确实很重要。

四、一个弃婴的遭遇

（李春华的故事）

1. 曾经没人要

李春华，曾经的弃婴，曾经没人要的孩子。

过去，她的人生是一个不幸套着一个不幸。

如今，她的人生是一个幸福伴着许多幸福。

她的故事，是真正意义上的"哭了　笑了"。

她是从明天学校小学毕业的学生，正在南宁三十五中读初三（2017 年）。

2. 纸箱里的孩子

她静静地躺在一只小纸箱里，不哭也不闹。

这是 2002 年 10 月 16 日清晨的 6 点多。早起的村民八婶，在位于公路边的村口的晒谷坪边上发现了这只纸箱。她告诉了刘顺鉴，刘顺鉴又告诉了他的哥哥刘健鉴，后来刘健鉴便成了李春华的养父兼监护人，刘顺鉴便成了李春华的叔叔。

天色渐亮。这三人蹲下来仔细"研究"这只纸箱。小孩羸弱，脸色蜡黄，条条青筋绽露。不哭，偶尔呀呀几声，软软的，没有多少活力和生气。他们掀开崭新的小薄被，解开几件同样崭新的小衣裳，将孩子抱了出来，是女孩。纸箱里放着 10 元钱，还有一张小纸条，写着："2002 年 4 月 22 日（这应是小孩的出生年月日），谢谢好心人！"

他们轮流抱着，细细端详这婴儿，发现这孩子肚子有点鼓胀，而且没有肛门。村里以前也有过无肛的小孩，很难养活。

此时已是深秋，寒气袭人。他们赶紧将孩子包裹好放回纸箱，抱了回去。

1947 年出生，已经 55 岁的单身汉刘健鉴，决定收养这个捡来的孩子，给她取名李春华。

在后来的采访中，村里有点见识的生产队长（也姓刘）肯定地对我说："是有（弃婴）这回事。而且，当天赶早的村人还见到了公路对面站着两个陌生人在张望，过去搭讪，听口音应该是来自毗邻县邕宁县，应该就是弃婴的亲生父母。看到有人捡走了小孩，两人就离开了。"

这时的春华才半岁。

3. 溯源

采访并弄清春华身世的来龙去脉，后来被证实是必须的和有意义的。

2016 年 7 月 18 日上午 9 时，我在潘显龙和邓绍创两位老师的陪同下，踏着炎夏的滚滚热浪来到了横县峦城镇刘奇村六队。

正是暑假，春华已从她就读的南宁三十五中回到了家。

她皮肤挺白，脸蛋有点圆，笑容甜美，笑时露出白白的牙，个子肯定不到 1.5 米。

她那间由空心水泥砖砌建的不到 10 平方米的小房间，摆着一张占据了二分之一空间的大木床，一只红色手拖塑料箱，一张用来吃饭兼写作业的小圆桌，桌子上方有一根从天花板悬吊下来的日光灯，一个煮饭兼煮菜的电饭锅。没衣柜，也没书架，她的衣服和书本便整齐地叠放在大床靠墙的内侧。

我和春华并排坐在她那张有点晃动的大床上说话。房间仅有一张矮板凳，再也摆不下任何物件。

接下来，我见到了春华生命中有如亲生父亲般的两个人——双目失明、衣衫整洁、腰板挺直、能独自熟练像正常人行走的养父刘健鉴（春华称其为"大伯"），瘦小而有点佝背、皮肤呈黑红色、一脸憨厚的叔叔刘顺鉴。

我问，他们答。于是，小姑娘在村子里平常而不寻常的童年故事，便明晰了起来。

春华曾有过第二次遭弃经历。原因并不复杂：她太难养了。养父喂以玉米糊，叔叔喂以奶粉加米汤，但她从来没胃口，总是肚腹鼓胀。她的一切排泄物皆从小便的地方排泄。其根本症结还是在于无肛。养父屡弱多病、自顾不暇，听村里人相劝，也是为小孩的将来着想，想找个好人家送了算了。也曾来过两三拨人，观之，生惧，摇头走了。

就这样相安无事地凑合对付了几年。后来长期视力差的养父，听信了村人鱼肝油可恢复视力的传言，买回了几大瓶，求愈心切，竟心急地加大量服用，反应强烈上吐下泻数日不止，没几天就彻底地变成了瞎子。村人说："准是错买了假药。"

从此才七八岁大的春华就理所当然地成了家中的顶梁柱和养父的"拐杖"。拾柴做饭，洗洗刷刷，田地农活，里里外外一肩挑，正是"穷人的孩子早当家"。而养父亦早已将春华视作骨肉，在失明前和失明后，再穷再难也从牙缝里挤出钱来供孩子上了村小。或许，深明事理的养父知道"再穷也不能穷教育"吧！

到了此时，这对特殊的"父女"，已然是真正意义上的相依为命，谁也离不开谁了。

4. 日常生活

采访中，来了一位"不速之客"，却是隔壁的三婶——72岁的老婆婆雷树兰。她坐到小板凳上，慈蔼地看着春华，露出温暖的笑靥。

老人一来，屋子里的气氛活跃起来，春华的话多起来，一老一少，说出了许多故事。

养父是低保户，春华又是拾来的孤女，县民政局和镇政府逢年过节都会来看望，送以红包和糖饼等慰问品。村民也会送来绿豆大肉粽、水果、年糕等，并争相邀春华到家同吃年饭。

当年生产队养有二三十头牛，是集体所有，建了一个大牛栏，谓之"国际牛栏"，由专人喂养。队里考虑到刘健鉴是老光棍，羸弱多病，又有一养女，就特别予以照顾，让其守夜。"工钱"却是大米——全村100多号人，按人头，每年每人付给刘健鉴大米1斤3两。这样，刘健鉴全年获米130多斤。这自然不够填两张嘴。这对父女就在自家的田地里侍弄些五谷菜蔬作为补充，亦能勉强度日。二三十头牛，每头住一栏；中间专辟一栏略加整修供父女居住，一来便于照料牲口，二来老少也就有了栖身之所，虽是权宜之计，但也一举两得。

5. "国际牛栏"

我决意要看看"国际牛栏"。这里是春华度过童年的"故居"，肯定会有故事。春华很是高兴，一跑一跳地在前引路。

"国际牛栏"地处村中心的一片低洼地上。水泥板块结构，一溜平房，大约20间。丢弃数年，已是破败不堪，当然早已没有了牛。春华父女曾经的住所在正中一间，门楣和门板，已被白蚁噬咬得千疮百孔；水泥预制板的房顶，崩败剥落；锈迹斑斑的钢筋从水泥板中顽强地伸出来，似枯树残枝。房内，塞满了柴草，堆积着粪肥，各种混杂的霉臭之气从窗口喷涌而出。

我顿感凄怆，在房前照了张相。春华看我的眼睛有点湿润，就善解人意地给我说了她的几个童年趣事。

父女俩在这里一住五载。

这几十头集体耕牛，白天下地干活，晚上回栏时就是失明养父上班之时。他们那间夹在牛厩之中的"牛栏屋"，闷、热、臭，苍蝇、蚊虫肆虐。养父喂草料、打扫牛厩之时，已经长到八九岁正在念小学的春华就在昏黄的电灯下做作业。她很用功，在班上排名总在前三，获得许多三好学生、成绩拔尖之类的奖状，这些都是在这劣境中熬出来的。她有着许多正常家庭的孩子不可能遭遇到的意想不到的苦、难、孤单。

但她也有她的快乐。这快乐，或可以说，是她寻出来的。

她对我甜滋滋地坚持说："我喜欢这里。在这里还是蛮快乐的！"

我半蹲下来，鼓励地看着她那闪亮的充满甜蜜回忆的双眼："说说你在这儿的快乐，跟我说些你觉得好玩的事。"

她甜甜地笑了，拉我的手，引我到与她住的牛栏房紧邻的一间牛厩，说她有一个"闺密"，那是一头年轻漂亮的母黄牛，以前就住这儿，它善良而通人性，与春华很投缘。她叫它做"黄妈咪"。她几乎每天给它擦澡，边轻轻唤着"黄妈咪"边和它说话，倾诉无人可诉也无人愿听的喜乐悲忧。它会眨巴着极像人眼的双眼静静地听，好像还听懂了她的话，会发出高兴的"哞哞"声回应。这时春华觉得"黄妈咪"就是自己从未见过的妈妈。

由于她是弃婴，又由于她有着难与人言的生理缺陷，难免有时会招致村中顽童、好事同学的歧视和欺负。每到放了晚学，她就登梯爬上"国际牛栏"的长长的房顶，来来回回奔跑，边跑边吼。此时四周空无一人，只有牛和养父。她是自由的、快乐的，这个时候的世界是她的。面对黛色远山、雪白云朵、如血残阳，心中的孤寂、痛苦和郁闷一吼而空，她感到酣畅无比。

我们离去。小姑娘恋恋地回望"国际牛栏"，眼中有泪。

我能理解。这里曾有她难分难舍的"黄妈咪"，这里是她无拘无束的幼时的"伊甸园"，这里是她度过童年快乐时光的"百草园"和"三味书屋"。

6. 牵挂之事

正午时分，我们到峦城镇上用餐，邀她同往，可以边吃边聊。

春华欣然答应。

她有一件事，使我牵挂，放心不下。

采访中，在她的小房间的大床上与她并排而坐时，她的眼睛倏忽一亮，瞳仁写满憧憬和希望，她说："何伯伯，我好想读好书，将来考上大学。"音量不大，怯怯的。

"但我知道这很难。"她眼中的亮光消失了，仿佛蒙上一层阴霾，"真的好难好难。"

春华长叹了一口气，低下头，不言语了。她的感情在瞬间剧变的缘由，我能道出个子丑寅卯。她想上大学的大志向，可以说从校长到老师，再到同学，人人皆知。

那么，使她忽然黯然神伤的"好难好难"是什么呢？一是她那烦人的肛门闭锁症，虽然治好了，却耽误了许多时间和功课，但这已是"过去时"了。二就是"现在时"的了，她的叔叔有一个自愿来随他共同生活的"婶婶"，却是个近乎剽悍的妇人，其特点是永无休止的高分贝的絮叨，四邻颇受其扰，春华也根本无法静下心来看书学习和完成暑假作业。

我有了主意。我觉得帮春华排忧解难，应该不难。我立刻想到，她有两个资助人：邓阿姨和黄阿姨。前者是著名爱心企业家，曾为春华治病一掷几万元；后者是公务员，给她购物、购书，关怀备至。她们二位不是春华亲妈，却胜似她的亲妈。

我就对春华说："你应该时常给她们发短信、打电话，报喜也报忧，将你的理想你的梦以及你的难处，准确无误地及时地告诉她们。我相信她们会帮你，一定会帮。"

仿佛是一语点醒梦中人，又像是溺水中抓住了漂来的一块救命木板，春华笑了，愁容为之一扫，眼中亮光重现。

我问她有没有手机。她说有，但欠费。说话间她从枕头底下摸出一只黑色老式旧手机，屏幕上有两道裂纹。

我们的车子到了镇上。我让邓绍创老师点菜，让驾车的潘显龙老师将我和春华拉到了镇移动收费点。我替她交了100元话费。

7. 破茧化蝶

春华人生命运的真正转折是在 2010 年。

如果说她 2002 年深秋才半岁时被人拾获是她人生的第一个转折点，那么，九年后的 2010 年盛夏，则是她生命的第二个转折点。

她是幸运的。

这是 2010 年夏天。这年她 9 岁，在村小念到了小学二年级。横县民政局，这个多次荣获全广西爱民先进称号的民政单位，派出了干部，陪同明天学校的覃锋校长和分管孤儿教育的韦翠良副校长，结伴到了"国际牛栏"（春华家中）。他们要接小春华去明天学校读小学三年级。

春华和养父栖身的这间牛栏房，倒也拾掇得整洁干净。最为醒目的令覃锋校长眼睛一亮的是：两边泥墙上贴满了金灿灿的奖状。无疑，春华这孩子学习努力，品学兼优。

房子太小，根本进不去这么多来客，即使进去也没地儿坐。他们就在牛栏外头的烈日下，站着说话。

春华从没见过这么多领导和生人，生怯，再加上自身有病，又弱又小，便多了几分自卑，就总低头不语。这时她的养父一脚高一脚低摸索着也从房里走了出来。

民政局干部介绍起春华，颇感骄傲和赞许：从小乖巧懂事，学习异常刻苦，成绩总排在年级前列，获奖不少。在她7岁上小学一年级那年，养父彻底成了盲人，她就撑起了这个家。每天放学归来，春华总会坐到养父身边给他讲学校的趣闻逸事，逗老人开心。那个时候，老人和春华都感到很幸福。

当然，这幸福，对于老人和小孩都是低层次的，甚至是短暂的。而现实却是近乎残酷的，比如老人的盲、老、病，春华的缺肛生理障碍、成长和将来。

覃校长讲明了来意，想让春华到条件优越的明天学校就读，民政局干部用横县的本地方言做着翻译。

父女俩就都听懂了听明白了。

这时，春华原先苍白的脸更显苍白了，她似乎没有一丝喜色，旋即默默掉了泪。她拉住63岁已呈老态的养父的手，说："我不去，我不要去！我去了大伯怎么办？我要照顾大伯！"她靠到了养父身上。

养父虽是盲人，心里却敞亮。他很明白如果春华离开这穷地方、离开他这瞎老头，过的肯定是好日子。他同意并且执意要春华上省城里的新学校。老人坚定地对春华说："你去，你一定要去！我还有你叔叔照顾，你不用担心。"

这时，在一旁的叔叔说："春华可以安心随你们去，伯伯就随我过，我来照顾他。"

这话，是说给来人听的，当然也是说给春华听的。

这样，春华于2010年顺利入读明天学校三年级。

8. 仁义之举

客观并且公正地说，明天学校将春华这样"双重特殊"的孩子主动接收到学校，是仁义之举，是人道主义，是大爱，但或许也是一种"负担"。

何谓"双重特殊"？一是孤儿，二是无肛，亦即她有着先天性的，而且颇为严重的生理缺陷。

但明天学校以大海般的胸怀拥抱了她。

由于她的身体有与众不同的先天不足，学校老师带她就医，医生为她做了两次近乎起死回生般的"修整"和挽救，她由此成为正常的健康的孩子。

第一次：2012 年 3 月，明天学校送她入院，在短短 3 个月里，永远告别无肛和长期患病的痛苦。这里面，充满人间大爱和传奇色彩。它注定是一个值得而且必须大书特书的绝无仅有的"特写"，只能以专章浓墨重彩、挥洒渲染。这里，且按下不表。

第二次：2016 年 4 月 5 日，春华阑尾炎急性发作。

这天，她肚子疼，继而变成了剧痛。她抱着肚子在床上打滚。

明天学校派邓绍创等几位生活老师，将她从南宁三十五中火速送到市第八医院住院，帮其交了 1000 元押金，交了伙食费。

当晚，医院决定为其做阑尾切除手术。春华很害怕，她不知道这一刀下去会是怎么样的结果。她紧握着来陪她的韦翠良副校长的手，有点发抖。

韦翠良副校长让春华放心，鼓励她："阑尾亦即盲肠，基本上是人体用不着的没退化彻底的多余器官，切掉也好；再说这只是小之又小的手术，比之你以前做的人造肛门手术要小多了，那个大手术你都坚强地成功地挺过来了，这个手术就属于'小儿科'了。"姑娘破涕为笑。

当晚 8 点，她笑着进了手术室。3 个小时后，她笑着出了手术室。

她看到，韦翠良副校长，还有几位熟悉的老师邓丽霞、邓绍创、罗秀群，都还等候在门外。她泪水涌了出来，心里感动不已。

9. 她有一个梦

春华有一个坚定不移的大目标：上大学。这是她憧憬已久的梦。

而她的近期目标则是：考上南宁八中。南宁八中属于自治区示范性高中。小姑娘心里明白：一旦踏入南宁八中，距大学这个目标就更近一步了。

她很努力，可以说她的努力是超乎寻常的。但她遇到了"两大难"。第一"难"，是生理上的无肛。幸运的是，明天学校和爱心人士已经为她解除了。

第二"难"，是有点带人为性质的：她正在念的南宁三十五中初二的这个班，是个出了名的"头疼班"，生源复杂，不少学生酗酒、抽烟、早恋、不听课、无心向学，甚至有过学生与老师抢讲台的极端现象。春华个子矮却被安排坐到了后排，距离黑板太远，环境又太嘈杂，她往往听不清老师讲些什么。

为此，春华感觉很纠结，甚至很痛苦。但她不怨天尤人，不自暴自弃，依然很努力。

邓绍创老师曾给我看春华抄在她作文本上的一段话：

> 我们总要努力！我们总要拼命地向前！我们黄金的世界，光华灿烂的世界，就在前面！

下面还有她的一行小字：

这是我最喜欢的一段话，这是我的座右铭。李春华

这段语录出自何处，或许春华不一定知道。但恰好我读到过，这是青年毛泽东发表在《湘江评论》上的"青春豪语"。

春华是怎么样努力的，我无从得知，但由于她不懈努力而结出的硕果，甚至是飞跃式的质变，我却是知道的。

邓绍创老师参加过她的两次家长会，他对春华的进步做了反差极大的对比。

邓老师给我看他参加春华家长会的两次记录：

2016年6月20日家长会。成绩差，数学仅得20多分，只有劳动突出并因此获得了奖状。

2016年10月20日家长会。因月考有较大进步和课堂纪律表现好得到表彰，本次月考总分391分，等级：B。

也就是说，从6月到10月的短短4个月里，姑娘实现了从成绩差到等级B的蜕变。

无疑地，依此努力下去，迎接她的必定是灿烂而美好的未来。

春华知恩、念恩，会感恩。2016年11月24日感恩节，她给校长写了一封情深意笃的信。

可亲可敬的覃校长：

您好！提笔之前，首先对您说一声："爸爸，您辛苦了。"覃校长，感恩节来临了，我希望这封看似很普通的信可以带给您一个快乐的问候，也希望您每天过得开心。

覃校长，感谢您让我有机会来到明天学校读书，让我在更好的环境下茁壮成长。让我认识了好多兄弟姐妹，让我们这些失去父母的孩子得到了父母般的爱，感受到了父母般的温暖。

明天学校与以前在家相比，不知好了多少倍。在家时，我们要走很远的山路去学校，冬天没有温暖的棉被盖，没有一件可以让人感到温暖的衣服穿。中午也没时间休息，下午我们只能带着一身的疲惫去上课。下雨时路滑，如果不小心摔跤的话，只能一身湿、一身泥的到学校继续上课，根本没时间回家换。但现在不一样了，明天学校有厚厚的棉被盖，有温暖的衣服穿。有像父亲一般的校长和老师在关心着我们，担心我们吃得饱不饱，盖得暖不暖。

校长，我知道我的不幸要比别的同学多一些。他们是没有了父母，而我是有父母却被（他们）丢弃了。而且，我还有着曾经认为治不好的、很严重的从娘胎里带出来的病。是明天学校使我有了更好的环境和条件读书，是明

天学校治好了我的病，救了我的命，我才有了今天，才有了一个新的李春华。

　　您为我所做的一切我将感激不尽，永远铭记在心中，我会以实际行动加以回报。最后，千言万语也比不过一句话：校长，您辛苦了！真心祝您：节日快乐！身体健康！合家欢乐！开心过好每一天！

您爱的孩子　李春华

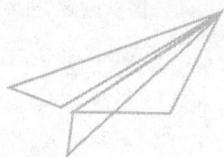

第八章

成败之间

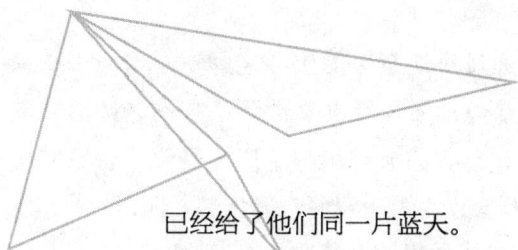

已经给了他们同一片蓝天。

已经给了他们同样多的爱。

成乎？败乎？

成功与失败，其实只是咫尺之距。

在电影《宝贝别哭》当主角的"小童星"玉宇华，以及有爸妈的特殊"孤儿"黄天震，或许会引发我们的一些思考。

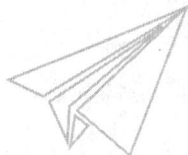

一、一部电影与一个孩子

（玉宇华的故事）

1. 一部电影（之一）

这部电影叫作《宝贝别哭》。

电影中的学校以明天学校为原型，通过讲述新来的生活老师覃婷与新来的孤儿学生小非在明天学校的一系列感人故事，展示了孤儿在明天学校的老师的帮助下改正缺点，发挥长处，提升自信，找到自尊的成长历程。影片赞颂了特殊园丁的无私奉献精神，讴歌了党和政府以及社会爱心人士对弱势群体的关怀。

《宝贝别哭》于 2011 年 10 月 2 日开机，拍摄地点就选在明天学校。

由于写的和演的都是孤儿学生的真实故事，导演孔令晨做了一个大胆而明智的决定：片中的孤儿主角小非就由真正的孤儿学生饰演，而且就在明天学校的 200 多名孤儿中遴选。

斩获过"华表奖""金鹰奖""金马奖"的年轻新锐导演孔令晨对执导少儿题材经验老到。选演员他自有一双火眼金睛。

明天学校给他推荐了十几个孤儿学生。他仔细观察了三天，发现并认定了，就是他——玉宇华。玉宇华调皮、好动、灵活、有个性、倔强，时而开朗、时而阴郁，有一双黑白分明的特别大的会说话的眼睛。而且他见了生人，即使是大导演、大牌演员都不怯。

在电影中，玉宇华扮演小非。由于母亲离世，父亲劳累驾车撞人而被判刑，无人照顾的小非逐渐养成了抑郁自闭的个性。而在现实中，玉宇华亦有与小非近似的人生经历，但他显得更阳光一些。孔令晨最终选中玉宇华的原因是："因为他比别的孩子更放得开，也更渴望表达自己。"

本片的一大特色是明天学校师生的本色出演。共有 100 多名孤儿参加演出。孤儿学生玉宇华、方静晓、梁秋民、黎柏珈均在片中担当重要角色。明天学校的覃锋、郭珍、韦翠良、宁杰梅、潘洁芬等 30 多名老师也参加了拍摄工作。

出演女一号的青年新秀焦俊艳和张子枫、李岷城、李梦男、陈强、刘丹、余皑垒、魏子昕等一批实力派小演员，都到明天学校与孤儿学生同吃同睡同生活了好几天，建立了深厚情谊，临别依依相拥，流下了不舍的泪水。

而玉宇华——片中的孤儿男一号小非的扮演者，则脱离了学校。剧组特意安排他与全体演员一起住到了宾馆。这不是搞特殊，是因为他的戏份多，在拍戏的全过程必须寸步不离剧组。

为了拍《宝贝别哭》，玉宇华耽误了近一个月的功课。

2. 一部电影（之二）

"调教'小非'费了点劲！"导演孔令晨对我说。

2016年8月24日晚8：10—9：30，我打长话到北京采访了孔导。主题当然是谈《宝贝别哭》和"小非"。

"他（玉宇华）淘气，但很聪明。我们选演员，一般要求不怯场、放松、放得开。他能完成我需要的东西：小非的内向、少言，这些他能基本饰演到位。他拍的角色难度也不是很大，所以总体上他完成得还不错。但他不太服管，带点'野'，把副导演累得够呛！拍他的戏时，他忽然哧溜就跑了。好不容易才在校园某个角落找到他。我们采取不喊'开机'，悄悄用远焦，趁他不注意，偷拍下来的方法。这是个'窍门'，对嫩些的演员，通常都这么拍。"

我知道在电影剧情里，小非的爸爸因驾车撞人坐了牢，又由于思儿心切越狱被加了刑。临近出狱时，小非前往探监，父子此时有一场喜情戏。对此，孔导说："这场戏倒不难，探监时小非与父亲的游戏、逗乐，父与子都笑得开心灿烂。我就讲笑话逗玉宇华开怀大笑，他领会快、悟性好，情绪跟得上，一抓拍，就OK了。"

"最难的是一场哭戏，"孔导谈他遇到的难题，"他（玉宇华）性格较硬，甚至'骂'他或'打'他，他都不会哭，更不会掉一滴眼泪。"

"剧情是这样的：小非独坐于床沿，想念狱中的爸爸，一个人流泪。我对他启发，再启发，没奏效。改用'泪棒'涂眼，他不适应，不停地眨眼，用手背擦拭，还是没成。改为滴眼药水，给他讲家里的伤心难过事，他有所触动，眼睛有点湿润了，马上抢拍，终于成了。"

这个晚上将近一个半小时的长话采访结束时，我记得孔导总结性地谈了两点感想，我觉得非常耐人寻味。

之一，与孤儿学生座谈，孔导发现：年纪较小的孤儿都单纯，大点的开始成长，复杂些，因为背负的东西多了，十二三岁的孤儿会早熟，比如"小非"。

之二，孔导从教育角度特地对孤儿教育做了一些研究，发现：西方，比如美国，对孤儿教育以心理引导为主；而中国，比如明天学校，对孤儿以关爱为主。

"这是个值得我们注意思考的问题"孔导说。

我完全同意此说法。

3. 一部电影（之三）

《宝贝别哭》筹备期1个月，剧本筹措期2个月，拍摄周期26天，后期制作约6个月。

"这部90分钟的电影，总共耗时10个月，而后得以问世。"孔导这样归纳。

为了拍摄《宝贝别哭》，"小非"在龙景宾馆与其他演员同吃同住了将近1个月。天天与导演、大明星、童星小演员在一起，有说、有笑。剧组给他智能手机、平板电脑（iPad），于是他看到了外面的世界很精彩。为了使他融入剧组，迅速"长大"，尽快进入角色，导演和大人演员们给他讲故事讲笑话逗他乐。他说他感到"开心得要命"。

有的小演员年龄太小，家长是跟来的。而剧组选中了4个明天学校的孤儿学生演员，学校提出派1名生活老师随剧组照料他们，未获同意，所以"小非"自由而且前所未有地放松。

后来，电影拍完，剧组撤了，回北京了。咱们的"小非"也就返回了明天学校。但他人回来了，心没回来。有长达一两个月，他常常一个人静静地、愣愣地、怔怔地独坐在校园的一张石凳上，凝望校门，久久地发呆。他的心被带走了。

这确实不能怪他。他才上小学五年级，他也才十一二岁。班主任马雪芬和语文老师宁杰梅对他这一情况心急如焚，"头疼得很"。由于拍戏落下了功课，他原先的成绩是语文七八十分，数学也还及格，现在则是直线下滑到二三十分。

分管孤儿教育的、一向严厉的韦翠良副校长当然更焦急。她多次约"小非"谈心：要回到现实中来，越快越好。"明星"不是等来的，也不是愣坐着盼来的，而是靠付出努力换来的；天上不会掉下馅饼，赶紧收心，坐到教室里，好好读书，把落下的功课补齐，追回来。这次谈话有收效，但甚微，玉宇华不枯坐发呆了，但仍有"明星派"，学习没能及时追上。

"电影成就了他，或许也毁了他，"韦翠良副校长不无忧虑地对我道，"他的心'野'了，覆水难收，怕是很难收回来了。"

4. 一个孩子（之一）

应当是：为了一个孩子。

那么，怎么写玉宇华？写他的什么？我有点犯难。

需要弄个化名吗，需要对事情做些"技术处理"和"艺术加工"吗？

我多次问自己，也拿同样的问题问同行的作家。最后结论是：写真实姓名的他，写他真实的故事。

更何况，他和他的一切，都没有什么见不得人的，都可以拿到阳光下面晒一晒。关键是：他的故事与许多孤儿的故事有共性。

我所写的，这孩子现在看了，不一定理解，但相信将来一定能够理解。

2016年8月23日，我们深入玉宇华的家。那是在南宁市吴圩镇祥宁村那吉坡，距南宁1个小时车程。卢忠飞驾着校车，邓丽霞、邓绍创、胡丽妹三位生活老师陪着我一同前往。

通常有个性的孩子往往故事也多。路上，我的"天线"接收到了好些关于玉宇华的信息。邓绍创老师说了两条信息：

"昨晚我给玉宇华打电话，说：'今天何作家和覃锋校长要去看你和爷爷。'他不太乐意。我就说：'采访完可能还去K歌。'一听K歌，他立刻来了劲：'好，好，好！'"

"他现在学习滑坡，成绩很差。他变得好吃懒做，放假回家，不太干农活，老睡觉，日上三竿不起床，拍了电影《宝贝别哭》之后，成了家里的'太上皇'。"

邓丽霞老师也说了两条信息：

"他住在男生205宿舍。一回，已是5月初夏，同舍同学都依规收了棉被，换成被单和席子。唯独玉宇华不收，床上仍是冬被。我要求他收，他竟顶嘴：'不收，不收，就不收！你想让我睡硬板床、凉席吗？这样不硬、不冷吗？你们家里都有空调、有棉垫，舒服，想叫我受苦吗？'"

"他家人——爷爷、奶奶、叔叔、婶婶，还有改嫁在本村的妈妈，都太宠他了，动不动就给他钱花，导致他现在花钱越来越大手大脚。爷爷每次来学校看他，他必讨要一两百元。不给则闹，爷爷是一点辙都没有。"

在车子颠簸行进的过程中，我做着笔记。我要求他们说几个关于玉宇华的正面的故事。

没料到三位老师不约而同地一概把头摇得像拨浪鼓，异口同声道："正面的，还真想不出。"

我在车上给覃锋校长打电话："听说'小非'蛮叛逆啊。"

覃锋校长作答："很叛逆。"

"那怎么办，还写不写？"

"写，照实写！写出来对他的成长有好处！"覃锋校长语气很坚定，全车人都听到了。

5. 一个孩子（之二）

玉宇华家庭的不幸来得太突然。

2003年七八月间，晚饭后，他的父亲玉均榜驾着一辆摩托车，与几个朋友去离村不远的吴圩镇休憩玩乐。吴圩是个热闹的小镇，与南宁市的吴圩机场毗邻。行进中，与同伴们正高兴着，到了吴圩桥上，这里人来车往，尘土飞扬，灯光昏暗，又是黑夜，兼之桥面狭窄，最易出现车辆碰撞人仰马翻的交通事故。可不，当晚就出事了，一辆同向而行的摩托车，竟搭载着3个人，开足了马力呼啸着全速冲上了桥面，"砰"的一声巨响，撞上了玉均榜的摩托车。

此时人、车皆倒地，玉均榜当场不省人事。

肇事者趁着夜黑逃逸，很快消失在沉沉夜幕中。

被撞者的父亲玉敏城，也就是玉宇华的爷爷，恰在镇上打工，闻讯赶至，看到的却是已气息全无的儿子。

是年，玉均榜才25岁，而可怜的玉宇华仅1岁零3个月。

玉宇华的母亲王月玲，在玉均榜车祸三年后改嫁于本村，育有二子，现在在南宁吴圩机场的饭堂打工。自从母亲改嫁后，4岁的玉宇华就随爷爷奶奶过。隔代养育，其宠可知。

这天，我们上午9点从学校出发，10点到达玉宇华的家。这是一间不大的二层红砖房。我们就在一楼窄长的堂屋聊天。坐了大约40分钟后，玉宇华才从他住的二楼下来，睡眼惺忪的样子。见了老师们，他有点不好意思地低声叫了声"老师好"，便到长沙发上与爷爷奶奶挨坐在一起。他身材修长，身着时尚——黑色窄腿长裤，深蓝色圆领短袖T恤。

大人在说话，他基本不听，自顾自地把玩一只金黄色的、粘贴了漂亮饰物的手机。我让他拿手机给我看。他就大方地递了过来："我妈妈买给我的，（她）还在镇上买衣服给我。"我一看，价格应当不菲。邓丽霞瞥了一眼，道："起码2500元。"

他的指甲和头发都留得很长。3位老师关心地齐声道："要剪，一定要剪。头发挡眼，对视力不好。"

他那胖乎乎的、很健谈的奶奶以孙儿拍了电影《宝贝别哭》为豪，眉飞色舞道："我高兴坏了，别说了，我一天到晚都开心得合不拢嘴，全村都夸赞'村里终于出了一个大影星啦'。"

玉宇华这时就微笑着，以他沙发对面的没打开的电视屏幕为镜子，颇为自得地照着，旁若无人地拨拉他那有点长的、遮挡住了眼睛的刘海。

但这时几位老师实话实说的"学生情况现场通报",使得欢乐气氛急转直下。比如他们对爷爷说:"玉宇华无心向学,拍电影后成绩急剧下滑。"

满头白发、身体强壮的 63 岁的爷爷,当过四年兵、二十七年村主任,有着七年党龄。听罢,他正了色,当着老师的面,板着脸开始斥责、教育孙儿,明显有着恨铁不成钢的隐忧和愤忿。

"我念过初二,他也是初二,但他的字比我差多了,还不及我一半。带他下地拔花生,收甘蔗,(他)也去。但太阳出来,当头一照,(他)怕晒黑了,立即'打马回朝',回家了,好几次都是这样。"

爷爷又将目光从老师转向了玉宇华,咬牙道:"你再不给我好好读书,(将来)上不了高中,你就给我回来种地,我才是初中文化,我也教不了你,你就给我老老实实干农活!"

玉宇华把头低下了,将手机在左右手间抛来抛去。显然,这种"骂",他是挨得多了,早就习以为常了。

似乎是为了调节气氛,爷爷说了两个与"名人效应"有关的事:《宝贝别哭》电影拍毕,爱心企业家张明董事长要认宇华做干儿子,亲自驾车,让宇华带路来到家里,承诺要培养宇华成才,将来上电影学院,当明星,一切费用全包了。还有,2013 年《宝贝别哭》公映后,广西翰德集团鄢仁云董事长亲自将 2000 元交到学校韦翠良副校长手里,再由其转交给了爷爷,这是专门资助宇华好好念书用的。"现在这 2000 元,我原封不动给他存着,以后留给他,他也没问我要过。"

我专门上楼看了玉宇华的卧室,这是我的"职业习惯"。他感到有点意外。他与堂弟同住。堂弟的床是草席,薄床单;他的床垫了一张棉胎,盖着一床冬天的棉被,这种反季节的生活习性是他的一种习惯。床上用品没折叠,有点乱。我四处瞧了瞧,通常孤儿学生卧室都有的书桌、书架,还有挂在窗台的风铃、幸运星什么的,他都没有。

我发现,他那遮盖住整个前额的头发老是耷拉着挡住眼睛。我有点好奇,但更多是关心。我走近他,突然伸手拨开了他的刘海,这时他额际的数颗青春痘露了出来。他很快地将刘海复拉了下来,脸倏地就红了,有点不好意思地用只有我听得清的音量解释道:"(头发)我是故意留长的。"明白了,爱美之心,人皆有之啊。

在玉宇华家停留了几个小时后,我们起身告别。

车子发动了,爷爷奶奶和其他亲人很礼貌地齐聚在门口挥手相送,但没见到玉宇华。他不像别的孤儿孩子,老师家访结束后,大多会在大门送别,有的孩子还会依依难舍地洒下惜别的泪水。

但他一概没有！

车子开出老远，回头看，还是没能见到他。

6. 为了这个孩子（之一）

玉宇华在陈静静老师面前，起码有两次自称"老子"。

第一次，在旧校区宿舍里，早上上自习的时间，陈静静巡逻宿舍楼时发现玉宇华在宿舍里睡懒觉，不去上自习。

"玉宇华，你写完作业了吗？"

"没有作业。"

"没有作业也要拿课本看书，背古诗词呀。"

"用什么看，老子都懂了！"

学生竟然顶撞老师，而且在老师面前把眼睛朝天上看，陈静静心中自然不舒服。她的印象中，玉宇华这孩子刚来到明天学校时，很可爱，懂事，有礼貌。随后升了初中，特别是拍了电影成了"小影星"之后，他开始变得叛逆，不尊重老师，欺负小同学。

又有一次，那天早上有大雨。雨稍歇，同学们都上课去了。值班的陈静静老师按惯例巡查宿舍，看有谁偷懒逃课。

见玉宇华独自窝在床上。

陈静静和颜悦色道："玉宇华，你怎么还在宿舍里？怎么不去上课呢？"

玉宇华没动，爱理不理，连眼皮都没抬，竟反诘道："下雨怎么去？"

陈老师："下雨就不用去上课了吗？那下雨的话我们老师是不是不用上班，农民不用下地了？"

玉宇华："老子来这里又不是来淋雨的。"

陈老师："你是没有雨伞吗？没有的话就先拿我的雨伞去（当时老师手里拿着一把雨伞），其他同学都去上课了呢，你也赶紧去，快，别迟到了。"

玉宇华："不去！等雨停再去！"

陈老师："现在下小雨，可以去的，不然一会儿又该下大雨了。像山区里的小朋友去上学比我们这里更加辛苦呢，走山路要走两三个小时。现在我们这里环境这么好，这点苦（你）都吃不了吗？"

接下来，陈静静就坐在宿舍里，与玉宇华面对面慢慢地讲道理，可谓将心比心、苦口婆心锲而不舍。玉宇华不言语了，或许受了些许触动，这才顶着小雨乖乖地上课去了。这事不大，过了就过了。

但学校孤儿管理处认为这事情不能似水过鸭背过就过了。因为从实质上看，这事不是小事。韦翠良副校长召集生活老师们做了专题讨论，一致认定：一个孩子，有了点成绩出了点名，就将尾巴翘上天，动辄耍脾气，敢在老师面前自称"老子"，无疑是危险的。正所谓"小洞不补，大来吃苦"，必须及时刹车，防患于未然，要不，说不定这聪明甚至是颇有才华的孩子就毁了。继而老师们不无忧虑地指出，因为出演了《宝贝别哭》的主角，玉宇华变得目中无人、自大、膨胀、不尊敬师长、欺负小同学。老师曾让他担任过纪律委员，有段时间他尽职尽责，是老师的得力助手，后来纪律变得松散了，也可以理解，叛逆期嘛，出现这种现象也是正常的。老师逐渐给予他积极的关注和认同，与他建立良好的信任关系，认识到他出现的这些变化不是什么大问题，找出他产生叛逆心理的原因，坦然地去接受这种变化，站在他的角度和立场上和他倾心交流，通过对话达成共识，对症下药，用理解的心态逐步解决问题。

要将玉宇华拉回来，不能掉以轻心，不能让一个孩子掉队。老师们的耳畔仿佛听到了嘹亮的"集结号"，它的主旋律是：为了这个孩子。

7. 为了这个孩子（之二）

为了玉宇华，老师们行动起来了，格外地下功夫。

邓绍创的教育方法和行为风格，有着男老师的刚。而他用文字所表述的故事，则使我深切体会到什么叫作"用心关爱学生"：

2016年5月8日，星期日。那天是我值班。中午吃饭的时候，我召集所有孤儿孩子到饭堂坐着等待排队吃饭。一般吃饭时如果没有老师看着，玉宇华一定是第一个上去打饭菜的，这家伙已经养成习惯，他从来没把学校的规章制度放在眼里。但是今天不一样了，我叫所有学生安静，一个宿舍一个宿舍排队上来装饭菜。我大声地说："今天由男生205宿舍上来分菜好不好？"大家都说好，特别是女生，喊得特大声。我说："玉宇华你们平时都是吃得最快，溜得也最快，今天你们陪我最后吃。你们上去分菜，让你们体会一下饭堂阿姨的工作。"玉宇华马上笑哈哈地拍了一下桌子说："好！"就叫上同宿舍的几个同学上去了。在分饭菜的过程我叮嘱玉宇华说："不管谁上来打饭菜，你都不能偏心，而且要有耐心，小同学你要问他们吃多少，主动拿他们的碗帮他们装到碗里去，不要打得外面到处都掉饭菜。"这些，玉宇华他们都做到了，而且他们把这个工作做得很好。然后，他们自己装好饭菜和我坐在一起吃饭。我就问玉宇华："感觉怎么样？当你帮同学们装好饭菜，他们跟你说谢谢的时候是不是很有成就感？"他就笑哈哈地说："是啊。"我说："玉宇华，不管做什么事，首先不能懒，而且做事情要有头有尾，男孩子要有担当，有责任，不然以后就讨不到老婆。现在的社会很现实，成熟的女孩子都喜欢稳重、有上进心、有责任的男人。"当然，我这番话不是讲给玉宇华一个人听的，而是讲给包括他在内的他宿舍的所有人听的。我还告诉他们以后可以多跟着我，看看我是怎么做事的。我感觉他们都听进去了。从那天以后，只要是我值班的，我只要给玉宇华一个眼神，他就知道怎么做了，叫上宿舍的人主动上去分菜。

其实，玉宇华人很聪明有灵气，最大的缺点就是懒。但他也不是没有改变。初一的时候，他脾气很暴躁，经常欺负小同学，看不惯就动手打，顶撞老师。其他老师也都向我反映，叫我好好教导他，因为我是分管他们宿舍的。我就想各种招接近、感化他们，只要有空我都会和他们一起打球、下象棋、聊天。现在玉宇华上初二了，确实也懂事了不少，虽然有时候他心情不好，还是会耍个性，女生活老师叫不动他，但是起码现在他不会动手打小同学了，有时候排队或上晚自习时还能帮助老师管纪律。看到他的转变，我很替他高兴，跟他说："这才是男人该做的事！"我时常也会拿学长们的故事启发他，希望他往后能够更加长进。

8. 为了这个孩子（之三）

卢雪清毕竟是女老师，她对玉宇华的教育如和风细雨，带着女性的柔。

之前提起玉宇华，几乎所有老师都头痛，把头摇得像拨浪鼓。他不听话，爱欺负小同学，有好东西他一定要有份吃，吃不到就发火。

我每次上班，包包里面总会有一些小零食。他们几个男孩子每天晚上去打球回来，我就拿小零食和他们一起吃。开始他还不好意思吃。久了，他就会问我："卢老师今天有带零食吗？"我见他有一段时间不听话，经常挨老师批评，就故意说："没有，不听话，哪里会留给你吃。"他就讪讪地笑笑。过后，我每次上班都要求他要把卫生搞好才能去上课。果然，只要是轮到我上班，他都积极地去搞卫生。有一天我头晕，他就关心地说："躺一下啊。"我说："不行，老师在上班，休息一下就会好了。"我就坐在他们宿舍沙发上歇口气，但是中午时间我竟然睡着了，忘记叫他们几个同舍的男生起床。后来我才知道，他起床的时候小心翼翼地踮着脚走路，怕吵醒我，过去叫几个男生起床，一起去学校了。如果是平时，他巴不得别人也迟到出丑他才开心。我觉得，他在慢慢改变，在往好的方向改变。就连排队吃饭，有小同学吵闹，他也会帮助老师提醒小同学不要吵闹。有些时候我找他聊天，给他看以前和他合影的照片。我说："从前你刚到老师手臂那样高，现在高过老师了，要懂事，要像男子汉，不能因为一点小事和老师计较，和老师对着干，从小到大带你不容易啊。"他看完照片，若有所思地笑着，感觉他明白了什么。

记得有一次，他的碗摔坏了。他就拿一次性碗装饭，过来和我们生活老师一起吃饭。吃完饭，我们以为他要走了。殊不知他一直等我们全部老师都吃完，然后把骨头全装到他那个碗里拿去丢了。一个小小的举动，我看到了他的转变。有一晚我查房，发现他躺在床上看地图。我说："不看了，快点睡觉。"他说："老师，我再看一下。"我说："急着看这个干吗？"他回答："现在家里面做农活不怎么得钱了，我放假想去找暑假工，不让爷爷他们担心。"我说："你懂得为家人分忧，是很好的事情，但是，要先把书读好，这样才能有好的工作啊。"那时候我已怀 7 个月身孕，他关切地提醒我："老师你走路小心，有同学刚刚不小心把水弄洒了，地面湿，比较滑。"他还让我早点休息。宇华懂得关心老师，我瞬间觉得孩子在慢慢转变，在慢慢长大，感到很欣慰。

9. 为了这个孩子（之四）

玉宇华喜欢一个女孩子，比他小两岁。两人都是十多岁，都是初中生。老师们心里都着急！但他们却有着"愈演愈烈"之势。

这对情窦初开的少男少女会创造一切可能的条件相处。要不就是海聊：用短信、QQ、微信，还有手机聊；传递字条聊！利用节假日还有中午到学校饭堂，看电视聊；隔门聊，隔窗聊……聊得没完没了。他们甚至还隔楼相望，远距离地聊，聊得起劲、忘情、痴迷，笑声朗朗，以致忘记了已是晚上熄灯就寝的时间，这就打扰到其他同学的休息了。

好些同学不约而同地投诉到了分管孤儿教育的韦翠良副校长那里。

韦副校长下决心"棒打鸳鸯"了。

一回，是中午，两人正在初中部三楼教室里忘情地聊天。接到同学举报后，邓丽霞老师在楼下大叫："玉宇华，你下来。"他讪讪然而下。但那女孩子却藏了起来。寻之良久，无果。担心出事，覃爱芬老师让保安广播呼之。仍不出。覃爱芬老师拿起了麦克风，深情呼唤："我是覃妈妈，你快出来。老师满学校找你，好焦急啊。"但千呼万唤那女孩就是不出来。这回大家变得心急如焚了，不约而同地想到了绝处，万一发生什么意外，那可不是闹着玩的。于是老师发动了住校的所有孩子，将偌大的百亩校园梳篦般过滤了个遍。最终，找到了那女孩，她蜷缩在教室讲台里，神色慌张，躲躲闪闪。邓老师没有批评她，而是将她牵至一个僻静处，慢慢开导、教育。

听至此，我止住了邓丽霞老师的话，直截了当地问道："现在呢？现在两人

'状况'怎样呢?"

　　她不假思索地当即回答:"直觉告诉我,他们还在'热线联系'之中。"

　　我想:这现象就是我们常说的早恋了。

　　对此,有多年孤儿教育经验的张秀丽老师给我说了她了解到的情况:

　　"玉宇华开始早恋,恋上了一个低他两个年级的孤儿女生。时不时见到他们在笑骂中眉目传情。周末晚上,我们几个轮流值夜班的老师都见到过他们在校园的乒乓球台或者'中海楼'后面聊天。我们都有'抓过'他们来进行教育。记得有一次,我对他们进行分开教育,我先找女孩子到办公室,还没教育完,玉宇华就径直推门进来说:'不关她的事,老师要教育找我就行了。'我说:'你先出去,我们女人有女人的话说,你不用急,我等会儿找你。'他就着急地在门外等,转来转去像热锅上的蚂蚁,还时不时地凑近玻璃窗看看我们。每个星期三的中午,一般都找不到他,他不在床位上睡觉的,因为那天是女生 303 宿舍在饭堂值日,而这女孩子就住 303,他肯定会去帮她一起搞饭堂卫生。记得有好几次我值中午班,果然见他在饭堂很积极地抢着干活,同时和她有说有笑的。见到我,他们马上停止了谈话。我就叫他回去睡午觉,他很不高兴地回了宿舍。玉宇华给我的感觉是:他虽然很调皮,也有些逆反,但是他是个真性情的人,而且对朋友很讲义气,有男子汉的风格,是个爱憎分明有个性的学生。他们这种状态,一直持续到女孩子准备毕业。韦老师、我和覃老师叫女孩子的监护人来办公室,一起对女孩子进行教育,她才意识到错误,流下了泪水,之后她不再与玉宇华单独聊天,也把心思重新放到了学习上。"

10. 任重道远

　　《宝贝别哭》甫一问世,耀目光环接踵而至。2012 年 6 月,主创人员获邀参加第 15 届上海国际电影节;8 月,参加第 10 届法国圣地亚哥国际儿童电影节,获入围奖;9 月,参加第七届法国巴黎中国电影节,获公益儿童电影奖特别奖;10 月,参加美国洛杉矶中美电影节,获最高奖金天使奖。这部电影的荣誉一路飙升。

　　但我们的孩子玉宇华——影片中的主角之一,男孩一号"小非"的扮演者,他的学习成绩却直线下滑。

　　一升,一降。这是两个反方向的箭头,是老师不愿意看到的情景。

　　2016 年 8 月 24 日晚,我在给北京的孔令晨导演的长途电话中,详述了玉宇华的现状和近况。他听出了我传达出来的老师们的忧虑。

　　我说:"一部从天而降的电影,忽然就成就了他,但或许也毁了他。"

　　孔导平静地答话"玉宇华拍电影之时,正值他年龄的逆反期,逆反心理谁都会有，但如果没人在此时不失时机地进行正确引导，那么，至定了型，或许往后就难扭转了。"

我想：明天学校的老师们在玉宇华身上已经投入了许多精力，不管是效果卓著，抑或是收效甚微，这些值得我们尊敬的园丁们已然倾注了大量心血。

著名作家贾平凹说："人生得也罢，失也罢，成也罢，败也罢，只是心灵的那泓清泉不能没有月辉。"

明天学校的老师们任重而道远。

覃锋校长对我说过："他（玉宇华）明年初中毕业，可能读职高更适合他。"他的话语显得平静，应是出于无奈。

他不是乖孩子，但他绝非坏孩子，他只是个熊孩子。我这样觉得。

二、父子悲喜剧与"他们"
（黄天震的故事）

1. 释题

这是一出父子悲喜剧，剧情可谓跌宕起伏、一波三折。

它的流程是：悲剧—喜剧—大团圆结局。

这十分符合中国人的传统审美。

剧情既简单也复杂：父亲因一步不慎犯了案，一判八年。从此家破人亡、妻离子散，独苗儿子成了吃百家饭的"黑户孩"。而党和政府、新闻媒体、明天学校、全社会的爱心人士伸出援手，能帮就帮，终使父子团圆。

重要的是，这出"戏剧"自始至终与南宁市明天学校密切相关。

2. 一损俱损

一失足成千古恨。这句话没想到扎扎实实应验到了他的身上。

2005 年一个昏暗的夏夜，有友仔（南宁方言，意为"男性友人""兄弟"）邀其及几个兄弟同往"索债"，说只是赤手空拳，到那儿拉开架势壮壮威，摆摆样，起个吓唬震慑作用，如此足矣。他相信了，都是平日里称兄道弟喝酒猜拳的酒友，去就去呗。他稀里糊涂昂首阔步就同往了……后来，很快传来消息：有一个人捅死人了，也就是说出命案了。他是同往者，虽没动手，但依法律却是同案犯。这是逃脱不了干系的，摊上大事了。判决很快下来了，一判八年。

我们这里说的"他"，叫黄如清，南宁市蒲庙镇联团村屯朗十冬坡人，务农，平日里也帮小饭店做小厨、白案什么的。以上案情的细枝末节，是他亲口告诉我的。

他服刑的地点是柳州露塘劳改农场。

顶梁柱倒了，屋破败了，这个原本还算是好端端的家庭很快就出现了雪崩式的坍塌：孩子的妈妈离开了这个家，去了宾阳县；8岁的长女随小姨辗转至横县，过后对他心怀怨恨再也不理睬；次子黄天震才6岁，跟着年逾六旬并且瘸了一条腿的爷爷艰难度日。

一损俱损。主心骨栽了，家败了，幸福没有了。

现在的严峻问题是：年幼无知、天真无邪的黄天震怎么办？

孩子没有错，更没有罪。他的亲生父亲和母亲都活着，但却没法相见。黄天震1999年8月降生，年仅6岁，他的人生之旅才开了个头。

他的路途还很长很长，他该怎么走，他能怎么走？

3. 他有两个家

黄天震有两个家。

我们从第一个家说起。

打从父亲成了狱中人，黄天震就由爷爷黄天确带着，爷孙俩相依为命。老人60多岁，有严重白内障，视物困难，右脚股骨坏死，只能靠拄拐行走，根本干不了农活。爷孙俩就靠亲友村民接济，艰辛度日。如此，黄天震靠吃"百家饭"好不容易熬过了一载。正是一方有难八方支援，有关部门为他们特事特办：给黄天震上了户口，爷孙俩随户口属地转到了南宁市龙胜社区，在万秀村租房，居委会给办了低保，黄天震被送到了万秀小学就读。

低保金是爷孙俩的全部经济来源，捉襟见肘，生活自是拮据。

我看到2008年4月22日《当代生活报》记者周艳写的一篇题为《9岁男孩前途让人担心》的报道：

> 昨天中午1时，记者来到小天震家时，他正在书桌前写作业，一个面包就是他的全部午餐。12平方米的昏暗小屋里，一根电线连接一个40瓦的灯泡，是黄天震每天写作业用的台灯。书桌旁破旧的床上，躺着病重的爷爷。邻居告诉记者，春节期间，小天震的爷爷突然病倒，全身浮肿，卧床不起。
>
> 在小天震家中，屋子里所有生活用具全是居民们和居委会捐赠的。虽然

生活贫困，但小天震非常懂事。因无钱向学校交伙食费，小天震每天中午都要回家吃饭，还经常帮爷爷去买菜、煮饭。爷爷病倒后，小天震每天放学回来做家务，自己煮饭。小天震学习非常用功，成绩优秀。了解情况的老师们经常帮助他，学校时常送米粉给他解决温饱。邻居和远房亲戚也经常照顾他们。

小天震的爷爷因白内障动手术，借了3000多元医疗费至今未还，现在只有一只眼睛能勉强视物。随着爷爷身体越来越衰弱，小天震的未来真让人担心……

不久，命途多舛而年迈多病的爷爷溘然辞世。老人是2008年4月16日走的。

次日晚，南宁市西乡塘区党委、政府主要领导当即前往看望黄天震，嘘寒问暖，送予慰问品，妥善安排一切。

在黄天震家中，南宁市西乡塘党委、政府领导向邻居了解完情况后，立即与房东、村委会和明天学校对接，现场办公，对黄天震今后的学习和生活进行了安排，通知明天学校做好迎接黄天震的转学准备工作，并议定黄天震周末、寒暑假的生活继续由房东照料，同时，派街道办工作人员赶往柳州，通知正在服刑的黄父，鼓励他好好表现，争取减刑，早日归来与儿子团圆。

黄天震不会孤单，绝不会孤单。

4月19日上午，南宁市明天学校校长覃锋带领七八名孤儿学生来到黄天震家中，让孩子们相互交流感情，以减少隔阂。

4月20日，在南宁市西乡塘区教育局、相关街道办、社区及原学校老师的陪同下，黄天震走进了明天学校，很快与同学们打成一片，小脸上露出了久违的笑容，让所有关心他的人都放下了心。

为了让黄天震早日走出阴影，覃锋校长安排他到最优秀的班级就读，让他参加明天学校孤儿艺术团学古筝和国粹变脸。尤其富于人情味的是，明天学校特意拍了许多黄天震在学校幸福地学习、生活的相片寄给他狱中的父亲，使他安心服刑、改造。

黄天震进入明天学校的翌日，南宁市公安局巡警大队110警务大队女子巡逻中队的几位漂亮的"警花"就来到学校，顷刻间，黄天震眼前像变魔法般出现了一大堆礼物：一套新衣服，一书包的文具用品，一摞励志书籍，还有两辆电动玩具警车。如果说是什么速度的话，这应当是"爱心速度"吧。

黄天震是不幸的，也是幸福的，因为他又有了一个新家。

4. "吕阿姨"

黄天震在明天学校的所有孤儿孩子中，是最特殊的"孤儿"。

说他"特殊"，基于两点：之一，他的父母都活着，但都不能相见，无异于没有；之二，他的父亲是正在服刑的囚犯。

但这个孩子没有被社会抛弃，更没有遭到嫌弃。他与所有孩子一样享受到了同一片蔚蓝天空。

尤使我感动甚至感到震撼的是：南宁市西乡塘区党委、政府主要领导不仅前往慰问、安排这孩子入读南宁市明天学校，而且还主动做黄天震的"一帮一"资助人。也就是说，明天学校几百名孤儿，吕阿姨（孩子将这位爱心人士称为吕阿姨）选择了这个不是孤儿的"孤儿"，选择了这个有着囚犯父亲的孩子作为资助对象。

这足以使我由衷敬佩！

黄天震2008年4月20日入读明天学校，时年9岁。从小学到初中这长达九年的成长过程中，他都得到过吕阿姨温暖而具体的关爱。

我记得很清楚，2016年7月14日下午，我在潘显龙、邓绍创、陈静静老师的陪同下，到黄天震的老宅里采访了他和他的父亲，那时黄父刚刑满释放回家。黄天震对我说的第一句话就是："吕阿姨是我的资助人。（我）在明天学校（念）一年级开始，她就开始资助我，送衣服、学习用品，还不时送慰问金300元、500元，同学们都很羡慕我。后来吕阿姨还特别安排我（到柳州露塘劳改农场）看望我爸爸。"

进校刚过一个月，黄天震就给吕阿姨写了一封信，说出了一个9岁孩子发自内心纯真的感受和感动。

　　亲爱的吕阿姨：

　　　您好！

　　我是黄天震。您身体好吗？工作忙吗？我来到明天学校，这里的校长，还有老师、同学对我都很好。老师帮我洗衣服，同学帮我提水，我自己冲澡洗头、洗碗，我跟大同学学到了很多，他们很爱护我。

　　我在这里生活得很好。早上有粉，有面包，有粥吃，天天都有肉吃，我吃得饱饱的，请您放心。

　　上课时，我认真听讲，段考数学93分，语文98分。

　　吕阿姨，我会听老师的话，好好学习，争取考得更好的成绩来报答您对我的关爱。

最后祝您身体健康，工作顺利！

您关爱的孤儿孩子　黄天震

2008 年 5 月 27 日

收到信的翌日，吕阿姨就回了信。有激励话语，有殷切期望。拳拳大爱，悲悯情怀，尽显字里行间。特别叮嘱黄天震勿忘给服刑中的父亲多写信，促改造，早团圆。

小震震：

你好，得知你在学校有老师和同学们的关心、帮助、爱护，健康成长，阿姨很高兴！希望你再接再厉，努力学习，遵守纪律，尊敬校长和老师们，团结同学，锻炼身体，做个品德好、学习好、身体好的好学生。另外，记得给你父亲多写信，告诉他你的情况，劝他好好改造，争取父子早日团聚。

吕阿姨

2008 年 5 月 28 日

5. 校门

进校有半个多月了。眼睛大大的黄天震心情时好时坏。每至黄昏，夜鸟归巢之时，他会一个人静静地呆坐于校园里一张面对校门口的长石凳上，盯住大门和门外来来往往的行人。那目光是呆滞无望的，很空洞。

这种情景，有着多年孤儿教育经验的韦翠良老师观察多日了。

她坐到孩子身边，关切地问道："天震，是不是想家了呀？"

"不是，"黄天震笑笑，感觉到温暖，"老师，我不是孤儿。他们（别的孩子）才是孤儿，因为他们没有了爸妈。但我有，只是不知道为什么我的爸爸妈妈都不要我。"

韦翠良老师的母性受到了触碰，鼻子就有点发酸。她温柔地摩挲着黄天震的头发。

黄天震感受到了母爱，说道："老师，所以我天天往门口外面看，好想好想有一天能看到我爸我妈突然来到学校，突然出现在我的面前。"

韦翠良老师双眼湿润了。她将孩子轻轻拉近，轻轻搂着。

她知道，在骨肉离散这件事情上，这孩子完全是无辜的。

三年前，亦即 2005 年，警笛响，警车到，拉着父亲呼啸而去。那时黄天震才 6 岁，懵懂、茫然，不知苦和愁。

两年前，亦即 2006 年，黄天震的母亲曾经匆匆回来过一次，这是唯一的一次，也是最后一次。她看到了自己的亲生骨肉，悲喜交集，不禁泪奔如雨。那时黄天震才 7 岁。他还不知道妈妈从此再也不回来看他了。

而就在一个多月前，也就是 2008 年 4 月 16 日，重病缠身的 63 岁爷爷悄然离世。为了避免黄天震稚嫩的心灵再遭伤害，周围的人都自觉遵守一个心中默契的"保密约定"。所以，当时黄天震并不知爷爷的死讯。

不幸太多，打击太多，尤其是对一个孩子。现在一切话语都是多余的。韦翠良老师将孩子抱得更紧了，让爱的暖流默默传送。

黄天震眼里有了泪，她掏出纸巾给他擦了。

黄天震这时说："老师，你不用担心我。我就是这么想的，我学习不是很好，但是我会劳动。我天天好好劳动，好好表现，样样表现好了，爸爸就会回来了是不是？"

"是，是。"韦翠良老师不住地点头。

后来，黄天震果真每天都认真搞卫生，扫地、擦桌子、倒垃圾，抢着帮同学值日。韦翠良老师和其他老师们都看在眼里，疼在心里。

也许是黄天震的真诚感动了上天，果真有这么一天，学校突然来了几个穿警服的叔叔阿姨，说要带黄天震去看他爸爸。

6. 狱中相见

狱中父子相见。

2008 年 4 月 25 日，小震震爸爸服刑的柳州露塘劳改农场的警察叔叔阿姨专程从柳州来校看望了小震震，并与明天学校达成共识：安排合适时间让父子见面。

6 月 13 日，明天学校校长覃锋、孤儿管理处主任韦翠良、李江北老师，《南宁晚报》记者文艳玉，带上小震震，从南宁驱车 200 多公里，抵达柳州露塘劳改农场会客室。监狱宣教科的伍科长说，自从 4 月 25 日监狱方探望小震震后，他们就把小震震的相关情况转告了小震震的父亲，现在他改造的积极性很高。促成这次父子见面很有意义，这不仅可以满足孩子想见爸爸的念想，还可以圆爸爸想见儿子的心愿，对小震震的父亲无疑是一剂有益于改造的良药，也是一种尝试。所以监狱方非常乐意配合。

6 月 13 日 12 时，黄如清从门口走了进来。囚衣，光头，脸色不是太好。他那双畏怯闪烁的眼睛在来人中搜寻三年未见的儿子的身影。

小震震迎住了这目光，但只看了一眼就急速低下了头。这张似曾熟悉却已变得陌生的脸，使他想看又不敢多看。

黄如清看到了儿子，浑身一阵战栗，快步上前，摸脑袋，摸脸蛋，摸一双小手，捉紧这双小手贴到胸前，像是捉住一只小鸟生怕它会飞走！这是他在狱中朝思暮想的骨肉！他将儿子抱到了腿上。

很生分很生分了。三年漫长的一千多个日日夜夜，岂是"思念"二字能够概括！

接下来的情景，2008年6月15日的《南宁晚报》有一篇通讯做了生动而感人的描述，题为《多方牵线搭桥，父子狱中拥泣》。

三年的思念和牵挂，此刻全部化成了无声的泪水。黄如清就这样静静地抱着小震震，一双大手紧紧握住儿子的小手，一句话也没有说。现场能听见的只是一阵阵哽咽声和抽泣声。

三年了，第一次能这样真切地拥抱着自己的儿子，黄如清激动得无法言语，不断溢出的泪水在诠释着他内心所有的思念和牵挂。懂事的小震震顺从地依偎在爸爸的怀里，也尽情地享受着他很久没能得到的亲情。

"吃西瓜吗？来，吃块西瓜。"接过狱警张副科长手中的西瓜，黄如清赶紧递给了小震震。懂事的小震震也给爸爸剥了一根香蕉，黄如清抹着眼泪说："你吃，你吃！"父子俩就这样，一人拿着一根香蕉，一边吃一边开始了他们分别三年后的第一次交流。

"你喜欢玩什么？""我最喜欢打乒乓球。""你现在会自己做事情了吗？""我已经学会洗衣服了。""你要好好听老师的话，认真学习，知道吗？"开始时，父子俩只是我问你答，慢慢地，小震震开始主动给爸爸讲自己在学校里的事情，一边翻开老师在学校里给自己拍的照片，一边给爸爸讲起自己的生活。

"天震，快喊爸爸。"学校的老师善意地提醒着。见面10多分钟了，但小震震却一直没喊爸爸，他张了张嘴巴，却始终没有发出声音。黄如清说，他走的时候儿子才6岁，可能是儿子太久没有见到自己了，所以感到有些陌生了。在大家的鼓励下，小震震终于鼓足勇气喊了声"爸爸"，黄如清开心地笑了。

这时，覃锋校长和韦翠良主任向黄如清绘声绘色地讲述小震震一个多月来在校的学习、生活、劳动情况，又拿出一沓专门为小震震拍摄的照片。听着，看着，抱着久违了的亲骨肉，黄如清再次泪奔。

接下来，文艳玉记者用她出彩的文笔，描绘了黄天震父子分别的情景和此行的收效。

"我从来不敢想，做爸爸的我还能这样抱着我的儿子。"黄如清抱着儿子说。他说，自从进监狱后，就一直不奢望能见到家人，因为父亲身体不好，不可能带孩子来监狱看他。想儿子时，翻出儿子的照片来看就成了他最快乐的事情。

　　黄如清说，见到儿子的那一刹那，他感觉像做梦一样。"感谢你们为我们所做的一切，我一定会好好改造，争取减刑，早日出去，回报社会。"黄如清说，他做错了事情，但社会并没有嫌弃他，还把他的儿子安顿得这么好，让他很感动，他唯一能做的就是努力改造，早日出去照顾孩子，回报社会为他所做的一切。

　　相聚的时间总觉得很短，由于下午要赶回南宁，父子俩相聚一个小时后，小震震只能跟爸爸挥手告别。临走时，黄如清不停地交代儿子："一定要好好学习，听老师的话。""记得有空给爸爸写信，告诉爸爸你在学校的生活……"

7. 狱中书信

　　改造，减刑，团聚——自从那次难以忘却的狱中相见，这六个字成了黄如清的动力和目标。

　　打从见过了小震震，他心里踏实了，有奔头更有劲头了。他会每个月给宝贝儿子寄出一封信。黄如清给儿子的"狱中书简"有其特殊的情感，给人以别样的触动。

　　在此，照实摘引其中的一部分。

震震：

　　你好！爸爸已经不在原来的那个监区了，调到十四监区值班。现在爸爸还没有适应这里的环境，一切都很莫（陌）生。但是，请你放心，爸爸会尽快以最好的心态投入到劳改中，争取良好的成绩，早日回去和你团聚。

　　爸爸叫了一位叔叔去看你，不知你见到没有？爸爸想叫你请老师跟报社说，请他们帮登个报纸帮你找妈妈，你妈妈和姐姐可能在横县你小姨那里。因为爸爸怕你觉得孤单，没有父母在身边会伤心难过。

　　儿子你现在的成绩有进步了吗？你要照顾好自己，长高长胖没有？记得要听老师的话。爸爸有好多话想跟你说但是拿起笔又不知道如何写了。爸爸现在身体差……你在那（哪）个班？说给爸爸听……

爸爸　黄如清

2009 年 4 月 26 日

2010 年 9 月 15 日，狱中父亲这样写：

亲爱的儿子：

　　爸爸很想你！这一年里爸爸给你写了好几封信，一直都没有见你回信。后来着急了，请警官打了几次电话去学校，都没有人接听，爸爸很担心……

　　儿子你收到这封信请赶快给爸爸回信，别让爸爸着急啊。

爸爸上个月又晕倒了一次，不过你不用担心，我会好起来的。我在这里改造还顺利，明年10月份爸爸就回去和你团聚了，我们在（再）也不会分开了，你高兴吗？

黄如清积极努力改造，终获减刑，离出狱与儿子团聚的日子愈来愈近，他难抑喜悦之情，在2010年新年前夕写给小震震一封信：

亲爱的儿子：

在提笔前首先祝你：身体健康、学习进步、快快长大、新年快乐！

震震，爸爸很想很想你！爸爸一月份可能要报减刑一年了，同时我在这一年的改造里争取到了好的成绩，使我今年有机会参加2009年度的积极分子或表扬的平（评）选活动，使我有了提前回家的希望，我很高兴。儿子你替爸爸高兴吗？我在这里的一切还好，就是现在天气冷了我的鞋子烂完了，一到下雨天都没有鞋子穿。你跟大伯说一下请他寄两双暖一点的40码的鞋子给我行吗？

儿子，现在天气冷了，记得要多穿点衣服别让自己着凉了。你现在的成绩有进步吗？生活过得好吗？开心吗？有什么不开心的事可以写信来跟爸爸说，把心中的烦恼给发泄出来，也让爸爸知道你的心事好吗？好了，下次有空再写信给你——我最爱的儿子。

爸爸 黄如清

2009年12月28日

我记得2016年7月14日下午采访黄如清，他说了三件使我忘不了的事。这时，他已经出狱五载了。

其一，在狱中，他每天最开心快乐的"必修功课"，就是看儿子偶尔回的信。记得是三封，反复看，天天看，看了又看，早已能背下来了，还在看。泪水打湿了信纸，字变模糊了，信纸起毛了，卷边了，折痕处断裂了，还要看。看儿子的信，就像是看到了儿子在身边。这几封信，他没能带回来，但他心里记得清楚。那句儿子的呼唤，他说："真是要了我的命！使我哭了又哭！"儿子这样写："……我想爸爸回来，回到我身边。人家有爸爸，我也有，但我有我见不到，我是个有爸有妈的'孤儿'啊！……"

其二，明天学校寄来的照片，还有后来覃锋校长送来的照片，共是16张，全是小震震在学校打球、下棋、认真学习、参加升旗仪式、大口吃肉的开心、幸福的情景……他看了千万遍，这是他最大的精神慰藉。

其三，监舍窄小的铁格子窗外，每天清晨总有一大二小三只老鼠爬到一株手臂般粗细的苦楝树上，吱吱地叫着，欢快地嬉闹逗乐。他每天必看，有许多感触：

老鼠们是自由的、幸福的，有家，有快乐，能团聚。而这些，他全都没有。

8. 新生活

这里所谓的"新生活"，父与子皆有。

父亲已出狱，获得了自由；儿子已长大，开启了新征程。

2011年10月，被判八年的黄如清入狱六年多便提前出狱。是时黄天震12岁。

"刚出狱，村里亲戚开车接我回村。接着就直奔明天学校看我的天震。相对无语，很陌生了。儿子几乎一句话也不讲，我则有好多好多话又说不出来，光掉泪……"黄如清这样对我说。

这，很真实，太真实了！情至浓深处，相对却无言。

后来，他径奔校长办公室。他向覃锋说了很多感恩的话，称覃锋是小震震的"再生父母"。

此言不谬。

就在临出狱的前一年，黄如清感到身体愈来愈糟糕，昏倒过几回，头晕，乏力，瘦弱，心力交瘁，有崩溃感，尤其是心脏常常剧痛难忍，他深恐自己不久于人世。他就寄希望于明天学校，给覃锋校长写来一信，说："我感觉身体越来越不行了……如有三长两短，万望帮我照顾好震震……"这是很郑重的"托孤"了。覃锋当然看出了端倪，立即回信，嘱其别多想，早日康复，又说："请放心，天震既然来到了明天学校，他就是学校的儿子，就是我的儿子。"

所以，黄如清首先想到要感谢大恩人覃锋。

但覃锋对他说："要谢也不是谢我，应当先感谢党和政府，感谢爱心人士……"

黄如清听罢，感动得涕泪横流，当即向覃锋讨要了纸和笔，在办公桌上给资助孩子的爱心人士写了一封感谢信：

尊敬的吕女士：

您好，我是黄天震的爸爸，很感谢您对黄天震的关爱，使他能在明天学校读书。我在2011年10月25日回来，看到黄天震在明天小学读书，过得很好也很听话，我很欣慰，也很感动。很感谢您对我的关爱和（对）黄天震的关爱。

现在我回来了，会好好做人，遵纪守法，不会再去做犯法的事了。今后我会教育好黄天震，让他做个对社会有共（贡）献的人。谢谢您了！

黄如清

2012年4月13日

9. 不是落幕

黄如清出狱已六年，在一家小饭店做白案。他融入了社会，成了守法公民和自食其力的劳动者。

孩子的妈妈和长女没能找回团聚，但他找回了朝思暮想的儿子，他已经感到很满足很幸福了。

我们的小主人公黄天震呢？他已长到了 18 岁。他在明天学校从小学读到了初中，度过了甜如蜜的九载。他没有上高中，如今在广西机电工程学校学汽修专业。

他上初三时成绩开始滑坡，选择上中专，或是明智的。

邓丽霞老师对这对父子的离合悲欢以及由此产生的爱和溺爱，有一个清醒的分析和概括：

"（到了初三）我发现天震变了许多，经常有情绪，每周都到孤儿管理处想往外打电话。我一问，原来他爸爸释放出来后，经常给他钱花，带他去自己工作的地方（听天震告知我说他爸爸在餐馆做白案）。他爸爸总想弥补儿子小时候缺失的父爱。然后每周天震都叫父亲来校接他出去玩电脑和游戏。这样就导致他学习越来越不上心。我和老师们也没少做天震的思想工作，但他心思已不放在学习上了。中考成绩不理想，就只能选技校就读。他爸爸对他过于溺爱。溺爱也是爱，但溢出来了就会给孩子带来伤害。"

成也萧何，败也萧何。

严是爱，宠是害。

黄如清对孩子的管教方式，已超出了老师们的视线和能力范围。对这对父子，学校和社会都已经尽力了。

这出父子悲喜剧大幕已经落下。漫漫人生路，茫茫人海中，谁都是匆匆过客，往后的路怎么走，父子俩应有自己的路线图吧。

第九章

孤儿艺术团的故事

南宁市明天学校孤儿艺术团，迄今为止，仍是中国第一支而且或许是全世界唯一的孤儿艺术团。

2010 年 12 月，广西著名文化策划师、广西古筝学会秘书长刘莲与覃锋校长携手创建了这个特殊的艺术团体。

我对刘莲、"变脸王子"王卫东、"爱心大使"林涌泉肃然起敬。

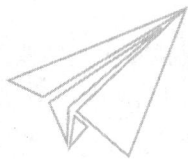

一、优秀女孩是这样炼成的

（刘莲的故事）

1. 种魂

我，一名年逾七旬的文字工作者，算得上见多识广，一生听过无数次课。但这一堂课，我敢说是我前所未有、见所未见也从未体验过的全新的古筝课。

是的，是古筝课。

这是 2016 年 9 月 25 日，星期天下午 2 点。我在学校工作人员的指引下，来到南宁市明天学校安吉校区五楼的古筝教室。教室里很安静。

台上，是刘莲老师。她面前是一架古筝。

台下，是 16 个孤儿女生，分成 A、B 两组，每组 8 人，一人一筝。我感到这样的组合和排列，似乎有一种比赛的架势和氛围。

果然，刘莲老师将这两个组分别命名，A 组叫"快乐组"，专门练《战台风》；B 组叫"自立组"，专门练《渔舟唱晚》。

A 组的组长站了起来，举拳大呼："快乐快乐快乐！永远快乐！耶耶耶！"组员亦站起来，跟着大呼。

B 组的组长则站立起来率领组员举拳大呼："自立自立自立！永远自立！耶耶耶！"

旋即，A、B 两组的全体成员出列，围成了两个圆圈，手肩相搭，由组长领呼刚才的口号。先顺时针转圈，再逆时针转圈。两组成员一概瞪眼、攥拳、跺脚，声嘶力竭，拼尽全力，都想在声音上、力道上压倒对方。

这景象使我想起非洲土著的"出征舞"及澳洲毛利人的"草裙舞"。

孩子们舞动和呼喊完毕，已是满脸通红、振奋不已、激动万分。复又坐下。

刘莲做了小结，予以鼓励。又说："孩子们下午 2 点来上课，没能午睡，需要提振一下精神，刚才所做的，叫作'醒脑操'。"

接下来，是检查环节。统一对指甲、琴具、琴音做检查和调试。然后开始练《战台风》和《渔舟唱晚》。

铮铮铮练了数遍。这时刘莲让每个孩子分别走到台前，面向全体，各自想出一句励志性的话表决心。

这样一种神圣誓言式的表态，孩子们免不了都会有点紧张。

16个孩子鱼贯而上。

有说："只要心里有胆量，就能拿下最难的曲目！"

有说："我找到了自我！"

有说："再高的山也不如心高！"

"我相信我可以拿下《战台风》！"此时A组8人齐声重复这句话，连呼五遍，以强化信心。

"我有信心攻克《渔舟晚唱》！"此时B组8人高声重复了五遍，以提振士气。

刘莲就满脸兴奋地不停鼓掌，对孩子们予以鼓励、肯定和赞赏。

我就想，这样的授课，忽而互动，忽而问答，忽而表态，忽而歌唱，忽而呐喊。授者热血沸腾全神贯注，受者是不可能有丝毫懈怠、分心和走神的。他们，不管是大孩子或小孩子，都会找到和发现自我。而且，孩子们无论是上台或下台，都是半跑步状态，不管是听或弹，神经都紧绷着，不可能有丝毫的松懈。

这时，刘莲又变换了"新招数"：她让孩子们逐个上台当观察员，让她们凝视并且倾听其他同学弹奏，然后发表感想性的点评。这样，孩子们就互换了角色。忽而是学生，忽而是老师。有个孩子在台上自信满满道："我会更出色，更全力以赴。"刘莲就接着询问台下孩子："她能吗？"众答："她能！"刘莲又问其中一个孩子："你能做到吗？"其站起答道："我肯定能做到，我肯定说到做到！我全力以赴！"

其他孩子显然受到了鼓舞，纷纷争相抢答。

"我喜欢家乡稻谷不停地长大长高的景象，我会长成饱满的沉甸甸的稻穗！"

"没想到我会有今天这样的成果，我一定会跨越自我！"

"超越自己，做最好的自己！"

"我相信我能行，我能飞！我能飞得更高！"

……

刘莲非常高兴。她走到台前，美丽的大眼睛熠熠放光："哇，亲爱的孩子们，你们太棒了，我太爱你们了！我太为你们自豪、骄傲了！"

她让全体起立，跟着她齐呼："这个画面，是我、是我们最想要的结果！"

至此，我以为该下课了。

可是没有。刘莲意犹未尽，她讲了一个猎犬与兔子的故事：

猎人射兔子，命令猎犬追杀兔子并且将兔子叼回来。兔子一听"追杀"二字，为了活命，拼命逃，先与犬并驱，继而竟成功逃掉了。主人恼怒将猎犬送屠宰场宰了。小兔对母亲说："我捡回了一条命，狗却没命了。"母亲说："奇迹之所以发生，是因为你全力以赴。"

刘莲这种与众不同的教学法，她谓之"种魂"式授课，亦使我大受教益。她是让孩子们做到：练琴先练胆，先练人，把自己练成有灵魂的人，把精、气、神锻铸出来。

我拦住一名从古筝教室走出来的女孩，问道："上刘老师的'种魂'课你有没有收获？"

她肯定地回答："有，从此我们知道了只要努力、尽力、全力以赴，就可以超越自我，创造奇迹。练琴是这样，学习是这样，做人也是这样。"

2. 孤儿艺术团

南宁市明天学校孤儿艺术团，迄今为止，仍是中国第一支而且或许是全世界唯一的一支很纯粹的孤儿艺术团。

2010 年 12 月，广西著名文化策划师、广西古筝学会秘书长古筝演奏家刘莲与覃锋校长携手创建了这个特殊的艺术团体。

演员全都是明天学校的孤儿学生，"家产"是爱心人士捐助的价值 21 万元的30 台古筝。这支孤儿艺术团有古筝茶艺团、变脸团、魔术团、山歌团、国学团、武术团、拉丁舞团等多个分团。

七年历程，它们创造了辉煌，成为南宁市明天学校一道独特的风景。

当然有光辉的一页，应当在这里回顾和凸现：

2011 年 9 月 3 日这天，明天学校可谓大放异彩。是日，自治区领导陪同前来南宁出席亚洲政党国际会议的柬埔寨副首相索安来校参观考察，一同前来的还有来自 36 个国家的与会代表共 130 多人。这次考察可谓阵容庞大，影响深远。

各国政要饶有兴致地参观教学楼、荣誉室。优雅的校园环境和孩子们幸福的笑声感动和感染了来访者。他们还和孤儿乒乓球队切磋球艺。

覃锋校长满怀深情地讲述了学校的发展和孩子们的学习、生活情况。

孤儿艺术团的孩子们踏着激越的鼓点，伴着雄壮的音乐，表演我国国粹——变脸，那眨眼间说变就变、容貌各异的脸谱使观者目不暇接、叹为观止。紧接着，古筝茶道精彩亮相，刘莲正给孩子们授课，身穿高领宽袖斜襟淡绿色汉服的漂亮女孩子们，宛若晨曦映照下绽放阵阵清香的朵朵茉莉花，而身着紫红色旗袍端庄优雅的刘莲老师则像众花衬托的女皇般高贵艳丽。那亦真亦幻的画面，那专业水准的精湛表演，那琴、茶、人合一的美态，征服了来访者，赢得了经久不息的掌声。而《春江花月夜》《渔舟唱晚》《战台风》的齐奏，整齐划一，时而婉约高雅，时而慷慨激昂。

亚洲政党国际会议常委会联合主席兼秘书长郑义溶说："南宁市明天学校给我留下了非常深刻而美好的印象。这里的孤儿很幸福。这里让失去父母的孩子找到了家的感觉，感受到了春天的明媚。"

孟加拉国代表马布波·拉赫曼在接受记者采访时说："坦白地说，在我们孟加拉，有很多的孤儿，不能像这里的孤儿那么幸运地能够得到政府和社会的精心照顾……"

塔吉克斯坦共产党中央委员会书记塔尔巴科夫激动地表示，他将要把广西的经验带回去，促进塔吉克斯坦儿童和孤儿教育工作的提高。

3. 优秀女孩是这样炼成的

2016 年 9 月 19 日下午 4 点，在明天学校会议室，覃锋校长陪同我一起采访刘莲。我们一同观看 2011 年 9 月 3 日亚洲政党国际会议代表参观考察明天学校的录像。

刘莲脸露自豪，神采飞扬。

我想她有理由感到自豪。她的付出甚多，收获也甚多。

她特意为我们做了镜头回放。于是，我得以见到特写人物的定格，听到了优秀孩子成长路上的感人故事。

"放这个、放这个。对，是她，黎柏珈。"

一袭白裙、面容姣好的小姑娘定格了，她在从容淡定地独奏《战台风》。

"再放这个，对了对了，看这个陈英莲。"

一身红裙、苗条大方的小姑娘定格了，她正娴熟自如地独奏《渔舟唱晚》。

这真是艺术美的享受。我和覃锋校长不由得鼓掌。

"原先的她们可不是这样，"刘莲说，"刚学古筝时，柏珈讲话都不敢大声，英莲则连抬眼看观众的勇气都没有。孤独、封闭、胆怯、缺乏自信，这些孤儿的共性，她们全有。她们缺乏信念，心中没有概念和目标，不知道将来成为怎样的女孩。"

爱心满满的刘莲决心改变她们，她给她们"种魂"。首先，引导她们思考：我要成为一个怎样的女孩？我如果学习上遇到难题，我是勇敢的女孩吗？我如何成为自信可爱的女孩？如何被爱和爱别人？如何树立人生的坚定信念？其次，她不厌其烦地坚定不移地给她们"开小灶"，训练和磨砺她们，使她们在短时间内找到最佳状态，找到感觉，很快"蜕变""化蝶飞翔"。

刘莲锻炼孩子，还有一个绝活是"约誓"。

何谓"约誓"？刘莲老师这样说："我要求黎柏珈等同学每天早晨起来做的头一件事，就是'约誓'——'约定进行一个宣誓'之意。比如确定一个誓言——'我自信，我勇敢，我坚强，我行，我不胆怯，我美丽，我心中充满爱……我是柏珈！'此时，高扬起右手，紧握拳，用力朝下猛然一顿，同时嘴里发出尽量大声的'耶耶耶'。此时此刻，宣誓者全身血脉贲张，脸色发红，通体充溢着满满的能量。太阳升起，新的、充满希望和憧憬的一天开始了。"

刘莲老师将这种"约誓"，叫作调试孩子们的生命状态。

我知道，明天学校的师生们都称她是有激情、有爱、勇敢的导师。

自此之后，黎柏珈完全变了个人，由原先的畏怯不自信，变得开朗勇敢、美丽大方和善于沟通交际。刘莲老师说："从此，柏珈这孩子有了大勇气，台风大方得体。一回，她登台为一个大型公益活动演奏古筝《战台风》，她不卑不亢面带微笑的大家风范，她的霸气、淡定、弹拨自如，镇住了全场。说明她长大、成熟了。"

对陈英莲，我稍稍扯远一点。覃爱芬老师这样写她的"来龙去脉"：

英莲2002年出生，南宁市兴宁区五塘镇民政村陈屋坡人。母亲2005年、父亲2008年先后因病去世。她还有一个哥哥，比她大一岁，现就读于南宁四十五中初二年级。他们俩从小由姑妈和姑丈抚养。2010年来到明天学校读书，她性格文静，不善表达，但她很听话，团结同学，劳动积极，学习很刻苦努力。来校六年，人品很好，诚实，善良，乖巧，从不跟同学闹矛盾，从不跟别人攀比。她参加孤儿艺术团学古筝，每节课都按时到，很用功学和练。她是我们老师心目中的好孩子、好学生。

不久，反映孤儿不孤题材的电影《宝贝别哭》开拍，选中了黎柏珈等4名孤儿当演员，面对摄像机，陈英莲一颦一笑，忽喜忽怒，应付自如，俨然久经阵仗的童星。

陈英莲这样对我谈孤儿艺术团、谈刘莲老师、谈学古筝，这是很真实的感受：

"学校开设了孤儿艺术团课程，我觉得我不漂亮。但是，我心里很喜欢古筝，也渴望能上这个班。老师叫报名，我犹豫了很久。刘莲老师看到我身上一点勇气和自信都没有，就鼓励我，让我学习'优秀女孩是怎样炼成的'。刚开始我不是很感兴趣，刘老师就耐心地教我们，我慢慢熟悉了这个课程，开始变得讲话有底气，声音洪亮了。我爱上了古筝。非常感谢刘莲老师，让我从自卑中走出来，我不会觉得我和别人不一样。"

现在刘莲对她的两个爱徒——黎柏珈和陈英莲——可以说是紧抓不放。因为，原先同一批的十几个孩子，都由于升学离校或缺乏毅力等原因离开了，唯独她俩还在坚持练习，虽然一个上了初一，一个上了初二，但是她们还在练，而且两人都过了古筝 9 级。

"她俩是硕果仅存的'种子',再往下她们就能考过 10 级。我坚持教下去,她们也愿意下决心练,说不定两人中就有一个能成为演奏家。她俩都是难得的可造之才,只要我抓住,她们又坚持不懈,我深信总会吹尽黄沙始到金。"

刘莲老师双目放光,语气甚是坚定。

4. 波澜

当然,刘莲亦非超人。她不可能总是那么坚定不移和一往无前。她也有苦恼、郁闷,甚至退缩的时候。

在这孤儿艺术团成立的六年间,有过波澜。有一段时间,孩子们集体消极,无心训练。原先经过好几年的锤炼,凝聚升腾起来的勇敢、自信和激情等,仿佛在一夜之间挥发了,好像从来就没有出现过。

刘莲苦闷异常:"我含辛茹苦六载寒暑,不为钱不为名,图个啥?"

她甚至动了"一走了之"的念头。

高血压、静脉曲张等疾病使她不得安宁,而最使她感到痛苦的是,这段时间父母相继辞世。"我也就成了没爹没娘的'老孤儿'。接二连三的无情打击,似乎都不约而同地来袭扰、轰击、折磨我。"说到这些,她泣不成声。

但她很快战胜了自我。她走出去,整整九天。她找到了益智开窍、指明坦途的恩师,她闭门反省,终大彻大悟,她成功地冲破了纠结和困境。更重要的是,她找到了问题的根源和解决的方法。

而今迈步从头越。她决定一切从零开始。孩子们重新投进她的怀抱,重新拥抱艺术团,接受了她,更接受了她那用情感激起的火花四溅的"种魂"。

刘莲为了孤儿的健康成长倾尽心血的"种魂"式全新教育法,结出了可喜的累累果实。

这里写一个刻骨铭心的典型事例。

2011 年春季开学,古筝班在孤儿孩子中挑选苗子。

"老师,我想跟你学古筝,你要我吗?"

刘莲眼前这小女孩,一张小圆脸,小嘴,扁鼻,嗓音带磁性,一双单眼皮的小眼睛储满求知的渴望,双手不安地揉搓着衣角。

"要呀,只要你愿意学,我一定有办法让你学会。"刘莲满心欢喜地回应。

小女孩叫农雪清。她进了古筝班。那时候这个小女孩已患上了红斑狼疮。这是一种很难治的很麻烦的病,会发热、关节痛、肌肉痛,身上会长出些蝶形红斑。

但刘莲老师张开双臂接纳了她,给她以鼓励和格外的照顾和辅导。雪清带病坚持上古筝课，开心喜悦，忘了自己的病情。

刘莲使雪清前进和信心满满的"秘密武器"，就是那神奇的"约誓"。每当雪清连续十次呼喊，就会变得放松、从容、淡定，继而进入最佳状态，忘了畏怯，忘了烦恼，甚至感觉病痛全消、彻底痊愈了。一次重要的演出，雪清和同学们一样自信、勇敢，以必胜信念精心演奏《战台风》，赢得了热烈掌声。她甚至对刘莲开心道："以后长大了我也要当古筝老师。"

雪清这孩子品格的闪光点是：当刘莲提出要拿出3000元作为奖励，给每位孤儿演员都做一套演出服的时候，雪清却倡议将这3000元捐助给正患白血病住院的孤儿同学吴小霜。

我知道，刘莲为了挽救雪清的生命尽了自己最大的努力。她曾为雪清筹到1万元善款，汇到了明天学校孤儿管理处专款专用为雪清求医问药，使其病情得以控制趋于稳定。而在雪清住院病危时，刘莲前往探视，给了她500元，叮嘱其补充营养。

2016年7月22日，周五，我曾专程到南宁市马山县永州镇农雪清那四面环山的家中采访。邓丽霞、胡丽妹老师陪同着。雪清有许多的不幸：母亲在她才3岁时就改嫁到了广东，父亲在她5岁时病逝，而她，已上广西商贸学校一年级，却在2015年因病不治离世，一朵刚开放的鲜花凋谢在15岁的花季。农雪清的监护人、快人快语的二伯母黄妹，在永州镇上开一家餐饮店，对我流泪说："雪清最感谢明天学校，最舍不得刘莲老师，最爱古筝。她曾经想长大了以弹古筝和教古筝谋生。"

足见刘莲和古筝对这个山里的孩子影响颇深矣。

5. 欣慰

再说一个甘海丽。

如果不是到了明天学校，如果不是得到刘莲以及古筝的熏陶，我真不知道她的今天和明天会怎么样。

从甘海丽身上，我感受到了环境和艺术的强大力量。

她是南宁市马山县林圩镇林圩村东堤屯人。2016年8月4日，我到了她山岽深处的老家。她是独生女，而生父和生母在2005年上半年因吸食毒品过量而相继去世。那时的她不足半岁，羸弱瘦小如鼠崽。爷爷奶奶、伯父伯母以奶粉、粥水、五谷杂粮粉喂养，将甘海丽拉扯到了6岁多。

后来，甘海丽进了明天学校。

甘海丽来校头几年的表现，通过我的立体式采访，变得具体、形象、鲜活了起来。

生活老师邓丽霞这样形容她："她内向，有时半天不吭一声。问三句，应半句。愣坐在那儿。爱哭。"

甘海丽五年级时的班主任秦月清老师在电话里对我说："她（甘海丽）不快乐，总快乐不起来。不讲话，精神欠佳，但她的字漂亮工整。"

甘海丽一年级至三年级的班主任李小玉老师说："她伯父带她来时，她大哭大叫，不给伯父走，追至校门口。我拖拽之，她不肯，挣扎，甚至抓破了我的手背，最后好不容易才把她拖回了教室。"

邓绍创老师写给我甘海丽 2016 年春季学期的成绩：语文 92.5 分，英语 70 分，数学 91.5 分，平均 85 分。"有很大进步，来之不易啊。"邓绍创说道。

关于甘海丽这个孩子，邓丽霞老师收集生活老师们的看法之后，概括起来以微信发给我。具体如下：

> 甘海丽给我们生活老师印象最深的是，每逢寒暑假，在操场总能听到她的哭声，总能看到她与家人难舍难分的情景。生活老师总扮演着将她与家人"强行拆散"的讨人厌的角色。这个过程艰难地熬过了两年。慢慢地她长大了。由于出生时营养不良，导致她比同龄的孩子矮半头，头发发黄。同学们都喜欢叫她"小黄毛姑娘"，她也很高兴地应答。

> 但学习上她是非常认真的好孩子，字迹很工整，考试成绩很优秀。她得到了西乡塘区的一名领导的关注和资助，从那时起这位领导逢年过节都给海丽买漂亮的衣服、牛奶水果等。经过整整三年爱的感化，甘海丽终于变得开朗起来，从开始时总是低头一声不吭，到（后来）终于开口说"谢谢李阿姨"。每次这位领导来校指导工作总会把海丽搂在怀里，就像对自己的宝贝女儿一样。有了好的学习环境和关爱她的人，她越来越活泼，也更加有信心地在明天学校学习、生活了。

无疑，是环境改变和锻铸成就了甘海丽。

而艺术，进一步开启她的心智，驱散阴霾，使她的生命色彩斑斓、摇曳多姿。

我清楚记得，2016 年 9 月 19 日，一个炎热的下午，在古筝班教室里，刘莲老师对我欣慰地这样描述她的得意弟子甘海丽：

"（她）刚入古筝班时，胆怯、木讷、不言语、不合群，不能接受批评，稍大点声都不行，一说就总哭。她太敏感了。我想方设法使她融入团队。第一学期，问她话，她不开腔，老是点头或老是摇头，无表情，更无丁点儿笑容。她极度自卑，因缺乏爱，故而也无法消受别人对她的爱，有恐惧感，缺乏安全感。一回，我急了，语气稍重大了点声，她竟（在古筝班上）大哭。我拉她到一旁，小声安慰，并拥抱她，向她道歉：'对不起！'又轻声问：'还愿意学吗？'她点点头。从此，我在她身上多下功夫，经过一段时间的'约誓'和艰苦训练，她发生了巨变：勤练苦学，弹奏水平飞升，《渔舟唱晚》弹得渐入佳境。她变得很有力量，成为引领型的孩子，还当了 20 多个女孤儿古筝班的班长。"

6. 缪斯

"最合于享受人生的理想人物，就是一个热诚的、悠闲的、无恐惧的人。"文学大师林语堂这句话，似乎是写给刘莲的。行文至此，我对刘莲的敬意油然而生。

真的应该感谢她。她以"优秀教育法"为己任、为使命，她用爱心和严苛，将艺术之神缪斯引入明天学校，使孤儿冰冷的心得以感受到温暖，使孤儿长出了艺术的翅膀，在欢乐的蓝天自由翱翔。

我觉得并且认定，她不仅是古筝老师，亦是孤儿的心理教育师。

是的，能够在六个春夏秋冬里从不间断、从不懈怠地甘愿无私付出、不求索取，从而培养了许多优秀孩子的爱心教育家，值得我们由衷敬佩。

二、从黄土高坡走来的"变脸歌王"
（王卫东的故事）

1. 王卫东

卫东，出生在陕西省宝鸡市凤翔县，曾就职于广西歌舞剧院。青年表演艺术家，原创歌手，"变脸"传人。他的表演把中国传统的"变脸"艺术和现代流行歌曲相融合，形成了自己独特的表演形式，备受老百姓喜欢，被誉为"中国变脸歌王"。

卫东本名王卫东。能够认识他、采访他、了解他，探寻他与南宁市明天学校孤儿艺术团的过往，尤其是他用真情、挚爱、汗水哺育出孤儿变脸团的故事，对于我而言，是幸运的。

2. 教孤儿"变脸"

"哒、哒、哒，这个披风的位置，还有手的位置都很讲究的，一定要到位，变脸动作要扣准，转身亮相的动作非常重要。"晚上 8 时许，明天学校的音乐阶梯教室内，卫东开始给孩子们上课。这样严苛的授课，卫东不知坚持和进行了多少回了。

2010年，他应朋友之邀来明天学校为开学典礼的文艺晚会表演他的绝活"变脸"。他的精湛艺术征服和感染了孩子们，而孤儿学校承载的大爱和孤儿们的不幸遭遇则感动和震撼了卫东。他征得师父的首肯，从几百名孤儿中挑选出16个孤儿作为弟子，免费授徒。每到周末，他都驾车来校传艺授业，几个寒暑，从不间断。

"变脸"是被列为国家二级机密的国粹。大致兴起于清乾隆年间，整个技艺成形则在20世纪，属在剧中用以展示人物情感波澜的特殊方法。"变脸"自诞生之日，一直带着神秘色彩，属行规极严的艺术门类，当年甚至传男不传女。一代代"变脸"艺术家，直到咽下最后一口气，都至死恪守着最重要的规则：绝不向外人说出"变脸"的秘密。

但现在卫东却打破了几百年来不容变更的铁一般的行规和戒律——不传外人，不传女性。现在这16个孤儿门徒中，女生竟占了一大半。

卫东收16个孩子为徒，经过了一番思想斗争和深思熟虑。三年前，卫东到明天学校给孩子们表演，了解到这所学校的孩子有不少是来自不幸的家庭。表演时，他从舞台往下看，清晰地看到了孩子们眼神中对"变脸"的好奇和渴望，便萌发了向他们传授变脸绝活的愿望。"我最初的想法是想给弱势的孩子一份强有力的自信，并且我相信，苦孩子更容易学成。"卫东说。

如何做好国粹"变脸"的保密工作又使这门技艺不至于失传，是每一个"变脸传人"的职责和义务，也是他们常常需要思考的问题和难题。

他一下子收了16名小徒弟，保密工作如何做？他要求小演员不要张扬，要低调，要保守行业秘密。

他给孩子们上课的音乐阶梯教室位于一楼，上课时，每个窗户的窗帘都拉得严严实实，密不透风。卫东强调说："即使是在酷暑难耐的三伏天里，这几扇窗户也不能拉开一点缝隙，传授'变脸'的过程和细节，更是必须守口如瓶。就算是对他们的家人、同学、好朋友，都不能透露有关变脸的机密，这一点在他们成为我徒弟之前，是需要严格保证的。"三年来，这十多个孩子都很懂事，保密功夫都做得很好。

我看到了2012年11月11日《南国早报》一篇生动的报道：《"变脸王子"向16位孤儿传授国粹绝活》。

几位年轻敬业的记者在一个夜晚深入明天学校采访，领略了卫东带徒的艰辛。

这16个8岁到16岁的孩子们个头参差不齐，卫东让他们一字排开。把之前学过的台步、亮相、劈叉、马步等基本功全都"走一遍"。有的孩子私底下天天练，进步不少；有的可能偷懒了，劈叉时痛得哇哇叫；四个"打旗"的孩子虎虎生威，但亮相时有一个孩子动作做反了，旗子挥向一边，惹来一阵哄笑。

上课时，卫东对孩子们的眼神和笑容特别在意，他一个一个地给他们把关，不厌其烦地讲解着："变脸亮相后，表情不要木木的；变完，眼珠子一定要睁得很大很亮，你才能衬得起这张脸，才能生动。特别注意的是最后一张脸，亦即演员的真脸了，这时候的笑容要很亲切，微笑不能假，观众才能给你掌声。"说起"变脸"，大部分人并不陌生，但真正了解这门艺术的人，却寥寥无几。从上妆开始，"变脸"的每一个环节都必须一丝不苟地进行。压腿是"变脸"的基本功。舞台上短短几秒的"手花"，台下则要通过上千次练习才可练就。

三年间，进步快的孩子已经学会"变三张脸"，除了传统的脸谱之外，卫东还按照孩子们的天性给他们设计了诸如灰太狼、阿童木、美猴王等可爱的脸谱。卫东对孩子们说："别看脸谱已经把你们的脸给遮挡住了，但眼神很重要，观众能从你的眼神中感受到你的精气神，所以千万不能松散、垮掉。"

记者问孩子们："'变脸'难学吗？"孩子们异口同声地说："不难呀。"记者又逗他们："具体是怎么变的呀？"这时候孩子们却很有默契，像个小大人似地你看看我，我看看你，集体笑而不语。

家在武鸣的16岁女孩梁彩云，是卫东的小徒弟中最年长的，也是比较用功的一个。记者去看他们上课那天，发现一排人当中梁彩云最为突出，她神采奕奕，举手投足也要比学弟、学妹们更到位。

年龄最小的是一个8岁的小女孩，名叫黎柏珈，她参加了公益电影《宝贝别哭》的拍摄。卫东说，别看黎柏珈年龄最小，但她天生就有"戏剧范"，是一棵好苗子。

3. 锲而不舍

卫东坦诚地告诉我："变脸"看似容易，实则极难。一举手，一投足，一个亮相，皆有讲究。这个川剧中的瑰宝迷醉了多少人。须在眨眼之瞬间，一个转身一个回头，就要变幻出数张迥异的脸谱来，着实让人惊叹叫绝。看似不难，但要学好、学精，则要下多年功夫。

当年，卫东入川求学，正值港星刘德华要向四川"变脸王"拜师之事闹得沸沸扬扬之时，不少川籍变脸大师认为，"变脸"收徒应该严守三个条件：艺德好、人品好、表演基本功好。所以大师们收下一个徒弟并不容易，往往要考验很久。

卫东当年拜师，一开始连遭三次拒绝。但他不退缩，不舍不弃。师父外出演出时，卫东主动帮师父扛道具、端茶、倒水、擦汗、洗脚。有一次，他帮师父扛煤气罐到 4 楼时，一脚踩空，骨碌碌滚下楼梯，皮破出血，但他爬起来还是坚持把煤气罐送到师父家里。师父为他的真诚和坚持精神打动，他才得以正式入门学艺。后来，卫东在师父门下苦练三年，终于学成，在师父的默许下，他又成功地把这门绝活从四川"移植"到了广西。

所以，当初收不收孤儿为徒，他自己与自己苦斗了整整三个月。

试想，他是科班出身，又有多年艺术实践和深厚基本功，仍要在师父身边学艺三载才能出师。而孩子们，可说是一张白纸，如何着色添彩使之万紫千红呢？谈何容易啊！卫东还是迎难而上了。

但孩子们基础实在太差，艺术感太薄弱，更谈不上悟性了。他必须一次又一次、手把手地从最简单的动作教起。然而，孩子们领悟太慢了，像赶鸭子上架，他们不知道要到猴年马月才能基本学成，更别谈登台亮相了。

光变脸，就有大变脸、小变脸之分。前者系全脸都变，加三变、五变乃至九变，后者则为变半张脸。

卫东对孩子们讲理论，做示范，手把手言传身教，可谓不厌其烦，但却收效甚微。

他想过放弃。长痛不如短痛。但孩子们那热切渴望的目光，那每次接送他到门口的热情，那异常的认真和刻苦，还有那份对他的信任、尊重和尊敬，都在情感上感动和感染了他。他于心不忍，所以他下决心——再怎样难，都得教下去。

卫东有一个高徒名叫韦大洋，是别校的有父母的孩子，11 岁，聪颖勤学，悟性高，常苦练至深夜一两点。他追随卫东四五年，已能独当一面。卫东就让他来当这 16 个孩子的"领头羊"。这一招，奏了奇效。由于年龄相近，共同语言多，易于沟通，孩子们学有榜样，暗中较劲，心理上、精神上、行动上发生了质变，变脸团终于度过了难熬的纠结期，进入了可喜的转折期。

他们登台演出了。由韦大洋打头，小试牛刀，一炮打响。媒体关注，观众认可，他们站到了聚光灯下，赢得了鲜花和掌声。孩子们感受到了艺术和被认可的价值，变得充满自信，境界也大变，他们知道，自己是传统文化和国粹的表演者，更是传承者。

孩子们很懂事，他们没有忘乎所以。他们收下赞美和掌声，把鲜花和拥抱回报给了卫东师父。

16 个孩子私下里排练了节目，为师父一个人做了个专场演出。有舞曲《感谢你》，那是张信哲唱的："同甘共苦只因有你……万分感谢你跟我闯天与地，细节全部都铭记，许多生活趣味……"还有手语歌《感恩的心》，这是明天学校孤儿孩子常演常新的保留节目："感恩的心，感谢有你，伴我一生，让我有勇气做我自己……"

4. 不寻常的演出

孤儿变脸团的这场演出太不寻常了！

这中间泛起的波澜足以令人悬起一颗心，幸运的是演出最终顺利完成，有惊无险。这样的经历卫东说他从未有过，将会没齿难忘。

这是在南宁市人民会堂，一个重要而隆重的文艺晚会将在这里举行，孤儿孩子们受邀参加演出。

南宁市明天学校孤儿学生身份、孤儿学生表演国粹四川"变脸"——这些，都有着特殊意义。观众有着许多好奇与期待。

彼时，卫东麾下的孩子们已是苦练数月。首次登台集体亮相献艺，他们感到既紧张又亢奋。

原定21点正式开演，但因各种原因，演出要往后推迟。一直延迟到22点30分，还未得到开演通知。

这推迟的一个半小时，对于"变脸"演员是十分危险的，甚至是"要命"的！

演员的脸被道具蒙住，呼吸是不顺畅的甚至是困难的。依行规，必须在上台前的一两分钟才能够化好妆。否则，时间拖久了，那"脸皮"会使演员严重缺氧。这次，卫东已经亲自为每个孩子按时一一化好了妆。但现在必须等，而且必须等漫长的90分钟！他观察到这16个孩子都静静枯坐，沉默，屏声息气。这时，寂静得墙上挂钟的嘀嗒声都能听得清！卫东心里庆幸：孩子们都懂得省力敛气。但他又着实担心，暗捏一把汗！以前就有过"变脸"演员因候台过久因缺氧导致休克急送医院抢救的事故，而且那还是成年人，今天这16个可都是8岁至16岁的小孩子啊！

如今卸妆或弃演都是不可能的。卫东心急如焚！

他急中生智，临时想出一个"绝招"：给孩子人工输氧。卫东不停歇地轮着给每个孩子"充气"，16个小演员们就此都获得了宝贵的十几分钟舒缓，免了休克之虞。

不消说，那天晚上孩子们的首演如预想般获得了成功。

演毕，在后台，出现了感人肺腑的一幕：

演出结束，孩子们扑向卫东的怀抱，争先恐后说："师父，我没有失误！""师父，我听到掌声了！""师父，表演的感觉真好！"卫东蹲下来紧紧地搂着他们，泪水早已模糊了双眼……

5. 陕北汉子

卫东曾代表中国和广西出访过美国、意大利、匈牙利、韩国、泰国、马来西亚、菲律宾、柬埔寨、越南等国家。他把国粹"变脸"和华语原创歌曲搬上了世界舞台，获得了许多荣誉、鲜花和掌声。

中国邮政还出版了纪念珍藏邮册《变脸歌王：卫东》。这无疑是一种殊荣。

尤其难能可贵的是，他的初衷、他的初心、他的本色都没改。

2016 年 9 月 28 日，一个酷热的下午，他应约来到我的住处——南宁市明天学校 301 宿舍。

只见来者身着深绿圆领短袖衫，鲜红休闲短裤，白球鞋；平头，圆脸，精致的五官——一副令人赏心悦目的青年艺术家形象。

他深情地说："这些孤儿学生演员都是我的孩子。或者说，我把他们看作我的孩子。"事实上，他和孩子们的关系，早已超越了师傅和徒弟的关系。从决定带他们学习"变脸"的那一天起，卫东无论走到哪里心里都记挂着他们，每次从外地演出回来，都迫不及待想要回到学校看他们。

而每次来给孩子们上课，卫东都会带来礼物分给大家，有时候是好吃的，有时候是好玩的，更多的是学习用具，如笔记本和笔，还给每人送了一个漂亮的带拉链的文具袋。卫东对他们说："把零零碎碎的橡皮擦、卷笔刀、三角板、笔等文具全部放到这个文具袋里面去，就不容易掉落。"

每回孩子们都会对师父报以纯朴的微笑。看到弟子们如山泉般清澈的眼神，卫东心中总会泛起层层涟漪。

卫东尊重孩子们心中那片只属于他们自己的"蓝天"。对每个孩子的身世，卫东或多或少都有了解。但平时，他很少和孩子们提及这些伤心事。"我不敢去触碰，是因为爱他们。长久的相处中，我其实能够感觉到他们那种不经意间流露的忧郁，甚至是内心的痛楚，我只能小心地去呵护他们。希望艺术世界里的圣洁和美妙，以及鲜花和掌声能冲淡他们的不幸。"卫东说道。

下面这个他淡淡道来的小故事，饱含他对孩子们发自心底的真爱，温情满满，引起我心灵的震撼。

大部分的孩子学会"变脸"之后，卫东给他们每人亲手缝制了一套表演服；从跑市场选购材料到量身定做精心剪裁，一针一线，一丝一缕，全都是卫东用业余时间加班加点、夜以继日、倾注心血完成的。他说："没办法，'变脸'的演出服只有行内人才会做，帽子、披风，特别是一张张面目迥异的'脸皮'都要一一下功夫描绘，无一不蕴含门道。"

而我清楚地知道，倘若要到文艺市场订购"变脸服"，每套或不低于万元。

卫东深深地爱着他的家乡，深爱那遥远的黄土高坡上的塬和溢着膻香味的羊肉泡馍，当然还有他的爹娘。他说："我是陕北农民的儿子，祖辈耕种黄土高坡上的黄土地。我再忙，每年都会回家帮父母秋收，他们已经老了。拿起镰刀，我就是一个地道的庄稼汉。总之，我就是农民。当了艺术家，也还是农民。说一千道一万，不能忘本，不能忘根。"

他纯朴的话语，深深地打动了我。我就想起了泰戈尔的诗句："无论你走到哪里，我们的心总在一起。无论黄昏时的树影有多长，它总和根连在一起。"

他又说："我是广西关爱孤儿爱心大使。所以，我与明天学校的孤儿有一种天然的亲近感。我愿意为之无私付出，我有一种农民情结和孤儿情结。"

是的，他的孤儿情结，剪不断，理更亲！

2016年中秋节文艺晚会，广西民建艺术团来明天学校慰问演出，卫东应邀登台表演"变脸"、演唱《我爱大中华》。而在此前一天，卫东在微信"艺术群"发起为孤儿募捐的倡议，他带头捐了3盒月饼、捐款500元。艺友们纷纷响应，最后共捐出月饼几万盒，捐款近万元。

这是覃锋校长亲口对我说的。

覃锋校长还对我这样大夸卫东，满怀敬意：

"我相信，似（卫东）这样为孤儿爱孤儿的艺术家，不说是独一无二，起码也是少见。从2010年创办明天学校孤儿艺术团'变脸'分团至今，六年了，他是随叫随到，从不讲钱字。'变脸'表演给师生们带来了欢声笑语，丰富了校园文化，增添了许多生气，也增加了孩子们的自信。老师们说得好：'孩子们在学"变脸"，"变脸"也在改变着孩子们。'"

我听说，孤儿"变脸"团已暂停活动一两年了。因为"老演员"长大了升上初中、高中，各奔东西，"新演员"要培养起来亦非朝夕之功，而卫东名气节节飙升，国内外频繁演出变得特别忙碌，是诸多因素导致的吧。

想到这，我对卫东说："社会和学校对孤儿'变脸'团有很热切地期盼喔。"

卫东的手掌使劲朝下一"砍"，加重了语气，不假思索坚定地说："我不会放弃，我会回来的！肯定要恢复的！重建、重振孤儿'变脸'团，那是必须的，是义不容辞的，或者说，是我的责任所在。总之，我会回来的。请相信我！"

我当然信！

我将卫东送到学校大门口。晚霞绯红，正是放晚学的时候。许多孩子认识他，都远远地叫："卫东老师好！"然后飞跑过来与他热情拥抱、合影，最后才恋恋不舍地集体往饭堂走去。卫东定定地久久地凝视着他们的背影,叹气道:"他们都没爸妈。虽然有书念,有饭吃,但是学校的资源毕竟还是有限的。现在是夏天,再往下就是秋天,秋天过了是冬天,真希望时时有人给他们送来四季衣物,让他们啥时候都穿得漂漂亮亮的,暖暖的。"

他显然动了真情,眼睛润湿了。他的悲悯情怀感染了我,我的泪水也涌了上来。卫东,好一个陕北汉子,好一个"变脸歌王"!

三、"爱心大使"与他的"明天情缘"

(林涌泉的故事)

1. 一见钟情

林涌泉在明天学校里几乎是人人皆知的"孤儿爱心大使"。他就是那位连续十年坚持给明天学校孤儿师生送月饼、送文艺演出,并通过活动策划把一场普通人家的婚礼华丽变身公益爱心婚礼的资深记者。

林涌泉与明天学校结缘,从 2007 年至 2017 年,至今整整十年。

十年前,他对明天学校一见钟情;

十年间,他对明天学校情有独钟;

十年后,他对明天学校一往情深。

对我的这三大定位和文学形容,他表示认可。而如果以新闻术语来表述,似乎可以更具体和更直白一些:

十年来,他是"三一"牌的"爱心大使":即心往一处(指明天学校)想,劲往一处使,爱往一处用。

对我的这个描述,作为《广西日报》笔头劲健、成果卓著的"名记",他亦乐意笑纳。

2. 艺术为媒(之一)

十年是一段无法用日历去丈量的时光

时光是一次只能用脚步去完成的远航

十年是别人在滚滚红尘中搏杀的赛场

赛场有我们在春去秋来时收获的金黄
这个世界
曾经从我们的身边拿走很多
拿走那原本无忧无虑的时光
拿走那能够遮风挡雨的肩膀

我们走过春夏秋冬
我们走过寒来暑往
我们历尽喜悦哀伤
我们看过冷暖炎凉

党和政府的殷切关怀
如同秋日的暖冬一般照耀在我们的心房
数不尽的好心人那无私的帮助
让一个安宁的家园伫立于家乡的大地之上

终于有一天
我们学会了坚强
我们用自己的翅膀在碧海蓝天之间自由翱翔
我们用响亮的声音在大千世界之中放声歌唱

终于有一天
我们明白了感恩
我们明白了校长和老师为什么给我们那样真诚的赞扬
我们明白了苍天与大地为什么给我们一个坚强的肩膀

十年，记录着我们生命曾经的绽放
十年，开启了我们未来无限的荣光
十年，我们创造亘古未有的骄傲
十年，我们歌唱无与伦比的辉煌
……

　　好诗！激情澎湃，火花四溅。有如茫茫大海那变幻无穷、永不止息、波涛汹涌的潮汐。

这首长诗共70多行，乃林涌泉倾情之作，题为《真情十年，感动一生》，是为南宁市明天学校创办十周年而作的朗诵诗，作品发表于《广西日报》。

2013年10月23日，在南宁市明天学校成立十周年的文艺晚会上，我作为特邀嘉宾，参加了这个庆典，聆听了莫荣斌、李江北、卢珍莲、周玉芳四位老师热情四射的激情朗诵。

我这里只能遗憾地引用了全诗的30多行。但我由此更进一步地领略了林涌泉先生的诗才及其多才多艺。是的，多才多艺！毕业于复旦大学的林涌泉身上有着令人欣羡的光环：现为广西壮族自治区政协委员、民建广西区委文化委员会主任、广西统一战线文化艺术家联谊会副会长、广西礼仪文化交流协会常务副会长、《广西日报》东盟部主任编辑。此外，他还担任过连续四届共二十年广西青联委员、青联常委，担任过十四年中国—东盟礼仪大赛组委会副主席，服务一年一度的中国—东盟博览会。

2013年春，在民建广西区委的大力支持下，林涌泉组建成立了广西民建艺术团，并亲任团长。是年"六一"，他亲率艺术团来到南宁市明天学校进行慰问演出。晚会盛况空前，可谓群贤毕至，明星荟萃，广西许多文艺名人——2011年中国达人秀总冠军卓君、"变脸歌王"卫东、壮族民歌歌后黄春艳、广西艺坛"常青树"鲍朝志、广西电视台著名笑星主持人光光等，悉数上场。

此次慰问演出大获成功。

而林涌泉付出了比别人多数倍的精力和汗水。因为他能者多劳、一专多能。他是团长，事事皆须操心，他除了担任活动总策划和节目总导演外，还要亲自撰写整台晚会的节目串词以及新闻通稿。

他很辛苦，但他乐此不疲。他对我如是说："每次演出之后，简直累趴了。所谓虽苦犹荣，为孤儿付出，我深感欣慰。这种苦和累，值得！"

3. 艺术为媒（之二）

2016年，我应邀参加了由林涌泉亲自策划导演的南宁市明天学校欢庆"六一"文艺联欢会。

彼时，广西民建艺术团已成立四载，羽翼丰满，明星众多，各有绝活，名声在外，他们的足迹遍及广西各地和东南亚诸国。艺术团非营利、非固定、无编制，演员全是友情客串，但却能招之即来，来之能演，分文不取，而且长年如此，常演常新。在当今社会，颇为鲜见和难得。它的凝聚力，它的核心价值观，仅此一字，那就是"爱"。

是的，他们为了一个共同的目标，为爱而来。

这里，我们无须细数他们表演了什么节目，也无须细述他们精彩纷呈的节目赢得了怎样热烈的反响。

这里，我们来讲一个故事，讲述故事主人公林涌泉一家人全家总动员献爱心的感人片段：

2017年9月27日，据说是南宁市明天学校的孤儿一年来最开心欢乐的日子。因为广西民建艺术团的叔叔阿姨们又来送演出、送月饼、送温暖。这次主题为"喜迎十九大·真情慰问孤儿"——民建广西区委文化委及社会各界关爱明天学校迎中秋慰问活动，总策划、总导演是林涌泉。

是日，林涌泉在文艺演出之前上台致辞。他说："感谢各路爱心企业家和民建艺术团爱心团队的同心同行，感谢各路爱心人士的无私奉献……"当明天学校的孤儿用童声唱起手语歌《感恩的心》，借此回报给各路爱心人士时，我发现身边许多老师和来宾们的眼睛开始湿润了，他们的眼里噙满了泪花。

"关爱孤儿，致力公益，我们一直在路上。"林涌泉告诉我，他关爱孤儿，致力公益活动策划至今已有十年，一直得到家人的默默支持。特别是2017年中秋之前的这场慰问演出，其夫人张芙蓉携女儿林美伊以家庭的名义现场捐出了价值近3万多元的儿童工艺品给明天学校，是年，刚刚7岁的林美伊也跟随"爱心大使"林爸爸上台，给大家演唱了《让世界充满爱》和《壮家敬酒歌》，获得现场观众的一致好评。

当覃锋校长拉着几名孤儿学生来到林涌泉夫妇和林美伊面前，表达感谢感恩之情时，林美伊小朋友抢先回答："不用谢，今天我能跟随爸爸妈妈及广西民建艺术团的叔叔阿姨们又一次来到这里，上了一堂关于人生大爱的课，我还要感谢覃锋叔叔呢！"

4. 艺术为媒（之三）

特别值得一提的是，广西民建艺术团里有一名特邀的外籍演员，她叫杜氏清花，是一名越南留学生，被中越两国媒体誉为"中越歌坛百灵鸟"。

清花在广西艺术学院师从广西著名"八桂学者"、声乐教授龚小平。其学有所成，真有水准。有一回，林涌泉偕同中国—东盟礼仪大赛组委会部分成员，应越南驻南宁总领事之邀赴宴，得以认识这位广西艺术学院留学生当中的佼佼者。席间，清花献唱《玛依拉变奏曲》和《我爱你中国》，字正腔圆，响遏行云。尤其是第一首，难度大，音域广，技巧要求高，她唱起来却游刃有余。林涌泉赞赏惊叹之余，简单介绍了南宁市明天学校和孤儿学生的现状，并试探性地征询："是否愿意加入广西民建艺术团的行列，一起去孤儿学校进行慰问演出？"

"我愿意!"清花毫不犹豫地回答。

接下来的对话就更见高度和境界了。

"我们是纯公益的爱心慰问演出,所有演员都是不拿报酬的,说白了就是没钱得的,一起做义工。"

"我乐意!"清花说着一口标准流利的普通话,"慰问孤儿义不容辞!我不能要钱,给我也不会要!孤儿没爸没妈那么可怜,我们要关爱孤儿,为他们奉献爱心,将是我在中国广西的留学生涯中最难忘的印记和美好回忆。"

2016年"六一"儿童节这天,明天学校全校师生一起欢度节日,我作为明天学校的爱心顾问应邀出席。

于是,我有幸现场聆听了清花演绎的《玛依拉变奏曲》,还有越南歌曲《母亲》。演毕,忙上忙下、满身热汗的林涌泉介绍清花与我认识。

她年轻貌美,甜甜地浅笑,露出整齐洁白的牙齿。她常常说:"只要演出与南宁市明天学校孤儿有关,我绝对随叫随到!"

而现在,林涌泉组建的广西民建艺术团延揽文艺精英,广召业界人杰,如鲍朝志、黄春艳、卓君、王卫东、杜氏清花、金花银花等,而后"吾能用之",目的只为一个,用他的话来说就是:"一切为了孤儿。"

善哉,一切为了孤儿。林涌泉可谓用心良苦也。

5. 月饼为媒

林涌泉将月饼拉到明天学校,分给了孤儿和老师们。从2007年至2017年,整整十年,他让孤儿每逢中秋都能尝到香甜的"爱心月饼",从未间断。

我们完全可以这样说:以月饼慰问孤儿,而且是连续十载的十个中秋节,在广西乃至全国,仅此一人。

其实,这些月饼不只是林涌泉一人的功劳,更是合浦月饼厂家的爱心。当时这家合浦月饼品牌刚刚进入南宁,名不见经传。彼时林涌泉担任《广西日报》广告外联部负责人兼《广西日报》《南国早报》《当代生活报》新闻与广告互动执行策划。中秋佳节渐近,林涌泉想到了明天学校和孤儿学生们。"每逢佳节倍思亲",他将心比心,知道孤儿肯定会有孤独感,一个月饼虽不能解开所有心结,但也能带来节日的味道与愉悦。于是,他与厂家沟通,中秋节前,该月饼厂家给明天学校孤儿师生赠送月饼献爱心。

在给明天学校捐赠月饼仪式当天,广西首府主流媒体纷至沓来争相报道。"裕华献爱心,月饼慰孤儿"赫然成为各篇新闻通稿的主标题。第二天,广西电视台、南宁电视台、《广西日报》、《南国早报》、《当代生活报》、《南宁日报》、《南宁晚报》、《广西广播电视报》等媒体全都在同一天播发了新闻。

写至此，林涌泉的又一个善举，足见高风亮节，是必须一说的。

2007 年，该月饼厂家的老总找到林涌泉，与他签下三年合作协议书，并表示每年给策划费 2 万元。林涌泉表示不要钱，而是要求厂家每年将此 2 万元折算为月饼，按出厂价可获 200 盒月饼。然后，他将这些月饼全部捐赠给明天学校，让孤儿和老师分享。而后连续九年中，明天学校孤儿和老师年年都能尝到林涌泉送来的月饼。按不完全统计，这些月饼共 2000 多盒。

这是他对孤儿奉献的爱。还有更大的爱。他通过为爱心企业做策划，鼓励这些爱心企业家跟随广西民建艺术团一起为明天学校捐钱捐物。十年来，捐献财物总价值超过 80 万元。

"从 2007 年开始，每年中秋节，我都为明天学校的孤儿和老师们送月饼。月饼在许多人眼里，也许不值钱亦不起眼，但是中秋月圆之时，孤儿孩子们吃着香甜的月饼，想到自己不是孤独的，我也就心满意足了。这些，可以视作我的'明天情结'吧。"林涌泉如是说。

林涌泉出身于教育世家，父亲曾担任过中小学校长，母亲在合浦担任过幼师和小学教师，两个妹妹皆握教鞭，他和大弟弟则先后考上复旦大学。爷爷是北部湾畔沙田镇的一位老艄公，有点酷似《老人与海》中海明威笔下那位倔犟，且从不言败的"老人"。爷爷常教育涌泉，做人要知恩图报，因此取名为"涌泉"，意为：滴水之恩当涌泉相报。

我想：这或许可看成是涌泉老弟数年如一日无私奉献爱心的"明天情结"的缘起和源头了吧。

6. 电影为媒（之一）

"广西团队"打造公益电影精品：

《宝贝别哭》由广西文化产业投资集团、广西电影集团和广西华娱国际影业投资有限公司联合出品。除了导演孔令晨、制片人之一王声雷来自北京外，出品人梁水康、文学顾问何培嵩、南宁市明天学校校长覃锋等 5 名核心人物都出自广西，"广西团队"的精诚团结共同筹划拍摄了这部公益电影。

《宝贝别哭》以广西第一所孤儿学校南宁市明天学校为原型，部分内容参考广西著名作家何培嵩长篇报告文学《明天的太阳》进行独立创作而成。影片通过新来的生活老师覃婷、新来的孤儿学生小非适应明天学校生活的一系列情节，真实地讲述学校教职工通过洞察孤儿的细枝末节，努力帮助孤儿改正小毛病，发现自己的优点，并将自己的爱好发挥出来，找到自信和尊严的故事。情节跌宕起伏，催人泪下。影片颂扬了党和政府以及社会爱心人士对弱势群体的关爱。正是这种大爱，让我们看到了明天学校的希望。

参与演出《宝贝别哭》电影的100多名孤儿全部来自南宁市明天学校，其中有4名孤儿学生在片中本色出演孤儿，担任重要角色。《宝贝别哭》题材特殊，以关爱孤儿、关注弱势群体为主题，折射人性的光辉。这是个人类共同的主题，它深深打动了国内外观众的心。

以上文字，见于2012年10月11日的《广西日报》，作者林涌泉。

这段话，言简意赅，将电影《宝贝别哭》的来龙去脉交代得甚是明白。一言以蔽之，电影主题乃是呼吁大家关注孤儿。

这部电影绝大部分场景都在明天学校拍摄。记得剧组拍摄杀青之时，林涌泉亲率"爱心月饼"团队来明天学校献爱心、捐月饼，他让月饼厂家也赠了20盒月饼给剧组。

《宝贝别哭》这部电影让林涌泉将自己的策划运营能力、宣传统筹能力以及交际才华，展现得淋漓尽致。

他是两位制片人之一，他还担任影片总策划。电影《宝贝别哭》所有的运营策划、宣传统筹、品牌包装，均由他一手担纲。

由于这部儿童（孤儿）公益题材影片将进军上海、法国、美国三大电影节，他精心提炼出了广告词："这是中国第一部超百名孤儿本色出演孤儿的电影，这是一部催人泪下的电影。"

这个广告词看似浅显，却直击人心，是很有智慧的，是画龙点睛的传神之笔。宣传册的内容必须面面俱到，更要突出重点，除了感谢剧组的导演和演职员外，还认真感谢了明天学校的校长、师生，尤其是孤儿学生，他们无偿提供了场地和许多方便，特别是精挑了品、学、艺皆优的孤儿演员，功不可没。影片后来在法国、美国打动和征服了严苛的评委，这句言简意赅甚至是一字千金的广告词起到了关键作用。

在《宝贝别哭》征战国内外电影节的全过程中，林涌泉写了大小稿件80多篇，有大通讯、人物专访、图片新闻、特写、消息等。悉数刊发于新华社、中新社、人民网、《广西日报》等中央及地方主流媒体。其中，在《广西日报》发表的3000多字长篇通讯《艺术对话心灵——讲述广西公益电影〈宝贝别哭〉的幕后故事》，发了一个整版，可谓大手笔，国内外多家媒体转载，影响颇大，好评如潮。

7. 电影为媒（之二）

2012年6月，《宝贝别哭》亮相于第15届上海国际电影节。

　　此片除了有超百名孤儿学生参演外，更主要的是有 4 名孤儿在片中担任主角和重要角色。导演孔令晨、总策划兼制片人林涌泉、出品人梁水康、覃锋校长、韦翠良副校长携 4 名孤儿学生演员（玉宇华、方静晓、梁秋民、黎柏珈）同往上海。

　　在上海，林涌泉成功地让 4 名孤儿学生演员做到了两个华丽亮相：

　　其一，在电影节上亮相。放映前，4 名孤儿演员登台，这在电影节上前所未有，大受青睐和瞩目。两男两女 4 名孤儿身穿鲜艳夺目的壮族服饰，更是抢尽眼球。电影放映毕，观众、影迷和复旦大学以及上海的中小学生代表竞相与 4 名"孤儿影星"合影。题为《壮乡孤儿演员亮相上海电影节》的报道图文并茂，同时刊发于多家媒体，轰动一时。

　　其二，踏入中国名校复旦大学。林涌泉毕业于复旦大学，担任过校学生会干部及《复旦》校刊特约记者，毕业后任复旦大学广西校友会秘书长、副会长。此次，他利用他的这个"特殊身份"，联系了母校团委，一拍即合达成共识：由林涌泉作为老校友携壮乡 4 名孤儿演员回校。复旦大学派来了中巴车，将全剧组 20 多名演职员，接到了复旦大学，参观总部校园及景点，在复旦大学著名的"双子大厦"前留影，并举行座谈交流。欢迎宴席上，复旦大学校团委领导热情致辞：赞电影，夸 4 名孤儿演员，并且"希望你们将来考上复旦大学"。

　　林涌泉在接受上海媒体采访中，将 4 名孤儿小演员上海之行做如是概括，谓之"四个第一次"：第一次坐飞机，第一次闯进大上海，第一次参加国际电影节，第一次踏入中国名校复旦大学。他说："我要让灿烂明媚的阳光照进孤儿演员幼小的心灵，使他们早日走出阴霾。"

8. 电影为媒（之三）

　　2012 年 9 月，《宝贝别哭》参加了"巴黎中国电影节"。

　　林涌泉偕出品人、导演等一干人马同往。

　　首映式上，《宝贝别哭》为巴黎市民和当地华人华侨放映毕，林涌泉以英文与观众交流并介绍电影的诞生经过及内容。影片是有中英文字幕的，所以观众大致都能看懂。但林涌泉特别强调了两点：一是有百名孤儿学生本色参演；二是中国关爱孤儿。有华侨志愿者当即将他的话译成了法文。

　　一位金发碧眼大约 70 岁的女观众站了起来，含泪用英文说："看了电影，又听了您的介绍，真实地感受到了中国关心需要帮助的弱者尤其是失去父母的孤儿，这些苦命孩子所渴望的平等对待与家的温暖（他们）都得到了。这使我重新认识了中国，非常好。"这当然只是其中一个花絮。

　　参展结果尽如人意，电影节组委会宣布：《宝贝别哭》荣获巴黎中国电影节特别奖——最佳公益儿童电影奖。

9. 电影为媒（之四）

《宝贝别哭》产生了"蝴蝶效应"，林涌泉功不可没。

2012年10月，《宝贝别哭》应邀参加第八届中美电影节。这是由中国广播电影电视总局与美国电影联盟协会联合主办的盛会，在洛杉矶好莱坞举行开幕式。

《宝贝别哭》斩获此次中美电影节金天使奖。有500多部中、美电影参评，仅有10部获此殊荣。

总策划林涌泉与导演孔令晨、出品人梁水康共同登台高捧奖杯。

此行亦有几个花絮，值得一记。

美国洛杉矶广西同乡会主席杨辉，迎着从领奖台下来的林涌泉一行，热烈握手，热情大赞："广西电影荣获最高奖金天使奖，不单为中国争光，为广西争光，我们在美国的广西籍华人脸上也有光啊！"杨辉先生原籍广西桂林，他特意说起桂林话。他高兴地捧起奖杯，在电影《宝贝别哭》的宣传背景板前激动万分地与林涌泉一行合影。后来，这张合影在网上被网友广为转发。

电影节毕，林涌泉飞往丹佛市看望儿子（与前妻所生）。翌日，林涌泉在丹佛市放映中英文版电影《宝贝别哭》，10余个来自广西的中美联姻家庭近百人观影。他没有放过这个宣传的好机会，先讲话和介绍，再放映影片。映毕，灯亮，出现了感人的场面：10多位来自广西的女性热泪婆娑，她们的美国丈夫亦陪着擦眼泪。接着座谈，多人纷纷对林涌泉表示："想不到咱们家乡拍出了这么令人感动掉泪的好电影，说明中国政府关爱孤儿，实在太感人了。以后回广西，请你一定带我们到南宁市明天学校，我们一定也捐钱捐物献爱心。"

回国前，林涌泉留下了一张电影《宝贝别哭》影碟。后来儿子发来微信说："好几年了，凡有广西老乡来家里，都要求重新看这部电影，而且，每看必有人流泪。"

10. 新构想

林涌泉心系孤儿情牵孤儿，发自内心出于真心。

他还有一个新的构想。

他对我说："明天学校有了孤儿艺术团，有刘莲老师的古筝艺术分团和卫东老师的变脸艺术分团。我将组建成立独弦琴艺术分团。"

这位来自北部湾畔的儿子，想到他家乡的京族姑娘弹奏这种仅有一根琴弦，却能使人听得如痴如醉的独特乐器。

他不是说说而已，他已经有了具体的完整构思。

他又说："我将联系爱心企业家捐赠 10～20 台独弦琴，并请在南宁市'初荷教室'艺术培训机构担任独弦琴老师的爱人张芙蓉'友情支持'，届时将不定期免费教授孤儿学生学弹独弦琴。"

他的美好愿望和真诚的话语使我感动。

我常常记起涌泉挂在嘴边的那两句话："一切为了孤儿。""让明媚阳光照进孤儿幼小的心灵。"

第十章

两位董事长的"明天"情缘

邓玉虹是广西兆邦置业集团有限公司董事长。

张明是广西桂龙新能源发展有限公司董事长。

"邓董和张董都是实实在在为孤儿孩子们做实事献爱心的企业家。"

覃锋校长说起邓玉虹和张明时的由衷赞赏和敬佩,毫不掩饰。

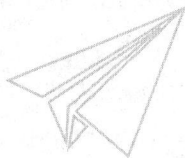

一、玉虹妈妈，有您真好

（邓玉虹的爱心故事）

1. 善良写在脸上

她气度儒雅，秀外慧中，谦逊亲和，端丽慈蔼的脸庞透出善良的神情。

这是让你看一眼就忘不了的善良。

她这善良写在脸上，源自内心。

她叫邓玉虹，广西兆邦置业集团有限公司董事长，湖南人，知名爱心企业家。她的房地产业做得风生水起，声名远播。

久闻其名，仰慕久矣！明天学校覃锋校长陪同我对她做过两次采访。

她行善完全发自内心，从不张扬，这点深深地刻在了我的心里。

2. 暖心话

这是 2012 年 3 月 16 日发生的事。她记得很清楚。

这天，邓玉虹接到覃锋的电话，口气有点急。

说的是：李春华已入住广西医科大学第一附属医院，拟做手术，手术费需 3 万元，明天学校已付 1 万元，尚有 2 万元的缺口，恳请邓董施以援手……

邓玉虹放下电话，立即想起了有关李春华的点点滴滴：

2011 年春节，在她率队慰问明天学校之后，校长向她介绍这个孤儿的状况：弃婴，得到好心人收养，患先天性肛门闭锁症，9 岁到明天学校就读三年级，品学兼优……

校长向她介绍了孩子的体貌特征和身体状况：瘦小，"鸡胸"，肚大；体弱厌食，消化不良……

邓玉虹听得心头好一阵发紧。

数年前曾在广西壮族自治区人民医院担任护士长、后来投身商界的邓玉虹，自然有着非常丰富的医学知识和经验。她告诉校长：先天性肛门闭锁症又称锁肛、无肛门症，这是一种先天性疾病。这类婴儿出生后，肛门和肛管肠下端是没有出口的，外观上你根本看不见肛门在何位置。通俗点说，"后门"关闭了，大便的排泄只能从"前门"解决。通常，患病孩子如果不及时进行手术根治（一般是由外科或整形科通过手术造一个人造肛门），就有可能活不过 18 岁。

先前她也曾听明天学校的老师说过春华的成长轨迹：半岁大就成了弃婴，由一位好心的大伯收养至 9 岁送来明天学校读书。大伯是双眼失明的孤寡老人，至今 60 多岁仍打光棍，而春华患有先天性肛门闭锁症，这对"父女"就成了相依为命的特殊组合……

想至这些，将心比心、换位思考，邓玉虹对春华顿生怜悯之心，暗中就做了决定：把春华当作自己的亲生女儿一样，一定要救，而且要及时！

她本想亲自看看这孩子，由于春华正在上课，就没能如愿。

她与校长握别时，留下了两句话："以后明天学校有啥困难，不论何时何地都可以找我，千万勿客气。尽快送春华诊治，这是一辈子的事，万万别耽误了。至于孩子的手术费用，我来负责！"

这些都是很暖心的话。

校长记住了。

后来，为了了解相关知识，更为了春华，校长专门上网查找相关资料，他在网上看到了一个例子：山西一"无肛男婴"，骨瘦如柴，酷肖"外星人"，出生 89 天从 5 斤降至 4.8 斤，只剩皮包骨，只见全身处处如爬满蚂蟥般的青筋，生命垂危……

校长非常担心春华会变成"外星人"。

而此时向政府打报告申请春华的手术费用，来不及了。

心急如焚的他立刻想到了邓玉虹。

他知道并且确信：邓玉虹一定会毫不犹豫地救李春华这孩子！

3. 救人如救火

接到校长的求援电话后，邓玉虹为春华所做的，能用"火速"这两字来形容。

她知道救人如救火。

邓玉虹放下手头的一切，很快就驱车赶到了医院与校长会合。而在出发前，她已将 2.5 万元汇入了医院的账号，并且她已与广西医科大学第一附属医院儿科的"第一把刀"杨体泉主任通了电话，得到了他亲自主刀的应允。

邓玉虹和校长到病房看望并且鼓励春华，让春华安心积极地配合治疗。

过后，邓玉虹董事长接受我的采访时，这样说当时的真实感受："她（春华）好瘦好瘦，脸色苍白得像一张纸，没有半点血色。鼓胀畸形的肚子使盖在她身上的被子高高隆起，总之状态非常糟糕，或许可以说是到了生命崩溃的边缘了……"

邓董的话满含同情与焦虑。

我脑际闪出了四川汶川地震后央视常常播放的堰塞湖——堵塞了，不通则另寻出路。

自然界如此，人亦如此。

4. 手术

刻不容缓！

病床上的春华很快就被推进了手术室。

手术的全过程和医护人员的精湛医术以及艰辛，我们无从得知，我们只知道：手术非常成功！

于是春华有了一个人造肛门，有了正常通道，成了正常人。"堰塞湖"疏浚了，她获得了重生。

再后来，参与手术的护士对校长说起主刀的杨体泉主任在手术前后的情感表露。

其一，老主任相当生气："怎么现在才送来？肚子这么大了，都畸形了，人都快不行了！……"

其二，因为老主任是怀着对孩子深深的同情和对邓玉虹深深的敬佩来做这个手术的，所以格外细致、认真。

其三，听说邓玉虹慷慨解囊，帮助和解救了不少无助、病危的孩子，而且都是素不相识的，老主任非常感慨地说："我光有这一本事，动刀救一个是一个。而邓董却有大本事，关键是有大爱心，救了好多好多，一个又一个。她是活菩萨。"

说者（护士）道毕掉了泪。听者（老师和春华）无不动容。

术后，邓玉虹再次来医院探望春华。看到她气色好多了，有了笑容，邓玉虹放心了。

邓玉虹还为九婶（春华家乡的邻居，自愿来医院做陪护）付了往返车费、人工费、伙食费和租床费。

一个多月后，春华出院，回到了学校。

5. 养护

"三分治病七分养护。"

这话一点不假。

尤其是手术后的护理至为关键和重要。否则，说严重一些，或许会前功尽弃。通俗而言，则是："堰塞湖"已经疏浚，却又重新堵上了。

倘若是这样，将是很可怕甚至是残酷的。

邓玉虹深知这一点。

所以，她千叮咛万嘱咐明天学校的生活老师：一定要加强护理，并且要专人负责。

出院时，医生给了两只扩肛器，一小一大，每天晚上务必在人造肛门的位置放入。小的放置半个月，等到长好、定型了，再换大的放置半个月。总之，如此一个月下来，不厌其烦，循环往复，不得有误，才能确保成功。

这是科学，这是需要，与人情、隐私、面子一概无关。

这事，得有人做，女生活老师们做了，在一个月里，天天晚上如此。

所以，我打心眼里觉得这些老师了不起。

以下是南宁市明天学校孤儿管理处的孤儿学生日常生活学习记录。

兹实录两则：

> 今天，李春华开肛手术成功。医生说："再过一个星期就可以出院了。出院后，还要用医院给的扩肛器，帮她通一个月的肛门，每天通一次，以防肛门再次封闭。"
>
> 记录员：张秀丽
> 2012年3月21日

> 今天，李春华已出院回到学校，她的气色好多了。我把每天都要帮李春华通肛门的事情交接下去：告知每天的当班老师，晚上睡觉前一定要记得帮她通一次肛门。
>
> 记录员：张秀丽
> 2012年3月28日

据我所知，这种必须弓着身子做的通肛事，凡是参加值夜的女老师们——覃爱芬、张秀丽、卢雪清、邓丽霞、罗秀群、胡丽妹、陈静静都做过，毫无怨言。在一个多月的三十多个晚上，从没有遗漏。

这些，春华会记得。她心怀感激，因为，这或许是只有母亲、姐姐、妹妹才会愿意做的事。

手术后过了三个月，春华彻底痊愈，成了一个正常而且健康的孩子。

请再看孤儿学生日常生活学习记录：

> 今天，韦翠良老师带李春华去广西医科大学第一附属医院复查，结果是恢复良好。
>
> 记录员：张秀丽
> 2012年5月6日

6. 感恩

春华踏在深谷边的濒危生命，得以延续，她获得了重生。

她自然不会忘记明天学校的校长和老师们，她更不会忘记邓玉虹妈妈为她付出的一切。

2016年10月12日，春华已经在南宁三十五中念初三，身体健康，品学兼优，月考总分391分，等级达到B。饮水思源，她给邓玉虹写了一封真情流露的信：

亲爱的邓阿姨：

您好！

我是明天学校的李春华。阿姨最近身体怎么样呢？工作忙不忙呢？在忙于工作的同时要多注意身体喔！身体比工作重要。感谢阿姨您这么多年来对我的关心和帮助，让我走进了一个充满温情的世界，我感到很幸福很温暖。阿姨，谢谢您，我当时不懂这个病（先天性肛门闭锁症）会有这么严重。我知道是您挽救了我的生命。如果没有您，我的病也没有这么快好，或许就好不了了。您是我的救命恩人！滴水之恩当涌泉相报，我会努力学习，尽最大的努力来回报您，回报所有关心和帮助过我的爱心人士。

这么多年过去了，谢谢您一直惦记着明天学校的孩子们，感谢您曾经在百忙之中抽空来看望我们，还给我们带来了生活用品，还有许多的爱心物品。我们心里都非常高兴，真的很感谢阿姨的关心和帮助。您为我们做的点点滴滴，我们都不会忘记，将永远铭记在心中。长大以后，我也要像您一样，去关心更多和我一样需要关心的人。

最后，请允许我叫您邓妈妈！我替明天学校的同学们向您说一声：谢谢！谢谢您为我们做出的一切！在学校里我们会好好学习，认真听老师的话。

祝：

身体健康！

工作顺利！

万事如意！

好人一生平安！

您关爱的孩子：李春华

2016年10月12日

7. 爱不止息

邓玉虹的善心、善事、善举，远不止于对李春华。

《当代生活报》2013年4月2日的一篇题为《妈妈，我想回家》的报道让邓玉虹了解到"一毛"这名女弃婴的故事。

"一毛"被遗弃在南宁市沙井大道的桥底，当时她才几个月。

奄奄一息的"一毛"患先天性肠闭锁症，还有多种疾病，在医院做了3次手术，度过了生死攸关的124天。邓玉虹捐助其2万元，并多次到医院探视，直至孩子出院……

这个过程，《当代生活报》记者梁乾胜写有专文报道：

2013年3月28日，奄奄一息的"一毛"被遗弃在南宁市沙井大道，路人见状报了警，随后她被送到南宁市第二人民医院，在这里医治了12天。后来，因病情严重，她被转到了广西医科大学第一附属医院，一住就是112天。"一毛"被遗弃的事情经本报报道后引起社会关注。住院期间，"一毛"得到了很多爱心人士的关爱。而市民邓女士简直就是"一毛"的"爱心妈妈"。

邓女士今年41岁，在南宁做生意，自从看了本报4月2日第6版《妈妈，我想回家》的报道后，她就来到南宁市第二人民医院看望"一毛"，并捐出了2万元爱心款。

"能帮一点就帮一点，给婴儿温暖的关爱，这是应该的。"邓女士十分低调地说。

4月9日，"一毛"病情恶化，被转到了广西医科大学第一附属医院医治。从此，"一毛"的病情更让邓女士牵挂。她一面设法寻找"一毛"的亲生父母，一面请来护工全天24小时照顾"一毛"。记者算了算，单单请护工照顾"一毛"，邓女士就又花了2万多元。而"一毛"在广西医科大学第一附属医院住院期间，共做了2次手术，住了4次ICU（重症监护病房），住院的费用，邓女士也全包了。

亲人和朋友对邓女士说："这个弃婴跟你非亲非故，花这么多钱救她有必要吗？钱多了，不如给我们花！"

"这是一条生命，只要有希望就不能放弃，"对此，邓女士这样解释，"自己只要付出一点点就能改变别人的一生，为什么不做呢？"

124天，身患重病的女婴"一毛"经历了被遗弃的不幸遭遇和康复出院的幸福。7月29日上午，她被爱心人士邓女士抱着从广西医科大学第一附属医院的病房走出来。此时，阳光灿烂，小家伙对阳光充满了好奇，眼睛睁得大大的，看来看去。邓女士和一旁的爱心人士看着可爱的"一毛"，笑了……

文中所说的"爱心妈妈""邓女士"，即邓玉虹。当时她不同意梁记者以全名见报，她很低调。

"我很喜欢这个可爱极了的'一毛',124 天的 3 次手术和抢救,我多次到医院探望,和这孩子有了感情。"邓玉虹在我的采访中这样说,"她后来被送到南宁市福利院,我们曾去看望,但未能见到,也许是被好心人领养了。这真是使我深感遗憾的事!"

说到"一毛"的这个意外"结局",邓玉虹不禁长叹了一口气,眼睛有点湿润。

但她也有"意外收获":南宁市福利院提议她这位多年来给弱势群体慷慨资助捐赠的爱心妈妈,到明天学校给孤儿献爱心。

这样,邓玉虹就与明天学校结上了缘,也才有了对春华的感人救助。

8. 性本善

"人之初,性本善。"《三字经》所云,对极!

而邓玉虹的善,可谓"源远流长"。这可以追溯到 1992 年。当时共青团广西壮族自治区委员会举行"爱心献春蕾"的活动,号召爱心青年帮助一些因家庭贫困而无法上学的孩子。

当时她才 20 岁出头,从学校毕业两年,在广西壮族自治区人民医院当护士。

她参加医院共青团组织的"爱心献春蕾"活动,到隆安县都结乡普权村看望失学儿童。

她参加"一帮一",帮扶一个念小学一年级的女孩冯丽珍。

她去看小女孩的家。

她看出了四个字:贫病交加。

这是一间壮族干栏式吊脚楼。楼下养禽畜,但却空空荡荡;楼上住人,已年久失修。走在楼板上,嘎吱摇晃。没桌子,只有床铺,小女孩就趴在床上写作业。墙上贴满奖状,使陋室有了亮色,这也是小女孩的骄傲。父亲跛一足,病且弱,精神有障碍,说话咿呀有声却表述不清。母亲正患肝癌濒于危境……

看到这些,年轻护士美丽的双眼噙满泪水。如此的贫寒困窘,她这个城里姑娘从没见过。丽珍也一齐落了泪,无助地朝她身上靠。

临分手,她看到了丽珍满含渴盼的目光,而丽珍就读的小学校长则欲言又止,后来他终于说了:丽珍有个姐姐叫丽葵,念小学三年级,因为穷,面临辍学,希望邓玉虹也帮帮这个孩子……

邓玉虹听明白了。

这时,姐姐冯丽葵也从学校赶了回来,和妹妹一起,紧紧拉住邓玉虹的手,成为另一只求助的小鸟。邓玉虹搂住姐妹俩,心想:帮一个也是帮,帮两个也是帮,不能眼看着姐姐辍学,更不能让姐妹俩各奔一途。

她答应了下来。虽然她当时只是薪水不高的新护士。

9. 绵绵爱心

邓玉虹是真心在帮助两姐妹。她用心、用情,人到、心到。

她每学期给普权村小学的校长寄两姐妹的学费,从不间断。

她经常利用休息时间看望两姐妹。比如值完夜班,第二天白天她也不补睡,就从南宁坐班车到隆安县城,再乘"三马仔"或手扶拖拉机到都结乡,再坐牛车或步行,到普权村两姐妹家里。早上8点下夜班后出发,通常下午2点到达。她在孩子家喝她们天天喝的玉米糊,送去的是钱、面条和水果。

从小学到初中,从初中到高中。月月,年年,皆如此。数不清有多少个酷暑严冬,从不间断。

村里水源质量极差,村人因而多病。她每次皆背上药箱,备足药、针,治人无数。

只要心诚,石头也会开出美丽的花朵。

妹妹冯丽珍经邓玉虹推荐,进入广西壮族自治区人民医院附属卫生学校读书,并以优异的成绩毕业,现就职于广西医科大肿瘤医院。

姐姐冯丽葵考取广西民族大学小语种专业,并被保送至泰国读研,继而留泰当翻译。

每到年节,姐妹俩皆携男友来看邓玉虹,都亲切地叫她"邓妈妈"。

邓玉虹并没有忘记姐妹俩那间老旧的吊脚楼,她出资对吊脚楼做了全面翻新。姐妹俩年老的父亲得以入住新居,生活自是其乐陶陶。

两姐妹是先苦后甜,苦尽甘来。

采访时,说到姐妹俩的过往和如今,邓玉虹的脸上泛光,笑容如花绽放。她打开手机一一展示姐妹俩的生活照、学习照、演出照。这时,平素矜持的她竟眉飞色舞、滔滔不绝,我能感受得到她们之间那胜似母女的深厚真挚的感情。

这是一个皆大欢喜的大团圆结局。

10. 大爱如虹

再看《当代生活报》记者梁乾胜是怎样总结邓玉虹的爱心历程的。

从1992年至今,邓女士曾资助过5名贫困孩子,其中有白血病、肠闭锁的小孩,有肛门缺失的孤儿……

邓女士说:"看到这些变化,我十分高兴!想不到自己的一点点力量就可以改变别人的命运,感到自己的付出,很值得。"

邓女士还说："能帮就帮一点，让他们渡过难关。社会上需要帮助的人很多，能帮就帮，传递爱心，也是一种传统美德。"

这真是一种纯粹而朴素的利他主义！

确实，自从明天学校与邓玉虹结缘，孤儿孩子们就有福了。

除了慷慨地救助李春华，她对明天学校的"帮"，可以说是愿尽心力，乐此不疲。

关于邓玉虹对孩子们的付出，从明天学校的爱心大事记，可一目了然：

——2011年4月20日，广西兆邦置业集团有限公司董事长邓玉虹、副董事长何伟、常务副总经理林光，带领公司员工向明天学校捐爱心款1.1万元，购买155名孤儿的夏季校服和治疗用喷喉器。在捐赠仪式上，邓董说，关爱明天学校，关爱孤儿，她是义不容辞的，明天学校如有困难，校长可以随时找她！

——邓董看见"守敬楼"的男、女生宿舍窗户没有防护网，觉得很不安全，同时，校园的"感恩励志风雨长廊"和"厚德载物亭"没有盖顶遮挡，每当下雨天，廊内陈列的领导照片被日晒雨淋，小孩和家长休息时也会遭罪，她当场拍板：由她的公司出资（约15万元），更换28扇宿舍门，装上铝合金防盗网，在风雨长廊装上玻璃顶盖，并为学校购买一套孤儿心理档案软件。

——当邓董事长得知李春华患先天性肛门闭锁症，当即出资2.5万元并请医科大儿科杨体泉主任亲自为孩子做手术，并支付了来自横县照顾李春华的九婶的来回车费、人工费、伙食费、住宿费……

——连续多年春节，邓董都买年货送给每个孤儿和老师，并给155个孤儿（九年义务教育阶段的）每人100元红包过年。

——2016年中秋节，邓董购买约价值5万元的300多盒月饼和水果送到学校给每个孩子和老师。

2017年鸡年的春节，工作繁忙的邓玉虹心里总记挂着明天学校的老师和孩子们。对此，校长用微信为我提供素材，写得真实、具体、无虚饰，兹原文照录于斯：

2017年1月19日，春节临近，孤儿准备回老家了，学校没有钱买年货给孤儿和辛苦了一年的老师。正当我为此事犯愁时，邓董事长来电说："校长放假没有？"我说："明天就放了。"她问："校长，孤儿和老师有年货了吗？孤儿有路费回家吗？"我照实说："没有，我正为这事发愁呢。"她说："校长对不起，我实在太忙了，差点忘了这件大事！现在（我）马上布置（公司）办公室做安排。由于我这边较忙，我就捐赠5万元现金给学校，请通知您校工会主席刘润娥和财务与我（公司）的财务对接。祝老师和孩子们春节快乐！"后来，刘润娥主席用这笔善款给157名孤儿和156名教职员工（含退休老师）购买了年货，同时发给157名孤儿每人100元红包，老师和孤儿学生皆大欢喜，高高兴兴回家过年！这就是一心牵挂明天学校老师和孤儿的、大爱如虹的邓玉虹董事长——孩子们的好妈妈！

11. 有你真好

2016年11月23日，周三，我第二次采访邓玉虹，在学校301学生宿舍。

下午3时，她准时而至，依然是高雅的气质，谦逊的笑容。

我问她："为什么二十年来对弱者愿意付出这么多的爱？为什么爱明天学校和孤儿孩子们？……"

"这，没什么。"她轻轻打断了我的若干个"为什么"，"我主要是想让孤儿有个阳光心态，过得更好，过好每一天，有一个美好的明天。"

她又说："您多写写校长、老师和孩子们就好！"

多质朴的话，多丰富的内涵，赛过万语千言。

是的，诚如校长所说："这就是一心牵挂明天学校老师和孤儿的、大爱如虹的邓玉虹董事长——孩子们的好妈妈！"

是的，玉虹妈妈，有你真好！

二、张明董事长与明天学校的不了情

1. 关键词

覃锋校长建议我多花一些时间采访张明。

覃锋担任明天学校的校长长达十七年，他阅人无数，阅爱心人士无数，他对张明的评价，无疑是准确的、很有分量的。

所以，我决意结识和"探寻"这位名副其实的爱心企业家。

我记住了校长评价张明的这几个关键词："为孤儿""实实在在""做实事""献爱心"。

2. 来龙去脉

张明是广西桂龙新能源发展有限公司董事长，他的房地产业在八桂大地颇有名气。

2011 年 10 月 15 日，张明头一回踏入南宁市明天学校。这位生意做得风生水起、踌躇满志、精明强干的中年企业家，原先以为孤儿学校肯定是乱糟糟的，肯定是有许多无羁无绊的孩子"野马"般地到处乱窜，就算没那么差，也好不到哪里去。

结果与他的预想大相径庭，甚至完全相反。

这里的一切，与普通学校别无二致。

孩子们见到他，一概自发地彬彬有礼地对他说"张叔叔好"，叫得他心里甜滋滋的。而且，孩子们全都懂事、文明、礼貌、阳光、健康活泼、笑容灿烂。这使他大感意外。

他还看到"中海楼"——这幢五层的教学楼是香港中海公司十多年前捐赠 220 万元兴建的。还有"守敬楼"——这幢四层孤儿宿舍楼，是爱心房地产老总翁守敬出资 65 万元盖起来的。

他参观了荣誉室，听校长讲述了明天学校从无到有、从弱到盛的艰难历程里的酸甜苦辣。

短短一个多小时的所见所闻，使这位古道热肠、乐善好施的铁血汉子，心里生出许多感动。

他觉得：这所学校的校长和老师，真了不起。

他感觉：这所学校的孤儿学生，真幸福，要比当年的自己幸福好多。

他就想：要为这所学校和学校的孩子们做点什么、奉献点什么。

这年，张明 46 岁。

3. "我也是孤儿"

是的，明天学校的孩子，要比当年的张明幸福得多了。

张明说："我也是孤儿，起码是半个孤儿。"

他在回忆。有几个虽然时间久远但是印象深刻的镜头——闪过。

镜头一：1968 年炎夏的一个夜晚。他"死"了！此时他 3 岁。一场大病——阿米巴痢疾，使他没完没了地上吐下泻了几十天。家贫，揭不开锅，没钱治。原先活蹦乱跳的他，不停地拉，拉得脱水，拉得骨瘦如柴，拉得头发掉得一根不剩，后来干脆就"绝了气"。他家一共八兄妹——上有两个哥哥和五个姐姐，他排行最小。爸妈和兄姐们擦了泪，一张草席卷了他，让叔叔扛到后山掩埋。也许是他命不该绝，也许是他命硬：叔叔挖罢坑，歇在坑边吸烟，吞云吐雾，烟雾一呛，小张明先是微咳，继而竟动了……叔叔照样用草席卷他回了家。就这样，一口浓烟，奇迹般地使他捡回了一条命。

镜头二：张明长到了6岁，健康聪颖，人见人爱。但这年父亲病逝了。村里老人就说：这孩子命硬。这个"硬"，表现有二，一是"死而复生"，二是他是"克"父命。而母亲不信这个邪，辛苦劳作之余，替人接生，有钱也接，无钱也接，硬是靠一己之力将八个儿女拉扯大！母亲的宽以待人、行善积德赢得了族人的敬重，更影响了张明的一生。

4. 与"明天"结缘

这天下午3点30分，在明天学校阶梯教室，张明和另一位爱心企业家——中盛天宏集团董事长周义杰，为出生于10月份的45名孤儿过集体生日。

学校中层以上领导、优秀教师、优秀学生、生活老师和全体孤儿学生，都来了。

这两位爱心企业家特意设立奖学金并亲自颁发了奖学金，出资为45名过生日的孤儿买蛋糕、发放生日礼物、置办生日宴。

张明致辞，他讲了动情而感人的话。

他说："其实我也是半个孤儿，我也是苦过来的，我能有今天，就是靠拼搏。人要不懈努力，要奋发图强。我相信并且坚信：我行，你们也一样行！"

接着，他讲述了客家人的历史和特质。

他还说："（先人）从明清之际形成并绵延至今的生生不息的'诚信、敏锐、勤劳'和'从商不忘回报社会'的优良理念和传统，我是不会忘记并会身体力行地传承下去的。"

他的真诚，他的博学，他的热情，赢得了如潮掌声。

接着，他的话锋一转，就说到了他的本意上。

他郑重而认真地宣布了三个决定：

以后每个月，他都要亲自参加当月过生日的孩子的庆生活动并发放礼品；每年划拨10万元，设立"张明奖学金"；他要资助10个孤儿学生（后来增至11名），直至他们完成大学学业。

张明这三个彰显大爱的善举，使全体师生深受感动。他像父亲一般，掏出一颗心来关爱孤儿，用自己的真诚和善良全力支持明天学校。

学生的生日晚宴上，校长由衷地感谢他。他谦逊道："这点小钱，不算什么。

主要是给孩子们心灵的提升，激励他们学好本领，立下志向，学会做人。而以后和他们吃生日饭是给予他们亲情和温暖，使他们得到精神动力和鼓励。"

5. 一言九鼎

张明是个从不食言、一言九鼎的人。

说过的话，承诺过的事，他会清楚地记得，并且一定守信。

从 2011 年起，他每年捐给明天学校 10 万元，奖励师生中的先进分子，扶掖后进。

且举一例。

我看到了一份 2012 年 8 月 20 日由明天学校孤儿管理处做出的关于广西桂龙新能源发展有限公司董事长张明为明天学校设立奖学金的分配方案。

关于对学生的奖励，分四等：

对于考上重点高中的孤儿孩子，每人奖励 3000 元；

对于考上示范性高中的孤儿孩子，每人奖励 2000 元；

对于考上普通高中的孤儿孩子，每人奖励 1000 元；

一至六年级在班级里期末考试排名前 10 名的孤儿孩子，每人奖励 500 元。

关于对教师的奖励，分二等：

荣获南宁市优秀教师、教育工作者等，每人奖励 1000 元；

荣获城区优秀教师、教育工作者等，每人奖励 500 元。

继而，我拿到了一份"张明奖学金"的奖励方案明细。

这个方案非常具体，落实到个人，奖励面之广、奖励人员之多，前所未有，极大地调动了校内师生和校外爱心人士的积极性。

我饶有兴趣地粗略分类统计了一下：

作为"学习优秀奖"：小学，奖励 40 人；初中，奖励 73 人；高中，奖励 10 人；大学，奖励 9 人。

学生优秀品质奖，奖励 40 人。

优秀地段生，奖励 51 人。

优秀教职员工、优秀班主任，奖励 51 人。

优秀校外辅导员，奖励 7 人。

以上共奖励 281 人，奖金总额 100600 元。

颁奖会上，张明董事长发表了热情洋溢、激励人心的讲话。

他说："为激励孤儿孩子勤奋学习、努力进取，在学习和生活中不断进步，自我发展、自我激励，从小懂得只有好好读书，才能更好地回报社会。同时，奖励为了教育好孩子而付出辛勤汗水的老师们，激励他们继续抓教学，抓孩子们的教育管理。我愿意拿出这点钱来略表心意。虽冠名是'张明奖学金'，但其实是代表了社会对你们的肯定和爱意，这份荣誉归于你们！我只希望这微薄的心意能起到助推作用，使得明天学校和孩子们的明天更美好！"

掌声非常热烈，经久不息。

他说得动了真情，意犹未尽。

他接下来讲了一个已经过去的、似与明天学校无关但却有着有机联系的故事：

张明高中毕业于家乡博白县龙潭中学。此校名气不小：出过将军，出过广州军区司令，大使，司法部长，司长，是在全县排名第二的高中，仅次于博白县中学。他与龙潭镇籍的著名爱心企业家合资办了个"邕江奖学金"，每年的 9 月 10 日，高考公榜之后，他们都要回到母校龙潭中学颁奖。举凡考上国家级重点大学的，重奖 5000 元；考上一本的，奖 3000 元；对原来学习成绩较差但期末有进步的，发"进步奖"——100 元、500 元、1000 元不等。首办那年，老校友中的部长、司令员都被请回了母校。考上重点大学的学生家长佩戴红花，上台讲话，风光、光荣至极！对学生激励、鼓励作用极大。掌声不断，热闹非凡！他还亲自布置学生们回去写一篇作文谈感想、感受和理想……此举在龙潭、在博白，乃至在整个玉林市，引起了轰动效应。

哦，张明的话我们听明白了！

明白些什么呢？

其一是：张明的崇文重教、扶贫助学，由来久矣。

其二是：现在他在明天学校设立的"张明奖学金"和彼时在龙潭中学设立的"邕江奖学金"，是一脉相承的。

而现如今，张明在明天学校的两个善举——为孤儿过生日、"张明奖学金"——亦引发了轰动效应。

孩子们纷纷自发地给张叔叔写感恩信。

正在念初三的梁乃港写：

接过"张明奖学金"二等奖，我的心情是说不出的激动！100 元的奖学金，在富人眼里，或许会嗤之以鼻，但在我们眼里，犹如一笔巨大的财富。我捧着这不多但却沉甸甸的奖学金，看着台下老师期盼的眼神，不禁暗下决心：一定不辜负张叔叔和所有爱我们的人的期望！

李春华这样写：

我在家里从没过过生日，因为我根本不知道我的爸妈是谁。我是个弃婴，我才六个月大，就被遗弃了。张叔叔来学校为我们四、五月份出生的孩子过生日，就像是我们的再生父母，因为只有亲父母才会这样想着我们，才会为我们过上一个美好的生日。

蓝利华道出心里话：

张叔叔奖励我们的钱，来之不易，是叔叔用自己的双手辛苦挣来的啊！这些钱很珍贵，要用到有价值的地方，不能乱花。我要争取下一次还能得到张叔叔的奖学金。

黄雨佳深情地表达她对张叔叔的感激：

张叔叔，您的微笑像和煦的阳光温暖着我们，您的话语像绵绵春雨滋润着我们。您帮我们过生日，使我们感受到了亲情和温暖，知道了什么是父爱。我要好好学习，做一个像您一样对社会有用的人！

当时11岁、来自马山县山区、正念小学六年级的甘海丽诉说心中感受：

每次您来为我们过生日的时候，都会有大大的蛋糕，还有生日礼物、零花钱。晚上还陪我们吃生日饭，还给我们每个孩子都夹菜。有些菜我连见都没见过，也没吃过。叔叔，正因为有像您这样有爱心的人才有我们明天学校，才有我们像小鸟一样自由地、快乐地、幸福地长大的孩子们。

才十岁、正在念小学四年级的廖珍珍用儿童的眼光和笔触，写得真切：

敬爱的张叔叔，我是您上学期陪我们45名孤儿孩子过生日中的一个……是您，让我们在美丽的校园里快乐成长。使我们没有苦，都是甜。当我哭泣时，您就走过来安慰我。您多么好啊，张叔叔！您对我们微笑，我就露出笑脸。您陪着我过生日，我是多么高兴！您就像是我的爸爸在和我过生日一样。张叔叔，我好久没见您了，我是多么想您啊！当您叫我们上来切蛋糕时，您的手握着我的手，您的手是多么温暖啊！……

冯春桂写的是诗一般的话，是她心中的歌：

……如果我是诗人，我将用优美的话语来表达我内心的感激；如果我是歌手，我将用动听的音乐来感谢您的真诚帮助；如果我是画家，我将用七种颜色把这一刻定格在画纸上，定格在人们心中。校长告诉我们，张叔叔您帮助我们并不是怜悯我们，而是希望我们能成才，把爱心的火炬传递下去。所以，我只能用最好的成绩报答您，将来报答社会和国家……

6. 10万元新婚礼金

2013年，张明承诺每年资助明天学校10万元，是以一种特殊的极具喜庆色彩的方式兑现的。

当时，张明的大儿子张冠锋于2013年3月23日与新娘梁娜喜结连理。这对新人将他们在婚礼上得到的 10 万元礼金，当众捐赠给了明天学校作为孤儿孩子的奖学金。

场景很是温馨感人！《广西日报》和《南宁晚报》当天皆有醒目的版面报道。

《广西日报》头版，记者农如松、林涌泉发了配文照片：

> 3 月 23 日晚，一场特别的婚礼在南宁国际会展中心朱槿厅举行。新婚典礼上，一对新人张冠锋、梁娜当场宣布：要把当日亲朋好友送来的礼金 10 万元作为资助南宁市明天学校的孤儿的奖学金捐给明天学校。现场的亲朋好友夸赞说："新婚礼金华丽变身为爱心奖学金。"当晚，南宁市明天学校校长覃锋携 11 名孤儿同学登场，孩子们把自己亲手制作的小礼物献给新人，祝福他们共同的"哥哥嫂嫂"永结同心，恩爱一生，并以手语舞蹈《感恩的心》表达了孤儿同学们的一片感激之情，场面非常感人。

而《南宁晚报》记者凌剑伊在当天报纸的第 4 版发表了题为《"80 后"办"慈善婚礼"捐 10 万礼金——善款捐给南宁市明天学校的孤儿做奖学金》的报道，内容翔实。全文照录于斯：

> 爱心做伴，慈善为媒，让慈善公益见证爱情。3 月 23 日，南宁市一场特殊的婚礼引起了众多市民的关注：一对"80 后"的新人将 10 万元左右的婚礼礼金全部捐出，作为激励南宁市明天学校的孤儿努力学习的奖学金。

> 晚上 7 时许，婚礼正式开始。一对新人在伴郎、伴娘的簇拥下隆重登场。新郎张冠锋今年 28 岁，新娘梁娜 26 岁，两人从小在南宁长大，家庭条件都不错。张冠锋自小勤奋，大学毕业后选择了自己创业，目前已经拥有自己的公司。

> 婚礼一开场，张冠锋和梁娜就宣布了一个决定：他们将把当天婚礼所收到的礼金全部捐给南宁市明天学校，作为学生的奖学金，鼓励孩子们认真读书，早日成才。他们预计礼金会有 10 万元左右，不过因为婚礼刚开始还没来得及清点，所以他们打算，如果礼金超过 10 万元就全部捐出去，如果不足 10 万元，就自己掏腰包凑够 10 万元。

> 南宁市明天学校校长覃锋带着 11 名孤儿同学到场，孩子们亲手制作了精美的小礼物献给共同的"哥哥嫂嫂"，祝福他们永结同心，恩爱一生。

> 为什么这对新人选择将婚礼礼金全部捐给一所孤儿学校？原来，他们是受了长辈的影响。张冠锋的父亲张明是一位富有爱心的民营企业家，一直热心慈善公益事业。作为南宁市明天学校孤儿的"爱心爸爸"，他从 2011 年开始，每年都要拿出 10 万元资助明天学校的学生，同时还资助了 11 名孤儿学生，给他们学习和生活上的关怀。"每逢'弟弟妹妹'过生日，爸爸不管多

忙，都会带上我们到学校去给他们过生日，鼓励他们好好学习。"张冠锋说。

张冠锋和梁娜去年经朋友介绍认识，并于今年1月4日领取结婚证。得知明天学校的不少学生因为贫困上不起大学时，两个人商量决定，将婚礼的所有礼金都捐给明天学校的孤儿学生。张冠锋说："虽然可能会有人认为我们是作秀，但我们只是想通过这样的方式，唤起大家的爱心和责任感。"

前来参加婚礼的张先生说："我觉得这样做挺好，这些礼金不仅是新人的祝福，也奉献了爱心，很有意义！"

"当我知道他们想要办这样一场婚礼的时候，心里特别高兴，年轻人能够把自己的婚礼和慈善事业联系到一起，很难得！"提到这对新人的善举，新娘梁娜的父亲——文艺家梁文华先生表示支持，"希望他们能够把这种慈善一直坚持下去！"

通过长子这个"慈善婚礼"传承爱心，张明的用意不言自明。帅气英俊的张冠锋会接过并高擎父亲传递的爱心火炬，继续前行。

7. 毋忘初衷

我，作为曾经的《广西日报》记者和曾经的专业作家，几十年来我接触过许许多多的生意人、企业家，像张明这样诚心诚意为孤儿的现在与未来着想的，不能说是唯一，起码可以肯定地说：少有。

是的，少有！

我有幸认识和采访到了一个品格高尚的人。

我觉得，张明是一个真正具有"仁人爱人之心"的人。他乐善好施，一味地"施"而不思回报，为了弱者，他甘愿奉献和付出。

他有着与生俱来的悲悯情怀和乐善好施之心。

是的，是这样的！

三、怎么也不能放弃她

（张明与孤儿学生张九秀）

1. 寻访之旅

这天——2016 年 8 月 14 日，星期天，我们前往博白县龙潭镇田面村雷中山屯。

为了明天学校的一个孤儿学生：张九秀。

我后来将此行叫作"寻访张九秀之旅"。可以说，这一天充满戏剧性，有悬念，有故事，甚至有"爱恨情仇"。

张明亲自驾车，9 时从南宁出发，往返 800 多公里，早出晚归。

前面说的"我们"，是 5 个人：张明开车，我坐副驾驶座，后排坐着 3 个人——校长、张九秀、覃阿姨（乃是张明雇请的保姆，九秀在明天学校逢节假日放假了，就到覃阿姨家里，由她照料日常饮食起居）。

2. 如此身世

今天的"主角"是张九秀。

酷暑蒸人。张明边驾车边说这孩子的故事，如数家珍。很快，九秀的过往在我脑里明晰并且定了格。

九秀 12 岁（2016 年），与张明同村。由于与张明同辈分，她应该叫他"堂哥"。而张明则将她视作亲生女儿。

九秀的生父张达成，因为贫穷，到 50 多岁才讨妻生了九秀，而妻子却是个神志不清的可怜女人。

九秀 7 岁那年，父亲病故，母亲出走至今不知所终。

九秀的父亲有一兄一弟：弟亦病殁，兄仍健在——九秀自然就叫他大伯。大伯就成了九秀的监护人。

日上三竿。正午时分，我们在途经的小镇用中餐。

我发现九秀一路上 3 个小时几乎没说过一句话。

我观察她：小圆脸，短发，低额，有点木然，一双不大的眼睛不停地闪烁着，显得愁中带怯。

校长也看出了这孩子的愁和怯。

张明边吃边说，解开了我们心中的疑团。

张明致富不忘乡亲、不忘济贫。那个田面村，很大，有 2000 多人。张明每年春节皆看望慰问全村 80 岁以上的高寿老人——全村共有 50 多位。他皆送以米、面、果、油、猪肉、几百元红包。这事，全村外出经商先富起来的人当中，就他一个人在做。他谓之"看望孤寡老人活动"，已经做五六年了。有的老人着实可怜凄凉，儿孙居高楼大院别墅而置老人于又脏又臭的破旧老屋，少人管少人顾……他训之斥之：有钱了，连父亲、爷爷都不孝顺，算个啥?! 敬老得福，敬禾得谷，不能忘，也不应忘！比他年长的，他照样训，毫不客气，不管他们悦与不悦。

这样就说到了发现九秀的细节。2013 年春节慰问老人，张明见到了 80 多岁的九秀的伯父。那年九秀 9 岁，伯父已养了她四五年。张明看这孩子可怜，一个人孤零零地蹲在屋角，一问才知是大伯之侄女，9 岁了竟未读书，大字不识一个，智商低、学习差，家境穷。

张明闻之，着了急，顿生怜悯之心，毅然决然，当机立断，与覃锋校长商量，办妥了一应手续，是年让九秀入读了明天学校。

从 2013 年九秀入学，到 2016 年 8 月我们一行开启"寻访张九秀之旅"，已是时过三年，九秀早已适应明天学校无忧无虑的生活。

而今天，是校长亲自陪同、我这个老头子亲自上阵、她的"堂哥"张明亲自驾车，载着她回老家，她就满腹狐疑、忧心忡忡，误以为要将她送回田面村交还大伯抚养。

"她（九秀）今天心情不爽！"张明一针见血地道出原委，笑说，"她成绩不好，以为学校不要她了，以为今天校长是'遣送'她回老家的呢……"

说得我们都忍俊不禁。

我回过头看坐在车后座的九秀。她没笑，一脸木然，眼神依然是隐隐的愁中带怯。或许她压根就没听明白我们在笑些什么。

3. "闹剧"与"喜剧"

中午 2 时，我们进村。

一个 2000 多人的田面村雷中山屯，此刻静悄悄。年轻人都外出闯世界去了，所见多是中老年人。

我们径奔张九秀的监护人大伯家——平房，破旧而开裂的泥坯墙体，年久失修，大约有六七个小间。

大伯着短裤，赤裸上身，皮肤呈黑褐色，苍老如老树皮，短发如雪，坐在矮木凳上编织竹篮。他黑沉着脸，一言不发，面带怒容。

高大体壮的伯母站在屋前，显得比大伯年轻许多。见到我们一行五人，她如见救星，很突然放声大哭起来。

试想想，两位老人一怒一哭，对我们一行稀客皆无热面孔。这里面肯定有"戏"，绝对有"戏"。

而张明——作为亲自送其侄女张九秀到明天学校读书并抚养培育她的好心人，今天专程携张九秀回村探望，并且还带来了贵客——校长和作家，现在却遭此冷遇，真是大出意外。我看张明面露不悦之色。

场面一度十分尴尬。

张明用客家话与大伯、大婶沟通、交流。

他们沟通毕，张明为我和校长将他们的对话"翻译"成普通话。

真相遂大白。其实是一场大误会。

让我们立即还原这个其实并不复杂的、是人为原因使之变得复杂的故事：

84 岁高龄的大伯名叫张达林，从来就没富过，到 58 岁依然是孑然一身。是年好不容易成了家：妻叫黄氏，越南人，嫁来时带有一子——未久其返家，病殁。黄氏因为穷，再也未离开过田面村半步，其左脚微瘸。两人育有一女一子：女儿24 岁，在外头打工；儿子聪颖，从博白高中毕业后考上大学，现就读于柳州工学院（现为广西科技大学）。

而张九秀乃是大伯之大弟病逝后遗下的"独苗"，理所当然地就随了大伯。大伯待她倒也不薄。

张明在 2013 年送九秀到南宁市明天学校就读。之后，一连两年（2014 年和 2015年）的春节，张明皆带着九秀从南宁回村慰问八旬老人。大伯也就见着了这侄女，相安无事。但 2016 年春节，张明没带九秀回村，大伯没能见到九秀，就生了疑。

疑些什么呢？

大伯疑张明私下里与伯母黄氏勾结，瞒着他将九秀卖掉了。

而且，他对自己这个结论，是百分之百的深信不疑。

为何九秀在南宁的头两年，张明还带其回村，而到了第三年却没了踪影？

正好比是疑人偷斧——愈想就愈像，愈想就愈逼真。大伯脑里就定了格，认定张明和黄氏都是恶人，都是合谋骗了他、将九秀卖与他人的坏人。

此念一旦形成，就如影随形，怎么也挥之不去。

而且，怒从心生，转化为了强烈的报复行动，就在我们到来的几天前，大伯竟以拳脚、棍棒，将老伴黄氏狠揍了一顿。

自是骂声震天，哭声亦震天，惊动了乡亲四邻。

张明向我们"翻译"至此，能够听得懂普通话的黄氏，从我们的眼神中看出了同情和怜悯，当即放声号哭起来。黄氏边哭，边瘸着脚走到我们跟前，挽起衣袖、裤脚，展示大伯实施家暴的劣行。我们看到了她左臂上触目惊心的一片片青紫、红肿和血痕，右脚踝肿得老高，贴了五片创可贴，依然有鲜血渗出。

宽慰黄氏之后，蒙冤的张明强抑恼怒，搬了张小板凳与大伯并肩而坐，耐心地做着工作。他对大伯说："明天学校是广西第一所孤儿学校，是党和国家办的，正规的，九年一贯制的，要入读非常不容易，入读了就等于是掉进了蜜糖缸，从小学一直到大学的衣食、学习都无忧，你万万不可身在福中不知福啊！"

校长覃锋则拿出明天学校的宣传册，翻开手机微信里的一张张照片。但见美丽的校园、教室、宿舍，学生们幸福地读书，孤儿学生们灿烂的笑脸，其中也有九秀阳光般的笑脸……

老人似乎有点释怀，紧绷的神情松懈了下来。

校长招呼九秀抱一抱大伯。九秀虽仍有点怯，但还是勉强地听从了，她轻轻地抱了抱老人，轻轻地挨着大伯坐了下来。

后来得知，九秀之所以一路上都愁眉不展，是因为担心此行是要将她交还大伯抚养，她舍不得已经使她深感幸福和快乐的明天学校。校长和张明皆向她保证，一定带她回到明天学校，她才开心地绽露笑靥。

至此，老人原先冷峻的脸庞，渐现笑意。

这时，大伯的邻居、一个敦实的中年农民从地里回来，闻悉了大伯错怪好人的事，颇替张明打抱不平，遂责怪大伯道："你真是老糊涂了！张明每年都从南宁专程回村慰问几十个80岁老人，要花好几万块钱买礼物、送红包。你也是慰问对象。往返一趟光汽车油费少说也得好几百元。他还给村里铺路、修桥、建祖屋……为什么要卖你侄女？你不想想，他缺钱吗？他就这么没人性吗？他的心有这么歹毒吗？……"

邻居一番公道话，说得老人低下了头。

良久无语。

大婶啜泣了一会儿，亦止了哭。

稍停，大伯站了起来，向张明欠了欠身，算是鞠躬认了错："我……我误解了你的一片好心，对不起！"言毕，又对校长道了谢，再对黄氏致歉，保证以后不会再动拳脚。

此时九秀走过来，一左一右拉着两位老人的手。我们就站成一排，同来的覃阿姨不失时机地帮忙照了张"全家福"。

照片上，大伯、大婶、九秀，都笑得甜，张明、校长和我，也都满面春风。

临分手，步履已显蹒跚的大伯由黄氏搀扶着，将我们送到了村口。他让邻居汉子扛了一只他自种的几十斤重的木菠萝，执意要送给张明。

这个因误会而生的"闹剧"，遂以"喜剧"落幕。

4. 爱乡怀家

返程的路上。

由于解除了大误会，消解了心结，张明心情大好。我们亦受到了张明爱乡怀家的正能量的感染。

满车洋溢着喜乐气氛！

张明说了许多他爱乡怀家的故事。

除了捐资为母校龙潭中学设立"邕江奖学金"之外，他还有很多热爱家乡的善举。

诸如：

他捐资 100 万，建设了龙潭镇的"天网工程"（取意于"天网恢恢，疏而不漏"）：买汽车、购监控摄像头等，使家乡治安大为改善，为龙潭镇的维稳工作做出巨大贡献；

2003 年，张明慨然出资 160 多万，建起了龙潭镇四层半、3000 多平方米的政府办公大楼；

2002 年，张明带头集资十几万元，将龙潭中学至镇政府的原先几百米的烂水泥路，改造成为名副其实的水泥路，命名为"龙中路"；

还有"先明工程"：他牵头筹资数万元将"龙中路"所有路灯全部更新。

他致富不忘家乡。不论身在何处，今在何方，他记住乡愁。他的乡愁是一朵美丽的云，是一片深深的情，是他永远的眷恋。

车子即将驶入南宁市区。我回头看坐在车后座的九秀。经过一整天的颠簸，她竟全无倦意，而且显得异常兴奋。我忽然想起张明、校长和老师都说过她"智商甚低"，我就有意识地简单测试一下她的智力。

我问："九秀，二加二等于多少？"

她不作答，一脸茫然。

我不甘心，分别伸出左手和右手的食指和中指："这个二，加那个二，等于多少？"

她不出声地数了一遍，稍停，不敢肯定地轻声答道："等于三……"

大家集体沉默——不消说，这是陷入了对这孩子的深深的忧虑。

正在专注驾车的张明长叹了一声，摇头道："早就听说了这孩子脑子不灵光，但没想到到这个田地！唉，有什么办法。总不能放弃她啊，帮人总要帮到底啊！只是，（明天学校的）校长和老师们就得多辛苦一些啰！"

这时，他通过车内的后视镜，略带歉意地看了看校长。

5. 九秀的新生活

那么，似张九秀这种情况特殊的孩子，来到明天学校之后，会是怎么样的呢？

她能融入集体吗？

她开心快乐吗？

老师、同学对她的印象怎样？

尤其是她的学习能跟得上吗？

每天都与孩子们直接接触的生活老师当然最有发言权。

应我的要求，生活老师之一的卢雪清老师，详细地描述了张九秀在校的表现。照录于斯：

张九秀平时在学校的生活、学习都比较吃力，很难跟得上其他同学，生活自理能力很差，东西丢三落四，和同学爱计较一些小事情，学习基础很差，作业不会写。杨思琦跟她同一个年级的，我叫她帮助九秀。（九秀）哪些题目不会写的就问杨思琦，但她学习不努力，很难教。其他同学放学回来都是先写作业，而她就不写，在位置上坐不住，喜欢东弄西弄其他事情，到睡觉时间了作业还是写不完。其他同学睡觉了，她自己一人就在一边写作业。宿舍同学对她很有意见，都不喜欢懒惰的她。而她本身有濑尿（方言，尿床）的情况。每次一到中午、晚上睡觉前，她什么都不想，各种零食、牛奶、水全拿来吃喝，一觉醒来（被子、毛毯、席子）一摊尿。晚上也不敢起来上厕所，自己洗的毛毯晒干后没过几天又开始濑尿了。看到这个情况我就去找九秀谈，问她："你濑尿后睡在自己床上时感觉臭吗？"她回答说："臭啊！"我就跟她说："你在睡觉前坚持不要再吃零食、不要再喝牛奶和水，如果很想吃，起床后再吃也行，这样就不会老是濑尿了。"有时半夜怕她会濑尿，值晚班的我就去到她宿舍叫她起来上厕所再让她继续睡觉。每次一到值班的时候她总喜欢跑过来说"老师我的书包坏了能不能去仓库领一个""老师我的水杯不见了，能不能领一个"……平时在学校时我有看到她把书包直接丢在地上，然后跑去做其他事情，或是跑去仓库看看有什么东西可以领，我就拉她过来跟她说："九秀你一个学期换了两个书包了，如果每个同学都像你一样不爱护东西，一坏就换，哪里有那么多生活日用品给你换啊？这样给你领新书包回到宿舍，其他同学看到也会眼红，或是学你这样。你这种不好的做法要慢慢改掉。"九秀听到我这番话后就应了一声："嗯，老师我知道了！"

有一次九秀发高烧，喉咙发炎了，我带她去安吉卫生院给曾医生看病，在量体温的时候，医生问九秀："今年多少岁了？"她竟回答："20 岁了。"医生吓了一大跳："没有吧？"旁边还有几个量体温的小孩家长，全都大笑起来。我就说："她不记得，是开玩笑的，应该是 11 岁。"从那个时候我就知道：她生理、心理发育不健全，记性自然就差，以后要多关心九秀。她堂哥给我打电话也说到，她有时会这样乱说话，而且她妈妈就有精神病症状，也许会遗传。从那以后我就格外关爱她。她有牛奶就会给我喝，我问她为什么给我喝，她说："因为卢老师有宝宝（卢雪清老师那时已怀孕），同学说要关心卢老师。"我觉得很感动。

6. 邂逅九秀

2016 年 10 月的一晚，我从明天学校饭堂用餐罢，走回 301 宿舍。彼时，我住在这里深入生活已有 5 个多月了。

在小广场上，我见到了张九秀。她正与住校的同学嬉戏玩乐。

她已经比两个月前白了，胖了，也开朗了，远远的就高兴地叫我："何伯伯好！"又邀我打羽毛球，我便挥拍与她将那只羽毛脱落似秃毛小鸡的破球击来打去。破球因重心不稳，在空中划出歪歪扭扭、飘忽不定的弧线，极难被球拍捕捉到。她就拄拍咯咯咯大笑，甚至笑得躬腰捂腹，跌坐在地上。

趁她高兴，我又考考她的数学。

"九秀，4 加 5，等于多少？"我同时伸出左右手，让她数 4 只和 5 只手指。

她盯视着我伸出的 9 只手指，自左至右喃喃数了一遍，稍停，复再反方向重新数了一遍，才迟疑不决地轻轻回答："等于，等于 7……"

我记起来，她的数学老师和生活老师们说她数学常考零分，最多时也就考得 10 多分。

不消说，她的数字概念甚成问题。

但她文科不赖。分管孤儿教育的副校长韦翠良对我说过：九秀数学差，但语文还行，口头表达能力较强，偶与同学斗嘴，总是胜多输少，而且还能背诵《三字经》。

我就考她："九秀你给何伯伯背诵《三字经》好不好？"

此时她已放下球拍，跟同学玩跳绳。两同学甩绳，她在中间跳得欢，一边唱着跳绳歌，一边变换着各种姿势和方向，节奏感挺强。

"好的!"她爽快地应答,边跳边背起来,"人之初,性本善。性相近,习相远。苟不教,性乃迁。教之道,贵以专……"

她背得挺溜,中间没卡过壳。

"棒极了! 再背《弟子规》。"

我鼓起掌来,孤儿孩子们齐声叫好。她显然受到鼓舞,走到我身旁认真地背起来。

"父母呼,应勿缓;父母命,行勿懒;父母教,须敬听;父母责,须顺承……朝起早,夜眠迟……"

我轻轻摩挲她那浓密的黑发,向她报以赞许、肯定的目光。此时她像一只小绵羊,依偎着我,定定地,眨巴着双眼,仿佛很满足,很享受这个被长辈赞赏的幸福时刻。

斜阳夕照投射过来,在一抹金黄色余晖的映衬下,她红扑扑、汗津津的脸蛋像一只秋天的红苹果。

我问九秀:"校长、老师对你好吗?"

"好,好,他们对我可好啦!"她频频点头。

"张明叔叔呢?"

"当然好啦!"她把"当然"的音量提高了八度。说毕,飞快地跑回自己的宿舍,旋又飞快地跑了回来说:"看,看! 这些都是张明叔送我的,过年过节都送的!"

我看到了好几本崭新的硬壳笔记本,都写着"祝九秀好好学习天天向上",都有张明的亲笔签名。不等我问她下一个问题,她又一溜烟跑向她的小伙伴了。

在旁的生活老师笑吟吟道:"张董事长可关心她啦,每到年节来明天学校,总送她礼包、水果、蛋糕,还有红包——红包就由我们帮她保管,她需要用时随时可以领取。"

蓦地,我脑里闪过张明在两个月前回家乡的车子上说过的话:"唉,总不能放弃她啊!"

是的,对的! 倘若放弃了这样不幸的孩子,或许无异于放弃了爱。

他们有被爱和成长的权利。

此时,张明的另一句话亦跃出我的脑海:"只是,校长和老师们就得多辛苦一些啰!"

我就想,辛苦自是难免或亦应该。只要值!

那边,频频传来九秀和其他孩子的阵阵欢声笑语。

正是"少年不知愁滋味",能够无忧无虑,真好!

四、成功只钟情不停步者

（张明与冯春桂的故事）

1. 优秀的女孩

在张明资助的 11 个"明天孩子"中，有几位是学习尖子。

冯春桂不是唯一，但她肯定是其中之一。

2016 年 8 月 14 日星期天，张明在接受我采访时，向我细数了他的几个"得意门生"——有刚刚考上大学的卢仕诚和欧春玲，再有就是这个正在南宁二中念高三的冯春桂。

冯春桂是南宁市良庆区那马镇一致村百派坡人，壮族，中考以优秀的成绩考上重点中学——南宁二中。数学、英语、物理、政史，都是 A＋；语文、化学，A。总分 A＋。

"这孩子成绩好、懂事、争气、聪明。我多次打电话问她：'有什么困难？需要钱吗？'她总是答：'NO！谢谢张叔叔！我有奖学金。'"这是张明对冯春桂的评语和基本定位。

一言以蔽之，这孩子在张明心目中：优秀！

我记住了他说的这几个关键词：成绩好、懂事、争气、聪明。

2. 聪明的女孩

约了好多次，邓绍创老师终于替我约到了冯春桂。她已是高三，又是重点中学南宁二中的学生，时间是宝贵的。

2016 年 9 月 25 日，周日，上午 9 时，她踩着点来到了明天学校 301 宿舍。

冯春桂身着牛仔裤、海魂短袖 T 恤，短短的马尾辫在脑后很利索地甩来甩去，她的前额很宽，有一双亮亮的丹凤眼，整个人有一种聪颖睿智的气质。作为多年的"老记"和多年写报告文学的老作家，我对采访对象的第一印象的精准捕捉，只可意会不可言传。

我递给这个聪明女孩一个采访提纲，道："照此，你说，我记；说不完的，回去请你给我补写，用 QQ 发过来。"

她谈了 40 分钟，回去补写来 4 页纸。她语速很快，笔头也很快。

她满足了我的所需，OK 了！

3. 孤儿＋独女

她是孤儿，又是独女。

严格地说，她从未享受过父母之爱。1968 年出生的父亲冯金銮，在 1999 年 8 月外出打工时遭遇车祸离世。

那年，父亲 31 岁，冯春桂才 5 个月大。翌年，大概是刚断奶不久，万般无奈亦身不由己的母亲留下她，改嫁了。

她就由爷爷奶奶带大。

应当相信"天性"这个字眼。还在牙牙学语时，她就会牢牢抓住身边的任何一本书不放。爷爷据此认定她准是读书的料。她起名"春桂"——春天的桂花，又漂亮又芬芳。

小学三年级之前，她都在村小读书。春桂跟我说了一个她自己的勤学故事：

"村里的学校离我们坡很远，每天上学都要叔叔开摩托车送。有一次下了很大的雨，叔叔没办法开车送我，家里人都叫我不要去学校了，但是我不肯。奶奶看到我的坚持她很开心，决定步行送我去学校。我们两个人就冒着雨走了将近半个小时，到学校时我已经迟到了一节课。后来老师跟我说，以后要是遇到这种情况就不用赶来了。但是我想，老师的理解是一回事，我的态度又是另一回事。我现在想想，虽然觉得小学缺那么几节课并没有什么太大的关系，但是如果让我再做一次选择，我的答案也不会变。"

我让她就这样谈，信马由缰，无羁无绊，挺好。

她说了她用"笨办法"恶补英语并赶超同学，甚至领先全班的趣事：

"我在四年级时转到了镇上的小学，班上的其他同学在三年级时已经开始了英语的学习，但是那时我在村里并没有学习英语的机会。英语于我而言是一门完全陌生的课程，学习起来相当吃力。老师教过的单词我甚至不会读。所以我曾经经历过一个困窘阶段。我还记得我把'drop'记为'之萝卜'。我的这种笨拙的学习方式被同学看到了，他还取笑了我。但我不以为然，毕竟'不管黑猫白猫，能捉到老鼠就是好猫'。哪怕我的方法很笨拙，我也没有放弃学习英语。就是凭借这样笨笨的方式，我的英语水平慢慢地能跟上他人的脚步，甚至还超过了大部分人。"

她说得我不禁失声大笑，引起了我的共鸣。我说我念高中时，同桌姓梁的同学惧怕俄语，每上此科，总是如临大敌。梁同学也是用"注音法"，比如"До свидания"（再见），梁同学用汉语将其注音标为"肚子会大一点"。恰好我们的俄语老师是女的，正身怀六甲，就误会梁同学在暗讽她，气不打一处来，干脆给了他个零分。

这则趣事让我和春桂都笑得飙泪，气氛就活跃了许多。

4. 幸福起点

春桂认定：能够到明天学校，是她人生的转折点，也是她幸福的起点。

她说，这是一个化蝶的过程，那种感觉无法替代、美妙无比。

这个正在上高三的女孩儿，因了她的"聪明"，其所思、所想、所云，自是与别的同龄孩子不同。

我注意到，她那好看的脸庞上，左上唇有一颗小痣，那应当是人们所说的"聪明痣"。

下面是她后来补写给我的她与明天学校的故事：

新学期要开始了，二叔带我去明天学校报到。他告诉我只需要带上换洗的衣物，其他的东西学校都会发。我很惊讶，我还没见过学校给学生发生活、学习用品的，于是我脱口而出："这是真的吗？你确定？"奶奶也生疑地在一旁说道："你可得弄清楚，别糊里糊涂的。"叔叔再三肯定这是真的。在去往学校的路上，我还在心里犯嘀咕：万一不是怎么办，难道去那里买？当我到了学校，看到贴有新生名字的桶里面放有很齐全的生活用品时，我意识到叔叔说的是千真万确的。这所学校给了我不一样的感觉。

新学校里的同学们很友善，有礼貌、讲文明。他们与我曾经就读的小学的同学不一样。我转学前所在的班级里女生会拉帮结派，你要是不站队就容易受到孤立。记得有一次，她们在欺负一个同学，虽然我没有参与，但是我也没有制止她们，只是懦弱地保持沉默。我不敢确定我是否会在潜移默化中变成和她们一样的人。我很庆幸我到了明天学校这样一个团结的大家庭里，在这里，我从同学们身上学会了友好相处、尊重他人。

刚上初中时，我还很不习惯初中的学习生活节奏，成绩有所下滑，周末回到学校时，劳动也没有小学时那么积极。卢雪清老师发现这个情况后，把我们几个初一的女生召集起来，指出了我们表现的不足。我还记得她对我说："冯春桂，你自己看一下你是不是没有以前那么积极啦，以前你在小学的时候还是很勤快的。"她的话让我感到很惭愧。她告诉我们，环境的变化需要自己去调整适应，主动地寻找问题所在。学习不是生活的全部，一个优秀的学生应该是全面发展的。老师的一席话让我进行了深刻的反思，也让我收获了面对新问题时需要采取的方法。

初中的某一节晚自习课，我的肚子疼了起来。因为以前也疼过，而且一般是疼一阵子后就不疼了，所以我就没有告诉老师，觉得忍忍就好了。但是让我没想到的是，这一次疼痛愈演愈烈，疼得我腰都直不起来。班主任联系了明天学校的老师。在和班主任说说话、喝了热水后，我就没有那么疼了。等到卢老师来到时，我几乎是不疼了。我见已经很晚了，去医院还要打车，又费精力又费钱，就与卢老师说："老师，要不就别去了，反正我也不疼了。"卢老师立马否定了我的话："不行，医院必须去，要检查清楚是什么情况，不然将来变得严重了怎么办？韦翠良老师已经在民族医院挂号等我们了。"到了医院，韦老师见到我，说："这小姑娘怎么回事？脸都发青了。"卢老师在一旁说："是啊，所以说必须要看医生才行。"两个老师陪着我折腾到了半夜。我的鼻子开始发酸，强忍着没让感动的泪水涌出来。她们心甘情愿地为我们这些孩子的各种"折腾事"劳心劳力，不计回报地照顾我们，这样的默默付出已记不清有多少次，甚至已经成为她们的习惯。我想：这件事虽"小"，但我应当永远记得。

我又自责又感动。老师在白天工作已经很累了，现在又因为我不能好好休息。她们对我就像真正的亲人一样。

我很感谢明天学校和老师们，他们用自己的行动向我们诠释了"明天学校是个大家庭"。

冯春桂还甜甜地回忆起一件小事——那是她成长中的烦恼和青涩：

还记得我刚到明天学校的时候，我很腼腆不爱说话，每次放假我家人来接我回家时，覃爱芬老师就在办公室里表扬我做得好的地方，同时也鼓励我与老师、同学多交流。覃老师的细心让我打心里感受到了家庭的温暖。还有一次，我在班上受了委屈回到宿舍里哭。邓丽霞老师看到了就过来询问。我不敢告诉老师，然后我就撒谎说是想家了。邓老师立即就说："我相信，你不是这样的孩子。"接着她就开导我，继续问我真正的原因。看到老师这么了解我、关心我，我觉得很感动，那点委屈就不算什么了。我上初中时虽然离开了明天学校在中学住宿，但是老师们一如既往地关心我。周末的时候常常询问我在中学的生活和学习的情况。

5. 一根头发丝

同学们都有父母，她没有。

每到周末或节假日，同学们都有爸爸妈妈或者亲戚朋友，或开车或骑电动车，给他们送来天麻炖鸡汤之类的补脑的营养品、保健品。这些，她当然也没有。

因为，她没有父母。爷爷奶奶老矣。而叔叔，距离太远，又得工作挣钱，来不了。

春桂有时也会羡慕有家有人疼的同学，会感到孤单、无助，甚至失落。但这种感觉仅是偶发的短暂的一闪念，有如黑夜里忽现的一颗流星，划了一道弧线，稍纵即逝。

南宁二中，乃是南宁市的重点中学之一。

这里学习气氛浓厚，她没工夫自叹，更无须自怜。

她很快就发现，自己其实比那些她艳羡的双亲健在的同学更幸福，拥有更多的爱。

这天，明天学校的卢雪清老师来了电话。很快，当天下午，韦翠良、卢雪清、邓丽霞三位老师就来到了二中，她们对春桂嘘寒问暖，说了许多鼓励的、关爱的、贴心的话语，还给了她甜蜜温情的拥抱，并给她带来牛奶、水果和红包。几位老师专程向班主任了解了春桂的学习、生活情况。她惊讶、欣喜、温暖。她有明天学校，有老师妈妈送来的爱，她们关心她就像那些同学的父母关爱自己的亲生儿女一样。

这天在二中校园分手时，她和三位老师久久握手，久久拥抱，依依惜别。三位老师一再地、细细地叮咛她要努力学习，照顾好自己，还用那句明天学校宣传栏里的口号鼓励她："今天，我以明天学校为荣。明天，让明天学校以我为荣。"

她还非常清楚地记得，韦翠良老师在踏上车时，又退了回来，帮她整理了衣服的拉链，还细心地从她的衣领上轻轻地取下一根掉落的发丝。"此时此刻，我的泪水说上来就上来了。我爸爸死得太早，我妈妈很快另嫁他人，所以我从来没能得到过妈妈的任何疼爱，但就在这时我强烈地感受到了妈妈的疼爱。"春桂对我说到这个细节，眼眶里的泪珠在打着转转。

6. 苦读生涯

高中苦读生涯的拼和累，春桂描绘得十分详细：

刚上高中时，各个方面我都很不适应，学习上科目增多、作业量大、难度更高等问题困扰着我。等到期中考试成绩出来时，我意识到学习和生活节奏的调整刻不容缓。之后的半个学期，起床铃一响，我立马起床，坚决不赖床。我还常常带早餐进教室，在吃早餐的同时进行复习或者预习。高一上学期，老师还没有规定晚自习要留到10点40分，但在那时，我已经开始这么做了。中午放学时，我没有再和同学一起冲向食堂，而是选择留在教室，即使到后面食堂的饭菜没那么丰盛，我也不在乎。经过半个学期的调整和适应，我的学习也逐渐进步，到期末时，我的成绩与期中时相比要好了很多。

听至此，我脑里就闪现了古人励志、劝学、勤勉的诗句。如韩愈的《劝学篇》："业精于勤，荒于嬉；行成于思，毁于随。"又如，颜真卿的七绝《劝学》："三更灯火五更鸡，正是男儿读书时。黑发不知勤学早，白首方悔读书迟。"

7. 张叔叔的目光

张明那时每个月都到明天学校，为当月的孤儿学生过生日，有时是几个，有时多达十几、二十多个。他每月必来、必办，从不间断。张明每次都给学校饭堂好几千元，让学校饭堂为过生日的孩子准备丰盛的饭菜，还给过生日的孩子发红包、送生日蛋糕、唱生日歌。

每回，张明都会热情洋溢地讲催人奋进、励志向上的话，听得孩子们热血沸腾、信心大增，深切地感到自己并不孤单，是有人疼、有人牵挂、有人爱的孩子。

而冯春桂有幸成为张明资助的11个孩子中的一个。

这天，张叔叔又来为孩子们过生日了。

韦翠良推荐冯春桂做代表发言。虽然有事先准备好的简短的发言稿，但是冯春桂作为初中生，又从未在那么多人面前、如此正规的场合讲过话，她有点儿紧张，甚至手心冒汗。正忐忑着，她看到了张叔叔赞许的、亲切的目光，真切地感受到了父亲般的鼓舞，紧绷着的神经松弛了下来，原先握住麦克风的有点微抖的手稳定了。

当时说了些什么，由于印象太深刻，她至今还能清楚地记得：

"敬爱的张叔叔，您好！又是春暖花开的季节，我们见到了您，可亲可敬的亲人。您在繁忙的工作中还心系着我们这些孤儿孩子，还特意来为我们过生日，并给我们带来了生日礼金和礼物。让我们感受到了您带来的不仅仅是物质上的东西和精神上的食粮，还带来了您一颗赤诚的爱心，让我们这些孤儿孩子再一次感受到了亲人般的关爱。在此，我代表明天学校的全体孤儿对您的到来表示热烈的欢迎，并致以崇高的敬意！（敬礼）

"张叔叔，我们在明天学校有严父慈母般的老师的谆谆教诲，还有您的关爱和帮助，我们幸福地生活，愉快地学习，茁壮地成长！我们一定更加努力学习，掌握本领，将来报效国家和人民，不辜负老师和您的厚望和期待。我们深信，有您的大爱和鼎力相助，我们的明天会更加美好灿烂！最后，再次道一声：谢谢！谢谢您的关心！我们一定会更加努力！"

有许多掌声。张叔叔要离开的时候，对孩子们说："叔叔今天很高兴能陪你们一块过生日，看到你们都这么开心、活泼爽朗、积极向上、懂事，叔叔感到很高兴很欣慰。"

他又像一个父亲叮嘱自己的孩子一般："你们要是有什么困难就跟叔叔说，在学校要听老师的话,好好学习。"

冯春桂说:"哪怕是后来我已经上了高中,叔叔的话仍未改变。有一次我发短信向叔叔汇报了我的成绩,过后叔叔特地打来了电话询问我近期的情况,问我有没有什么困难。还告诉我,阿姨和张九秀她们就在我们学校对面的小区,叫我周末有空的时候过去找她们玩。叔叔一如既往地叮嘱我要好好学习,听老师的话。我能感受到叔叔的关心一直都在。"

这里,冯春桂讲到的"阿姨",姓覃,是前文提到的张明专门雇请来照顾张九秀的保姆。而张九秀,则是张明后来新增资助的第 11 个孩子。所以说,张明对每一个他承诺帮助的孩子的关爱,是真诚的、发自内心的、无微不至的。

8. 牢记榜样

怎样舒缓考前压力?明天学校特意邀请高级心理咨询师来校传授"绝招"。

2017 年 4 月 9 日,周日上午,孤儿考前心理辅导激励活动在明天学校多功能教室举办,30 多名迎接中考、高考的孤儿学生,从各自就读的学校请假回到了母校,旁听的还有 30 多位他们的监护人。

主讲的是赫赫有名的莫伦,他有许多使人敬慕的光环:广西心理教育研究院院长、教育部生命教育委员会委员、高级心理咨询师。

你有考前焦虑吗?你记不住知识点吗?你失眠、烦躁、寝食不安、"压力山大"吗?

他会让你喝下美如甘霖、清醇香甜、入口见效的"心灵鸡汤"。

他会明白无误地告诉你:你的学习成绩并不能够说明和决定一切,每个人身上都具有无限潜能。

他煽情的话语、生动形象的肢体语言,无不令孩子们心情愉悦,阴霾为之一扫而空。

这天,冯春桂也从南宁二中回来了。高考临近,她亦渴望获取减压良方。她穿着一件浅色长袖牛仔衬衫,显得挺精神。

莫伦让每个孩子都写一句赞美自己的话,然后递话筒过去,让他(她)当众大声地念出来。这个互动能收到意想不到的效果。

孩子们在莫伦老师的鼓励下,一个个站起来,勇敢地、大声地朗诵:

"我觉得自己乐于帮助同学。"

"我是一个善良有爱心的人。"

"人一能之,我十能之;人十能之,我百能之。我觉得我行!"

"虽然我学习不拔尖,但是我一直在努力。"

轮到冯春桂了。她说:"踏实做事才能有收获!"

她很自信,说得很实在。

那晚我也获邀,做"旁听生",颇有收获。我记住了莫伦老师的讲课题目:"把心底的爱化作奋进的力"。他从"考试,究竟在考什么""怎样学才能考得更好"两个问题入手,多方面、多角度,不失时机地为孩子们指点迷津,解疑释难,提出应对良策。

下课后,我拦住了冯春桂,她意外中又带有几分惊喜。她说:"听了课,放松多了,对以后拿下原本会做却由于心态问题做错的题目更有信心了!"

已是晚上10点多,她还得赶回南宁二中,我与她之间的对话稍显仓促。

她边走边说:

离6月份高考还有两个月,南宁二中,高手如云,她的成绩不是很稳定。

打算考文科,选择图书管理或会计专业。

最高目标:中山大学。

次之:"985工程"院校,比如湖南大学、武汉大学。

再其次:报考"211工程"院校,如广西大学。

大学毕业,还想读研(如果经费能解决的话)。"至时,可以贷款,或半工半读。只要去想,办法总会有!"她说道。

我问她:"将来呢?"

她笑了笑:"我知道何伯伯一定会问我这个问题。"

她略一思索,答:"读完大学,或者读研毕业了,挣到钱了,我会回报明天学校,给弟弟妹妹们加餐,送些文具学习用品,做些心理辅导什么的。总之,是以张明叔叔为榜样,尽可能地帮助一些自己能够帮助的人。何作家你知道吗,张叔叔所做的,对我、对我们孩子有非常良好的深远的影响。"

"我听张明董事长说过,他与他资助的11个孤儿学生大多都有短信、微信的互动。"我一边说,一边送她走到校门口——她还要赶最末一班公交车。

"有,有,有的!"冯春桂高兴地说,拿出一只诺基亚小手机,"这是以前叔叔用了一段时间之后送我的,容量不是太大。"

她翻找出了以前的和近期的与张叔叔的短信"对话":

冯:(刚考上高中时)张叔叔好,我是冯春桂,是您资助的孩子之一。我考上了南宁二中,学习、生活充实快乐,谢谢叔叔对我的关心和帮助,我一定好好努力!

张:好的,二中是南宁市重点学校,你能考上,说明你了不起!继续努力,叔叔以你为荣!

冯：叔叔好，我是冯春桂。我们的期末成绩出来了，我在文科班里排106名。我会再接再厉，争取更大的进步。

张：很不错了春桂！好好学习，百尺竿头再进一步。在学校要听老师的话，有什么困难就跟叔叔说，叔叔一定会帮助你！明天学校的校长老师也会帮助你的。

冯：张叔叔您好，我是冯春桂。前段时间我们参加了南宁市的"一模"，我的总分是540，年级排名第167名，市里排名600名左右。这次我考得不够理想。但是我会在接下来的时间里继续努力，争取在高考时取得理想的成绩。

张：孩子，这已经是相当棒的成绩了，再加把劲就达到最好了。但要注意饮食和休息，不要累坏了身体。我支持你，相信你是最棒的！有什么困难一定要告诉我！

说话间，我已经将她送到了离明天学校最近的公交车站。公交车未到，冯春桂道："不好意思，何伯伯，我的手机内存有限，一些过往的比较久的信息它自动删除了，其他的就看不到了。"她感到有点惋惜。

我就宽慰她说足够了。

我这样想，虽然这孩子与张明短信的互动不是太多，但是对我而言，足矣。因为它们已说明了一切，足以使我有许多的感动和感想。

此时此刻、此情此景，因为张明的善事善举和他对孤儿孩子们的无私大爱，当然也包括对冯春桂，我的脑里跃出来一句话。

尼采说的："在敢于担当培养一个人的任务以前，自己就必须要造就一个人，自己就必须是一个值得推崇的模范。"

临分手，这孩子希望我送她一句鼓励的话。

公交车来了，她跳上车。

我就给她发短信：

机遇也许需要等待，但自强不息是一刻也不能停止的！

她快步跑到公交车后窗，朝后看，向我挥手。很快回了短信：

太强太给力了，绝对正能量！谢谢何伯伯！

我回曰：

应当谢谢张叔叔！

她回：

对对，谢谢张叔叔！谢谢明天学校！谢谢所有爱我的人！

车子渐行渐远，她还在频频挥手。

多好的孩子！

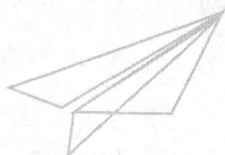

第十一章

大爱，跨越黔冀桂

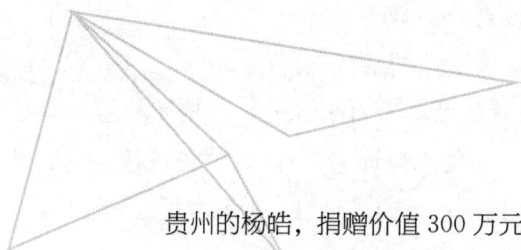

贵州的杨皓，捐赠价值 300 万元的云平台；

河北的张长生，捐赠价值 80 万元的战斗机一架；

广西的鄢仁云捐赠图书馆、助学基金……

所有这些跨越黔冀桂的大爱，汇聚于南宁市明天学校，全都是为了孩子们的明天更美好。

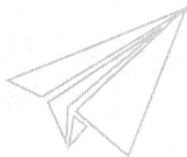

一、"云黑板"来自"格林耐特"

（杨皓、刘筑梅与明天学校的故事）

1. 梦的美丽

他说他这几年来一直做着一个美丽而奇特的梦。

梦的意境很美，有景、有物、有人，有浓浓的情。

千山万崇之中，一处深谷平原，绿草如茵。千百个孤儿，一概着校服、戴红领巾，欢呼雀跃着，似小鸟般展开双臂，向他飞奔而来，齐喊："杨爸爸，我们爱你！"他泪如泉涌，激动地张开手臂正欲拥抱孩子们。这时，梦就醒了。

他一摸，眼眶确实有泪。

这个真切的梦，做了十几回了，每回的情节都相同。

为此，他专门查看了奥地利著名心理学家西格蒙德·弗洛伊德的专著《梦的解析》，从而得知：梦，都是"愿望的满足"；梦，即"理解潜意识心理过程的捷径"。

我们这里所说的"他"，乃是本篇主人公杨皓：贵州格林耐特科技股份有限公司董事长。

他还有好些颇有分量的社会职务：国际绿色经济协会副会长、新华教育网实践专家、中国智慧教育发展与创新联盟副会长、贵州项目管理学会发起人、贵州大学旅游学院兼职教授、云南理工大学金桥学院客座教授等。

这时，杨皓意识到：他有一件事未做，未了；他有一个愿望未曾满足。他对弗洛伊德的学说深信不疑。他相信这事情如果兑现了，梦就圆了，就不会再重复做了。

这件事与南宁市明天学校有关。

他认定：山谷中的红领巾是明天学校的孤儿孩子们。

2. 梦的缘起

2013 年，杨皓在挚友金欣导演和广西企业协会秘书长的推荐、引领下，参观了南宁市明天学校。

看学校的荣誉室，看孤儿学生的宿舍，听校长介绍办校的艰辛。

广西壮壮乳业公司的董事长黄勇当场捐赠100件壮壮牛奶，并捐出10万元用于建设"明天学校图书长廊"。

覃锋校长摊开图纸，向杨皓着重推介明天学校的新校区规划：征地百亩、投资2.4亿元，建设九年制的现代化孤儿学校，小学部、初中部、行政办公楼、教工管理用房、运动场馆、饭堂、图书馆一应俱全。

杨皓听罢，慨然道："校长，我给你打造全国最先进的、最好的、一流的、与国际接轨的数字化校园。"

喜从天降。这不仅仅是"输血"，这是"造血"，这是扶智，这是授人以渔啊！

但覃锋校长还是将信将疑。过后他对我说了当时他心里的"一闪念"。

接下来，杨皓当即表态："我正式邀请贵校领导来我公司看看实况。一切费用我全包了。"

这位祖籍陕西的汉子，个子不高，身材也不算魁梧，声量亦不高，但他说出的话，字字铿锵、掷地有声。

覃锋校长从他真诚的眼睛里看到了"认真"二字。

于是就有了本章开篇描述的杨皓的十几个相同的梦。

杨皓一言九鼎，"凡出言，信为先"。2014年11月，杨皓买了往返机票邀请明天学校覃锋校长和莫荣斌、黄淑娴、苏艳春三位副校长，电脑老师徐传章，一行五人，飞往贵阳。杨皓亲自接机。翌日参观公司，杨皓让总工程师张玉春亲自操作，对整个系统做了展示。

明天学校的老师们大开眼界。他们看到的是：在线直播录播教育视频的精准帮扶系统，这个平台可以将课堂情况全自动录下来，而家长可以在手机上随时清楚地看到自己孩子的上课情况。还有教学资源管理云平台系统，其与中央电教馆资料库无缝对接，里面有30多万个课件，幼儿园、小学、初中、高中无不囊括。这样，老师上课不难了。

一行五人感到不虚此行，正是"此曲只应天上有"。他们看到了前所未见的东西，都说："明天学校一旦装上了这些先进的系统和设备，高科技教学设施将是广西领先水平！"

3. 300万元

杨皓并未止步于此。他果然没有食言。

他个人对明天学校的"爱心工程"，开始层层稳步推进。

——2015年6月，为了将明天学校打造为信息化、数字化的校园，杨皓以个人名义诚邀中央电化教育馆数字教育化专家李丹为明天学校做顶层设计，亲自做了明天学校数字校园建设方案。

——2015年8月，杨皓捐赠价值300万元的教学资源综合管理平台系统和云端教学视频的精准帮扶系统。

他兑现了两年前，即2013年向覃锋许下的庄严誓言。

那么，杨皓这样做和付出，他的初衷和目标是什么呢？

他淡淡地笑着，平静地对我道："为了解决教育资源不平衡的问题。孤儿是没有地域、省界之分的，我要让他们在同一片蓝天下，享受到和北上广一样的优质教育，让明天学校产生自身资源，发挥价值。北上广是'输血'教学，而我们是'造血'的产生资源的教学。"

他还信心满满地说："要把孤儿学校打造成广西教育信息化建设的标杆学校，从而树立老师和孤儿的雄心壮志。"

"总而言之，就是要让孤儿有享受公平、优质教育的权利。"杨皓总结似地说。

此时，他的双目炯炯放光。

4. 善

我记住了杨皓说的"一件小事"。如果不在意，不用心，它就会如流水般从指缝溜走了。但我抓住了，因为它体现了善和向善的意义。

某日，贵阳下了一场少见的暴雨。杨皓在南明区（这是闹市区，与闻名遐迩的花果山新区毗邻）被倾盆大雨阻住了。他与20多个市民避雨于一间伞店。这雨一时半会儿不会停。杨皓起了善念，对焦急的人群道："大家随便拿伞，我买单！"众人面面相觑，没人动，或许压根儿就不相信。他一把抓起伞，一一分发到了大家手上。众人撑伞离去，都不忘回眸一笑，抛来一声真诚的"拜拜"。有一家三口——年轻父母抱一小女，撑伞冲入雨幕中，小女甜甜地笑着说："谢谢您，好心叔叔！"小孩纯真的笑容和感谢，使杨皓的心暖暖的！他心中顿感行善后前所未有的愉悦和快慰。他从此寻到了行善之途。我知道他和他的公司慷慨资助了贵州很多县、学校和个人。

"能帮则帮，助人为乐。"他这样对我说。

我说："大爱施人，小爱于己。"

杨皓似乎找到了知音，听得颇为受用。

他说："现在我之所以乐于资助明天学校，无偿赠送价值300多万元的云计算系统的行为，或许就比较容易理解了。"

5. 刘妈妈（之一）

"刘妈妈"是明天学校的孩子们对她的爱称。她叫刘筑梅，杨皓之妻，是"格林耐特"的财务总监。

筑，贵阳也。梅，梅花也。

她是贵阳的梅花。

梅花属"中国十大名花"（兰花、梅花、牡丹、菊花、月季、杜鹃、荷花、茶花、桂花、水仙）。梅花的花语是：坚强、忠贞、高雅。

所有这些，都与她十分相符。

2016年11月6日，我与覃锋校长飞往贵阳，采访杨皓夫妇。此行使我们见识了刘筑梅的美丽。她的美丽，是那种端庄、典雅、谦逊、内敛的美丽，还有她发自内心的善良。她的美是从外表到内心的美。

当年她丈夫罹患脑溢血命悬一线，她长达数月在医院里不离不弃地日夜陪护，直至他脱离险境。可以说，她挽救了丈夫，也挽救了一个公司的事业。

她听杨皓回来说了参观明天学校的感受，深受感动。对捐赠价值300万元的云计算系统一事，她表示全力支持。

她告诉我们，2014年，她认真看了杨皓从南宁带回来的《明天的太阳》一书，许多故事使她流泪，比如校长为了孤儿险失爱子，母亲离世不能见最后一面，岳父和爱妻生病无暇照料……

这部书写的校长爸爸和老师妈妈的巨大牺牲和无私大爱，感动了她并使她萌生了行动的念头。2015年10月，她专程来到明天学校，在孤儿心理咨询室，她提出要资助3个孤儿。生活老师们给她带来了7个孤儿——6女1男，让她挑选。

她选择了3个女孩子。未被选中的4名孩子颇感失落，目光、神情透着不舍。孩子们都喜爱上了这位慈眉善目、美丽端庄的刘妈妈。尤其是那唯一的男孩，李世燃，才10岁，念小学三年级，临分手，在她身边转前转后，睁大满含渴望的眼睛，怯怯地问道："刘妈妈，你不要我们吗？不喜欢我们吗？"这一声问，她的心软了，答："要，要！喜欢，喜欢！"

就这样，7个全要，一个不落！

就此，3变成7。

她与明天学校签了扶助孤儿的协议书，并且索要了7个孩子的家庭情况和个人简历。这7个孩子的名字是：

李玉佳、陆月、陆秀、余桂美、李世燃、苏梦婷、刘秋锦。

她对分管孤儿的副校长韦翠良说："我有一个儿子在清华大学念书，原想认养

3个女儿，结果是6女1男，亦好，我都喜欢！"

分手时，孩子们难舍难分地簇拥着刘妈妈，李世燃还缠着要了刘妈妈的手机号。她对儿女们说："你们好好读书，只要你们努力，我会一直资助你们到大学。"

刘妈妈果不食言，说到做到。回到贵阳当即给明天学校汇来1.5万元，是资助7个儿女学习和生活的费用。附言上她说："以后我每年都会寄，直至（孩子们上）大学。"

6. 刘妈妈（之二）

贵阳凯里大饭店，2016年11月4日，杨皓在这里请我和校长吃有名的贵州酸汤鱼。

一入座，覃锋校长就给了刘筑梅一摞信，那是她的7个儿女写给她的。结果，刘妈妈饭也顾不得吃，迫不及待地一一拆看，看着看着，她的眼里就有了泪。

李世燃写道：

亲爱的刘妈妈：

我是您资助的孤儿孩子李世燃，今年我10岁了。因为有您的关爱，我们在明天学校生活得十分幸福！我在学校里学习了武术、古筝、模特、书法等课程。我的学习成绩非常好，考试成绩都是在90分以上。

不管过多少年，我都会记得您带着几位爱心人士来看望我们的时候。当时，您的微笑是那样和蔼可亲。

刚刚升上初中，成绩总是保持在年级前几名的李玉佳写道：

亲爱的刘妈妈：

您好，我是您资助的孤儿孩子李玉佳。

好久都没见到您了，突然间好想您啊！您有没有想我呢？我上初中了，被分到了七（18）班。刚刚上初中的我，还真的有点适应不过来。不过，我相信，我一定可以慢慢适应的。

刘妈妈，您最近过得好吗？我时常想起和您第一次见面的场景，当时的我，害羞得连一句话都不敢说。现在想起来，都觉得有点好笑。

非常感谢您对我们的资助，我一定会好好学习，长大后做一个对社会有用的人，报答您的恩情。

苏梦婷写道：

谢谢您刘妈妈，感谢您给了我一颗感恩的心。刘妈妈，您给了我们最温暖的阳光，让我们走进更美好的家园！

家是温暖的，家就是我们大家的家，我们要保护好我们的家，也要保护好我们的家人，让我们一起在这温暖的家里找到幸福快乐！刘妈妈，我会好好学习，长大后也要像刘妈妈一样，做个有爱心的人，去帮助有困难的人们。

余桂美写道：

最亲爱的刘妈妈，您让我们知道了什么叫作温暖，什么叫作母爱，以后长大了，我要像您一样去帮助有困难的人……

陆月写道：

刘妈妈，我们应该差不多有半年没见了吧，我十分地想念您！我有时候会在心里想：为什么这么久了，刘妈妈还是没有来看我们呢？

刘妈妈，告诉您一个好消息，我现在已经是一名初中生了，我既自豪又高兴！刘妈妈您得多注意身体，不要过度劳累自己喔！我一定会好好学习，好好做人，将来成为一个像您一样有本领、对社会有用而且有爱心的好人。

陆月的妹妹陆秀说：

刘妈妈，认识您一年了，好快啊！在这一年中我过得很快乐，老师都对我们很好，很关心我们。我学习了书法、拉丁、古筝等艺术课程。是刘妈妈您的资助让我有了美好的今天。我会好好学习，用优秀的成绩来回报您对我们的爱。

看了孩子们这些满含深情和童真的文字，我明白并且理解了刘筑梅为什么几乎不动筷，双眼噙泪了。

翌晨，她交给校长她给7个孩子的回信，那是她连夜赶写出来的、很有温度的带着母爱的文字：

亲爱的小月、玉佳：

你们好，来信已经收到。这真是个意外的礼物呀，我感到非常的高兴！覃校长说你们在学校表现得很好，学习很努力，已经顺利地升上了初中。祝贺你们在人生的道路上又跨出了关键的一步！

谢谢你们对我的关心，我这边一切安好！非常抱歉有很长一段时间都没去看你们，我也非常想念你们。因为最近公司工作比较繁忙，无法抽身过去。等忙完这段时间，我一定到南宁看你们。你们这个月就要月考了，要抓紧复习，争取考出好成绩。你们俩在一个班里要相互照顾，相互帮助。平时要注意自己的身体，拥有一个健康的身体才能更好地学习，希望你们在今后的学习生活中一如既往地努力，不断进步。期待你们的好消息！好啦，下次我到学校再跟你们好好聊。

永远爱你们的刘妈妈

2016 年 11 月 5 日

还有一封，是刘妈妈写给其余 5 个孩子的。

亲爱的孩子们：

你们好！你们的书信我都收到了。谢谢你们！

刘妈妈由于工作太忙，有一年的时间没有来看你们了，相信你们不会生我的气吧？

虽然我们相隔千山万水，但是我心里时时刻刻在惦记你们。现在天气慢慢变凉了，记得加衣服，身体不舒服了，要告诉老师。老师是你们的亲人，在学校要听老师的话，在家要孝敬老人，我相信你们是最棒的。

孩子们，你们经受过失去父爱、母爱的不幸，但是你们也是幸运的，你们没有失去爱，因为有无数个爸爸妈妈在关心、惦念和爱着你们。希望你们在明天学校这个温暖的大家庭里努力学习，快快乐乐地成长，长大成为一个有用的人，回报社会。

祝愿你们和学校的老师们健康、平安。

刘筑梅

2016 年 11 月 5 日

明天学校的生活老师们告诉我：2016 年刘妈妈给 7 个孩子每人寄来 3000 元，总共 2.1 万元。

后来，2016 年 11 月 23 日，刘妈妈从贵阳来南宁出差，再次专程到校看望 7 个儿女，送每人一个大礼盒，与孩子们合影，其乐融融。她的爱和善良都是很真实的。有这样的好妈妈，孩子们有福了。

7. 一堂"云黑板"实验课

明天学校分管教学的副校长黄淑娴领着我听了一节小学二年级的语文课：《从现在开始》。这是一个教学资源平台使用的范例。

授课人是李小玉——她是毕业于明天学校的孤儿，念完大学又回到母校任教。她戴着一副黑边框近视眼镜，模样斯文，从容淡定。

我心里很好奇。因为我是当过中学老师的，"云黑板"这个新鲜玩意儿与沿用了若干年的普通黑板有何区别呢？

听罢这一课，我对"云黑板"有了直观印象和感性认识。

比如本课中的"直"，这是一个易错字，学生最容易把中间的三横写成两横。利用生字 flash，教师可以把笔顺分解，一笔一画让学生跟着书写，也可以笔画连着教，学生能更直观地记住生字的笔画顺序；每一个生字都可以点击重点，教师不再需要通篇讲解或者大片板书，学生的学习也更有效率。

我想，听过这堂课的学生以后永远也不会写错"直"字了。

又如《从现在开始》是一则寓言，寓言里有几种动物——狮子、猫头鹰、袋鼠、猴子。学生大多没见过这些动物。"云黑板"解决了课程内容不直观的问题，它能让这四种动物全部在其上出现，就像动画片一样，仿佛它们活生生地出现在眼前。利用优课直接点开动画，立即就出现了四种动物的立体形象、神态、动作、心情、语气，声息可闻，栩栩如生——狮子的威严、猫头鹰的诡谲、袋鼠的激动，还有猴子的聪颖灵动。flash 动画资源能够把这些都活灵活现地表现出来，比教师大片大段地讲解更直观、更有效。

下课了，李小玉老师毫无倦意，轻松地对我们笑着说："丰富的学科资源，让孩子们的视野更开阔了。"

黄淑娴副校长欣喜道："2015 年学校开始在一年级投入使用'云黑板'，学校教学质量有了显著提高。让明天学校老师的'教'与学生的'学'发生了翻天覆地的变化。学生学习的方式更多样，学习积极性更高了。"

覃锋校长则高度概括："贵州格林耐特科技股份有限公司慷慨捐赠的信息技术如一个五彩缤纷的万花筒走进了学校的课堂，提高了课堂教学的效率。'云黑板'的使用，大大加快了学校信息化数字化建设的进程……"

8. 目光

杨皓是个目光远大的人。

他的近期目标是："让孤儿先享用这套先进系统，把孤儿学校（南宁市明天学校）打造成广西教育信息化建设的标杆学校。"

他的远景呢？"在广西南宁成立落地服务机构，即'广西宏际信息技术有限公司'。公司成立后，将接收 10 名孤儿，把他们培训为技术骨干。"

他满怀信心地说："2020 年中国的教育要率先实现现代化，所以，我们'格林耐特'的'大数据'正逢其时，正是最大的机遇期！"

杨皓和刘筑梅的义举美哉，大哉，壮哉！

有一段我看过的美文，简直就是为他俩而写的："真正美丽的生命执着地追求着真善，它不会因功名利禄而扭曲自己的形象；美丽的生命就像一条清澈的小溪，不染纤尘，百折不挠，奔向大海，直至最后一滴。"

二、"神鹰"飞降美丽的南方

（好人张长生捐赠飞机的故事）

1. 飞机

明天学校是个经常出好新闻的地方。

一架真正的飞机永远停放在这座投资 2.4 亿元建成的百亩校园的广场上。

2017 年 5 月 26 日上午，明天学校彩旗飘扬，笙歌嘹亮。这里举行着"中国梦，航天情"——河北盐山县民间航空收藏博物馆向南宁市明天学校捐赠飞机仪式暨庆祝"六一"儿童节活动。

这天阳光格外灿烂。

学校师生，尤其是全体孤儿拿出了最大的热情。

仪式热烈而隆重。

西乡塘区政协领导致辞，校长致辞，河北沧州商会领导田主任致辞，张长生馆长致辞。

明天学校孤儿艺术团倾情献演古筝弹奏、变脸、舞蹈。

张长生给孤儿孩子们捐赠了一批航空科技器材、降落伞、书籍。

孤儿孩子代表学校向张长生回赠锦旗、感恩纪念匾。这时，活动的重头戏亮相了：原先盖着大幅红绸的飞机，由八位嘉宾"掀起红盖头"，露出了真容和雄伟身姿。

飞机是张长生捐赠的。

这是一架身形矫健的初教-6 教练机，它有着傲人的光荣历史：

初教-6 教练机是中国第一架自己设计、制造的螺旋桨初级教练机。该机成功研制并装备部队，标志着新中国航空工业已从仿制发展到了自行设计飞机的新阶段。

同时，初教-6 教练机以其良好的操作性和稳定的安全性受到广大航空爱好者的喜爱，在欧美航空俱乐部很受欢迎，还出口到阿尔巴尼亚、孟加拉国、柬埔寨、朝鲜、坦桑尼亚和赞比亚等国，出口量超过 200 架。

初教-6 教练机曾于 1979 年荣获中国国家质量金质奖，成为中国第一个获此殊荣的机种。

而且，初教-6教练机是国内飞行员训练的唯一机型，我国许多优秀航天员如杨利伟、刘洋等皆由此机型训练出来。

我受邀并亲睹了当天活动的全过程。

烈日下，看着激动的人群、阳光下银光熠熠的来自燕赵大地的初教-6教练机、外表质朴的张长生，我在思忖这架飞机的前世今生：它怎么能够从几千公里之外的河北来到美丽南方的明天学校呢？尤其是张长生这位农民收藏家为什么乐意无偿赠送如此珍贵的藏品给明天学校呢？张长生又有着怎样的动因和内心世界呢？

一架飞机价值不菲呢！

2. 一诺

一诺千金，这是一个成语。

其实，这四个字比千金还要重。

"讲信用和爱心，从我爷爷那辈开始就有了！"张长生认真对我说。

2017年5月25日，南宁，覃锋校长邀我与张长生一行共用晚餐，目的是采访。张长生一副老农模样：60多岁，布满皱纹的长脸庞，憨厚的笑容，深蓝的确良长袖衬衫，黑长裤，脚上是老北京布鞋。这个装束，与2012年年末他来南宁时全无二致。

2012年12月20日，明天学校获捐一尊孔子铜像。张长生应邀参加了孔子铜像安放仪式。这天，他说他有两个触动：一个是十多年来明天学校培育几百名孤儿的坚持不懈、老师们的不辞辛劳使他感动，孤儿们的不幸遭遇令他难过痛心；另一个是在仪式中，孤儿学生向他献红领巾并且行少先队礼，喊一声"张爷爷好"，让他感动得当场泪奔。

孔子铜像捐赠方的代表之一唐运生向覃锋校长说了张长生不寻常的人生经历：是"沧州好人""中国十大好人"，是中国首屈一指的农民收藏家，更是"中国第一飞机藏客"。从20世纪90年代至今，他收藏飞机数十架，有初教-6、歼-6、强-5、米格-15等。

盐山县人民武装部有一份张长生历年无偿捐赠飞机的记录：

2008年，向沧州第二实验小学，捐初教-6一架；2009年，向大连市甘井子区，捐初教-6一架、米格-15一架；2009年12月，向上海同济大学，捐教练机一架；2011年10月，向沈阳理工大学，捐歼-6教练机一架；2012年3月，向石家庄市西柏坡国防教育基地，捐教练机一架；2012年9月，向青岛黄海学院，捐教练机两架。他还向鲁西南抗战纪念馆、民航博物馆、北京航空航天大学等单位捐赠了飞机。

一件足以发人深省的事情是，1995 年他购藏某航校淘汰的旧飞机，花了 2000 元，这在当时是笔巨款。他感到弃之可惜，一咬牙，卖棉花，粜麦子，借钱买了下来。很快飞机就升值飙至 20 万元。但没多久，他却无偿捐了出去。

在孔子像落成仪式庆祝晚宴上，唐运生向覃锋提出了一个大胆的设想：请张馆长向明天学校捐赠一架飞机。

唐运生又补了一句："他（张长生）准会答应！"

覃锋听罢吓了一跳，简直目瞪口呆。张长生是个农民，一辈子在田里地里、风里雨里讨生活，多么不容易！这不是掠人之美吗？再说，明天学校在广西，与河北相距几千公里，即使人家答应了，怎么运过来？人家与你什么关系都没有，可能吗？他满脸疑惑。

这时唐运生举了一个雄辩例证：2010 年，海南省师范大学举行安放孔子铜像盛典。张长生和唐运生应邀参加并由此相识。会上活动主办方号召给贫困大学生捐现金，张长生当场将所带现金 9000 元捐出了 6000 元。张长生邻座的复旦大学 80 多岁的老教授向其借了 2000 元，他当即借之，连借条、电话也不留——这明显是不打算索还了。几个月后，老教授乘动车至盐山奉还了这 2000 元——老人是向会务组咨询得知张馆长的地址而踏上了这个"还债"之旅的。

"只要开口，他准会赠飞机！"唐运生说得斩钉截铁。

席间，唐运生果真就向张长生开了口。而他，果真就爽快答应了下来。他对校长道：由于前面提到的"两个感动"，由于希望普及航空知识和国防意识，由于希望孤儿孩子中能出保家卫国的飞行员，他乐意捐赠一架初教-6 教练机，时间定在明天学校新校区一期工程完工并投入使用之时。到时，他还要鼎力帮助学校建航空航天国防教育博物馆。

这是一个庄严的承诺。

3. 再诺（之一）

2017 年 4 月 20 日，覃锋和唐运生从南宁飞往济南，专程看望并回访老朋友张长生。

飞机晚上 10 点半落地，张长生派来的专车将他们从济南机场接到河北沧州盐山县已是午夜 12 点多。张长生亲自陪他俩吃夜宵，亲自安顿他们住到盐山宾馆，极尽地主之谊。翌日，又不辞辛苦亲自领他们参观盐山县民间航空收藏博物馆。覃锋、唐运生奔波辗转一整天，大开眼界，收获匪浅。到了吃晚饭的时间，张长生只字未提赠飞机之事。覃锋心里有点儿焦急。他是记得的：五年前的 2012 年，张长生在明天学校的孔子铜像前面做过郑重的承诺——俟学校新址的一期工程完成之时即是赠飞机之日。想至此，校长就打开了一本相册——崭新的教室、场馆、运动场在原先杂草丛生的空地上拔地而起……但张长生依然是颔首不语。

覃锋和唐运生的心里就犯了嘀咕，甚至有点沉不住气了。

次日，也就是来盐山的第三天，张长生安排次子张晓凡驾车领他们参观天津港。晚餐，张长生仍不开金口。这回，覃锋可是真急出了火。是不是长生老兄压根儿把这档子事儿给忘了？但唐运生却劝覃锋少安毋躁，因为他与张长生是多年的朋友，据他对张长生的了解，他深信张长生是个绝不会食言的真汉子。至今不开尊口，或有难处和隐情。返至宾馆，趁着几分酒气，覃锋还是鼓足了勇气，向张馆长提了个醒。

张长生不仅是好人，还是清醒的明白人。其实他心中有数。

这时，他的神情凝重，一声深长的叹息，道出了原委。

原来张长生确实有他的难处，而且是天大的难处。他有妻，有一女二儿，由于他痴迷收藏飞机，又到处行善做好事并且捐赠飞机，因而欠下了不少债务。原先这个家还是个像样的、完整的、和美的家，但这两年发生了变故：他最疼爱的次子张晓凡不幸罹患了尿毒症，每周须做肾透析三回，每透析一次需 3000 元，巨额的治疗费耗尽了他所有积蓄。然而张晓凡的病情并无多少起色。到了 2016 年，张晓凡做了双肾移植，命是保住了，却花去了 120 万元。如今，张晓凡每天都需要打针、服药以控制排异反应。而为了给儿子治病加上对数十架飞机的维护、保养，他向亲友借债高达 300 万元。目前，可以说是内外交困、举步维艰，甚至捉襟见肘、焦头烂额……

说至此，张长生已是泣不成声。覃锋感到心里酸酸的、痛痛的、沉沉的。他也是个有儿子的人，将心比心，他完全可以体会和理解张长生为爱子的付出、焦虑和悲怆。老人家用覃锋递过来的纸巾拭了泪，正欲往下言说，覃锋摆了摆手，意思是：甭说了，一切都别说了！现在赠机的事已不重要了，救人和救家的事才是头等大事。

他发现，面前的这位老人面容憔悴，短短几年里白发添了很多，苍老了很多。

但这时，老人家却说出了让覃锋完全想不到的话："校长，你们远道而来，我前几年答应捐给明天学校一架教练机的事，我记得。我说过，就要说到做到！除了捐飞机，我还要捐一些飞机零件、降落伞、飞机记录仪、航空航天书籍……"

这个晚上，他们聊了好久，也哭了很久，全都是因为感动。

4. 再诺（之二）

说罢这番话，张长生领着他俩到了他那藏品丰富的"盐山县民间航空收藏博物馆"，指着三架初教-6，说："随你挑选一架！"

覃锋再次泪奔，敬佩和感激之情油然而生。

握别时，张长生又给覃锋、唐运生每人送了一袋盐山特产：大枣。

而此行，他们两人共三天的餐费、住宿费张长生全包了。覃锋和唐运生提出要自理，张长生却坚决地拒绝了，恳切而朴实地说了很本色的却又不容商量的理由："我是'地主'，您是我的朋友，理应不能让您开支的。（以后）我到南宁后，您也是一样的。"

张长生派儿子张晓凡开车送覃锋、唐运生到沧州动车站，依依惜别。

去往北京的动车上，覃锋一路是泪，似开闸之水，怎么也抑制不住。擦了干，干了涌，涌了擦。盐山县之行短短三天，张长生这位地地道道的冀北农民，给他扎扎实实地上了一节课——关于人生，关于价值观、金钱观，关于大我与小我，关于国家与民族，关于家国情怀，关于诚信，关于仁爱与爱人……

上这一课，胜读十年书。

触动他灵魂和泪点的事例太多。他掏出记事本，写下了如下文字，是原汁原味的心里话。

张长生临分手时对我说："飞机我是肯定捐的，说出去的话泼出去的水。但是，从咱盐山县拆运飞机到南宁，需要一笔费用，我实在出不了运费了。运费等开支还是由学校出，好吗？我是担心我的亲友说：'你都跟我借钱了，还要捐赠飞机给明天学校。'"听到此，我非常敬佩张馆长的高尚品格！我激动地流下感恩的泪水，说："好，这些费用，我设法解决，放心！"张长生还有一件使我一辈子都忘记不了的感人事：他不单借几百万元治疗儿子的肾病，每年还都要开支80多万元，用于维护保养飞机及支付场馆费用，很多人好心建议他把飞机全部卖掉，肯定价值几千万元。儿女看到父亲这么艰难，也都力劝他卖掉，或全部租给房地产商搞商业营销。这样，总比坐吃山空强百十倍。但他坚决不卖。儿子对此很不理解！张长生说："再穷也不会卖和租，这是一个国家航空航天事业发展、成长、壮大的历程和见证，这是我一生的心血！"

看着许多中小学生和幼儿园小朋友，在老师的带领下兴致勃勃地参观飞机，而张长生戴着红领巾津津有味地解说，我理解了老人家的心愿，他的博物馆被盐山县委宣传部命名为"河北盐山航空航天国防教育基地"。这个时候，我也才真正明白了张长生在他自己如此艰难和困顿的境况下还毅然决然地捐赠一架飞机给几千里之外的南宁市明天学校的深刻意义！

5. 兑诺

一架真飞机——初教-6，行程2000多公里，历时3天，历尽艰辛，由大卡车运抵明天学校。

这架"神鹰"装载着一位"沧州好人""中国好人"张长生的深沉爱意，降临美丽的南方。

于是有了2017年5月26日上午的飞机捐赠仪式。

欢送张长生的晚宴上，我应邀参加，目的是当面采访他。

我对他有了近距离的观察。这次采访，让我深受触动。

他一张嘴说话，口腔里竟没有一颗牙齿，只见红红的牙床。我问他："为啥不镶牙？"他回答："没空闲，也没钱。"

话题回到了飞机上。他坦诚地说："其实，想向我要这架初教-6的，有不少单位和个人。"

但他却将初教-6给了明天学校。他认为，一来人要守信用，二来这是为培养特殊的弱势群体做出了特别贡献的孤儿学校。

这时，我注意到了他的次子张晓凡：换肾一年，高大、强健、活跃，几与正常人无异。他在旁插嘴道："我得病这几年来，爹从不主动张口说过这么多话，他心烦。今天他主动说了这么多，他高兴！"

同来的、矮壮而面相慈蔼的盐山县人防办田主任，满含钦佩地说了张长生这个大好人的许多件好事。

田主任说，有个"沧州好人后援会"，是专为有困难的"沧州好人"扶危济困的。2016年春节，后援会登门向张长生送去5000元，这是经过沧州市委常委会讨论决定给予的，是党送温暖送爱心。张长生接了下来，但没留，又全部捐了出去。他向韩集镇火龙店村捐3000元，向韩集镇东刘集村的26户贫困户每户捐一套饮水机、两桶矿泉水，价值6000元，向杨集乡左庄捐科普书60套，向沧州泊头市泊镇张庄子小学贫困生捐2000元……

张长生2011年荣获第四届"沧州好人文明奖"，所得的1000元奖金他全部捐给了本村的癌症患者。

张长生是沧州市和盐山县的"新兵入伍大使"，他每年都亲自给入伍战士戴红花，自己掏钱发两三千元红包。

十多年来，每年的八一建军节、中秋节、春节张长生必定自费为本村的烈士军属、敬老院送米、面、油……

田主任对张长生的事迹如数家珍。

此时，张长生还说了一个令我敬佩不已的承诺："等到咱明天学校二期工程竣工后，我要把我全部收藏的飞机运过来，在校园里办一个漂亮的航空展，我相信，将来明天学校会出一两个杨利伟、刘洋！"

他次子张晓凡补充道："俺爹说了，到那时，还要再向咱明天学校无偿捐赠一辆五九型主战坦克。"

6. 好人

我庆幸，我结识了一个"中国好人"。

与张长生零距离接触，使我感受到他的温度和美德，使我产生高山仰止之感。

是的，高山仰止！

我对校长说："这位忠厚的河北老农、这位心地无比善良的'沧州好人'，不远几千里，送来的不仅仅是一架飞机，还有一种极其宝贵的精神。他告诉我们：生命的意义在于给予，而不是索取。"

是的，张长生送来的是一种精神。

伟人毛泽东有句名言："人是要有一点精神的。"这个"精神"是一种情怀，一种境界，一种超越，一种无私施与，一种血性和品节。唯此，一个国家才可能兴旺，一个民族才可能立于世界民族之林，一个人才有魄力。

我看到了 2017 年 4 月张长生在河北省"情系国防家庭"交流会上的发言稿：《痴心收藏为梦狂》，有几段很值得一字不易地摘引：

> 这些年，我收藏航空器件 50 多万件，退役飞机数十架，人们把我称为"中国民间第一飞机藏客"。我举办国防教育培训班近百余次，受教育的学员达数十万人次。我建立的盐山县民间航空收藏博物馆，被命名为"沧州市国防教育基地"，得到了国家国防教育办公室的肯定。

> 做好国防教育工作是我终生的任务。

中国航空博物馆原馆长韩文斌对张长生有很高的评价："航空作为一项与国家安全密切相关的事业，代表了一个国家在一定时期的国防力量和科技水平，一般人接触、了解起来很不容易。张长生将自己收藏的航空器件回馈社会，不仅为青少年和社会提供了学习、了解的平台，还将科普知识宣传与国防教育结合起来，并力所能及地将收藏品为社会所用，体现了一个人的民族责任感和爱国情结，难能可贵，很值得全社会学习。"

河北省古为燕赵之地。唐宋八大家之首的韩愈曾由衷地赞曰："燕赵古称多慷慨悲歌之士。"宋大文豪苏东坡则慨叹："幽燕之地，自古多豪杰。"

或许可以说，这个北依燕山，南界黄河，西接太行，东临渤海的出现过荆轲、豫让、武松、张飞、李大钊、"狼牙山五壮士"的壮美的燕赵大地，肯定会出现豪侠之士，以及"中国好人"——如张长生。

孔子说过"三无私"，即"天无私覆，地无私载，日月无私照"。

宋朝范仲淹有云："云山苍苍，江水泱泱，先生之风，山高水长。"

这些，借用到张长生身上，或都是贴切的。

三、深情的眼睛

（瀚德集团与明天学校的故事）

1. 一点心意（之一）

正是盛夏，红日高悬。

2010 年 8 月 29 日上午，覃锋接到了南宁市西乡塘区有关部门的电话，大致内容是：瀚德集团董事长鄢仁云是一位很有责任心的企业家，很想回报社会，为南宁市弱势群体奉献爱心。我们向他介绍、推荐了广西的第一所孤儿学校——南宁市明天学校。鄢仁云董事长知道后十分感动，决定今天上午到明天学校参观，慰问孤儿……

此时正值暑假尾声，准备开学。校长火速赶回学校，做了周密布置。他率韦翠良副校长、李炳煌老师，还有几名刚招收入学的孤儿学生黄慧芳、欧小玲、黄雨佳、玉宇华、谢小青，在校门口迎候。

上午 10 点半，一辆白色商务车徐徐驶进校园。来者是鄢仁云、其夫人林爱华及两个孩子，还有秘书雷渊杰。

校长领他们参观校园、教室、宿舍、荣誉室，边走边看边做介绍。鄢仁云边听边沉思边点头，他的面容既凝重又欣慰，他道："看过了，内心感动甚至受到了震撼，校长和老师们辛苦了！由于我等会儿还有事，我们到您办公室坐坐……"

说话间，一行人来到了校长办公室。

鄢仁云缓缓道："参观了校园，看得出校长和老师们坚持十年很艰辛很不容易，各级领导及社会爱心人士很关心孤儿。刚才听校长说，学校还有许多困难，尤其是大学生的学费还没有落实。我来得仓促，这里有一些小钱，算是一点心意吧，请您拿去给今年读大学的孩子当学费，余下的作为补充 158 名孤儿的生活、学习、医疗费用的不足。"

这时，校长及老师们看到了从没见过的，后来他们说是"有点惊呆了"的场景：雷秘书拿出了一个圆桶形状的布袋，将里面一扎一扎的钱倒到了桌面上，摞起来，共 17 扎，即 17 万元现金。

众人还未在惊愕中回过神来，鄢仁云又笑吟吟道："今天我爱人和两个小孩也要为明天学校的孩子们表心意、献爱心，这样吧，他们各捐 2000 元共 6000 元。"

这样桌上就增加了 6000 元，统共是 17.6 万元。

旋即鄢仁云又对校长说："为了进一步表示我支持明天学校的诚意，请你们帮我挑选 11 名孤儿，最好是学习努力、人品好的孩子。刚才那 5 名新生我负责了，请再另选 6 名孤儿。我将会很负责任地将他们从小学一直资助到大学……"

学校分管孤儿的副校长韦翠良很快将 11 名孩子带到了鄢仁云跟前。这些幸福的孤儿是陆丽盈（八年级，横县），梁桂清（八年级，横县），欧小玲（九年级，宾阳），黄日强（三年级，隆安），黄楚壬（五年级，东兰），黄雨佳（三年级，隆安），玉宇华（五年级，吴圩），陈英莲（四年级，五塘），黄慧芳（四年级，坛洛），黄慧丽（七年级，坛洛），谢小青（八年级，宾阳）。

鄢仁云看着眼前这些孩子，个个活泼可爱，心里高兴，说了许多勉励的话，还赠予书包、书籍、月饼。在孤儿心理咨询室，鄢仁云一家四口与 11 个孩子合影，一张特殊的全家福就此定格。

临别前，鄢仁云特意将校长叫到了跟前，说了几句使校长听罢"浑身热血沸腾的暖心话"："校长您放心，刚才您向我反映了孤儿高中和大学生经费不足的问题，我会用我的方式帮您解决的。刚才看了你们的新校区规划得很好，您看我能为很快就投入建设的新校区做些什么？……我们常联系，记得有困难找我！"

而后来的事实证明，鄢仁云彼时所说的三句话，全都是经过深思熟虑的，体现了优秀企业家的美德：诚与信。

车子离去。校长和孩子们在校门口挥手道别，眼里都噙着热泪。覃锋心中的一块石头落了地，今年大学生的学费，由于鄢仁云的到来，终于有着落了……

2. 一点心意（之二）

鄢仁云的"一点心意"在延伸，"一点小钱"在叠加。

2010 年 9 月上旬的一天，此时距鄢仁云全家来校慰问仅一周许，覃锋接到了鄢仁云的秘书雷渊杰的电话，说："前几天鄢仁云甫返瀚德集团即向公司领导和全体员工介绍了明天学校的情况并动员捐赠，他带头捐了 1 万元，其他领导有的捐 1 万元，有的捐 5000 元；员工有的捐 1000 元，有的捐 200 元——共筹得 21.8 万元。这些钱全部作为支持明天学校孤儿高中生、大学生的学习和生活费用……"

电话这头的覃锋再次泪奔。

而更大宗的"一点小钱"却还在后面。这回是瀚德集团的公司行为了。

3. "校长，记得有困难找我！"（之一）

2016 年之夏，对于明天学校来说，是一个金色的夏天。

13 名孤儿学生考上大学。

覃锋作为一校之长，此刻却是喜忧参半。

忧的是，开学在即，大部分中榜的孩子学费尚未有着落，他们都纷纷打电话向"校长爸爸"求救。

覃锋心如汤沸。

他立即想起了鄢仁云和他那句掷地有声的话："校长，记得有困难找我！"

他给鄢仁云写信。

信中有这样的动情话："在您的鼎力支持下，今年有 13 名孤儿考上了大学，实属不易啊！学费共需 81920 元……这些孩子暑假打工挣了 3000 至 4000 元，但也不够学费……恳请瀚德集团伸出援手。"

校长细列了一份 2016 年度考上大学的学生的名单。他们来自何处，考取了哪所学校，尤其是新学期需交多少学费，清清楚楚，一目了然。

瀚德集团的常务副总郑梁栋看到了校长的求援信，一分钟也没耽搁，当即向鄢仁云汇报。鄢仁云的眼前浮现出孩子们一双双渴望与焦灼的眼睛，毅然决然地做了决定，指示：先将钱转入 13 名孤儿的银行卡，其他例行手续过后补办。

这无异于救人于水火、于危难之中。

孩子们收到了学费，粮草丰盈，心中不慌。上学后，饮水思源，竞相给鄢仁云写来感谢信。

得到 6500 元"及时雨"的欧春玲，写出了肺腑之言：

> 我是明天学校的孤儿大学生欧春玲，现在就读于广西师范大学。非常感谢您与瀚德集团给予我们的帮助。这真是雪中送炭啊！这笔宝贵的资金使我家里的经济压力得到了很大程度的缓解，您帮助了我们这些家境贫苦的孩子们，把曙光和希望带到了我们身旁，让我们可以完成学业，用知识来改变我们未来的人生道路。

父母早逝、靠爷爷奶奶带大的韦智奎，来自上林县，考取了广西科技大学，他获得瀚德集团资助 4600 元，他这样写道：

> 您宝贵的资金帮助了我们这些家境贫寒的孩子们，把曙光和希望带到了我们身上，让我们能够完成学业，用知识来改变未来的人生道路。您的爱心让我们感受到了社会的温暖，让我们渴望学习的心备受感动。在这里感谢您对我们这 13 个孩子的关怀和关爱……

学费 7770 元，对于刚考取广西农业职业技术学院的莫雪英来说，这是一个比天文数字还大的巨数。她原想放弃学业，是鄢仁云的资助使她重燃希望。以下是她的感激之言。

> 敬爱的鄢叔叔：
>
> 正当我为读大学发愁时，为交不起学费偷偷地躲在被窝里哭时，正当我多次问覃校长我们的学费如何交、9 月 10 日如何去注册、如何向学校申请迟交学费的理由时，您伸出了大爱之手，给我的卡里转来了学费。我太感谢您了！您的爱心改变了我的命运，真心地谢谢您！
>
> 记得我还在读高三，准备毕业的那一年，奶奶因中风突然摔倒，导致家里积攒了一年多的生活费一下子花光了，并且还跟亲戚借了不少钱，后来的生活费用基本是赚一分花一分了。叔叔和婶婶仅凭那微薄的土地收入维持着一家人的开销，经常入不敷出。我逐渐长大，又是家中最大的孩子，我时常关注家里的境况，知道叔叔和婶婶总是因为生活的艰难而一筹莫展，愁白了头。
>
> 有时因为天气原因，家里种植的辣椒、玉米、四季豆都没有回本，导致家中经济情况难上加难，而且我的堂弟还在上幼儿园，每个月都要交相应的费用，这使本来贫困的家庭更加贫困，家里的经济条件根本支撑不起我的大学学费。谢谢鄢叔叔的资助……

4. "校长，记得有困难找我！"（之二）

2017 年是继 2016 年之后，明天学校的又一个大面积丰收的年份，有 11 名孤儿学生金榜题名，而且有几名升上的是较有名气的大学。

校长自是喜不自胜，有扬眉吐气之感。

他第一时间想到要向鄢仁云报喜，而且也想起鄢仁云那句豪迈的暖心话："校长，记得有困难找我！"

明天学校的一个报告打到了瀚德集团。鄢董、郑总看了报告，同样高兴，有成就感，当即指示办公室蔡主任：以最快的速度从广西瀚德明天慈善基金会划拨 73344 元，直接打到 11 个孤儿的银行卡上。

我想：应当将 11 名孤儿学生的姓名、考上何校、所需学费照实录下，算是"立此存照"。一来，这是明天学校和孩子们的光荣，应当记录；二来，瀚德集团助人于危难之时，亦该记录，使孩子们记恩和感恩。

名录如下：

1. 邓凯中，上海海事大学，学费 7397 元。
2. 冯春桂，广西民族大学，学费 5500 元。
3. 黄苏梅，桂林医学院，学费 7547 元。
4. 刘琳，百色学院，学费 4600 元。
5. 欧小玲，浙江师范大学，学费 5500 元。
6. 周幼萍，广西师范学院，学费 13500 元。
7. 刘晓铭，广西工商职业技术学院，学费 5500 元。
8. 陶明丽，河池学院，学费 4200 元。
9. 颜树莉，广西中医药大学，学费 8000 元。
10. 卢星星，柳州职业技术学院，学费 6500 元。
11. 韦淦奎，桂林师范高等专科学校，学费 5100 元。

鄢仁云一看名单，发现了一个熟悉的名字：欧小玲。这是 2010 年他第一次踏入明天学校时确认资助的 11 位孤儿孩子中的一个，而且她以 511 分考上了浙江师范大学。他记得这是个家在宾阳、父母双亡，随爷爷奶奶生活的聪明的孩子。她不但聪明用功，还非常懂事。她要了鄢仁云的微信号，时常主动地发微信报告学习、生活，甚至思想情况。鄢仁云常常为她出谋划策、排忧解难。现在他高兴地给欧小玲打电话，说的是亲人般的温馨话："衷心祝贺你！你开学需要的学费和以后每个月 1500 元生活费，由叔叔帮助你开支，放心好了……为什么不报企业管理专业呢？如果报了，以后还可以回叔叔的企业工作、出力啊……但是，做人民教师也很好，今后可以回明天学校回报恩情和教育弟弟妹妹们……"

5. "我最尊重的企业家"

我一直很想当面采访鄢仁云董事长，但却一直没能如愿约上，因为他太忙了。

有一回，是 2016 年 10 月的一天，说好了在瀚德集团总部见面，覃锋与我下午 3 点准点到了，依然失之交臂。瀚德集团常务副总郑梁栋抱歉地说："实在对不起，鄢董约见了重要的客户，刚刚出发，我立马也得赶去……"

我知道并且理解，企业家都忙，而干大事业的企业家尤其忙，常常是身不由己。

但鄢仁云所资助的孤儿学生中，却有一位在无意中帮到了我，使我对他的生活中的一面，算是有了足够多的了解。

帮到我的是欧小玲。

七年来，欧小玲得到了资助人鄢叔叔和其家人许多具体而实际的帮助和关爱，从生活、学习到思想，无微不至。

如今，欧小玲准备启程前往位于杭州的浙江师范大学，感激之情油然而生，难以自抑。她给校长发了一篇她写的文章，是衷情讴歌鄢仁云叔叔的。

致我最尊敬的企业家

说到企业家，大多数人第一个想到的也许是马云。而我想到的却是他——广西瀚德集团董事长鄢仁云。因为，他除了是企业家之外，也是我的资助人。事实上我们见面的次数并不多，因为他非常繁忙。但在百忙之中他却仍然抽时间到广西第一所孤儿学校明天学校去资助一些孩子，而我很荣幸地在资助名单之列。所以对于鄢叔叔做的一些善举还是很有发言权的。

做慈善的人，都呼吁有时间、有经历的人能多做善事，没时间、有钱的人能伸出援手。鄢叔叔属于后者，但他做了两者的事。他在金钱资助方面可以说是毫不吝啬，他为明天学校建立了基金会。除此之外，他也很关心我们的生活。那时我们刚刚认识不久，他请我们11个孩子到他家。在家里，叔叔、阿姨和我们话家常，问到大家闲暇时都喜欢做些什么。有说打篮球的，有说跑步的，也有说喜欢看书的。还会问问我们家乡的特色菜，以及有什么风俗啊，像我来自宾阳的那就是酸粉和炮龙节了。

他们的孩子也热情地招待我们。男孩子就一起去打打游戏，女孩子就一起聊聊天，很有家的感觉。

有时趁着周末我们没课，鄢叔叔还会抽空接我们到饭店一起吃饭。吃饭时问一些我们的近况，有没有遇到什么困难，有时也会问我们未来的规划。2014年初中即将毕业的我就被问到计划考哪个高中。当时我说了想考三中。他就鼓励我要认真、努力。虽然最后很遗憾，我没有如愿考上三中，但是他的话，让人觉得心里温暖。

其实鄢叔叔是很忙的，就连周末带我们吃饭都是在两个包厢走动。有时去招待一下客人，有时又要过来和我们聊聊天，时不时又有一个电话打来，连饭都没能好好吃。每次吃完饭，鄢叔叔都会给我们每个孩子一个红包，让我们去买点吃的。

后来鄢叔叔实在太忙，但他并没有因为太忙而忽视我们。他委托了他的秘书雷渊杰哥哥照顾、关心我们。哥哥说遇到什么问题、困难时都可以找他。

哥哥经常抽空带我们去吃饭、聊天，问我们的近况。彼时我正上高中，学习的压力很大。特别是在 2016 年到 2017 年就读高三的这段时间，哥哥更关注我的学习生活状况。一有空他就打电话来问我的学习怎么样，生活方面有没有困难。感觉就像亲人一样。为了让我顺利度过高三生活，就连哥哥的夫人鄢潇潇姐姐也时常关注我的状态。

在我即将高考的时候，哥哥带我们几个孩子去见了鄢叔叔。当时是在他们公司里，鄢叔叔时间并不多，我们先到了办公室，等了一会儿，他才匆忙地赶来。他一一问了我们最近怎么样，以后有什么规划。我们一个一个地说了自己的计划。有个孩子说准备读大专，因为成绩不是很好，读专科多学点儿东西。鄢叔叔赞许了她，说："一定要多学习。"另一个同学说想读了中专就去工作了。叔叔就立即说道："为什么不再多读书？我建议还是要多学习学习，再去工作。现在的大学生很多，竞争很激烈，只有掌握了知识，才能站稳脚跟……"

而我即将高考，我表示一定尽力考好。其实叔叔当时问我想考哪个大学，但由于当时我的成绩浮动比较大，所以也只是留点余地说先看考得怎么样吧。叔叔就鼓励我，说希望我努力，尽量多读书。

在高考的前一周，雷渊杰哥哥和潇潇姐姐还带着他们的宝宝来我学校附近请我吃饭，给我加油打气。在高考那两天，潇潇姐姐还每天顶着烈日来给我送饭。

这些点点滴滴的大事小事都让我记忆深刻。成绩出来后，我报了浙江师范大学。鄢叔叔知道后跟我说了恭喜，并资助我学费 5500 元，而且每月给生活费 1500 元。

其实叔叔、哥哥他们都有着自己的家庭，也都有着繁忙的工作，但是他们都乐意抽空去做这些善事。叔叔虽繁忙但从不忘记自己的承诺。他说了要帮我们，他就一直坚持。叔叔从来都是言而有信，我想这也是他事业有成的重要原因。所以在我心里，鄢叔叔是我的榜样，是我最尊敬的企业家……

欧小玲

2017 年 9 月 1 日

欧小玲的这篇感言，似乎有点长。但美文是不嫌长的。这篇《致我最尊敬的企业家》写得生动、真实、以小见大，体现了鄢仁云有血有肉、富有同情心和对弱势群体不吝施爱的一颗拳拳之心。

后来，欧小玲向校长说了阿姨（鄢仁云的夫人）的一个故事，听得我感慨万千！事情不大，也平常，但其人情和母爱的内涵，令我不禁潸然泪下。

欧小玲说的是，有一次，阿姨领十几个明天学校的孤儿孩子买衣服。那时正是酷热的盛夏，阿姨一心给每个孩子都买几套，就跑上跑下，每个楼层的每间铺面都跑了个遍。一会儿给这个试试，一会儿给那个试试。孩子们照着镜子，试了脱，脱了试。阿姨问大家有没有喜欢的，不喜欢就重挑。还亲自帮年纪小的同学穿衣、脱衣、出谋划策。一定要使每一个人都点头，都露出满意的笑容才罢休。而阿姨已经很累了，天气太热，流了好多汗，衣服后背全湿透了。欧小玲得到了两套适合、漂亮的衣服。她紧紧地抱着，这是阿姨亲手挑拣的，有着阿姨的体温，这是母亲一样的体温，她觉得是母亲为自己买东西，所以她很感动！晚上，回到学校，睡在床上，她还紧抱着衣服哭了好久好久。那时她才11岁，她是多想母亲，多想有母亲啊！但她既没爸也没妈。

我是到过欧小玲家的。那是2016年8月25日，我坐明天学校的校车造访她那在宾阳县新圩镇大欧村的家。她的姐姐欧春玲长她6岁，也是明天学校培育的，去年上了大学。

她们姐妹俩的家庭也有着悲伤的故事。父亲在二十五六岁时就因重病不治辞世，抛下了两个女儿——8岁的姐姐欧春玲和2岁的欧小玲。而没过两年，母亲不辞而别，至今十六载过去了，音信全无……

"她们的父亲和母亲，没给家里和一对女儿留下点滴印象，连一张照片都没有。"欧小玲的爷爷奶奶这样对我说，边说边不住地揩泪。

所以，欧小玲对爸妈长什么模样根本没有印象。那天阿姨带她买衣服，她很多次想张嘴叫阿姨"妈妈"。

6. 两大善事

我是见过鄢仁云的。仅此一面，却给我留下了颇深的印象。

2014年4月8日上午，在明天学校老校区操场，隆重举行广西瀚德明天慈善基金会成立暨基金会捐建明天学校瀚德图书馆交接仪式。

这是瀚德集团为明天学校做的两大善事：一是，由瀚德集团拨出200万元专款，成立广西瀚德明天慈善基金会，主要是帮扶并保障明天学校孤儿学生完成高中、大学的学业；二是，由该基金会捐赠1000万元专款作为明天学校新校区建设瀚德图书馆专项基金。

仪式举办得盛况空前，校园里喜气洋溢。

我是受邀者，所以亲睹了活动的全过程。

主持人介绍了基金会会长、瀚德集团董事长鄢仁云先生，并请他上台讲话。

于是我见到了这位我十分钦敬和久仰的爱心企业家。他中等个子，平头，50

开外，一套浅蓝色休闲西服，精气神充盈，眉宇间流露出刚毅、果决、干练、淡定的气度。我能感觉得到他有着一种异乎寻常的、每临大事都有静气的强大气场。

他说："为了帮助更多的孤儿孩子完成人生的读书梦、大学梦，广西瀚德集团特意为南宁市明天学校成立广西瀚德明天慈善基金会，并捐赠1000万元善款，在明天学校迁建的新校址中建设一栋瀚德图书馆，体现瀚德集团关爱孤儿、帮贫济困、大爱无疆的企业精神。

"我们此举，同时也是为社会上更多人扶贫助孤、奉献爱心、关注弱势群体搭建一个平台。我相信，在广西瀚德集团的带领下，我们扶贫助孤基金会必将不断地发展壮大，并取得令人更加满意的成绩……"

他还说："作为一名企业家，一直希望能有机会回馈社会，履行企业的社会责任。基金会目前关注的是孤儿群体，但将来还会关注更广泛的领域，希望能够为社会和谐做出一份贡献……"

两名"红领巾"上台向鄢叔叔行少先队礼、献花。我看到这位汉子的眼里有了泪光。

此时，我想起校长对我说的话，这是鄢董多次对他说的、意味深长的话："校长，我知道明天学校的孤儿每年读高中和大学经费很困难，尤其是大学生没有学费和生活费，明天学校没有'造血'功能，单靠平时爱心人士随意捐赠是解决不了实际困难的。明天学校必须要有自己的'造血'功能，所以我成立了这个广西瀚德明天慈善基金会，每年还发动我身边的企业家为这个基金会注资。除了专门帮助明天学校每年考上高中和大学的孤儿学生，也奖励那些小学、初中品学兼优的孤儿学生。"

我们就此完全明白了鄢仁云董事长的良苦用心和深谋远虑，那就是，200万元也好，1000万元也好，基金会也好，图书馆也好，这一切，都是为明天学校"造血"。

一言以蔽之，一切为了孤儿美好的明天和明天的美好。

宏伟壮观的瀚德图书馆正在兴建。

言简意赅、文字精练的《瀚德图书馆记》已提前拟就：

广西瀚德集团有限公司呈一片关爱孤儿的赤子之心，于2014年捐赠人民币1000万元，援建南宁市明天学校图书馆，即瀚德图书馆。广西瀚德集团在发展经济的同时，不忘回报社会，热心公益慈善，关爱孤儿，帮扶贫困。为感谢广西瀚德集团帮扶助教之情，爰镌吉金，以垂永记。

这篇美文出自明天学校副校长黄淑娴之手。瀚德图书馆落成之时，它将镌刻于图书馆的正面墙上。

这真是流芳千古、功德无量的事!

7. 深情的眼睛

瀚德集团与鄢仁云对明天学校多年来的善心、善德、善举,孩子们都看在眼里,记在心里。

有几位文笔不错的"明天大学生"坐到了一起写出了一首感恩诗,交给校长又转交我:"敬请何培嵩作家斧正!"

我没舍得"斧正"。我保留了弥足珍贵的"诗眼",然后稍作加工润色,便有了这首《深情的眼睛——致鄢仁云叔叔》。

您,不是妈妈

却比妈妈还亲

您,不是爸爸

却比爸爸还近

啊……

无论白天黑夜

无论醒时梦中

人丛中总能看到

您那双深情的眼睛

我们深爱着您

因为有您宽厚的胸怀

我们茁壮成长,踏实做人

是您扶我上马

教会我催马扬鞭

奔向那光辉灿烂前程

我知道我的点滴进步

都是您汗水的结晶

我清楚是您倾注了心血

才换来我的每一个成功

所以今后无论人在何处

哪怕远隔千山万水

我们都会记得您那双

时时凝视我们的深情的眼睛……

第十二章

跨国之爱

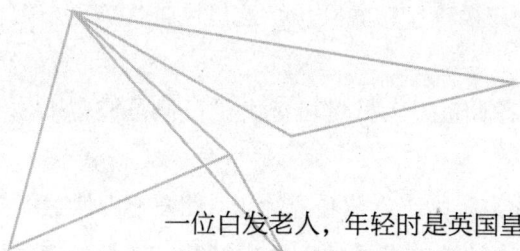

一位白发老人，年轻时是英国皇家空军飞行员。

他热爱中国，娶了中国妻子，落户南宁。

他六到广西大石山区，自驾车，背着氧气袋，为那里的小学生送书、送物、送知识。

他五年如一日地到明天学校当志愿者，精心培育孤儿学生中的英语尖子。

他是英国人 Bedford Ernest，人称尔尼。

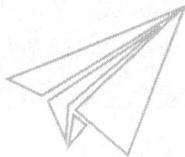

"Hello，尔尼！"
（一位英国老人的中国情结）

1. 青秀山

这是 2006 年末的一天，天气微寒。广西南宁市青秀山，这里风景优美。今天不是节假日，游人不多。

一位老外，碧眼高鼻，身躯伟岸，齐耳银发。虽然年纪大了，但是掩盖不住他年轻时的潇洒俊逸。

他是英国人 Bedford Ernest，人称尔尼。这天，他和他的几位朋友上山休憩。

他发现一个衣衫破旧、个子瘦小的小姑娘在游乐的人群中穿梭，在垃圾箱里翻寻、捡拾人们丢弃的矿泉水瓶，放到一只比她个子还要高的编织袋里。

小姑娘大约 10 岁。

过后，尔尼常与人道："她应该是正在学校读书的，她应该是和小伙伴们追逐嬉戏、享受快乐童年的。孩子都是一样的，应该幸福开心。但她那天却在山上拾荒，为了生活到处奔波。"

尔尼心里很难过！他将同伴的饮料瓶收集起来放入小姑娘的袋子里，拉她坐到身边，关切地比画着手势与她交谈，给她食物……

小姑娘感激地走了。他看着她渐远的背影，怎么也抑制不住同情的泪水。

他在回忆。

他想了很多，也想得很远。

遥远的思绪如蓝天上的浮云，一朵又一朵飘过。

他 1943 年出生于约克郡附近一个美丽的小村庄。那是二战接近尾声最惨烈的年代。他是听着飞机的轰鸣声和枪炮声奔跑在没有生命颜色的废墟中的孩子，儿时的他忍受着物资极度匮乏带来的饥寒交迫，一天天一年年长大。他也是穷苦出身。但他人穷志不短，他要使自己的智能和体魄都变得强大和优秀。后来，他成为英国皇家空军的飞行员，在当时英国的三艘航母——"无敌"号、"卓越"号和"皇家方舟"号之中最强大的"无敌"号上驾驶运输机，保家卫国，为了和平与幸福，一飞就是十四年。退役后他服务于英国最大的商用英伦航空公司（BRITSH

AIRWAYS），再飞了二十一年。他总共当了三十五载的"空中飞人"。可以说，他飞遍了飞机能够抵达的任何一个国度。经过认真的比较和缜密的思考，他喜欢上了东方文明，尤其是历经数千年的中国文明。从酷爱到钟情，再到痴迷，举凡有着中国元素的东西，他都喜欢。

2005 年退休。2006 年他到南宁旅游。"半城绿树半城楼"的壮乡首府留住了他漂泊了大半生的脚步。这一年的春天，单身多年的他与鸿雁传书多时的贤淑温柔优雅的南宁人马琳喜结连理，从此定居绿城南宁。

而最使尔尼痴情以至难以自拔的却是古老的中国文化。他认为，那是深入骨髓、渗透于血液、游走于灵魂的真正意义的东方智慧。

这个智慧的核心就是"仁"，让世界充满爱。

他知道，孔子曰："天下归仁。"

他还知道，孔子曰："仁者爱人。"

即倘若人皆具"仁人爱人之心"，则世界大美矣。

尔尼收回了他纷飞的思绪。

2. 大石山（之一）

尔尼是基督徒。

他记得《圣经》中提到："如今常存的有信，有望，有爱，这三样，其中最大的是爱。"

不知为什么，他会常常想起南宁青秀山上那个拾矿泉水瓶的小姑娘，而且一想起她，他就会默默地掉眼泪。因为他们同在一片蓝天下，"孩子都是一样的"。他要帮他们，尽自己的绵薄之力。

他听朋友说起广西少数民族地区还有不少类似的贫困孩子需要帮助，于是他的目光聚焦到了广西那莽莽苍苍、恍若无涯无际石海的大石山区。

目标：大化瑶族自治县北景乡弄冠小学。北景乡位于大化县北部，山偏地远，交通不便，大部分居民都是库区移民。

尔尼携妻子马琳两次驾车前往。

这是 2007 年 9 月 19 日，酷热难耐，山道崎岖。

从南宁驱车去大化山区，一路可谓是九曲十八弯，颠簸难忍。走 1 个多小时的高速公路后，就要转入二级公路。又走 1 个多小时后，就是山区坑坑洼洼的砂石小路。车子在山路上"扭着秧歌"前进，翻过一座又一座山，背后的盘山公路如一条长蛇，连绵不断，隐入山林里。2 个小时后，车子到达一个水库边。这里群山环抱、巨树婆娑，弄冠小学就在这里。尔尼迫不及待地推开车门往下跳，一个趔趄，他差点摔倒，但他全然不顾，健步往学校走去……

其实，这样的"情景剧"并非第一回，让我们把镜头往回推。

——应尔尼的强烈要求，马琳联系上了河池市移民办，该办的同志为他物色并确定资助 16 个山区贫困孩子，尔尼每年资助这 16 个孩子每人 600 元。而从此之后，这句深情的"我的那些孩子"就成了常挂在尔尼嘴边的口头禅。

——2007 年 4 月和 6 月，尔尼和马琳两次自驾车进入山区。车后厢装满了他俩亲自购买的童话书、笔记本、钢笔、铅笔、橡皮，还有让学校告知每个孩子的身高、体形后他俩按照尺寸选购的夏装冬衣……

在弄冠小学，尔尼亲自将《学生字典》送到每一个孩子手中。每个孩子接到字典时，尔尼都用中文轻声说："谢谢!"当他看到被资助的 3 个孩子作业本上的 100 分和 98 分时，高兴地连声说："Good! Good!"在征得老师同意后，他在孩子们的作业本上写了"Very good"，并工整地签上自己的名字。

——严冬，尔尼再次往巴马县那坜山区送书、文具、冬衣、球鞋、袜子。看到一个穿着塑料凉鞋、两脚沾满泥浆的男孩，尔尼心疼地将男孩搂在怀里，然后用温暖的双手轻轻地捂住孩子冻伤的小脚，为孩子穿上他买来的新袜新鞋……

——在尔尼和他妻子的专用记录本上，我们清晰地看到孩子的姓名、年级、年纪，甚至还有买衣服时给孩子们测的身高。

尔尼年事已高，大半辈子的岁月留痕使他落下了痛风和比较严重的心脏病。他非常需要休息和静养。但他执意要亲自到大石山区。马琳清楚地知道广西桂西北山区是喀斯特地貌，峰连峰，山连山，险峻至极。《清文观止》有云："山如剑排，水如汤沸……北人居此，还者十无一二……"古时，吾国之"北人居此"，都难以适应，何况尔尼这样的欧洲人？可不，他们自驾的汽车在弯曲如蛇的盘山公路上蜿蜒爬行，车上的人脸皆变色，有的呕吐，有的晕车。尔尼面色陡变，胸闷、心慌，手脚颤抖，心肌缺血，疼痛难忍，一阵一阵眩晕，坐在后座上有如一摊软泥。马琳知道，这是由于舟车劳顿、过度疲累，因而出现的类似于高原反应的疲劳综合征。他们就停车熄火，扶尔尼出车。马琳给他接上一只出发前准备好的氧气袋。稍事歇息，山风一吹，尔尼大口大口地吸氧，缓过神后，就又继续前进。他们便是这样，歇歇行行，好不容易才到达了目的地。这样背着氧气袋进大石山区的经历，总共有五次。尔尼是不改初衷，乐此不疲……

不同国度，素昧平生，没有任何血缘关系，尔尼却用心、用情、用真爱，把一群中国孩子当作自己的孩子，去关心、牵挂和呵护。

有朋友对此大惑不解，问他："为何这样做?"

"不为什么! 只要我有这个能力，而孩子们也需要这个帮助。"

尔尼的回答简单而直接。

3. 大石山（之二）

现在我们把视线拉回到大化县北景乡弄冠小学。

河池市移民办公室的相关领导和北景乡乡干部早已恭候多时。

此时是下午 1 点，山里的孩子鲜见生人更鲜见老外，刚吃罢午饭的学生们纷纷簇拥着尔尼，将他围得严严实实。二年级七八岁的兰秀英，幼时被父母抛弃，养父几年前病逝，瘦弱的养母根本没能力抚养她。她得到过尔尼非常及时而有效的资助……欣喜若狂的她高喊着："尔尼爷爷来了，尔尼爷爷来了！"尔尼完全忘了舟车劳顿，一把抱起兰秀英，一一打量着孩子们，眼睛笑成一条缝，用汉语连声问候："你们好！孩子们好！我想你们！"

看着这一幕，市移民办的一位领导的眼睛有些湿润了，她感动地对翻译说："从来没有见过哪个外国友人对这些孩子比对自己的亲生儿女都亲的，请转告尔尼先生，我尊敬他，谢谢他如此爱中国的这些贫困孩子，谢谢他的博爱……"

孩子们牵着尔尼的手，久久不愿放开。兰秀英搬来椅子让尔尼爷爷坐下，覃钧磔当场朗诵课文给尔尼爷爷听。7 岁的黄宇拿着都是 100 分的作业给尔尼爷爷看……尔尼一直含笑地听着和看着。接着，尔尼拿出准备好的书籍、文具、月饼，一一送给老师和孩子们，把新学期 5 个孩子的生活费郑重地交给弄冠小学校长蒙仁贵，由他每月按时发放给孩子们，他还兴致勃勃地和孩子们聊一些世界趣闻，教孩子们练习简单的英语口语……

在尘土飞扬的弄冠学校操场上，在垒土筑成的简陋的升旗台前，师生肃立，唱着国歌，举行了简单而庄严的升旗仪式。

一个相貌清秀的"红领巾"代表全校师生，念了《致尔尼先生的感谢信》。

她说："今天——2007 年 9 月 19 日，是一个永载弄冠小学校史的日子。感谢尔尼爷爷一年来慷慨解囊、捐资助学，充分显示出一个外国爱心人士对中国教育事业的关怀和支持，对弄冠村后代的厚爱和热望……"

她列数了具体的东西："2007 年 4 月 16 日，尔尼捐赠人民币 1500 元，学习用品 5 套，救助我校 5 名贫困学生；2007 年 5 月 28 日，送来一批书籍、字典；今天，尔尼爷爷又不顾年老体弱，专程送来了 1500 元和一批书籍、衣物……"

女孩念着念着，泪水就涌了出来，哽咽得说不下去。尔尼听着翻译，感动着：原来自己做的平常事，点点滴滴，孩子们都记得。

一位戴红领巾的年轻女老师领着孩子们面对国旗宣誓。

"我们一定刻苦学习，努力钻研，学有所成，满怀激情地、自觉自愿地发挥自己的聪明才智造福桑梓，回报社会，报效祖国！"

孩子们高举右手，神情庄严，声调铿锵。

而那年轻聪敏的翻译——一位正念外语专业的大三女学生，在翻译孩子们的誓词之后，向尔尼先生加译了一句邓小平的话："把爱献给教育，献给下一代的人是世界上最幸福的人。"

4. 大石山（之三）

应当说，新闻媒体的话最为真实。

《一位英国老人的中国助学情："只是做了我能做的"》，2010 年 3 月 13 日，新华网广西频道的记者熊红明这样来写尔尼的大石山情缘：

> 几年来，尔尼多次到广西的大化、马山、武鸣等偏远山区县份，给 10 多所学校的孩子送去书籍、文具、衣物和糖果，还给孩子们上英语课。
>
> 刚开始，孩子们看到这个大个子外国老头时，感到有些害怕，不敢与他说话。接触时间久了，孩子们就慢慢地喜欢上了这位笑容可掬的英语老师。每当尔尼走进校园，孩子们都会用英语与他主动打招呼。
>
> 尔尼的举动激励着孩子们。大化县北景乡的女孩甘柳青，上小学时曾得到过尔尼的帮助，如今已上初中的她在给尔尼的信中写道："我希望通过自己的努力，带尔尼老师去游览中国的长城，甚至环游世界。"
>
> 走进尔尼在南宁的家中，过道上张贴的都是他与孩子们的合影照片。看着孩子们一张张天真灿烂的笑脸，尔尼也很开心。尔尼和妻子保留着一个本子，上面记录了尔尼所帮助孩子的姓名、年级、身高等信息。"他们都是我的孩子，每当看着他们，我都会感到快乐。"尔尼说。
>
> 这些年来，尔尼记不清楚给孩子们送了多少书、衣服。每当谈起这些事，他都会说："我只是做了我能做的，做了我想做的。"

有时，马琳担心尔尼的身体，委婉地对他说："你整天帮山区的困难孩子，帮得了那么多吗？"

尔尼笑答："我才拿出一点点，就可以帮助到需要帮助的人，这多好啊！"

后来，马琳在 2017 年 4 月 10 日接受我采访中这样陈述尔尼的大爱观："他这种对弱者的爱和帮助是没有原因的，是发自内心。你问他：'为啥要帮？'他或会反问你：'为啥不帮？'他一直认为自己的所为自然而平常，'Too small.（太平凡。）''No reason，I just want to do it，for these children.（无须理由，只是自己想要做，只是为了孩子。）'"

再后来，我在明天学校的英语角偶遇尔尼，他正给孤儿学生中的七八个英语迷开"小灶"。我又拿这个扶贫济困的话题问他。

他浅笑，给我说了一个寓言故事：《浅水洼里的小鱼》。通过翻译老师的翻译，我略知了大概。

我知道此文收入了小学课本，我让明天学校的语文教学权威黄淑娴老师找了给我。

浅水洼里的小鱼

清晨，我来到海边散步。走着走着，我发现在沙滩的浅水洼里，有许多小鱼。它们被困在水洼里，回不了大海了。被困的小鱼，也许有几百条，甚至有几千条。用不了多久，浅水洼里的水就会被沙粒吸干，被太阳蒸干。这些小鱼都会干死。

我继续朝前走着，忽然看见前面有一个小男孩。他走得很慢，不停地在每个水洼前弯下腰去，捡起里面的小鱼，用力地把它们扔回大海。

看了一会儿，我忍不住走过去对小男孩说："水洼里有成百上千条小鱼，你是捡不完的。"

"我知道。"小男孩头也不抬地回答。

"那你为什么还在捡？谁在乎呢？"

"这条小鱼在乎！"男孩一边回答，一边捡起一条鱼扔进大海。他不停地捡鱼扔鱼，不停地叨念着："这条在乎，这条也在乎！还有这一条、这一条、这一条……"

是的，帮助孩子或许我们有些人不一定在乎，但尔尼一直默默地不懈地在做，他常说，那些需要我们伸出援手的孩子"在乎"。

5. 明天缘（之一）

明天学校美丽校园的西南角，有一个英语角，这是一个爬满青藤的文化长廊，是孩子们课余提升英语会话水平的好去处。

2010年夏的一个星期三上午，尔尼在这儿与一群孩子交流互动。

对于义务到明天学校教英语，尔尼是这样说的："这是我愿意、乐意和能做的。在与孩子们的交流互动中，我也得到了由衷的快乐和心灵的提升，体会到人生新的意义和晚年生活的价值。这事是我应该做的。"

尔尼与明天学校结缘，是在2008年的春天。

多次慰问过明天学校的南宁市人大常委会的领导，将尔尼介绍到了明天学校，这里是最适合这位爱心满满的英国老人的身体状况和发挥余热的地方。

这天，南宁市人大常委会的领导偕尔尼夫妇一同来到明天学校办公室。校长和校领导都在，何春毅老师担任翻译。

还未寒暄几句，尔尼就迫切地提出："我什么时候可以来学校？我用何种方式与英语教研组一同教学生？我能够干些什么……"

他简直是迫不及待。他是真实和真诚的。

后来的"程序"是这样的：

授课内容：尔尼按英语教研组提出的方案和形式，进行与课文同步的口语交流训练，以讲故事的形式传授和介绍英国的饮食文化。

授课地点：有户外——校园的英语角，附近的公园、景点；有室内——到各班级的教室讲授。

授课时间：每个星期三上午的第四节，即 11 点至 12 点。

何春毅老师告诉我一些"尔尼逸事"，使我颇受教益，油然生敬。

尔尼会在网上搜寻并打印一些材料，自费购买英文资料，分发给一些对学习英语兴趣较浓、英语水平较高的孩子。

有几个英语基础薄弱的孤儿，尔尼为他们开"小灶"，专门找适合他们水平的资料发给他们，领他们到办公室，做强化辅导，使他们跟上同伴的步伐……

他对教学的认真、严谨和重视，使老师们难忘。比如，明天有他的课，他必定会在头天晚上给何春毅老师打电话，讨论明天的课程、内容，询问学校有没有其他的活动导致改变，等等。直至确认，达到万无一失，他才放心。

对于尔尼的课，全校师生众口一词、交口称赞。

星期三这天上午 11 点之前，尔尼必定会准时出现在学校门口。此时正值第三节下课之时。这位白发老爷爷的受欢迎程度绝不亚于西方国家圣诞之夜从烟囱里钻出来给孩子分发糖果礼包的圣诞老人！孩子们会一拥而上，欢呼着尾随着尔尼，嘴里不停地齐呼："Hello, How are you?"（你好吗？）"Hello, Ernie! How are you?"（尔尼！你好吗？）尔尼满脸是笑，仿佛进入一个童话世界里那样开心。而孩子们的心扉从闭锁变为开放，视野从狭窄变得开阔。不知不觉地，每逢星期三就成了孩子们所期盼和渴求获取新鲜的英语知识的"节日"。每逢星期三，尔尼会起得很早。他住得远，在南宁之东，距学校 30 多公里，他总是 9 点前出发，转公交车两次，颠簸约 2 个小时，保证在 11 点之前抵校。从 2008 年直至 2014 年，这六年里的每个星期三，他从未迟到过一次。他说这种有如伦敦大本钟般分秒不差的时间观念和一丝不苟的做事风格，是他长达三十五载的飞行员生涯里严苛的铁律练就的。

6. 明天缘（之二）

星期三上午第四节，尔尼上完课，他会到学校饭堂用餐。孩子们吃什么他就吃什么。学校要给他加菜、做西餐，他坚决不让。

他总是自带一只小布袋，里头装的是一个瓷碗和一只汤匙。他有了不少得意门生和粉丝，孩子们会以他为中心围拢起来，边吃边用英语会话。这时餐厅里会有许多欢声笑语。

偶尔他有病痛——比如心脏不适或痛风什么的，来不了，孩子们会很失落，会很惦记他，有的会焦急地给他打电话致以关心和问候。

他很随和风趣。一次，一向豪爽豁达的莫荣斌副校长带来一瓶葡萄酒，问他："喝吗？"其欣然回曰："OK，OK！"于是在欢乐的"Cheers（干杯）"声中，几位老师与尔尼一饮而尽。而后，尔尼带来过几支葡萄酒，老师们和他当然就又"Cheers"过几回。

年轻而美丽的潘洁芬老师这样向我谈"尔尼印象"：

"（尔尼）是个非常慈祥、和蔼可亲的英国老人。人极热情，逢人必打招呼，远远就叫'Hello'。我们到（他居住的）小区看望，问任何一个人'有一位英国老人住在哪儿'，必获得热情的回应和指引。每周三上午，他第四节有课，总是提前到办公室候课。看得出他来学校与孩子们在一块儿，是他感到最开心的事情，也是他最感兴趣的事情。"

这是很真实的美好印象，是师生们对尼尔的共同的印象。

那么，他的中国妻子怎么看待尔尼呢？2017年4月10日，校长专门安排采访，我得以与尔尼夫妇俩餐叙，有年轻貌美、英文了得的女翻译和几位英语爱好者同席。

听气质儒雅、学养丰厚的马琳女士娓娓道来，她这么谈尔尼：

"他来明天学校，主要是为了培养孩子们对英语的兴趣，提升孩子们的口语会话水平。因为是老外嘛，孩子们会产生好奇心。英语水平的提高是循序渐进的。在河池市第三师范学校，在巴马高中，在大石山区，尔尼多次告诉同学们：'中国发展很快，而英语是国际通用语言，是第一大语种。或许未来有一天，你们的身边有了欧美的同学，那时英语对你们的工作和生活的方方面面就太重要了。'而在明天学校，他多次对孩子们强调：'中国很大，英国很小。中国强大了，我也感到很自豪。他说他开了三十五年的飞机，几乎飞遍了世界，深刻地感受到英语在国际交流中的重要地位。你们今天学好英文，就可以同世界各地的人交流，可以出国深造，可以走向世界……'"

　　马琳的话、老师们的话以及尔尼的所作所为，使我感觉到他的平常和很不平常。他站得高，有大视野和大眼光。他爱中国，而且真心实意为中国好。我对这位白发苍苍的老人肃然起敬。

7. 明天缘（之三）

　　尔尼希望有更多人，尤其是更多外国人来关爱明天学校的孩子们，和他一样。

　　尔尼的爱心善举早已名声在外，区内外的各类媒体——广西电视台、河池电视台、巴马电视台、大化电视台、《广西日报》、《当代生活报》、四川新闻网、福建新闻网、新华社广西分社等都报道过尔尼的故事。

　　酒香不怕巷子深。2017 年深冬的一天，尔尼、马琳在家里迎接了一位慕名而来的"不速之客"——美国老兵 Bobby（鲍比）。

　　鲍比曾是二战时期的美军飞行员，有着非比寻常的人生经历。经历过战争的残酷，他对生命怀有敬畏，时常帮助弱小。现虽年事已高，但他仍不忘尽自己的能力去做一些对他人有益的善事。

　　鲍比拜访了他的这位英国同行，真诚地请求尔尼带他一起到明天学校看望孩子们。

　　鲍比年逾 90，一头银发梳理得很整齐，中等个子，偏瘦，腰微弯，步子有点颤巍巍。但从他坚毅的脸庞可以看出他当年的英俊与挺拔。

　　他娶了一位在广西建设银行工作的南宁妻子。现在他在妻子的搀扶下，一步一步、走走停停地走上了学校中海教学楼的三楼。尔尼夫妇陪同着。

　　校长向正在上课的小学五年级的同学们热情地介绍了这位二战英雄的不寻常的经历。

　　鲍比与同学们进行英语互动，满足了孩子们对二战和珍珠港之战的好奇。他兴致勃勃地用英文教孩子们唱那首脍炙人口的加拿大民歌《红河谷》："人们说你就要离开村庄，我们将怀念你的微笑，你的眼睛比太阳更明亮，照耀在我们的心上……"

　　鲍比一行参观了学校，与孤儿共进午餐，不住地夸赞学校环境好、住宿好、食物好……

　　在校门口，鲍比与校长依依握别。他动情而由衷地夸赞："Mingtian school is a high-performing school. The orphans here all live a happy life!（明天学校办得真好！这里的孤儿很幸福！）"

　　这是很有深意的心里话。

　　鲍比转向尔尼，轻轻地推开了妻子的搀扶，挺直了腰，双脚唰地一碰，立正，向尔尼行了个标准的美式军礼，随之说了一番话。英文老师何春毅翻译道："今天度过了十分有意义的一天。非常感谢尔尼！感谢您带我亲眼看到了并且亲身领略到了什么是真和善，什么是慈悲和大爱，什么是不幸和大幸，什么是人性和人与人之间真实情感的沟通和融合。而且你用自身对孩子慷慨付出和传播知识的行动，为我们树立了榜样和标杆……"

尔尼双脚并拢，唰地立正，向鲍比回了个标准的英式军礼。

两位来自不同国度、远隔重洋的老兵紧紧地拥抱。今天，因为孤儿，因为爱，他们在中国南方的一所特殊的学校相遇了。现在，他们的眼里都有晶亮的东西，那是热泪。

8. 明天缘（之四）

是种豆得瓜，还是种瓜得豆？

当然都不是。

应当是：撒什么种子开什么花。

我正在创作《Hello，尔尼！》这一篇文章。我想起尔尼在明天学校几载，在英语角培养了不少"英语精英"。他们有何感受？他们如何看待恩师尔尼？尔尼所授的英文对他们的读书乃至人生有作用吗？

何不让这些孩子以书面形式陈述一下？

我将此念向覃锋校长一说，其连连点头。一分钟也没耽搁，用微信向"明天学校孩子群"发出了类似征文启事的一则消息：

> 长篇报告文学《明天的太阳》姐妹篇《哭了 笑了》是由著名作家、明天学校爱心顾问何培嵩来撰写，目前已经进入紧张创作阶段。这里尤其不能忘怀的是尔尼先生，他是开战斗机的英国退役军人，漂洋过海，不远万里来到明天学校，帮助明天学校的孩子提高口语交际水平，激发孩子们学习英语的兴趣，在孩子中留下了许多感人的故事。经常与尔尼学习口语的你，能把你当时见到尔尼时的那种感觉和与他学习英语的故事写出来吗？因为在这部《哭了 笑了》长篇报告文学中，我们不能忘记一直帮助明天学校的国际友人、明天学校爱心顾问尔尼先生和他的夫人马琳女士的大爱，请你写好后发给校长，校长再转给何作家。谢谢你，辛苦了……

这是德高望重的一校之长的殷殷期望和深情呼唤，情真而意恳。

一石击水，泛起了阵阵涟漪。很快就有了热烈的响应，那是当年的优秀学生、众多粉丝中的佼佼者的睿智回声。而且，都是我急需的，求之不得的。

我从四五篇孩子的微信回复中，精选了三篇，三篇皆美文。我不能也不忍变动她们的片言只字。

现在就读于长春大学旅游学院学会计专业的大三学生潘秋愉，当年在明天学校因她的聪明、机敏和活跃，而得了个"蓝精灵"的美号。她写了《我和尔尼的故事》。

高中的时候，听说尔尼病了，覃校长、莫副校长、韦副校长和江北老师领着我们几个孩子一起去看望尔尼。路上校长和我说："秋愉啊，校长英语可不好啊，你要当我们的英语翻译哦，我看看你们的英语到底学得怎么样了。"哎哟妈呀，这可把我给吓的，忙问："我紧张，万一听不懂也讲不利索，尔尼会不会笑话我？""不会的！尔尼人很好，很和蔼，你们有什么问题他都会很耐心地教你们。"

我们很快到了尔尼家，他的太太马琳女士为我们开门，热情地拥抱我们，邀请我们进去。进门后我看到尔尼正缓慢地从楼梯上走下来，招呼我们坐到沙发上和他聊天，我们围着他坐下。我把鲜花送给了尔尼，他高兴地说谢谢，温柔地摸了摸我的头。看着怀里的花，他告诉我们他喜欢百合和玫瑰。我当时没听懂百合这个词，整个句子只抓到"rose"这个重点，立马让我想起泰坦尼克号里的男女主角，女主角不就叫"Rose"嘛，我乐了，开心地说："我喜欢Jack，因为他很帅！"老师们听到都笑了起来，尔尼一会儿才反应过来，顺势地把话题引向电影，问我们喜欢什么电影。好善解人意的尔尼！

尔尼还问我们读几年级，喜欢什么，以后想做什么。他一直面带微笑，在马琳女士的翻译下很认真地听我们说，也发表他的看法。那是一个温暖的午后，阳光透过窗户洋洋洒洒地铺满客厅，我们围着一个慈爱的老人，像围着自己的爷爷，七嘴八舌地聊着。那一刻，没有民族的隔阂，没有国家的界限，没有幸与不幸的区别，我只感受到温厚的爱意和暖意。

临走前，我们和尔尼说要注意身体，我们会再来探望他，他也答应我们会尽快把身体养好，答应我们尽快回到明天学校教我们英语。他们一直把我们送到门口，我们依依不舍地道别……

在广西大学念公共事业管理专业的大三学生谢秀冬，学习一向出众，是同学们口中的"学霸"，中考时考上的是南宁市的重点中学：南宁二中。她这样描绘她眼中的尔尼爷爷：

虽然我与尔尼的接触不算多，见面的次数也是屈指可数，但是尔尼的形象一直都很清晰地存在我的脑海里。他已白发苍苍，却依旧昂首挺胸，高大伟岸，英姿飒爽，有着一种飞行员的帅气精神。他的脸上总挂着和蔼可亲的微笑。

对尔尼的印象最深的是我初中的时候，每次放学回来，甚至是周末闲暇时光，总会看到尔尼坐在我们学生公寓前面的草坪上，旁边围着一圈小学生。我听不清他们在讲什么，但从他们灿烂的笑脸和愉悦的笑声中，我想他们应该是和尔尼在快乐地学习外语，或者是听尔尼讲讲外面精彩的世界，聊一聊有趣的故事。因为无论何时何地，尔尼给我们带来的总是快乐和温暖、希望和向往。

我曾与尔尼通过 E-mail，与他说说英语，节日道声祝福。很感谢尔尼可以在百忙之中看到我的问候并及时回复。

尔尼让我看到了爱是不分国界、不分种族、不分身份地位、不分能力大小的。我们都应该对这个世界多一点善意，对遭遇不幸的人怀有怜悯和关爱，对需要帮助的人慷慨给予而不求回报。感谢尔尼，祝福尔尼！

韦林丽聪明好学、爱好广泛，对英文近乎痴迷。在陕西学前师范学院学习化学专业的三年里，她一直与尔尼爷爷有互动，从没有停止过。所以，她笔下的《我与尔尼老师》行云流水，独具特色。

初见 Ernie（尔尼），我 12 岁。那是在明天学校的食堂门口，那时 Ernie 身边有一个英语老师和一个瘦高个子的爱戴帽子的女人，后来我知道她叫马琳，和我来自同一个城市，是一个很优秀的人。那时的我看着大家为了表示对这个来自不同国度的高大身材的外国友人的友好，都笑着和他说也仅会说的那一句"Hello"，然后就笑着走了。那时的我觉得如果只是问好就离开了会很尴尬，于是我思忖着应该再多问一句，比如"How are you（你好吗）"之类的。等 Ernie 回答我之后，我最后加一句"A warm welcome you to Mingtian School（热烈地欢迎你来到明天学校）"。

那时的我自信开朗也带点害羞，当我想好一切对话后，我还在纠结要不要去问好。毕竟在 Ernie 旁有一个专业的英语老师，我觉得自己的英语水平非常一般。虽然我紧张到心跳加速，但是我最终还是克服了自己内心的胆怯，来到 Ernie 面前。开始一切都按着我预想的方向发展，只是让我措手不及的是，Ernie 居然问了我一句："Where are you going?（你要去哪里?）"那时的我听懂了，没听得很清楚，于是我说："Can you pardon?（你可以再说一次吗?）"他放慢语速地说了第二遍。我庆幸我听懂了他说什么，于是我想告诉他我要去吃午饭（I am going to have…）。没错！我就是要去吃午饭，可是午饭这个单词我居然忘记了是 breakfast（早餐）还是 lunch（午餐），感觉到这会儿的心跳声就像打鼓发出的声音。于是，就是那几秒，抱着豁出去的心态，我选择了前者。如此之不幸！我选择错了。这个错误，我一直没有忘记……

　　直到大学，大概是大二那年。我开始接触让我印象深刻的英国 BBC 的纪录片，比如《人生七年》《我们的孩子足够坚强吗》，以及电视剧《唐顿庄园》或者一些微视频等，我感受到了别样的英国文化以及中西方教育的不同。我渴望有人能给我这些答案，于是，我想找一些有文化修养以及有着自己思考方式的英国人进行交流以寻求答案。那时我所在大学的城市西安有着一个组织叫"黄河慈善厨房"，这个组织是一个英国人创办的，组织主要在周一、周三、周五给流浪汉提供免费的晚餐。我先去那里当了几次志愿者，最后还是没有办法知道这个组织创办者的理念。所以，最终我没有去问创办人我想问的问题。在明天学校的新校区开始投入使用时，我看到了关于 Ernie 的报道，于是我尝试着找 Ernie 的联系方式。我从网上查到一些新闻，看到 Ernie 除了在明天学校支教外，也去广西的一些贫困地区献爱心。直至今年，通过覃锋校长，一番周折后，我才联系到了 Ernie。我觉得世界上最幸福的事情就是失而复得。联系到了 Ernie，我非常开心和激动。我问了他关于中西方教育上的差别，Ernie 觉得中国的孩子受到的压力太大了。确实是的！……

　　中西方的文化确实有很大的差异，有时候我会担心会不会冒犯到 Ernie，不知道怎么回答他的问题，所以有时候我很纠结。最后我把这个顾虑告诉了他。Ernie 告诉我，不用担心，说你想说的，就好像你在平常地聊天。而此时，我对 Ernie 深深地感激，并且渴望用更多的知识来填充自己，希望能给我的外国老师分享美丽的古城的照片，感激他不远万里地来到我的国家、我的城市、我的明天学校，不求回报地付出。

　　今天马琳和 Ernie 要回英国了。希望他们平安、顺利……

行文至此，我想起泰戈尔那著名的"三问三答"。

曾有人问泰戈尔三个问题：世界上什么最容易？世界上什么最难？世界上什么最伟大？

他回答：指责别人最容易。认识自己最难。爱最伟大。

是的，爱最伟大！

尔尼先生切切实实地做到了。

我清楚地记得，在尔尼和马琳即将返回英国度假的一个夏季，在明天学校的一个活动中，校长向尔尼授予"南宁市明天学校义务校外英语辅导员"聘书以及"南宁市明天学校爱心人士"牌匾。他很高兴，甚至有点激动，对师生们动情地说："这是我一生中最值得珍惜的最高荣誉和奖赏。我要好好珍藏！"

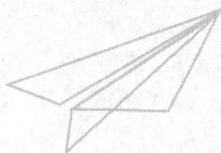

第十三章

他们心里装着他们

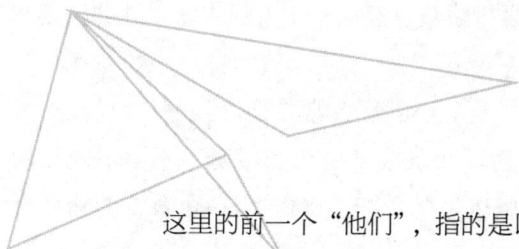

　　这里的前一个"他们"，指的是以唐济武、罗世敏为代表的党政领导干部。后一个"他们"，指的是南宁市明天学校的孤儿孩子们。

　　在不同的时期，在各自的岗位上，这些领导干部以一种公仆精神，为孤儿这个特殊的弱势群体尽心竭力地做了许多很接地气的实事。

　　真实地写下他们，是必要的和有意义的。

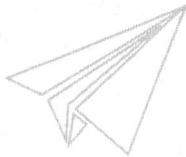

一、热诚·暖心·有爱

（唐济武与明天学校的故事）

1. 温度

韦丛青1991年10月出生于横县民生村蒙政自然屯一个普通农家，她的童年和少年时代是凄惨的。

她的父亲在她很小的时候就患上了严重的心脏病，常常会心绞痛、全身乏力、冒虚汗，只能长卧病榻。因为患有心脏病，父亲成了一个药罐子，不但不能干农活，不能做家里的顶梁柱，还成了这个家沉重的负担。2006年一个寒冷的初冬之夜，父亲病情进一步恶化，终致不治。

多年以后，韦丛青给"校长爸爸"覃锋写了一封2000多字的长信，信中她这样形容自己当年孤独无助的痛苦和绝望："……那年夏天，爸爸病逝了，我伤心难过到绝望。爸爸的离世对于我们这个本就摇摇欲坠的家来说，简直就是灭顶之灾。因扛不住极度贫困和孤寂，母亲在父亲还活着时就离家出走，从此杳无音信。家里就只剩下我和年逾七旬的奶奶相依为命。我成了孤儿。以前的贫穷生活我不怕，可失去亲人的痛让我幼小而又脆弱的心灵留下了深深的伤口。"

幸运的是，韦丛青父亲去世那年，有人抚平了她心灵的伤口。时任南宁市副市长唐济武（现已退休）走进了她的家。

这是唐济武第二次进韦丛青家了。而此次进屋前，唐济武曾听县民政部门和村小校长汇报，知道了成绩优秀的韦丛青"蹭课"求学的励志故事。在与此次随行的覃锋校长商量后，两人达成了共识——送韦丛青入读明天学校。

唐济武到来的前两天，韦丛青的父亲刚刚离世。此时，堂屋香烛烟雾缭绕，周围充盈着失去亲人的哀痛氛围。凄冷的灵堂旁，韦丛青的奶奶无力而凄然地枯坐着。刚遭遇丧父之痛的韦丛青看到家里来了陌生的城里人，内心十分惶恐，甚至有抵触情绪，一直怯怯地躲在奶奶身后。

看到这番景象，唐济武的鼻子有点发酸。他轻轻地坐到老人身边，紧紧地握住她的双手，不停地宽慰道："再大的困难也总会过去，请相信党和政府一定会竭心尽力地帮助你们渡过难关……"接着，唐济武对韦丛青轻声道："今天明天学校的校长也来了，你年纪还小，奶奶年迈已无法照料你，你跟校长上南宁念书好吗？"

韦丛青听罢，放声大哭。她刚刚送走了最亲的亲人——父亲，她不想再与唯一可以依靠的奶奶分开！再说奶奶80多岁了，今后怎么过？……

殊不料，奶奶那双因过度哀哭而红肿得几乎睁不开的眼睛骤然放出些许光亮。老人动作很轻但很坚毅地将孙女拉到身边，拭了她的泪，摩娑她的小脸蛋，果决地带命令似地说："阿青，你去，你放心跟领导和校长去，好好读书……阿奶我你不用管。我农活、煮饭样样都还做得！……"老人说着就将韦丛青推到了覃校长身边。

这一幕看得唐济武和众人都落了泪。他们看到和感受到了一个老人、一个普通农村妇女的深明大义、通情达理，为了孙女的幸福而罔顾自身的老弱多病。

能够幸福地入读明天学校，使得韦丛青心中的阴霾得以快速驱散，她逐渐走向阳光。参加工作后，韦丛青给"校长爸爸"写了一封信，抒发了当时的真情实感和心中的喜悦。

"……我非常感激唐伯伯关心我和多次问起我，还有唐伯伯到家慰问，带来了明媚的阳光，抚平了我和奶奶心中无限的伤痛，彻底改变了我的命运……"

2. 谢氏兄弟

同样是在横县。

谢氏兄弟——谢林、谢坚——在2003年的一场山体滑坡中成了孤儿，他们的遭遇牵动着唐济武的心。

2003年7月25日凌晨4点20分，一场被称之为"伊布都"的7号台风疯狂地袭扰八桂大地。一阵狂风暴雨席卷而来，横扫一切物体。地动山摇，人人自危。这是个晦暗的时刻，此时容易出事。果然，出事了！横县板路乡竹瓦村长山屯遭遇山体滑坡，村民莫乃政家的房屋被压塌了两间，2人死亡2人受伤。

消息很快报到了自治区和南宁市有关部门。事故发生的翌日，唐济武陪同自治区民政厅领导驱车200多公里赶赴现场。

此时，唐济武站在事发地点。

一座黄土丘陵的半壁土坡，像被刀劈斧削般齐刷刷滑落，山脚下的一切物体——当然也包括那间倒霉透顶的房子——尽遭没顶之灾，消失得无影无踪。

四周传来死难者亲人的哀哭声。

唐济武的眉头皱成了一个"川"字，他的心情十分沉重！

他了解到，其中一名死者叫陆锦珍，去年刚死了丈夫，现在她自己又因山体滑坡而死于非命，这样就遗下了一双年幼的儿子：谢林、谢坚。

死者长已矣！活着的幼童今后将如何生活？如何长大？如何读书、长知识？乃至将来会成为什么样的人？这些，或许才是永远掩埋在冰冷泥土下的逝者留给世人和社会的问题和难题。这也是眼前的满目疮痍抛给唐济武的思考。

而这些问题，应当解决，而且必须马上解决！

唐济武马上想到了明天学校。他告诉陪同的横县相关部门领导：可以打报告，申请安排这两名孤儿到明天学校就读。

一个月后，2007年8月28日这天，这两名孤儿由横县民政局的同志送到南宁市明天学校上学。后来，唐济武将这兄弟俩作为自己"一帮一"的帮扶对象，给他们物资上的帮助，带他们逛商场、书店，周末叫他们到家里吃饭，给他们加菜，共享家庭之乐……

3. 六到明天学校

覃锋每每向我谈到唐济武，总会眼睛放光。

他会津津乐道并且如数家珍地向我讲述唐济武"六到明天学校"的故事。

我挺佩服覃锋能将每一次的时间、事情都记得如此清楚。

第一次，2002年5月30日下午6点30分，唐济武事先没打招呼，就开车来到明天学校。参观完荣誉室，唐济武说："这是一所很有特色的学校，只能办好，不能办砸。"然后，唐济武亲切地问候几名孤儿，并和他们在荣誉室"托起明天的太阳"巨幅宣传画前合影。

第二次，2003年1月17日，春节前夕，唐济武慰问明天学校全体师生。

第三次，2003年7月11日，唐济武参加"明天会更好——感谢党和政府以及社会各界人士暨欢送首届孤儿毕业生文艺演出"晚会。

第四次，2003年8月31日，唐济武参加明天学校"接收孤儿新生到南宁明天学校就读仪式"。有31名来自南宁六县六城区的孤儿走进明天学校这个大家庭，唐济武到校为他们发放生活、学习用品，给每个孤儿发放学习费用，鼓励他们认真学习，将来回报社会。

第五次，2004年8月，唐济武为即将升入高中、职业高中和其他技工学校的读书的20名孤儿孩子争取到了减免学费、补助生活费的机会。

第六次，他为明天学校扩建技能培训学校作为培训孤儿职业技能基地与多方联系……

我与唐济武是相熟多年的老朋友了。记得在2004年初，我创作的反映南宁市明天学校的长篇报告文学《明天的太阳》出版时，我送了他一册。没想到的是，几天后他打电话告诉我，说这几天他在工作之余把全书一字不落地读完了，而且颇受感动！他还提到书中几个典型的孤儿的故事，说往后他会特别关注明天学校的孤儿。

他的话虽不多，但听得我心里一阵热乎！我相信，他既然这样说，就会这样去做，因为他是个很讲诚信的实在人。后来，每逢有机会，他都会向公众宣传南宁市明天学校。我想他如此热心地六到明天学校，或与《明天的太阳》不无关系。

或许就是这样，唐济武与这个学校、与孤儿们结下了不解之缘。

4. 潘秋愉与唐伯伯

潘秋愉是明天学校几百个孤儿中的一个。因为性格活泼开朗，为人落落大方，领悟能力强，她得到了老师和同学的青睐。

她很有个性，颇有主见。我知道，通常这种性格的人，都会有故事。

她是唐济武资助的三个孩子之一。2016 年 9 月 2 日晚，我对她做了长途电话采访。那时，她正在遥远的长春大学旅游学院念大三。

两个小时的电话互动，她几度哽咽，几乎语不成句。

我清楚地记得她口中的"最难忘的一件事"。

潘秋愉高三那年，同学们都在紧张地复习备考。某夜将近午夜 12 点，某同学的母亲用保温饭盒给儿子送来鸡汤。这位母亲站在一旁，看着儿子喝完鸡汤才离去……她恰好见到了这一幕，内心既感动又悲伤。当晚，她蜷缩在被窝里号啕大哭。她在心里问：为什么自己 4 岁就丧父，5 岁就丧母呢？为什么自己的命这般苦啊？这个夜晚她辗转反侧，久久无法入睡……

此后一连几个晚上，她都做着一个完全相同的梦。

"一个留着乌黑长发的女人正在炉灶旁忙着做晚饭，我激动得想要大声说：'那是我妈妈！'可是我怎么也发不出声，又尝试喊了几声，还是发不出声……"电话中，潘秋愉啜泣着向我讲述她的梦，"到了晚上，妈妈就拿出针线，低头织毛衣。只见她用灵巧的双手一根线一根线地来回穿梭，嘴角含笑，眼里带着慈爱，像是要把所有的爱意和温暖都织进毛衣里。海浪般的温暖和感动不断地向我涌来，包裹着我。我想起身走过去抱抱妈妈，可是我怎么都迈不开步子。突然，妈妈的身影慢慢变淡，慢慢远去，快要消失了。我无比着急，可是却依然动弹不得……迷迷糊糊中我感觉床边坐着一个穿白衣裙的美丽的女人。啊！妈妈不见了，但她织给我的那件毛衣留在了我的梦里……我想对妈妈说：'妈妈，亲爱的妈妈，有你的毛衣永远陪着我，即使一个人在世上我也一定会坚强。妈妈，我好想你！'"

通过她带着哭声的陈述，她在遥远的东北向我描绘的这个梦，像催泪弹，把我也听哭了。

哭了 笑了

高考备考氛围紧张，她承受不住压力，哭了好多回。她写了一封信，把她的痛苦、焦虑、压力，连同那个因想念妈妈而常常做的梦，一古脑儿全都抛给了唐伯伯。

看了她的信，唐济武特地给她打了电话，说了许多宽慰和减压的话。过后，唐济武还给她回了一封充满温情的信。

通话中，潘秋愉随口就给我背出了唐济武这封回信的全文：

秋愉同学：

你好，来信已收到。

明天学校是党和政府关爱的一所孤儿学校……是各级政府和各界爱心人士建立起来的，没有他们就没有明天学校。我做的，不值一提。是应该做的，是分内工作。你要感谢覃校长，感谢明天学校的老师，他们是为你和孩子们付出最多的人。

我会一直关注你的学习生活。你要常怀感恩之心，长大做一个对社会有用的人。望好好学习，祝不断进步！

唐济武

唐济武这封信，潘秋愉已经记不清看过了多少遍，每看一次都会泪落如雨，信中满含着大山一般厚重的父爱。

高考前一个月，唐济武来到学校，接潘秋愉到一家餐厅吃饭。席间谈及之前的月考，由于成绩不理想，她感到有点愧对唐伯伯。这时，正好上来了一条鱼，盐放多了，唐济武觉得咸，她就把那条鱼翻了过来，豪气地说："我就是这条咸鱼，高考我要咸鱼翻身！"唐济武听罢，乐得笑了。潘秋愉暗下决心："我要加油，不能辜负了唐伯伯。"

她说自己永远记得这句话："高考不相信眼泪！"

这句话支撑她度过了难熬的高三，最终，她考上了长春大学旅游学院。

5. "他们做得比我好"

唐济武是个低调而谦逊的人，不同意我把他写进书里，他说："要写，你写其他人，他们做得比我好。"

但我执意要写他。

我以一种近乎偏执的热情和韧劲，陆陆续续与他聊过几回，又通过对校长、老师以及他帮助过的孤儿学生的侧面采访，了解了唐济武的几个"剪影"。我觉得，不写他，不写下这个热诚而善良的好人，是我作为一个追求真善美的报告文学作家的失职。

所以，我把唐济武与明天学校十几年的过往实录下来，也把唐济武对韦丛青、谢林谢坚兄弟和潘秋愉的关爱实录下来。

"我们热爱这个世界时，才真正活在这个世界上。"这是泰戈尔的话。在此，我真诚地以之献给我钦敬的朋友唐济武。

另外，还有许许多多的党政部门的领导关心明天学校，他们用各自不同的方式对孤儿表示关怀，他们的出发点都源于一个字：爱。

他们博大的悲悯情怀、掏心掏肺的无条件付出，他们对待孤儿如同对待亲生骨肉般的亲情流露……都值得我们大书特书和尽情讴歌。遗憾的是本书篇幅有限，不能一一尽述。

明天学校的一位老师说得真好："有党和政府关心和支持明天学校，明天学校全体师生的今天和明天都是充满希望的！"

二、昨天的梦今日成真

(罗世敏的故事)

1. 如果

罗世敏的故事，有厚重感和纵深感，有着不可或缺的典型的意义。

罗世敏，我们必须认真、细致地刻画，倾注深情地写一笔。

因为，南宁市明天学校，这所今天已声名远播的广西首府的特殊学校，它的成立与罗世敏有着密切的关系。

如果说"喝水不忘挖井人"，那么他就是挖井的人。

当年如果没有他的鼎力支持，甚至"力排众议"；如果没有他"撞了南墙也不回头"的勇气和决心；如果没有他毫无私心的、不达目的誓不休的壮志与气概……那么，这么一所爱心浓浓的名校，或就不会存在。

对明天学校，罗世敏倾注了太多的心血，还有他绵绵不绝的、永不止息的爱。

他说："要让孤儿孩子们在这里找到回家的感觉，感受到阳光的温暖和家的温馨。"

2. 回眸

1998 年，那时候广西壮族自治区首府南宁市的建制还有个"南宁市郊区"——它呈环状包裹着南宁市中心区，可谓位置重要、地域广袤、人口众多、物产丰富。

当时罗世敏担任南宁市郊区人民政府区长。

他是个务实、踏实的人。

在任期间，他办成了一件后来被事实证明确是实事中的大实事的事：推动了广西第一所孤儿学校南宁市明天学校的创办。这件事几经周折，颇费周章，甚至算得上是历尽艰辛。

让我们回眸看，将长焦镜头往回推，一推再推，然后定格在 1999 年开春的一天。

1999 年春节前的一天，一辆小轿车向南宁市郊区坛洛镇群南村坛楼坡这个普通得不能再普通的小村屯驶去。车里坐着罗世敏和他的女儿罗洋。

此行目的是看望一名孤儿梁乃贤。南宁市郊区人民政府作为县级行政机构，四家班子几十个副处级以上领导，每人都选择一名贫困学生开展"一帮一"助学活动，梁乃贤是罗世敏区长的帮扶对象。他今天是来给这名孤儿献爱心的。

而罗洋，她是广西大学附属中学初二年级学生，天生丽质、品学兼优。她是罗世敏的独生女儿，有知她爱她疼她的好爸爸、好妈妈。从出生到 15 岁，成长的路上伴随她的是幸福和欢乐，痛苦和悲忧与她无缘。

大清早，罗世敏就拉上女儿上路了，表面上是"去看农村，去看'哥哥'"，其实却是想让女儿亲睹农村以及孤儿的真实现状。罗世敏深知，亲口尝梨和听别人形容吃梨子的滋味，那绝对是两种感受。慈父对爱女，可谓用心良苦。

汽车经过 50 多公里的行驶，终于进了村。乡村机耕路，路面坑坑洼洼、高低不平，车子低矮的底盘与路面形状各异的石块摩擦撞击，发出一阵阵刺耳的嘎吱声。而车窗外徐徐掠过的农舍，除了少数砖屋，大多是土夯房，甚至是茅寮。"贫穷"这两个字眼跃进了美丽少女的脑际，她看到了平日里只在电影、电视里才看到过的情景，变得缄默了，神情分外凝重。

他们终于来到梁乃贤的面前。

梁乃贤 1 岁多时父亲病逝，同年母亲嫁往他乡，从此杳如黄鹤。所以梁乃贤有母亲等于没有母亲，是名副其实的孤儿。他有一个嫁在本村、近在咫尺的姑姑，但碍着一个"穷"字，姑姑自顾不暇，梁乃贤只能自个儿过了。

这是一间土坯砌的房，不足 5 平方米。瓦顶透下数缕阳光，下雨天肯定会漏雨。一张小床就占据了半间屋子。所谓"床"，不过是下面搁两张摇摇晃晃的条凳，上面铺几块大小和厚薄不一的变形木板。余下的有限空间，一角堆着几捆玉米秆，另一角是三块土砖砌就的炉灶。屋里冷飕飕、黑黢黢，还弥漫着一股呛人的霉味。

梁乃贤此时正独自一人吃午饭。所谓"午饭"，就是加了盐的稀粥和一小碟没有多少油星的红薯叶。

梁乃贤坐在床上，手捧半碗稀粥。罗洋注意到，他身穿单衣、单裤，脚上没有袜子。床上没有枕头，床尾有一张辨不出原来颜色的尽露破丝缕的薄毛巾被。要知道，此时距大寒仅有 3 天，寒风刺骨，城里人都穿羽绒服、棉鞋、戴手套了！

床头床尾凌乱地堆放着书本和练习簿。

罗世敏平素最尊重知识，认为有志向的人就应该视书本如同生命。他替梁乃贤拾掇好书本和练习簿，说："乃贤，记住，被子可以不叠，但书本一定得收拾整齐，这是看一个人有没有志气的表现。"

梁乃贤比罗洋年长 1 岁。她看见他又黑又瘦，头发蓬乱，目光呆滞，这显然是缺乏营养。现在他像是一只畏寒的小猫，瑟瑟地蜷缩在床上。

她大大方方地叫了一声："哥哥！"

"哥哥"没应声，但知道是在叫他，便从床上站了起来，神情怯怯的，眼睛木木的，脸上看不出表情。

他们看到床底有一只小米缸，缸里大约只有 1 斤米；灶间的油瓶，空着没油；有一只缺了半边耳的炒菜锅，已长满了铁锈。

这时，走来了一位驼背没牙的邻居老太婆。她听说来了一位政府领导，要了解情况，便指着梁乃贤向罗世敏讲述了前不久发生的一件事。

老人说本地土语，同来的村委会主任做翻译：前不久，梁乃贤病倒在床三天，不吃不喝，没人知晓。老人进去，摸额，不好，烧得烫手！再探鼻息，更不好，只有出气没有进气。老人没钱买药，在地头田边捡了一些草药熬了汤药，硬撬开梁乃贤的嘴巴喂了，这才捡回了这孩子一条命。没想到的是，刚病愈的梁乃贤竟以头撞墙，对老人哭道："阿婆，你为什么要救我呀，倒不如让我死掉算了！"

这个故事，如一石击水，在三位探访者的心中荡起阵阵涟漪。

这时，罗世敏方正白皙的脸上写满了痛苦。为什么一个风华正茂的少年会对生活失去信心？会对生命毫不眷恋？会对美好的事物如此冷漠？陪同的村委会主任告诉他，乡民政每月发给梁乃贤 30 斤大米和二三十元补助。但这显然远远不能满足需求！一个 10 来岁的花季少年，孤零零地独自生活，衣食住行、吃喝拉撒全靠自己。这是何等的凄苦！他需要的是久违的来自父母或他人的父母般的爱，这是一种须臾不可或缺的亲情需求啊！

罗世敏拉了拉灯绳，电灯没亮，心想这孩子晚上怎样看书、做功课？他对村委会主任说："这灯得修好，今天就修！"

他默默地掏出 200 元，连同带来的学习用品、面条、水果、糖饼，递了过去，说："乃贤，别灰心，好好念书，书念好了，将来才会有出息。"他知道，梁乃贤这学期期考没一科及格。

同行的司机也掏出了 100 元。

罗洋那双天真无邪的大眼睛早已盈满了泪水。她翻遍身上的口袋，掏出 100 多元，这是爸妈和亲戚给她的压岁钱。她叮嘱"哥哥"："这些钱可不能乱花，只能用来买米，买学习用品，买半肥瘦的猪肉。瘦肉炒来吃，补充营养，肥肉炼油。这样，你就经常有油吃了……"

临分手，罗世敏又嘱咐梁乃贤："我们还会来看你的。记住我说的话，一定要读好书，学好本领，争取每一门功课都及格。"

梁乃贤接过钱后，感动得说不出一句话来。这是他有生以来接过的最大的一笔钱！平日里大人们不是常说共产党好吗？共产党好不是一句空话，而是摸得着、看得见的。想到这里，他倏然感到捏钱的手掌心尽是汗。梁乃贤突然间"哇"地放声大哭，好像他自出生以来从没机会这样痛快淋漓地哭过。

听者无不动容。

闸门打开，压抑太久、积蓄太满的感情潮水般喷涌而出，浩浩荡荡，一泻千里。

汽车徐徐开动。

梁乃贤依依不舍地、一脚高一脚低地追赶着……

父女俩从车窗里朝后望去，那一幕在脑中牢牢地定格。罗世敏眼含热泪，罗洋早已是泪洒如雨……

3. 让孤儿有个家（之一）

返程的路上。

凝重的气氛挥之不去，空气似乎凝固了。

车内一度寂静。如果不是汽车有节奏的引擎声在响，估计车厢里掉下一根针都能听得清。

罗世敏看了一眼女儿，她的眼睛有些红肿。他相信刚才那幕还在女儿的脑海里翻滚、激荡。

他在思考，在回忆。他想得很多，也想得很远。

不知怎么的，他总感觉到有两双眼睛，透过茶色车窗，盯视着自己。这两双眼睛，既陌生又熟悉，似曾相识，却怎么也想不起来。这两双眼睛有点怪异，有点与众不同，时而无神，时而明亮，但更多的时候显得呆滞、愚钝、粗野和无望。他使劲想，那是什么人的眼睛呢？答案终于出来了，那是南宁市郊区富庶乡一对孤儿李氏兄弟的眼睛。

这是一对双胞胎，因自幼失去双亲无人管教，两兄弟变得无恶不作、逞强斗狠、横行乡里，最终理所当然地付出了沉重的代价！

哥哥李康成因故意伤害罪，于1998年3月31日被南宁市郊区人民法院判处有期徒刑三年，在广西桐林监狱度过他的铁窗生涯，后来痛改前非，重新做人。而弟弟李康齐则因持刀伤人构成故意伤害罪，及以暴力、胁迫手段抢劫他人财物构成抢劫罪，数罪并罚，于2001年1月15日被南宁市郊区人民法院判处有期徒刑八年，并处罚金3000元。

试想一下，如果富庶乡的李氏兄弟能和普通孩子一样受到良好的教育，有一个完整的家庭，得到双亲完整的爱，他们又何至于这样呢？

他想着想着，脑海中又跃出梁乃贤。作为南宁市郊区的区长，管辖15个乡镇60余万人口（含暂住人口），他辖下的群众中有多少个像梁乃贤这样的孤儿呢？又如何才能使孤儿们远离孤独、冷漠和歧视，重新找到亲人般的温暖和关爱呢？

他把这个问题抛给了女儿。他觉得，孩子与孩子的心是相通的。

罗洋不假思索地回答："爸，可以办一所孤儿学校，让他们和我们一样，享受到同一片阳光。这校名就叫'阳光学校'……"

太好了！父女俩的想法不谋而合。

此时，罗世敏想起了法国思想家卢梭的话："人生当中最危险的一段时间是从出生到12岁。如果在这段时间中还不采取摧毁种种错误和恶习的手段的话，那么它们就会发芽滋长，及至以后采取手段去遏止的时候，它们已经是扎下了深根，以致永远也拔不掉了。"

这是一段关于少年早期教育的观点，被各国教育家奉为金科玉律。

仿佛是哥伦布在茫茫大海漫长的寻找中发现了新陆地，这位勤于思索、锐意进取、喜欢接受挑战的年轻区长感到兴奋。他觉得"行成于思"这句话很对。于是，一个前所未有的新思路在他的脑海里萌芽了……

4. 让孤儿有个家（之二）

办一所孤儿学校。这不是脱离实际的空想，不是"乌托邦"。虽然在广西还没人办过，但是别人没办过，不等于不能办、不该办、办不好。我们可以首创，可以第一个"吃螃蟹"。

　　这个想法在罗世敏脑中一显现，就如影随形，怎么也挥不去了。他甚至为此食不甘味，彻夜难眠。

　　他有一句自拟的、类似格言的话："群众的事再小，放在心里，就是大事。"

　　于是，在常委会上，在四家班子会上，在干部会上，在各种适当的场合，他讲梁乃贤，讲李氏孤儿兄弟，讲创办孤儿学校的设想。

　　他说："当今社会出现孤儿并不奇怪，问题是如何正视孤儿问题、解决孤儿问题。如何用人道主义精神奉献爱心去使孤儿得到温暖和人间真情。韦唯唱的歌《爱的奉献》，'只要人人都献出一点爱，世界将变成美好的人间……'唱得多好啊！确实，爱是社会前进的润滑剂。只要人人都乐意献出一点爱，这世界就会充满爱。

　　"孤儿不是社会的弃儿，他们同样是祖国的花朵，同样是祖国的未来，同样应该享有良好的生活条件和接受义务教育的权利。如果不好好管教，他们将来或会成为社会的不稳定因素。首先要培养孤儿做人、自立、成才，他们才有可能健康、正常地走完一生，才有可能成为对国家、对社会有用的人……

　　"无论哪个国家（包括发达国家）都会有孤儿。孤儿是客观存在的。然而，产生孤儿后，如何让他们感受到人间温暖，感受到一种父母般的爱，对此，不同体制、不同国度，会有不同的答案。如果没人理他们，他们会错过上学念书的时机，因而变得无知、愚蠢，好的学不到，坏的反而学到了，就可能会像李氏兄弟那样走上违法犯罪之路。如同错过了农时的庄稼，再也无法生长、开花、结果。所以，我们对孤儿应该有一个正确的、客观的认识。

　　"社会有共性。如今，整个社会的竞争频率加快，日益激烈。优胜劣汰，适者生存。竞争的关键是人才，人才的关键是知识。所以我们对孤儿进行早期的、及时的教育至关重要。如果孤儿永远被社会遗忘和抛弃，则永远没有能力加入社会的竞争，则永远落后，甚至连最起码的生存能力都没有。

　　"对孤儿，只要基层关心，地方官员有责任感，有爱心，切实把这事抓起来，然后呼吁社会，孤儿就不会孤独，就会充满喜悦、希望和憧憬。就会和有爹有妈的孩子一样幸福欢乐，对生活重怀信心。否则，会像大石下的嫩笋，出不来，甚至会夭折。韦唯的歌唱得好，不容易；生活中要实践爱，更不容易。这是要付出代价和牺牲的啊！"

　　苦口婆心、情真意切，话语里充满了强烈的时代意识和忧患意识。

　　有些人就善意地劝罗世敏：别搞，这是自找沉重的包袱背。

　　他想，如果图轻松，这事完全可以不管。但是，不管这事，我们就省事了吗？

第十三章
他们心里装着他们

甩了包袱，孤儿就成了社会的包袱，这危害就大了！而且更大了！责任和良知告诉他：绝不能甩包袱！所以，他对那些劝诫者说："这事我们该做，做定了！"

罗世敏的想法最终得到郊区四家班子领导的认同，达成了共识。大家一致认为：在郊区创办一所孤儿学校，把郊区学龄孤儿集中到一起学习和生活，这是为民办的一件实事、善事、好事，义不容辞，刻不容缓，要同心协力地创造条件，尽快地把它办起来，并把它写进郊区政府工作报告，列入南宁市郊区人民政府1999年为民办事的八大实事之一。

5. 让孤儿有个家（之三）

从此这事就像绑上了马力强劲的车轮，高速运转起来。

南宁市郊区人民政府的方案很快出台了：成立建设孤儿学校筹备小组。罗世敏任组长。他麾下的郊区政府多次召集教育、规划、建设、财政等部门领导会议，反复论证孤儿学校的定点、规划、建设、资金来源等问题。

建设明天学校的爱心工程进入了倒计时。

南宁市郊区政府不失时机地向社会发出了《就创办广西第一所孤儿学校致社会各界的信》。

一石激起千层浪。社会各界纷纷伸出援助之手。不少企业和个人送来了捐款，不少人表示要固定资助某一个孤儿学生。

1999年8月21日晚，在南宁市郊区政府礼堂举行了明天学校建设义演晚会。这可以视作南宁市郊区孤儿的盛大节日。

南宁市郊区四家班子和干部全部到场。还有社会各界人士、南宁市郊区安吉中心小学（南宁市明天学校的前身）[①] 全体师生。

南宁市郊区领导在义演晚会上动情地说："南宁市郊区党委、政府经过长期酝酿、准备，得到社会各界的鼎力相助，一所充满希望的孤儿学校终于诞生了！这雄辩地说明，党和政府没有忘记孤儿，社会各界没有抛弃孤儿，教育部门没有遗弃孤儿……对于孤儿这个特殊的弱势群体，我们人人都要献出一份爱心，使他们能和普通孩子一样茁壮成长……"

这场义演晚会的认捐和捐款总数达289.3万元。

---

① 南宁市明天学校历史沿革：南宁市明天学校前身是南宁市郊区安吉中心小学，成立于1984年8月。为了解决南宁市郊区120名孤儿的学习、生活问题，原南宁市郊区党委、政府在1999年创立一所孤儿寄宿学校（在广西属第一所）——南宁市郊区明天学校（使用原安吉中心小学校址），2000年8月正式招收孤儿，更名为南宁市郊区明天学校。2001年12月，南宁市郊区撤并后学校划归兴宁区管辖，更名为"南宁市兴宁区明天学校"。2003年4月市区区划再次调整后归属南宁市城北区管辖，再次更名为"南宁市明天学校"。2005年3月19日，随着市区重新调整归属为南宁市西乡塘区管辖。

哭了 笑了

明天学校校园里，有一条用红漆书写在墙壁上的大幅醒目标语："伸出您的手，共同托起明天的太阳！"

"明天的太阳"就是孤儿学生和全体学生。他们是祖国的未来，是明天的希望。

2000 年 8 月 28 日，广西第一所孤儿学校——南宁市郊区明天学校——举行开学典礼。

首批孤儿（96 名）全部到校，他们有了一个属于自己的家。

看到这一切，看到夏日骄阳下孤儿孩子们欢呼雀跃的模样和幸福穿梭的身影，罗世敏疲乏的脸庞露出了久违的笑容，这是苦尽甘来的笑，这是欣慰的笑。

6. 白玉兰

明天学校围墙的内侧，有一溜白玉兰树，共 12 株，已经长到了两层楼高。开花时节，朵朵雪白的玉兰迎风绽放，校园溢满沁人清香。

这些玉兰树是在建校不久后杨小明花了 3200 多元买的。她看到围墙边有闲置的空地，于是想到种玉兰树。她亲手栽种玉兰树的那天，许多孤儿孩子高兴地主动来挖土、施肥、浇水。他们栽下了树苗，也栽下了希望。

相貌端庄、生性善良的杨小明是罗世敏的妻子。她深知办一所孤儿学校不容易，是利国利民的大好事，所以她一直默默地支持丈夫，从不说半个"不"字。

掏自己的口袋出资买树苗，栽种白玉兰，只是她为孤儿做的许多善事之一。

帮助孤儿，她感到义不容辞、理所应当。"只要人人都献出一点爱，世界将变成美好的人间。"这事，她与丈夫高度默契，心灵相通。

这里再说一个她与蓝凤秀的故事。

她与蓝凤秀素不相识。事由既简单又偶然。一次，在一个普通的场合，她听卢嫂（名叫蓝现花，后来知道是蓝凤秀的姑妈）扯板路（讲故事），说她那在大山里的弟弟养了四个女儿，一场大火把穷得叮当响的家烧得仅剩一堆炭灰。因过度伤心，次年弟弟去世，两个侄女远嫁他乡，三侄女给别人抚养，弟媳改嫁随了人。好端端一个家就散了！弟弟的幼女蓝凤秀现正在读小学五年级……

众人听得好一阵唏嘘。杨小明心里十分难过。

她进而了解到：凤秀的家在都安县龙湾乡石敢屯，是大石山区，七分石头三分土，是个只适宜养山羊的地方。方圆几十里的山峁里只有两三户人家。缺水、缺粮、缺钱，更缺文化。小孩上学要走好几个小时到山下的镇中心校上课，住校至周末方能回家。而卢嫂早年嫁来南宁养下五个儿女，上还有老，日子亦苦不堪言，对凤秀这个侄女当然就爱莫能助了。

听着听着，杨小明不禁洒下同情的泪水。

388

正是言者无意，听者有心。这事过了好些天，杨小明心里一直不舒服，总牵挂着在大山里独自一人的才 10 多岁的凤秀：她没有爸妈照顾怎么生活？她还有书读吗？她家房子被烧掉了她现在住哪里？她冬天有御寒的衣裳吗？……

对凤秀的种种担心总萦绕在她的心头，怎么也挥之不去。

2009 年 5 月的一天，春末夏初，乍暖还寒。她坐上了南宁开往都安县龙湾乡的班车，经过 5 个小时的颠簸，终于见到了镇中心小学的老师。从老师口中她得知：凤秀学习认真，懂事，但家境困窘，看来下学期就得辍学；而山区小学没开设英语课，凤秀转到城里恐会跟不上。老师叫来了凤秀，这孩子长得清秀，但背负太多的不幸和太多的重压，她面无表情，一脸茫然。

杨小明难受得心里一阵紧。她决意要尽己之所能，帮助这可怜的孩子走出大山。她抱了抱凤秀，轻柔而坚定地说："我还会来看你的！"

这事情从此就走上了快车道。

回到南宁，杨小明找到明天学校领导反映凤秀的状况。学校经过调查、考察，认为凤秀符合接收条件。杨小明到校办妥手续。几个月后凤秀得以转学。

杨小明再次搭乘大客车，亲自将凤秀从都安的乡村接到了明天学校，重读五年级。

她对凤秀就像待自己的亲生骨肉。

孩子从未接触过英语，不免忧心忡忡，担心跟不上。杨小明心里比凤秀还急。她通过朋友找到南宁罗赖小学的一位英语老师，请求一对一辅导凤秀。对方愿意义务献爱心。每逢双休日，杨小明从家里坐公车到明天学校接凤秀送到老师家里。从 "ABC" 学起！凤秀天资聪颖又勤学苦练，很快跟上了同学的步伐，中考一举考上了安吉中学。

初中阶段，凤秀感到学习吃力。杨小明就常看望她，为她减压，带她逛书店、逛街，买书，买好吃的，买衣服和日用品。有一件小事，杨小明忘不了。初中时，学校召开第一次家长会。凤秀来了电话，有点怯怯："杨阿姨，您能来开我的家长会吗？""可以可以！"她满口答应。那天早上，凤秀在校门口等她，高兴地拉着她的手到自己的座位上坐下，自己到窗外等着。会毕，杨小明找到班主任沟通，互留了电话，嘱其多关照孩子，有事随时联络……那天凤秀好开心好感动，叫她做"妈妈阿姨"，紧紧地拉着她的手久久不放，一直将她送到大门口："妈妈阿姨你放心，我一定认真读好书，拿到好成绩！"依依不舍地分别时，杨小明看到孩子眼中泪光闪闪。

后来凤秀果然一直努力，高中考取了南宁二十八中，这是一所很不错的中学。

7. 感恩的心

一回，杨小明因病住院。这是 2012 年仲夏。

她看见病房门口出现了熟悉的身影，拎着水果，笑吟吟的，是凤秀！

小姑娘摸摸她的额，握住她的双手，盯着她小声道："妈妈阿姨，怎么住院了也不告诉我一声！"有关心也有嗔怪。

她不由得一阵感动。这孩子好有心！

但她还是平静道："我这病不要紧。你都快高考了，还大老远地从学校来看我，会耽误学习的！"

凤秀就撒娇地努起小嘴说："早些年阿姨与我素不相识，还几次坐班车翻山越岭到大石山区来看我，帮我——一直帮到今天，使我幸福地成长和长大。我能不来看您吗？我不来看妈妈阿姨我心里能舒服吗？"

接着凤秀又开心地说："我是坐明天学校领导的车来的。"

说笑间，明天学校的校长、副校长和几位生活老师走了进来，嘘寒问暖，还带来了慰问品。凤秀选出一只又红又大的苹果，削了皮，切成小块，用牙签扎着，一片一片地喂杨小明吃。

事情不大，但杨小明感到满足和欣慰。

过后杨小明想：这样的孩子值得帮，懂得努力读书，还懂得做人，有一颗感恩的心。将来长大之后，一定会懂得报效国家的。

再后来，凤秀如愿考取了广西工业职业技术学院。一个大石山区没爸没妈甚至是没人要的孩子成了大学生，这对于个人的命运，难道不是"天地翻覆"的变化，不是"沧海变桑田"吗？

杨小明这位"妈妈阿姨"更是按捺不住激动，欢欣鼓舞起来。2016 年 11 月 26 日，她在明天学校接受了我的采访，她向我绘声绘色地描述了当年的情景和心境，喜悦之情溢于言表。

"2014 年 8 月的一天，凤秀给我打电话，很高兴地告诉我说她考上大学了，我也很高兴地祝贺她。我问她：'开学谁送你去大学呀？'她说不用送的，自己去就行了。接完她的电话我就想，考上大学是人生的一件大喜事！现在社会，普通家庭的孩子考上大学，有的不仅摆'状元宴'宴请老师和亲朋，父母还亲自送孩子到大学帮办手续帮铺床。凤秀也要快乐上大学才好！于是，开学那天，我就陪凤秀一起到大学报到，给她买些日用品，交了学杂费，买了饭卡，还留些钱让她订牛奶补充营养。我帮她铺好了床，陪她在校园内走一圈让她熟悉学校环境，然后在学校食堂请她吃了一餐庆祝开学的饭。我鼓励她读好大学，学好做人做事的本领，将来才能更好地为国家工作，才能过上幸福的日子。那天我和凤秀聊得十分开心。吃完饭，凤秀要送我上公交车，我把她拦在大学门口不许她送。上了公交车我回头望，凤秀还久久地站在大门口外。我想：凤秀，你将来一定很优秀！"

后来，在明天学校孤儿管理处，生活老师给我看一封信，是刚考上大学的蓝凤秀写给杨小明阿姨的。

我们摘其要点引之于斯。

亲爱的杨阿姨妈妈：

2008 年由于我爸爸的离去，您来到了乡下小学，要带我去南宁读书。这是我做梦都不会梦得到的啊！

您找老师帮我补英语，使我跟得上。

这一路，您一直陪着我。生活上我有什么困难，您都竭力地帮助我，使我从不缺爱，更不孤单，从小学到初中再到高中直到大学，您都把我当亲生孩子一样地照顾和呵护。

您为我的付出和操劳，我一直铭记于心，永远不会忘记。

我爸爸走了之后，因为我妈妈没能在我身旁，您把爱毫无保留地给了我，所以您就是我的妈妈。

我知道您的身体不是很好，但您是好人，好人会一生平安！

我会报答您的爱，报答明天学校的老师和国家……

爱您的孩子蓝凤秀
写于 2016 年 11 月 15 日

8. 绿叶·根

"爱是不能忘记的。"多年之前，女作家张洁在她的一部中篇小说中如是说，一时引起多少共鸣！

在明天学校毕业出去的孤儿中，有一位叫李如春的男生。对爱，他有很深刻的独到的理解。在男生中，他算是比较帅气的。特别是他很阳光、坦荡、真诚，他那双坦诚地与你对视的眼睛，使你觉得他有爱、可信。

他在广西城市职业学院学建筑工程管理专业，大专，三年制。他是班里的学习委员和学院秘书处成员，学习成绩很好。现在刚刚毕业，已经通过考试拿到了建筑工程施工证，所以，他有资格跟随老板和工头，担任安全员，他也就有了一些收入。

有了一些钱，他总想着母校的弟弟妹妹们。几乎每天的黄昏，他都会回校，着一身球衣、球鞋，很矫健。他和个儿较高、喜欢运动的弟弟们比试篮球，还常

哭了 笑了

与弟弟妹妹们开展象棋赛。他与邓绍创老师将孩子们的业余文体活动搞得颇有声色。他会用自己的工钱买些笔记本、笔和糖饼之类的，作为奖品奖励优胜者……

2016 年下半年住校深入学生生活的这段时间，我见过李如春几次。我觉得他很优秀，近乎完美。

2016 年 6 月 29 日，一个初夏之夜，我邀他到了我住的学生宿舍 301 室。他穿着宽大而潇洒的背心式蓝色球衣，感觉颇有点 NBA 球员的英武。

我让他"放开来谈，天马行空，无羁无绊"。

他谈得很真实。

"我最想感激的是罗世敏叔叔和杨小明阿姨！

"2005 年杨阿姨从南宁来横县开会。县里领导向她说明了我的情况：我出生才两三个月，父亲就因干活太拼命累死了，当时他才二十七八岁，身强力壮，常常挑两百斤的重物，死于心脏病突发。很快母亲迫于生计改嫁了。奶奶用米糊、木薯喂养我和比我大两三岁的姐姐。那时我十一二岁，正在念小学四年级……杨阿姨很同情我，返回南宁，专程到明天学校向覃锋校长说了我的事。学校派人速往我家乡考察。此后，我得以进校，读小学五年级，班主任是李雪英。我成绩排前十，善唱歌，开朗，还担任班长。

"杨阿姨对我是'一帮一'，待我就像待亲儿子。每到周末，她或罗叔叔，有时是他俩一起，都会来校接我上街看电影、购物、吃好东西。阿姨还带我吃西餐——牛排，我从没吃过，我猜想她或许也是头一回吃，因为她咨询服务员刀叉如何使用。每到节日，她都会给我发红包。中秋节给我送月饼，亲自带我去买衣服、鞋等。羽绒服，我记得光在大一就买了三件之多，她生怕我冻着。她总说：'如春，衣服要买大一点的，你还在长身体……'只有妈妈才会这样！阿姨对我很大方，对自己却很节俭。她知道我爱打球，就买了一个新篮球给我。

"为了提高我的英语水平，阿姨专门请澳大利亚友人吃饭——这是她一个朋友的外籍丈夫，50 来岁。阿姨请他有机会多帮助我学习英语。

"阿姨和蔼可亲而且随和，我感觉她就是我的母亲。她对我'一帮一'的关系是与学校确认过的。她尽心，尽责，有爱。大学毕业时，我想往外地闯天地。阿姨也希望我能够到大地方闯荡，或在南宁工作。我后来一想，最终还是决定在南宁工作。罗叔叔、杨阿姨的独生女儿罗洋已经嫁往云南，身边无人照顾。我留在南宁，如两位恩人有些头疼脑热什么的，我不单会打电话关怀，而且会像儿子回报父母亲般给予他们照料——不是口头上的，而是行动上的。我这样想：罗叔叔、杨阿姨将来会有老迈的一天，我应该有一个长远的计划，以回报他们。虽然现在他俩还健康能走动，但是将来会有需要搀扶、照拂的一天。至时，我会尽心尽责尽力报答和付出。一如我从小到大叔叔、阿姨待我一样!"

......

说实话,我被这个才 20 岁出头的小伙子的话震撼了。我凝视他那双透出真诚的散发出青春活力的清澈的眼睛,心想:这个擅于与人交流、沟通的孩子,他有着一种与生俱来的可贵的品质,也就是我们常说的秉性——推己及人,以善为本,知恩图报。而且,我被他叙述中的几个关键词和语段所深深地触动,他说:"像儿子回报父母亲般给予他们照料……罗叔叔、杨阿姨将来会有老迈的一天,我应该有一个长远的计划,以回报他们。"我甚至当场听着就有种想流泪的冲动。其实,施恩者(如罗世敏、杨小明等)彼时的爱心之举并无任何功利目的,只是行善积德,为国家、政府分忧,希望弱势者过得幸福。但受恩者(如李如春等)却能知恩并且懂得感恩和回报。这是一种美德,是值得赞美和弘扬的。

我们聊得太畅快了,不知不觉时间就从 8 点走到了 11 点。

只是,张秀丽老师又来催第四次了。

我取出两瓶矿泉水,拧开盖,递给他一瓶。我们笑着,会意地对视,碰杯,"饮!"一仰脖,咕噜噜地都喝了个底朝天!

9. 坚持·信仰

坚持是什么?

《现代汉语词典》对"坚持"的解释是"坚决保持、维护,不改变"。

坚持,其实也是一种信仰。它与宗教无关,与有神论或无神论亦无关。

是的,有一种信仰叫作坚持。

2017 年 8 月 9 日,在一个幽静的茶庄,我与罗世敏有过一夕深谈。关于坚持的意义,我们有着百分之百的共识。

交谈中得知 2001 年 12 月南宁郊区人民政府撤销前后的一些小故事,当然是与明天学校有关的。

比如当年讨论办孤儿学校,有人好意地劝过他:"您是区长,是政府部门的一把手,要管大事和要事,这种事(办孤儿学校),万一出事,怎么交代?……"

但他选择了坚持。他认定这件"小事"不小,因为它事关民间疾苦和弱势群体,是得民心之事,所以应是大事。

这种坚持,有一定的风险,需要勇气和胆识。但他坚持了。

他说:"南宁市明天学校创办这十七年来,不管我人在何处,我的心都在明天学校,都牵挂着孤儿孩子们。我的核心思维是,让每一个孤儿哭着进来,笑着出去。这,是很现实的、任重而道远的目标……"

这个时候，我的眼前浮现出若干有关"坚持"的名言。

温斯顿·丘吉尔说："坚持下去，并不是我们真的足够坚强，而是我们别无选择。"

巴尔扎克说："做了好事受到指责而仍坚持下去，这才是奋斗者的本色。"

纪伯伦说："再遥远的目标，也经不起执着的坚持。"

所有这些名人名言，从某种意义上来说，我感觉似乎都是为罗世敏而准备的。

现在，我已退休，罗世敏也已退休。聊到"明天学校"这个话题，我们依旧是"没完没了"。

因为我们有许多共同点：他推动了这所学校的创办，并且一直关爱之，不离不弃。十七年来，我一直在关注这所学校，围绕它进行创作，从《明天的太阳》到即将杀青的《哭了　笑了》。我们俩都是明天学校的"爱心顾问"——我们都是既"爱"又"问"，每年的儿童节、教师节、"感恩节"、毕业典礼，都会看到我们的身影……

暮色已苍茫。我对罗世敏这位好人、好兄弟说："坚持是人类最高尚的美德，是顽强的意志力的完美表现。有如一粒深埋于石头底下的小小嫩芽，不惧生命的安危，冲破巨石碾压，笑迎太阳，终于长成大树，成为一道绚丽的风景线……"

他会心一笑，颇感欣慰地、总结似地说："今天回过头来看，我们的努力和坚持没有白费，事实证明，初心是好的、正确的和有良好效果的。十七年来，建起了一所占地百亩的、设备完善的、从小学到初中的九年一贯制的南宁市明天学校；十七年来，已经培育出和正在培育着的500多个孤儿孩子，得到了各级党委、政府的关心与扶助；创作了反映南宁市明天学校的长篇报告文学《明天的太阳》；改编、拍摄了电影《宝贝别哭》；正在创作长篇报告文学《哭了　笑了》，并计划将其改编为40集同名电视剧……"

硕果累累，金光灿灿！

看着他真诚的脸庞，听着他真诚的话语，我明白了，人活着，不能违背自己的本心和良知。我更明白了，不是每个人都能做到这两个字：真实。

种瓜得瓜，种豆得豆。罗世敏所做的，每一个孩子都知道并且记得。我在孩子们写给他的多封信中挑选了一封，是现在在广西职业交通技术学院学计算机及应用专业的邓其华在2010年中秋节写的，那时候她才念初一。

敬爱的罗世敏伯伯：

　　传说月亮微笑的时候就是祝福最容易实现的时候……我在明天学校这个温馨的大家庭生活得很幸福。来到学校这些日子里，我一天天地长大了，一天天懂事了，并且一天天明白了，我们所有的孤儿孩子并没有被社会遗忘，更没有被抛弃……罗伯伯，我们永远不会忘记是罗伯伯您推动了这所孤儿学校的创办，让我们这些无父无母的孤儿重拾家的温暖，您就是我伟大的父亲，让我们对生活对明天有了新的希望和新的动力……

您关爱的孤儿孩子：邓其华

2010 年 9 月 18 日

最后，我问罗世敏："你的愿景是什么?"

"我的愿景是：咱们国家每个省、每个市，都创办一所孤儿学校。"他摩挲着黑白相间的鬓发，不假思索道。

我深感钦佩，对他油然生出新的理解和新的敬意。

最后，最想说的心里话（代后记）

何培嵩

一

和校长说好了的，不必送我。

我记得很清楚，这天是 2016 年 12 月 28 日，我住到这所学校已经半年。校园里很安静，像没人一样。学生在上课，我要悄悄地离开。我的行李和采访得来的一纸箱材料已放到了校车上。

但校长却特意到我住的 301 学生宿舍接我，将我领到了教学楼五楼的会议室，为我开欢送会。几个美丽可人的女孩子给我戴红领巾、献花。电子屏幕上闪烁着红字——"感恩，敬爱的何作家——何培嵩作家《哭了 笑了》采访历程"，拉洋片般地播放着我半年里下乡采访的"历史照片"。老师向我"敬献"的两大本精美相册，全是我住校"三同"和深入农村的精彩瞬间。

会议室坐着的是全校中、高层领导，全体生活老师和孤儿学生的代表。

正感动着，校长神情庄严地走到我跟前，郑重地用双手递给我一份特殊的礼物。我站起来，双手接过。

这是一张感恩卡，手工制作，紫红色硬纸，封面粘贴着一朵美丽的牡丹绢花。卡片是对折的。打开，里边是稚嫩的笔迹，写着：亲爱的何伯伯，说不尽的感谢！感恩！！我们好爱你！！南宁市明天学校全体孤儿。

卡片下方是孩子们的签名，我数了数，20 行，每行 6 个，总共 120 个亲笔签名。一点一横，一撇一捺，大小不一的笔触，稚嫩、整齐、认真。

这一个个签名，不就是一颗颗心吗？

会议室里播放着深情的歌曲《感谢你》："感谢明月，照亮了夜空。感谢朝霞，捧出的黎明……感谢你，我衷心谢谢你，我忠诚的爱人和朋友……"

这一刻，我觉得心好暖！

我住校的 180 多个日日夜夜，与孤儿孩子们朝夕相处、情同爷孙，今日收获了爱，收获了 120 个祝福和 120 颗心，此生此愿此心足矣！这份礼，沉甸甸、金灿灿，比金子重！一切的苦辣甜酸、冷暖艰辛，现在皆成了快乐和幸福。

校长让我讲话，我竟老泪纵横，一时哽咽。因为我心底最柔软的地方被触碰到了。

我记得我还是说了。

我说："我要努力书写孤儿孩子们所经历的短暂的苦难中的人性、温暖和爱。"

我说："我十分喜爱铁凝说的这句话：'文学最终是一件与人为善的事情。'"

我说："荀子两千多年前说过'玉在山而草木润，渊生珠而崖不枯'。所以，孩子们在明天学校有福了。"

我说："或许，我们不仅要正视存在着的悲剧，更要注重燃起生活的热望。"

我说："应当尊重和平视孤儿，不要俯视他们，要给他们同一片蓝天。"

我还说："不管有多难，不管发生了什么，我要用一整年甚至更长的时间写出这部作品！……"

掌声响了起来，很热烈，很真诚。

泪水一直蒙着我的双眼。蒙眬中，我看到每个人的眼里都闪烁着晶莹的泪光。

真的，这一个上午，我的心好暖好暖！

二

习近平总书记嘱咐我们：作家要深入生活，要做到身入，心入，情入……

我是努力这样去做的。

我觉得，报告文学作家即非虚构文学作家，必须扎根生活、忠实于生活。除非你不敢肩负担当，不敢肩负责任和使命。

《哭了　笑了》的采访历经半载，我采访了100多个人物（领导、老师、爱心人士、孤儿学生）。我踏遍百色市、河池市、钦州市和南宁市七区五县，走访大部分孤儿原生地的村寨、山峁，所叙内容，时间跨度十七年（2000—2017年）。

我"亲口尝了梨子"，掌握了大量第一手材料，保证了创作素材的真实性和严肃性，为之后的创作打下了坚实的基础。

三

习近平总书记倡导：要讲好中国故事。

我在《哭了　笑了》中，认真构架，讲好明天学校故事、南宁故事、广西故事——它们是中国故事的有机组成部分。

采访结束后，2017年1月至10月，我用9个多月时间，完成了初稿创作。而后，又花了大量时间，对全书做了认真的修改、充实和完善。我撷取了明天学校建校十七年来几十个催人泪下的故事，包括党政领导干部对学校对孤儿的关爱，校长和老师们教育孤儿的艰辛、烦恼与喜悦，爱心企业家对明天学校及孤儿倾心竭力的帮助，孤儿大学生的励志奋发、自强有为，国际友人尔尼到明天学校志愿支教，身患绝症的孤儿得到社会各界爱心人士的捐赠救助等，力求让这部作品有情节有细节，有泪点有温度，有血肉、接地气，努力用平实、质朴的语言描绘出一幅体现人间大爱的壮阔画卷，使全书具有一定的高度和深度。

四

鲁迅先生说："选材要严，挖掘要深。"

这，容不得半点马虎！

明天学校建校十七载，培育孤儿达500多名（含在读孤儿）。本书取材和写作不能面面俱到，不能流水账，更不能信马由缰、不着边际泛泛而谈。

有爱，有情，有情感碰撞激起火花的，尤其是有戏剧冲突、有故事的，才入"法眼"，才取，才写。

五

感谢无数人为我提供了帮助。

校长覃锋开列了精准的采访提纲，并口述和写出了不少有价值的故事，还在百忙之中，见缝插针、不计远近地引领我到关键对象的家中采访。他不愧是此书的采写顾问，对此书的写就起到了至关重要的作用。

9位生活老师天天与孤儿学生零距离接触，通过采访或搜集他们的文字资料，我得到了大量珍贵的第一手故事。

分管孤儿教育的韦翠良副校长是本书的采访助理，她提供了许多重要的线索，并不辞辛苦地多次陪同我到农村的孤儿家中撷取第一手素材。

黄淑娴副校长是本书的写作助理。她将我这部几十万字如"天书"般潦草的手稿辨识，利用课余和节假日打印出来。我一校再校，她就一打再打，不厌其烦，从不蹙眉，使我着实感动！

邓绍创老师作为生活助理，在我住校与孤儿同吃同住同生活的半年时间里，对我的饮食起居和出行关怀备至，令我难忘。

德高望重的我的文学老师潘荣才，一直给予我信任、对我寄予厚望。他多次力主我"出山"，并说："年龄不是问题，（写）这本《哭了　笑了》非你莫属！"他的鼓励使我信心满满。

起初，我曾问过朋友、著名文化学者彭匈先生："我年事已高，采写《哭了笑了》，做不做得？"他答："论年龄和难度，倘是一般作品，就不要做了；然此乃非同寻常一大善事，我看做得。"他发现了我过往作品中的悲悯情怀。他的话，促成了我的决心。

当然，还有莫荣斌副校长、潘显龙主任和许多老师，都竭心尽力地帮助了我。

他们，都是我应当记得和由衷感谢的。

可以说，没有他们，我寸步难行，此事难成。

六

此前，在 2001 年和 2004 年，我分别为明天学校写过两部长篇报告文学，书名都叫《明天的太阳》：前一部 18.5 万字，后一部增订本 25 万字。

这部《哭了 笑了》，乃是《明天的太阳》的姐妹篇。

《哭了 笑了》书名是吾友罗世敏先生奉献的。甚好！孤儿孩子们失去了双亲，是痛苦和不幸的，他们哭了；来到明天学校，有了家和爱，是幸运和幸福的，他们笑了。

我们的书名恰与一段话相契合："经年过往，每个人何尝不是在真实的笑里哭着，在真实的哭里笑着……"

七

写罢《哭了 笑了》，忽有一些感想：

潘荣才，82 岁，写序一。

彭匈，72 岁，写序二。

陈学璞，74 岁，写评论。

何培嵩，74 岁，写《哭了 笑了》。

以上四人，共 302 岁。

或也算得上是拼了！

为了什么呢？答案是：为了孤儿！

八

《哭了 笑了》是 2017 年 1 月动笔，10 月 2 日杀青。

草稿拉了 9 个多月，停笔时，自是苦和累，但也快乐着。文友刘新文赠予我一句激励的话："忙，证明你畅销！"

随手写出了一首顺口溜，表达喜悦之情，并立即通过微信发给远在温哥华的女儿冰冰，与其分享。

七十抒怀

年逾七旬鬓渐稀
且卸夏装换秋衣
操笔握管命注定
悲天悯人着新棋
泼泼洒洒无南北
哭哭笑笑有东西
人生难得几回拼
放眼高空又一历

2017 年 10 月 10 日草成
2018 年 9 月 28 日改定
于南宁市富丽华庭小区"三香斋"